DROEMER

THORSTEN
KIRVES

DIE STILLE MÖRDERIN

KRIMINALROMAN

DROEMER

Besuchen Sie uns im Internet:
www.droemer.de

Aus Verantwortung für die Umwelt hat sich die Verlagsgruppe Droemer Knaur zu einer nachhaltigen Buchproduktion verpflichtet. Der bewusste Umgang mit unseren Ressourcen, der Schutz unseres Klimas und der Natur gehören zu unseren obersten Unternehmenszielen. Gemeinsam mit unseren Partnern und Lieferanten setzen wir uns für eine klimaneutrale Buchproduktion ein, die den Erwerb von Klimazertifikaten zur Kompensation des CO_2-Ausstoßes einschließt. Weitere Informationen finden Sie unter: www.klimaneutralerverlag.de

FSC www.fsc.org MIX Papier | Fördert gute Waldnutzung FSC® C083411

Originalausgabe Februar 2023
Droemer Taschenbuch

Ein Imprint der Verlagsgruppe
Droemer Knaur GmbH & Co. KG, München

Dieses Werk wurde vermittelt durch
die Literarische Agentur Michael Gaeb, 10405 Berlin.
Redaktion: Dr. Rainer Schöttle
Covergestaltung: Carola Bambach
Coverabbildung: shutterstock.com, Tali'Zorah
Satz: Adobe InDesign im Verlag
Druck und Bindung: CPI books GmbH, Leck
ISBN 978-3-426-30852-3

2 4 5 3 1

Für Kristine und Theo

»Du siehst Gespenster, Tom!
Lass den grünen Affen nicht gewinnen!«

1

MONTAG

Sie war schon vieles in ihrem Leben. Bankkauffrau, Ehefrau, Mutter, Floristin, Café-Besitzerin, Supermarktkassiererin. Morgen wird sie Mörderin.

Claudia Hilser starrte in die Leere der Gänge zwischen den Regalen und wunderte sich über die Beiläufigkeit ihres Gedankens. In ihrer Aufzählung wirkte das Wort Mörderin überraschend unspektakulär. Längst hatte es seinen Schrecken für sie verloren. Der Anblick eines Jungen riss sie aus ihren Gedanken. Langsam schlenderte er den Gang zwischen den Süßigkeiten entlang. Er war ein eher unscheinbarer Typ mit straßenköterblonden Haaren, vielleicht siebzehn, achtzehn Jahre alt. Er trug eine schwarze Adidas-Trainingshose, ein T-Shirt im Camouflage-Look, über dem eine graue Eastpack-Tasche hing, und erinnerte Claudia Hilser an ihren Sohn. Eine Frau erschien an ihrer Kasse und legte die Produkte aus dem Einkaufswagen auf das Laufband. Hilser scannte das Shampoo, den WC-Reiniger, den Fleischsalat, den Gouda in Scheiben, den Ketchup und das Toastbrot.

»Eine Marlboro Light noch!«, sagte die Kundin mit kratziger Stimme, während sie ihre Einkäufe in einem roten Stoffbeutel verstaute. Hilser nickte, schloss das Zigarettenfach hinter sich auf, zog die gewünschte Schachtel heraus und scannte sie ebenfalls.

»Dann macht es vierzehn vierzig.«

Während die Finger der Kundin mit dem abgeblätterten, türkisfarbenen Nagellack einen Zehneuroschein und ein paar Münzen aus dem rosa Plüschportemonnaie fischten, richtete Hilser ihren Blick wieder auf den Jungen. Als hätte sie es geahnt, ließ dieser geschickt und schnell eine Packung Kaffee in seiner Tasche verschwinden. Er sah sich nicht einmal um, ob ihn jemand dabei beobachten konnte. Professionell, dachte sie.

»Hallo!« Die Hand mit dem Geld wedelte aufreizend vor ihrem Gesicht. Claudia Hilser blickte ihre Kundin irritiert an und nahm das Geld entgegen. Schnell addierte sie den Wert der Münzen.

»Danke! Einen schönen Tag!«, sagte sie und rang sich noch ein Lächeln ab.

»Dir auch!«, erwiderte die Kundin, und während sie Richtung Ausgang ging, murmelte sie vor sich hin: »Schöner Tag … na meinetwegen, wir können's ja versuchen.«

Claudia Hilser sah gleich wieder zu dem Gang herüber. Der Junge kam auf sie zu. Sie überlegte, was sie machen sollte. Die anderen Kassen waren nicht besetzt, und offenbar hatte keiner der Kollegen etwas mitbekommen. Die Tasche des Jungen war nicht sehr groß, viel konnte er nicht geklaut haben. Sollte sie seine Tat aufdecken? John, den Filialleiter, rufen? Es war ihr letzter Tag, ihre Zeit an diesem Ort war vorbei. Eine angehende Mörderin konnte doch keinen harmlosen Ladendieb anzeigen. Der Junge erreichte ihre Kasse, legte einen Schokoriegel auf das Laufband. Sie sah ihm in seine blaugrünen Augen. Genau wie Felix, dachte sie.

Unaufhörlich prasselte der Regen auf den Hamburger Asphalt. Die dicken Wasserfäden glitzerten in den Lichtkegeln der Autoscheinwerfer. Schwerfällig schob sich der Feierabendverkehr über die vierspurige Straße. Claudia Hilser stand zwischen dicht gedrängten Menschen unter dem Dach der Haltestelle. Den bunten Blumenstrauß und den Präsentkorb, der unter der durchsichtigen Folie mit Premium-Produkten des Supermarktes gefüllt war, aus denen ein gerahmtes Foto von ihren Kolleginnen mit ihr in der Mitte hervorragte, hielt sie eng am Körper. John hatte ein paar schöne

Sätze zu ihrem Abschied gesprochen, und Nuran hatte sie eingeladen, wann immer sie wollte, mit ihr ins Sommerhaus ihrer Eltern am Bosporus zu reisen. Mit ihr hatte sie sich immer am besten verstanden, meist sogar ohne Worte. Nur knapp zwei Jahre hatte Hilser in dem Supermarkt gearbeitet. Das Arbeitsklima war angenehm gewesen und John ein fairer Chef. Alle waren von ihrer Entscheidung überrascht gewesen, und auf ihre Fragen, was sie denn jetzt vorhabe, hatte sie keine Antwort geben können. Eine gute Lügnerin war sie nie gewesen, und die Wahrheit war nun mal ganz allein ihre Angelegenheit.

Der voll besetzte Bus hielt direkt vor ihr. Nur wenige Fahrgäste stiegen aus, und Hilser glitt mit der Menschentraube hinein. Der spärliche Raum wurde einigermaßen gerecht verteilt, während der Kapitän sein Schiff wieder zurück in die träge Masse der Blechkarossen manövrierte. Zwischen lauter Körpern und angestrengten Gesichtern fiel Hilsers Blick auf eine Frau, deren Lidschatten zerlaufen war. Hilser fragte sich, ob der Regen oder Tränen dafür verantwortlich waren, denn die Frau blickte traurig drein. Seit einiger Zeit nahm Claudia Hilser ihre Umgebung mit anderen Augen wahr, fragte sich, woher die Menschen gerade kamen und wohin ihre Wege sie wohl führten. Wie sahen die Leben der anderen aus? Sie musste wieder an den Jungen denken und freute sich, dass sie ihn nicht bloßgestellt hatte. Aus irgendeinem Grund glaubte sie, dass er kein schlechter Kerl war. Vielleicht weil sie das auch von ihrem Felix geglaubt hatte. Sie gönnte ihm den kleinen Gesetzesbruch. Geld hatte man in dem Alter sowieso immer zu wenig. Vielleicht würde er jetzt zu Hause gerade einen Kaffee zubereiten. Mit einem Kumpel oder seiner Freundin zusammen. Sie hoffte für ihn, dass er eine Arbeit hatte, zumindest eine Ausbildung machte. Felix hatte sein BWL-Studium abgebrochen. Der Gedanke versetzte ihr wie immer einen Stich. Es war der Anfang vom Ende gewesen. Der Bus hielt an der nächsten Station, und die Frau mit den traurigen Augen stieg aus. Durch die Wasserströme, die die Scheibe hinunterliefen, sah Hilser, wie sie durch den Regen huschte und die rote Ampel an der Kreuzung übersah oder ignorierte. Ein bremsender Wagen rutschte auf dem nassen Asphalt bedrohlich auf die Frau zu. Hilser hielt den Atem an. Im letzten Moment kam der Wagen zum Stehen. Erleichtert ließ Hilser die Luft heraus. Der Bus setzte seine Fahrt fort. Sie konnte noch sehen, wie die verunsicherte Frau zurück an den Straßenrand schlich, während ein Mann seinen Kopf aus dem Fenster des Wagens in den strömenden Regen schob, wild gestikulierte und schimpfte. Über die Lautsprecher kündigte eine weibliche Stimme freundlich die nächste Station an.

Sie stellte den Korb auf den schmalen, wackeligen Kiefernholztisch. Unzählige kleine Regentropfen perlten von der durchsichtigen Folie. Den üppigen Blumenstrauß legte sie daneben und setzte sich auf den einzigen Stuhl in ihrer kleinen Küche. Der Strauß war schön zusammengestellt und gut gebunden. Sie hätte ihn ähnlich gestaltet. Die Zeit als Floristin war die schönste gewesen, dachte sie. Die Arbeit hatte ihr Spaß gemacht, ihre Chefin war okay gewesen, und mit Gaby hatte sie sich gleich angefreundet. Felix ging in die Grundschule, und wenn sie ihn von der Nachmittagsbetreuung abholte, haben sie immer etwas zusammen unternommen, sind Eis essen gegangen oder ins Kino oder in die Bücherei. Sie konnte sich nicht viel leisten, aber fühlte sich frei und war zufrieden.

Was sollte sie mit dem Strauß machen? Eine Vase besaß sie nicht, solche Dinge spielten in ihrem Leben keine Rolle mehr. Auch der prall gefüllte Korb wirkte hier wie ein Fremdkörper. Sie wischte sich die nassen Haare aus der Stirn, griff sich das Foto mit ihren Kolleginnen und betrachtete es. Ein gutes Team waren sie gewesen, und der Abschied war ihr schwerer gefallen, als sie gedacht hatte.

Sie bekam Lust auf eine Zigarette und überlegte, ob sie sich eine gönnen konnte, schließlich hatte sie das Rauchen streng reduziert. Diese Einschränkung war Teil ihres Fitnessprogramms, dem sie sich seit drei Monaten unterzog. Zum ersten Mal in ihrem Leben war sie gejoggt, und es hatte sie gehörige Überwindung gekostet. Schwerfällig hatte sie ihren untrainierten Körper durch die Straßen ihres Viertels geschleppt. Fahrradfahren hingegen war ihr leichtgefallen, das hatte sie als Kind schon gemocht. Gymnastik und Krafttraining in den eigenen vier Wänden waren auch kein Problem gewesen. Langsam hatte sie sich gesteigert, und heute fiel ihr alles leichter, joggte sie fast leichtfüßig und ohne Seitenstechen. Sie brauchte einen leistungsfähigen Körper und starke Nerven für die Umsetzung ihres Plans. Sie verkniff sich die Zigarette.

Die Spiegeltür des Kleiderschranks hing ein wenig schief in ihren Angeln. Claudia Hilser hatte dieses Möbel aus Pressspan und cremefarbenem Furnier nie gemocht, es aber kostenlos von ihrem Vormieter übernehmen können, und da diese Wohnung nur eine Art Transitraum für sie war, hatte sie das Angebot angenommen. Sie betrachtete die Frau im Spiegel. Müde und angespannt sah sie aus. Konnte man ihr das traurige Leben ansehen? Möglicherweise. Sicher aber nicht die zukünftige Mörderin. Hilser schlüpfte aus der vom Regen durchnässten Bluse, öffnete behutsam die Schranktür, holte einen Bügel heraus, schob ihn in das dünne Textil und hängte es über den Glasrahmen, in dem eine Collage von mehreren Fotos aus Felix' Kindheit und Jugend sie an die gute Zeit in ihrem Leben erinnerte.

Einem inneren Impuls folgend, ging sie zurück zum Schrank, stellte sich auf die Zehenspitzen, streckte sich und griff ins obere Regal zwischen die Handtuchstapel. Dahinter ertastete sie das kalte Metall, umfasste den geriffelten Kunststoffgriff und zog die Pistole vorsichtig heraus. Mit einem weiteren Griff holte sie den Karton mit der Munition, dem Magazin und dem Schalldämpfer hervor. Dann ließ sie sich auf dem Bett nieder. Sie hielt die Waffe in der Hand, ihr Griff wurde fester. Sie übte Entschlossenheit. Hundertmal hatte sie sich den Moment vorgestellt, in dem sie abdrücken müsste, und wusste, dass es nicht leicht werden würde. Trotzdem zweifelte sie keine Sekunde daran, dass sie es schaffen würde. Sie schraubte den Schalldämpfer auf die Mündung, schob das Magazin in den Griff und lud die Waffe durch. So wie es ihr der junge Mann gezeigt hatte, der ihr die Pistole in einem Hinterzimmer einer Kneipe in Barmbek verkauft hatte. Zu ihm hatte man sie auf St. Pauli geschickt, wo sie nach der Möglichkeit, eine Pistole zu kaufen, gefragt hatte. Eine abenteuerliche Odyssee war das gewesen, auf der sie sich furchtbar unwohl gefühlt hatte. Für fünfhundert Euro obendrauf war der wortkarge Mann dann noch mit ihr zu einem versteckten Schießstand gefahren und hatte ihr gezeigt, wie man die Pistole abfeuerte. Besonders geschickt hatte sie sich nicht angestellt. Sie hat noch seinen süffisanten Blick vor Augen, mit dem er sie mitleidig gemustert hatte. Hoffentlich wüsste sie, was sie tat, hatte er gesagt und sie damit gehörig verunsichert. Aber sie würde das schon schaffen, denn sie wusste genau, was sie tat.

Auf einmal läutete es an ihrer Tür. Sie erschrak. Wer konnte das sein? Sie erwartete niemanden. Wen auch? Sie hatte keine Freunde in dieser Stadt. In den beinahe zwei Jahren, die sie hier wohnte, hatte sie nicht ein einziges Mal Besuch gehabt. Ein Nachbar vielleicht, der Mehl oder Salz brauchte? Regungslos lauschte sie in die Stille. Es klingelte erneut.

Der Geruch von frisch gebratenem Knoblauch schwebte durch die Küche. Claudia Hilser saß an ihrem Küchentisch und betrachtete die athletische Statur des Mannes, der in Jeans und Karohemd an ihrem Herd stand und klein geschnittene Salami- und Tomatenstückchen von einem Brett in die heiße Pfanne schob. Es zischte vielversprechend, und ein wohliges Gefühl stieg in ihr auf, das sie überraschte.

»Du bist ein eher stiller Mensch.« Jens' Stimme klang angenehm. Er wandte sich nicht um, überhaupt wirkte er erstaunlich entspannt dafür, dass er sich getraut hatte, sie überraschend aufzusuchen und zu diesem spontanen Rendezvous zu nötigen. Zwei Wochen war es her, dass sie ihn auf einem Bowlingabend mit den Kolleginnen kennengelernt hatte. Er war ein Freund von John, ihrem Chef, jedenfalls hatte er ihn mitgebracht.

»Vielleicht«, antwortete sie unsicher. Sie wusste immer noch nicht, was sie von der Situation halten sollte. Warum sie diesen Mann in ihren Transitraum gelassen hat. Mit einem Rosenstrauß und einer Flasche Champagner hatte er unter seinem Regenschirm vor ihrer Tür gestanden und gelächelt. Ein wenig frech und schüchtern zugleich. Sie konnte sich nicht daran erinnern, jemals so etwas erlebt zu haben.

»Warst du immer schon so? Auch als Kind?«

Sie trank einen Schluck von dem Weißwein ihrer Kolleginnen, den sie geöffnet hatte, weil sie keinen Champagner mochte, und blieb die Antwort schuldig. Er drehte sich zu ihr und lächelte.

»Wie wär's mit etwas Musik? Hast du welche?«

Sie schüttelte den Kopf.

»Was, keine CDs? Kein Spotify?«

»Nein.«

Es war ihr gar nicht aufgefallen, dass sie, seit sie hierhergezogen war, nie mehr Musik gehört hatte. Ihre CDs hatte sie nicht mitgenommen, es waren aber ohnehin nicht viele gewesen. Jens holte sein Handy aus der Hosentasche und schaltete einen Jazzsender ein. Eine helle Frauenstimme sang eine melancholische Ballade zu Piano, Bass und sanftem Schlagzeug. Er legte das Handy auf den Tisch.

»Magst du Jazz?«

»So was ja.«

Jens lächelte sie an, dann wandte er sich wieder dem Herd zu. »Hast du Basilikum oder Rosmarin?«

»Nein.«

»Curry?«

»Ich habe schon lange nicht mehr gekocht.«

»Okay, geht auch ohne.«

Der Mann dachte positiv, auch das war neu für Claudia Hilser. Sie musterte seine kräftigen, gebräunten Arme, während er mit schnellen, geübten Bewegungen dabei war, aus dem, was ihr Kühlschrank noch hergab, und einigen Delikatessen aus dem Präsentkorb ein Abendessen zu improvisieren. Die Einladung zum Italiener hatte sie ausgeschlagen. Sie fühlte sich nicht in der Lage, eine Bühne zu betreten.

»Überhaupt, was wirst du denn jetzt machen? Hast du schon einen neuen Job?«

Ihr Magen zog sich zusammen. »Ich mache so eine Art Pause«, presste sie hervor.

»Oh, das klingt gut.« Er nahm sein Glas, das ebenfalls mit Weißwein gefüllt war, und trank einige Schlucke.

Jens war bestimmt über sechzig und wahrscheinlich schon in Rente, aber er hatte eine junge Ausstrahlung und wirkte sehr fit. Sicher machte er Sport. Beim Bowling hatte sie sein Interesse an ihr schon bemerkt, aber es nicht ernst genommen und ihn schon gar nicht ermutigt. Es wäre ja auch sinnlos gewesen. Aber jetzt spürte sie auf einmal eine zaghafte Abenteuerlust, wie sie sie von sich nicht kannte, und sein Besuch erschien ihr wie ein Geschenk. Mutig beschloss sie, es anzunehmen und ihre letzte Nacht in Freiheit mit ihm zu verbringen.

Das Schlafzimmerfenster stand weit offen, die Nacht war warm, die Luft feucht. Claudia Hilser lag im Bett und lauschte der monotonen Melodie des Regens, der auf die Dächer der umliegenden Häuser und einiger Autos, die im engen Hinterhof parkten, pladderte. Hellwach war sie, viel zu aufgekratzt, um in den Schlaf zu finden. Ein reges Treiben herrschte in ihrem Kopf. Neben ihr lag Jens und schlief. Leise ging sein Atem, er schnarchte nicht. Alles an ihm schien angenehm zu sein. Zärtlich und behutsam war er mit ihr gewesen, liebevoll und geduldig, sie dagegen aufgeregt und schüchtern. Zu wenig Selbstbewusstsein, zu viel Unsicherheit. Sie hatte sich nicht fallen lassen können. Aber sie hatte es genossen, von ihm gestreichelt zu werden, ein Kribbeln unter der Haut zu spüren, das sie schon nicht mehr gekannt hatte. Wie lange war es her, dass ein Mann so zärtlich zu ihr gewesen war? Er hatte ihr Komplimente für ihre gute, sportliche Figur gemacht, das hatte sie besonders gefreut. Und es hatte ihr gefallen, von ihm begehrt zu werden, die Leidenschaft in seinen blauen Augen zu sehen, die Kraft seiner Arme und Hände zu spüren. Sie ahnte, dass sie sich bei diesem Mann geborgen fühlen könnte. Warum nur hatte sie ihn nicht schon eher kennengelernt? Hätte das etwas geändert? Hätte sie ihren Plan womöglich aufgegeben? Hätte sie dem letzten Kapitel ihres Lebens eine andere Überschrift gegeben?

DIENSTAG

Die Sonne schien durch die enge Lücke zwischen den beiden Häusern auf der anderen Seite des Hinterhofs und warf einen schmalen Streifen ihres warmen Lichts auf den Küchenboden. Aus dem alten Transistorradio, das auf der Anrichte stand, klang dumpf eine Männerstimme, die verkündete, dass sich die Schlechtwetterfront Richtung Norden verabschiedet hätte und mit einem sonnigen Tag zu rechnen sei. Weiterhin wäre es viel zu warm für den Monat Mai.

»Rührei mit Hafenblick!«

Jens' Stimme klang wach und munter, nicht mehr ganz so tief, fiel Claudia Hilser auf. In ihrem rosa Bademantel lehnte sie an der Spüle und schüttelte den Kopf.

»Ach, komm, gib dir einen Ruck. Es ist so ein herrlicher Morgen.« Jens war bereits angezogen. In seinem karierten Hemd beugte er sich zu ihr und fügte hinzu: »Nach einer wunderschönen Nacht.«

»Das stimmt«, antwortete sie schüchtern. »Aber ich möchte nicht.« Sie haderte, denn sie fühlte sich zu diesem Mann hingezogen. »Und ich kann auch nicht.« Sie hoffte, er würde nicht nach dem Grund fragen.

»Gut, ich werde es aber wieder versuchen.« Ein verschmitztes Lächeln huschte über seine Lippen. »Aber jetzt muss ich wirklich los. Charly fragt sich sicher schon, wo ich bleibe. Er kennt solche Abenteuer nicht von seinem Herrchen.« Den letzten Teil betonte er besonders.

Als wenn er seine Seriosität unterstreichen wollte, dachte Hilser. Auf einmal hatte sie es eilig, allein zu sein. »Tja, dann …«, kam ihr unbeholfen über die Lippen.

Jens sah sie geduldig an, als warte er auf etwas.

»Dann …«, wiederholte sie.

»Willst du eigentlich gar nichts von mir wissen?«, fragte er. Irritiert sah sie ihn an. »Du hast mich nichts gefragt. Nicht nach meinem Beruf. Wie alt ich bin, wie ich lebe, ob ich allein bin, geschieden, mit Kindern oder ohne. Vielleicht bin ich ja auch verheiratet und betrüge gerade meine Frau.« Er sah sie mit großen Augen an.

Sie fühlte sich bedrängt, wie in einer Zwickmühle. Einerseits hätte sie ihm gern gezeigt, dass sie sich sehr wohl für ihn interessierte und dass sie ihn sogar ziemlich klasse fand, andererseits konnte sie ihm nicht erklären, was mit ihr los war, dass es einfach der falsche Moment in ihrem Leben war und dass es sowieso keine Zukunft für sie gab. Der Gedanke machte sie traurig. Das alles wurde ihr zu viel. Dabei brauchte sie doch ihre ganze Energie und Konzentration für die Durchführung ihres Plans. Heute war schließlich ihr großer Tag.

Jens holte einen kleinen Zettel hervor und zog eine Stecknadel aus der Korkpinnwand, die an der Wand neben der Tür hing. »Meine Handynummer«, sagte er und hängte den Zettel neben die Postkarte von Istanbul mit der Hagia Sofia und dem Bosporus im Vordergrund, die Nuran ihr letztes Jahr geschickt hatte und die sie immer zum Träumen brachte.

Claudia Hilser griff sich ihre Zigaretten vom Tisch und zündete sich eine an. Auf die kam es jetzt auch nicht mehr an, dachte sie. Sie fühlte sich fit, spürte eher eine Anspannung, stand unter Strom. Sie nahm einen tiefen Zug, blies den Rauch zur Seite und sah Jens an. Es tat ihr in der Seele weh, als sie sagte: »Kannst du bitte jetzt gehen?«

Langsam glitt sie in das Meer aus hellem Orange. Eine Reihe eleganter Lichtquader, die von der Decke hingen, tauchte die moderne Architektur des U-Bahnhofs in warmes, buntes Licht. Es war die Endstation. Die wenigen Fahrgäste verließen den Waggon. Claudia Hilser wartete noch ein wenig, dann erhob auch sie sich und trat hinaus auf den Bahnsteig. Die Farbe des Lichts wechselte sanft, und alles erschien nun in einem kühlen Grün. Sie hängte sich die Tasche über die Schulter. Unter dem weichen Leder spürte sie die schwere, kantige Pistole mit dem langen Schalldämpfer. Ihre Schritte hallten von den Wänden wider, als sie in den neuen Schuhen mit den ungewohnt spitzen Absätzen über den polierten Steinboden ging. Auf einmal fühlte sie sich in ihre Kindheit versetzt, als sie sonntags zwischen den Reihen der Holzbänke durch die Kirche geschritten war. Immer war es ihr vorgekommen, als ruhten die Blicke der versammelten Gemeinde auf ihr, und immer hatte sie sich wie eine Betrügerin gefühlt, denn an Gott hatte sie nie geglaubt. Doch der Kirchgang gehörte zu den Pflichten des Kommunionsunterrichts, zu dem ihre Eltern sie mit neun Jahren geschickt hatten. Claudia Hilser beschleunigte ihren Schritt, wollte diesen Ort schnell verlassen.

Auf der Rolltreppe sah sie einen düsteren Himmel über sich, die nächste Wolkenfront hatte die Stadt erreicht. Passanten eilten zwischen den großen Neubauten hin und her oder saßen mit Kaffeebechern und Gebäck auf den breiten Stufen am Rand des Platzes und waren mit ihren Handys und Laptops beschäftigt. Alle waren im Hier und Jetzt verwurzelt, dachte Hilser, lebten ihre Leben. Sie kannte das Gefühl, hatte das auch mal getan, mit viel Energie und immer voller Optimismus.

Sie überquerte die Straße. In der Spiegelung einer Fensterfront entdeckte sie ihren zierlichen Körper in dem schlichten Businessanzug, den sie sich zusammen mit den eleganten Schuhen für die Durchführung ihres Plans zugelegt hatte. Zufrieden stellte sie fest, dass ihre Maskerade funktionierte. Sie war überrascht, wie gut sie aussehen konnte. Ein Kribbeln setzte ein, das vom Bauch aus emporstieg, sich in ihrem Oberkörper und Kopf ausbreitete. Nur ruhig bleiben, sagte sie sich, vor allem hinterher die Nerven behalten. Das wird das Schwerste sein, da machte sie sich nichts vor. Ihr war klar: Einen Menschen zu erschießen, würde sie zutiefst erschüttern. Mit einer Wucht, die sie nicht abschätzen konnte. Immer wieder hatte sie sich eingebläut, nach der Tat innezuhalten, tief durchzuatmen und sich erst einmal zu beruhigen, um dann ganz selbstverständlich an der Rezeption ein unverdächtiges »Tschüss« hervorbringen und den Ort verlassen zu können. Sie durfte sich noch nicht verhaften lassen. Es gab noch etwas zu tun, bevor sie sich von dieser Welt verabschieden konnte, um hinter den Mauern der Justiz zu verschwinden, in einer anderen, völlig fremden Welt.

Sie passierte eine Reihe Plakate zur Europawahl. Freundliche Gesichter schauten seriös drein und warben um Vertrauen. Auch damit hatte sie nichts mehr zu tun. Am Ende der Straße sah sie ihr Ziel vor sich. In der gläsernen Fassade des

Gebäudes spiegelten sich die dunklen Wolken. Die Schritte fielen ihr auf einmal schwer. Claudia Hilser fühlte sich wieder wie das kleine Mädchen in der Kirche, dabei musste sie doch gleich über sich hinauswachsen.

An den mintgrünen Wänden hingen großformatige Schwarz-Weiß-Fotografien von muskulösen, wohlgeformten Körpern. Weibliche und männliche, die Köpfe abgewandt oder im Schatten. Bei ihrem ersten Besuch hatte Hilser diese Aktbilder interessiert betrachtet. Heute hatte sie keinen Blick dafür. Sie saß in einem eleganten Ledersessel und fokussierte ihr Gegenüber, das vor dem großen, bodentiefen Fenster mit Blick auf den in Finsternis versinkenden Hafen hinter einem kleinen Designerschreibtisch saß und ihr etwas erzählte. Die Worte nahm sie kaum wahr. Nervös nestelte Hilser an ihrer Tasche, die sie auf dem Schoß hielt. Das Gewicht der Pistole drückte auf ihren Oberschenkel. Sie spürte, wie ihre Hand ein wenig zitterte und ihr Herz immer schneller schlug. Sie musste jetzt schnell handeln, ihr schwaches Nervenkostüm würde sie sonst noch verraten.

»Um wie viele Angestellte handelt es sich noch mal?«

Hilser hatte die Frage kaum wahrgenommen. Hilflos nickte sie. Irritiert wiederholte ihr Gegenüber die Frage.

»Vierundzwanzig«, antwortete sie. Der Blick ihres Gegenübers wurde nachdenklich. Hilser ahnte, dass diese Nachdenklichkeit nichts mit ihrer Antwort zu tun hatte.

»Wir kennen uns, glaube ich.«

Hilser wurde heiß und kalt zugleich. Sie war unfähig, etwas zu erwidern. Es musste jetzt sein, dachte sie, jetzt musste sie es tun.

»Das Gefühl hatte ich schon bei Ihrem ersten Besuch«, fügte ihr Gegenüber hinzu.

Hilser riss sich zusammen, zwang sich, mit fester Stimme zu antworten. »So? Ich lebe aber noch nicht lange in Hamburg.« Während sie sprach, führte sie, so beiläufig wie möglich, ihre Hand in die Tasche und umfasste den Pistolengriff. Der Moment war gekommen. Jetzt oder nie. Sie umschloss den Griff fester, hob die Waffe ein wenig an und entsicherte sie vorsichtig, so wie sie es unzählige Male geübt hatte.

»Wo haben Sie denn vorher gelebt?«

Die Frage drang nicht mehr zu ihr durch. Sie musste daran denken, dass sie jetzt noch sagen könnte, sie hätte es sich anders überlegt, dass sie einfach gehen und den Abend mit Jens verbringen könnte. Und den Rest des Lebens ebenfalls. Und alles wäre gut. Vielleicht.

»Wir kennen uns von früher. Ich erinnere mich.«

Das Herz schlug Hilser bis zum Hals. Es war zu spät. Es gab kein Zurück mehr. Nicht denken, einfach machen! Ruckartig riss sie die Pistole aus der Tasche und richtete sie zitternd auf ihr Gegenüber. Sie wollte die Sätze sagen, die sie sich für diesen Moment zurechtgelegt und die sie so lange in sich getragen hatte. Aber nun bekam sie keinen Ton heraus. Da bemerkte sie die Pistole in der Hand ihres Gegenübers, deren Lauf auf sie gerichtet war.

2

Wuchtig, mit dunklem Grollen und spritzender Gischt, schlugen die Wellen an den weiten Strand von St. Peter-Ording. Eine steife Brise schob düstere Wolkenmassen über die Nordsee auf den beliebten Badeort zu. Die Luft hatte sich innerhalb weniger Minuten abgekühlt, der strahlende Frühsommertag erlebte sein jähes Ende. Die Familien mit kleinen Kindern und einige ältere Paare, die die warmen Maitage für einen spontanen Urlaub nutzten, waren längst in ihre Unterkünfte oder die Restaurants in den Pfahlbauten geflohen, und selbst die wagemutigsten Kitesurfer hatten die Segel gestrichen und sich in ihre Camper verzogen. Einzig eine verlorene Gestalt stand regungslos im feinen Sand und trotzte den tobenden Elementen. Die Hände in den Taschen seiner Jeans vergraben, starrte Kriminaloberkommissar Tom Simon auf das wild gewordene Meer.

Ich habe den V-Mann nicht getötet!

Zum x-ten Mal schoss der Satz seines Bruders durch Toms Hirn. Immer wieder sah er Marco vor sich, wie er vor zwei Tagen auf einmal in seiner Wohnung vor ihm gestanden und die Antwort gegeben hatte, auf die Tom sechs lange Jahre gewartet hatte. Ruhig und ernst hatte sein Zwillingsbruder ihm in die Augen gesehen, und für einen Moment war Tom unendlich erleichtert gewesen, aber schon kurz darauf hatten sich Zweifel in ihm geregt, und er hatte gespürt, dass er Marco nicht mehr glauben konnte. Das war eine grausame Erkenntnis gewesen, noch furchtbarer als jene von damals vor sechs Jahren, als sein Bruder spurlos verschwunden war und Tom erfahren musste, dass Marco auf der anderen Seite des Gesetzes gelandet war. Ein Drogendealer, Mitglied eines internationalen Kartells, im Verdacht, einen verdeckten Ermittler ermordet zu haben. Von Toms Kollegen gejagt, abgetaucht irgendwo in Südamerika. Und Tom hatte nicht die leiseste Ahnung gehabt, obwohl sie doch, wie für eineiige Zwillinge typisch, unzertrennlich gewesen waren und immer alles miteinander geteilt hatten.

Die ersten Regentropfen fielen, der Wind wurde immer stürmischer, und die Wellen türmten sich höher und höher. Die Böen schienen aus allen Richtungen zu kommen und peitschten das salzige Wasser der Nordsee und den stärker werdenden Regen in Toms Gesicht. Hatte Marco V-Mann gesagt oder Bulle? Plötzlich war er sich unsicher, wusste es nicht mehr genau.

Ich habe den Bullen nicht getötet!

Er konnte sich eigentlich nicht vorstellen, dass sein Bruder ihm gegenüber den toten Polizisten als Bullen bezeichnen würde. Aufschreiben, dachte er. Er musste ihr Gespräch aufschreiben, alles rekonstruieren. Und er musste es jetzt tun, hier und jetzt, bevor die Erinnerungen weiter verblassten und seine Fantasie sie verfälschen würde. Keiner kannte diesen verhängnisvollen Mechanismus so gut wie ein Kommissar, dessen Arbeit zu einem großen Teil aus der Befragung von Zeugen bestand, deren lückenhafte Erinnerungen von der Vorstellungskraft aufgefüllt wurden und ihre Aussagen oft nur wenig brauchbar machten. Was hatte Marco alles erzählt? Wie hatte seine Stimme geklungen? Wie hatte er ihn angesehen? Tom musste sich alles genau ins Gedächtnis zurückrufen, er durfte nichts vergessen. Es war doch alles, was ihm geblieben war von dem Menschen, der immer wie ein Teil seiner selbst gewesen war, denn am nächsten Morgen war Marco schon wieder verschwunden. So unerwartet, wie er am Tag zuvor plötzlich in seiner Wohnung aufgetaucht war, obwohl diese von den Kollegen der Zielfahndung überwacht worden war. Wann er seinen Bruder wiedersehen würde und ob überhaupt, stand in den Sternen. Fast neunzehn Stunden hatten sie miteinander verbracht, geredet, geschwiegen und getrunken. Viel getrunken. Sie hatten sich in den Armen gelegen, geweint und gelacht. Es hatte Momente gegeben, in denen Tom die Gegenwart vergessen konnte und sich wie früher gefühlt hatte, als sie zusammen bei Jimmy im Dock One geboxt hatten, durch die Hamburger Nächte gezogen waren und das Leben ein einziges großes Abenteuer gewesen zu sein schien. Aber dann hatte er wieder um Wahrheit und Vertrauen gerungen. Als Tom irgendwann am Morgen in der Küche ein paar Eier für sie in die Pfanne gehauen hatte, war Marco still und heimlich verschwunden. Offenbar hatte er einen dramatischen Abschied vermeiden wollen. Wie hätte der auch aussehen sollen?

Eine mächtige Böe erfasste Tom, und er musste einen Ausfallschritt machen, um nicht den Halt zu verlieren. Die Wellen kamen immer näher, schließlich erwischten sie ihn, umspülten seine Beine. Tom stand inmitten des schäumenden Wassers und zog sein Handy aus der Hosentasche, um sich die Uhrzeit anzeigen zu lassen, aber der Akku war leer. War es schon Abend? Das Zeitgefühl hatte er längst verloren.

Er stapfte aus dem Wasser und machte sich auf den Weg Richtung Dünen, hinter denen irgendwo die kleine Pension lag, in der er abgestiegen war. Der Regen lief ihm übers Gesicht, das durchnässte T-Shirt klebte auf seiner Brust, die Jeans hing schwer an seinen Beinen, die vollgesogenen Sneaker schmatzten bei jedem Schritt, und der Gin der gestrigen Nacht hielt seinen Kopf noch immer umklammert wie eine festgezogene Schraubzwinge.

Das junge Mädchen kramte in den Schubladen des Schranks hinter dem kleinen Holztresen der Rezeption. Ihre hellblonden Haare fielen wie ein seidener Vorhang über ihre Schultern und reichten fast bis zu den Ärmeln der hellblauen Bluse. Ungeduldig bewegte Tom den Zimmerschlüssel in seiner Hand hin und her. Es tropfte an ihm herunter, und um ihn herum bildete sich eine Pfütze auf dem Holzfußboden des kleinen Empfangsraums. Er hatte einen Menschen erschossen. Das war nur ein paar Stunden vorher gewesen, bevor er seinen Bruder überraschend in seiner Wohnung vorgefunden hatte. Ihm war das passiert, wovor sie alle Angst hatten. Der Mann war ein Mörder gewesen und hatte eine junge Frau in seiner Gewalt gehabt, ihr ein Messer an die Kehle gedrückt und ein Gewehr auf Tom gerichtet. Tom hatte also keine Wahl gehabt, er hatte die Frau retten und sein eigenes Leben schützen müssen. Das sagte der Verstand, doch seine Gefühle kamen noch nicht hinterher, sie brauchten noch Zeit, um diese furchtbare Geschichte zu verarbeiten.

»Ich verstehe das nicht«, murmelte das junge Mädchen. »Gestern hatte ich ihn noch gesehen.«

Kurz überlegte Tom, ob er höflich sein Anliegen zurückziehen, es auf später verschieben sollte, aber er wollte keine Zeit mehr verlieren.

»Ich kann Ihnen nur den anbieten.« Das Mädchen hielt einen kleinen Notizblock hoch. »Ist der ausreichend?«

»Ja, danke. Kann ich bitte auch einen starken Kaffee bekommen und eine große Flasche Wasser?«

Ihr warmes Lächeln tat ihm gut, aber es hatte nichts mit ihm zu tun. Er war ein Alien, das in ihrer Welt nichts verloren hatte.

Über ihm ächzte und rumpelte es. Der Sturm rüttelte an den Dachziegeln und blies den Regen gegen das schmale Erkerfenster. Der Schmerz unter seiner Schädeldecke pochte heftig. Der Kaffee und die Flasche Wasser hatten nichts daran ändern können.

Er saß an dem kleinen Tisch unter der Dachschräge und blickte über die Dünen auf den endlosen Strand. Immer noch zogen dunkle Wolkenformationen über den Horizont, tanzte das Meer seinen apokalyptischen Tanz. Sechs Jahre hatten sein Bruder und er keinen Kontakt gehabt. Eine verdammt lange Zeit, in die eine ganze Menge Leben passte. Jetzt hatten sie neunzehn Stunden miteinander verbracht. Ein Tropfen auf den heißen Stein oder eine Ewigkeit? Ein paar Sätze auf Papier? Wo sollte er beginnen? Die laute Musik fiel ihm ein. Er griff sich den Block, zog die kleine Lampe ein wenig näher und begann zu schreiben.

Ich legte Rockscheiben auf, eine nach der anderen, drehte die Lautstärke auf, damit keine von den Wanzen, die von den Kollegen sehr wahrscheinlich in der Wohnung installiert worden waren, unsere Stimmen einfangen konnte.

Tom hatte die Musik wieder im Ohr und seinen Bruder vor Augen.

Da stand er also vor mir. In einem schwarzen Hemd mit feinen, grauen Streifen und schwarzen Jeans, sah smart aus, leicht gebräunt. Vor allem aber wie immer. Ich war überrascht, dass er sein Aussehen kein bisschen verändert hatte. Es war, als wäre er nie weg gewesen. Durch die laute Musik fühlte ich mich fast wie auf einer unserer Partys, die wir früher in der Wohnung gefeiert hatten, als sie noch Marcos gewesen war.

Der Gedanke an die alte, unbeschwerte Zeit machte Tom melancholisch. Aber er musste jetzt weiterschreiben, einfach möglichst viele Details erinnern und festhalten. Er sah seinen Bruder vor sich, wie er durch die Räume geschlendert war.

Ich glaube, es rührte ihn, dass ich in seine alte Wohnung gezogen war und kaum etwas verändert hatte. Er sagte aber nichts. Er fragte nach den Eltern, als wenn er nur eine Zeit lang verreist gewesen wäre. Ich konnte es nicht fassen. Ich wollte endlich Antworten. Irgendwann setzte er sich auf den Boden, auf seinen geliebten Flokati, und lehnte sich gegen den Sessel, wie er es früher immer getan hatte. Ich hab mich dazugesetzt. Er hat mir in die Augen gesehen und gesagt: »Ich habe den V-Mann nicht getötet, Tom.«

Er war sich jetzt sicher, dass Marco V-Mann gesagt hatte und nicht Bulle.

Ich war erleichtert, so verdammt erleichtert, ich hätte heulen können.

Tom fühlte sich wieder wie in jenem Moment, als die schwere Last endlich von ihm gefallen war. Seine Augen füllten sich auch jetzt wieder mit Tränen.

»Ich habe es immer gewusst«, habe ich gesagt.

»Hast du nicht.« Marco hatte mich durchschaut. Ich fühlte mich erbärmlich. Aber dann lachte er auf einmal. Dieses Marco-Lachen, dem keiner widerstehen konnte. Ich habe seinen Kopf genommen und ihn an mich gezogen.

Tom starrte in den Regen und spürte wieder, wie es sich angefühlt hatte, Marcos Stirn auf seine zu drücken. Den Atem und die Haut seines Bruders zu riechen.

Marco war kein Mörder. Endlich habe ich es aus seinem Mund gehört. Endlich! Aber dann meldeten sich wieder die Zweifel. Diese beschissenen Zweifel.

Tom hielt inne. Warum konnte ich ihm nicht glauben?, fragte er sich. Warum kann ich es auch jetzt nicht? Die Frage bohrte sich in sein Hirn, ließ ihm keine Ruhe. Könnte Marco einem Menschen die Kehle durchschneiden? Er wusste nicht mehr, wie oft er sich diese Frage in den letzten sechs Jahren schon gestellt hatte. Wie oft er versucht hatte, es sich vorzustellen. Jedes Mal überstieg das Bild seine Vorstellungskraft. Es machte ihn wahnsinnig. Wütend warf er den Stift durch den Raum und sprang auf. Alles schmerzte, Schädel, Nacken, Rücken. Jede Bewegung fiel ihm schwer. Er neigte den Kopf mehrmals zu beiden Seiten, um die verkrampften Muskeln ein wenig zu lockern. Er tigerte in dem kleinen Dachzimmer auf und ab, schüttelte sich, schlug ein paar Haken in die Luft, streute ein paar blitzartige Geraden ein, boxte in alle Richtungen, immer schneller, immer wilder, verzweifelt, wütend, wahnsinnig. Erschöpft blieb er stehen. Sein Blick fiel auf die Flasche Gin auf dem Nachttisch, in der sich nur ein kläglicher Rest befand. Die Flasche Tonicwater dagegen war noch halb voll. Er griff sich den Gin und kippte die Pfütze hinunter. Das Verlangen nach mehr meldete sich umgehend, aber er wollte nicht die Kontrolle verlieren, so wie letzte Nacht. Er öffnete das Fenster. Der Wind blies ihm die salzige Nordseeluft und den Regen ins Gesicht. Nach einer Weile konnte er wieder klare Gedanken fassen. Er musste jetzt einfach weiterschreiben, dranbleiben. Tom hob den Stift vom Boden auf, setzte sich wieder an den Tisch. Er wusste noch genau, was er Marco daraufhin gesagt hatte.

»Einer von euch hat dem Mann die Kehle durchgeschnitten.

Du hast es vielleicht nicht getan, aber du musst es doch gewusst haben!«

»Ich habe den Mann nicht getötet.« Das war alles, was Marco sagte. »Na, dann ist ja gut, dann ist das also geklärt, und sonst ist ja auch gar nichts weiter geschehen. Außer dass du ein Drogendealer geworden bist. Und das im großen Stil! Beim Bilario-Kartell! Gratuliere! Du bist kein kleines Arschloch, sondern eins von den großen. Und Töten gehört da eben zum Geschäft. Normal!« Marco reagierte nicht. Ich habe ihn genau angesehen, ob da irgendeine Reaktion käme. Aber es kam nichts, nicht das kleinste Augenzucken. »Und, arbeitest du jetzt für die in ihrer Heimat? Bist du aufgestiegen?«

»Spricht da jetzt der Bulle oder mein Bruder?«, hatte er mich nur gefragt. Das hatte gesessen. Auf einmal wurde mir klar …

Es fiel ihm schwer, den Satz zu vollenden.

… dass wir uns vielleicht tatsächlich fremd geworden waren.

Tom starrte auf die Worte. Er schluckte den Schmerz herunter und schrieb weiter.

Das konnte doch nicht sein, dachte ich. Ich wollte es nicht wahrhaben. »Warum, Marco? Wie konnte es dazu kommen? Dein Club hatte doch gebrummt. Du hattest dir doch 'ne goldene Nase verdient. Hat das nicht gereicht?« Zum ersten Mal in dieser Nacht hatte ich den Eindruck, als regte sich etwas in ihm. Aber alles, was er dann sagte, war: »Das ist doch sinnlos, Tom!«

»Sinnlos? Was ist denn das für eine Scheißhaltung? Willst du mir sagen, dass ich dich sowieso nicht verstehen würde? Ich liebe dich, Marco. Und wenn du mit Drogen dealst und wenn du einen umgebracht hast, ist das furchtbar, aber es ändert nichts daran. Verdammt, Marco, du bist mein Bruder, ich liebe dich mehr als mich selbst.«

»Das tue ich auch, Tom.«

»Aber du vertraust mir nicht mehr.«

»Wenn ich dir nicht vertrauen würde, wäre ich wohl kaum hier. Aber was ist mit dir? Vertraust du mir noch?«

Ich brachte kein Wort heraus. Ich musste tatsächlich überlegen. Es war furchtbar.

Toms Hand verkrampfte sich. Er konnte kaum mehr den Stift führen, seine Schrift wurde schlechter, aber immer mehr Erinnerungen stiegen in ihm empor und trieben ihn weiter.

Marco wartete nicht auf meine Antwort. Er knöpfte sein Hemd auf und zeigte mir seinen Oberarm mit einem Tattoo von den Boxhandschuhen, die Papa uns geschenkt hatte, nachdem wir als Jugendliche unsere ersten Kämpfe fürs Dock One gemacht hatten. Unsere Vornamen hatte er eingravieren lassen. Marco hatte es sich irgendwann, nachdem er abgetaucht war, stechen lassen.

Tom hielt inne, sah die Boxhandschuhe vor sich, wie sie noch heute in Jimmys Butze, dem Büro ihres Coaches, an der Wand hingen. Als die Simon-Brüder aus ihnen herausgewachsen waren, hatte er sie an seine Wall of Fame gehängt, zwischen die unzähligen Fotos und Erinnerungsstücke, die die Geschichte des Dock One erzählten.

Marco sagte: »Du bist immer bei mir. Und ich immer bei dir, nur, dass ich jetzt unsichtbar bin. Nichts kann uns trennen, Bruder, nichts!«

Tom erinnerte sich, dass Marco noch einen Halbsatz hinterhergeschoben hatte, den er in dem Moment kaum wahrgenommen hatte.

»Nicht wirklich!«

Er starrte auf die beiden Worte, und ihm wurde auf einmal klar, dass sie viel mehr ausdrückten, als es seinem Bruder in dem Moment bewusst gewesen war. Beschrieben sie doch so treffend den Zustand ihrer beider Leben. Tom lebte in einer Art Wartesaal, seit Marco verschwunden war, in dem er herumgeisterte wie ein Fremder, unfähig, sich auf irgendeine Bindung einzulassen. Und Marcos Leben fand am anderen Ende der Welt statt, unfreiwillig in einer fremden Kultur, einer Art Exil mit seinen eigenen Gesetzen.

»Ich habe geheiratet.« Trocken, fast beiläufig, hat Marco das

gesagt. Es war ihm unangenehm, dass er sein Leben nun ohne mich lebte. Da half auch kein Tattoo. Er zeigte mir ein Foto von einer Frau, die ein kleines Mädchen auf dem Arm trug. Eine zierliche Frau, mit dunklen Augen, schwarzen kurzen Haaren. »Das ist Valentina. Mit Mariana, unserer Tochter. Dreieinhalb ist sie. Und kann schon schimpfen wie ihre Mama.« Marco hatte in seinem Exil eine Familie gegründet. Er hatte nicht gewartet. Worauf auch? Es gab offenbar kein Zurück für ihn. »Und jetzt erwarten wir ihre kleine Schwester. Wie heißt es so schön? Jungs machen Jungs und Männer machen Mädchen!« Marco lachte und strahlte mich stolz an, als wenn alles ganz wunderbar gewesen wäre. »Du könntest dich wenigstens ein bisschen für deinen Bruder freuen!« Das gelang mir aber nicht. Ich glaube, dass ich nicht einmal ein kleines Lächeln zustande brachte. »Hey, Bruderherz, nimm nicht alles immer so furchtbar schwer!« Er stieß mich an und legte den Arm um mich. »Du würdest Valentina mögen. Sie hat einen ähnlichen Humor wie du. Und sie ist auch so verdammt vernünftig. Sie passt auf mich auf.«

»Geht das?«

Marco lachte. Mir war zum Heulen zumute.

3

Vorsichtig öffnete er die Tür ein wenig und sah durch den schmalen Spalt in die Buchhandlung. Die meisten Gäste hatten schon ihre Plätze eingenommen. Einige standen vor dem Büchertisch, um sein neues Werk oder auch das eine oder andere ältere zu erstehen, welches er am Ende des Abends mit einer Widmung versehen und signieren würde. Wie immer war seine Lesung ausverkauft, bestand das Publikum aus bürgerlichen Frauen und Männern zwischen dreißig und siebzig

Jahren, wobei die Frauen den deutlich größeren Anteil ausmachten. Die ersten beiden Reihen waren sogar ausschließlich von ihnen belegt.

Neil Krambach betrachtete seine Anhängerinnen. Einige unterhielten sich miteinander, andere blickten geduldig vor sich hin oder blätterten in seinen Büchern. Einmal mehr fragte er sich, warum die konservativen Frauen meist so farblos wirkten und eine so schwache Ausstrahlung hatten. Die links orientierten Frauen gleichen Alters fand er deutlich charismatischer und attraktiver. Auch kleideten sie sich aufregender. Aber auf eine Lesung von ihm verirrten die sich natürlich nie, es sei denn, um ihn zu beschimpfen. Was sie in seinen Augen nur noch begehrenswerter machte. Ihr Widerstand übte einen ganz besonderen Reiz auf ihn aus. Außerdem taten sie ihm unrecht: Er war nicht nur der rechte Bestsellerautor, der alte, weiße Mann, dessen Werteverständnis rückwärtsgewandt und nationalistisch geprägt war und dessen Thesen das Land spalteten. Er war es leid, auf diese Vorurteile reduziert zu werden. Immer wieder derselbe Quatsch!, dachte er. Jeder las in seinen Texten offenbar nur das, was er darin lesen wollte. Seine Gegner genauso wie seine Anhänger.

Neil Krambach wunderte sich über seine negativen Gedanken, so unmittelbar vor einer Lesung. Sicher lag es daran, dass er in letzter Zeit häufig eine lähmende Müdigkeit verspürte, die wohl von der Vielzahl der Lesungen, der ewig gleichen PR-Termine, Interviews und Talkshowauftritte herrührte. Außerdem ließ ihn sein Körper zunehmend die einundsechzig Jahre spüren, die ihm schon in den Knochen steckten, auch wenn ihm sein Arzt bescheinigte, für sein Alter ausgesprochen fit zu sein. Krambach zwang sich, seine melancholischen Gedanken nicht weiter zu vertiefen, Schwermut war keine gute Voraussetzung für eine mitreißende Darbietung. Er dachte an die vierzig oder fünfzig Demonstranten, die wie üblich vor dem Geschäft gegen seine

Lesung protestiert und ihn bei seiner Ankunft als Rassisten und Nazi beschimpft hatten. Mittlerweile waren sie von der Polizei vertrieben worden, was er fast ein wenig bedauerte, denn Widerspruch dieser Art weckte stets seine Lebensgeister. Bald würde er mehr als genug davon haben, fiel ihm ein, die Routine wäre dann auf jeden Fall Vergangenheit. Bilsens Angebot kam zu einem guten Zeitpunkt, und er war froh, es schließlich doch angenommen zu haben, nachdem er es zunächst abgelehnt hatte. Er würde sich trotz oder gerade wegen seines fortgeschrittenen Alters der neuen Herausforderung stellen, die seine Karriere noch einmal in eine ungeahnte Dimension katapultieren sollte.

Er sah, wie ein Mann den Buchladen betrat und einen freien Platz suchte. Krambach erkannte den Journalisten Rainer Prossek und war ein wenig überrascht, dass dieser hier zu der verhältnismäßig kleinen Lesung erschien, denn Krambachs Buch hatte Prossek schon in einem ausführlichen Artikel in der *Welt am Sonntag* besprochen. Überraschend positiv war seine Kritik ausgefallen. Krambach fand sie klug und differenziert geschrieben. Der Journalist hatte ihm bescheinigt, unangenehme Wahrheiten ausgesprochen zu haben. Ihre Ursachen habe er vorbehaltlos analysiert und auch den neuen Rechtskonservatismus nicht geschont. Ein Satz des Artikels hatte Krambach besonders gefallen, er kannte ihn auswendig: *Neil Krambach stellt sich mutig dem Fegefeuer der politisch korrekten Liberalität entgegen, die diesen Staat in einen Zustand der Orientierungs- und Mutlosigkeit getrieben hat, und hält ihm in aller Ruhe den Spiegel vor.*

In der zunehmend differenzierten Wahrnehmung seines Werks in der Presse sah er einen bedeutenden Schritt zu einem breiteren Konsens, der ihm zu politischer Macht verhelfen würde. Zufrieden schloss er die Tür wieder und wanderte durch den kleinen Raum, der dem Personal als Küche und Aufenthaltsraum diente. Auf einem Stuhl neben dem Kühlschrank saß Tolgay und war in ein Spiel auf seinem Handy vertieft. Der schwarze Anzug spannte etwas über dem breiten Kreuz und den kräftigen Armen des Personenschützers. Krambachs Handy vibrierte. Er fischte es aus seiner Hosentasche und las die Mitteilung auf dem Display: »Eine kleine Gruppe macht Stress. Wird schwierig. Müssen abwarten.« Krambachs Zufriedenheit verflog. Er strich sich über die Glatze, so wie er es oft tat, wenn sich Probleme ergaben. Warten worauf? Dass die Gruppe der Gegner weiter wächst? Es klopfte, und die Buchhändlerin schob ihren Kopf durch die Tür. »Herr Krambach, sind Sie bereit?«

Der Applaus war laut und herzlich, als Neil Krambach gemeinsam mit der Inhaberin der Buchhandlung vor sein Publikum trat. Während er sich feiern ließ, verdrängte er die schlechte Nachricht und beschloss, optimistisch zu bleiben. Jetzt war er ganz der charmante, ehemalige Gymnasiallehrer, der seine Stimme stellvertretend für die schweigende Mehrheit erhoben hatte, um dieses Land vor dem Verfall zu retten.

Die deutsche Chance stand in großen Lettern einer modernen Typografie und Farbgebung, die bewusst auf Schwarz-Rot-Gold verzichtete, auf dem Umschlag des Buches, welches die Buchhändlerin mit beiden Händen hochhielt. Krambachs Name fand sich unmittelbar unter dem Titel in etwas größerer Schrift. Schließlich war er es, der die Menschen zu dem Buch greifen ließ. Ein Foto darunter zeigte den nachdenklichen und dynamisch wirkenden Autor. Einige im Publikum filmten mit ihren Handys, hier und da flackerten Blitzlichter auf. Neil Krambach verbeugte sich. Als der Applaus sich legte, nahm der Autor an dem kleinen antiken Holztisch Platz, wo im Schein der Leselampe sein Buch lag und der übliche Ingwertee für ihn bereitstand.

»Da wir kurz vor der Europawahl stehen«, sprach er in das schlanke Mikrofon, »möchte ich den Abend mit einer kurzen

Schilderung eines Erlebnisses beginnen, das viel über den Zustand unseres Kontinents aussagt. Vor ein paar Jahren machte ich Urlaub auf Kreta. Am Hafen von Plakias lernte ich Kostas kennen, einen Fischer. Jede Nacht fuhr er mit einem Kollegen auf seinem Boot aufs Meer hinaus. Er arbeitete hart, um seine Familie ernähren zu können. Die Netze waren lange nicht mehr so üppig gefüllt wie noch vor Jahren, und die schwere Finanzkrise seines Landes bekam auch er zu spüren. Aber Kostas klagte nicht, im Gegenteil: Er war zufrieden mit seinem Leben. Er liebte seinen Beruf, seine Familie, sein Dorf, seine Insel und sein Land. Wir haben uns ein wenig angefreundet und ab und zu einen Kaffee in einer Taverne am Hafen miteinander getrunken.«

Zufrieden registrierte Neil Krambach, dass seine Erzählung ihm leicht über die Lippen kam. Er war in Form.

»Einmal hat er mir dabei seine tragische Geschichte erzählt. Kostas war nämlich ein Held. 2014 hatte er elf schiffbrüchige afrikanische Flüchtlinge, die kurz vor dem Ertrinken waren, gerettet und an Bord genommen. Aber nicht nur das, seine Familie und Nachbarn hatten ihnen allen Obdach gegeben, bis sie von den Behörden zu einem Auffanglager gebracht werden konnten. Für Kostas war seine Tat selbstverständlich, er empfand sie nicht als heldenhaft.«

Neil Krambach ließ seinen Blick über das Publikum schweifen und genoss es, in die konzentrierten Gesichter zu sehen. Er wusste, dass sie jetzt mit einer Pointe rechneten, und er wollte sie nicht enttäuschen.

»Drei Jahre später wurde Kostas' Tochter, die inzwischen in Athen studierte, in einem Park von zwei Männern vergewaltigt und schwer verletzt. Die Täter konnten gefasst und verurteilt werden. Es waren zwei afrikanische Flüchtlinge gewesen, aber nicht, wie Sie jetzt wahrscheinlich vermuten, aus der Gruppe, die Kostas gerettet hatte. Nein, das nicht. Seine Tochter humpelt seitdem und leidet unter Angstzuständen. Ihr

Studium hat sie abgebrochen und ist wieder zu ihren Eltern gezogen. Irgendwann hat sie einen Job in einem Hotel gefunden. Einen Freund hatte sie seitdem nicht mehr. Kostas erzählte mir, was für ein fröhliches, kluges Mädchen seine Tochter früher gewesen war und dass sie so viel vorgehabt hatte. Er konnte nicht verbergen, wie sehr ihn diese Geschichte immer noch mitnahm.« Wieder wartete Krambach einen Moment, ließ seinen Zuhörern Zeit für ihre Empörung. Die Pointe hatte ihren Zweck erfüllt.

»Aber Kostas klagte nicht und sagte sogar, dass für ihn diese beiden Geschichten nichts miteinander zu tun hätten. Er würde jederzeit wieder schiffbrüchige Flüchtlinge retten.« Krambach beugte sich vor und legte eine besondere Intensität in Blick und Stimme. »Ich habe größten Respekt vor diesem Mann, aber ich sage, dass diese beiden Geschichten sehr wohl etwas miteinander zu tun haben.« Nicken und zustimmendes Raunen im Publikum.

»Und ich glaube, Kostas wusste das eigentlich auch. Warum hat er sie mir sonst zusammenhängend erzählt? Das Problem ist natürlich ein alter Hut, und in meinem neuen Buch spielt es auch nicht mehr die Hauptrolle, aber es ist eben immer noch ungelöst, und es darf einfach nicht zu einer zähneknirschend akzeptierten Selbstverständlichkeit werden. Ich erzähle diese Geschichte, weil sie jenseits von Zahlen und Statistiken ein Stück Wahrheit aus dem Alltag der Menschen ist, die die Opfer von scheinheiliger und schlechter Politik werden. Und von denen gibt es immer mehr. Überall in Europa. Auch unser Land ist davon betroffen und befindet sich schon lange in einer Krise, die unsere Regierung nur nicht wahrhaben will, deren Ausmaß aber schleichend zunimmt. Dabei birgt diese Krise auch eine Chance. Und ich sage: Es ist sogar eine gewaltige Chance. Die deutsche Chance!«

Krambach hielt sein Buch hoch. Applaus. Er war zufrieden, hatte sein Publikum und auch sich selbst in Stimmung gebracht. Nun konnte er mit der Lesung beginnen. Auf einmal gab es einen lauten Knall. Mit gewaltigem Klirren und Scheppern fiel das große Schaufenster in sich zusammen. Zwei dunkle Geschosse landeten im Raum. Tolgay stellte sich schützend vor seinen Chef. Eine Frau aus dem Publikum schrie auf. Die Leute fuhren erschrocken herum, sprangen auf, Stühle fielen um. Die Frau, die geschrien hatte, stürzte vom Stuhl. Draußen auf der Straße liefen zwei schwarze Schatten davon. Aus einem Polizeiwagen sprangen drei Beamte, die zur Sicherheit vor der Buchhandlung postiert waren, und nahmen die Verfolgung auf. Krambach betrachtete das Durcheinander gelassen.

»Sie blutet!«, rief der Mann neben der gestürzten Frau.

Eine andere Frau sagte, sie sei Ärztin, und eilte zu Hilfe.

Ein Mann zeigte auf den Boden und rief: »Ein Stein, ein Pflasterstein! Die haben einen Pflasterstein geworfen!«

»Hier auch!«, rief eine Frau. »Ein Zettel klebt drauf«, fügte sie aufgeregt hinzu und beugte sich hinunter.

»Bitte nicht anfassen!«, rief Krambach laut. »Das ist für die …«

Aber schon tauchte die Frau mit dem Zettel in der Hand wieder auf und las vor: »Kill Krambach!« Sie hielt ihn hoch, sodass alle die schwarze Druckschrift sehen konnten.

»Bitte nichts anfassen!«, wiederholte Krambach energisch. »Wegen der Spurensicherung!« Die Frau mit dem Zettel blickte peinlich berührt drein und zuckte die Achseln.

»Auf dem hier klebt auch ein Zettel«, rief der Mann beim anderen Stein, beugte sich hinunter und las laut vor: »Die deutsche Chance!« Ein empörtes Raunen ging durch die Menge.

»Dieser Abschaum!«, murmelte Tolgay verächtlich.

»Tja, immer wieder das gleiche Spiel«, erwiderte Krambach leise. Hinter seiner demonstrativen Gelassenheit spürte er einen Anflug von Angst. Das war neu, denn obwohl er schon einiges an Drohungen und kleineren Anschlägen erlebt hatte, kannte er das Gefühl der Angst nicht. Sogar die gefährlichen Situationen, in denen er sich früher, vor seinem Autorendasein, das ein oder andere Mal befunden hatte, hatten ihn erstaunlich kaltgelassen.

Die Ärztin erhob sich. »Die Dame wurde am Kopf getroffen. Ich rufe einen Rettungswagen.« Eine Buchhändlerin weinte leise vor sich hin.

»Das waren Autonome!«, pöbelte eine Frau.

»Terroristen! Verbrecher!«, hallte es durch die Buchhandlung.

Krambach kam das alles eigenartig unwirklich vor. Ein unheimliches Gefühl kroch in ihm hoch und verunsicherte ihn. Die Buchhändlerin mahnte alle zur Ruhe und sah den Autor ratlos an. Die Initiative ergreifen, dachte er, das war der richtige Weg, der Angst zu begegnen. Er nickte ihr aufmunternd zu, dann wandte er sich an die Menschen: »Bitte, liebe Freunde! Es tut mir leid, dass Sie meinetwegen so etwas Furchtbares erleben mussten.« Ein Martinshorn ertönte in der Ferne und näherte sich schnell. Weitere kamen hinzu. Da draußen suchten sie schon die Täter. Krambach hob seine Stimme. »Ich hoffe, dass die Verletzung der Dame nicht schwer ist und sie bald wieder ganz gesund sein wird. Aber wir wollen uns durch so einen feigen Anschlag nicht von unserem Weg abbringen lassen.« Lautstarke Zustimmung. Krambachs Lebensgeister waren wieder geweckt. »Wenn meine Gastgeberin nichts dagegen hat, werde ich die Lesung fortsetzen, sobald sich alle beruhigt haben, der Glaser bestellt ist und die Polizei alle wichtigen Daten festgehalten hat. Und jetzt lade ich Sie alle auf einen Wein ein. Mein Freund Tolgay wird zwei Kartons Grauburgunder aus meinem Wagen holen.« Er klopfte seinem Personenschützer liebevoll auf die Schulter, und der machte sich auf den Weg. Die Menschen applaudierten. »Zufällig hatte ich auf dem Weg hierher beim Weinhändler einen

Zwischenstopp eingelegt, worüber ich mich jetzt besonders freue. Und ich glaube, gesehen zu haben, dass es hier irgendwo Pappbecher gibt.«

»Das stimmt, wir haben sicher genug Becher für alle!«, bestätigte eine Mitarbeiterin. Die Buchhändlerin sah ihn dankbar an, fast ein wenig gerührt. Ihm aber fiel ein anderes Gesicht in der Menge auf. Die Person, zu der es gehörte, schien die Freude der anderen nicht zu teilen und sah ihn mit unbewegter Miene an.

4

Viele umgeblätterte Seiten wölbten sich oberhalb des Notizblocks, alle dicht beschrieben. In Toms Kopf dagegen herrschte Leere. Immer mehr Momente jener Nacht entglitten ihm. Erinnerungsfetzen schwebten davon, kaum dass er sie zu fassen glaubte. Der bohrende Kopfschmerz machte ihn mürbe und produzierte schon eine leichte Übelkeit. Er beschloss, eine Pause einzulegen, und fragte sich, ob er in einem der Schränke an der Rezeption vielleicht Schmerztabletten finden könnte. Als er sich erhob, kostete es ihn einige Mühe, seinen verkrampften Körper aufzurichten. Schwerfällig schleppte er sich durch das kleine Zimmer. Auf einmal fiel ein Schuss. Tom fuhr zusammen. Die Erinnerung traf ihn blitzartig. Wie immer, wenn sie kam. Es war sein Schuss, der durch seinen Kopf hallte. Tom sah den Mann wieder vor sich in dem abgedunkelten, verwahrlosten Bauernhaus, wie er nach hinten gekippt und langsam an der Wand hinuntergerutscht war, das Einschussloch in der Stirn, den Blutfleck an der Wand. Wie gelähmt stand Tom da. Nur langsam wurde ihm bewusst, dass er den Atem angehalten hatte. Er holte Luft, tief sog er sie ein.

Er musste raus, brauchte Wind und Weite. Hier drinnen würde er noch durchdrehen. Hektisch griff er sich den Zimmerschlüssel, alles andere kümmerte ihn nicht. An der Tür fiel sein Blick in den schmalen Garderobenspiegel. Er betrachtete sich, aber sah Marco.

»Was war das für ein Gefühl, einen Menschen zu töten?«, fragte sein Bruder, so wie er es in jener Nacht getan hatte.

»Erschießen«, erwiderte Tom. »Ich habe ihn erschossen. In meiner Funktion als Polizist.« Er hörte sich die Sätze sagen, wie er Marco geantwortet hatte. Er hatte ein Leben beendet. Es war eine Entscheidung gewesen. Im Bruchteil einer Sekunde hatte er sie gefällt. Sein Gefühl dabei oder unmittelbar danach hatte er Marco nicht beschreiben können. Vielleicht gab es auch keine Worte dafür.

»Hast du Schuldgefühle?«

»Nein«, hatte er entschieden geantwortet, dabei war er sich ganz und gar nicht sicher gewesen. Marco hatte das erkannt. »Der Mann war ein Mörder«, hatte sein Bruder gesagt. »Und hatte die Frau in seiner Gewalt. Du hast ihr das Leben gerettet. Außerdem hätte er dich erschießen können. Du hast das Richtige getan.«

»Das Richtige …«, hörte Tom sich nachdenklich sagen und dachte, dass er das auch noch aufschreiben musste.

»Wie viele Menschen hatte der Kerl schon auf dem Gewissen?«, hatte Marco gefragt.

Tom erinnerte sich, wie sinnlos ihm all diese Fragen erschienen waren.

»Darum geht es doch nicht, Marco. Das ist zu einfach.«

»So, ist es das? Vielleicht *sind* manche Dinge eben ganz einfach. Vielleicht hatte dieser Typ den Tod verdient.«

»Wer kann das entscheiden?«

»Ach ja, mein weiser Bruder!«, hatte Marco gesagt und geschmunzelt. Tom versuchte, sich genau daran zu erinnern. Wie war dieses Schmunzeln gemeint gewesen? Ironisch? Zynisch? Oder liebevoll, vielleicht traurig? Es war nicht eindeutig gewesen. Verdammt, er verstand seinen Bruder nicht mehr, zu groß war die Distanz zwischen ihnen geworden. Ein kalter Schmerz fraß sich tief in Tom hinein. Das Gefühl der Ohnmacht ließ ihn seine Faust ballen. Der Schlag landete wuchtig auf dem Türrahmen. Verzweifelt. Schmerzhaft.

Eine gepflegte, biedere Hausfassade reihte sich an die andere. In der heilen, bürgerlichen Welt von St. Peter-Ording herrschten Sauberkeit und Ordnung. Und zu dieser nächtlichen Stunde absolute Ruhe. Viele der parkenden Wagen hatten ein Hamburger Kennzeichen. Die meisten ihrer Halter besaßen hier eine Wohnung, und die anderen hatten sich in den Hotels oder Ferienwohnungen eingemietet. Mit dem Ort hatte Tom noch nie etwas anfangen können. Er kam wegen der Welt hinter den Dünen, der rauen Nordsee, des salzigen Winds, des endlos breiten Strands mit seinen Pfahlbauten, deren Stiegen er gern erklomm, um bei Scholle mit Krabben und einem Bier auf der Terrasse zu sitzen und auf das Meer zu blicken. Es hatte aufgehört zu regnen, und die Nacht war lau. Er hatte keine Tabletten an der Rezeption finden können. Nun war er auf der Suche nach irgendeiner Kneipe, um mit einigen Gin Tonics den Kopfschmerz zu betäuben und seine Traurigkeit gleich mit. Aber jegliche Gastronomie hatte schon geschlossen.

Ein Wagen kam ihm entgegen und bog in die Einfahrt eines Wohnhauses ein. Tom sah, wie auf der Fahrerseite ein junger Mann und hinten eine junge Frau ausstiegen. Während der Mann wartete, holte die Frau ein kleines, schlafendes Mädchen von einem Kindersitz. Unruhig ging der Mann auf und ab. Die Frau nahm das Kind auf den Arm und legte den kleinen Kopf liebevoll auf ihrer Schulter ab. Obwohl alles völlig gewöhnlich wirkte, hatte Tom den Eindruck, dass hier etwas in der Luft lag. Der Mann ging zu ihr, sagte etwas, klang wütend. Sie wich einen Schritt zurück und drehte das Kind von ihm weg. Es wirkte wie ein routinierter Schutzreflex. Er stapfte Richtung Haustür, und sie folgte ihm mit etwas Abstand. Offensichtlich hing der Haussegen schief, dachte Tom und wollte gerade weitergehen, als er einen dumpfen Knall hörte. Tom sah noch, wie ein rotes Bobbycar sich auf dem Rasen überschlug und kopfüber liegen blieb. Die Frau blieb stehen und streichelte den Kopf ihrer wach gewordenen Tochter. Der Mann war ein Choleriker.

Da entdeckte dieser den Kommissar auf dem Fußweg und sah ihn demonstrativ an. »Was gibt es hier zu glotzen?«

Tom reagierte nicht, war sich unsicher, wie er sich verhalten sollte.

Der Mann machte ein paar Schritte auf ihn zu. »Geh weiter, du Penner!« Er warf Tom einen stechenden Blick zu. Die Frau sagte leise etwas. »Halt dich da raus!«, herrschte er sie an. Das kleine Mädchen beobachtete alles mit ängstlichen Augen. Sein Instinkt sagte Tom, dass dieser unangenehme Mensch keine Probleme damit hatte, seine Frau zu schlagen. Der Mann kam noch näher und stand jetzt am Zaun unmittelbar vor Tom. Das Gesicht sah harmlos und durchschnittlich aus, beinahe kindlich. »Was willst du? Ärger?« Er klang bedrohlich.

Tom deutete auf den Wagen. »Wie ich sehe, kommen Sie aus Hamburg. Ich bin bei der Kripo dort.« Er sprach betont laut, denn seine Worte galten in erster Linie der Frau. »Ich bin ein Bulle!«, sagte Tom und lächelte. Er sah zu der Frau. »Ich heiße Tom Simon. Für den Fall, dass Sie mal Hilfe brauchen. Wir können das. Helfen.« Er warf dem Mann, der irritiert wirkte, einen ernsten Blick zu. »Tom Simon«, wiederholte er, dann ließ er die beiden stehen und ging weiter. Während er sich entfernte, hoffte er, dass der Mann seine Wut nicht an der Frau auslassen würde. Oder hatte er sich getäuscht und übertrieben reagiert? Er musste an Marcos Bemerkung denken, dass manche Dinge ganz einfach seien.

Der Wind fegte über den vom Mondschein erhellten Strand und blies Tom ins Gesicht. Die weiße Gischt schlängelte sich über das seichte, schwarze Wasser, durch das seine nackten Füße wateten. Die hochgekrempelten, durchnässten Jeans klebten an seinen Beinen. Die Sneakers hatte er irgendwo an einem der Pfahlbauten abgelegt. Eine offene Kneipe hatte er nicht mehr gefunden, da hatte es ihn hierher gezogen. Das Meer war sein Freund, der Wind seine Droge. Erleichtert spürte er, wie ihn der Kopfschmerz langsam aus seiner Umklammerung entließ. Ein Gefühl von Freiheit erfasste ihn und stimmte ihn geradezu euphorisch. Er hatte das Bedürfnis, sich zu bewegen, und begann zu laufen. Das Wasser spritzte an ihm hoch, die salzigen Tropfen rannen über sein Gesicht. Immer schneller wurde er und rannte schließlich wie wild durch das flache Wasser. Ein Schrei löste sich, und mit aller Kraft brüllte er gegen den Wind. Lauter, immer lauter, als könnte er das verknotete Knäuel aus Gedanken und Gefühlen, das ihn zu erdrücken drohte, sprengen. Erschöpft blieb er stehen, atmete durch. Dann begann er zu tänzeln, hob seine Arme und schlug Gerade und Haken in die Luft. Wie oft hatten Marco und er hier schon gemeinsam trainiert? Waren gelaufen und geschwommen, hatten bei Krabbenbrötchen und Bier über die Dinge des Lebens gequatscht? Was würde er darum geben, wenn es wieder so sein könnte wie früher!

5

Die schwere Schublade des antiken Mahagonischreibtischs, an dem schon sein Vater und sein Großvater viele Stunden ihrer irischen Leben verbracht hatten, klemmte ein wenig. Durch sanftes Rütteln ließ sie sich aber herausziehen. Krambach holte die kleine, schwarze Sig Sauer heraus, spannte und entspannte den Abzug einmal, um ihre Funktionsfähigkeit sicherzustellen, dann legte er die handliche Pistole auf das dunkelgrüne Leder, das in die Tischplatte von Sir Brennan, wie er den Schreibtisch liebevoll nach seinem Großvater zu nennen pflegte, eingelegt war. Die Waffe griffbereit in seiner Nähe zu wissen, gab ihm ein Gefühl von Sicherheit. Auch wenn es noch eine gelungene Lesung geworden war und er anschließend ein angenehmes Gespräch mit Prossek gehabt hatte, ließ ihn diese unbestimmte Angst, die er nach dem Anschlag empfunden hatte, nicht mehr los. Sein Blick fiel auf das Foto seiner Frau in dem Messingrahmen, der neben dem wuchtigen Holzrahmen mit dem Bild seiner Eltern, seiner Schwester und ihm so klein wirkte. Das Foto von Marthe war auf seinem fünfundfünfzigsten Geburtstag entstanden, den sie ausgelassen an einem Sommerabend mit den engsten Freunden auf der Terrasse des Hotel Jacob, die eine wunderbare Aussicht auf die Elbe bot, gefeiert hatten. Marthe lächelte ihr typisches offenherziges Lächeln. Neununddreißig Jahre war sie damals gewesen und auf dem Höhepunkt ihrer Karriere. Gerade hatte sie die Moderation des Regionalmagazins übernommen, und die Zuschauer hatten sie geliebt. Krambach betrachtete seine Frau in der roten Bluse mit dem gewagten Ausschnitt. Beides war ungewöhnlich für sie, bevorzugte sie doch eher gedeckte Farben und klassische Schnitte. Er fragte sich, ob Marthe am Ende nicht auch eine dieser farblosen, konservativen Frauen war wie jene, die seine Lesungen besuchten. Seine eigenartige Stimmung passte zu dem merkwürdigen Abend, dachte er. Genau wie Marthes ungewöhnlicher Berlinausflug. Um Mitternacht würde sie in der Lobby des Adlon einen ominösen Informanten treffen, der ihr eine heiße Story versprochen hatte, die die Hamburger Politiklandschaft beträfe und Köpfe zum Rollen bringen würde. Warum hatte dieser Typ sich ausgerechnet an die Moderatorin eines weichgespülten Regionalmagazins gewandt? Marthe war nun wirklich keine investigative Journalistin. Aber sie war seine Ehefrau. Er befürchtete, dass es um ihn und seine Vergangenheit gehen könnte. Der Zeitpunkt wäre perfekt für seine Gegenspieler. Vielleicht wollte man ihn auch erpressen. Er fühlte sich so verdammt verletzlich. Dieses Gefühl hatte er bisher nicht gekannt.

Das Eintauchen in das kühle Nass tat gut. Mit langen, kräftigen Zügen schwamm er unter Wasser durch das Becken, wendete und blieb unten, wo er seine unbestimmte Angst für einen Augenblick vergessen konnte. Er genoss die dumpfe Stille der klaren, blauen Welt, in der sich die Lichter der Deckenlampen bogen, brachen und funkelnd tanzten. Er tauchte auf, drehte sich auf den Rücken und schwamm weiter. Marthe hatte versprochen, sich zu melden. Am Beckenrand angekommen, schaute er auf sein Telefon. 0.27 Uhr. Keine Mitteilungen. Nichts vom Inhalt des Gesprächs übers Handy kommunizieren, hatte er ihr eingeschärft. Nur eine Info, ob das Treffen stattgefunden hatte und wann sie wieder zu Hause sein würde. Durch die offene Schiebetür wehte ein leichter Magnolienduft von den Blüten der prächtigen Büsche vor der breiten Fensterfront. Er sah hinaus auf den Rasen, dessen Grün im Licht des Schwimmbads leuchtete, bevor es hinten in der Dunkelheit versank. Er stellte sich vor, wie er später dort draußen mit Marthe an einer der beiden Birken Sex haben würde. Das hatten sie schon lange nicht mehr getan. Die hohen efeuberankten Mauern schützten ihren Garten vor fremden Blicken, ein Luxus, für den sie sich damals beim Architekten entschieden hatten.

Er stieß sich vom Beckenrand ab und kraulte durch den Pool. Zug um Zug entspannte er sich. War das ein Schatten, den er im Augenwinkel wahrgenommen hatte? Er stoppte sofort, stand im Becken und starrte in den Garten. Da sah er den Schatten wieder. Eine Person ganz in Schwarz, den Kopf unter einer Kapuze verborgen, lief durch den Garten auf die offene Tür zu. Der Schreck fuhr ihm in die Glieder. Er hatte sich nicht getäuscht. Woher kennen die meine Adresse? Panisch kraulte er zum Beckenrand, wo seine Pistole lag. Die schwarze Figur rannte zu ihm hinein. Krambach gab alles, stürzte sich auf den Beckenrand, um nach seiner Sig Sauer zu greifen. Schmerzhaft drückte die Marmorkante gegen seinen Brustkorb, er streckte seinen Arm nach der Pistole aus, als die Person ihren Fuß auf die Waffe setzte und sie ganz in Ruhe von ihm wegzog. Er hatte verloren.

6

MITTWOCH

»Moin!«, sagte eine kräftige Männerstimme. Sie klang weit entfernt und drang kaum zu Tom durch. Der Gruß galt nicht ihm, dachte er und wollte zurückgleiten in den wohltuenden Schlaf, als eine Hand vorsichtig an seiner Schulter rüttelte.

»Ist wohl'n bisschen später geworden«, sagte die Stimme freundlich.

Tom schlug die Augen auf und sah einen Mann über sich, der ihn anlächelte.

»Ich würd dich ja schlafen lassen, aber ich muss hier klar Schiff machen, in 'ner Stunde machen wir auf.«

Langsam realisierte Tom, wo er sich befand. Als die Dämmerung hereingebrochen war, hatte er sich hier oben auf die Terrasse der *Silbermöwe* zurückgezogen und von der Holzbank den Sonnenaufgang über den Dünen beobachtet. Während er verfolgt hatte, wie das Meer mit zunehmendem Tageslicht seine Farbe veränderte, musste er in einen tiefen Schlaf gesunken sein. Schwerfällig richtete er sich auf und bewegte vorsichtig seine eingerosteten Glieder. Seine rechte Hand schmerzte. Er betrachtete die geschwollenen Knöchel und die aufgeplatzten Stellen und war irritiert von der Kraft, mit der er gegen den Türrahmen geschlagen haben musste. Der Mann wischte die Tische ab und rückte die Stühle und Bänke zurecht. »Werd erst mal richtig wach!«, sagte er. »Meine Frau macht gerade Kaffee. Kannst auch gleich einen haben.« Durch die offene Tür schwebte eine leise, lässige Popmusik auf die Terrasse. Dazu gesellten sich das Zischen der Kaffeemaschine und das Klappern von Geschirr. Die Sonne warf ihre Strahlen durch die Scheiben an der Seite der Terrasse und tauchte alles in ein mildes, goldenes Morgenlicht.

Das Erste, was er von ihr wahrnahm, war der Arztroman, den sie vor der Nase hatte. Als Nächstes fiel ihm die Retro-Sonnenbrille darüber auf, die ihn an alte Hollywoodfilme erinnerte. Sie saß auf der Holzbank neben der Tür in der Sonne, und als er näher kam und an ihr vorbei in seine Pension gehen wollte, sah sie zu ihm hoch. »Tom?«

Überrascht blieb er stehen und überlegte, woher sie sich kennen könnten.

»Tom Simon?« Er nickte. Sie ließ das schon leicht zerfledderte Heft mit dem sympathisch lächelnden Mann im weißen Kittel und der attraktiven Frau im Blümchenkleid auf dem Titelbild sinken und sah ihn an. Ihre Stupsnase, die helle Haut und das lockige schwarze Haar verliehen ihrem Gesicht etwas Püppchenhaftes. Einige Falten um die Augen und den Mund herum verrieten, dass sie die vierzig überschritten hatte, wahrscheinlich sogar deutlich, schätzte Tom.

»Kennen wir uns?«, fragte er unsicher.

»Noch nicht, aber das ändern wir jetzt.« Sie legte das Heft neben sich auf die Bank. »Das ist nicht meins, das lag hier rum. Nicht, dass du denkst, ich stehe auf Arztromane.« Sie erhob sich. In ihrer schwarzen Bluse mit weißen Pünktchen, der kurzen schwarzen Lederjacke, engen grauen Jeans und den orangefarbenen Chucks stand sie vor ihm. »Ich bin deine neue Partnerin.«

Irritiert starrte Tom sie an.

»Katja Wichas. Ich war bei der Mordkommission in Berlin, und gestern hatte ich meinen ersten Tag bei euch. Hendrik Felsen meint, wir würden gut zusammenpassen.«

Tom wusste nicht, was er sagen sollte.

»Er hat mich geschickt. Ich soll dich holen. Ans Handy gehst du scheinbar nicht, checkst wohl auch keine Nachrichten. Es gibt jedenfalls was zu tun. 'ne große Sache! Geht gleich los für uns beide.«

Er hatte beinahe vergessen, dass es ja irgendwann weitergehen würde, das normale Leben. Und natürlich war es klar, dass er einen neuen Partner oder eine neue Partnerin bekommen würde, vorübergehend, bis Mira wieder fit wäre. Routine-Eingriff hatte es geheißen. Konnte eine Gehirnoperation das überhaupt sein? Der Tumor war gutartig, hatte entfernt werden können. Aber dann war es zu einer Blutung gekommen, und seine Partnerin musste ins künstliche Koma versetzt werden. Er sah sie wieder vor sich, wie sie im Krankenbett in den Fahrstuhl zum OP geschoben wurde. Das zarte Gesicht der Halbinderin mit dem optimistischen Lächeln, das die Angst nur schlecht verbergen konnte, bevor sich die Tür geschlossen hatte.

»Mira liegt noch im Koma«, sagte Katja Wichas, als wenn sie seine Gedanken erraten hätte.

Tom schaute gedankenverloren vor sich hin.

»Hast du dich geprügelt?« Sie zeigte auf seine verletzte Hand.

Er schüttelte den Kopf. »Wie hast du mich gefunden? Ich habe niemandem gesagt, dass ich hier bin.«

»Felsen hat gesagt, dass du dich gern mal an die Nordsee nach St. Peter-Ording zurückziehst, wenn …« Sie zögerte kurz. »Wenn du in einer Krise steckst. Und da bin ich los und habe ein wenig ermittelt. Das kann ich ganz gut.«

»Krise«, wiederholte Tom nachdenklich.

»Du hast im Einsatz einen Täter erschossen«, sagte sie etwas leiser. »Das ist ja nicht ohne.«

Tom nickte, ohne zu wissen, warum.

»Die Geschichte mit deinem Bruder hat mir Felsen auch erzählt«, fügte sie hinzu. Die Frau machte keine Umwege. Tom dachte an den Notizblock, der oben auf ihn wartete. Er war noch nicht fertig, aber würde er das jemals werden?

»Wie bist du hier?«, fragte Katja. »Mit deinem Wagen?«

»Mit der Bahn.«

»Das passt ja gut, dann fährst du jetzt bei mir mit, und ich erzähl dir alles unterwegs.«

Tom überlegte, obwohl es nichts zu überlegen gab, es ging ihm nur alles zu schnell.

»Was ist, holst du deine Sachen? Vielleicht schaffst du es ja noch kurz unter die Dusche! Siehst aus, als hättest du am Strand geschlafen.« Katja Wichas war alles andere als ein Püppchen.

Die Sonne schien vom strahlend blauen Himmel, und die flache norddeutsche Landschaft mit ihren Feldern, Bauernhöfen, Windrädern und Logistikzentren zog an ihnen vorüber, während sie über den Asphalt der kaum befahrenen Autobahn dahinflogen. Etwas verstohlen betrachtete Tom seine neue Partnerin. Zurückgelehnt saß sie am Steuer, das sie lässig zwischen zwei Fingern hielt. Ihre Augen hatte er noch nicht sehen können, da sie die Sonnenbrille nicht ein einziges Mal abgenommen hatte.

»Der Fall wird ziemlich hochgehängt«, sagte sie. »Krambach war 'ne große Nummer. Euer Präsident hat gleich die Soko eingesetzt und Felsen die Leitung übertragen. Der Verfassungsschutz spielt auch mit, denn bei der Lesung hatte es schon einen kleinen Anschlag gegeben. Wohl von Autonomen. Die haben zwei Steine in den Laden geworfen, die mit Zetteln umwickelt waren. Mit einer klaren Botschaft drauf. Auf einem hatte gestanden: *Die deutsche Chance.* Das ist der Titel seines neuen Buches. Aber die Täter hatten noch einen Doppelpunkt dahintergesetzt. Auf dem anderen stand *Kill Krambach!* Tja, das ist dann ja auch geschehen. Aber vorher wurde der Mann noch böse zusammengeschlagen. Hämatome am ganzen Körper. Da hat jemand ganze Arbeit geleistet. Der Schuss muss wie eine Erlösung für ihn gewesen sein.«

»Raubmord?«

»Auf den ersten Blick scheint nichts zu fehlen. Die ganze Einrichtung ist unversehrt, es wurde auch nichts durchwühlt.«

»Wer hat ihn gefunden?«

»Seine Frau. Sie war in der Nacht spät nach Hause gekommen. Jetzt liegt sie mit einem Schock im Krankenhaus.«

»Kinder?«

»Nein.«

Katja holte ihr Handy hervor, loggte sich ins Intranet der Mordkommission ein, rief die Seite ihrer Fallakte auf, klickte auf Krambachs Vita und reichte es Tom. Er überflog die Daten. Geboren 1958 in Dublin. Vater Ire, Mutter Deutsche. Eine Schwester. Nach dem Tod des Vaters 1971 zog die Mutter mit den Kindern nach Deutschland zurück. Aufgewachsen in

Essen. Studium in Bochum. Gymnasiallehrer in Moers. 2006 kündigte er und ging nach Hamburg.

»Aus dem Pott ins feine Hamburg«, sagte Tom.

»Tja, er wusste offenbar genau, was er wollte.«

»2008 erschien sein erstes Buch *Stillstand Deutschland*.«

Tom erinnerte sich, das Buch war höchst umstritten, aber gleich ein Bestseller gewesen.

»Und 2009 hat er nachgelegt mit *Irrtum Europa*. Und er heiratete Marthe Sulzmeier, eine Redakteurin im Frühstücksfernsehen bei Sat 1. Später als Marthe Krambach Moderatorin des Regionalmagazins.«

»Ach, die!«

»Du guckst so was?«

»Ne, aber 'ne Weile hing sie an jeder Litfaßsäule der Stadt.«

Katja schmunzelte. »Hast du mal was von dem gelesen?«

Bist du verrückt?, wollte Tom antworten, hielt sich jedoch zurück. Schließlich musste er seine neue Partnerin erst noch besser kennenlernen, bevor er etwas so Persönliches wie eine politische Haltung preisgeben würde. Er konnte es sich zwar nicht vorstellen, aber möglicherweise fand Katja Wichas diesen rechten Populisten gut und sie hätten gleich an ihrem ersten Tag eine schwierige Situation. »Nein. Du?«

»Bist du verrückt? So einen Dreck lese ich nicht.«

Tom musste lachen.

»Was gibt es da zu lachen?«

»Ich lache über mich, weil ich genau das Gleiche sagen wollte, aber mich nicht getraut habe.«

»Weil du gedacht hast, dass ich den vielleicht gut finden könnte?«

Tom hob die Hände als Geste der Unwissenheit.

»Na danke!«, erwiderte sie. »Was ist denn mit deiner Menschenkenntnis?«

»Die braucht manchmal eine Weile. Sie ist zurückhaltend und hält vieles für möglich.«

»Gut zu wissen, Partner. Aber du hast ja recht, in Berlin hatte ich einen Kollegen, der diese Machwerke in seinem Bücherregal stehen hatte. Und in den anderen Abteilungen gab es noch ’ne Menge weiterer Kollegen, die den Scheiß gelesen haben werden.«

»Das wird bei uns nicht anders sein.«

»Aber es heißt doch, dass ihr Hamburger kaum Probleme mit Rechten in der Polizei habt.«

»Vielleicht tarnen sich unsere besser. Warum wolltest du denn überhaupt da weg?«

Katja zögerte einen Moment. »Ich brauchte einfach mal eine Luftveränderung. So toll ist die berühmte Berliner Luft nämlich gar nicht.«

»Aha.« Tom ahnte, dass sie über den wahren Grund nicht reden wollte.

»Ich wollte mal in eine Stadt mit viel Grün und wenig Hundescheiße. Und Hafenstädte fand ich immer schon spannend.«

»Na dann: Herzlich willkommen!«

»Danke!«

»Dann hast du wahrscheinlich keine Familie.«

»Meine Eltern.« Sie sagte das trocken, sodass klar war, dass sie das Thema nicht weiter vertiefen wollte. »Du musst ein ziemlich guter Schnüffler sein. Felsen wollte dich unbedingt dabeihaben.« Sie sah ihn an.

Tom ging nicht darauf ein. Er war nicht in der Stimmung für Komplimente. »Wie wär’s mit Musik?«, fragte er.

»Immer gern!« Katja schaltete das Radio ein. Robbie Williams sang »Angels«. Sie wollte den Sender wechseln.

»Nein, lass es bitte!«, sagte Tom. »Ich mag den Song.«

7

Die Metallflächen fuhren zusammen, und der Fahrstuhl setzte sich sanft in Bewegung. Tom betrachtete sein schemenhaftes Spiegelbild in dem glatten Aluminium, und ihm fiel ein, dass er seine Klamotten mittlerweile den vierten Tag trug. Der Aufbruch an die Nordsee war überstürzt gewesen. Ohne zu überlegen, ohne etwas mitzunehmen. Er war nicht mehr er selbst gewesen. Oder gerade? Auch seine Pistole lag noch an ihrem Platz in der Schublade der Kommode im Flur seiner Wohnung. Trotzdem hatte er jetzt auf einen Zwischenstopp verzichtet, weil Katja und er die große Besprechung der Soko noch erreichen wollten. Unauffällig schnüffelte er an seinen Achseln.

»Ist auszuhalten«, sagte Katja trocken.

Tom musste schmunzeln, aber er fühlte sich unwohl und überlegte, ob er noch ein frisches T-Shirt in seinem Schreibtisch hatte. Im fünften Stock des Präsidiums angekommen, gingen sie zügig durch den Korridor zum Besprechungsraum 1, dem größten im Haus. Gerade als sie ankamen, öffnete sich die Tür, und Felsen trat ihnen entgegen, gemeinsam mit dem leitenden Oberstaatsanwalt Titus Holberg. Augenblicklich spürte Tom den Druck, der auf der Soko lastete. Holberg bekamen sie sonst nie zu Gesicht.

»Sieh da!«, sagte ihr Chef mit Blick auf Tom. »Guter Job, Frau Wichas!«

An den beiden vorbei drängten die anderen Ermittler in den Korridor. Die Besprechung war schon zu Ende. Seine Kollegen Balbeck und Taller begrüßten Tom und die Neue in ihrem Team. Steff, Ayla, Christoph, Björn und Bea von der Mordbereitschaft 1 nickten ihnen zu. Bea gratulierte noch zu der Aufklärung des Falles Lutteroth, und Tom spürte die Neugier in ihrem Blick, genau wie bei den anderen Kollegen. Sie alle fragten sich offenbar, wie es nach dem Erlebten in ihm aussah. Dann folgten zwei Gesichter, die Tom nicht kannte, vermutlich Kollegen vom Staatsschutz.

Der stets freundliche, aber distanzierte Holberg schenkte Tom kaum Beachtung, er wandte sich einzig an den Leiter der Soko Krambach. Neben dem Hünen Hendrik Felsen wirkte der schmächtige Oberstaatsanwalt fast ein wenig verloren.

»Gut, Herr Felsen, morgen meldet sich Masslau. Bitte keinen Schritt ohne ihn!« Er unterstrich seine Forderung mit einem strengen Blick. »Viel Erfolg!«

»Danke!«, antwortete Felsen. Holberg eilte mit zackigen Schritten davon. Felsen wandte sich an Tom. »Jetzt weißt du Bescheid. Ist ’ne brisante Geschichte mit reichlich Glatteispotenzial.«

»Okay«, sagte Tom. »Ich nehm die Schlittschuhe mit.«

Felsen sah ihm tief in die Augen, als versuchte er zu erkennen, wie es um seinen Ermittler stand.

»Kannst du wirklich schon wieder einsteigen?«

Tom nickte.

»Sicher?« Felsen schien skeptisch.

»Ja«, erwiderte Tom entschlossen. Er wusste, die Arbeit an dem neuen Fall würde ihn aus seinem Loch holen.

»Mit der Internen habe ich schon gesprochen«, erklärte Felsen. »Von denen wird nichts kommen. Die haben schon die Aussage von Leslie Berger. Dir blieb keine andere Wahl, als zu schießen. Der Fall ist klar. Du könntest also direkt weiterarbeiten. Die Frage ist nur: Wie weit bist du?« Felsen sah ihm tief in die Augen. »Egal was du denkst, Tom, es ist verdammt schwer, damit klarzukommen, dass man einen Menschen erschossen hat.« Tom wusste nichts zu erwidern. Katja entfernte sich diskret. »Du darfst das nicht unterschätzen!«

Tom hatte Marcos Stimme wieder im Ohr. *Was war das für ein Gefühl, einen Menschen zu töten?* Er musste an den Block in seiner Jackentasche denken.

»Es ist okay, Hendrik. Ich glaube, hier komme ich am besten damit klar.«

»Du gehst aber zum psychologischen Dienst! Und das ist keine Bitte, Tom!« Felsen sah ihn eindringlich an. »Hol dir gleich Termine, die Zeit kriegst du von mir. Unser Team ist groß genug. Das können wir auffangen.«

Tom nickte.

»Gut«, wandte sich Felsen jetzt auch an Katja. »Holt euch alle Infos von Peter. Vielleicht könnt ihr später schon mit Frau Krambach reden, falls die Ärzte ihr Okay geben. Ich fänd's gut, wenn ihr das übernehmen würdet.«

»Okay«, sagte Katja.

Felsen nahm Tom beiseite.

»Ich weiß, es ist 'ne schwere Zeit für dich, Tom. Aber es ist gut, dich dabeizuhaben. Von deinem Bruder gibt es nichts Neues«, sagte er mit gesenkter Stimme. »Die Kollegen haben seine Spur wohl endgültig verloren. Sie vermuten aber, dass er noch in Europa ist.« Er zuckte die Achseln. »Aber jetzt bin ich da raus, Tom. Die haben die Schotten dichtgemacht.«

Etwas in Felsens Blick veränderte sich, und Tom hatte den Eindruck, als wenn sein Chef sich fragte, ob sein Mitarbeiter nicht vielleicht sogar mehr wusste als die Kollegen der Zielfahndung. Ein wenig Misstrauen blieb eben immer, dachte Tom. Der Bindung eineiiger Zwillinge traute man eine Kraft zu, die mächtiger war als alles andere auf der Welt, auch als die Loyalität gegenüber der Polizei und dem Gesetz. Das hatte er hier immer wieder zu spüren bekommen, seit Marco abgetaucht war. Und, verdammt noch mal, genauso war es.

Der nackte Körper war übersät mit Blutergüssen und Platzwunden. Eigenartig verrenkt lag er auf den Fliesen. Das Einschussloch mitten in der Stirn. Die Lippen aufgeplatzt und blutverkrustet. Die Augen aufgerissen und die Gesichtszüge verzerrt. Krambachs Leiche bot einen verstörenden Anblick.

Tom betrachtete die Aufnahmen der Spurensicherung auf dem Bildschirm seiner neuen Partnerin. Gemeinsam saßen sie an ihrem Schreibtisch, der bis vor Kurzem noch Miras gewesen war. Den neuen Computer hatte die IT innerhalb kürzester Zeit für Katja eingerichtet, und jetzt steckten sie schon mitten in ihrem ersten gemeinsamen Fall. Sein Handy fiel ihm ein, und er ging zu seinem Schreibtisch und hängte es endlich an das Ladekabel. Bei der Gelegenheit sah er in der Schublade nach einem sauberen T-Shirt und hatte Glück. Schnell tauschte er sein Hemd gegen das frische, schwarze Textil. Auf dem Display seines Handys erschienen diverse Anrufe von Felsen und Toms Eltern. Auf einmal wurde ihm bewusst, dass sie natürlich durch die Medien von Marcos Auftauchen und der Verfolgungsjagd durch den Hafen erfahren hatten. Sicher hatten sie sich furchtbare Sorgen gemacht und das Hirn zermartert, was alles geschehen sein konnte. Es tat ihm leid, dass er nicht an sie gedacht hatte.

»Oberhalb des Kiefers ist alles unversehrt«, sagte Katja, die sich durch die Nahaufnahmen von Krambachs Kopf klickte. »Nicht der kleinste Kratzer auf der Glatze, an den Augen, der Nase, auf der Stirn. Bis auf das Einschussloch.«

»Vielleicht wollte der Täter vermeiden, dass sein Opfer das Bewusstsein verliert«, merkte Peter Balbeck an. Durch die offene Verbindungstür kam er aus dem Büro nebenan, welches er sich mit seinem Partner Oliver Taller teilte, zu ihnen herüber. Einen Raum weiter residierte Felsen. Zusammen bildeten die drei Räume das kleine Reich der Mordbereitschaft 2.

»Du meinst, weil Krambach leiden sollte?«, fragte Tom.

»So wie er ihn zugerichtet hat«, erwiderte Balbeck und strich sich über die wenigen Haare, die kurz rasiert die Seiten seiner Glatze säumten.

»Er hatte ein Tattoo«, sagte Katja. Tom ging zu ihr und sah sich die kleine Tätowierung auf dem rechten Oberarm an. »Eine Faust in einem Kreis.«

»Das ist kein gängiges Motiv, das wissen wir schon«, sagte Balbeck. »Christoph und Steff sind da am Ball.«

Toms neue Partnerin klickte weiter, die folgenden Fotos dokumentierten die Örtlichkeit. Krambach lag neben dem Schwimmbecken. Die gläserne Schiebetür zum Garten war einen Spalt weit geöffnet. Auf den weißen Bodenfliesen gab es schwache Abdrücke von Schuhprofilen, getrocknete Wasserlachen, verwischte kleine Blutflecken und einen größeren, mit Spritzern drum herum, der von dem Kopfschuss herrührte. In einer Ecke lag eine Pistole.

»Was macht die Sig Sauer da?«, fragte Tom.

»Tja, die gehörte offenbar Krambach«, erklärte Balbeck. »Jedenfalls sind nur seine Fingerabdrücke drauf. Die Pistole war geladen. Der Täter hat sie wohl weggetreten. Auf dem Boden und der Waffe gibt es frische Kratzspuren. Die auf dem Boden führen geradewegs vom Beckenrand in diese Ecke.«

»Okay, Krambach hatte sie zu seinem Schutz neben das Becken gelegt, war aber dann nicht schnell genug«, dachte Katja laut.

»Hatte Krambach einen Waffenschein?«, wollte Tom wissen.

»Nein, auch keine Waffenbesitzkarte.«

»Wir müssen herausfinden, woher er die Pistole hat.«

»Tja, registriert ist sie nicht. Jedenfalls nicht in Deutschland.«

»'ne illegale Pistole, das Tattoo, seine rechte Gesinnung, also das passt doch wie Arsch auf Eimer zum Neonazi-Milieu«, sagte Katja.

Balbeck nickte. »Das könnte man schnell denken, aber diese Faust ist kein gängiges Nazi-Symbol«, wandte er ein. »Vielleicht was Irisches«, sagte Tom. »Der Vater war doch Ire, und Krambach ist in Irland geboren.«

»Haben Christoph und Steff auch auf dem Zettel«, erwiderte Balbeck. »Wir haben Spuren im Garten, Sneakers Größe

42. Wahrscheinlich Nikes. Der Täter ist über die Mauer geklettert, über den Rasen zur Tür gelaufen und hinein.«

»Wie ist er über die Mauer gekommen?«

»Wohl mit einem Seil an einem Enterhaken. Die Spusi hat Spuren im Putz gefunden, die von den Spitzen stammen könnten.«

»Alarmanlage, Kameras?«, fragte Katja.

»Fehlanzeige.«

»Was? Es hatte doch immer wieder Anschläge und Demonstrationen bei seinen Lesungen gegeben«, erwiderte sie.

»Ja, aber nie was Ernsthaftes und nie bei ihm zu Hause. Er hatte es scheinbar geschafft, seine Adresse geheim zu halten. An der Tür steht nur der Mädchenname seiner Frau und im Melderegister ebenfalls.«

»Aber sie ist doch selbst bekannt.«

»Stimmt. Marthe Krambach. Aber wer kennt schon M. Sulzmeier?«

»Trotzdem«, erwiderte Katja. »Eigentlich wäre das doch ein Grund mehr, sich eine Alarmanlage installieren zu lassen.«

Balbeck zuckte die Achseln. »Sein Personenschützer sagt, dass sein Chef der Meinung gewesen wäre, Kameras oder eine Alarmanlage würden erst recht Aufmerksamkeit erregen. Außerdem hätte er keine Lust gehabt auf den Aufwand und die Fehlalarme. Er hätte immer gesagt, er lebe ganz unscheinbar mit seiner Frau in ihrer kleinen Oase.«

»Tja, nun nicht mehr«, bemerkte Katja lakonisch.

Tom erhob sich und ging ein paar Schritte auf und ab. »Warum hat der Täter ihn so übel zusammengeschlagen, bevor er ihn hingerichtet hat?«

»Hass«, antwortete Balbeck. »Auf das rechte Schwein. Aber es gibt kein Bekennerschreiben. Die Medien haben nichts erhalten, und im Internet gibt's auch nichts.«

»Aber es gab den Anschlag auf seine Lesung. *Kill Kram-*

bach! Das könnte eine Ankündigung gewesen sein«, sagte Katja.

»Ja, aber darum kümmern sich jetzt die vom Staatsschutz.«

Taller erschien im Türrahmen. »Habt ihr schon das Echo im Netz gesehen? Da geht's ab. Wut, Hass, krude Verschwörungstheorien.« Zwischen seinem wilden Rotschopf und dem Vollbart funkelten die grünen Augen. »Und seine Gegner feiern den Tod des rechten Hundes. Seine hübsche TV-Moderatorin ist auch gern Thema. 'ne pralle, bunte Mischung!«

»Tja, so sind sie, unsere verehrten Mitbürger!«, knurrte Balbeck und wandte sich an seinen Partner. »Dann lass uns mal los!«

»Vielleicht war es ja auch etwas Persönliches«, mutmaßte Katja.

»Oder er wollte etwas aus ihm herausprügeln«, überlegte Taller. »Krambach sollte ihm etwas verraten.«

»Wieso redet ihr eigentlich immer von ihm oder er?«, fragte Katja.

»Der Täter. Maskulin, Singular«, merkte Balbeck schnippisch an.

»Aha! Aber wie wäre es mal mit ›die Täterin‹? Feminin, Singular«, erwiderte Katja.

»Oha, jetzt wird hier gegendert. Das wird eng für dich, Peter!«, sagte Taller und grinste aus seinem roten Vollbart heraus.

»Okay, du bist hier also der moderne Typ«, sagte Katja. Tallers Grinsen gefror.

»Und ich der alte weiße Mann«, murmelte Balbeck genervt und ging an seinem Partner vorbei hinaus. Dort drehte er sich noch einmal um. »Nur so ganz nebenbei: Glaubst du, dass das eine Frau getan hat?«

»Bitte?«, fragte sie ungläubig. »Warum denn nicht?«

Balbeck nickte vielsagend, dann verschwand er im Korridor. Taller zuckte die Achseln und folgte seinem Partner.

»Voilà!«, sagte Tom. »Das ist unser Balbeck!« Zum ersten Mal nahm er Katjas Augen bewusst wahr. Vorher hatte sie ständig die Sonnenbrille getragen, erst im Fahrstuhl hatte sie sie abgesetzt, aber dort und im Korridor war es nicht gerade hell gewesen. Jetzt fiel das Tageslicht auf ihre graublauen Augen, und diese verrieten neben einer selbstsicheren, kämpferischen Entschlossenheit auch eine überraschende Durchlässigkeit. Diese Frau konnte ein harter Knochen sein, ahnte Tom, aber zugleich war sie hochgradig sensibel.

8

»Für einen Rechtsmediziner ist es nicht leicht, Optimist zu sein. Immer wieder sehe ich mir an, wie ein funktionierender Organismus gewaltsam zum Stillstand gebracht wurde. Immer wieder analysiere ich den Hergang einer Zerstörung.«

Olaf Thaden führte Tom und seine neue Partnerin durch den dunklen Gang seines Reichs, in dem man schon die Kälte spürte, die in den abgehenden Arbeitsräumen notwendigerweise herrschte.

»Ich kenne nicht das Gefühl, eingreifen zu können, etwas zu reparieren und wieder zum Laufen zu bringen, Hoffnung zu haben und zu geben. Eigentlich ist das ja das Schöne an der Medizin.« Vor einer Tür blieb der Rechtsmediziner stehen. »Koma ist ein rätselhafter Zustand. Eine Art Zwischenwelt, zu der die Medizin keinen Zugang hat. Miras Körper muss es jetzt allein schaffen. Er muss eine Entscheidung fällen, wenn man es so sehen will.«

Tom nickte.

»Ein Problem könnte natürlich ihre Religion sein«, sagte Thaden. Tom verstand nicht. Thaden zog die Augenbrauen hoch. »Als Buddhistin ist es ihr vielleicht egal, ob sie dieses Leben weiterlebt oder in einem neuen weitermacht«, erklärte er. »Als Vogel vielleicht oder Blume. Ich kenne mich da nicht so aus.«

Tom fragte sich, ob das ein launiger Scherz des Rechtsmediziners oder ernst gemeint gewesen war. Wie stark Miras Glaube wohl war? Genug, um dieses Leben loszulassen? Er hatte bisher den Eindruck gehabt, dass ihr buddhistischer Glaube von einer gewissen Leichtigkeit und einer guten Portion Selbstironie geprägt gewesen war. Ihre Mutter war Inderin, aber Mira war in Deutschland geboren und aufgewachsen. Doch was wusste er schon darüber, wie es tief in seiner Partnerin aussah? Auch wenn sie sich im Laufe ihrer Zusammenarbeit immer näher gekommen waren und fast eine Freundschaft entstanden war. Vielleicht konnte er das »fast« sogar streichen. Er hatte noch nie darüber nachgedacht.

Thaden öffnete die Tür und ging voraus in den weiß gekachelten Raum. Die beiden Ermittler folgten ihm. In der Mitte lag der verhüllte Leichnam auf dem stählernen Seziertisch.

»Was wollt ihr eigentlich hier? Reichen euch die Fotos und mein Bericht nicht? Es gibt keine weiteren Entdeckungen.«

Thaden wandte sich zu Katja. »Er will eure Leiche persönlich kennenlernen. Ich kenne doch Tom Simon. Hast einen guten Partner bekommen, wenn auch keinen ganz einfachen.«

»Na dann«, antwortete Katja, »sind wir schon mal zwei.«

Thaden schmunzelte und zog das grünblaue Tuch herunter. Tom und Katja betrachteten den bleichen, wächsern erscheinenden Körper mit den unzähligen Hämatomen und Platzwunden. Die verzerrten Gesichtszüge und die aufgerissenen Augen wirkten in natura noch grotesker. Als wenn sich die Qualen der letzten Lebensminuten unauslöschlich eingebrannt hätten. Der Mund stand offen, Ober- und Unterkiefer waren merkwürdig gegeneinander verschoben, und hinter den aufgeplatzten Lippen sah man eine große Zahnlücke.

»Heftig!«, entfuhr es Tom leise.

»Allerdings. Zwei Zähne ausgeschlagen, beinahe alle Rippen gebrochen, zahllose Prellungen am gesamten Oberkörper. Der Mann musste ein ziemliches Martyrium durchleiden.«

Tom beugte sich zum rechten Oberarm hinunter und betrachtete die kleine Tätowierung. Die geballte Faust im schwarzen Kreis hatte etwas Martialisches. Er musste an die stilisierten Darstellungen der Arbeiterfaust im Sozialismus denken. Was natürlich nicht zur Ideologie Krambachs passte, aber genauso gut könnte das Tattoo ein Symbol für einen rechtsnationalen Bund sein, dachte Tom.

»Können Sie etwas zu dem Alter der Tätowierung sagen?«, fragte Katja.

»Das ist immer schwierig einzuschätzen, aber das gute Stück ist sicher schon ein wenig älter, über zwanzig Jahre mindestens, würde ich sagen.« Er nahm eine Lupe und betrachtete die Tätowierung genau. »Die dunklen Farbpigmente sind schon ziemlich verblasst, die Linien nicht mehr scharf. Das kann auch locker über dreißig Jahre alt sein.«

Tom betrachtete Krambachs Gesicht. Die grauen Augenbrauen standen borstig und widerspenstig durcheinander. Dazwischen hatten sich zwei Falten tief in die Stirn gegraben. Auf einmal bewegten sie sich, entspannten sich und verschwanden fast. In Toms Wahrnehmung begannen sich die Gesichtszüge des Opfers zu verändern. Das Gesicht sah jetzt aus, wie er es aus den Medien kannte: freundlich, offen, charismatisch. Die markanten Züge hatten etwas Entschlossenes. Aber etwas war anders. Der Mann wirkte müde, vielleicht sogar gelangweilt. Es war ein merkwürdiger Eindruck, der in Toms Gehirn entstand. Es ging ihm mit den meisten Opfern seiner Fälle so. Wenn er ihnen zum ersten Mal gegenüberstand, kam ein Bild zustande, in welchem sie noch lebten. Er hatte keinen Einfluss darauf, es passierte einfach. Es war eine Art Kontaktaufnahme.

»Und jetzt zum Interessanten«, holte Thaden Tom aus seiner Fantasie. »Die Prellungen stammen ausnahmslos von Faustschlägen. Jedenfalls nicht von Fußtritten oder Schlagwerkzeugen. Wir konnten aber keinerlei Hautabriebspuren feststellen. Der Täter hat Handschuhe getragen, aus weichem Leder oder Kunststoff. Die Hämatome sind alle weich im Verlauf und relativ groß. Handschuhe vergrößern die Aufprallfläche.«

»Professionell!«, bemerkte Katja.

»Sieht so aus«, erwiderte Thaden. »Wir haben auch keine DNA gefunden.«

»Die Spusi ebenfalls nicht. Auch keine Fingerabdrücke«, sagte Katja.

»Ein Profi«, sagte Tom. »Aber warum dann die vielen Schläge?«

Auf dem Gelände des Universitätsklinikums herrschte reger Betrieb. Personal und Besucher kamen und gingen. Patienten begleiteten Verwandte oder Freunde bis vor die Tür. Tom saß auf einem der länglichen Betonquader, die als Sitzgelegenheit dienten, und genoss die Wärme der späten Sonne im Gesicht.

»Vielleicht liegt der Wikinger gar nicht so falsch mit seiner Vermutung.« Katjas Stimme riss ihn aus seinen Gedanken. Seine neue Partnerin hielt ihm einen Becher Kaffee unter die Nase. »War doch ohne Zucker?«

»Ja, danke!« Er nahm sich den Becher. »Du meinst Taller.«

»Ja, den Wikinger.«

Tom schmunzelte. »Und was ist seine Vermutung?«

»Vielleicht wollte der Täter mit seinen Schlägen Krambach zum Reden bringen. Der war doch mit der FKD verbandelt, und Politik ist ja oft genug auch schmutzig. Erst recht bei denen. Er sollte vielleicht irgendwas oder irgendwen verraten«, spekulierte sie. »Das Ganze könnte Teil einer Intrige gewesen sein. Böser Dreck unter Nazis.«

»Na, na!«, mahnte Tom. »Keine Vorurteile! Die FKD ist eine demokratisch gewählte Partei.«

Katja zog die Augenbrauen hoch.

»Wenn wir mit der Lady gesprochen haben«, erklärte Tom, »werde ich Mira besuchen. Mein Wagen steht sowieso hier in der Garage. Ich war noch bei ihr, kurz bevor sie operiert wurde.«

»Okay«, sagte Katja. »Und warum steht dein Wagen noch hier?«

»Hab die Türen nicht mehr aufgekriegt. Die Schlösser haben geklemmt.«

»Wie? Alle?«

»Ist ein Coupé.«

»Oh, schick! Was denn für eins?«

»Ein alter Mercedes.«

»Also keine Zentralverriegelung. Und beide Türen haben geklemmt? Auf einmal?«, fragte sie ungläubig.

»Nee, da habe ich natürlich lange dran gearbeitet. Das Schloss der Beifahrertür hatte schon seit ’ner Ewigkeit geklemmt, aber ich habe den Werkstattbesuch immer schön hinausgeschoben.«

»Du bist also Single, habe ich mir schon gedacht.«

Etwas irritiert sah er seine Partnerin an.

»Ich auch«, sagte sie.

Tom hatte keine Lust, darauf näher einzugehen. »Bis dann irgendwann auch das andere klemmte. Und trotzdem habe ich noch gewartet, war ja immer etwas anderes wichtiger. Obwohl ich genau wusste, dass es eines Tages so kommen würde.« Er tippte sich an die Stirn. »Ist doch verrückt!«

»Und du glaubst, dass du sie jetzt aufbekommst?«

Ein anderer Gedanke kam ihm. »Oder es war etwas Persönliches. Wie du schon gesagt hast. Eine Rache, er wurde für etwas bestraft.«

Katja nickte. »Mit der Todesstrafe.«

9

Ein schmaler Streifen Sonnenlicht fiel durch das Fenster in den hinteren Teil des sterilen Krankenzimmers und schien Birgit Sulzmeier ins Gesicht. Sie wirkte aufgewühlt und derangiert, was zum einen an den geröteten Augen und dem zerlaufenen Lidschatten lag, zum anderen an dem Botox, das für einige mehr oder weniger dezente Verzerrungen in ihrem Gesicht sorgte. Frau Sulzmeier stand am Bett ihrer Tochter, nestelte nervös an der Perlenkette, die von ihrem faltigen Hals baumelte, und seufzte theatralisch. »Aber muss das denn jetzt schon sein?«, fragte sie und sah Katja und Tom verständnislos an.

»Ja, leider, Frau Sulzmeier«, entgegnete Tom behutsam.

»Je schneller wir mit unseren Ermittlungen vorankommen, desto größer ist die Chance, den Täter zu kriegen«, erklärte Katja.

Marthe Krambach lag entspannt im Bett, das Kopfteil hochgestellt, und betrachtete die Szenerie wie aus weiter Ferne, als wenn sie mit alledem nichts zu tun hätte. Ihre aufgeregte Mutter wandte sich Hilfe suchend an die Ärztin, die sich im Hintergrund hielt.

»Frau Sulzmeier, aus medizinischer Sicht ist gegen ein kurzes Gespräch nichts einzuwenden«, erklärte diese. »Ihre Tochter ist wieder stabil und hat ja auch darum gebeten, die Klinik heute noch zu verlassen.«

»Ja, aber das jetzt …« Birgit Sulzmeier schüttelte den Kopf.

»Mama, lass nur! Das ist schon okay«, sagte Marthe Krambach mit leiser, heller Stimme.

Ihre Mutter rang mit den Tränen, dabei verzog sie den Mund auf das Unglaublichste, ohne dass sich die Haut auf ihren Wangenknochen, um die Augen herum und auf der Stirn das kleinste bisschen bewegte.

»Frau Sulzmeier, bitte lassen Sie uns jetzt ein paar Minuten mit Ihrer Tochter allein. Frau Dr. Kobsch achtet darauf, dass wir Ihrer Tochter nicht zu viel zumuten«, sagte Tom.

Die Frau griff sich ihr weißes Jackett, die Handtasche und verließ mit einem vorwurfsvollen Blick Richtung Ärztin das Zimmer. Diese schloss die Tür und ließ sich auf einem Stuhl nieder. Tom griff sich ebenfalls einen Stuhl und setzte sich an das Bett. Zwei glasige blaue Augen, die sonst im Fernsehen immer strahlten, blickten ihn matt aus einem blassen Gesicht an. Marthe Krambach richtete sich ein wenig auf und zupfte sich die leichte Strickjacke, die sie über der fliederfarbenen Bluse trug, zurecht.

»Frau Krambach, Sie haben Ihren Mann tot aufgefunden, als Sie nach Hause gekommen sind. Wo waren Sie denn gewesen?«

»In Berlin«, antwortete Marthe Krambach und wurde sogleich etwas lebhafter. »Und ich glaube, dass man mich dorthin gelockt hat, damit man meinen Mann allein in unserem Haus vorfinden würde.«

»Aha!«, sagte Tom. »Wie kommen Sie darauf?«

»Vor vier Tagen habe ich eine anonyme Nachricht erhalten von jemandem, der mir angeblich brisantes Material angeboten hat. Über kriminelle Machenschaften in der Hamburger Politiklandschaft. Das würde Köpfe zum Rollen bringen, stand da. Dieser Jemand wollte es nur mir persönlich geben. Ich sollte um Mitternacht in der Lobby des Adlon warten. Wir sind zwar nicht gerade ein investigatives Politmagazin, aber Regionalpolitik thematisieren wir schon. Wir haben auch schon einen Umweltskandal aufgedeckt. Also, ich fand es nicht völlig ungewöhnlich und bin da hingefahren. Neil hatte auch gesagt, ich würde ja nichts riskieren an so einem öffentlichen Ort. Aber der ominöse Informant ist nicht erschienen.«

»Oder die Informantin?«, fragte Katja.

»Stimmt«, entgegnete sie. »Es könnte natürlich auch eine Frau gewesen sein. Gut, dass Sie das erwähnen.«

»Was haben Sie dann getan?«, fragte Tom.

»Ich habe mich auf den Rückweg gemacht. Erst dachte ich noch, dass sie oder er in Schwierigkeiten geraten sein könnte, und dann, dass sich jemand einen schlechten Scherz erlaubt hatte, aber als ich auf der Autobahn meinen Mann anrufen wollte und er weder an sein Handy noch ans Festnetztelefon ging, da bekam ich schon so ein mulmiges Gefühl.« Sie kämpfte mit den Tränen. Tom hatte den Eindruck, dass auch sie mit Botox gegen die Spuren des Alters vorgegangen war, allerdings geschickter und dezenter als ihre Mutter. Für eine Fernsehmoderatorin war das heute wahrscheinlich üblich, dachte er. Das Showbusiness erlaubte seinen weiblichen Stars das Altern nicht.

»Ich bin mir sicher, das gehörte zu dem Plan, Neil umzubringen«, sagte Marthe Krambach.

»Wie haben Sie die Nachricht denn erhalten?«, fragte Tom.

»Die kam per Post in die Redaktion. Ein ausgedruckter Text.«

»Haben Sie den noch?«

»Er liegt in der Schublade meines Tischs.«

»Gut, das Schreiben brauchen wir«, sagte Katja und kam näher. »Ist der Umschlag noch dabei?«

»Natürlich!«

»Wir werden es abholen. Und es darf von niemandem mehr angefasst werden.«

»Niemand außer mir geht an meinen Tisch. Hoffe ich doch.«

»Ihr Mann war schwimmen. Tat er das jeden Abend?«, fragte Tom.

Marthe Krambach nickte. »Fast immer. Auf jeden Fall aber nach einer Lesung. Er brauchte das, um runterzukommen.«

»Die Tür zum Garten war unversehrt. Entweder hat Ihr Mann den Täter hereingelassen oder er …«

»Neil schwamm immer bei offener Tür.«

»Ist Ihnen in letzter Zeit irgendetwas aufgefallen? War Ihr Mann vielleicht verändert? Verschlossen, besorgt?«, wollte Katja wissen.

Marthe Krambach schüttelte den Kopf. »Nein.«

»Denken Sie in Ruhe darüber nach, und falls Ihnen doch etwas einfällt, rufen Sie uns bitte an!«

»Hatte es Drohungen gegeben?«, wollte Tom wissen.

Marthe Krambach lachte zynisch. »Na ja, die auf der Lesung haben Sie aber mitgekriegt?«

»Natürlich, Frau Krambach.« Tom ignorierte ihre Spitze. »Und in der Richtung wird auch schon ermittelt. Wir meinen die Tage oder Wochen davor.«

»Tja, Drohungen gab es immer. Fragen Sie mal seinen Verleger!«

»Das werden wir noch tun.«

»Wissen Sie, man gewöhnt sich irgendwann daran. Drohungen haben uns immer kaltgelassen. Genauso wie die alltäglichen Beschimpfungen und Beleidigungen in den sozialen Medien. Was glauben Sie, was ich für widerliche und sexistische Kommentare erhalte? Aber Hunde, die bellen, beißen nicht, heißt es ja. Es ist nie was passiert.«

Je länger sie sprachen, desto mehr fiel Tom auf, wie ruhig und kontrolliert die Frau mit ihnen redete.

»Es könnte ja auch eine Drohung aus einer ganz anderen Richtung gewesen sein. Nichts Politisches. Hatte Ihr Mann Feinde?«, fragte Katja.

Marthe Krambach richtete den Blick an Toms Partnerin

vorbei aus dem Fenster. »Ich kann mir, ehrlich gesagt, nicht vorstellen, dass er keine gehabt hätte. Aber wissen Sie, mein Mann hat über so etwas nicht mit mir geredet. Das war nicht sein Stil. Neil jammerte nicht. Seine Feinde verdient man sich, pflegte er zu sagen.«

»Sie sind also eine Art Auszeichnung?«

»Vielleicht«, antwortete Marthe Krambach. »Manchmal.« Mit festem, fast trotzigem Blick sah sie die Ermittler an.

Katja nickte nachdenklich. »Ihr Mann hatte doch Kontakt zu den Freiheitlich Konservativen Demokraten?«

»Richtig.«

»Wollten die ihn nicht sogar für ein Amt gewinnen?«

Marthe Krambach überlegte. »Neil ließ sich nie von der Politik vereinnahmen.«

»Aber er ist auf ihren Veranstaltungen aufgetreten«, entgegnete Katja.

»Als Gastredner, ja, das stimmt. Vieles im Programm der FKD fand er gut, einige Köpfe in der Partei auch, aber die rechtsextremen Strömungen hatte er immer wieder kritisiert.«

»Und hatten sie ihm ein Amt angeboten?«, wiederholte Katja ihre Frage.

»Ja, aber Neil hatte abgelehnt.«

»Auf dem Handy Ihres Mannes haben wir eine Nachricht gefunden«, sagte Tom, »die er gestern Abend von dem Parteivorsitzenden der FKD, Johannes Bilsen, erhalten hat. Sie lautete: ›Eine kleine Gruppe macht Stress. Wird schwierig. Müssen abwarten.‹ Können Sie damit etwas anfangen?«

»Nein.« Marthe Krambach schüttelte nachdenklich den Kopf. »Das kann natürlich vieles bedeuten. Warum fragen Sie nicht Bilsen selbst?«

»Wir haben ihn bis jetzt noch nicht sprechen können.«

»Sie haben keine Kinder, richtig?«, fragte Katja.

»Richtig.«

»Gibt es Verwandte Ihres Mannes?«

»Neils Mutter ist vor neun Jahren gestorben, der Vater ist schon lange tot. Es gibt nur noch seine Schwester Caitlin. Sie lebt in einem Heim, leidet an Alzheimer.«

»In welchem Heim?«

»Das ist in Moers. Wir hatten schon lange keinen Kontakt mehr zu ihr. Neil stand seiner Schwester nicht besonders nah.«

»Frau Krambach, wir fragen uns natürlich, warum Ihr Mann so übel zugerichtet wurde«, erklärte Katja. »Der Täter könnte es aus Hass getan haben. Möglicherweise wollte er sich für etwas rächen. Eine alte Geschichte, etwas Persönliches oder eine finanzielle Angelegenheit.«

Marthe Krambach schüttelte energisch den Kopf. »Von so etwas weiß ich nichts.«

»Oder war Ihr Mann im Besitz von irgendwelchen brisanten Unterlagen, die für jemanden gefährlich werden konnten? Vielleicht wollte der Täter die Herausgabe erzwingen.«

Marthe Krambach überlegte. »Ich glaube nicht, aber wenn, dann hätte er es mir nicht erzählt.« Eine Pause entstand. Tom war sich sicher, dass Katja gleich die Frage stellen würde, die jetzt nahelag und die er sonst stellen würde.

»Frau Krambach«, sagte Katja behutsam. »War Ihr Mann vielleicht in Intrigen oder schmutzige Geschäfte verstrickt? Kann es sein, dass er sich auf etwas Gefährliches eingelassen hat?«

Marthe Krambach sah Katja an. »Nein«, erwiderte sie kühl.

»Sind Sie sich ganz sicher? Sie brauchen Ihren Mann jetzt nicht mehr zu schützen. Aber die Wahrheit könnte vielleicht verhindern, dass es weitere Opfer gibt«, erklärte Katja.

Marthe Krambach schwieg.

»Und falls Sie von kriminellen Machenschaften gewusst haben sollten, dann würde es Ihnen im Falle einer Anklage als Mitwisserin sehr helfen, wenn Sie uns jetzt alles erzählen würden«, fügte Tom hinzu.

Entrüstet sah Marthe Krambach ihn an. »Ich bin mir sicher, dass es nichts in der Art gegeben hat.«

»Wir wissen, das sind unangenehme Fragen«, erklärte Tom. »Aber wir müssen erst einmal in alle Richtungen ermitteln.«

»Wussten Sie, dass Ihr Mann eine Pistole besaß?«, setzte Katja nach.

Marthe Krambach sah sie erstaunt an. »Nein.«

»Ihr Mann hatte sie neben das Schwimmbecken gelegt. Er schien sich bedroht gefühlt zu haben.«

»Na ja, nach dem Vorfall auf seiner Lesung war das ja auch kein Wunder.«

»Obwohl Sie sagen, dass Drohungen dieser Art ihm nichts ausgemacht hatten.« Sie zuckte die Achseln, wirkte verunsichert.

»Ihr Mann hatte eine Tätowierung an der Schulter«, sagte Katja. »Eine Faust. Hatte die eine Bedeutung?«

»Russenmafia«, antwortete Marthe Krambach trocken. Irritiert sahen Katja und Tom sie an. Marthe Krambach schmunzelte. »Kleiner Scherz.« Ihr Schmunzeln wich einem abschätzigen Ausdruck. »Neil war als Student in einer schlagenden Verbindung, und da haben sich wohl einige dieses Tattoo stechen lassen.«

»Eine Faust?«, fragte Katja ungläubig.

Marthe Krambach zuckte die Achseln. »So hat er es mir erzählt.«

»Kennen Sie den Namen dieser Verbindung?«, fragte Tom.

»Den weiß ich nicht mehr. Wenn ich ihn überhaupt jemals gewusst habe.«

»Wo hat Ihr Mann denn studiert?«

»In Bochum.«

»Okay, Frau Krambach, ich glaube, das wär's erst einmal.« Tom sah zu seiner Partnerin, die zustimmend nickte.

»Danke, Frau Krambach! Wir melden uns wieder bei Ihnen«, sagte sie.

Tom erhob sich. Marthe Krambach schwieg, aber es schien, als wenn sie noch etwas sagen wollte. Die beiden Ermittler warteten.

»Wissen Sie«, sagte sie schließlich. »Neil war ein guter Mensch, er hat sich Gedanken über unser Land gemacht. Er hat die großen Probleme alle kommen sehen, und er wollte etwas bewegen, er wusste, dass man aufhören muss, sich etwas vorzumachen. Ehrlichkeit ist aber leider unbequem. Und jetzt hat man seine Stimme einfach zum Schweigen gebracht.«

Tom wusste nichts darauf zu erwidern. Die Gedanken dieses Autors waren ihm fremd, und dessen Stimme hatte er für gefährlich gehalten. Ob ihm Marthe Krambach leidtat, konnte er nicht sagen, aber das war für seine Arbeit auch nicht von Bedeutung.

10

Es herrschte Stille. Nur ein regelmäßiges »Pfifft«, auf das ein leises »Schihsch« folgte, war zu hören. Sanft hob und senkte sich Miras Brustkorb. Aus ihrem Mund ragte ein transparenter Schlauch, der durch eine Weiche mit zwei dickeren Schläuchen verbunden war, die an die Beatmungsmaschine angeschlossen waren. Pfifft, Schihsch. Pfifft, Schihsch. Ein dünner Schlauch hing aus ihrer Nase, und aus dem Kopfverband ragte ebenfalls ein Schlauch, der zu einem Beutel führte, in dem sich Wundsekret und ein wenig Blut angesammelt hatten. Überall waren Schläuche und Kabel, die Miras Körper mit Maschinen und Monitoren verbanden. Zwischen all der Technik in der sterilen Atmosphäre der Intensivstation wirkte Toms zierliche Partnerin verloren.

Tom saß auf einem Stuhl an ihrem Bett und betrachtete Miras Gesicht, in dem sich nichts regte. Er konnte es nicht fassen, dass sie hier zwischen Leben und Tod schwebte. Warum bloß hatte so ein verdammter Tumor in ihrem Gehirn wachsen können? Mira war jung, sechsunddreißig Jahre. Sie ernährte sich gesund, machte Yoga, meditierte und war ein eher optimistischer, positiver Mensch. Allerdings hatte er sie auch oft nachdenklich, still und mit ihrem Single-Dasein hadernd erlebt.

Tom hatte das furchtbare Bild wieder vor Augen, als sie zusammengebrochen war in dem düsteren, verwahrlosten Bauernhof, in dem sie gerade den Täter im Fall Lutteroth gestellt hatten. Zuckend hatte Mira auf dem Boden gelegen, und Tom hatte an einen epileptischen Anfall gedacht. Er hatte ihr nicht gleich helfen können, weil er seine Pistole auf den Täter gerichtet halten musste, der der jungen Leslie das Messer an die Kehle gedrückt und mit dem Gewehr auf ihn gezielt hatte. Dann hatte er seine Entscheidung getroffen und mit einem Schuss die furchtbare Situation beendet.

Pfifft, Schihsch. Pfifft, Schihsch. Die Geräusche der Beatmungsmaschine hatten etwas Beruhigendes. Mira lebte, es bestand Hoffnung.

Der Krankenpfleger hatte Tom erklärt, dass Patienten im Koma manchmal ihre Umgebung wahrnehmen und auf Ansprache und Berührung, besonders von vertrauten Menschen, reagieren würden. Tom rückte näher an das Bett heran und nahm ihre Hand. Vorsichtig hielt er sie, damit die Klemme an ihrem Finger, die auch über ein Kabel mit irgendeiner Maschine verbunden war, nicht verrutschte. Er wartete, ob er eine Reaktion spüren konnte, aber es rührte sich nichts.

»Hey Mira, ich bin's, Tom.« Er überlegte, was er sagen könnte, was ihr guttun würde, aber fand nicht die richtigen Worte. Quatsch, dachte er schließlich, bloß nicht so kompliziert denken.

»Wir könnten dich im Präsidium gut gebrauchen. Wir haben einen neuen Fall, 'ne große Sache. Neil Krambach, dieser politische Autor, der Liebling der neuen Rechten, ist ermordet worden. Du hast mir mal erzählt, dass du ihn in einer Talkshow gesehen hast und dass du ihn für gefährlich hieltest, weil er so smart daherkam. Tja, jetzt hat ihn jemand aus dem Verkehr gezogen. Es ist eine Soko gebildet worden, und Hendrik leitet sie. Ach ja, und ich habe 'ne neue Partnerin. Nur bis du wieder fit bist, natürlich. Katja, eine Kollegin aus Berlin, die gerade zu uns gestoßen ist.«

Er überlegte, was er über sie sagen könnte. »Ich glaube, sie hat was drauf. Sie ist schon ein wenig älter, so Ende vierzig, schätze ich.«

Hübsch?, hörte er Miras Stimme im Geiste fragen. Tom musste schmunzeln und sah Katja vor sich, wie sie vor der Pension gesessen hatte, die Augen hinter der großen Sonnenbrille verborgen. Ihre schwarzen, lockigen Haare, ihre blasse Haut.

»Sie sieht gut aus, aber ich glaube, mit hübsch würde sie ganz sicher nicht gern beschrieben werden.« Tom überlegte, was er noch erzählen konnte.

»Die Sache mit Marco nimmt mich immer noch ziemlich mit. Ich habe einfach eine Scheißangst, dass ihm was passiert. Und ich kann immer noch nicht kapieren, dass ich ihn vielleicht nie wiedersehen werde. Und dass ich nichts machen kann. Absolut nichts.«

Hatten sich ihre Finger bewegt? Oder bildete er sich das ein?

»Mira, hörst du mich?« Er achtete genau auf ihre Hand in der seinen, aber nichts rührte sich. Auch in ihrem Gesicht nicht.

»Es fühlt sich so merkwürdig an, dich hier so zu sehen. Du fehlst mir. Ich hab dir das nie gesagt, aber es gibt nicht viele Menschen in meinem Leben, mit denen ich so reden kann wie mit dir. Vielleicht sollten wir tatsächlich heiraten. Was denkst du? Hey, das wäre doch mal was: ein Heiratsantrag im Koma.«

Geht's noch? Spinnst du jetzt total?, hörte er Miras Stimme im Geiste. Aber hier im Raum hörte er nur Pfifft, Schihsch, Pfifft, Schihsch …

Einige wenige Autos verloren sich auf dem weiträumigen Parkdeck der Tiefgarage. Die rote Karosserie des Mercedes W 123 Coupé leuchtete schon von Weitem, als wenn er sich über Toms Erscheinen freuen würde. Vor der Kühlerhaube blieb Tom stehen und betrachtete den eleganten Alten. Marco hatte sich gefreut, als Tom ihm erzählt hatte, dass er seinen Wagen übernommen hatte. Er hatte gelacht und gesagt: *Du fährst mein Auto, lebst in meiner Wohnung und siehst auch noch aus wie ich. Spooky, Tom, ganz schön spooky!* Tom zog den Block aus der Jackentasche und notierte die Sätze seines Bruders.

Zum ersten Mal fragte er sich, ob er sich von Marcos alten Sachen trennen, aus der Wohnung ausziehen und den Wagen verkaufen sollte. Es waren doch alles nur hilflose Versuche gewesen, seinem Bruder noch irgendwie nahe zu sein. Hilflose Versuche. Er dachte daran, wie viel Spaß sie damals mit dem Roten gehabt hatten, wie oft sie mit ihm spontan nach St. Peter gefahren waren. Einmal waren sie nachts über den ewig breiten Strand gecruist, und Marco hatte plötzlich die Scheinwerfer ausgeschaltet. Sie waren durch die absolute Finsternis gerast. Aus der Anlage hatten die hektischen Breakbeats von The Prodigy gedröhnt. Tom war mulmig zumute gewesen, sein Bruder hatte gelacht. Erst als es Tom zu viel geworden war, er ihn angeschrien hatte, hatte Marco eine wilde Bremsung hingelegt und das Licht wieder eingeschaltet. Im Kegel der Scheinwerfer sahen sie die Holzpfähle von einem der Pfahlbauten unmittelbar vor sich. So war das mit

Marco gewesen, immer wieder hatte er sein Glück herausfordern müssen.

Tom schob den Block wieder in seine Jackentasche und ging zur Fahrerseite. Er steckte den Schlüssel ins Türschloss. Sanft bewegte er ihn hin und her und ruckelte mit der anderen Hand vorsichtig am Griff. Es tat sich nichts. Ohne viel Hoffnung ging er zur Beifahrertür und versuchte dort sein Glück. Obwohl dieses Schloss schon viel länger geklemmt hatte, machte es jetzt auf einmal klick. Er konnte es kaum glauben. Erleichtert öffnete er die Tür, kroch hinüber auf den Fahrersitz und startete den Motor, der sofort ansprang. Zufrieden stellte er ihn wieder ab. Er musste noch die Parkgebühren bezahlen. Als er am Automaten, der sich im Treppenhaus befand, die Parkkarte in den Schlitz schob, öffnete sich die Fahrstuhltür, und sein Vater stand auf einmal vor ihm. Überrascht starrten die beiden einander an.

»Papa! Was machst du denn hier?«

Sein Vater wirkte verunsichert. »Und du?«

»Ich habe Mira besucht. Meine Partnerin. Sie wurde operiert. Man hat ihr einen Tumor entfernt.« Tom zögerte kurz. »Aus dem Gehirn.«

»Und wie geht es ihr?«

»Sie wurde ins künstliche Koma versetzt, weil es eine Komplikation gegeben hat.«

»Scheiße!«

Tom fiel auf, wie blass und eingefallen das Gesicht seines Vaters war. Manni wirkte müde. Ein ungutes Gefühl beschlich ihn. »Aber was hat dich hierher verschlagen?« Tom hatte den Eindruck, als müsste sein Vater überlegen.

»Ich habe auch jemanden besucht.«

Tom wartete, ob da noch mehr käme. Aber offenbar wollte Manni es dabei belassen. Tom glaubte seinem Vater nicht.

»Du siehst erschöpft aus, Tom.«

»Wir haben einen neuen Fall. Dieser Krambach …«

»Ja, wir haben davon im Radio gehört«, sagte er knapp und klang auf einmal reserviert. Tom war klar, woran sein Vater dachte. »Papa, es tut mir leid, dass ich mich noch nicht gemeldet habe. Ich weiß, dass es furchtbar für euch gewesen sein muss. Aber das war es für mich auch.«

»Fünf Tage, Tom. Fünf beschissen lange Tage.« Tom überlegte, was er sagen konnte. Er wollte nicht preisgeben, dass Marco bei ihm gewesen war. Er musste leider so verdammt vorsichtig sein. Und falls er seinen Eltern doch davon erzählen würde, dann auf keinen Fall hier zwischen Tür und Angel.

»Ich hab mich für ein paar Tage ausgeklinkt, ich musste allein sein, ich musste …« Er suchte nach den richtigen Worten, aber machte es dann kurz und schmerzlos. »Ich habe einen Mann erschossen.«

Manni starrte ihn an. »Du warst das!« Natürlich hatten seine Eltern auch von der Aufklärung des Lutteroth-Mordes gelesen und erfahren, dass der Täter von der Polizei erschossen worden war, als er eine junge Frau als Geisel genommen hatte. »Oh Mann, Tom!« Einen Moment schwiegen sie. Dann zeigte Manni auf die fast verheilte Wunde an Toms Hals. »Hast du das davon?«

»Nein, das habe ich mir vorher in einer anderen Situation eingefangen.«

»Ein Streifschuss?«

Tom nickte.

»Am Hals, da hast du Glück gehabt.«

»Das stimmt.«

»Verdammtes Glück.«

»Erzähl es nicht Mama!« Tom erwähnte seinen Eltern gegenüber nie die gefährliche Seite seiner Arbeit, die sich glücklicherweise auch nur selten zeigte. Für seine Mutter wäre es nur schwer auszuhalten gewesen.

Nachdenklich sah sein Vater Tom an. »Du hast die Frau gerettet.«

»Ohne mich wäre sie erst gar nicht in diese Situation geraten.«

»Hinterher ist man immer schlauer.«

Tom wusste nichts zu erwidern. Das ganze Gespräch fiel ihm schwer, er wollte über diese Dinge eigentlich nicht reden. Manni schüttelte den Kopf.

»Mein Junge!«

Dieses warmherzige *Mein Junge* überraschte Tom, und es tat ihm gut. Am liebsten hätte er seinen Vater in die Arme genommen und fest an sich gedrückt, alle Schwierigkeiten zwischen ihnen vergessen und alle Verletzungen, die sie einander zugefügt hatten, besonders seit Marco vor sechs Jahren verschwunden war.

»Warum war er hier?«, fragte sein Vater. »Was wollte er?«

»Papa, ich weiß auch nicht mehr als das, was die Medien berichtet haben.« Tom hielt inne, hatte die Begegnung am Hafen wieder vor Augen. »Ich war bei Jimmy gewesen, hatte trainiert und hinterher mein Bier am Kai getrunken, wie immer. Und da kam er in einem Boot auf mich zu. Wie aus dem Nichts. Das war so unwirklich, ich konnte es kaum fassen. Aber ich habe mich so sehr gefreut, ich wäre zu ihm aufs Boot gegangen, hätte ihn in die Arme genommen. Tja, den Rest kennst du.«

»SEK, Hubschrauber, Menschenjagd«, sagte sein Vater trocken und verbittert. »Er wollte zu dir, Tom. Er hat alles riskiert, weil er zu seinem Zwillingsbruder wollte.«

Tom spürte das Misstrauen dem Sohn gegenüber, der ein Bulle war. »Ich wusste nicht, dass ich observiert wurde, und schon gar nicht, dass Marco dort auftauchen würde.«

»Er wollte zu dir«, wiederholte sein Vater leise.

11

Jens Gerksen stellte das Bier und die belegten Brote auf den kleinen Holztisch auf seinem Balkon und setzte sich auf einen der beiden alten Klappstühle. Er lehnte sich zurück und blickte in den Hinterhof, wo trotz der späten Stunde ein paar Kinder aufgeregt Verstecken spielten. Jens fühlte sich wohl, fast beschwingt, sogar die Arthrose in seinen Knien bereitete ihm heute kaum Schmerzen. Dachte er an Claudia, durchströmte ihn ein warmes Gefühl. Ihre blauen Augen, ihr schüchterner, manchmal ungläubiger Blick, aber auch ihre Melancholie, die sie nicht vor ihm hatte verbergen können, zogen ihn magisch an. Eigenartig, dachte er, dass das Leben immer wieder Überraschungen für einen bereithielt. Auch in seinem Alter konnte man sich also noch verlieben. Nach diversen glücklosen Beziehungen seit dem Tod seiner Frau hatte er das schon nicht mehr für möglich gehalten. Am Morgen hatte er versucht, Claudia zu erreichen, leider ohne Erfolg. Daraufhin hatte er ihr eine Nachricht geschickt. Nun wunderte er sich, dass sie nicht reagierte. Charly trottete auf den Balkon, setzte sich neben Jens und legte seinen Kopf auf seinen Oberschenkel.

»Na, Dicker, was gibt's?« Der Border Collie reckte seine Schnauze Richtung Wurstbrot, rollte seine Pupillen nach oben und sah sein Herrchen bedürftig an. »Vergiss es, Charly!« Jens streichelte das schwarz-weiße, seidige Fell seines Gefährten, beugte sich zu ihm hinunter und drückte seinen Kopf an Charlys. Er musste daran denken, dass Claudia ihn am Ende ziemlich schroff aufgefordert hatte zu gehen. War ihr auf einmal alles zu viel gewesen? Hatte sie der Mut verlassen? Oder gab es vielleicht doch einen anderen? Er wurde unruhig. Sanft schob er Charly von sich. Eigentlich könnte alles so einfach und schön sein, dachte er. Wenn das Alter für etwas gut war, dann dafür, dass er gelernt hatte, im Moment zu leben, nichts mehr aufzuschieben. Nils fiel ihm ein. Jens hatte versprochen, ihm heute das Geld zu überweisen, es dann aber vergessen. Kurz haderte er wieder mit der Unstetigkeit seines Sohns, den ständig wechselnden Plänen, aus denen nie etwas Ernsthaftes entstand außer Geldsorgen. Er könnte jetzt noch zur Bank gehen und die Überweisung am Automaten vornehmen. Dann könnte er Claudia auch gleich noch einen Überraschungsbesuch abstatten. Ein verwegener Gedanke, dachte Jens, aber die Welt gehörte doch den Mutigen.

Er blickte hinaus in die Nacht auf die vorbeiziehenden Lichter der Stadt, hinter einigen Fenstern konnte er in den wenigen Sekunden, die ihm der zügig fahrende Bus ließ, einen flüchtigen Eindruck fremder Leben erhaschen.

Der Bus hielt, und Jens war am Ziel. Er stieg aus, und Charly suchte gleich den ersten Baum auf, der sich ihm bot. Zwei Häuserblocks weiter bogen sie in die kleine Straße ein, in der Claudia wohnte. Vor dem Haus, dessen weiße Fassade längst grau vor Schmutz war, blieb Jens stehen und sah hoch zu ihrer Wohnung im zweiten Stock. Dort war alles dunkel. Vielleicht war sie nicht zu Hause, dachte Jens, aber wo sollte sie sonst sein? Sie hätte kaum Freunde, hatte sie erzählt, und wäre nicht besonders unternehmungslustig. Das Schlafzimmer ging nach hinten hinaus zum Hof, vielleicht lag sie schon im Bett. Es war immerhin kurz vor elf, sollte er es wirklich wagen, sie noch zu stören? Hin- und hergerissen, stand er da.

Ein Mann kam aus der Tür. Kurz entschlossen lief Jens los und Charly mit ihm. Der Mann sah Jens irritiert an, als sie an ihm vorbeirannten. Kurz bevor die Tür zufallen konnte, erreichte Jens den Hauseingang, schlüpfte mit Charly ins Treppenhaus und ging die Stufen hoch in den zweiten Stock. Vor Claudias Tür blieb er stehen und horchte konzentriert, aber konnte kein Zeichen ihrer Gegenwart vernehmen. Unschlüssig ging er ein paar Schritte auf und ab. Charly folgte ihm mit seinem Blick. Das Licht im Treppenhaus ging aus, und sie standen im Dunkeln. Jens kam sich vor wie ein naiver Teenager. Verdammt, sie waren doch erwachsene Menschen!, dachte er, sie könnte ihm doch einfach sagen, wenn es ihr zu spät wäre. Jens beschloss zu klingeln. Er wollte gerade das Licht einschalten, als die Tür geöffnet wurde und eine Person in einem dunklen Hoodie herauskam. Erschrocken blieb Jens stehen. Die Person stoppte ebenfalls ab. Jens konnte nur schemenhaft zwei Augen unter der Kapuze erkennen. Über der Schulter hing eine Sporttasche. Das war ein Einbrecher, wurde ihm sofort klar. Charly knurrte die schwarze Figur an. Die machte jetzt ein paar schnelle Schritte vorwärts, um an ihm vorbeizukommen.

»Hey!«, rief Jens und versuchte, einen Arm zu packen. Sein Gegenüber drückte Jens weg und schlug ihm blitzartig ins Gesicht. Er steckte den Schlag erstaunlich gut weg, wankte kurz, aber hielt sich an dem Hoodie fest. »Hilfe! Einbrecher!«, rief er. Charly bellte und stürzte sich auf ein Bein ihres Gegners. Wütend packte Jens die Person, die versuchte, Charly abzuschütteln. »Hilfe!« Zwei harte Schläge trafen Jens in den Bauch und gegen den Kehlkopf, er bekam keine Luft mehr, aber er hatte schon die Kapuze gegriffen und riss sie der Person vom Kopf. Während er zu Boden ging, blickte er in zwei aufgerissene Augen. Er zog seinen Gegner mit sich, spürte etwas Hartes, Kantiges, das dieser gegen seine Brust drückte. Ein gedämpfter Knall ertönte. Ein Schmerz explodierte in Jens' Brust, ein Schatten huschte vor seine Augen, etwas drückte gegen seine Stirn, ein zweiter gedämpfter Knall ertönte, ein greller Blitz ließ alles gleißend hell werden. Es folgte Schwärze.

12

Der Motor des Roten schnurrte leise vor sich hin, aus der Anlage klang ein dunkles Saxofon, zu dem Bass und Schlagzeug einen treibenden Beat lieferten.

Wie ein Geist war sein Vater plötzlich aufgetaucht, dachte Tom. Merkwürdig unsicher hatte er gewirkt. Hatte er wirklich jemanden besucht? Oder war er vielleicht selbst zu einer Untersuchung oder Behandlung dort gewesen? Aber so spät? Er hatte Tom gebeten, seiner Mutter nichts davon zu erzählen, sie hätte nämlich nicht davon gewusst. Es wäre zwar nicht wichtig, hatte er gesagt, aber sie kenne diesen Freund nicht und würde sich nur unnötige Gedanken machen. Tom kam das komisch vor. Hoffentlich war sein Vater nicht selbst ernsthaft erkrankt und verheimlichte es. Das würde zu ihm passen.

Vierundsechzig Jahre war Manni alt. Luisa hatte gerade ihren achtundsechzigsten Geburtstag gefeiert, wirkte aber um einiges fitter und jünger als ihr Mann. Sie sah wirklich gut aus, dachte Tom, so konnte man alt werden. *Ich kann deinen Vater immer noch verführen,* hatte sie mal gesagt und schelmisch gelacht. Seine Mutter war eins mit sich, dem Leben und allem, was dazugehörte. Er hatte immer ihre positive Art geschätzt und die Ehrlichkeit im Umgang mit den schwierigen Themen des Lebens. Auch mit Marcos trauriger Geschichte. Er fragte sich, wie seine Eltern es aufnehmen würden, wenn er ihnen erzählte, dass sein Bruder mittlerweile eine Frau und bald zwei Töchter hatte, ein Leben führte, an dem sie nicht mehr teilhatten. Ihre gemeinsame Zeit war endgültig vorbei. Auch er selbst musste es endlich akzeptieren. Das Leben hatte einen Rhythmus, in dem es voranschritt.

Pfifft, Schihsch. Das Geräusch der Beatmungsmaschine hallte durch seinen Kopf und vermischte sich mit dem Beat der Musik. Pfifft, Schihsch. Mira lag im Koma, vielleicht war auch die Zeit mit ihr vorbei. Wie viele Kapitel sein Leben wohl hatte? Aus seinem Handy ertönte die Titelmusik von Peter Gunn. Katjas Name leuchtete auf dem Display.

»Hey Tom, wo steckst du?«

»Bin auf dem Weg.«

»In deinem Wagen?«

»Ja.«

»Du hast das Schloss aufgekriegt?«

»Ja, manchmal hat man einfach Glück.«

»Das stimmt. Passt zu dir.«

»Bitte? Wie kommst du darauf?«

»Hm, nur so ein Gefühl.«

»Wie lange kennen wir uns? Zwölf Stunden?«

»Das reicht manchmal.«

»Aha.« Tom wusste nicht, ob er das charmant oder überheblich finden sollte.

»Felsen will sich jetzt mit uns zusammensetzen.«

»Alles klar. Bin in fünf Minuten da.«

»Okay, bis gleich.«

Jetzt gibt es also ein Kapitel mit dem Titel Katja, dachte Tom, während er von Weitem über den Baumwipfeln schon das oberste Stockwerk jenes Flügels des Präsidiums sah, in welchem sich ihre Büros befanden. Der Konferenzraum 3 war hell erleuchtet, und Tom meinte, Felsens hünenhafte Statur zu erkennen, die dort auf und ab ging. Es war gut, wieder hier zu sein, dachte Tom, wo er gebraucht wurde. Vielleicht brauchte auch Mira ihn. Jedenfalls nahm er sich vor, sooft es ging, ein wenig Zeit an ihrem Bett zu verbringen.

Felsen hatte gerade mit der Besprechung begonnen, als Tom den Raum betrat. Mit hochgekrempelten Hemdsärmeln stand ihr Chef am Kopf des langen Tisches, um den herum sich alle Ermittler ihrer Soko versammelt hatten, und blickte konzentriert in die Runde. Seine Körperspannung, die wenigen, aber entschiedenen Bewegungen der kräftigen Arme zeigten, wie engagiert er bei der Sache war. Sein sonorer Bass hallte durch den Raum.

»Klar ist, dass der Täter sehr professionell vorgegangen war. Es gibt keine Spuren, keine Tatwaffe, keine Zeugen. Er hat keinen Fehler gemacht. Jedenfalls haben wir noch keinen entdecken können.«

Tom setzte sich schnell und geräuschlos zu Steff und Christoph. Katja, die gegenüber auf der anderen Seite des Tisches saß, sah kurz zu ihm herüber, Felsen registrierte Toms Eintreffen, ohne seine Ausführungen zu unterbrechen.

»Er hat die Gewohnheiten seines Opfers genau studiert und Marthe Krambach nach Berlin gelockt, um sicherzugehen, dass er ihren Mann allein antraf. Übrigens hat die KT-Untersuchung des Schreibens nichts Besonderes ergeben. Ausgedruckt auf einem Allerweltsdrucker auf Allerweltspapier. Keine Fingerabdrücke oder genetischen Spuren. Die Kollegen vom Staatsschutz gehen übrigens davon aus, dass es keine organisierten Extremisten waren. Die Handschrift sei untypisch. Es gibt auch kein Bekenntnis im Netz oder in der Presse. Natürlich könnte es trotzdem ein extremistischer Einzeltäter gewesen sein. Sie werden auch ermitteln, und wir bleiben im Austausch miteinander.«

Felsen holte sein Feuerzeug aus der Hosentasche und bewegte es beiläufig in seiner riesigen Hand hin und her. Ein Zeichen seiner Anspannung, dachte Tom, dem dieses Verhalten schon seit einiger Zeit an seinem Chef aufgefallen war, wenn dieser hoch konzentriert war und dabei nicht rauchen konnte.

»Johannes Bilsen hat sich endlich bei mir gemeldet. Es war tatsächlich so, dass er Krambach für ein Amt in der FKD gewinnen wollte. Es stimmt auch, dass Krambach das erst nicht wollte, aber er hatte ihn doch noch überzeugen können. Bilsen plante sogar, ihn in den Bundesvorstand zu holen. Die

Mehrheit der Partei wäre begeistert gewesen, sagte er, aber es hätte sich auch Widerstand geregt, mit dem er so nicht gerechnet hatte. Einfach einen von außen, der keine Parteigeschichte hat, in so ein wichtiges Amt zu hieven, das wäre einigen nicht recht gewesen. Eine kleine Gruppe von Gegnern hätte sich gebildet, die das verhindern wollte. Und die sei schnell gewachsen. Ein paar Namen hat er mir genannt, diese Personen müssen wir befragen. Die Frage ist, ob es da vielleicht auch irgendwelche schmutzigen Geschichten im Hintergrund gab. Das ist heikles Terrain, da müssen wir sehr behutsam, aber auch hartnäckig vorgehen.«

Felsen ließ seinen Blick eindringlich über seine Ermittler wandern.

»Einige von uns haben ja schon Erfahrung im Umgang mit dem einen oder anderen Politiker. Das ist ein sehr spezieller Menschenschlag. Ansonsten haben wir bis jetzt keine Hinweise auf Feinde, Konflikte, Probleme oder irgendetwas Ungewöhnliches. Trotzdem hatte Krambach eine Sig Sauer, ohne Waffenbesitzkarte und ohne Waffenschein. Und ohne dass seine Frau oder sein Personenschützer von ihr wussten. Natürlich musste dieser Autor sich schützen. Da draußen gab es genügend, die ihn gehasst und verachtet haben, und darunter sicher auch ein paar durchgeknallte Gewaltbereite.«

»Als Rechter hatte er vielleicht sowieso ein ganz entspanntes Verhältnis zu Waffen«, merkte Balbeck an.

»Vielleicht hatte er ja noch vor etwas ganz anderem Angst«, sagte Bea Lannsen. Die Leiterin der Mordbereitschaft 1, mit deren Kollegen sie zusammen die Soko Krambach bildeten, lehnte mit verschränkten Armen am Fenster. »So wie der zusammengeschlagen wurde. Da muss doch irgendwas dahinterstecken.«

»Der Hass eines fanatischen Linken«, warf Christoph in die Runde.

»Oder Rechten«, raunte Balbeck.

»Bleiben wir bitte bei den Fakten!«, unterbrach Felsen. Er sah zu Oliver Taller, der auf seinem Stuhl neben seinem Partner Peter Balbeck mehr hing als saß und die Hände hinter seinem wilden Rotschopf verschränkt hatte. »Ihr wart in der Buchhandlung.«

»Ja, Peter und ich haben mit der Besitzerin und den Mitarbeitern gesprochen.« Taller gab seine lässige Haltung auf und setzte sich aufrecht. »Leider gab es auch da nichts von Bedeutung, außer dem Anschlag natürlich. Einer Mitarbeiterin war aber aufgefallen, dass ein Mann die Lesung in der Pause verlassen hatte. Das muss natürlich nichts bedeuten, erst recht, weil die Veranstaltung ja durch den Anschlag viel länger gedauert hatte. Aber er war der Einzige. Nach dem Anschlag waren alle Gäste geblieben, bis auf eine Frau, die von dem Stein getroffen und verletzt worden war, und ihrem Ehemann. Und diesem Mann. Leider kann sich die Mitarbeiterin kaum an ihn erinnern, für eine Zeichnung würde es nicht reichen. Sie schätzt ihn auf Mitte vierzig. Eine schwarze Baseballkappe hatte er getragen. Wir haben mit ihr die Fotos der Kollegen von der Veranstaltung angesehen, aber der Mann war nur auf zwei Bildern drauf. Einmal ist er verdeckt, da sieht man nur seinen Arm, und einmal ist er halb von hinten zu sehen. Die Dateien liegen schon im Ordner. Die Buchhandlung hat einen Aufruf auf ihre Homepage gestellt und bei Facebook und Instagram gepostet, dass sich die Besucher der Lesung bei ihnen oder uns melden sollen, damit wir sie befragen und sie uns ihre Fotos zur Verfügung stellen können. Sieben Personen haben sich schon gemeldet, drei von denen haben Fotos gemacht und sie auch schon geschickt. Der Mann mit der Baseballkappe ist leider auf keinem drauf. Das wär's.« Taller lehnte sich wieder zurück.

»Eine Mitarbeiterin konnten wir nicht sprechen«, fügte Balbeck hinzu, »weil sie heute Morgen für fünf Tage nach Italien gefahren ist. Auf irgendein Gut zum Meditieren, wo Handys und Laptops verboten sind. Nächsten Montag ist sie wieder im Laden.«

»Christoph und ich haben die Nachbarn befragt«, meldete sich Steff zu Wort, »aber niemand hat etwas Verdächtiges bemerkt. Und wir haben ausnahmsweise mal alle Anwohner gleich angetroffen.«

»Der Typ auf der Bank«, merkte Christoph an.

»Ach so, ja, eine ältere Dame erzählte, dass ein junger Mann in einem schwarzen Kapuzenpulli sehr lange auf einer Bank an der Ecke zur Parkstraße gesessen und sich mit seinem Handy beschäftigt hätte. Sie sei beim Gassigehen mit ihrem Hund gegen 22 Uhr an ihm vorbeigekommen, und ungefähr eine Stunde später, als sie zu Bett gehen wollte, hätte sie von ihrem Fenster aus gesehen, dass er immer noch da gesessen hatte. Sein Gesicht hat sie kaum gesehen und würde ihn nicht wiedererkennen. Von einer Kappe hat sie nichts gesagt. Ich habe sie gefragt, ob er Sneakers getragen hätte, aber auf die Schuhe hat sie nicht geschaut.«

»Fragt sie noch mal nach der Kappe!«, sagte Felsen. »Was habt ihr zu der Tätowierung?«

»Die scheint wohl ein Unikat zu sein«, übernahm Christoph. »Jedenfalls haben wir es nirgendwo gefunden. Wir haben mit allen drei unserer Tattoo-Profis gesprochen. Katja hat uns schon gesagt, dass Krambach es sich angeblich für eine schlagende Verbindung hat stechen lassen. Aber das ergibt keinen Sinn, Tattoos gehören nicht zu den Riten von Burschenschaften. Wir haben aber trotzdem alle in der Nähe von Bochum befragt. Bei keiner waren Tätowierungen üblich. Und bei keiner war Krambach überhaupt Mitglied. Wir werden aber noch im weiteren Umkreis suchen.«

»Na, dann wollte Krambach seiner Frau offenbar nicht erzählen, woher er das Tattoo wirklich hatte«, sagte Katja. »Und von der Pistole hat sie auch nichts gewusst. Ein Mann mit Geheimnissen. Und dass er plante, doch in die FKD einzutreten und sogar ein Spitzenamt zu übernehmen, hat er seiner Süßen ebenfalls verschwiegen. Der Mann hat seine Frau offenbar nicht so ganz für voll genommen.«

»Das mag sein, aber diese Erkenntnis hilft uns nicht weiter«, fuhr Felsen fort.

»Mal sehen«, erwiderte Katja leise.

»Die innere Leichenschau hat auch nichts ergeben«, fuhr Felsen fort. »Außer alten Brüchen der Nase, des Unterkiefers und der Rippen. Thaden meinte, es sieht aus, als wenn Krambach vor langer Zeit geboxt oder Kampfsport betrieben hätte.«

»Das passt zu der tätowierten Faust«, merkte Tom an.

»Und dazu, dass die Täterin Krambach so derb zusammengeschlagen hat«, warf Katja ein. Erstaunt sah die Runde die neue Kollegin an. Das Wort Täterin stand auf einmal im Raum.

»Täterin«, wiederholte Felsen nachdenklich.

Tom sah zu Balbeck, der amüsiert die Lippen schürzte und die Augenbrauen hochzog. Das kann noch lustig werden, dachte Tom, mit Katja und dem Dickschädel Balbeck.

»Sehr gut, Katja!«, sagte Bea. »In der Hauptstadt ist man offenbar mal wieder 'ne Runde weiter.«

»Verstehe«, sagte Felsen. »Täterin, Täter, ist doch egal! Wir gehen sowieso immer von allen Möglichkeiten aus.«

»Das ist klar, aber hier geht es um Sprache, Hendrik«, sagte Bea. »Als Ausdruck einer Haltung.«

»Ach Bea, sind wir hier Germanisten oder wollen wir Tötungsdelikte aufklären?«

»Ach Hendrik, das ist alles eine Frage der Einstellung«, erwiderte Bea mit einem Schmunzeln.

Felsen schaute sie trotzig an. »Ich glaube, ich habe immer die richtige gehabt.« Er wandte sich an die Runde. »Und am Ende geht es darum, dass wir …« Er hielt kurz inne. »Die Täterin oder den Täter kriegen.«

Bea nickte zufrieden.

»Na guck mal, Katja, da hast du unseren Laden gleich mal ein bisschen auf Vordermann gebracht.«

»Vorderfrau!«, verbesserte Taller. »Oder?« Er grinste in die Runde.

Tom sah zu Katja. Alles andere als ein Püppchen, dachte er erneut.

Die beiden durchtrainierten Oberkörper waren schweißbedeckt und glänzten im grellen Neonlicht. Die jungen Männer auf dem Foto, die sich zum Verwechseln ähnlich sahen, strahlten vor Glück, sogar ihre roten Boxhandschuhe schienen zu leuchten. Hinter ihnen stand Jimmy und hatte seine Arme über ihre Schultern gelegt. Wie Tom dieses Foto liebte. Marco und er hatten gerade ihre Kämpfe für das Dock One gewonnen, und ihr Coach war mindestens ebenso stolz wie seine beiden Schützlinge. Ein eingefrorener Augenblick des Glücks. Vollkommen. So wie es eben immer nur für einen Moment sein konnte, dachte er, während sein Blick zu dem daneben hängenden Bild wanderte, dem Interpol-Fahndungsfoto von Marco.

»Weißt du, was dieses Mandala für eine Bedeutung hat?«, fragte Katja.

Tom löste seinen Blick von den beiden Fotos, die neben seinem Schreibtisch an der weißen Wand hingen, und wandte sich seiner neuen Partnerin zu, die den farbenfrohen Kunstdruck mit den vielen kleinen Buddhafiguren, der neben ihrem Platz hing, betrachtete. »Mira hat es mir mal erzählt, aber ich fürchte, ich habe es vergessen. Du kannst es abnehmen, und wir können es im Schrank für sie aufbewahren.«

»Nein, es gefällt mir. Ich lasse es hängen.«

»Interessierst du dich für Buddhismus?«, fragte er.

»Nein, du?«

»Nicht wirklich, aber mit einigem, was Mira mir erzählte, konnte ich was anfangen.«

Katja nickte, dann konzentrierte sie sich wieder auf Krambachs Terminkalender, der mit seinen Notizbüchern und seinen beiden Handys vor ihr auf dem Tisch lag. Tom wurde immer klarer, wie nah ihm Mira gewesen war. Früher war ihm das nicht bewusst gewesen. Er erhob sich, brauchte Bewegung, musste die melancholischen Gedanken abschütteln. Er öffnete die Verbindungstür zum Büro der Kollegen. Balbeck und Taller saßen an ihren Schreibtischen. An der großen Pinnwand hingen viele ausgedruckte Fotos von der Lesung.

»Und wie sieht's bei euch aus?«, fragte er und trat ein. »Habt ihr irgendwas Interessantes entdecken können?«

»Nee«, sagte Balbeck. »Aber habt ihr schon gehört? Heute Nacht gab es noch einen Mord. In Wandsbek. In einem Treppenhaus wurden ein Mann und sein Hund erschossen. Starmers Truppe hat den Fall.«

»Ganz schön was los in Hamburg«, rief Katja.

Tom betrachtete die Bilder an der Pinnwand. Krambach beim Signieren, im Gespräch mit Besuchern oder mit ihnen posierend für ein Erinnerungsfoto. Im Hintergrund sah man manchmal das zerstörte Schaufenster, viele Gäste und die Buchhändler, die man an den kleinen Buttons mit dem Logo des Ladens erkennen konnte.

»Das ist merkwürdig«, sagte Katja.

»Was?«, fragte Tom und ging zurück in ihr Büro.

»Für morgen hat Krambach eine Adresse eingetragen: *Am Busch 21 Uhr.* Ohne einen Namen oder Hausnummer. Ich habe nur eine Straße mit diesem Namen gefunden, und die ist südlich von Hamburg, mitten in der Pampa. Da ist nichts, außer einem stillgelegten Rangierbahnhof.«

»Aha!« Tom erhob sich. »Lass mal sehen!« Er schaute auf die Karte auf Katjas Monitor. »Was konnte er da gewollt haben?«

»Vielleicht wollte er sich mit jemandem treffen. Heimlich?«

»Wen auch immer er dort treffen wollte, derjenige …«

»Oder diejenige!«, merkte Katja an.

Tom schmunzelte. »Wird natürlich von Krambachs Tod erfahren haben und dort nicht mehr erscheinen.«

»Es sei denn, dass mehrere Personen sich treffen wollten.«

13

Die Wohnungstür fiel hinter ihm ins Schloss, sein Schlüsselbund warf er, wie immer, auf den Deckel der Alukiste, zu dem Sammelsurium nützlicher und vermeintlich nützlicher Dinge. Tom verharrte einen Augenblick. Es war ein merkwürdiges Gefühl, nach Hause zu kommen. Zunächst ging er zu der kleinen Kommode und versicherte sich, dass seine Dienstpistole noch in der Schublade lag. Dann zog er seine Jacke aus und hängte sie an den alten U.-S.-Army-Garderobenständer. In die Küche gehen, dachte er, ein Glas Wasser trinken. Hatte er noch Hunger? Nein, glaubte er. War er müde? Er wusste es nicht und auch nicht, wohin mit sich. Er fühlte sich eigenartig fremd. Ohne Licht zu machen, wanderte er durch die Räume. Alles um ihn herum erzählte von der Nacht mit seinem Bruder und gleichzeitig von der alten, unbeschwerten Zeit vor Marcos Verschwinden, die durch ihre Begegnung in seiner Erinnerung wieder lebendig geworden war.

Tom wusste jetzt, dass es naiv gewesen war, all die Jahre auf die Rückkehr seines Bruders zu hoffen. Auf eine Klärung, die beweisen würde, dass Marco kein Mörder war, die ihn für den Drogenhandel ein paar Jahre in den Knast bringen, ihm aber anschließend wieder ein normales Leben ermöglichen würde. Er hätte ihm dabei geholfen. Jetzt, nachdem er Marco in die Augen gesehen und mit ihm gesprochen hatte, war ihm klar geworden, dass er aufhören musste, auf etwas zu warten, das niemals mehr passieren würde. Dieser Gedanke war mächtig und brutal, wie eine unsichtbare Wand, gegen die er immer wieder stieß, wohin er sich auch wandte. Der Notizblock fiel ihm ein. Er ging in den Flur und holte ihn aus der Innentasche seiner Jacke. Vielleicht sollte er jetzt gleich weiterschreiben, um am Ball zu bleiben. Er ging zurück ins Wohnzimmer, setzte sich in den alten Ledersessel und begann zu lesen.

Ich legte Rockscheiben auf, eine nach der anderen, drehte die Lautstärke auf, damit keine von den Wanzen, die von den Kollegen sehr wahrscheinlich in der Wohnung installiert worden waren, unsere Stimmen einfangen konnte.

Tom sah auf, fragte sich, ob seine Wohnung wohl noch überwacht wurde. Vielleicht waren die Mikros noch vorhanden, aber wahrscheinlich wurde nicht mehr aufgezeichnet. Schließlich war es alles andere als einfach, eine Genehmigung zum Abhören zu erhalten. Polizistenmord war natürlich ein schwerwiegendes Argument, aber jetzt, da Marco Hamburg sicher längst verlassen hatte, sollte Toms Privatsphäre doch wieder geschützt sein.

Sein Blick fiel auf die alte Musikbox, die im Halbdunkel matt schimmerte. »Never can say Goodbye« von Isaac Hayes hatte Marie gedrückt und war gegangen. Wortlos. Er hatte sich nicht auf sie einlassen können. So wie es ihm mit allen Frauen ergangen war, die er seit Marcos Verschwinden kennengelernt hatte. Er spürte eine starke Müdigkeit und Erschöpfung. Er sollte sich schlafen legen. Sein Futon, der neben einem Buchregal auf dem Dielenboden lag, sah jedoch wenig einladend aus. Der zerknüllte Bettbezug, der ihm zuletzt als Decke in den warmen Nächten gedient hatte, und das zerwühlte Laken erinnerten ihn an die misslungene Liebesnacht und die vielen anstrengenden, schlaflosen Stunden der letzten Zeit.

Tom merkte, dass ihm auch jetzt wieder zu viel durch den

Kopf ging, als dass er hätte schlafen können. Er beschloss, sich ein Bier aus der Küche zu holen und noch ein wenig Musik zu hören. Als er durch den Flur ging, fiel ihm auf, dass die Tür zum *Raum,* wie er das Zimmer mit seinem traurigen Geheimnis nannte, nur angelehnt war und der Schlüssel steckte. Marco musste drinnen gewesen sein, ohne dass er es mitbekommen hatte. Natürlich hatte sein Bruder ihn nach dem Zimmer gefragt, und als Tom ihm erzählt hatte, dass er alles unverändert gelassen, es abgeschlossen und seit Jahren nicht betreten hätte, hatte Marco nur geschwiegen. Tom hatte Marco gesagt, wo er den Schlüssel finden würde, falls er hineingehen wollte. Er hatte ihn gefragt, ob er viel an Sonny denken würde und an die kleine Nora.

»Jeden Tag«, hatte Marco geantwortet. »Ihr habt es nicht geschafft«, hatte er dann mit einem bitteren Ausdruck zu ihm gesagt. »Ihr habt versagt.«

Die Worte hatten Tom tief getroffen, denn sein Bruder hatte recht gehabt. Langsam schob er die Tür auf. Das Licht vom Flur fiel in den *Raum,* und er trat hinein. In dem Halbdunkel ließ er seinen Blick über die Wickelkommode, das selbst gebastelte bunte Mobile, das von der Decke hing, das kleine Himmelbett, in dem einige Babyspielsachen lagen, und den flauschigen Teppich wandern. Alles war so wie damals, als Marco das Kinderzimmer liebevoll für die kleine Nora, die im Bauch von Sonny heranwuchs, eingerichtet hatte.

»Neun Jahre ist es her, Tom, neun Jahre. Und das Schwein läuft immer noch frei herum.« Tom hatte Marcos Blick, mit dem er ihn ansah, noch genau vor Augen. Er hatte nichts erwidert, weil es nichts zu erwidern gegeben hatte. Sonny war im fünften Monat gewesen, als sie vergewaltigt und erwürgt worden war. Der Schmerz war unerträglich gewesen für seinen Bruder. Und auch für ihn. Mit Sonny hatte Marco die große Liebe gefunden, und die beiden hatten sich wahnsinnig auf ihr Baby gefreut. Tom erinnerte sich, wie Sonny hier gestanden und Marco sie von hinten umarmt und ihr über den Bauch gestreichelt hatte. *Fühlt sich irgendwie an wie ein Junge,* hatte er gesagt. *Träum weiter, Süßer!,* hatte sie in ihrer lässigen Art erwidert.

Tom spürte wieder die tiefe Verzweiflung und lähmende Ohnmacht von damals. Er hatte mit Marco gelitten, sich gefragt, wie sein Bruder diesen Schmerz aushalten konnte. So wie er sich es jedes Mal fragte, wenn er vor den Angehörigen der Opfer seiner Fälle saß. Plötzlich hatte es seine eigene Familie getroffen. Der düstere Schatten eines furchtbaren Verbrechens hatte sich auf sie gelegt. Und war geblieben. Sie hatten lernen müssen, mit ihm zu leben. Spaziergänger hatten Sonnys Leiche im Unterholz des Jenischparks an der Elbchaussee gefunden. Leider konnten keine Fingerabdrücke oder DNA-Spuren gesichert werden. Drei Tage vorher war sie mit einer Freundin auf einer großen Party in einer Villa in der Nähe gewesen. Dort wurde sie das letzte Mal lebend gesehen, als sie das Fest verlassen hatte. Allein und ohne ihrer Freundin etwas zu sagen, was merkwürdig gewesen war. Vermutlich war sie dann ihrem Mörder unterwegs begegnet, oder er war ihr von der Party aus gefolgt. Der Todeszeitpunkt hatte zwischen 23.30 Uhr und 0.30 Uhr gelegen. Es war einer der wenigen Fälle gewesen, an denen sich die Kollegen die Zähne ausgebissen hatten. Tom war natürlich von den Ermittlungen ausgeschlossen gewesen. Trotzdem hatte er wie ein Besessener auf eigene Faust nachgeforscht. Aber alle Spuren waren im Sande verlaufen. Er hatte versagt, die Polizei hatte versagt. Tom hatte sich schuldig gefühlt.

Es war eine furchtbare Zeit gewesen. Sein Bruder hatte das Kinderzimmer zum Ort seiner Trauer gemacht. Immer wieder hatte er stundenlang hier drinnen gesessen und versucht, das Unbegreifliche zu begreifen. Sein Vertrauen in die Welt, in das Leben hatte er verloren, war still und verschlossen geworden. Damals war Marco noch kein Dealer gewesen, jedenfalls hatte er es Tom jetzt so geschildert. Einmal mehr fragte sich Tom, ob die Verbitterung Marco damals zum Zyniker gemacht und in die Arme der Drogenmafia getrieben hatte. Wenn man so auf die Welt blickte, wie es sein Bruder damals getan hatte, war der Schritt in eine düstere Parallelwelt mit ihren eigenen Gesetzen, der Marco als Barbesitzer im Hamburger Nachtleben ohnehin ziemlich nahe gewesen war, schnell getan.

Tom strich über das weiche Holz der Wickelkommode. Kurz musste er daran denken, wie weit er selbst davon entfernt war, ein Vater zu werden, während Marco in seinem neuen Leben schon wieder eine Familie gegründet hatte. Da bemerkte er, dass das Ultraschallfoto von der kleinen Nora in Sonnys Bauch, das über der Kommode an der Wand gehangen hatte, fehlte. *Für dich, mein Held, meine Liebe!,* hatte Sonny mit rotem Filzstift daraufgeschrieben. Jetzt erinnerte nur noch die zurückgelassene Stecknadel in der hellblauen Wölkchen-Tapete an seine Existenz. Marco musste es mitgenommen haben. Es schnürte Tom das Herz zusammen.

14

DONNERSTAG

Das Tageslicht musste sich seinen Weg erst durch das dichte Laub der Bäume und hochgewachsenen Büsche im Garten bahnen, um die großzügigen Räume der modernen Stadtvilla in ein fahles, grünliches Licht zu tauchen. Abgeschieden wirkte dieser Ort, dachte Tom. Zu diesem Eindruck trug auch die hohe, efeuberankte Mauer bei, die das Grundstück umschloss. Die Welt blieb draußen, und drinnen hatte alles seinen Platz. Die großformatigen, gestochen scharfen Fotografien von Natur auf den pastellgrauen und mintfarbenen Wänden, die braune Polstergarnitur auf dem dunklen Holzfußboden, das Tablet auf dem Sofatisch aus Eiche, Vasen mit exotischen Blumen, ein riesiges Bücherregal, ein Kamin, ein Flatscreen, ein digitales Soundsystem von Bang&Olufsen. Kein Vinyl, keine CDs. Überhaupt lag hier nichts herum, kein Pullover, kein vergessener Teller, keine angebrochene Tafel Schokolade.

»Das hat was von einem Tempel«, sagte Katja leise. Tom konnte jedoch nicht umhin, beeindruckt zu sein. Er musste an seine überfüllte Wohnung denken mit dem großen, im Staub versinkenden Durcheinander von Dingen aus verschiedenen Welten und Zeiten, was das Chaos widerspiegelte, das in seiner Seele herrschte, seit Marco verschwunden war. Es wuchs ihm über den Kopf, nahm ihm die Luft zum Atmen. Er stellte sich vor, wie diese Ordnung Marthe und Neil Krambach eine Form von Halt gegeben hatte.

»Oder von einem Möbelhaus«, fügte Katja grinsend hinzu.

»Ist es Ihnen zu steril in unserem Haus?« Das war die Stimme von Marthe Krambach, sie kam von oben. In einem grauen Jogginganzug kam sie die weiße Betonwendeltreppe herunter. Barfuß, die blonden Haare wild über ihre Schultern verteilt, kam sie zu Katja und Tom. Blass und erschöpft sah sie aus, mit grauen Schatten unter den Augen.

»Na ja«, sagte Katja. »Es ist sehr ästhetisch. Aber ja, mir wäre es zu aufgeräumt, zu perfekt.«

Marthe Krambach ließ den Blick durch den Raum schweifen. »Sie können sich nicht vorstellen, wie wohl ich mich hier fühle. Wenn ich durch die Tür komme, lasse ich alles Anstrengende, Unangenehme hinter mir. Hier bin ich ganz bei mir.« Sie wurde nachdenklich. »Ich bin so froh, dass er diese Räume nicht betreten hat … der Mörder … meines Mannes.«

»Er wusste, was er wollte«, sagte Tom. »Und hat sich nur

darauf konzentriert.« Marthe Krambach strich sich durch die blonde Mähne und sah den Kommissar traurig an.

»Frau Krambach, wir sind gekommen, weil wir gern etwas über das Leben Ihres Mannes in Moers erfahren würden«, sagte Katja. »Bevor er nach Hamburg kam.«

»Das ist so lange her. Warum ist das für Sie interessant?«

»Wir wollen uns ein Bild von Neil Krambach und seinem Leben machen. Je mehr wir darüber wissen, desto besser können wir alles, was wir herausfinden, einordnen und mögliche Zusammenhänge erkennen«, erklärte Tom.

»Ich weiß aber nicht viel über Neils Vergangenheit. Sie spielte für uns keine Rolle. Vor allem nicht für ihn. Begleiten Sie mich in die Küche? Ich brauche einen Kaffee. Sie vielleicht auch?« Sie wandte sich um.

Katja und Tom verneinten und folgten ihr hinter die Wand aus grauem Schiefer. Sie gingen vorbei an einer Treppe, die abwärtsführte, in die Küche, die ebenfalls aufgeräumt und blitzsauber war. Vor dem breiten Fenster, durch das man in den Garten sah, standen in einem länglichen Becken mehrere Töpfe mit frischen Kräutern.

»Führt die Treppe hinunter zum Schwimmbad?«, fragte Tom.

»Ja«, antwortete Marthe Krambach. »Ich war noch nicht da unten. Ich kann mir gar nicht vorstellen, dass ich mich dort jemals wieder aufhalten kann.« Sie trat an die Kaffeemaschine heran und begann mit routinierten Handgriffen, einen Kaffee zuzubereiten. »Mit Hamburg hatte ein neues Kapitel in Neils Leben begonnen«, erzählte sie. »So hatte er es gesagt.« Die Maschine arbeitete, zischte und brodelte. Ein verlockender Kaffeeduft breitete sich aus.

»Ach, ich würde doch einen nehmen, Frau Krambach«, sagte Katja.

»Gut«, antwortete diese und holte eine weitere Tasse aus dem Schrank.

»Das klingt, als wenn er etwas hinter sich lassen wollte«, sagte Tom. »Hatte er damals Probleme gehabt? Wollte er vielleicht seinem alten Umfeld entkommen?«

»Nein, nein, so war das nicht, er wollte einfach nur raus aus dem Ruhrpott.« Die Kaffeemaschine arbeitete erneut. »Milch, Zucker?«

»Schwarz«, antwortete Toms Partnerin.

»Der ist aber stark«, warnte Marthe Krambach.

»Gut«, erwiderte Katja. Die Frau reichte ihr die dampfende Tasse.

»Neil war im Pott aufgewachsen. Hatte dort studiert, als Lehrer gearbeitet. Und er hatte sich wohlgefühlt in Moers, seine Arbeit hatte ihm gefallen, aber irgendwann hatte er eine Veränderung gebraucht. Das hatte auch was mit dem Schreiben zu tun. Das war neu und ein großer Schritt. Und da er allein gewesen war und ungebunden, hatte er einfach alles aufgegeben und war hierhergezogen. Hamburg hatte ihm schon immer gefallen.« Sie trank von ihrem Kaffee.

»Na ja, und dann hatte er tatsächlich sein erstes Buch geschrieben. Und das wurde gleich ein Erfolg. Später sagte er mir mal, dass er erst jetzt das Gefühl habe, angekommen zu sein in seinem Leben.« Ihre Augen füllten sich mit Tränen, sie wandte sich ab und flüchtete mit dem Blick zum Fenster hinaus.

Zum ersten Mal zeigte sie Gefühle, dachte Tom. »Hatte Ihr Mann denn noch Kontakt zu alten Freunden oder Bekannten?«, wollte er wissen.

»Nein, ich glaube nicht. Für ihn war das Kapitel abgeschlossen.«

»Haben Sie sich in Hamburg kennengelernt?«, fragte Katja.

Marthe Krambach drehte sich zu ihr. »Was Sie alles wissen wollen.« Katja zuckte die Achseln und lächelte freundlich. Die Fernsehmoderatorin wischte sich über die Augen und hatte sich wieder unter Kontrolle. »Ja, das war auf einem Medientreff, der einmal im Jahr stattfindet. Neil war mit seinem Verleger dort, und einer unserer Producer kannte den. Irgendwie sind wir ins Gespräch gekommen. Ich fand ihn gleich interessant, aber er mich erst mal langweilig.« Sie schmunzelte. Dann öffnete sie den Kühlschrank und holte eine Flasche Champagner heraus. Während sie sich daranmachte, die Flasche zu öffnen, fuhr sie fort: »Tja, so war das. Er hat mich auch den ganzen Abend nicht mehr beachtet, aber später an der Bar kam er dazu, als so ein Schnösel mich anbaggerte und ich den einfach nicht loswurde. Neil hat das dann für mich geklärt. Wie ein Gentleman und sehr männlich.« Ein leises Plopp war zu vernehmen, und sie hielt den Korken in der Hand. Aus dem Flaschenhals entstieg ein feiner, weißer Dampf.

»Inwiefern männlich?«, fragte Katja.

Marthe Krambach sah Katja an. »Als der Typ nicht hören wollte und auch noch überheblich wurde und sich über Neil lustig machte, hat er ihm eins auf die Fresse gegeben. Zack, bumm, einfach so.« Marthe Krambach lachte kurz auf. Katja warf Tom einen gespielt beeindruckten Blick zu. Tom erstaunte Marthe Krambachs derbe Ausdrucksweise. »Sie wollen sicher keinen Champagner, richtig?«

»Richtig«, antwortete Katja. Tom nickte. Marthe Krambach holte eine Champagnerflöte aus dem Schrank und schenkte sich ein. Toms Blick fiel auf einen Notizblock, der zusammen mit einem Bleistift in einer Ecke auf der Anrichte lag. Ein einzelnes Wort war darauf notiert.

»Neil hat mich dann nach Hause gebracht. Und ich habe ihn noch auf einen Kaffee zu mir eingeladen.« Sie schaute kokett, was ihr aber nur zum Teil gelang, da die glatte Haut auf der Stirn und um die Augen herum regungslos blieb. »Tja, seitdem waren wir ein Paar.« Sie hob ihr Glas und trank.

Tom versuchte, das Wort zu entziffern, was schwierig war, da es in einer eigenwilligen Handschrift geschrieben war und aus seiner Sicht kopfüber stand.

»Hat Ihr Mann früher mal einen Kampfsport betrieben?«, fragte Katja.

»Sie meinen, weil er dem Typen eine verpasst hat?« Marthe Krambach schüttelte den Kopf. »Neil war kein Schläger, so etwas habe ich nie wieder mit ihm erlebt.«

Tom ging näher zu dem Block, drehte sich und las *Laubfrosch*. Merkwürdig, dachte er.

»Ich frage aus einem anderen Grund«, erklärte Katja. »Die Rechtsmedizin hat viele alte Brüche bei Ihrem Mann festgestellt. Rippen, Kiefer, Nase. Wie bei einem Kampfsportler.«

Irritiert sah die Frau Katja an. »So? Davon weiß ich nichts.« Sie überlegte und zuckte die Achseln.

»Ihr Mann war früher Lehrer für Geschichte und Sport. Da hat er doch sicher auch selbst Sport getrieben?«, fragte Katja.

Marthe Krambach überlegte. »Natürlich! Leichtathletik hat er gemacht. Und das wohl auch im Verein.« Sie schüttelte den Kopf. »Aber Kampfsport? Nein, das glaube ich nicht, das passte nicht zu ihm.«

»Es hätte aber zu der tätowierten Faust gepasst«, sagte Katja.

Nachdenklich sah Marthe Krambach Katja an. »Ich habe Ihnen doch schon gesagt, dass die Tätowierung so eine Sache dieser Burschenschaft gewesen war.«

»Bis jetzt haben wir bei allen Burschenschaften im Ruhrpott die Auskunft erhalten, dass Tattoos nie zu den üblichen Ritualen gehört hätten.«

»Aber er hat es mir doch erzählt.«

»Und bei keiner war Neil Krambach jemals Mitglied gewesen.«

Marthe Krambach hielt verunsichert inne. »Aber …« Sie sah Tom an, als könnte er ihr erklären, warum ihr Mann sie angelogen hatte. »Vielleicht hatte er ja mal einen Unfall gehabt«, spekulierte sie. »Und die Brüche kommen daher.«

»Das könnte natürlich sein, aber diese Brüche sind alle zu verschiedenen Zeitpunkten entstanden«, erklärte Katja.

»Sie verstehen das wahrscheinlich nicht, aber mir hat es nie etwas ausgemacht, dass ich nichts über Neils Vergangenheit wusste. Er wusste auch kaum was über meine Vergangenheit. Wozu auch? Was vorher war, hat uns nicht interessiert. Wir waren glücklich und haben nur nach vorn geschaut.« Mit festem Blick sah sie die Ermittler an.

»In dem Terminkalender Ihres Mannes ist für morgen um 21 Uhr eine Adresse eingetragen. Wissen Sie, was er vorhatte? War er verabredet?«

Marthe Krambach dachte nach. »Nein, davon weiß ich nichts. Aber wenn es um Politik ging, hat er mir nicht immer alles gesagt. Weil es mich auch nicht so interessiert hat. Nur wenn es was Besonderes war, hat er es mir erzählt. Welche Adresse war es denn?«

»Am Busch, das ist in der Pampa südlich von Hamburg, dort ist nur ein stillgelegter Rangierbahnhof.«

Die Frau war irritiert. »Merkwürdig!«

»Das finden wir auch, aber vielleicht gibt es eine ganz einfache Erklärung dafür.«

»Ich kenne sie jedenfalls nicht.«

Tom deutete auf den Block auf der Anrichte. »Haben Sie das geschrieben?«

»Was steht denn da?«, fragte Marthe Krambach und ging zu dem Block. »Laubfrosch«, las sie erstaunt vor. »Das ist Neils Schrift.« Irritiert sah sie die Kommissare an.

Antike Möbel im britischen Stil, ein altes Gewehr an der Wand, zwei Landschaftsgemälde und ein weiteres großformatiges Waldfoto, drei Schränke voller Bücher und ein Schreibtisch, auf dem sich neben dem Bildschirm weitere Bücher und viele Unterlagen stapelten, dazwischen eine angebrochene Packung Shortbread. Unter der gebogenen Messinglampe standen zwei gerahmte Fotos, das eine von einer strahlenden Marthe Krambach in einer leuchtend roten Bluse, das andere, schon älter und in Schwarz-Weiß, von einer Familie mit zwei Kindern. Über der Stuhllehne hing eine Trainingsjacke. Neil Krambachs Arbeitszimmer war anders als der Rest des Hauses. Tom nahm sich ein Buch vom Stapel. *Deutschland. Woher? Wohin?* war der Titel. Von Johannes Bilsen, dem Vorsitzenden der FKD.

»Na, das sind ja schöne Titel hier«, sagte Katja, die vor einem der Bücherschränke stand. »*Kaiser Wilhelm II., seine Weltanschauung und die deutschen Katholiken.* Der Schinken ist von 1929. Und hier: *Auf dem Wege nach Weimar und von Weimar nach Potsdam. Ein geschichtlicher Rückblick auf die Wandlungen des Bismarckreiches zum Parteienstaat und das Wieder-Erwachen des nationalen Deutschlands.* München 1933. Na dufte, da kommt doch Freude auf! Und Nietzsche darf natürlich auch nicht fehlen. Wahrscheinlich finde ich gleich noch Hitlers *Mein Kampf.* Hey, aber die Grünen sind auch vertreten: Habeck steht hier, Joschka Fischer und Trittin. Klar, man muss ja auch den Feind studieren. Aber natürlich nur die Männer!«

Tom zog ein Blatt mit handschriftlichen Notizen hervor.

Vortrag Tugendstaat Deutschland!

Keine ehrliche politische Debatte mehr, lebensfremde Elite dominiert den Diskurs, auch die Informationspolitik, ernsthafte Kritik unmöglich in einer Diktatur der politischen Korrektheit, der wahre Wille der Bürger wird ignoriert.

Gliederung in 3 Teile je 10 Minuten – Viele Beispiele!!!

Schule, Universität, Berufsbildung

Forschung und Kultur

Politik und Wirtschaft

Fragen und Diskussion, ca. 20 Min.

Als wenn Tugend und politische Korrektheit etwas Schlechtes wären, dachte Tom. Aber in letzter Zeit schienen es immer mehr Menschen müde zu sein, sich an die Regeln eines respektvollen Miteinanders zu halten.

»Schau mal«, sagte Katja. »Das ist Krambach wohl als Kind.« Seine Partnerin betrachtete drei kleine gerahmte Schwarz-Weiß-Fotos, die neben einem Bücherschrank an der Wand hingen. Tom ging zu ihr. Auf dem Bild stand ein kleiner Junge, in dessen Gesicht sich unschwer die Züge des Autors erkennen ließen, neben einem Mann auf einer Wiese im Morgennebel, beide trugen Schiebermützen und der Mann ein Jagdgewehr unter dem Arm. Zu ihren Füßen lag ein erlegter Hirsch. »Und das ist bestimmt sein Vater«, fügte Katja hinzu. »Auf der Jagd. Da hat ihn Papa ja gleich auf seine Rolle als Mann vorbereitet.«

»Das Gewehr ist vielleicht das, was hier hängt«, sagte Tom, den der Anblick des erschossenen Tieres, das selbst im Tod noch würdevoll wirkte, rührte. Er wunderte sich über seine Empfindlichkeit, die wohl eine Folge seines überreizten Zustands war. Er sollte mal wieder ins Dock One fahren und eine Runde boxen, beschloss er. Sich auspowern, alles abschütteln und sich mit Jimmy an den Kai setzen und ein Bier trinken. Sein Blick wanderte zu dem Foto darunter. Es zeigte den Jungen in einer Schuluniform mit einem Ranzen auf dem Rücken an der Hand seines Vaters vor einem alten Schulgebäude. Beide trugen wieder ihre Schiebermützen und blickten ernst in die Kamera. Auf dem dritten Bild, das einige Knicke und Kratzer aufwies, stand der Vater mit nacktem, schweißnassem Oberkörper und bandagierten Händen in einem Hinterhof und rauchte eine Zigarette. Unter seinen zurückgekämmten, glänzenden schwarzen Haaren schaute er mit einem stechenden Blick in die Kamera, im Hintergrund drückten sich ein paar Männer an der Hauswand herum. »Sieht aus, als wenn der Vater geboxt hätte«, sagte Tom.

»Stimmt«, erwiderte Katja und beugte sich zu dem Foto hinunter.

»Das ist Neils Vater.« Es war Marthe Krambachs Stimme. Sie stand auf einmal in der Tür. »Es sind die einzigen Fotos, die Neil von ihm hatte.«

»Warum?«, wollte Tom wissen.

»Sein Vater war ums Leben gekommen, als Neil dreizehn Jahre alt war. Durch eine Bombe der IRA in Belfast. Die hatten sie in einem Auto vor dem Haus einer Tageszeitung platziert. Er war nur zufällig dort gewesen, wollte einen befreundeten Journalisten besuchen.«

»Tragisch«, sagte Tom.

»Sein Tod war furchtbar für Neil gewesen. Ich glaube, er hatte seinen Vater sehr verehrt. Ein einziges Mal hat er mir das alles erzählt. Das war am Anfang unserer Beziehung. Danach hat er nie wieder darüber gesprochen.«

»Warum hatte Ihr Mann eigentlich den deutschen Namen? Hatte seine Mutter nach dem Tod seines Vaters wieder ihren Mädchennamen angenommen?«

»Ja, so war es. Sie war mit den Kindern nach Moers zurückgegangen zu ihrer Familie und hatte die beiden allein großgezogen.« Marthe Krambach ging zum Schreibtisch, nahm das Foto von der Familie ihres Mannes und betrachtete es. »Ich weiß tatsächlich viel zu wenig über Neils Vergangenheit.«

Als Tom und Katja an ihrem Dienstwagen standen, sah er noch einmal zu der Krambach-Villa, die so geschützt wirkte hinter der hohen Mauer und den großen Bäumen. Er stellte sich vor, wie Marthe und Neil Krambach sich in ihrer Welt aus Ästhetik und Ordnung geborgen und sicher gefühlt hatten. Doch dann war plötzlich das Böse eingedrungen und hatte den Tod gebracht. Geplant, präzise wie ein chirurgischer Eingriff. Leise und gnadenlos. Tom hatte die roten Blutspuren auf den sauberen weißen Kacheln des Schwimmbads vor Augen.

»Blondie hat definitiv den besseren Schönheitschirurgen

als ihre Mutter«, sagte Katja. »Ist gut geworden, man sieht es kaum. Fast perfekt, würde ich sagen. Wie der Tempel hier.« Sie stieg in den Wagen.

Tom spürte seine Müdigkeit, welche ihn nun schon seit Wochen wieder begleitete. Auch in der letzten Nacht hatte er kaum geschlafen. Erst in den frühen Morgenstunden hatte die körperliche Erschöpfung über die innere Unruhe gesiegt, und er war für fast zwei Stunden in einen oberflächlichen Schlaf gesunken. Würde es wieder so werden wie vor sechs Jahren, als Marco verschwunden war? Als die Fragen Tom keine Ruhe gelassen hatten und er in zahllosen Nächten schlaflos durch die Straßen geirrt war?

Vögel zwitscherten, und irgendwo lachten ein paar Jugendliche, die zu dieser Zeit doch eigentlich in der Schule sein sollten.

Laubfrosch, dachte Tom. Warum hatte Krambach dieses Wort notiert?

15

»Bitte«, dröhnte der Bass ihres Chefs durch die Tür hindurch und vermittelte den Eindruck von Übellaunigkeit.

»Das hat nichts zu sagen«, sagte Tom leise, als Katja ihn fragend ansah. Sie traten ein. Ihr Chef stand am offenen Fenster und rauchte entspannt eine Zigarette.

»Moin, Hendrik!«

»Moin, ihr beiden!« Felsen sah seine neue Ermittlerin an. »Und, Katja, lebst du dich langsam ein?«

»Das tue ich. Aber eher schnell als langsam.«

Felsen schmunzelte. »Stimmt, für langsam ist gar keine Zeit.«

Er nahm einen tiefen Zug und blies den Rauch in aller Ruhe zum Fenster hinaus. Tom verspürte ebenfalls Lust zu rauchen. Nachdem er in seiner Nacht mit Marco den Inhalt einer Schachtel aufgeraucht hatte, die er sich ein paar Tage vorher in einem Anfall von Schwäche gekauft hatte, obwohl er schon seit Jahren nicht mehr rauchte, war der Geist aus der Flasche. Das Verlangen war wieder erwacht.

»Denkst du an den psychologischen Dienst?«, wandte sich ihr Chef an Tom, der nickte. Er wusste, dass er nicht darum herumkommen würde, und ahnte, dass es ihm guttun würde, sich jemandem anzuvertrauen. Allerdings befürchtete er, dass es nicht allein bei der Aufarbeitung seines tödlichen Schusses bleiben würde. Stünde die Tür zu seinem Inneren einmal offen, könnte die therapeutische Arbeit zu einem Fass ohne Boden werden.

»Gut! Dann erzählt mal! Was habt ihr von der Krambach erfahren können?«

»Nicht viel«, antwortete Tom.

»Und das ist aufschlussreich«, sagte Katja leise, beinahe mehr zu sich selbst.

»So?«, erwiderte Felsen.

»Marthe Krambach weiß so gut wie nichts über die Vergangenheit ihres Mannes. Und das scheint ihr erst jetzt klar geworden zu sein. Sie sagt, er hätte immer betont, dass er nicht zurückblicken wollte, die Vergangenheit abgeschlossen sei und nur Gegenwart und Zukunft ihn interessieren.«

»Und?«

Katja breitete die Arme aus. »Ist doch komisch, gerade für einen Historiker, oder? Und über sein Tattoo hat er sie auch noch belogen.«

»Jedenfalls scheint es so«, warf Felsen ein.

»Ich glaube, der Mann hatte was zu verbergen«, sagte Katja. Felsen sah Tom an, der zuckte die Achseln. »Als er nach Hamburg gezogen war, hat er auf jeden Fall einen ziemlich radikalen Schnitt gemacht. Er hat alles hinter sich gelassen, den sicheren Beruf als Lehrer inklusive Pension aufgegeben. Das macht man doch eigentlich nicht so ohne Weiteres. Er konnte ja nicht wissen, wie es mit der Schriftstellerei laufen würde. Er muss Geld gehabt haben, ein Polster. Aber woher hatte er das? Mit dem Gehalt eines Lehrers?«

»Na ja, er war Single, da kann man schon ein paar Rücklagen bilden«, sagte Felsen. »Aber stimmt, das ist interessant.«

»Er könnte was geerbt haben«, überlegte Tom.

»Ich glaube, er hat in der Öffentlichkeit immer betont, dass er aus einfachen Verhältnissen stammte«, wandte Katja ein. »Und was uns seine Frau über die alleinerziehende Mutter in Moers erzählt hat, klang auch so.«

»Wir müssen seine Finanzen aus der Zeit überprüfen«, sagte Tom. »Aber das wird schwer, weil es schon so lange her ist.«

»Wusste Marthe Krambach was über den Termin heute Abend?«, fragte Felsen.

»Nein«, antwortete Katja. Es klopfte.

»Bitte!«, rief Felsen.

Ein kräftiger Mann, mit einem kleinen Bauch, über dem sein graues Hemd spannte, trat ein. »Moin, Hendrik!«

»Moin, Jonas!«

»Moin, Tom!« Jonas Starmer wandte sich an Katja. »Und du bist die Neue, sorry, wie war noch mal dein Name? Ich war bei deiner Vorstellung nicht dabei.«

»Katja.«

»Ich bin Jonas. Leiter der Mordbereitschaft 4. Willkommen in unserem Verein!«

»Danke, Jonas!«

»Und was gibt's?«, fragte Felsen.

»Ich habe etwas, was für euch möglicherweise interessant sein könnte. In der Wohnung, vor der gestern Nacht der Mann und sein Hund erschossen wurden, haben wir ein ungenutztes Ticket für die Krambach-Lesung gefunden. Mieterin ist eine achtundfünfzigjährige alleinstehende Frau. Claudia Hilser. Sie ist erst vor zwanzig Monaten nach Hamburg gezogen. Vorher hat sie in Moers gelebt.«

»Wie Krambach«, unterbrach Katja den Kollegen und sah zu Felsen.

»Also die Frau haben wir noch nicht auftreiben können«, merkte Starmer an. »Wir haben sie zur Fahndung ausgeschrieben.«

»Ist sie verdächtig?«

»Das können wir zumindest nicht ausschließen. Aber das ist ein ziemlich rätselhafter Fall. Der Mann heißt Jens Gerksen, ein unbescholtener, alleinstehender Rentner aus Wandsbek. Hilser und er haben sich auf jeden Fall gekannt, denn wir haben seine Fingerabdrücke in der Wohnung gefunden. Er wurde direkt vor der Wohnungstür erschossen. Vermutlich mit Schalldämpfer. Gehört hat im Haus niemand etwas. Ein Schuss in die Brust und einer in die Stirn. Beide aufgesetzt. Der Hund hat den Täter oder die Täterin sehr wahrscheinlich ins Bein oder in den Arm gebissen. Er hatte Blutspuren und Textilfasern am Gebiss. Der DNA-Vergleich mit Hilser läuft.«

Starmer breitete die Arme aus. »Das ist alles, mehr haben wir noch nicht.«

»Kaliber?«, fragte Felsen.

»Neunmillimeter Makarow.«

»Krambach wurde mit einer Neunmillimeter-Luger-Patrone erschossen, wahrscheinlich mit einer Glock, sagt die Ballistik.«

Starmer zuckte die Achseln. »Es gibt einen Nachbarn, der gesehen hat, wie Gerksen das Haus betrat. Gerksen ist ihm entgegengekommen, als er das Haus verließ. Er sagt, Gerksen sei gerannt, um die Tür zu erwischen, bevor sie ins Schloss gefallen wäre, und hätte es gerade noch geschafft.«

»Er war also allein, und wir wissen nicht, ob die Frau zu Hause war«, folgerte Felsen.

»Vielleicht finden wir die Hilser bald, dann sind wir schlauer«, erwiderte Starmer.

Felsen drückte seine Zigarette an der Hauswand aus und warf die Kippe in den Papierkorb unter seinem Tisch. »Vielleicht wollte die Frau zu der Lesung, weil sie Krambach aus Moers kannte. Oder einfach nur, weil er auch aus Moers kam. Oder noch einfacher: weil sie ihn gut fand. Oder, oder, oder. Dann ist sie aber nicht hingegangen. Aus irgendeinem Grund. Tja, ob das was mit unserem Fall zu tun hat?«

»Ich melde mich, wenn sich in der Richtung noch was ergeben sollte«, sagte Jonas Starmer.

»Alles klar!«, erwiderte Felsen. »Danke für die Information!«

»Komische Geschichte«, murmelte Tom.

Als Starmer die Tür öffnete, tauchte wie aus dem Nichts ein leicht untersetzter Mann im grauen Anzug auf. »Guten Tag, Jonas!« Staatsanwalt Masslau hatte eine elegante schwarze Laptoptasche umgehängt und schob sich an dem Leiter der Mordbereitschaft 4 vorbei in Felsens Büro.

»Oh, Michael!« Starmer sah zu Felsen und nickte ihm anerkennend zu.

»Guten Morgen, Hendrik!«, grüßte Masslau in dynamischem Ton. »Tom!« Er blickte kurz zu ihm und wandte sich an Katja. »Und Sie hatte ich noch nicht das Vergnügen kennenzulernen.« Mit einem freundlichen Lächeln, das seine leicht schiefen, gegeneinander verschobenen Zähne offenbarte, reichte er ihr die Hand. »Ich bin Staatsanwalt Michael Masslau. Also Michael.«

»Katja Wichas, also Katja. Ich bin neu im Team.« Sie schüttelte ihm die Hand. Masslau sah von einem zum anderen.

»So, meine verehrten Gefährten, auf in den Kampf für Gerechtigkeit! Schwingen wir das Schwert der Justitia.«

»Wir haben nur die Kontodaten aus Hamburg. Über die Zeit in Moers wissen wir nichts.« Bea Lannsen lehnte an dem halbhohen Regal, das sich über die lange Wand ihres Büros zog und ihr persönliches Archiv beherbergte. Ein reichhaltiger, eigenwilliger Fundus von illegalen Kopien aus Akten ihrer Fälle oder anderer, die einmal für sie von Interesse gewesen waren, Zeitungsberichten, Fotografien, Fachliteratur und persönlichen Notizen. Beas Regal war berüchtigt bei den Kollegen.

»Es dürfte wohl auch schwierig werden, darüber etwas zu erfahren«, sagte Staatsanwalt Masslau, während er seinen Blick über die überquellende Sammlung schweifen ließ. »Sehr wahrscheinlich ist das alles gelöscht, ist ja weit über zehn Jahre her.«

»Wie sahen denn seine Finanzen aus, mit denen er in Hamburg gestartet war?«, wollte Tom wissen, der mit Katja an dem kleinen, runden Tisch saß.

»Schauen wir doch mal nach«, sagte Bea, ging zu ihrem Schreibtisch und gab etwas in ihren Computer ein.

»Du musst bald in die Höhe expandieren, Bea«, sagte Masslau. Er beugte sich herunter und betrachtete eine Reihe von Ordnern. »Oh, oh, das klingt ein wenig heikel.«

»Ach Michael, du musst doch nicht alles so genau anschauen.«

Masslau richtete sich auf und nickte. »Du hast recht.«

»Also, das Girokonto bei der Deutschen Bank hatte er 2006 im Juli eröffnet«, sagte Bea Lannsen. »Auszüge haben wir erst ab Januar 2009, und die Bewegungen sind unauffällig. Der erste Kontostand, den wir haben, ist 19.487 Euro.«

»Da war sein Buch schon erschienen, es hatte sicher schon Honorarzahlungen gegeben«, merkte Tom an.

»Das ist also unauffällig«, sagte Bea Lannsen. »Aber das ist vielleicht interessant: 2004 hatte er sich eine Wohnung in Lübeck gekauft. Für zweihundertvierzigtausend Euro. Achtzigtausend hat er angezahlt, den Rest per Kredit finanziert. Und 2005 hatte er bei der Privatbank Hersch&Mentner einmal vierunddreißigtausend Euro und einmal dreißigtausend in einem Investmentfonds der Bank angelegt. Und 2006 noch mal fünfzigtausend Euro. Das sind natürlich keine spektakulären Summen ...«

»Aber immerhin«, unterbrach Masslau. »Da hat er also hundertvierundneunzigtausend Euro übrig gehabt.«

Bea Lannsen sah von ihrem Bildschirm auf und fuhr sich durch ihr blondes struppiges Haar.

»Vielleicht hat er mal 'ne Erbschaft gemacht oder einen kleinen Lottogewinn eingestrichen.«

»Ich sag euch: Unser Autor hatte 'ne Leiche im Keller«, sagte Katja.

»Geldinstitute sind verpflichtet, Eingänge ab fünfzehntausend Euro zu melden«, erklärte Masslau. »Wir müssen das überprüfen.«

»Eine Privatbank nimmt doch nur Kunden, die ein größeres Vermögen anlegen«, merkte Tom an. »Das geht doch erst bei fünfhunderttausend Euro los.«

»Stimmt«, bestätigte Bea Lannsen.

»Gern auch erst bei einer Million«, fügte Masslau hinzu. »Aber vielleicht hat ihn jemand empfohlen, dann machen die Banken auch Ausnahmen.« Nachdenklich schlug Masslau mit dem Finger ein paarmal unter sein Kinn. »Das mit der Leiche im Keller gefällt mir, Frau Wichas. Ein etwas einfaches Bild zwar, aber manchmal sind die Dinge eben auch einfach.« Masslau lächelte, die schiefen Zähne strahlten weiß, aber sein Blick verriet große Entschlossenheit. Tom spürte, wozu der so harmlos wirkende Mann fähig sein konnte, wenn es darauf ankam. »Bringen Sie mir diese Leiche!«

16

Die tief stehende Sonne schien in den Waldweg. Ihre Strahlen brachen sich zwischen den Bäumen und fielen als leuchtende Streifen in den Dunst aus Staub, Pollen und Insekten, der in der Luft hing. Der Himmel darüber verdunkelte sich zunehmend. Katja stellte den Motor ab, und die beiden Ermittler verließen den Wagen. Eine drückende Schwüle empfing sie. Seitlich schlugen sie sich in die Büsche und schlichen zwischen den Bäumen hindurch zum Rand einer Lichtung. Dort gingen sie hinter einem Holzstapel in die Knie und spähten vorsichtig über die oberen Scheite hinweg auf den stillgelegten Rangierbahnhof am anderen Ende der kleinen Ebene. Durch ein Fernglas beobachtete Katja das umzäunte Gelände mit dem großen Eisentor an der Einfahrt und den Weg, der von der Landstraße dorthin führte.

»Da tut sich nichts«, sagte sie.

»Ist erst halb«, erwiderte Tom.

»Kommst du nah genug ran?«, fragte seine Partnerin.

Er hielt die Kamera mit dem langen Teleobjektiv über den Stapel und schaute auf das Display. Er konnte die schwere Kette mit dem Vorhängeschloss klar erkennen. »Ja«, sagte er.

»Was wird das hier wohl werden?«, fragte sie, nahm das Fernglas herunter, setzte sich auf den Boden und lehnte sich an den Holzstapel. »Da oben braut sich ganz schön was zusammen. Das gibt gleich 'ne stramme Husche.« Dunkle Wolken schoben sich bedrohlich übereinander. Der aufkommende Wind rauschte in den Blättern. Tom setzte sich zu ihr. »Scheiße!«, sagte sie auf einmal und schüttelte ihr Bein. »Ameisen!« Sie sprang auf.

Tom riss sie im selben Moment wieder herunter, damit man sie nicht bemerken konnte. »Hey, ganz ruhig!«

»Hier sind überall Ameisen.«

Unmittelbar vor ihnen entdeckte Tom eine Ameisenstraße.

»Das kribbelt!«, flüsterte Katja aufgeregt. Kurzerhand schlüpfte sie aus ihren Sneakers, öffnete die Hose und zog sie im Liegen herunter. Über ihre Beine liefen einige der zierlichen schwarzen Insekten. Katja klopfte sie von ihrer Haut. Sie verrenkte ihre Gliedmaßen in alle Richtungen, um sie loszuwerden. Tom musste schmunzeln. Auf einmal sah sie ihn entsetzt an.

»Was ist?«, fragte er.

»Das kann jetzt nicht sein!«

»Was?«

»Diese Scheißviecher sind mir in den Slip gekrabbelt.«

Tom musste grinsen. »Und jetzt?«

Trotzig hielt sie inne. Dann drehte sie sich um und hockte sich hin. »Kannst du bitte wegsehen?«

»Klar!« Tom drehte den Kopf zur anderen Seite. Katja zog in aller Ruhe den Slip herunter und wischte sich die penetranten Ameisen vom Po, aus dem Schritt und dem Slip. Einen kurzen Blick konnte sich Tom nicht verkneifen, wandte sich aber gleich wieder ab. »Ich sage jetzt lieber nichts.«

»Das machst du richtig! Genau richtig!«

Von der Lichtung her ertönte ein metallisches Rasseln. »Achtung, die Show beginnt!«, sagte Tom und ging mit der Kamera in Position. Durch das Objektiv sah er drei kräftige junge Männer, die das Tor öffneten. Kurz darauf näherte sich ein Mercedes Coupé, gefolgt von einem SUV. Die Männer ließen die Wagen auf das Grundstück und zeigten ihnen, wohin sie fahren sollten.

Tom drückte ein paarmal auf den Auslöser. »Hamburger Kennzeichen«, murmelte er.

Katja hockte neben ihm und beobachtete das Geschehen durch ihr Fernglas. »Hast du wirklich weggesehen?«

»Traust du mir nicht?«

Katja nahm das Fernglas herunter und sah ihren Partner an. »Doch, schon. Aber wenn du nicht hingeguckt hättest, wäre ich auch ein bisschen enttäuscht.«

»Kleiner Leberfleck, linke Backe.«

»Ich wusste es.« Sie stieß ihren Ellenbogen gegen Toms Oberarm.

»Aua!«

Ein weiterer Wagen fuhr vor und wurde nach einem kurzen Gespräch reingelassen. Tom fotografierte auch diesen, sodass man das Nummernschild lesen konnte. »Hannover«, sagte er. Es folgten zwei Biker auf ihren Harleys und nach einer kleinen Pause weitere Wagen und Motorräder.

Mittlerweile war der Himmel fast schwarz, und es grummelte bedrohlich.

»Ein Neonazitreffen? Reichsbürger?«, fragte Katja. »Hätte Krambach hier einen zackigen Vortrag halten sollen?«

»Möglich«, erwiderte Tom und drückte fleißig auf den Auslöser. Immer mehr Wagen und Motorräder fuhren vor. Einige Gesichter konnte er klar sehen, weil die Fahrer die Scheibe heruntergefahren hatten. Es waren meist Männer, aber die eine oder andere Frau war auch dabei.

Katja drehte sich zu ihm, ihr Blick verriet Abenteuerlust. »Komm, wir fahren da jetzt auch rein.« Erstaunt sah Tom seine Partnerin an, die sich ein paar weitere Ameisen von den Beinen wischte. »Was ist?«, fragte sie. »Ist dir das zu heiß?«

Er überlegte. Unterdessen schwoll das Grummeln zu einem bedrohlichen Grollen an, und der Wind wurde stärker. »Die haben vielleicht eine Gästeliste«, wandte er ein.

»Wir sagen, dass Krambach uns eingeladen hat«, erwiderte seine Partnerin.

»Ich weiß nicht, das kann ganz schön nach hinten losgehen.«

»Ach wieso, was soll sein? Nach einem Gangstertreffen sieht mir das nicht aus.«

»Ein Kindergeburtstag ist das aber auch nicht.«

»Das wär ja auch langweilig.«

»Na gut«, sagte Tom. »Aber zieh dir vorher noch was an!«

Katja musste schmunzeln.

Langsam fuhren sie den Weg entlang auf das große Eisentor zu. Tom saß am Steuer. Sie vermuteten, dass es besser in das Weltbild der Typen am Tor passen würde, wenn der Mann den Wagen fuhr und sie somit unauffällig erscheinen würden.

»Wieso sind die Viecher dir eigentlich nicht in die Hose gekrabbelt?«

»Weiß nicht. Wahrscheinlich riechst du besser«, antwortete Tom.

»Aha. Können Ameisen riechen?«

»Ich glaube schon. Die stehen auf Süßes. Mit Zucker oder Sirup kann man die anlocken, glaube ich.«

Katja nickte. Tom grinste.

»Jetzt keinen schlechten Witz, bitte!«, warnte sie.

Tom hielt vor dem Tor. Der breiteste der drei Männer trat an ihren Wagen heran. Zwei große Tattoos prangten auf seinen muskulösen Armen. Tom ließ die Scheibe herunter. »Hallo«, sagte er. »Wir sind ein bisschen spät dran.«

»So?«

»Wo sollen wir parken?« Der kräftige Kerl fixierte Tom. Zwei unmittelbar aufeinanderfolgende Blitze durchzuckten den düsteren Himmel.

»Warum sollte ich euch reinlassen?«

»Wir sind von Neil Krambach eingeladen worden.«

Der Mann sah Tom skeptisch an, beugte sich herunter und warf einen demonstrativ misstrauischen Blick in den Wagen. Ein krachender, lang anhaltender Donner brachte den Typ nicht aus der Ruhe. Katja sah ihn ebenso gelassen an. Er wandte sich wieder an Tom.

»Namen gibt's hier nicht. Die spielen hier keine Rolle.«

Jetzt wird's schwierig, dachte Tom.

Der Blick des Mannes bohrte sich in seine Augen. »Das solltet ihr eigentlich wissen!« Süffisant fügte er hinzu: »Wenn ihr hier richtig seid.« Tom konzentrierte sich. Es musste jetzt schnell gehen, oder die Chance wäre dahin. Keine Namen, überlegte er, also gab es keine Gästeliste. Es sah aber nicht so aus, als wenn die Typen die Leute alle kennen würden. Es musste ein Codewort geben.

Katja beugte sich vor, wobei sie versuchte, ihre weiblichen Reize in Szene zu setzen. Jedenfalls erschien es Tom so. »Aber Neil hat gesagt, wir bräuchten nur zu sagen, dass er …«

Auf einmal sah Tom das von Krambach notierte Wort, das so einsam auf dem Block in der Küche gestanden hatte, vor sich. Das konnte es doch sein. Das ergab Sinn. Das musste es sein. Es war den Versuch wert, sonst war ihr Ausflug eben hier zu Ende. »Laubfrosch«, sagte er trocken.

Der Typ reagierte nicht, sah ihn unverändert skeptisch an.

Scheiße, dachte Tom, falsch gedacht. Sein Gegenüber schmunzelte.

»Warum nicht gleich so? Hinter dem rechten Gebäude könnt ihr parken. Dort ist die Halle, da geht's rein.«

Tom war erleichtert und freute sich diebisch über seinen kleinen Coup.

»Respekt«, raunte Katja ihm zu, als sie auf dem rissigen Asphalt über das verwahrloste Gelände fuhren. Eine Menge Autos parkten hinter dem zweistöckigen Haus, das nach ehemaliger Verwaltung aussah. Zwei Fensterscheiben waren zerbrochen, das Mauerwerk von Graffiti übersät. Gegenüber war die große Halle, deren hohe, ebenfalls von Sprayern verzierte Fenster von innen verhängt waren. Dahinter begann ein Areal mit zahllosen von Gras und Unkraut überwucherten Schienensträngen, Signalen und zwei Türmen, das sich weit in die Ferne erstreckte. Ein vergessener Ort, der wenig einladend wirkte. Tom parkte zwischen zwei SUVs und stellte den Motor ab. Ein greller Blitz mit vielen Verästelungen durchzuckte den Himmel.

»Pistolen?«, fragte er.

»Besser nicht!«, erwiderte seine Partnerin. »Wir gehören doch jetzt dazu.«

»Wozu auch immer.«

Ohrenbetäubender Donner zerriss die Stille, und die ersten Tropfen pladderten aufs Autodach. Tom nahm seinen Schulterholster mit der Walther ab und legte es ins Handschuhfach. Katja zog ihr Holster vom Gürtel ihrer Jeans und legte es dazu. Ein sintflutartiger Regenguss ging nieder.

Seinen strammen Bauch trug der kräftige Türsteher selbstbewusst über seiner Trainingshose und grinste die beiden durchnässten Figuren ein wenig stumpf an. Tom nannte ihm das Codewort. Der Kerl nickte. Als Tom an ihm vorbeigehen wollte, hielt er jedoch seinen Arm in den Weg, hob die andere Hand und reckte Zeige- und Mittelfinger empor. »Zwei Grüne«, sagte er.

Mist, dachte Tom, er hatte höchstens sechzig Euro in der Tasche. Er sah Katja an, die ebenfalls zu überlegen schien. Sie zog ihr kleines rotes Portemonnaie aus der Jackentasche und fischte ein paar Scheine hervor. Immerhin brachte sie es auf einhundertzehn Euro. Tom holte seine Scheine aus der Hosentasche. Fünfundfünfzig Kröten hielt er in seinen nassen Händen. Katja nahm Toms Scheine und packte ihre dazu.

»Hier«, sagte sie. »Wir haben nur das. Wir wussten nichts von Eintritt, da ist was schiefgelaufen. Komm, schick uns bitte nicht zurück!« Der Typ grinste unverändert einfältig. Katja lächelte nicht, biederte sich nicht an. Genau richtig, dachte Tom. Schließlich griff der Typ sich die Kohle und ließ sie passieren. In Gedanken sah Tom sich schon den Eigenbeleg für die Kostenerstattung ausfüllen und den skeptischen Blick, den er in ihrer Verwaltung ernten würde.

Sie traten in einen dunklen Gang mit nackten Steinwänden, der sie vorbei an heruntergekommenen, in grelles, bläuliches Licht getauchten Toiletten- und Waschräumen führte. Es roch modrig, und die Schwüle hier drinnen war noch drückender. Zu dem Rauschen des Regens und dem Pfeifen des Sturms gesellte sich das dumpfe Geraune einer Menschenmenge und vereinzelte Rufe.

»Rock gegen Rechts?«, fragte Katja und grinste.

»Klar. Was sonst?«

Die Flügeltür am Ende des Ganges stand offen. Sie gingen hindurch und befanden sich in einer riesigen Halle, in der einst Züge gewartet oder geparkt wurden. An ihrem Ende führten die Gleise hinaus in eine unwirkliche Welt, die in verwehten Regenschleiern und einbrechender Dunkelheit versank. Eine Menschenmenge stand um eine Bühne herum, die auf einem Bahnsteig errichtet war und auf der sich ein achteckiger Käfig befand, der in das Licht zweier Scheinwerfer, die auf langen Stativen steckten, getaucht wurde. Die Zuschauer standen verteilt in den Gleisbetten und auf dem Bahnsteig und feuerten zwei Männer an, die mit freien Oberkörpern und in kurzen Sporthosen aufeinander einschlugen. Mit bloßen Fäusten, die bis zu den Knöcheln bandagiert waren.

»Boxen«, sagte Katja und wischte sich die Regentropfen aus dem Gesicht.

»Bare-Knuckle«, erwiderte Tom leise.

»Stimmt«, sagte Katja erstaunt.

Das trockene Klatschen einiger kräftiger Treffer hallte zu ihnen herüber. Dieser Sound war anders als der, den Tom vom Boxen kannte. Ohne die Handschuhe war er leiser, natürlicher und wirkte bedrohlicher, fand Tom. Ein stämmiger, aber untersetzter Glatzkopf machte einem Muskelpaket mit kurz rasiertem Haar das Leben schwer. Beide hatten schon einiges einstecken müssen, bluteten aus Wunden an Augenbrauen und Lippen.

»Auf so was stand unser Autor also«, sagte Katja. »Illegale Boxkämpfe. Hast du schon mal solche Kämpfe gesehen?«

»Nein«, antwortete Tom. »Du?«

Katja nickte. »In den Hinterhöfen von Neukölln. In der Zeit der Straßengangs. Kickboxen, Bare-Knuckle, Mixed Martial Arts, das ganze Programm.«

Tom ließ seinen Blick durch die Halle schweifen. Während das Gewitter ohne Unterlass tobte, es immer dunkler wurde, verbreiteten hier drinnen einige aufgestellte Fackeln ein warmes Licht. Das Publikum bestand fast ausschließlich aus Männern, vielen kräftigen Kerlen mit Stiernacken und Tattoos, aber auch vielen unscheinbaren, bürgerlichen Typen. Die Leute hatten nichts Glamouröses oder Halbseidenes wie sonst oft bei Boxkämpfen. Auch die wenigen Frauen, die den Kampf interessiert verfolgten, hätten ebenso gut auf einer Betriebsfeier einer Versicherung zu finden sein können.

Ein dumpfes, trockenes Knack war zu vernehmen, dazu ein kurzer, unterdrückter Schmerzensschrei. Einige im Publikum johlten und feierten den Treffer des Glatzkopfs. Er hatte die Nase seines Widersachers auf den Punkt getroffen. Der stürzte, konnte sich aber mühsam wieder aufrichten. Aus der Nase rann das Blut und tropfte auf Bauch und Hose.

»Die dürfte hin sein«, sagte Katja unbeeindruckt. »Dort ist eine Bar. Hier fließt das Blut und da drüben der Alkohol. Mensch, hier kann man sich ja prima amüsieren.«

»Na ja, für'n Hunni sollte einem auch was geboten werden.«

Der Tresen stand in dem Bereich vor den Bahnsteigen und bestand aus Brettern und gestapelten Bierkästen. Dahinter versorgten zwei junge Frauen die Gäste mit Getränken aus Kühlschränken, die ihren Strom aus einem Generator erhielten, der auch die Scheinwerfer am Ring speiste. Zwei Männer und eine Frau fielen Tom auf, die sich an der Bar unterhielten und den Kampf nur nebenbei verfolgten. Die Frau mochte um die fünfzig sein, schätzte er, und war eine strenge Erscheinung in ihrer hochgeschlossenen schwarzen Bluse, die sie über einer engen, grauen Jeans trug. Ihre herben, ebenmäßigen Gesichtszüge und kurzen blonden Haare trugen ihr Übriges dazu bei. Die Männer waren deutlich älter, zwei farblose, grauhaarige Typen in Hemd und Anzug, die Bier aus Flaschen tranken. Tom hatte den Eindruck, den einen schon mal gesehen zu haben. Er betrachtete den Mann, seine kurzen Haare, die hohe Stirn, die lange Nase und überlegte, woher er ihn kennen könnte.

Es schepperte, der Glatzkopf hatte seinen Gegner mit großer Wucht gegen den Zaun gestoßen und verpasste ihm dort ein Trommelfeuer aus Faustschlägen. Ein Teil des Publikums stöhnte auf, litt mit dem unterlegenen Kerl, der hilflos versuchte, sich die Kampfmaschine vom Leib zu halten. Die Mehrheit aber feuerte den Glatzkopf an und forderte ihn auf, seinem Gegner den Rest zu geben. Die gnadenlose Brutalität empfand Tom als abstoßend.

»Einen Kampfrichter gibt es hier offenbar nicht«, sagte er und bemerkte, dass seine Partnerin gebannt verfolgte, wie der Glatzkopf den Schädel des Muskelpaketes erst zur einen, dann zur anderen Seite drosch, bis weiteres Blut spritzte und der Mann zu Boden stürzte, wo er regungslos liegen blieb. Katja hatte keine Probleme hinzusehen, im Gegenteil: Sie schien fasziniert zu sein.

Während draußen weitere grelle Blitze die Dunkelheit durchzuckten, applaudierte die Menge dem Gewinner anerkennend, aber nicht euphorisch. Es herrschte eine fast sachliche Atmosphäre, was dem Ganzen etwas Bedrückendes verlieh. Ein krachender Donner erschütterte die Halle. Zwei Männer sammelten den Verlierer vom Boden auf, ein sportlicher, blonder Mann in schwarzer Trainingshose und Camouflage-T-Shirt gratulierte dem Sieger und erklärte, dass der Kampf zwischen Laura und Darida verschoben und der zwischen Steve und Niklas vorgezogen würde.

»Frauen!«, sagte Katja erstaunt.

Die Zuschauer gingen auseinander, einige suchten die Bar auf, andere einen Tisch, hinter dem zwei Männer saßen und Geldbeträge auszahlten.

»Klar, hier wird natürlich gewettet«, sagte Tom.

»Siehst du die beiden Typen da drüben? Der Linke hat das Logo der Identitären auf seinem T-Shirt.«

Tom erkannte den Kreis mit dem gelb-schwarzen Winkel. Da drüber lächelte ein blasses, unscheinbares Gesicht. »Krambach wäre also heute hier gewesen«, sagte er. »Sicher sind hier Leute, die er gekannt hatte. Vielleicht sogar politische Freunde. Vielleicht auch aus der FKD.«

»Das hier passt natürlich auch zu seinem Tattoo«, bemerkte Katja. »Vielleicht hat Krambach als junger Mann selbst geboxt. Vielleicht sogar Bare-Knuckle. Daher auch die alten Rippenbrüche.«

»Und der Vater auf dem Foto«, sagte Tom. »Mit den bandagierten Händen in einem Hinterhof. Das war bestimmt auch Bare-Knuckle. Ich glaube, das hat 'ne lange Tradition in Irland. Der hat seinen Sohn vielleicht an das Ganze herangeführt.«

»Das passt doch alles zusammen«, sagte Katja. »Inklusive der vielen Schläge, die ihm der Täter oder die Täterin verpasst hat.«

Tom sah wieder zur Bar. Der Mann, der ihm bekannt vorkam, stand jetzt mit dem anderen Anzugträger und zwei Männern zusammen, die südländisch aussahen. Sie steckten ebenfalls in Anzügen, wirkten aber deutlich jünger. Die Frau war nicht mehr dabei.

»Die beiden da sehen aus wie Italiener oder Spanier.«

»Oder Südamerikaner.«

Die vier Männer unterhielten sich auf Englisch. Einer der beiden Latinos redete ziemlich laut und wirkte etwas angespannt, beinahe aggressiv. Tom zog sein Handy aus der Hosentasche. »Na, dann schick ich mal einen Gruß an Felsen.« Er tippte: *Sind auf einer illegalen Boxveranstaltung gelandet. Viele Rechte hier. Wir amüsieren uns noch ein wenig.* Er drückte auf Senden.

»Vielleicht gelingt es uns ja, mit dem einen oder anderen hier ins Gespräch zu kommen.«

»Da bist dann wohl du gefordert«, sagte seine Partnerin trocken. »In der kuscheligen Männerwelt hier.« Es machte Plopp, und Tom hatte schon eine Antwort.

Interessant! Baut keinen Mist!

17

Steve war groß, schlaksig, fast schon hager, aber durchaus muskulös. Unter seinem schütteren blonden Haar warf er stechende Blicke in Richtung seines Gegners. Niklas hatte einen kräftigen, durchtrainierten Körper, sein schweißnasser Sixpack glänzte im Scheinwerferlicht. Wie wilde Hunde stürzten sie sich immer wieder aufeinander, verpassten sich mit ungeheurem Tempo einen Schlag nach dem anderen, während der Regen dröhnend auf das Hallendach prasselte. Tom hatte sich im Publikum neben einen Mann gestellt, der einen kleinen FKD-Button auf der Brust seines blauen Polohemds trug. Die drei weißen Buchstaben auf schwarzem Grund neben einem roten Daumen-hoch-Icon stachen ins Auge. Die Rechten hatten dazugelernt, das war Tom schon vor längerer Zeit aufgefallen. Sie präsentierten sich moderner und frischer als früher. Mittlerweile waren sie ja auch in der Mitte der Gesellschaft angekommen. Einige Meter weiter entdeckte Tom die beiden grauhaarigen Anzugträger, die zusammen mit den Südländern den Kampf verfolgten. Tom tat, als fiebere er mit dem Schlaks mit, deutete Haken und Geraden an. Nach einer Weile ging sein Plan auf, und sein Nachbar sprach ihn an. »Du solltest vielleicht selbst mal in den Ring steigen!«

»Bloß nicht!«, erwiderte Tom.

»Siehst aber aus, als wenn du das könntest.«

Tom lachte leise. »Ich hab's früher mal gemacht.«

»Siehste, hab ich nicht ganz falschgelegen.« Tom lächelte und konzentrierte sich weiter auf den Kampf. Treffer, die Steve landete, bejubelte er.

»Du glaubst, dass Steve gewinnt?«

Tom nickte.

»Aber Niklas ist kräftiger«, wandte der Mann ein. »Und jünger.«

»So? Woher weißt du das?«

»Er ist mein Kumpel.«

»Ach so!«

»Bist du allein hier?«

»Mit 'ner Freundin.«

»Interessiert sie sich hierfür, oder ist sie nur dir zuliebe mitgekommen?«

»Nein, sie steht drauf.« Er musste an Katjas faszinierten Blick denken.

»Das ist echt interessant. Es kommen in letzter Zeit immer mehr Weiber mit.« Der Mann bejubelte einen Treffer von Niklas. Steve ging in die Knie, erhob sich aber schnell wieder. Wütend warf er sich auf seinen Gegner und prügelte auf ihn ein. Niklas blieb ruhig, setzte präzise einen schmerzhaften Treffer nach dem anderen. »Komm, Nick, komm!«, feuerte der Mann seinen Kumpel an. Während Steve immer öfter ins Leere schlug, landete Niklas Treffer um Treffer an Steves Kopf. Eine Augenbraue war aufgeplatzt, und das Blut rann über sein Gesicht.

»Jetzt hat er ihn«, raunte der Mann Tom zu und feuerte Niklas begeistert an.

Hilflos schlug Steve immer wieder ins Leere und musste weitere schwere Treffer hinnehmen. Schließlich ging er zu Boden und blieb liegen. Der Kampf war zu Ende, und Niklas ließ sich feiern. Schwerfällig schaffte es Steve immerhin, sich ohne Hilfe aufzurappeln und den Käfig erhobenen Hauptes zu verlassen. Der Kumpel von Niklas klopfte Tom auf die Schulter.

»Er konnte nicht gewinnen. Nick ist 'ne Maschine.«

Tom nickte zustimmend. »'ne verdammte Maschine, meine Fresse!«

»Komm, ich geb einen aus«, sagte der Mann und reichte Tom seine Hand. »Ich bin Arne.«

»Tim«, antwortete Tom und schüttelte Arne die Hand.

Arne schob Tom die Flasche rüber. »Wo steckt denn deine Braut?«

»Ich hab nicht gesagt, dass sie meine Braut ist. Ich weiß nicht, die treibt sich irgendwo hier rum.« Er hatte Katja schon eine ganze Weile nicht mehr gesehen. Inzwischen war es dunkel geworden, die Nacht angebrochen. Die Luft hatte sich abgekühlt, und ein frischer Geruch von feuchter Erde breitete sich aus.

Arne hielt ihm seine Flasche hin, die beiden stießen an und tranken ein paar kräftige Schlucke. Tom deutete auf den FKD-Button. »Bist du da Mitglied?«

Arne setzte an zu antworten, zögerte jedoch. »Warum interessiert dich das?«

»Nur so, ich überlege einzutreten. Ich hab das Gefühl, etwas tun zu müssen. Irgendwie ein Zeichen zu setzen. Es muss sich was ändern.«

»Darauf können wir uns einigen.« Arne prostete Tom erneut zu und trank.

Auf der Bühne erschien der blonde Typ im Camouflage-T-Shirt und kündigte den nächsten Kampf an. »Jetzt ist es so weit: Rumble of the Ladies! Laura ist leider endgültig ausgefallen, aber wir haben einen Ersatz gefunden. Darida trifft nun auf Betty. Die Wetten auf Laura können jetzt ausgezahlt werden, ansonsten laufen sie einfach auf Betty weiter. Lasst euch doch überraschen!«

»Na, den Weiberkampf wird sich deine Freundin doch nicht entgehen lassen.«

»Bestimmt nicht!« Tom sah Arne tief in die Augen. »Weißt du, was mich wütend macht, Arne?«

Gespannt sah der Mann ihn an. »Na?«

»Wenn einer kommt wie Krambach und mit seiner Kritik genau ins Schwarze trifft, dann wird er erst als Nazi abgestempelt und dann eiskalt abserviert. Ob das nun irgendwelche Autonomen waren oder wer weiß, wer. Denen da oben kommt sein Tod auf jeden Fall sehr gelegen.«

Arne sah ihn nachdenklich an. »Krambach war gut. Das ist ein schwerer Verlust!«

»Er hat uns hierher eingeladen.« Tom lächelte stolz. »Er war Bare-Knuckle-Fan und wollte heute auch hier sein.«

»Stimmt, er war schon bei vielen Kampfabenden. Woher kennst du ihn?«

»Ach, das ist lange her. Er war mal mein Lehrer auf dem Gymnasium. Da hat er noch keine Bücher geschrieben. Aber damals fand ich schon, dass er gute Ansichten hatte. Irgendwann habe ich 'ne Lesung von ihm besucht und ihn angesprochen. Er hat mich gleich wiedererkannt. Und seitdem hatten wir immer mal wieder Kontakt.«

»Das ist ja 'ne schöne Geschichte.«

»Er meinte übrigens auch, dass die FKD die einzige Partei wäre, der er zutraute, wirklich etwas verändern zu können.«

»Der Mann war klug. Und vor allem nicht so abgehoben. Er war einer von uns.«

»Weißt du zufällig, wer das Ganze hier veranstaltet? Ich meine, an wen ich mich wenden kann, wenn ich wieder zu einem Kampfabend eingeladen werden möchte? Krambach kann mir ja nicht mehr Bescheid geben.«

Arne schien zu überlegen. »Nee, das weiß ich nicht.« Skeptisch sah er Tom an.

»Aber du musst doch von irgendjemandem die Infos bekommen haben«, bohrte dieser weiter.

Arne nahm seine Flasche. »Ich kann dir da nicht helfen. War nett, dich kennengelernt zu haben, Tom.«

»Tim«, verbesserte Tom ihn.

Arne nickte. »Hau rein, Tim!« Er tauchte in der Menge unter.

Oben betrat der Blonde mit den beiden angekündigten Kontrahentinnen den Käfig, und Tom traute seinen Augen nicht. Neben Darida, der bosnischen Hexe aus Bispingen, so stellte sie der Blonde vor, stand Katja, die er als Betty aus Berlin-Neukölln präsentierte, die eingesprungen sei und heute ihren ersten Bare-Knuckle-Kampf bestreiten würde. Fassungslos starrte Tom auf seine Partnerin. Selbstbewusst stand sie da in einem Kampfdress, den ihr jemand geliehen haben musste, ihre Augen leuchteten. Er ging näher, mischte sich unter das Publikum, das sich neugierig vor dem Käfig versammelte, und suchte ihren Blick, aber offenbar sah sie ihn in der Menge nicht. Was soll das?, fragte sich Tom. Wie ist es dazu gekommen? Aber schon begann der Kampf. Ungläubig verfolgte er jede Bewegung seiner Partnerin und hoffte, dass sie wusste, was sie tat. Darida war größer, kräftiger und muskulöser. Sie trieb Katja mit ausladenden Schritten vor sich her, die tänzelte leichtfüßig um sie herum. Zunächst wirkte das ein wenig komisch, und Darida lächelte überheblich. Aber dann schoss Katja auf sie zu, blitzschnell schlug sie eine harte Gerade und traf die Bosnierin unterm linken Auge. Wütend zischte die Hexe aus Bispingen irgendetwas Unverständliches. Das Publikum hielt sich zurück, aber Tom meinte eine gespannte Aufmerksamkeit wahrzunehmen. Die strenge Frau mit den kurzen, blonden Haaren stand wieder an der Bar und verfolgte von dort den Kampf.

Darida stürmte auf Katja zu, die ihr zwei schnelle Haken und eine Gerade verpasste. Darida steckte die Treffer weg, drängte ihre Kontrahentin gegen den Zaun. Im Infight verpasste sie ihr schnell aufeinanderfolgende kurze Haken in die Seiten. Einige im Publikum feuerten die Bosnierin an und bejubelten ihre Treffer, aber die Mehrheit verhielt sich abwartend. Tom entdeckte die beiden Latinos, die mit Bieren in den Händen amüsiert den Kampf verfolgten. Ein Haken traf Katja in der Lebergegend. Sie verzog das Gesicht vor Schmerz und rang nach Atem. Tom litt mit seiner Partnerin. Sie taumelte, versuchte, sich zu lösen, da verpasste ihr Darida einen Uppercut, und Katjas Kopf flog in den Nacken. Es durchzuckte Tom. Das war's, dachte er und machte sich nur noch Sorgen um Katjas Gesundheit. Die Bosnierin schien eine brutale Kämpferin zu sein, die jetzt richtig loslegte. Mühsam hielt Katja sich auf den Beinen. Darida setzte mit schnellen Jabs nach, aber Katja schaffte es irgendwie, ihre Fäuste schützend vors Gesicht zu reißen. Das verschaffte ihr einige Sekunden zur Erholung, und auf einmal schob sie ihre Gegnerin von sich. Woher nahm sie die Kraft? Sie tänzelte, riss die Augen auf, fixierte ihre Gegnerin und sprang auf sie zu, täuschte eine Rechte an, schlug eine Linke. Darida fiel jedoch nicht auf die Finte herein und konterte mit einer knallharten Linken, die brutal in Katjas Gesicht landete und ihr einen Cut unterm rechten Auge bescherte. Katja drehte sich ein und verpasste Darida einen Haken gegen die Wange. Die Bosnierin traf Katjas Cut erneut, und das Blut floss in Strömen. Katja schüttelte sich.

Tom war beeindruckt von den Nehmerqualitäten seiner Partnerin und gleichzeitig irritiert, denn das Ganze hatte etwas Selbstzerstörerisches, fand er. Im Augenwinkel nahm er wahr, wie die strenge Frau die Bar verließ und nach vorn zum Käfig ging, offensichtlich neugierig. Dort drehte Darida auf, deckte Katja mit einem Trommelfeuer von Schlägen ein. Eine rechte Gerade konnte Toms Partnerin noch so eben abwehren, dann traf Daridas Linke sie erneut im Gesicht. Blutverschmiert stand Katja da und schien sich aufgegeben zu haben. Die Hexe aus Bispingen holte zu einer finalen Geraden aus. Tom war kurz davor einzuschreiten, »Stopp« zu schreien, irgendwas zu tun, was natürlich sinnlos gewesen wäre. Aber seine Partnerin nutzte die kleine Chance, die sich ihr in diesem Augenblick für den Bruchteil einer Sekunde bot, und tauchte blitzschnell ab. Daridas Schlag ging ins Leere, sie war sich ihrer Sache zu sicher gewesen. Katja sprang zur Seite und verpasste ihrer Kontrahentin einige schnelle Jabs ins Gesicht. Darida wich zurück, und Katja schoss hinterher, drehte sich seitlich wie beim Kickboxen und schlug der überraschten Bosnierin die Faust an die Schläfe. Darida wirkte angeschlagen, sie sprang vor, schlug ein paar Jabs und eine Linke, auf die Katja gewartet zu haben schien, denn sie blockte den Schlag, schlug Daridas Arm weg und traf mit einer harten Linken deren Nase genau auf den Punkt. Tom kam aus dem Staunen nicht heraus. Die beiden Latinos johlten vor Begeisterung. Die bosnische Hexe wankte und stürzte zu Boden. Mit blutender Nase versuchte sie sich aufzurappeln, fiel aber wieder nach hinten und blieb schließlich liegen. Der Kampf war zu Ende. Jetzt jubelte das Publikum und applaudierte Betty aus Berlin-Neukölln. Tom klatschte ebenfalls, eher erleichtert als begeistert. Er sah zu der Frau mit den kurzen Haaren. Sie zeigte keine Reaktion und verließ den Publikumsbereich. Katja ließ sich feiern, strahlte unter ihren schwarzen Locken übers püppchenhafte, blutverschmierte Gesicht. Jetzt entdeckte sie ihren Partner im Publikum, und ihre Blicke trafen sich. Tom nickte ihr anerkennend zu. Sie lächelte. Fast schüchtern. Wie ein kleines Mädchen. Unheimlich, dachte Tom.

Die Tür zu dem Lagerraum der Halle war geschlossen, und ein kräftiger Kerl passte auf, dass kein Unbefugter hineinkam.

Drinnen war das Reich der Kämpfer und Kämpferinnen, die provisorische Kabine. Tom wartete davor auf seine Partnerin. In einiger Entfernung sah er erneut die Frau mit dem strengen Gesicht und den kurzen blonden Haaren. Sie stand mit dem älteren Mann, der Tom bekannt vorkam, zusammen. Wieder überlegte er, suchte in den entlegensten Winkeln seines Gedächtnisses, aber kam nicht darauf, wo er den Mann im Anzug schon mal gesehen hatte. Die Tür vom Lagerraum ging auf, und zwei Frauen im Kampfdress kamen heraus. Dahinter entdeckte er Katja, die sich von Darida verabschiedete und ebenfalls hinauskam. Seine Partnerin trug wieder ihre Kleidung und hielt einen Eisbeutel auf ihr linkes Auge gedrückt. Zwei Pflaster auf den Cuts, die geschwollene Unterlippe und Blutergüsse am Unterkiefer zeugten davon, dass ihr Gesicht einiges abbekommen hatte.

»Glückwunsch!«, sagte er. Sie schwieg, sah ihm tief in die Augen. Ernst, fast ein wenig traurig. Tom hatte nicht die geringste Ahnung, was in ihr vorging.

»Betty!«, rief eine helle Stimme. Katja und Tom sahen zur Seite. Die Frau mit dem strengen Gesicht trat zu ihnen.

»Gratuliere!«, sagte sie, ohne Tom zu beachten. »War das wirklich dein erster Bare-Knuckle-Kampf?«

»Ja«, erwiderte Katja leise.

Einen Augenblick ruhte der Blick der Frau auf Toms Partnerin. Dann nickte sie anerkennend, holte ein Bündel Geldscheine aus der Hosentasche, zählte fünf Hunderter ab. »Deine Gage!« Sie zählte zehn weitere Grüne ab. »Und die Siegprämie!« Sie reichte die Scheine Katja, die sie mit ihrer freien Hand wortlos in die Hosentasche steckte. Die Frau sah sie an, schien zu überlegen. »Willst du nächste Woche wieder kämpfen?«

Katja entfuhr ein irritiertes Lachen.

»Es gibt wieder einen Kampfabend. Der ist ’ne Nummer größer. Ich kann dir die doppelte Gage zahlen. Was sagst du?«

Katja zögerte. Sie sah zu Tom und wieder zu der Frau. »Kann ich dich anrufen?«

»Du gibst mir deine Handynummer, und ich rufe dich an. So läuft das.«

»Okay!«, sagte Katja.

Die Frau zückte ihr Handy, Katja nannte ihre Nummer, und sie tippte sie ein. »Gut, du hörst von mir, Betty aus Berlin«, sagte sie.

»Berlin-Neukölln«, erwiderte Katja.

»Wie konnte ich das vergessen? Ich bin der General. So nennt man mich hier.«

Der General warf Tom einen kurzen Blick zu und ging.

»Du bist verrückt!«, sagte er. Betty aus Berlin-Neukölln zuckte die Achseln.

»Ich hab jetzt Kohle. Kann ich dich auf ein Feierabendgetränk einladen?«

Zwischen den verrosteten Schienen und dem von Unkraut und Gräsern überwucherten Schotter zeugten unzählige Zigarettenkippen, Scherben und die Reste mehrerer Joints von anderweitigen Vergnügungen. Katja und Tom saßen auf dem maroden Beton des Bahnsteigs und ließen ihre Beine über dem Gleisbett baumeln. Hinten fand der zweite Frauenkampf statt.

»Das war einfach ein großer Zufall. Ich war gerade in der Nähe, als der General …« Sie lachte. »Wie das klingt! Wie in einem alten Film. Als der General mit Darida und zwei Männern darüber sprach, ob sie noch schnell eine Ersatzgegnerin auftreiben könnten. Da habe ich gemerkt, dass ich Lust hatte. Große Lust sogar. Ich weiß, das ist verrückt, aber es hat mich eben gereizt.«

»Du machst Kampfsport, oder?«, fragte Tom.

»Krav Maga. Das ist aber kein Kampfsport. Krav Maga ist reine Selbstverteidigung.«

»Aber besonders hart.«

»Ja, ist bestimmt die brutalste Selbstverteidigung. Also die effektivste.« Sie trank ein paar Schlucke von ihrem Bier. »Der General hat telefoniert, aber die Frau nicht erreicht. Und da bin ich einfach hin und habe gesagt, dass ich einspringen könnte.« Katja lachte. Tom schüttelte den Kopf. »Das war wie … wie …« Katja überlegte. »Wie ein Reflex oder so. Die haben auch ziemlich überrascht geguckt. Aber der General hat gleich reagiert. Sie hat mich gefragt, ob ich schon mal gekämpft hätte. Ich habe gesagt, nicht Bare-Knuckle, aber dass ich Kampfsporterfahrung hätte. Dann hat die mich angesehen, Tom, mit einem Blick, den kann ich gar nicht beschreiben. So bohrend, als wenn sie in mich reinschauen könnte. Sie hat mich gefragt, wie ich hierhergekommen sei. Ich habe unsere Story erzählt, dass Krambach uns eingeladen hätte, du ihn von der Schule kennst und so weiter, dass es traurig sei, dass er so hinterhältig ermordet wurde. Sie hat alles geschluckt, aber als ich sie gefragt habe, ob sie ihn auch kannte, hat sie dichtgemacht und bekam gleich wieder diesen bohrenden Blick. Aber ich glaube, es hat ihr einen solchen Kick gegeben, dass eine unerfahrene Zuschauerin bereit war, in den Ring zu steigen, dass sie dafür ihre Skepsis beiseitegeschoben hat. Tja, Darida hat mir dann ihren Ersatzdress gegeben, und den Rest haste ja gesehen.«

Tom schüttelte wieder den Kopf. »Du bist krass!«

»Stimmt«, erwiderte Katja trocken. Für einen Moment schienen sie einander fremd zu sein. »Du hast mal geboxt«, sagte sie unvermittelt.

»Tue ich noch. Leider zu selten.«

»Ich hab natürlich das Foto neben deinem Schreibtisch gesehen. Ihr seid euch wirklich unglaublich ähnlich.«

Tom nickte.

»Was für eine Geschichte«, sagte seine Partnerin. »Glaubst du, er hat es getan?«

Die Frage traf ihn wie eine harte Gerade. Katja liebte es direkt, das war ihm schon klar geworden. Er wusste nicht, was er antworten sollte, und wollte es auch nicht.

»Tut mir leid«, sagte Katja. »Tu einfach so, als hätte ich nicht gefragt!«

Tom richtete seinen Blick nach vorn auf den Kampf, dort ging es wieder hart zur Sache. »Die Scheiße hier ist illegal, Katja. Und nicht ohne Grund. Und du willst jetzt weitermachen damit?«

»Ich habe uns vielleicht eine Tür aufgestoßen.«

»Zum General?«

»Wer weiß, was sich hier so hinter den Kulissen verbirgt. Und Krambach wäre eigentlich heute hier gewesen.«

»Stimmt«, sagte Tom. »Ich bin mit einem Typen ins Gespräch gekommen, der ihn kannte. Aber sobald ich versucht habe, ein bisschen was über die Veranstaltung und ihre Macher zu erfahren, wurde er wortkarg und hat sich verzogen. Die sind hier misstrauisch und verschwiegen. Wir müssen verdammt vorsichtig sein.«

»In der Umkleide sind sie übrigens nicht ganz so verschwiegen. Also die Kämpfer. Dieser Niklas, der vor unserem Kampf gewonnen hat, ist ein Bulle aus Hannover, sein Gegner Steve ein Immobilienmakler aus Schwerin. Er kannte Krambach auch, hat mir erzählt, dass er zwei Bücher von ihm gelesen und ihn schon öfter auf Kampfabenden gesehen hätte. Einmal hätte er dabei auch aus einem seiner Bücher gelesen und signierte Exemplare verschenkt.«

»Rattenfänger!« Auf einmal hatte Tom wieder den grauhaarigen Mann im Anzug vor Augen. »Ein älterer Mann im Anzug läuft hier rum«, sagte er. »Den ich schon mal irgendwo gesehen habe, aber ich komme nicht darauf, wo. Er stand auch ab und zu mit dem General zusammen.«

»Ich glaube, ich weiß, wen du meinst. Da ist noch ein Anzugträger dabei.«

»Genau. Ich weiß, dass ich den Grauhaarigen schon mal gesehen hab.«

»Dreh dich nicht gleich um!«, sagte Katja. »Hinter dir stehen zwei Typen, die uns beobachten.«

»Okay, dann lass uns doch mal aufstehen.« Sie erhoben sich und wandten sich unauffällig um. Am Anfang des Bahnsteigs standen Arne und ein anderer Mann und tranken Bier. Arne prostete Tom zu. Der erwiderte die Geste. Arne hob die andere Hand, deutete mit Zeige- und Mittelfinger zu seinen Augen, drehte die Hand und zeigte mit denselben Fingern auf Tom. Ich habe ein Auge auf dich, signalisierte Arne. Dazu lächelte der Mann in seinem FKD-Polohemd, als hätte er einen launigen Scherz gemacht.

»Netter Typ!«, sagte Katja. »Ein neuer Freund?«

18

Die Autobahn war leer, der Asphalt längst getrocknet und die Musik im Radio gut. Nachts spielten sie immer die beste Musik, dachte Tom. Neben ihm lag Katja entspannt im Sitz und hielt sich die neue Tüte mit Eiswürfeln, die sie sich an einer Raststätte besorgt hatte, auf den Bluterguss unter ihrem Auge.

Tom dachte an den grauhaarigen Mann. Irgendwie war er sich sicher, dass er ihm im Zusammenhang mit einem Fall begegnet war. Im Geiste ging er alle seine Fälle durch. Ruhig, systematisch und sorgfältig. Während sie über den dunklen Asphalt durch die Nacht schwebten, sah er vergessene Gesichter wieder vor sich. Zeugen und Beschuldigte aus den unterschiedlichsten Milieus. Staatsanwälte, Richter und Kollegen. Die Erinnerungen flogen ihn an und schwebten wieder davon. Aber der Grauhaarige tauchte nicht auf.

Im Rückspiegel bemerkte Tom zwei Motorräder, die sich näherten und hinter ihnen blieben. Er fragte sich, warum die Fahrer sie nicht überholten. Nach einer Weile fuhr er langsamer, bis die beiden schließlich an ihnen vorbeizogen. Einer schaute dabei zu ihm herüber, trug einen schwarzen Helm mit spiegelndem Visier. Sie entfernten sich, bis Tom nur noch die Rücklichter sah und irgendwann auch die verschwanden.

»Warum fährst du so langsam?«

»Da waren zwei Biker hinter uns, und ich wollte herausfinden, ob die uns folgten.«

»Die uns eben überholt haben?«

»Genau die.«

Katja gähnte. »Sie sind weg, oder?«

»Ja.«

»Dann kannst du doch wieder Gas geben.«

Das tat er. Eine Weile schwiegen sie vor sich hin. Irgendwann spürte er Katjas Blick auf sich und sah zur Seite. Nachdenklich betrachtete sie ihn.

»Die Geschichte mit deinem Bruder ist wirklich krass. Ich habe viel darüber nachgedacht …«

»Katja, bitte …!«

»Nein, lass mich! Ich will dir nur kurz sagen, dass ich großen Respekt vor deiner Situation habe. Verdammt großen Respekt.« Sie sahen einander an. Ihre Worte taten ihm gut, auch wenn er schon einige Bekundungen dieser Art zu hören bekommen hatte. Im Radio lief »Hey You« von Dope Lemon. Tom mochte den Song. Er begann sich zu entspannen, sah auf den endlosen Asphalt, der unter ihnen dahinflog, und nach einer Weile tauchte ein Ruderboot vor ihm auf. Marco stand darin und sah ihn an. Sein Bruder lächelte, während das Boot langsam von Tom wegtrieb, obwohl er schnell darauf zufuhr. Es versetzte Tom einen schmerzhaften Stich, aber er konnte nichts machen. Das Boot entfernte sich immer weiter von ihm, bis die Nacht es verschluckte. Stattdessen tauchten zwei

Rücklichter auf. Als Tom näher kam, erkannte er die beiden Motorräder wieder, die jetzt ihrerseits langsam fuhren.

»Das sind doch die von vorhin«, sagte Katja.

»Ja, die sind es.« Tom fuhr dicht auf. »Ein Kieler Kennzeichen: F 32. Und ein Hamburger: L 14!« Er überholte und gab Gas.

»Jetzt bin ich gespannt«, sagte Katja und sah nach hinten. Die beiden Biker beschleunigten und hängten sich an ihre Fersen. »Alles klar!« Katja drehte sich wieder nach vorn.

FREITAG

Als sie in seine Straße einbogen, schaute Tom sich noch ein letztes Mal um, aber die beiden Motorradfahrer waren nicht wieder aufgetaucht. Bis in die Stadt hinein waren sie ihnen gefolgt, aber irgendwann doch verschwunden. Tom hielt und stellte den Motor ab.

»So, das war also unser erstes Abenteuer«, sagte Katja und nahm den Eisbeutel von ihrem Gesicht. »Nicht schlecht für den Anfang.«

»Die Schwellung ist schon weniger geworden«, sagte er.

Ihr Blick ruhte auf ihm. »Du hältst mich für verrückt, sei ehrlich!«

Er überlegte. »Ja. Bis nachher!« Tom stieg aus, und Katja hievte sich auf den Fahrersitz. Hinter der Scheibe schnitt seine Partnerin eine irre Grimasse und schüttelte den Kopf wild hin und her. Er musste lachen, und während er zum Haus ging, schaute er ihr nach, bis der Wagen um die Ecke verschwunden war. Als die schwere Jugendstiltür hinter ihm ins Schloss fiel, hörte er auf einmal das leise, tiefe Blubbern eines Motorrads. Er sah durch das schmale Fenster auf die Straße. Einer der beiden Biker fuhr langsam vorbei und schaute zu ihm herüber.

Der Schlüssel landete auf der Alukiste, die Jacke am Haken des Kleiderständers, das Holster mit der Walther in der Schublade der Kommode. Tom holte sein Handy hervor. Er tippte auf Katjas Nummer.

»Na, willst du dich für deine Unverschämtheit entschuldigen?«

»Ist einer der Biker hinter dir?«

Während Tom auf ihre Antwort wartete, hörte er neben den Fahrgeräuschen leise klassische Musik. Katja hatte offenbar den Radiosender gewechselt, oder es lief eine Playlist von ihrem Handy.

»Nein«, sagte sie. »Warum?«

»Bei mir ist einer, kurz nachdem du weg warst, am Haus vorbeigefahren.«

»Scheiße! Das ist nicht gut.«

»Schickst du mir eine kurze Nachricht, wenn du in der Wohnung bist?«

»Klar, mach ich.«

Tom ging in die Küche, holte sich eine Tafel Zartbitterschokolade aus dem Schrank, brach sich einen Riegel ab und schlenderte durch den Flur zu den vorderen Räumen. Als er an der Tür zum *Raum* vorbeikam, musste er an Marco denken und fragte sich, wo der sich wohl gerade befand. Er stellte sich vor, wie sein Bruder irgendwo in Südamerika in einem schattigen Raum mit einem sich langsam drehenden Ventilator unter der Decke das Ultraschallbild seiner Tochter betrachtete und sich an die glückliche Zeit mit seiner Sonny erinnerte. Während er auf das weiße Holz starrte, geriet etwas in seinem Hirn in Bewegung. Puzzleteile der Erinnerung schwirrten herum, fügten sich langsam zusammen, und er sah ein Bild von dem grauhaarigen Mann vor sich. Es war ein Foto, das er aus der Akte vom Mord an Sonny kannte. Endlich hatte das Suchprogramm seines Gehirns einen Treffer geliefert.

Der Mann war Herfried Berkeesen, ein Hamburger Reeder.

In seiner Villa hatte die Party stattgefunden, auf der Sonny zum letzten Mal lebend gesehen worden war. Berkeesens Sohn hatte seinen fünfundzwanzigsten Geburtstag gefeiert. Merkwürdig, dachte Tom, dass er diesem Mann jetzt beim illegalen Boxen begegnet war. Es irritierte ihn geradezu. Da signalisierte ein trockenes Plopp das Eintreffen einer Nachricht. Tom sah auf sein Handy.

Kein Biker weit und breit. Gute Nacht!

Tom antwortete Katja mit einem Daumen-hoch-Emoji. Dann ging er in einen der vorderen Räume zum Regal und kramte unter einem Stapel aus Papieren, Notizheften und alten Zeitungsartikeln eine schwarze Mappe hervor. Er schlug sie auf und blätterte durch die abgehefteten Fotokopien von Sonnys Akte, die er damals mithilfe eines verständnisvollen Kollegen verbotenerweise angefertigt hatte. Das Original lag mittlerweile bei den ungeklärten Fällen der Staatsanwaltschaft, und ohne ein Gesuch eines Vorgesetzten würde Tom keine Einsicht bekommen. Er fand gleich, wonach er suchte, und hatte sich nicht getäuscht. Auf dem Foto waren die Haare noch nicht ganz so grau und ein wenig länger, aber es war der Mann. Der Reeder begeisterte sich also für Bare-Knuckle-Kämpfe, der feine Hanseat begab sich hinab in die Niederungen der illegalen Boxkämpfe. Er hatte sich immer im Hintergrund gehalten, zusammen mit dem anderen Mann im Anzug und der Frau, die sich der General nennen ließ. Katja hatte erzählt, dass die Frau dichtgemacht hatte, als sie sie auf Krambach angesprochen hatte. Sehr wahrscheinlich kannte sie ihn also, und vielleicht kannten die beiden ergrauten Herren den Autor ebenfalls. Tom wurde unruhig. Er spürte, dass er dabei war, eine Tür aufzustoßen. Am Morgen würde er als Erstes Marthe Krambach anrufen, um sie zu fragen, ob ihr Mann Herfried Berkeesen gekannt hatte. Vielleicht waren sie sogar befreundet gewesen.

Tom ließ sich in seinen Ledersessel fallen. In der Dunkelheit saß er da, starrte zum Fenster hinaus, während sein Hirn auf Hochtouren arbeitete. Der Täter hatte Krambach zusammengeschlagen und ihm ungeheure Schmerzen zugefügt. Hass hätte dahinterstecken können, das Bedürfnis nach Rache. Marco war nach Hamburg gekommen, obwohl das höchst riskant für ihn gewesen war. Wirklich nur, um ihn wiederzusehen? Das wäre natürlich möglich gewesen nach den vielen Jahren ihrer Trennung. Wenn jemand diese Sehnsucht nachvollziehen konnte, dann Tom. Aber Marco hatte das Ultraschallfoto an sich genommen, und er hatte sich nie damit abgefunden, dass der Mörder seiner Frau und seiner Tochter nicht zur Rechenschaft gezogen worden war. Das hatte er Tom in ihrer gemeinsamen Nacht wieder deutlich gemacht. Sein Bruder hatte, wie er selbst, Schuhgröße 42.

Tom wurde heiß und kalt zugleich. Konnte es sein, dass Marcos Hamburger Freunde irgendwie herausgefunden hatten, dass Krambach auf der Party in der Villa seines Freundes Berkeesen gewesen war? Dass er dort Sonny kennengelernt hatte? Sie vergewaltigt und erwürgt hatte? Fassungslos folgte Tom dem Fluss seiner Gedanken. Hatten sie Marco informiert? Hatte er seine Rache eiskalt geplant und vollzogen? Die vielen Schläge passten dazu, denn sein Bruder hätte sicher seinen ganzen Hass herausgelassen, bevor er dem Mann das Leben nahm. Tom betrachtete seine Schlussfolgerung von allen Seiten. Verrückt, dachte er, aber möglich. Er zog die Stehlampe mit dem kleinen grünen Schirm heran und knipste sie an. In der Mappe blätterte er zu der Liste der Personen, die an jenem Abend vor acht Jahren in der Villa Berkeesen zugegen gewesen waren. Die dreiundvierzig Partygäste, die beiden Haushälterinnen, die vier Freunde von Berkeesens Ehefrau, die sie zu einem Essen eingeladen hatte, und natürlich sie selbst, ihr Mann, der Sohn Philip und die damals neunjährige Tochter Daniela. Tom las alle Namen, der von Krambach befand sich nicht darunter. Daran hätte er sich auch erinnert, denn nach seinen zwei Bestsellern war der Autor damals schon sehr bekannt gewesen. Alle diese Personen waren befragt worden, und niemandem war etwas aufgefallen. Tom schlug die Mappe zu. Aber vielleicht war Krambach nur bei Herfried Berkeesen gewesen und die Partygäste und die Freunde seiner Frau hatten ihn gar nicht zu Gesicht bekommen. Der Reeder hatte dann Krambachs Gegenwart der Polizei verschwiegen, um ihn zu decken. Aber wie hatte Krambach auf Sonny treffen können? Philip Berkeesen hatte ausgesagt, dass er vom Fenster aus gesehen hätte, wie Sonny irgendwann das Grundstück verlassen hatte. Und zwar allein. Vielleicht war Krambach kurz darauf ebenfalls gegangen und hatte sie zufällig getroffen oder war ihr gefolgt, hatte sie in ein Gespräch verstrickt, in den Park gelockt und dort zugeschlagen. Er fragte sich nicht, ob er sich den Autor überhaupt als Vergewaltiger vorstellen konnte, denn er wusste, dass man es den Tätern nicht ansehen konnte. Tom hatte wieder sein Bild von Krambach vor Augen, wie es ihm in der Rechtsmedizin in seiner Vorstellung erschienen war, mit diesem gelangweilten, leeren Ausdruck. Und er hatte Marcos Stimme im Ohr, als der ihn gefragt hatte, was für ein Gefühl es gewesen sei, einen Menschen zu töten. *Vielleicht hatte er den Tod verdient,* hatte sein Bruder gesagt. Und: *Manche Dinge sind eben ganz einfach.* Auf einmal erschienen Tom diese Sätze in einem völlig neuen Licht. An Schlaf war jetzt nicht mehr zu denken.

Quälend langsam waren die Stunden verstrichen. Nur ab und zu war Tom in einen oberflächlichen Schlaf gesunken, aus dem er jedoch schon nach wenigen Minuten wieder erwacht war. Der Verdacht, dass Marco Neil Krambach umgebracht haben könnte, hatte ihm keine Ruhe gelassen. Fassungslos hatte er sich mit dem Gedanken auseinandergesetzt, dass sein Bruder einen weiteren Mord begangen haben könnte. Es war zwar nicht bewiesen, dass es Marco gewesen war, der damals den V-Mann zum Schweigen gebracht hatte, aber klar war, dass er in irgendeiner Form daran beteiligt gewesen sein musste. Und jetzt das. Den Mord an Krambach traute er Marco natürlich erst recht zu. Den Wunsch, sich zu rächen, konnte Tom nachvollziehen, wenn er auch selbst nicht so dachte oder denken durfte. Aber Marco hatte irgendwann eine Grenze überschritten, hinter der sich eine Welt befand, in der andere Gesetze herrschten.

Tom setzte sich auf und schob die dünne Decke von sich. Er blickte zum offenen Fenster hinaus. Die milde Morgensonne schien auf die gegenüberliegenden Häuser. Ein paar Vögel zwitscherten, und irgendwo lief ein Radio. Es war kurz nach acht, und er fragte sich, ab wann er Marthe Krambach anrufen konnte. Müde schleppte er sich unter die Dusche. Lange ließ er das heiße Wasser auf seine Stirn prasseln, bevor er den Hebel am Ende auf kalt schob, um endgültig wach zu werden. Ein Song von The Killers, zwei große Gläser Wasser, dann ging's zu Toni in die Backstube gegenüber. Vor dem Laden stellten zwei Männer Wahlplakate an Straßenlaternen und Bäumen auf. Der Europawahlkampf war jetzt auch in ihrer Straße angekommen.

»Ciao, Dottore! Come stai?« Toni pflegte sein Italienisch, auch wenn seine Familie schon in zweiter Generation in Hamburg lebte.

»Hi, Toni!«, antwortete Tom. Die Frage nach seinem Befinden ignorierte er lieber.

Toni beugte sich über die Kühlvitrine und sah seinem Stammgast in die Augen. »Alora, ich sehe schon, das muss ein Doppelter sein heute.« Der schlanke, blasse Mann mit dem ewigen Lachen in den Augen machte sich an der Kaffeemaschine zu schaffen.

Tom blickte in die Auslage und entschied sich für ein Ciabattasandwich mit Parmaschinken und Pecorino. Als Toni ihm den doppelten Espresso und das belegte Brot in einer Serviette reichte, wehte Tom ein verlockender, leicht blumiger

Duft an. Eine Frau mit langen braunen Haaren, die über ein bunt gemustertes, sommerliches Kleid fielen, ging an ihm vorbei und zur Tür hinaus. Auf dem Fußweg blieb sie stehen, sah in die eine, dann in die andere Richtung und schien zu überlegen. Ihr Gesicht konnte er kaum sehen, aber stellte es sich hübsch vor. Dann schlenderte sie los und verschwand aus seinem Blickfeld. Ihr Duft blieb noch für einen flüchtigen Moment und erzählte von den schönen Dingen des Lebens.

Marthe Krambachs Stimme klang müde und brüchig. Vermutlich hatte die Traurigkeit erst jetzt ihre ganze Kraft entfaltet.

»Natürlich kenne ich Herfried Berkeesen. Er ist ein Freund von Neil.« Tom spürte, wie sich sein Magen zusammenkrampfte, während er in die kleine Straße einbog, wo er den Roten geparkt hatte. »Warum fragen Sie?«

»Aus keinem besonderen Grund. Wir sind nur auf den Namen gestoßen und haben überlegt, ob es eine Verbindung zwischen Berkeesen und Ihrem Mann gegeben hat.« Tom vernahm ein Seufzen.

»Das ist ein sympathischer Mann, wie die ganze Familie. Und Frau Berkeesen ist eine interessante Frau, eine Psychologin. Sie ist sehr ruhig, immer besonnen. Ein sehr angenehmer Mensch.«

»Hatten Herfried Berkeesen und Ihr Mann auch geschäftlich miteinander zu tun?«

»Nein, was sollte Neil mit einem Reeder für Geschäfte gemacht haben?«

»Ach, da gäbe es viele Möglichkeiten. Gemeinsame Investitionen in Immobilien zum Beispiel.«

»Solche Dinge hat Neil lieber allein gemacht. Er war gern unabhängig. Aber er hatte ein besonderes Verhältnis zu der Tochter. Daniela war ein bisschen schwierig, immer sehr verschlossen, aber Neil gegenüber war sie anders. Irgendwie hatte er einen besonderen Draht zu ihr. Sie ist eine hoch talentierte Pianistin, besucht die Musikhochschule.«

»Interessant. Danke für die Auskunft, Frau Krambach.« Tom wurde ungeduldig. »Wir werden uns sicher noch mit der ein oder anderen Frage bei Ihnen melden.«

»Machen Sie das«, brachte sie traurig hervor.

Er musste jetzt herausfinden, ob Krambach an dem Abend der Party in der Villa des Reeders gewesen war. Aber wie konnte er das schaffen? Ihm war klar, dass er weder Berkeesen noch seine Frau danach zu fragen brauchte. Natürlich würden sie wiederholen, was sie damals ausgesagt hatten. Aber mit dem Sohn und der Tochter zu sprechen, könnte vielleicht interessant sein. Falls Krambach damals wirklich bei dem Reeder gewesen sein sollte, hätte einer von den beiden ihn möglicherweise kurz sehen können, das aber der Polizei gegenüber nicht für erwähnenswert halten müssen, weil er schließlich kein Partygast gewesen war. Was Philip Berkeesen heute wohl beruflich machte, fragte sich Tom. Ob er in die Reederei eingestiegen war? Damals hatte er an der renommierten Bucerius Law School Jura studiert. Tom sollte sich ein Bild von der Familie machen. Vielleicht konnte er ein wenig an der Oberfläche kratzen und schauen, was zum Vorschein kommen würde.

Den Werkstatttermin, den er für den Roten gemacht hatte, musste er nun wieder verschieben, weil er den Wagen brauchte, denn er musste diese Ermittlungen heimlich durchführen, von seinem Verdacht brauchte niemand zu wissen. Er ahnte schon, dass er irgendwann erneut wie ein Vollidiot vor seinem verschlossenen Wagen stehen würde.

19

Auf dem Parkplatz des Präsidiums traf er Katja, die gerade aus ihrem Dienstwagen stieg. Ihr Gesicht hatte sich erstaunlich gut erholt. Das Auge war nur noch leicht geschwollen, genau wie die Lippe, und die Blutergüsse waren schwächer, als es gestern den Eindruck gemacht hatte. Wahrscheinlich geschickt mit Schminke abgedeckt, vermutete Tom.

Sie deutete auf seinen Mercedes. »Das ist also der Rote.« Er nickte. »Ein schöner Wagen. Hattest du nicht gesagt, dass du ihn heute in die Werkstatt bringen wolltest?«

»Ja, aber die sind gerade überfordert. Sie schaffen es doch nicht. Der Rote muss noch ein wenig durchhalten. Ich habe den Schlössern gerade noch ein bisschen Öl eingeflößt.«

»Na dann«, sagte sie, zog ihre Sonnenbrille aus der Innentasche ihrer Jacke und setzte sie auf. Es war ein anderes Modell als das, welches sie bisher getragen hatte, mit großen, fast quadratischen Gläsern in einem goldenen Gestell, sehr glamourös. Sie stand ihr gut, vor allem verdeckte sie ihr geschwollenes Auge, sodass nur noch die dicke Unterlippe vom wilden Kampf zeugte.

»Eine neue Sonnenbrille«, merkte Tom an.

Katja schüttelte den Kopf. »Eine aus der Sammlung. Ich hab 'ne Schwäche für Sonnenbrillen.«

»Steht dir.«

»Ich weiß.« Aus dem Kofferraum holte sie die Tasche mit der Kamera, auf deren Chip die Fotos der ankommenden Besucher der gestrigen Veranstaltung darauf warteten, erkennungsdienstlich bearbeitet zu werden. »Und ist dir mittlerweile eingefallen, woher du den grauhaarigen Mann kennst?«

»Nein, ich glaube, ich habe mich da getäuscht.«

»Okay«, sagte sie etwas verwundert. Sie machten sich auf den Weg zum Gebäude. »Und die Biker? Waren wir zu unvorsichtig?«

»Nein. Aber die sind offenbar extrem vorsichtig.«

»Jetzt wissen sie, wo du wohnst.«

»Aber nicht, wer ich bin.« Über die Fußgängerbrücke gingen sie auf den Eingang zu.

»Na ja, mit den richtigen Kontakten … Das rechte Netzwerk reicht ja gern mal bis in unsere Reihen hinein.« Tom musste kurz daran denken, wie blauäugig und idealistisch er am Anfang seiner Laufbahn auf den Polizeiapparat geblickt hatte.

»Jedenfalls kannst du zum nächsten Kampfabend nicht mehr mit.«

»Aber du willst noch dahin?«

»Meine Adresse kennen sie ja nicht.«

»Aber du warst mit mir zusammen.«

»Nobody is perfect.«

Am Empfang ließen sie ihre Ausweise scannen und gingen zum Fahrstuhl.

Die Tür öffnete sich, und sie traten in den Metallkasten.

»Den Grauhaarigen brauchen wir übrigens nicht zu erwähnen.«

Katja sah ihn an, wobei er sich fragte, was sie überhaupt durch die Sonnenbrille sehen konnte. »Du hast dich gar nicht getäuscht.«

Kurz rang Tom mit sich. »Katja, ich kann dazu nichts sagen, ich muss erst noch etwas herausfinden. Ist auch eher eine private Sache.«

Seine Partnerin zog die Sonnenbrille ein Stück herunter und sah ihn an. »Eher?«

Die Tür zu Felsens Büro stand offen, ihr Chef saß an seinem Schreibtisch.

»So, da seid ihr ja endlich.«

»Guten Morgen, Hendrik!«, sagte Tom.

»Guten Morgen!«, raunte der Hüne. Er sah Katja an, die sich auf einen der beiden Stühle an dem runden Tisch setzte. »Was ist mit deiner Lippe?«

»Das ist nichts weiter«, antwortete Toms Partnerin.

»Aha«, erwiderte Felsen. »Und warum die Sonnenbrille hier drinnen?«

»Warum nicht?« Felsen sah zu Tom. Der breitete die Arme aus.

»Sie ist erwachsen, sie darf das«, sagte er.

»Witzig«, erwiderte Felsen grantig. »Dann erzählt doch mal von der Boxveranstaltung!« Er hielt inne, wandte sich wieder an Katja. »Hast du mitgeboxt?«

Als Katja und Tom mit ihrem Bericht zu Ende waren, erhob sich Felsen und ging in seinem engen Büro auf und ab. »Ich weiß nicht, was ich davon halten soll.« Er blieb stehen und sah Katja an. »Und, sieht's übel aus unter der Sonnenbrille?«

»Nicht so sehr«, antwortete Katja. »Mir geht es gut.«

Felsen nickte. »Das war eine vollkommen unnötige Schwachsinnsaktion. Was wäre gewesen, wenn du krankenhausreif geprügelt worden wärest?«

»Unwahrscheinlich.«

»Warum?«

»Ich hab den 1. Dan-Schwarzgurt in Krav Maga.«

Erstaunt hielt Felsen inne. »Okay, Respekt! Trotzdem: Ich möchte nicht, dass sich meine Ermittler ohne Not in Gefahr begeben. Ich muss mich darauf verlassen können, dass sie immer umsichtig und vernünftig handeln. Und aufeinander achtgeben, verdammt noch mal!« Beim letzten Satz wandte er sich an Tom, der an der Wand lehnte und es vorzog, sich nicht zu äußern. »Mensch, Katja, wenn du boxen willst, dann tritt in unseren Verein ein! Oder lass dich von Tom in seinen Club am Hafen mitnehmen!« Katja schwieg. Felsen sah zu Tom. »Na, da hab ich ja die Richtigen zusammengebracht.« Er schüttelte den Kopf und ging wieder auf und ab. »Bare-Knuckle«, murmelte er nachdenklich. »Das passt natürlich zu den Faustschlägen, mit denen der Täter …« Felsen sah Katja an. »Oder die Täterin ihn traktiert hatten. Es passt auch zu dem Fakt, dass er oder sie sportlich sein musste, um an einem Seil über die Mauer zu klettern. Wenn die Person aus dieser Szene stammt, dann wird es schwer für uns. Da müssten wir wohl jemanden reinbringen, und bis der Vertrauen aufgebaut hat, das dauert.«

»Oder die«, merkte Katja an. »Ich bin ja schon drin.«

»Das stimmt natürlich.«

»Sie hat schon eine Einladung zum nächsten Kampfabend«, sagte Tom.

»Wie bitte?« Felsen stapfte unruhig auf und ab, sah Katja an und wurde unwirsch. »Kannst du bitte die Sonnenbrille abnehmen? Ich würde dir gern in die Augen sehen, wenn wir über solche Dinge reden.« Katja tat, wie ihr geheißen. Felsen sah ihr ins Gesicht. »Na ja, ganz so ohne ist das aber nicht.«

»Halb so wild«, erwiderte Katja.

»Hast du schon mal verdeckt ermittelt?«

»Nein, aber ich werde natürlich vorsichtig sein. Und ich gebe zu, die Nummer reizt mich.«

»Das ist es ja gerade! Ich weiß nicht, ob das eine gute Voraussetzung ist.« Kurz sah er zu Tom, der nur die Achseln zuckte. »Und es ist euch da niemand aufgefallen? Jemand, der irgendwie zu Krambachs Umfeld gehört haben könnte? Aus Politik oder Wirtschaft?«

Tom schüttelte den Kopf. »Nein«, erwiderte er und sah kurz zu Katja, die regungslos dreinblickte.

»Dann müssen wir mal abwarten, was die Kollegen vom Erkennungsdienst aus euren Fotos herausholen können.« Felsen wandte sich an Katja. »Bis zu deinem nächsten Kampf haben wir ja ein wenig Zeit. Und es ist noch eine Menge klassische Ermittlungsarbeit zu leisten. Vielleicht hat der Mord ja auch gar nichts mit der illegalen Box-Szene zu tun.«

Toms Magen zog sich gleich wieder zusammen.

In den engen Straßen von Ottensen war es so gut wie unmöglich, einen Parkplatz zu finden. Sicher fuhr er schon eine Viertelstunde in diesem Gewirr aus Einbahnstraßen herum und hatte dabei das Gefühl, als entdecke er einen neuen Ort. Diese Stadt veränderte sich rasant, alles war ständig im Fluss. Immer mehr luxuriöse Neubauten waren zwischen den alten Häusern entstanden, die früher das Gesicht des ehemaligen Arbeiterviertels geprägt hatten. Schließlich fand er eine Lücke im eingeschränkten Halteverbot und hoffte, dass in der nächsten Zeit keine Parkraummanager ihr Unwesen treiben würden. Viele Menschen tummelten sich vor kleinen Läden, Cafés und Kneipen. Kinder tobten über Plätze, Jugendliche cruisten auf Skateboards durch die Straßen, alte Männer saßen auf Bänken, und Frauen standen zusammen und unterhielten sich miteinander. Das bunte Multikulti-Viertel strotzte nur so vor Leben.

Das kleine, frei stehende Häuschen, in dem Daniela Berkeesen wohnte, lag in einem Hinterhof mit holprigem Kopfsteinpflaster. Eine ehemalige Werkstatt oder ein Atelier, dachte Tom, als er auf die Klingel drückte. Es rührte sich nichts, er hatte wohl Pech. Er klingelte erneut. Während er wartete, musste er an Katjas skeptischen Blick denken, mit dem sie ihn angesehen hatte, als er ihr erklärt hatte, dass er für ein paar Stunden allein unterwegs sein müsste.

»Das wird jetzt aber keiner von deinen Alleingängen, vor denen Felsen mich schon gewarnt hat«, hatte sie gesagt und es nicht als Frage formuliert. Das hatte den Vorteil gehabt, dass er nicht hatte antworten müssen.

Im Haus rührte sich nichts. Tom nahm sich vor, irgendwo einen Kaffee zu trinken und es anschließend noch einmal zu versuchen, da sah er im Schatten der Toreinfahrt eine zierliche Person auf sich zukommen. Als sie in den Hof trat, fiel das Tageslicht auf ein junges Mädchen mit kurzen blonden Haaren.

»Daniela Berkeesen?«

Sie blieb stehen. »Ja«, antwortete sie mit einem fragenden Unterton.

»Ich bin von der Kriminalpolizei Hamburg, Tom Simon.« Er zeigte seinen Dienstausweis. »Ich würde Ihnen gern ein paar Fragen stellen zu Neil Krambach.«

Sie kam näher und sah sich den Ausweis an, dabei kniff sie ihre Augen ein wenig zusammen, als wenn sie sich konzentrieren müsste. Ihre schmalen Augenbrauen waren dunkel und bildeten einen interessanten Kontrast zu ihren blonden Haaren. Verschlossen, hatte Marthe Krambach gesagt, und hoch talentiert. Sehr sensibel, würde Tom ergänzen. Das sah er auf den ersten Blick.

»Haben Sie einen Moment Zeit? Es wird nicht lange dauern. Versprochen.«

Einen Moment schien sie zu zögern, schließlich ging sie zur Tür, schloss auf und führte Tom in einen großen Raum mit Steinfußboden, auf dem zwei riesige Teppiche für eine wohnliche Atmosphäre und, was sicher viel bedeutender war, für eine gute Akustik sorgten, denn auf einem stand ein schwarzer Flügel. An der Wand lehnten zwei Keyboards, neben einem kleinen Bildschirm lagen jede Menge Kabel auf dem Boden, und in den Ecken befanden sich große Lautsprecherboxen. Eine hölzerne Treppe führte nach oben, wahrscheinlich zum Schlafzimmer, vermutete Tom. Daniela Berkeesen legte ihre Tasche auf den großen, rustikalen Holztisch der offenen Küche.

»Warum kommen Sie zu mir?« Sie wandte sich um. »Neil war ein Freund meines Vaters.«

»Ich weiß. Aber sie haben sich auch gut verstanden, oder?« Nervös drückte sie mit Daumen und Zeigefinger die Finger der anderen Hand. »Das hat Frau Krambach gesagt«, fügte er hinzu.

Daniela Berkeesen schwieg. Ihr Blick glitt irgendwohin. Sie wirkte überfordert. Er musste besonders behutsam sein. Sie ging zur Küchenzeile und füllte ein Glas mit Leitungswasser. »Möchten Sie auch etwas trinken?«

»Nein danke.« Tom sah sich um. Außer den Instrumenten und der Anlage gab es nur noch ein monochromes Gemälde an der Wand und einen alten, bunten Polstersessel mit einem Beistelltisch, auf dem ein E-Reader lag. Hier herrschte eine Konzentration auf das Wesentliche, und Inhalte gab es offenbar nur digital. Auch die Noten kamen nicht mehr vom Blatt, sondern vom Tablet, das auf dem Notenpult des Flügels stand.

»Wie würden Sie Neil Krambach beschreiben? Was war er für ein Mensch?«

Daniela Berkeesen trank ein paar Schlucke und kehrte zum Tisch zurück. Nervös bewegte sie das Glas in ihren Händen hin und her. »Ich verstehe nicht, warum Sie das mich fragen. Andere kannten ihn doch viel besser.«

Ihre Frage war berechtigt, dachte Tom. »Wenn ich etwas gelernt habe in meiner Zeit als Ermittler, dann, dass mich das Naheliegende oft nicht weiterbringt. Erst recht nicht, wenn ein Fall …« Er überlegte, wie er sich am besten verständlich machen konnte. »Mehrere Ebenen zu haben scheint.«

Es schien, als wenn er ihr Interesse geweckt hätte. Sie dachte nach. »Umwege, Sie meinen Umwege. Die mache ich auch, wenn ich versuche, ein Stück zu verstehen. Eine Komposition hat immer mehrere Ebenen.«

Erstaunt wartete Tom ab, hoffte, dass sie ihre Gedanken weiter ausführen würde. Vielleicht hatte er einen Zugang zu ihr gefunden.

»Ich mache gern Umwege, da erfahre ich mehr.« Fast zeigte sich ein Lächeln auf Daniela Berkeesens Lippen. »Ich schaue mir die Landschaft an.«

»Sie studieren Musik.« Sein Blick ging zum Flügel. »Sie scheinen sehr jung zu sein, wenn ich das sagen darf.«

»Ich habe zwei Klassen übersprungen.« Sie sagte das ohne Stolz, fast ein wenig traurig. Tom stellte es sich schön vor, hier zu leben, Musik zu machen, in den Cafés zu sitzen, die Freiheiten des Studentendaseins zu genießen. Die junge Frau sah Tom an, als versuchte sie, ihn einzuschätzen. »Interessieren Sie sich für Musik?«

»Oh ja, sehr sogar.«

»Klassik?«

Er schüttelte den Kopf. »Pop, Rock, Soul und Jazz.«

»Jazz ist voller Umwege. Jazz besteht eigentlich aus Umwegen.« Tom verstand, was sie meinte. »Und Entdeckungen. Ich glaube, keine Musik ist so aufregend wie Jazz.«

»Das ist interessant, so habe ich das noch nicht betrachtet. Spielen Sie Jazz?«

»Manchmal. Aber ich studiere Klassik.«

Daniela Berkeesen verfiel wieder in Schweigen. Tom wartete ab, wollte unbedingt vermeiden, dass sie sich von ihm bedrängt fühlte. Er war froh, dass sie sich ein wenig aus ihrem Schneckenhaus herausgewagt hatte.

»Neil war der Einzige von den Freunden meines Vaters, den ich gemocht habe. Er hat mich nicht wie ein kleines Mädchen behandelt. Zu meinem vierzehnten Geburtstag hat er mir Boxhandschuhe und einen Sandsack geschenkt.« Sie deutete zum Ende des Raumes, wo es eine abgeteilte Ecke gab. »Dort hängt er, und manchmal haue ich drauf. Ich kann nicht boxen, das wollte ich auch nie lernen, aber ich kann mich da ab und zu auspowern. Ich muss dabei nur auf meine Finger achtgeben.« Sie blickte auf ihre Hände. Die Vorstellung, wie dieses zarte, sensible Wesen auf den Sandsack einschlug, rührte Tom. »Hatte Neil Krambach sich für Boxen interessiert?«

Die Frage schien sie zu erstaunen. »Er hatte sogar selbst geboxt. Also als junger Mann.«

Tom musste an das Tattoo denken. »Hat er Ihnen davon erzählt?« Sie nickte. »Haben Sie ihn in der letzten Zeit mal getroffen?«

Sie schüttelte den Kopf. »Seit ich von zu Hause weg bin, nicht. Früher war das anders, weil ich immer da war, wenn er meinen Vater besuchte. Dann setzte er sich jedes Mal für ein paar Minuten in mein Zimmer und hat mit mir geredet. Das war schön, weil er sich wirklich für mich interessierte. Und das schon, als ich noch ein kleines Mädchen war.« Für Tom klang das so, als wenn es bei ihrem Vater anders gewesen wäre.

»Haben Sie sich auch für ihn interessiert? Für seine Bücher?«

»Eines habe ich mal angefangen, aber konnte es nicht zu Ende lesen. Politisch waren wir unterschiedlicher Meinung, aber das war nie ein Problem. Das ist mit meinem Vater ja nicht anders und meinem Bruder.«

»Die sind auch konservativ?«

Sie zögerte, sah unsicher zu Boden. »Rechts trifft es besser.« Sie sah wieder auf. »Ein Mensch ist so viel mehr als seine politische Einstellung. Der Satz ist von meiner Mutter, der hat sich mir eingeprägt. Auf Neil traf das eindeutig zu. Er war immer offen für Neues und viel toleranter, als man denken könnte.« Sie wurde nachdenklich. »Aber vielleicht glaube ich das auch nur.«

»Wie meinen Sie das?«

»Na ja, ich hatte ihn schon lange kaum mehr gesehen. Er war nur noch selten bei uns.«

»Zu Ihrem vierzehnten Geburtstag war er jedenfalls gekommen.«

»Stimmt. Der Sandsack. Ja, den hat er aber auch nur kurz vorbeigebracht und musste gleich wieder weg. Erfolgreiche Menschen haben wenig Zeit.«

»Ihr Bruder hat vor neun Jahren seinen fünfundzwanzigsten Geburtstag gefeiert. Können Sie sich daran erinnern?« Erstaunt sah sie ihn an. »Ein bisschen ja, es war ein großes Fest.«

»Haben Sie mitgefeiert?«

»Ja, schon, aber ich war erst neun Jahre alt. Ich weiß noch, dass ich alles ganz aufregend fand. Es hat sogar eine Band gespielt. Das war krass. So richtig laut!«

»Neil Krambach war auch da?«

»Wie kommen Sie darauf? Nein, da waren nur junge Leute. Philips Freunde.«

»Überlegen Sie ganz in Ruhe. Vielleicht war er einfach zufällig auch im Haus, weil er Ihren Vater besuchte. Das hätte doch sein können.«

»Ja, schon, aber ich habe ihn nicht gesehen. Da müssen Sie meinen Vater fragen.« Irritiert sah sie ihn an. »Warum fragen Sic das?« Tom überlegte, ob er ihr den wahren Grund nennen sollte. »Wegen der Frau, die getötet wurde?« Leise fügte sie hinzu: »Vergewaltigt und getötet.« Ihre Miene verfinsterte sich. »Eine furchtbare Geschichte. Ich habe das erst später richtig begriffen. Wurde der Täter eigentlich gefasst?«

»Nein, leider nicht.«

Daniela Berkeesen ging zum Flügel und setzte sich auf die Klavierbank mit dem Rücken zum Instrument.

»Ich weiß nicht, warum Sie nach Neil fragen. Aber wissen Sie, wenn er da gewesen wäre, hätte er mich ganz bestimmt begrüßt, seine kleine Danny. So hatte er mich immer genannt.« Ein Lächeln huschte über ihre Lippen. »Und daran würde ich mich erinnern.« Sie sah Tom an. »Glaube ich.«

20

Mit flotten Schritten ging der junge Mann an dem gut besuchten Straßencafé vorbei und schlug mit imaginären Drumsticks einen schnellen Beat in die Luft. Rhythmisch bewegte er seinen Kopf, die lockigen Haare wippten um seine Kopfhörer herum auf und ab. Tom biss in das Schokocroissant, das er sich zu seinem Milchkaffee bestellt hatte. Einen Moment genoss er die Sonnenstrahlen auf seinem Gesicht, dann holte er sein Handy hervor und gab Philip Berkeesen in die Suchmaschine ein. Als Erstes wurde ihm die Homepage der Anwaltssozietät Keunert&Berkeesen angeboten. Tom klickte auf den Link. Der Webauftritt der Kanzlei war elegant und modern gestaltet. Der Sohn des Reeders hatte also sein Jurastudium durchgezogen und war Anwalt geworden. Smart wirkte er und dynamisch, genau wie sein Partner Jost Keunert. Beide Juristen waren spezialisiert auf Zivilrecht.

Als Nächstes wurden lauter Treffer im Zusammenhang mit der FKD angeboten. Philip Berkeesen war Mitglied in der Partei. Und offenbar hatte er kein Problem damit, dass das für alle Welt lesbar im Netz stand. Im Gegenteil: Der junge Mann war in diesem Jahr sogar als Kandidat für die Hamburger Bürgerschaft aufgestellt. Die Partei sprach von einem hoffnungsvollen Politiktalent, welches mit seiner großen Kompetenz und Leidenschaft für die Ziele der FKD eintrat. Auf Fotos mit seiner blonden Ehefrau Anna und der zweijährigen Tochter Lisa verkörperte er perfekt den Prototyp des treu sorgenden Familienvaters, der für den Schutz der heilen deutschen Welt eintrat. Tom klickte auf einen kritischen Zeitungsartikel, in dem Philip Berkeesen kurz erwähnt und als nassforscher Besserwisser bezeichnet wurde, der zu den aufstrebenden Kräften des rechten Flügels der FKD zählte.

Tom fragte sich, wie wohl das Verhältnis zwischen Daniela und ihrem Bruder aussah. War sie das verschlossene, eigensinnige Nesthäkchen, das aus der rechten Reihe tanzte? Aber letztlich war das nicht relevant für ihn, denn Daniela Berkeesen hatte Krambach an dem Abend der Party nicht gesehen. Blieb ihm noch, ihren Bruder zu befragen.

Philip Berkeesen saß mit übereinandergeschlagenen Beinen auf dem dunkelgrünen Samtpolster des Stuhls und sah Tom aufmerksam und freundlich an. »Sie müssen schon verstehen, Herr Simon, dass ich mich ein wenig wundere. Schließlich geht es doch wohl gerade darum, den Mörder von Neil Krambach zu finden, und Sie kommen zu mir mit dieser etwas merkwürdigen Frage zu meinem Geburtstagsfest vor neun Jahren.«

Tom saß ihm gegenüber an dem runden Eichentisch des ganz in Weiß gehaltenen Besprechungsraums. Drei kleine Keramikschälchen, mit verschiedenen Nüssen gefüllt, standen zwischen ihnen.

»Das bedeutet doch, dass Sie den Verdacht haben, Neil Krambach könnte damals die junge Frau vergewaltigt und ermordet haben.«

Tom schwieg.

»Und das bedeutet auch, dass der Täter nicht gefasst wurde. Das ist natürlich traurig. Neun Jahre später.«

Tom ignorierte die Stichelei. »Zunächst hätte ich gern eine Antwort auf meine Frage, Herr Berkeesen.«

»Neil Krambach war nicht auf meiner Party.«

»Auf der Party nicht, aber vielleicht im Haus. Vielleicht hatte er Ihren Vater besucht. Und niemand hat das mitbekommen. Ihre Mutter hatte das Essen mit Ihren Freunden, und es tobte die Party.«

Philip Berkeesen griff sich ein paar Nüsse und steckte sie in den Mund. Während er kaute, schüttelte er den Kopf. »Er war auch nicht im Haus. Jedenfalls habe ich ihn nicht gesehen.

Und meine Eltern haben doch damals auch ihre Aussagen gemacht, und wenn er dort gewesen wäre, hätten sie das doch angegeben. Oder auch jemand vom Personal.«

Toms Blick ruhte geduldig auf dem Anwalt, der zeigte keine Reaktion, blieb souverän. »Sie sind sich sicher?«

»Aber natürlich, ganz und gar.« Freundlich lächelte er und signalisierte eine leichte Verwunderung. »Wie kommen Sie denn überhaupt auf Ihren Verdacht?« Tom schwieg. »Klar, das werden Sie mir natürlich nicht verraten.«

»Sie haben damals gesehen, wie Sonja Klemper, genannt Sonny, Ihr Grundstück verließ.«

»Das ist richtig. Ich stand gerade am Fenster und hatte zufällig gesehen, wie sie gegangen war. Sie war die Straße runtergegangen in Richtung Elbchaussee.«

»Kannten Sie sie?«

»Nein, eine Freundin hatte sie mitgebracht. Aber Herr Simon, das können Sie alles in der Akte nachlesen, das habe ich damals alles Ihren Kollegen schon erzählt. Ich würde mich nämlich gern wieder meiner Arbeit widmen. Wir bereiten einen großen Prozess vor. Ihre entscheidende Frage habe ich doch beantwortet, oder?«

Der Mann schien in sich zu ruhen, war sehr freundlich und absolut selbstbewusst. Tom konnte sich Philip Berkeesen gut als Politiker vorstellen.

»Sie sind in der FKD, Herr Berkeesen. Wie standen Sie denn zu der Idee, dass Krambach in den Bundesvorstand sollte? Immerhin war er ja ein sehr populärer Autor und dann auch noch ein Freund Ihres Vaters.«

Philip Berkeesen schien ein wenig erstaunt. »Sie sind gut informiert, Herr Kommissar, aber das ist ja auch Ihr Job.« Er gab sich nachdenklich. »Ich war dagegen. Trotz seiner großen Popularität, die natürlich auch in unserem Sinne war. Aber das qualifizierte ihn nicht automatisch für eine derart wichtige Position in unserer Partei. Zumal er noch nicht einmal

Mitglied war. Und dass er ein Freund meines Vaters war, durfte bei solchen Entscheidungen natürlich keine Rolle spielen. In meinen Augen passte Neil Krambach nicht wirklich zu uns. Aber ich habe ihn deshalb nicht gleich umgebracht.« Ein Lächeln huschte über seine schmalen Lippen.

Berkeesen Line. Die Buchstaben aus blau gefärbtem Aluminium mit dem roten, schräg stehenden L standen stolz und imposant auf dem Platz vor der gläsernen Front der Empfangshalle. Tom schritt an ihnen vorbei und betrat durch die große Eingangstür das lichtdurchflutete Foyer der Reederei. An den Wänden hingen großformatige Fotoporträts von Besatzungsmitgliedern an Bord der Containerschiffe. Hinter einem großen Schreibtisch saß eine elegant gekleidete ältere Dame und begrüßte ihn freundlich.

»Was kann ich für Sie tun?«, fragte die Frau mit einer hellen, samtigen Stimme. Tom zeigte seinen Dienstausweis. »Tom Simon, Landeskriminalamt Hamburg. Ich möchte Herrn Berkeesen sprechen.«

»In welcher Angelegenheit, bitte?«

»Das werde ich ihm selbst erklären, es ist dienstlich.«

Die Frau schien einen Moment zu überlegen, sah ihn dabei in aller Ruhe an.

»Nehmen Sie bitte dort Platz!« Sie zeigte auf die Sitzecke aus braunen Ledersesseln. »Ich werde versuchen, Herrn Berkeesen zu erreichen.«

»Danke«, sagte Tom, ging zu der Sitzgruppe und setzte sich. Durch die breite Fensterfront konnte er den Hafen sehen, der mal im Sonnenlicht, dann wieder im Schatten lag, den die schnell ziehenden, mächtigen Wolkengebilde warfen.

Auf dem Tisch vor ihm lagen Prospekte der Reederei, ein Buch über ihre Historie und Flyer der Heimat-Stiftung Berkeesen. Tom nahm sich ein Exemplar und las, dass die Stiftung 2000 von Nele Berkeesen, der Ehefrau des Reeders, gegründet worden war und sich der Verbesserung der Lebensbedingungen für Kinder aus sozial schwachen Verhältnissen widmete. Feigenblatt oder ernsthaftes Engagement? Das war ja nie so ganz klar bei den großen Unternehmen, dachte Tom. Aber natürlich fragten sich das die Menschen nicht, die davon profitierten. Er betrachtete die Fotos von Kindern und Jugendlichen beim Basteln und Musizieren, im Unterricht und beim Sport. Er blickte in lachende, fröhliche und nachdenkliche Gesichter. Dann näherten sich Schritte, die Empfangsdame kam zu ihm.

»Herr Berkeesen kommt gleich, Herr Simon.«

Tom erwiderte ihr Lächeln. »Danke sehr!«

Das ging leichter als erwartet, dachte er. Plopp machte es, und auf dem Display seines Handys erschien eine Nachricht. Bea Lannsen schrieb: Treffer! Diverse Überweisungen der Reederei Berkeesen für Vorträge und Beratungen. Von 2009 bis 2019.

Aus der Nähe wirkte der vierundsechzigjährige Herfried Berkeesen jünger und längst nicht so unscheinbar wie am Abend zuvor bei der illegalen Boxveranstaltung. Seine grauen Haare leuchteten im Sonnenlicht. Interessant, dachte Tom, wie es diesem Mann gestern gelungen war, fast im Hintergrund zu verschwinden. Der Reeder deutete auf den Weg entlang des Hafenbeckens.

»Ich freue mich über jede Gelegenheit, ein wenig durch den Hafen flanieren zu können.«

Während sie nebeneinander hergingen, sah Berkeesen Tom mit seinen stahlblauen Augen nachdenklich an. »Sie kommen mir bekannt vor.«

»Aha! Ich wüsste nicht, wo wir uns begegnet sein sollten.«

»Doch, doch. Ich habe ein gutes Gedächtnis für Gesichter.«

Tom begann sich unwohl zu fühlen. Natürlich hatte er damit gerechnet, dass der Mann ihn wiedererkennen könnte.

»Sie müssen mich mit jemandem verwechseln. Herr Berkeesen, wie lange kannten Sie und Neil Krambach sich?« Er wollte klarmachen, wer hier die Fragen stellte.

Berkeesen überlegte. »Als ich ihn kennenlernte, schrieb er gerade an seinem ersten Buch.«

»Das erschien 2008.«

»Wenn Sie das sagen. Wir haben uns damals jedenfalls gleich gut verstanden.«

»Waren Sie Freunde?«

Berkeesen blieb stehen. Der Wind, der vom Wasser blies und in der Mittagshitze eine willkommene Erfrischung war, zerrte an seinem offenen Jackett.

»Vielleicht nicht die engsten …«, er drehte sich zu Tom. »Aber ja, ich würde Neil als einen Freund bezeichnen.«

»Es hat Überweisungen Ihrer Reederei auf Krambachs Konto gegeben.«

Der Reeder nickte. »Neil hat Vorträge gehalten, für unsere Belegschaft. Das war meine Idee gewesen und ein voller Erfolg. Das haben wir öfter gemacht und den Kreis irgendwann erweitert.

Einmal haben wir eine Veranstaltung für den Verband der deutschen Reeder organisiert. Ein anderes Mal für einen Heilpraktiker-Kongress, das lief über meine Frau.«

»Und das haben immer Sie initiiert?«

»Ja, wissen Sie, Herr Simon, ich engagiere mich gern für gute Geister, die uns voranbringen. Neil Krambach war ein herausragender Kopf, von denen wir mehr bräuchten. Unser Land steckt in einer Sackgasse. Neil hatte das hervorragend analysiert und keine Angst gehabt, unangenehme Wahrheiten auszusprechen. Und vor allem hatte er Lösungen zu bieten. Realistische, keine bürgerfernen Konstrukte der Bürokraten und Bedenkenträger. Das nenne ich innovativ.«

Wahlkampf auf anderen Wegen, dachte Tom.

»Und weil er immer mehr Menschen erreichte«, fuhr Berkeesen fort, »musste er jetzt wohl sterben. Er wurde den Linken zu gefährlich. Das alte Feindbild von den Rechten funktioniert heute nämlich nicht mehr. Die Maßstäbe haben sich verschoben. Die Menschen orientieren sich zunehmend wieder an konservativen Werten. Weil sie erkannt haben, dass das der richtige Weg ist, um für die großen Herausforderungen unserer Zeit stabile Lösungen zu finden.«

»Sie glauben, dass er von Linksextremen umgebracht wurde?«

Berkeesen sah Tom überrascht an. »Aber natürlich! Es hatte ja schon den Anschlag auf seine Lesung gegeben. *Kill Krambach!* Das war doch wohl eine eindeutige Botschaft. Und in derselben Nacht noch ausgeführt. Was für eine perfide Inszenierung. Furchtbar!«

Eine Frau auf einem roten Elektroroller hielt auf dem Kopfsteinpflaster einige Meter von ihnen entfernt.

»So, Herr Simon, jetzt ist es so weit, wir müssen unser Gespräch leider beenden.« Die Frau unter dem Helm war Berkeesens Gattin. Ihr Mann war mit ihr zum Lunch verabredet und hatte Tom die Zeit bis zu ihrem Eintreffen für ein kurzes Gespräch angeboten. Nele Berkeesen stieg vom Roller und holte aus dem Fach unter dem Sitz einen zweiten Helm. Tom fiel ein, das er seine wichtigste Frage noch nicht losgeworden war.

»Herr Berkeesen, als Ihr Sohn seinen fünfundzwanzigsten Geburtstag gefeiert hatte, auf der Party in Ihrer Villa, war da Ihr Freund Neil Krambach vielleicht zufällig auch im Haus?«

Der Reeder stutzte irritiert. »Warum fragen Sie das denn?«

Tom zuckte die Achseln. »Ich bin Kommissar, und da will ich manchmal die merkwürdigsten Dinge wissen.« Er lächelte nicht, konzentrierte sich ganz auf die Regungen in Berkeesens Gesicht. Dieser wandte sich an seine wartende Frau.

»Einen Moment noch, ich komme gleich.« Er drehte sich wieder zu Tom. »Was kann das bitte mit dem Mord an Neil zu tun haben?«

»Vielleicht war er nur bei Ihnen auf einen kurzen Besuch, zu einem Gespräch in Ihrem Arbeitszimmer. Ihre Frau hatte Freunde zu einem Essen eingeladen, an dem Sie aber nicht teilgenommen hatten.«

Berkeesen überlegte. »Das wissen Sie aus der Akte des Falls der jungen Frau, die erwürgt im Jenischpark gefunden wurde.«

»Und vergewaltigt«, fügte Tom hinzu.

In Berkeesens Gesicht regte sich nichts. »Eine furchtbare Sache.« Er sah Tom tief in die Augen. »Haben Sie den eigentlich gekriegt?« Tom schüttelte den Kopf. »Na ja. Auch so eine Aufgabe für eine neue Politik. Davon können Sie doch sicher ein Lied singen.«

»Wovon?«

»Ach, tun Sie doch nicht so! Ich meine, dass Ihre Arbeit, die Polizeiarbeit überhaupt, verbessert werden muss. Die Polizei braucht mehr Handlungsspielraum. Und mehr Wertschätzung.«

Recht und Ordnung, wollte Tom ironisch anmerken, ließ es aber, denn er wollte sein Thema nicht aus dem Fokus verlieren. »War Neil Krambach nun an dem Abend bei Ihnen?«

»Nein, aber wie kommen Sie überhaupt darauf?«

»Das kann ich Ihnen aus ermittlungstaktischen Gründen nicht sagen.«

Berkeesen nickte nachdenklich. »Na dann.« Er beugte sich etwas vor und sah Tom tief in die Augen. »Ich könnte wetten, dass ich Sie schon mal irgendwo gesehen habe. Machen Sie's gut und viel Erfolg!«

»Danke!«

Berkeesen ging zu seiner Frau, setzte den Helm auf, und die beiden stiegen auf den Roller. Er legte seine Arme um ihre Taille, und sie fuhren davon. Der Reeder hatte in ihrem Gespräch souverän gewirkt, glaubwürdig und authentisch. Nichts deutete bis jetzt darauf hin, dass Tom mit seiner Theorie richtiglag. Er stellte sich vor, wie Herfried Berkeesen und

Neil Krambach am Abend der Party bei Whisky oder Wein im Arbeitszimmer des Reeders zusammengesessen, vielleicht über die Lage Deutschlands schwadroniert hatten, wie Krambach zufällig Sonny über den Weg gelaufen war, sie miteinander ins Gespräch gekommen waren, Sonny ihm vielleicht ihre Meinung gesagt hatte, denn auf rechte Populisten war sie gar nicht gut zu sprechen gewesen, und wie er Lust auf sie bekommen hatte. Möglicherweise gerade durch ihre kritische, freche Art. Man hatte ihr nicht ansehen können, dass sie schwanger war, ihr Babybauch war noch sehr klein gewesen. Hatte er sie vergewaltigt? War er anschließend in Panik geraten und hatte sie erwürgt?

Tom atmete durch und sah sich um. Viele Menschen liefen über den Platz, kamen aus Hauseingängen, stiegen auf Fahrräder oder strömten in kleinen Gruppen zu den Cafés und Restaurants. Es war Mittag, und die Angestellten machten Pause. Drei Frauen gingen lachend nebeneinanderher. Zwei Männer folgten ihnen mit schnellen Schritten, überholten sie und machten irgendwelche Bemerkungen. Als sie vorbei waren, ahmte die Kleinste der Frauen den Gang des einen nach und redete mit aufgerissenen Augen und großer Geste. Die beiden anderen konnten sich kaum halten vor Lachen.

21

Als Tom ins Präsidium zurückkehrte, fand er das Büro verwaist vor. Keine Spur von Katja, Balbeck, Taller oder Felsen. Auch nicht von den anderen Kollegen ihrer Soko. Keine Nachricht, kein Anruf von Katja. Wahrscheinlich war seine neue Partnerin sauer, dass er so lange weggeblieben war, ohne sich zu melden. Er öffnete das Fenster und setzte sich an seinen Platz. Die Begegnungen mit den Berkeesens hatten ihm keine Erkenntnisse gebracht. Er war so schlau wie vorher. Es blieb ihm noch, Frau Berkeesen zu befragen, aber er ahnte schon, dass sie ihm das Gleiche erzählen würde. Entweder, weil es einfach stimmte, oder weil ihr Mann sich jetzt sicher mit ihr abgesprochen hätte. Nele Berkeesens Essen könnten noch interessant sein. Er hoffte, dass er nicht zu spät Feierabend machen konnte, dann würde er die Leute noch aufsuchen. Es waren zwei Paare. Wenn er Glück hatte, konnte er sie jeweils gemeinsam antreffen.

Aber die interessanteste Frage war doch: Wenn seine Theorie stimmte, wie hatten die Freunde seines Bruders oder sein Hamburger Netzwerk überhaupt herausgefunden, dass Krambach der Mörder von Sonny und Nora war? Es musste einen Zeugen gegeben haben, der sein Wissen auf irgendeine Weise weitergegeben hatte. Freiwillig oder unfreiwillig. Diesen musste er auftreiben. Tom konnte versuchen, sich in Marcos früherem Umfeld umzuhören, im Nachtleben mit den alten Freunden und Bekannten ins Gespräch zu kommen, um vielleicht irgendeinen Hinweis zu erhalten. Nach den vielen Jahren, die er der Szene ferngeblieben war, keine leichte Aufgabe. Oder anders gesagt: zum Scheitern verurteilt. Er blickte zum Foto an der Wand, sah das Strahlen in Marcos und seinen Augen, das Glück, den Stolz, die Bruderliebe. Diese bedingungslose Liebe, die Marco in Südamerika in einem Tattoo verewigen ließ. Warum sollte er seinem Verdacht überhaupt nachgehen? Er könnte die Geschichte doch ignorieren, vielleicht war alles sowieso nur Zufall. Und wenn nicht, was würde er dann machen? Marco einen Mord nachweisen? Die Rache an einem Mann, der die große Liebe seines Bruders vergewaltigt und sie und ihr ungeborenes Baby umgebracht hatte? Nein, darum konnte es ihm unmöglich gehen. Aber worum dann? Um die Wahrheit, um die es ihm letztlich immer ging? Und wenn es auch nur für ihn selbst war? Aber was war diese Wahrheit wert? Auf einmal ging die Tür auf, und Katja riss ihn aus seinen Gedanken.

»Na, da ist er ja wieder.« Katja setzte sich an ihren Platz ihm gegenüber und sah ihn an. Er erwartete demütig ihre Vorwürfe, die blieben jedoch aus. Aber eine gewisse Reserviertheit konnte er deutlich spüren.

»Ich war bei zwei FKD-Mitgliedern. Beide vom berüchtigten rechten Flügel. Christian Koltau und Nils Grosper. Die wollten verhindern, dass Krambach eine Führungsposition in ihrer Partei erhält. Haben eine ganze Gruppe von Krambach-Gegnern um sich versammelt. Sie haben mir erklärt, dass er ihnen zu liberal war und den rechten Flügel zu oft und zu heftig kritisierte. Was sie aber nicht gesagt haben: Der gemäßigte Flügel hätte durch Krambach im Bundesvorstand ordentlich an Zuspruch innerhalb der Partei gewonnen, und das hätte einen Machtverlust für die Rechten bedeutet. Die hatten auch einfach Schiss vor Krambach. Das habe ich von Bilsens Assistentin erfahren.«

»Interessant«, sagte Tom. »Aber als Mordmotiv?«

»Das sind glatte, eiskalte Typen, Tom, ich traue denen einiges zu. Eine gruselige Vorstellung, solche Figuren mal an der Regierung zu haben.«

»Das wird dir auch erspart bleiben.«

»Oh, was macht dich da so sicher?«

»Ich glaube an das Gute im Menschen.« Er lächelte, meinte es aber durchaus ernst.

Seine Partnerin ging nicht darauf ein, sah das vermutlich anders. »Wir werden uns jedenfalls mit denen näher beschäftigen«, sagte sie. »Koltau war bis vor zwei Jahren beim SEK in Hessen, wo er wegen rechtsradikaler Aktivitäten entlassen wurde. Grosper betreibt eine Security-Firma hier, und Koltau hat er als Geschäftsführer eingestellt. Felsen hat schon beim Verfassungsschutz nachgefragt, ob die Kollegen dort irgendwas haben zu den Herren. Es könnte ja auch sein, dass Krambach etwas gegen sie in der Hand hatte, was ihn bedrohlich für die beiden machte.«

»Dreck unter Nazis«, warf Tom ein.

»Genau! Ach ja, einer der Biker, die uns gefolgt sind, arbeitet übrigens auch für Grosper. Holger Wichzeck, der ist ebenfalls FKD-Mitglied. Der andere ist bei der Stadt Kiel angestellt, beim Amt für Wohnen und Grundsicherung. Sören Hussbrodt. Der ist kein FKD-Mitglied. Wir haben schöne Fotos von den beiden, die du geknipst hast. Die Kollegen vom Erkennungsdienst haben uns nämlich ihre Ergebnisse geschickt.«

»Klingt spannend«, sagte Tom.

Katja tippte etwas auf ihrer Tastatur und sah auf den Monitor. »Ist leider nichts Aufregendes dabei. Zwei Männer haben sie schon in ihrer Kartei. Sebastian Schrenkow aus Parchim. Hat zwei Jahre wegen Wettbetrugs gesessen. Und Thomas Löstrat aus Bremen. Sechs Jahre wegen Raubes und schwerer Körperverletzung.«

»Tja, ein nettes Publikum.«

»Und ich habe deinen Grauhaarigen erkannt.«

Tom verdrehte genervt die Augen. »Kannst du bitte das Pronomen weglassen?«

Katja hob entschuldigend die Hände. »Der Grauhaarige saß im Wagen des anderen Anzugträgers, mit dem er an dem Abend auch immer zusammen war. Das Kennzeichen gehört einem Hamburger Steuerberater, Dirk von Lessloh. Ein unbescholtener Mann mit einer schicken Kanzlei an der Binnenalster.«

Tom überlegte, ob er dem Namen schon mal begegnet war, aber ihm fiel nichts ein.

»Ich habe Felsen übrigens gesagt, dass du ein Date beim psychologischen Dienst hattest.« Katja sah ihn gespannt an.

Tom verstand sofort, dass das eine kluge Ausrede war, die ihn aber zugleich noch mehr unter Druck setzte, sich demnächst auch wirklich bei denen zu melden. »Danke, das war eine gute Idee. Sehr schlagfertig, Chapeau!«

Seine Partnerin konnte ein zufriedenes Lächeln nicht verbergen. »Den General habe ich aber nicht entdecken können. Die Gute wird schon drinnen gewesen sein, als wir da aufgelaufen sind. Sie scheint das Ganze ja mit organisiert zu haben. Aber die beiden Latinos habe ich gefunden. Du hast echt gute Fotos gemacht.«

»Wenigstens das«, sagte Tom.

»Die kamen mit einem Mietwagen, der gebucht war von der Lateinamerikanischen Handelsgesellschaft in Hamburg. Die haben sich ziemlich lange mit dem Grauhaarigen und diesem Steuerberater unterhalten.«

»Stimmt, vielleicht ging's um Geschäfte.«

»Was Illegales?«

»Muss ja nicht sein, nur weil sie sich beim illegalen Boxen amüsiert haben.«

»Wenn der General Krambach kannte, wovon ich überzeugt bin, dann kannten ihn vielleicht auch der Grauhaarige und dieser Steuerberater. Ich finde, die passen ganz gut zueinander.«

Tom überlegte. Ein Reeder und zwei Lateinamerikaner. Berkeesen könnte etwas für sie transportieren. Ganz normal, ganz legal. Oder auch illegal. Aber was sollte Krambach damit zu tun gehabt haben? »Ich weiß nicht, Katja. Vielleicht bringt uns diese Bare-Knuckle-Fight-Geschichte nicht weiter.«

Katja sah ihn misstrauisch an. »Weißt du etwas, was ich oder wir alle vielleicht auch wissen sollten?«

»Nein«, erwiderte Tom entschieden. Und das stimmte, dachte er. Nichts von dem, was er auf eigene Faust herausgefunden hatte, würde ihnen weiterhelfen. Bis jetzt enthielt er der Soko nichts vor.

22

Wonder. Der elegante, blaue Neonschriftzug leuchtete auf dem Mauerwerk über dem Eingang und versprach aufregende, schillernde Nächte. So hatte Tom es damals immer empfunden. Der Name war Marcos Idee gewesen. Sein Partner Freddy hätte lieber einen deutschen Namen gehabt, war aber schließlich dem Charme von Wonder ebenfalls erlegen. Die beiden sollten es nie bereuen. Schnell war das Wonder ein Begriff im Hamburger Nachtleben gewesen und nach kurzer Zeit einer der angesagtesten Läden. Ihre Bar mit dem kleinen Dancefloor am Ende des schlauchartigen Raums hatte bald einen Türsteher benötigt, um den Andrang bewältigen zu können. Die besten DJs hatten aufgelegt, und ab und zu hatte Marco selbst an den Plattentellern gestanden. Auch Tom hatte die ein oder andere Nacht an die Regler gedurft, was ihn immer wahnsinnig stolz gemacht hatte. Siebenundzwanzig waren sie gewesen und hatten das Leben in vollen Zügen genossen. Er hatte damals gerade sein Studium an der Polizeifachhochschule beendet und das große Glück gehabt, gleich bei der Mordkommission gelandet zu sein, und dann noch in seiner Stadt, die er ungern verlassen hätte. Es war eine aufregende Zeit voller Versprechungen gewesen, und er hatte genug Energie gehabt, sowohl für die Abenteuer dieses Berufes als auch für die des Nachtlebens.

Es war ein eigenartiges Gefühl, heute auf der Straßenseite gegenüber vom Wonder zu stehen, fremd und unsicher. Plötzlich kam ihm sein Vorhaben absurd vor. Wie um alles in der Welt wollte er die alten Freunde, wenn er denn welche antreffen würde, befragen? Unzufrieden haderte er mit der Situation. Die Gespräche mit den beiden Ehepaaren hatten auch nichts ergeben. Immerhin hatte er Glück gehabt, sie anzutreffen. Höfliche, gebildete Menschen, die sich gut an den damaligen Abend erinnern konnten, gerade wegen Sonnys Tod, von dem sie Tage später aus den Medien erfahren haben. Aber außer ihrer Gastgeberin Nele Berkeesen waren sie nur noch deren Mann begegnet, der sich für ein paar Minuten zu ihnen gesellt hatte, bevor er sich zurückgezogen hatte, um noch zu arbeiten. Krambach hatten sie jedenfalls nicht gesehen.

Die Luft war lau und roch nach Hafen, der nicht weit entfernt war. Zwei junge Frauen schlenderten die Straße entlang, unterhielten sich gut gelaunt und verschwanden im Wonder. Auf einmal fühlte er sich alt. Fast sechs Jahre war es her, dass er durch die schwere Tür den kleinen, in schummeriges Licht getauchten Vorraum mit der Garderobe betreten hatte. Nach Marcos Abtauchen war er noch mehrmals dort gewesen, um mit Freddy zu reden, auf der Suche nach Antworten. Er hatte feststellen müssen, dass er von ihm auch keine bekommen konnte. Das Einzige, was er von Freddy erfahren hatte, war, dass Marco in den letzten beiden Jahren immer weniger im Laden gewesen war und sich immer mehr zurückgezogen hatte, was Freddy natürlich mit Sonnys Tod in Verbindung gebracht hatte. Außerdem hätte er immer mehr Kokain konsumiert. Aber von Marcos Karriere in der Drogenbranche hatte er angeblich auch nichts gewusst.

Eine tätowierte Rose schlängelte sich am Oberarm der Barkeeperin entlang, die ihre schwarzen Haare hochgesteckt trug. Tom schätzte sie auf Anfang dreißig und fragte sich, ob sie Marco noch kennengelernt hatte und jetzt möglicherweise irritiert war, seinem Ebenbild gegenüberzustehen. Mit ihren großen dunklen Augen schaute sie Tom an. »Was möchtest du trinken?«

Aus ihrer gleichmütigen Art schloss Tom, dass sie seinen Bruder nicht kannte. »Gin Tonic, bitte!«

»Wir haben einen London Dry Gin oder Windspiel, das ist

ein deutscher Gin. Sehr fein. Zu dem gibt es ein eigenes Tonicwater. Ist ein bisschen teurer, kostet ’nen Zwanziger.«

»Den nehm ich.«

»Gute Wahl!«

Während sie sich der Zubereitung seines Drinks widmete, ließ Tom den Blick durch den Raum schweifen. Es hatte sich nicht viel verändert, nur die dunkelrote Wandfarbe war einer gold-schwarz gestreiften Tapete gewichen. Es war noch früh für eine Freitagnacht, der Laden höchstens halb voll und die Stimmung verhalten. Chilliger Deephouse-Soul lief, und Tom fand noch ein paar andere Gesichter in seinem Alter, die restlichen Gäste jedoch waren deutlich jünger. »Ist Freddy da?«, wandte er sich an die Barkeeperin.

Mit prüfendem Blick sah sie ihn an. »Freddy ist backstage. Willst du ihn sprechen?«

»Kannst du ihm bitte sagen, Tom sei hier?«

»Okay!« Sie stellte ihm seinen Longdrink hin und machte sich auf den Weg in den hinteren Teil des Ladens. Das Büro gab es also auch noch. Er erinnerte sich an die wilden Nächte, in denen Marco, Freddy und er zusammen mit Freunden oder einigen Schönen der Nacht hinter der gepolsterten Tür in den teuren schwarzen Clubledersesseln abgehangen und sich einige Muntermacher reingepfiffen hatten, bevor sie sich wieder ins Getümmel des Wonder gestürzt und bis zum frühen Morgen gefeiert hatten. Erstaunlich, dass er damit nicht aufgehört hatte, als er Polizist geworden war. Auf die Qualität seiner Arbeit hatte es sich jedenfalls nicht ausgewirkt. Das hatte er stets im Griff gehabt. Es war immer alles gut gelaufen, ihm alles leichtgefallen, so wie auch Marco. Die Zwillingsbrüder Simon schienen vom Glück geküsst gewesen zu sein.

»Tom!« Freddys tiefe Stimme klang versoffen wie immer, selbst wenn er nichts getrunken hatte. Im dunkelblauen Anzug und schwarzem Shirt stand er vor ihm und strahlte ihn an. »Mann, was für eine Überraschung.«

Tom freute sich über die herzliche Begrüßung, auch wenn Freddy nicht, wie früher, die Arme ausbreitete, um ihn an seine Brust zu drücken.

»Freddy!«

»Mann, Tom!« Marcos ehemaliger Partner setzte sich auf den Barhocker neben ihm. »Madeleine«, sagte er zu der Barkeeperin und zeigte auf Toms Glas. »Machst du mir auch so einen?« Er wandte sich wieder Tom zu. »Gin Tonic, das hat sich nicht geändert.« Tom nickte. »Du bist also privat hier, wenn du Alkohol trinkst. Das ist schön. Erzähl, wie geht's dir?«

»Ganz okay.«

»Was hast du da gemacht?« Er zeigte auf die verheilte Wunde an Toms Hals.

»Ach, das ist nichts. 'ne Kleinigkeit.«

»Ein Streifschuss?« Tom schwieg. »Okay, ein Kommissar lebt gefährlich.« Freddy sah auf Toms Hände. »Kein Ehering. Gehst du immer noch allein durchs Leben?«

Tom presste ein müdes Lachen hervor.

Freddy hielt ihm seine Hand vor die Nase mit einem breiten, goldenen Ring. »Mein Lieber, so sieht es in meinem Leben jetzt aus. Und Papa bin ich auch, Gisela ist zwei und Renate ist unterwegs.« Tom sah ihn irritiert an. »Kleiner Scherz, Gisela heißt Frida und Renate Lotta, aber die schmort ja noch im Ofen.«

»Von Rike?«

»Klar, von wem denn sonst?«

Tom hatte Freddys Freundin immer gemocht. Eigentlich schien sie nicht recht zu dem etwas oberflächlichen Szenetypen zu passen. Sie war eigen, sehr unabhängig, hatte viel mit Künstlern abgehangen und selber immer irgendwelche Projekte laufen. Und sie war eine verdammt gute D-Jane und legte oft im Wonder auf. Alle hatten sich damals gewundert, dass die beiden ein Paar waren. »Gratuliere! Euch scheint es gut zu gehen«, sagte Tom. Madeleine stellte ihrem Chef den Drink hin.

»Ja, mir geht es gut, und ich muss mich dafür nicht schämen.«

»Warum auch?«

»Ich meine damit, es ist alles in Ordnung. Ich zahle meine Steuern, meine Leute sind alle gemeldet, und Drogen gibt es im Wonder nicht.«

»Was soll das, Freddy? Das brauchst du mir doch nicht zu erzählen.«

»Stimmt, du bist ja privat hier.« Freddy grinste und hob sein Glas. »Auf die alten Zeiten, Tom!« Er zögerte. »Ach Quatsch, auf die Zukunft! Wir sind doch noch keine alten Säcke.«

»Ach Freddy, das Alter ist nicht mein Problem.«

Tom hob sein Glas und stieß mit Marcos ehemaligem Partner an. Als Freddy sein Glas absetzte, wurde er ernst. »Ich weiß nichts, Tom. Er hat sich nicht bei mir gemeldet. Ich weiß nicht, was er hier gemacht hat, wo er gewesen ist oder wo er hin ist.« Er breitete die Arme aus. »Niente, nada! Ich hoffe nur, dass ihr ihn nicht kriegt.«

Tom sah auf den Rest seines Drinks, bewegte die beiden Eiswürfel und das Stück Limone ein wenig hin und her. »Das hoffe ich auch, Freddy. Aber ich habe eine Scheißangst, dass ihm in Südamerika was zustößt.«

»Südamerika?«

»Freddy! Es gibt die Zielfahnder, die sind gut, richtig gut, geduldig und verdammt hartnäckig.« Freddy schwieg. »Ey, bei den Kartellen in diesen Ländern geht es anders zur Sache als hier«, sagte Tom.

»Na ja, die durchgeschnittene Kehle von dem V-Mann damals war auch schon krass. Und in den letzten Jahren ist das Klima hier immer rauer geworden. Ein Menschenleben zählt nicht mehr viel auf dem Kiez. Das ist nicht lustig.«

Tom leerte sein Glas. »Madeleine, machst du mir noch einen, bitte?«

Der Korridor zwischen den beiden Kugeln war schmal, aber es würde passen, wenn ihm ein guter Stoß gelang. Tom spreizte Ring- und Zeigefinger der linken Hand, drückte sie auf den dunkelgrünen Filz, legte den Queue zwischen die Knöchel und visierte mit der weißen Kugel die orangene an, damit sie zwischen den zwei Halben im Eckloch verschwinden würde. »Was machen die alten Jungs? Ben, Christian, Olli, Paul, Flo? Wen seht ihr noch?«, fragte er.

»Oh, das sind nicht mehr viele«, antwortete Freddy, der mit seinem Queue auf der anderen Seite des Billardtisches stand. Die Bässe von der Tanzfläche wummerten durch die Wände. Tom stieß zu. Die Weiße traf die Orangene, die zwischen den Halben hindurchrollte, aber die Kante der Bande traf und abprallte.

»Die meisten sind verheiratet«, sagte Max, der hinter Freddys Schreibtisch saß, die Füße hochgelegt, und sich mit seinem Handy beschäftigte. »Haben Kinder, ein Häuschen in Lokstedt oder Niendorf oder schön im Speckgürtel.«

Freddy ging um den Tisch herum, beugte sich herunter, spielte die weiße Kugel gegen eine der beiden Halben und versenkte diese im Eckloch. »Ich sehe Jacky ab und zu. Sie ist mal wieder Single«, sagte er.

»Aber hat ein Kind, eine kleine Tochter.«

»Ein Andenken an die heißen Nächte mit einem Bassisten«, erklärte Max.

»Aber der Typ zahlt wenigstens immer pünktlich«, fügte Freddy hinzu.

Tom ließ sich in den alten Clubsessel zu seinem Gin Tonic fallen. »Jacky wollte es immer wissen, ist immer aufs Ganze gegangen.«

Freddy versenkte die Acht.

»Du bist einfach zu gut.«

Freddy stellte den Queue in die Halterung an der Wand und setzte sich zu Tom.

»Weißt du, was ich mich manchmal frage? Wie konnte Marco es überhaupt aushalten ohne dich? Sechs lange Jahre. Früher habt ihr doch kaum einen Urlaub ohneeinander geschafft.«

Tom wusste nichts darauf zu erwidern. Er versuchte, sich gegen die Traurigkeit zu stemmen, die in ihm aufstieg. Die Vertrautheit mit Freddy und Max fühlte sich gut an und machte ihn melancholisch. Erinnerungen an die gemeinsame wilde Zeit schwirrten ihm durch den Kopf. Mit Jacky war er einmal in einer Nacht spontan nach Paris gefahren, einfach so drauflos. Natürlich war es ihre Idee gewesen, im Wonder hatten sie wild miteinander getanzt, und sie hatte ihn provoziert, nicht geglaubt, dass er so etwas machen würde. Viel Kaffee, Wasser, gute Musik und ein wenig weißes Pulver hatte sie auf der Fahrt wach gehalten. Zehn Stunden später gab es ein spätes Frühstück in einem Straßencafé in St. Germain. Zwei Tage waren sie geblieben. Ein halbes Jahr später hatte sie das Gleiche mit Marco gemacht, nur dass die beiden nach Amsterdam gefahren waren.

»Was ist mit Flo? Hat der auch den Schritt in die Bürgerlichkeit gemacht?«, wollte Tom wissen.

»Flo hat es leider erwischt«, sagte Max.

»Was heißt das?«

»Marihuana und Koks haben ihm irgendwann nicht mehr gereicht«, sagte Freddy.

»Heroin?«

»Ja. Er ist richtig hart draufgekommen. Ist sogar nach Kolumbien geflogen. Immer wieder. Da kriegst du den Stoff ja so einfach, und er ist billig. Und eines Tages, als er nach Hause kam, waren Franzi und die Kinder weg.« Freddy schnipste mit dem Daumen. »Zack, einfach so. Und die Wohnung war leer geräumt. Sie hatte alles mitgenommen. Er hatte nichts mehr, außer Schulden überall. Bei mir auch.«

»Scheiße!«, sagte Tom. Die Geschichte machte ihn noch trauriger.

»Er ist auf der Straße gelandet«, erzählte Freddy weiter. »Obdachlos. Aber irgendwie hat er dann die Kurve gekriegt. Da war wohl 'ne Frau im Spiel, auch 'ne Obdachlose, glaube ich. Jedenfalls hat er einen Entzug gemacht. Und ist jetzt Hinz&Kunzt-Verkäufer. Schon 'ne ganze Weile.«

Tom sah Flo vor sich, wie er mit den schönsten Frauen im Wonder gefeiert, in schicken Restaurants diniert und Marco und ihn im Dock One vom Training abgeholt hatte, um mit ihnen am Hafen ein Bier zu trinken. Regisseur hatte er werden wollen, das Kino geliebt, es aber nie weiter gebracht als bis zum Produktionsfahrer. Da hatte er viele Stars kennengelernt, wenn er sie vom Hotel zum Set und zurückgebracht hatte. Manchmal hatte er sie auch mit Drogen versorgt, und immer hatte er interessante Storys auf Lager gehabt.

»Weißt du, was ich komisch finde, Tom?«, sagte Max. »Die ganzen Jahre zeigst du dich nicht, und jetzt tauchst du auf einmal hier auf. Kurz nachdem deine Leute Marco durch den Hafen gejagt haben. Warum?« Da war die Frage, die Tom befürchtet hatte und die er nicht beantworten konnte.

Max und Freddy sahen ihn an. Das Misstrauen in ihren Blicken tat ihm weh.

»Ihr glaubt doch bitte nicht, dass ich Marco hinter Gitter bringen will?«

Freddy und Max schwiegen. Tom sah von einem zum anderen. Freddy gab sich einen Ruck. »Ich weiß nicht, Tom. Vielleicht denkst du ja, dass es besser für Marco wäre, hier im Knast seine Strafe abzusitzen und danach noch mal neu anzufangen. Er wäre dann wenigstens wieder in deiner Nähe und nicht irgendwo am anderen Ende der Welt, wo er vielleicht auch noch ein gefährliches Leben lebt.«

»Besser hätte ich es nicht sagen können, Freddy. Aber das ist ganz allein mein Problem. Nie könnte ich Marco verraten. Weil ich ihn liebe.« Tom erhob sich. »Aber woher sollt ihr das auch wissen? So gut kennen wir uns wohl doch nicht.« Er ging hinaus. Eine laute Mischung aus Stimmengewirr und treibenden Beats schlug ihm entgegen. Im Gang standen die Gäste mit ihren Drinks, groovten zur Musik, unterhielten sich oder hielten Ausschau nach den Interessanten und Schönen dieser Nacht. Tom drängte sich zwischen ihnen hindurch zur Tanzfläche. Es war heiß, die Luft wie in der Sauna, und die Bässe spürte er im ganzen Körper. Verschwitzte Haut, fliegende Haare, Gesichter in der rhythmisch wogenden Menge. Auf dem Dancefloor tobte die Party. Was sollte er jetzt tun? Ins Capri fahren? Ins Chapter Six oder gleich ins Zero? Auf der Suche nach den anderen alten Nasen, von denen einer vielleicht etwas wusste und es ihm auch noch verriet? Obwohl er nicht mehr zu ihnen gehörte, nur noch der Bulle war, dem man nicht mehr trauen konnte? Eine Hand legte sich auf seine Schulter. Tom drehte sich um. Freddy zog ihn von der Tanzfläche weg.

»Es tut mir leid, Tom!«

In seinen Augen erkannte Tom, dass er es ehrlich meinte. Er überlegte, zögerte, dann sah er Freddy mit festem Blick an. »Freddy, kann es sein, dass irgendeiner von Marcos alten Freunden etwas über den Mord an Sonny herausgefunden hat? Vielleicht sogar, wer es getan hat?«

Nur wenige Gäste verloren sich in der kleinen Bar, die aus den Fünfzigerjahren zu stammen schien, deren Wände aber gepflastert waren mit Fotos von zeitgenössischen Filmstars, wie Carey Mulligan, Scarlett Johansson, Ryan Gosling, Tom Hiddleston. Besonders viele zeigten Leonardo DiCaprio, welcher der Namensgeber des Capri war, auch wenn alle Gäste zuerst an die italienische Insel mit der berühmten blauen Lagune dachten. Marcel gefiel diese Doppeldeutigkeit, zumal er nicht nur ein großer Verehrer des Schauspielers war, sondern auch von allem Italienischen, und so fanden sich in seinem Wohnzimmer, wie er seine Bar liebevoll nannte, auch kitschige Souvenir-Aschenbecher aus dem Urlaubsort auf dem Tresen und den Tischen. Ins Capri, das sich in einer kleinen Gasse am Rand der Reeperbahn befand, waren Tom und Marco früher oft gegangen, um sich auf die Nacht einzustimmen oder sie am frühen Morgen ausklingen zu lassen.

»Mann, Mann, es ist echt so, als würde mir Marco gegenübersitzen.« Marcel stand hinter dem alten geschwungenen Tresen, an dem vielleicht schon im Wirtschaftswunderland Hafenarbeiter, Matrosen, leichte Mädchen und die jungen Menschen, die dem Mief der prüden Bürgerlichkeit entfliehen wollten, ihren Hunger auf das kurze Glück gestillt hatten, und schien sich an Tom nicht sattsehen zu können.

»Du hast dich kein bisschen verändert, Tom!«

»Du dich auch nicht.«

Marcel drehte sich nach hinten, holte die Amarettoflasche vom Regal, schenkte zwei Gläschen ein und stellte sie Tom und sich hin.

»Ach Marcel, ich weiß nicht, ob das klug ist, den jetzt zu trinken.«

»Komm, Tom, auf unser Wiedersehen trinkst du den jetzt mit mir!«

Marcel hob sein Glas. »Dann ist es auch ein wenig so wie früher.«

Sie stießen an und tranken den süßen Mandellikör, so wie Marco und er es damals immer Marcel zuliebe getan hatten.

»Köstlich!« Marcel stützte die Ellenbogen auf den Tresen und legte sein Gesicht in seine Hände. Ein kleiner Brilli funkelte an seinem linken Ohr. »Alle reden von der wilden Verfolgungsjagd durch den Hafen.«

»Klar, was für ’ne Show! Ging ja die halbe Nacht.«

»Sie haben ihn nicht bekommen.« Tom nickte. »Das muss furchtbar für dich gewesen sein. Er wollte zu dir, oder? Ich hab gehört, dass ihr keinen Kontakt hattet, seit Marco abgehauen war. Ich kann mir das gar nicht vorstellen bei euch. So eng, wie ihr wart. Für mich wart ihr immer eins.«

Tom fühlte sich leicht benommen, die Gin Tonics zeigten ihre Wirkung, den Amaretto hätte er lieber nicht trinken sollen. »Machst du mir einen Espresso?«

»Klaro!«

»Sag mal, Marcel, hast du vielleicht irgendwas gehört, ob einer von Marcos alten Freunden oder Kiez-Bekannten etwas über den Mord an Sonny herausgefunden hat?«

Marcel drehte sich um und sah Tom ernst an. Die Kaffeemaschine brodelte und zischte. »Wie kommst du denn darauf?«

»Hast du oder hast du nicht?«

»Hey, spricht da jetzt etwa der Bulle?« Marcel stellte Tom den Espresso hin.

»Sorry, so wollte ich nicht klingen. Und ich frage auch nicht als Bulle. Ich frage als Bruder.«

Marcel schien mit der Erklärung zufrieden. »Glaubst du, dass Marco deshalb nach Hamburg gekommen ist?«

»Marcel, weißt du irgendetwas?«

Marcel schüttelte den Kopf. Aber es hatte etwas Unentschiedenes, so kam es Tom jedenfalls vor. »Nein, Tom, ich weiß von nichts.«

SAMSTAG

Sie bewegte sich langsam und entspannt, versunken in der Musik, deren Rhythmus viel schneller war. Doch es passte perfekt. Fast wie in Zeitlupe schwebte sie über die Tanzfläche, die ihr ganz allein gehörte. Tom hing in einem der alten, heruntergerockten Polstersessel und fragte sich, ob sie wirklich so entschleunigt tanzte oder ob das die verzerrte Wahrnehmung seines betrunkenen Kopfes war. Er erinnerte sich, wie sie damals in Paris auf dem Tresen eines kleinen Jazzclubs getanzt und Männern und Frauen den Kopf verdreht hatte. Er war fasziniert gewesen, zugleich jedoch hatte er gespürt, dass Jacky ihm zu viel gewesen war. Ständig hatte sie Grenzen überschreiten müssen, um das Leben zu spüren, wie sie selbst einmal gesagt hatte. Sie hatte ihn an seinen Bruder erinnert. Auch wenn Marco und er unzertrennlich gewesen waren, hatte er immer gespürt, dass es einen geheimnisvollen Kern in seinem Bruder gab, der ihm verschlossen blieb.

Toms Kopf wurde schwer, der Kater schlich sich an. Sie waren die letzten Gäste des Zero. Bald würden sie die dunkle Höhle mit ihren roten Mauern verlassen, in den hellen Tag schreiten, an dem er mit seiner neuen Partnerin Menschen befragen musste, um Antworten zu erhalten, die sie der Klärung ihres Falls näherbrachten. Während seine eigenen Fragen, auf die er heute Nacht keine Antworten erhalten hatte, weiter in seinem Kopf herumgeisterten.

Jacky kam zu ihm und ließ sich auf der Lehne seines Sessels nieder.

»Was ist, Tom, gehen wir zu mir? Wir holen uns Croissants auf dem Weg, und ich mach uns ein französisches Frühstück.«

Tom wusste nicht, was er von dieser Einladung halten sollte, und wollte irgendetwas sagen wie: Er müsse nachher arbeiten.

»Komm, jetzt mach nicht schlapp!«, forderte Jacky. Die Frau vom Tresen kam mit einem Glas Weißwein zu ihnen und setzte sich in den Sessel gegenüber.

»Ich bin Lotte«, sagte sie zu Tom und trank einen Schluck.

»Tom.«

Jacky strich ihm übers Haar. »Einer meiner alten Freunde«, sagte Jacky.

Lotte nickte. »Du warst vor ein paar Tagen hier. Mit der Frau, die alle am Tischkicker geschlagen hat.«

»Marie.«

»Coole Frau! Deine Freundin?« Jacky sah Tom neugierig an.

Tom spürte, wie ihm diese Frage einen kleinen Stich versetzte. Marie hatte einen stärkeren Eindruck hinterlassen, als er sich eingestanden hatte. »Nein.«

»Schade.«

Es war die Nacht gewesen, in der sie seinen Bruder gejagt hatten. Er hatte noch das Geräusch der Hubschrauber im Ohr, die stundenlang über dem Hafen gekreist waren. Es war ihm dreckig gegangen, er war verzweifelt gewesen. Betrunken hatten Marie und er wild geknutscht, aber nicht zueinandergefunden, wie schon ein paar Tage zuvor, als sie bei ihm übernachtet hatte. Lotte holte ein kleines Metalldöschen hervor, öffnete es, streute ein Häufchen Kokain auf den Kunststoffwürfel, der als Tisch diente.

»Hey, nice!«, sagte Jacky, und ihre Augen begannen zu leuchten. Lotte legte drei Lines. »Das ist jetzt genau das Richtige«, sagte Jacky. Tom starrte auf das weiße Pulver. Es war eine Ewigkeit her, dass er Kokain genommen hatte. Lotte rollte einen Hunderter zu einem Röhrchen und schnupfte die erste Line. Tom bekam Lust auf den Kick, konnte sich gut vorstellen, auf der Welle eines milden Rausches in den Tag zu surfen. Französisches Frühstück mit Jacky. Später die Arbeit mit Katja. Kein Kopfschmerz, kein Kater. Er wäre gut drauf, wach, konzentriert. Den Preis würde er später zahlen, wenn er in das Loch fiel. Das wäre okay. Aber er sollte vernünftig sein, durfte nicht vergessen, dass er Bulle war. Jacky nahm den Hunderter, beugte sich über den kleinen Tisch und schnupfte die zweite Line. Lotte lächelte ihn an. Auf einmal sehnte er sich nach der alten Leichtigkeit. Jacky reichte ihm den Schein. In ihrem Blick lag ein Versprechen, das uneingelöst bleiben würde. Wie früher, dachte Tom. So konnte einen nur Jacky ansehen.

Die blasse Morgensonne schien mild auf die kleine Bank, die auf dem Gang, der außen zu den Wohnungen führte, neben der Tür zu Jackys Wohnung stand. Tom blickte über die Dächer der umliegenden Häuser am Rand der Reeperbahn. Aus der kleinen Soundstation, die auf dem Boden stand, kam leise der entspannte Pop der Kings of Convenience. Er fühlte sich wohl, versuchte, an nichts zu denken. Jacky kam mit einem Tablett, auf dem zwei große Tassen Milchkaffee, Croissants, rote Konfitüre in einem Schälchen, Weintrauben und Käse appetitlich angerichtet waren.

»Voilà, Monsieur!«

Tom zuckte zusammen. Monsieur hatte Mira ihn oft genannt. Er wusste nicht, warum, irgendwann hatte sie einfach damit begonnen, und es hatte ihm gefallen. Eine wahnsinnige Angst befiel ihn, dass er ihr Monsieur nie mehr zu hören kriegen würde.

Jacky setzte sich und stellte das Tablett zwischen ihnen auf die Bank. »Schön, dass du hier bist, Tom!«

Jacky sah ihm tief in die Augen.

»Du hast es immer noch nicht verwunden«, sagte sie unvermittelt. »Wie lange ist er schon weg?«

»Sechs Jahre.«

»Und genauso lange haben wir uns nicht mehr gesehen. Du bist auch auf 'ne Art verschwunden, Tom. Hast du dich verändert?«

»Du dich etwa nicht?«

»Ich weiß nicht.« Jacky lachte. »Ich bin älter geworden.«

»Und Mutter.«

»Stimmt, ich musste ein bisschen erwachsen werden. Ich rauche nicht mehr.«

Tom schmunzelte. Er hoffte, dass das Koks heute Morgen eine Ausnahme gewesen war. So wie bei ihm. Jacky war eigentlich nicht der Typ, der anfällig für Süchte war. Er stellte sich vor, wie sie später ihre Tochter von ihrer Mutter abholen und etwas mit ihr unternehmen würde. Müde, aber liebevoll.

»Ab und zu treffe ich eine von den alten Nasen, aber es ist nicht mehr so wie früher. Mit Sonnys Tod war's eigentlich schon vorbei, Tom. Das war zu heftig. Ich habe lange gebraucht, bis die Traurigkeit ging.« Jackys Augen füllten sich mit Tränen. »Und so ganz ist sie nie gegangen.«

In Tom stieg die eigene Traurigkeit empor. Er wusste nichts zu erwidern.

»Marco wird nicht zurückkommen.« Jacky sagte das ganz unvermittelt, leise, fast tonlos. Der Satz versetzte Tom einen schmerzhaften Stich. Auf einmal nahm sie seinen Kopf zwischen die Hände und küsste ihn auf die Lippen. Tom wusste nicht, wie ihm geschah. Dann sah sie ihn an, als versuche sie zu verstehen, was nicht zu verstehen war. Erneut drückte sie ihre Lippen auf seine, und es wurde ein zärtlicher, langer Zungenkuss. Jacky löste sich von ihm. Tom sah sie an, die alte Nähe war da. Er spürte diese Vertrautheit, die frei von Erwartungen war. Tränen rannen ihr die Wangen hinunter. Der Lidschatten zerlief auf der weichen, weißen Haut. »Südamerika«, sagte sie ein wenig sehnsüchtig. »Geheimnisvoll, eine andere Welt, ein neues Leben. Vielleicht geht es Marco dort gut, vielleicht ist er glücklich.« Tom hatte Marco vor Augen, wie er ihm die Fotos gezeigt hatte, von seiner Frau und der Tochter. »Flo will jetzt auch dahin. Nach Kolumbien. Ich habe ihn gerade vor zwei Tagen getroffen.«

»Was? Ich dachte, er wäre Hinz&Kunzt-Verkäufer.«

»Stimmt, aber damit hat er jetzt aufgehört. Er ist irgendwie zu Geld gekommen.« Sie zuckte mit den Schultern. »Wie, hat er nicht gesagt. Aber er hat schon ein Flugticket. One way. Er will da bleiben, sich sogar ein Häuschen kaufen. Aber vielleicht hat er auch nur herumgesponnen. Er ist nämlich wieder drauf, das konnte er vor mir nicht verbergen. Wusstest du überhaupt, dass er so abgerutscht war?«

»Freddy hat es mir erzählt.«

»Er hatte so gekämpft, um vom Heroin loszukommen. Das hätte ich ihm gar nicht zugetraut. Das mit Hinz&Kunzt war 'ne gute Sache, das hatte ihm Halt gegeben. Ich dachte echt, er würde die Kurve kriegen.« Sie schüttelte den Kopf und lachte bitter. »Jetzt werde ich keine Rolle mehr kriegen in einem Film von Flo. Ach Tom, dieses Herumspinnen hat Spaß gemacht. Alles war möglich. Jedenfalls kam es uns so vor.«

Sie legte ihre Hand auf seine und drückte sie.

23

St. Pauli erwachte. In den Bäckereien herrschte schon Betrieb, die türkischen Gemüsehändler stellten die Kisten mit der frischen Ware vor ihren Geschäften auf, die ersten Cafés öffneten, während aus mancher Kneipe noch eine Nachtgestalt auf das Trottoir torkelte, mit der Helligkeit rang und durch die Straßen driftete, wo sie auf die frühen Vögel traf, die ihre Brötchen nach Hause trugen. Tom schlenderte Richtung Heimat. Vor Funky City, dem Plattenladen, der längst zu seinem zweiten Zuhause geworden war, blieb er stehen und betrachtete die Scheiben im Schaufenster. Neuerscheinungen hingen, standen oder lagen neben Secondhandscheiben und Retroausgaben. Auch einige CDs waren darunter; Harry hatte ein Herz für das schon lange als uncool geltende Format. Und er hatte eine eigene Radioshow bei einem alternativen Sender, zwei Stunden großartige Musik mit interessanten Hintergrundinformationen. Auf dem Tresen standen leere Bierflaschen. Bei Harry war es gestern offenbar wieder etwas später geworden. Auch Tom hatte schon so manches Feierabendbier hier getrunken, bevor er seine neu erworbenen Schätze aus dem Laden getragen hatte.

Zu Hause angekommen, trank Tom große Mengen Wasser, duschte und stieg in frische Klamotten. Alles zusammen reichte für drei Songs: *Wake Up Call* von Maroon 5, *Apocalypse* von Cigarettes after Sex und *Feeling Good* von der großen Nina Simone. Dass die Titel der Lieder perfekt zu seinem chaotischen Gefühlszustand passten, fiel ihm erst auf, als er den Verstärker ausschaltete und sich auf den Weg zum Präsidium machte.

In seinem roten Schiff schwebte er durch die Straßen. Durch das grüne Glas der Sonnenbrille, an die er heute endlich einmal gedacht hatte, sah die Stadt aus wie eine surreale Welt. Jacky war ein Moment gewesen, dachte er, melancholisch und schön. Ein Wohlgefühl durchströmte ihn, und er spürte eine Zuversicht, die keinen Anlass brauchte. Alles war gut so, wie es war. Das Leben war ein Abenteuer und Schweben ein schöner, vorübergehender Zustand.

Als Tom das Büro betrat, schlug ihm eine geballte Ladung warmer, schlechter Luft entgegen. Katja war noch nicht da. Funktionierte die Klimaanlage schon wieder nicht? Er öffnete das Fenster. Auch Balbeck und Taller waren nicht in ihrem Büro. Tom setzte sich und fuhr seinen Computer hoch. Er checkte im Ordner ihres Falls den Stand der Ermittlungen. Es gab keine Neuigkeiten.

Was war mit Flo? Wie kam einer wie er, ein Ex-Junkie, obdachlos, Hinz&Kunzt-Verkäufer, plötzlich zu Geld? Jetzt wollte er nach Südamerika, im Drogenparadies leben. Vielleicht würde er da irgendwann Marco über den Weg laufen. Tom stutzte. Vielleicht hatten sie schon längst Kontakt. Vielleicht hatte sein Bruder Flo das Geld gegeben. Um dem armen Kerl zu helfen. Marco hatte ein großes Herz. Auf einmal wurde Tom klar, dass Flo die Antwort auf seine Frage sein konnte. Vielleicht hatte er auf irgendeinem Weg erfahren, dass es

Krambach gewesen war, der Sonny vergewaltigt und getötet hatte, und es einem von Marcos engen Freunden erzählt. Der hatte es Marco gesteckt und dieser sich bei Flo dafür großzügig bedankt. Aufgeregt durchdachte er seine Theorie. Noch war Flo offenbar in Hamburg. Tom musste sich auf die Suche nach ihm machen, noch heute Nacht. Was hatte Jacky erzählt? Er schliefe mal hier, mal da, bei einem Kumpel oder auf der Straße. Jetzt bei den warmen Temperaturen mehr auf der Straße.

Die hellblonden Haare trug Stefanie Wisseck zu einem strengen Knoten gebunden, ihre Gesichtszüge waren eher herb, doch die geschwungene Form ihrer Brille verlieh ihrer Ausstrahlung ein wenig Wärme. Tom schätzte die Frau auf Anfang fünfzig. Katja und er saßen ihr in eleganten, schmalen Ledersesseln im Büro ihres Einrichtungsgeschäfts, das sich inmitten einer Einkaufsstraße im feinen Blankenese befand, gegenüber. Hier sah es aus wie in der Verkaufsausstellung ihres Ladens. Möbel, Vorhänge, Tapete, Bilder, Accessoires, alles in hellen, freundlichen Farben, perfekt aufeinander abgestimmt. Die teure Spießigkeit einer heilen Welt, dachte Tom.

»Mein Mann und ich waren so geschockt, als wir von diesem brutalen Verbrechen erfahren haben. Aber heute lebt man eben gefährlich, wenn man die Wahrheit sagt, wenn man sich traut, die Dinge beim Namen zu nennen. Wir haben alle Bücher von Neil Krambach gelesen und stimmen ihm hundertprozentig zu. Er sagt einfach, wie es ist, und er ist ja konstruktiv, er hat so viele Ideen …«

»Frau Wisseck, Mord ist immer eine furchtbare Sache. Können Sie uns jetzt bitte erzählen, weshalb Sie sich an uns gewandt haben?«, stoppte Katja ihren Monolog.

»Ja, natürlich …« Unterbrochen worden zu sein, missfiel ihr, das war zu spüren. »Also in der Firma meines Mannes ist seit einiger Zeit ein junger Mann beschäftigt, der früher ein

Extremist war.« Stefanie Wisseck hielt kurz inne, bevor sie weitersprach. »Also, ein Rechtsextremist.« Sie räusperte sich, als wenn es ihr schwergefallen wäre, das Wort auszusprechen. »Aber er ist ausgestiegen aus der Szene. Mithilfe dieser Organisation Restart. Er hatte nämlich richtig tief dringesteckt in diesem braunen Sumpf und musste fürchten, dass die sich …«

»Entschuldigen Sie, Frau Wisseck«, sagte Katja. »Woher wissen Sie das?«

»Er hat es meinem Mann erzählt.« Wieder wirkte sie ein wenig angefasst ob der erneuten Unterbrechung.

Katja nickte skeptisch. »Merkwürdig, dass er so offen war. Eigentlich sollen diese Leute in ihrem neuen Leben auf keinen Fall ihre Vergangenheit preisgeben.«

Stefanie Wisseck war verunsichert.

»Wie heißt denn der Mann?«, wollte Tom wissen.

»Fallof, Benno Fallof. Er hat meinem Mann eben vertraut und ihm seine Geschichte erzählt.«

»Was für eine Firma hat Ihr Mann?«, fragte Tom.

»Eine Immobiliengesellschaft mit eigener Verwaltung.«

»Und welche Tätigkeit übt Benno Fallof für ihn aus?«

»Er ist Gebäudemanager. Hausmeister, wenn Sie so wollen.«

»Und was hat er nun Ihrem Mann erzählt, was mit dem Mord an Neil Krambach zu tun hat?«

»Also, als das mit Neil Krambach passiert war, war Herr Fallof auch geschockt, und da hat er erzählt, dass er vor ungefähr anderthalb Jahren den Auftrag erhalten hätte, Krambach einzuschüchtern. Er wäre Kader gewesen und hatte den Auftrag von einem Kader aus einer anderen Region erhalten …« Sie lachte. »Mein Gott, diese Sprache!« Sie schüttelte den Kopf. »Er hätte mit seinen Leuten Krambach klarmachen sollen, dass er in der FKD nicht erwünscht wäre. Angeblich, weil er zu weich, zu liberal gewesen wäre. Und auch nichts gegen Homosexuelle gehabt hätte. Benno hätte den Auftrag merkwürdig gefunden, aber trotzdem hätte er mit seinen Kameraden Neil Krambach nach einer Lesung auf dem Parkplatz hinter seinem Hotel abgepasst und ihn zusammengeschlagen und ihm die Botschaft überbracht. Heute täte es ihm leid, hat er meinem Mann gesagt.« Stefanie Wisseck sah die Kommissare erwartungsvoll an. »Ja, das war's. Ich dachte, das könnte für Sie interessant sein.«

»Das ist es auch, Frau Wisseck. Sehr sogar«, sagte Katja.

»Nicht wahr? Es könnte doch sein, dass die, die das damals initiiert haben, auch hinter dem Mord stecken.«

»Wir werden Ihrem Hinweis auf jeden Fall nachgehen. Hat Benno Fallof auch erzählt, wie dieser andere Kader hieß oder aus welcher Region er stammte?«

»Ich glaube nicht.« Nervös schob sie die Brille auf ihrer Nase hin und her. »Wir wussten gar nicht, dass der Krambach bei uns, also in der FKD mitmachen wollte.« Nachdenklich sah sie die Kommissare an. »Wissen Sie, die FKD ist eigentlich nicht so. Mein Mann und ich sind jetzt schon acht Jahre in der Partei. Und ich kann Ihnen sagen, die FKD ist besser als ihr Ruf. Das Problem sind nur die Rechten, also die extrem Rechten. Von denen muss das damals auch gekommen sein. Dabei hätte der Krambach sehr gut zu uns gepasst, also zur FKD.« Stefanie Wissecks Augen leuchteten.

»Merkwürdig, dass Marthe Krambach uns nichts von dem Überfall erzählt hat«, sagte Katja über das Dach ihres Dienstwagens hinweg.

»Vielleicht hat er es ihr auch verschwiegen«, erwiderte Tom. »Damit sie sich keine Sorgen machte.«

»Sieht ganz so aus. Aber wie verheimlicht man seiner Partnerin die Blutergüsse und Wunden?«

Tom zuckte die Achseln und stieg ein. Katja setzte sich auf den Beifahrersitz. »Vielleicht war seine Frau gerade verreist.«

»Getrennte Schlafzimmer? Desinteresse?«

»Jedenfalls passt diese Geschichte genau zu den beiden Herren von gestern. Koltau und Grosper. Das könnte ihre Handschrift sein. Gehen wir damit jetzt zum Verfassungsschutz und lassen die das klären?«

»Warum?«

Katja überlegte. »Wir könnten uns auch an Restart wenden und mit denen zusammen an den Mann herantreten.«

»Warum machen wir es nicht selbst, ganz direkt? Wir machen ihm klar, worum es uns geht und dass er nichts zu befürchten hat. Er muss nicht mal eine offizielle Aussage machen, weil es ja nicht um die alte Geschichte geht. Wir brauchen nur den Namen des Kaders.«

»›Nur‹ ist gut.«

»Wir machen ihm klar, dass der nie erfahren wird, von wem wir unsere Information haben.«

»Das kann der sich doch denken.«

»Na ja, es waren ja mehrere beteiligt, und es gab sicher noch einige Mitwisser.«

»Na gut, probieren können wir es ja. Dann fahren wir jetzt gleich zu ihm.«

»Das sollten wir tun.« Tom startete den Motor und manövrierte ihren Wagen aus der engen Parklücke. Er setzte seine Sonnenbrille auf, schaltete das Radio ein und hatte Glück. *Uptown Funk* von Bruno Mars lief auf seinem Lieblingssender. Die Wirkung des Kokains hielt noch an und ließ ihn sanft auf einer Welle des Wohlgefühls dahingleiten. Langsam fuhren sie an den schicken Läden und Cafés der gediegenen Vorstadtidylle vorbei. Vielleicht war es ja doch nicht Marco gewesen, der den Autor aus dem Verkehr gezogen hatte. Vielleicht hatte Tom sich nur in etwas hineingesteigert. Der Gedanke beflügelte ihn geradezu.

24

Das Mietshaus war unscheinbar, lag in einer unscheinbaren Wohnstraße im unscheinbaren Stadtteil Eidelstedt. Ein leichter Wind wehte, die Blätter an den Bäumen rauschten. Aus einem offenen Fenster im ersten Stock des Backsteingebäudes tönten Stadiongeräusche und der Kommentator einer Fußballübertragung. Gegenüber auf einem brachliegenden Gelände einer ehemaligen Tankstelle jagten sich mehrere Kinder mit ihren riesigen Nerf-Gewehren.

Katja las die Namen auf den Klingelschildern neben der Eingangstür. »Hier«, sagte sie. B. Fallof stand ganz oben. Dritter Stock rechts. »Unterm Dach.« Sie drückte den Klingelknopf. Tom las zwei türkische Namen und fragte sich, wie der ehemalige Rechtsextremist wohl über seine neuen Nachbarn dachte. Sie warteten, aber nichts rührte sich. Katja klingelte noch einmal.

»Der ist nicht da«, sagte Katja.

»Wir warten«, erwiderte Tom. »Vielleicht ist er einkaufen und kommt gleich zurück.«

»Könnte sein.«

»Komm, wir setzen uns in den Wagen, und du erzählst mir ein bisschen was von dir.«

Sie lachte. »Nee, ich finde, du erzählst mir mal, was du gestern so getrieben hast.«

»Ich war beim psychologischen Dienst, und darüber brauche ich keine Auskunft zu geben.«

»Ach, warst du das?« Sie legte die Hand auf den Türgriff, drückte, und die Tür ging auf. »Na, sieh mal! Probieren geht über Studieren.«

Das Treppenhaus war hell und sauber. Irgendwo wurde gekocht, der Geruch von Knoblauch und würzigem Essen hing in der Luft. Sie stiegen die Treppe hoch. Auf der zweiten Etage verließ ein älteres Ehepaar gerade seine Wohnung. Der Mann schob seinen Rollator zum Fahrstuhl, während die Frau versuchte, mit zittrigen Fingern den Schlüssel in das Türschloss zu stecken.

»Guten Tag!« Tom lächelte die beiden an.

»Tag!«, raunte der Mann missmutig zurück.

»Früher war er mal ein richtiger Gentleman«, sagte die Frau und sah Tom freundlich an. Schließlich waren ihre Bemühungen von Erfolg gekrönt, und sie schloss ab. Dann zuckelte sie ihrem Mann hinterher, öffnete die Fahrstuhltür, und die beiden gingen hinein.

Im dritten Stock lasen Tom und Katja »B. Fallof« auf einem Klingelschild. Katja drückte auf den Knopf, und ein schrilles Läuten ertönte. Da fiel Tom auf, dass die Kante des Türrahmens auf Höhe des Schlosses abgesplittert war und die Tür Kratzspuren aufwies. Er deutete auf die Stelle, und Katja nickte. Sie zogen ihre Pistolen und entsicherten sie. Mit dem Lauf drückte Tom sanft gegen die Tür, und sie gab nach. Langsam schob er sie auf. Er spürte, wie sein Adrenalinspiegel stieg. Hellwach und konzentriert trat er ein. Katja folgte ihm. Der enge Flur lag im Halbdunkel, nur etwas Tageslicht fiel durch die offenen Türen zweier Räume. Mit den Pistolen im Anschlag schlichen Tom und Katja geräuschlos auf dem hellgrauen PVC-Boden an einem Schrank vorbei, dahinter hingen Jacken und ein Overall an einer Garderobe. Über den Spiegel daneben konnte Tom einen Teil des Schlafzimmers sehen. Das Bett war nicht gemacht, dahinter ragte ein großer Kratzbaum für Katzen empor, ein blauer Vorhang war zur Hälfte aufgezogen. Langsam ging er hinein. Hier schien niemand zu sein. An der Wand hing ein Flatscreen, auf dem Bett lag ein Laptop, und auf dem hellen Teppichboden stand ein gepolstertes Katzenkörbchen. Er zog sich wieder zurück und folgte Katja, die ins Wohnzimmer ging. Wie angewurzelt blieb seine

Partnerin stehen. Auf der Wand über dem Sofa stand mit roter Farbe gesprüht:

VERRÄTER!

WIR KRIEGEN DICH!

ÜBERALL!

Drum herum mehrere Hakenkreuze. Auf dem grauen Polstersofa lag die Katze, von Blut überströmt, das schon getrocknet war. Der Kopf war zertrümmert. Auch an den anderen Wänden und auf den Vorhängen, dem Schrank, dem Teppichboden sprangen ihnen rote Hakenkreuze entgegen. *JUDE* stand dazwischen.

»Scheiße!« Geschockt starrte Katja auf die grauenhafte Szenerie.

Tom schluckte. Obwohl er bei Weitem entstelltere menschliche Leichen gesehen hatte, schockierte ihn dieser Anblick besonders. Es war die rote Farbe, die Anmutung von Blut, das Böse darin und das Niederträchtige. Sie sahen noch in die Küche und ins Badezimmer. Keine Spur von Fallof.

Das Bild zerfiel in grobe Pixel, und der Ton zerrte, aber dann stabilisierte sich der Empfang, und die Ermittler der Soko Krambach sahen Ole Mensken mit seinem kantigen Gesicht klar auf dem Bildschirm an der Wand des Besprechungsraums und hörten ihn einwandfrei. Im schwarzen Langarm-Shirt saß der blonde Mann irgendwo draußen, vielleicht in einem Garten, die tief stehende Abendsonne schien ihm ins Gesicht.

»Benno Fallof hatte uns vieles erzählt, aber nichts von einem Anschlag auf diesen Autor. Aber mich interessiert erst mal: Wie ist die aktuelle Situation? Fahnden Sie nach ihm?«

»Ja, das tun wir, schon zu seiner eigenen Sicherheit«, antwortete Felsen in die Kamera des Laptops, das vor ihm auf dem langen Tisch stand. »Aber die Geschichte ist jetzt in den Händen unseres Staatsschutzes. Die werden sich bestimmt demnächst bei Ihnen melden«, erklärte der Leiter der Soko.

»Ich hoffe vor allem, dass Fallof sich bei mir meldet. Vielleicht ist er auch auf dem Weg nach Berlin. Oder schon da. Er weiß, dass wir ihm hier am besten helfen können.«

»Die Frage ist, wann er nach Hause gekommen ist. Wenn er die Täter noch angetroffen hat, könnten sie ihn verschleppt haben.«

»Das wäre ein eher untypisches Verhalten. Ich vermute, dass er gestern nach der Arbeit nach Hause gekommen ist, die Drohung vorgefunden hat und abgetaucht ist.«

»Vielleicht bei Freunden?«

»Ich weiß nichts über sein Privatleben. Das halten wir grundsätzlich so.«

»Die Hamburger Hotels haben wir überprüft«, sagte Felsen. »Der Staatsschutz überprüft gerade die Berliner Hotels.«

Mensken wirkte nachdenklich. Man merkte dem Mann an, dass ihn die Situation seines Schützlings alles andere als kaltließ. »Bitte melden Sie sich sofort, falls Sie ihn aufgetrieben haben. Egal zu welcher Zeit, okay?«

»Klar, machen wir.« Felsen beendete den Video-Call und wandte sich an Katja und Tom. »Okay, ihr fahrt zu diesem Wisseck und seiner Frau. Fragt sie, ob sie mit irgendjemandem über diese Geschichte geredet haben. Vor allem mit Parteifreunden. So, wie ihr mir die Frau beschrieben habt, würde mich das nicht wundern. Und fragt den Mann, ob Fallof ihm etwas über diesen Kader erzählt hat. Irgendetwas, eine Kleinigkeit vielleicht. Und ich klemme mich hinter den Verfassungsschutz. Wenn wir Glück haben, kennen die den Typen schon.«

»Am Ende landen wir vielleicht bei Koltau und Grosper«, sagte Katja.

»Könnte sein. Vielleicht bringt uns diese Geschichte ja endlich weiter.«

Taller betrat den Raum. »Die Krambach wusste nichts von diesem Einschüchterungsversuch, und sie hatte auch keine Verletzungen an ihrem Mann bemerkt.«

»Erstaunlich«, sagte Felsen.

Bea kam hinzu. »Es gab keine Anzeige damals und in der Presse wurde nichts berichtet.«

Balbeck lehnte sich auf seinem Stuhl zurück und blickte skeptisch drein. »Ich weiß nicht, das in der Wohnung von Fallof trägt die Handschrift von Nazis. Bei Neil Krambach sah das aber anders aus. Keine Botschaften, keine Spuren, kein Bekenntnis. Eine präzise Ausführung eines gut vorbereiteten Plans. Von einer einzelnen Person. Ich glaube nicht, dass dieselben Leute dahinterstecken.«

»Aber die Schläge?«, wandte Katja ein.

Balbeck zuckte die Achseln. »Auch die waren ja auf 'ne Art kontrolliert. Jedenfalls hat der Täter nicht gegen den Kopf geschlagen, und er hat Handschuhe getragen. Das passt nicht zu Nazi-Schlägern.«

Bea stimmte zu. »Und nur weil man Krambach nicht in der Partei haben will, lässt man ihn doch nicht gleich ermorden.«

»Das kommt auf den Grund an, würde ich sagen«, erwiderte Katja.

»Und nichts ist, wie es scheint«, fügte Felsen hinzu. »Oft genug jedenfalls.«

25

Die Bar Royal war gut besucht. Die Leute drängten sich um den großen, kreisförmigen Tresen, der das pulsierende Herz in der Mitte des alten Saals mit Parkettboden bildete. Tom stand an einem der wenigen Stehtische, nippte an einer Cola, während er seinen Blick über die Menge schweifen ließ. Auch heute fühlte er sich wieder fremd, aber es machte ihm nichts aus. Schließlich war er aus einem bestimmten Grund hier: Er hoffte, Oscar zu finden. Die angesagte Bar Royal war der bevorzugte Aufenthaltsort des Dealers, dem die Reichen und Schönen vertrauten. Er versorgte das bunte Partyvolk mit Gras, Hasch und vor allem Kokain. Viele Male war er schon im Visier der Kollegen vom Rauschgiftdezernat gewesen, aber nie hatten sie ihm etwas nachweisen können. Tom kannte Oscar von früher, als er noch ein Geheimtipp gewesen war und seine Freundin einen angesagten Friseurladen betrieben hatte, in dem Eingeweihte neben trendigen Frisuren auch Drogen erhalten konnten. Marco, Tom und einige Freunde, darunter auch Flo, hatten zu den gelegentlichen Kunden gehört und auch so manche Nacht mit Oscar zusammen auf irgendeiner Party gefeiert. Tom vermutete, dass Flo sich bei Oscar mit Stoff versorgen würde, denn er hatte ja auf einmal das Geld dafür, musste nicht das billige Zeug auf der Straße kaufen, von dem man sich nie sicher sein konnte, dass es sauber war. An die Spur, die sich für die Soko durch den Aussteiger aus der rechten Szene ergeben hat, glaubte Tom nicht. Die Befragung von Harald Wisseck hatte keine Erkenntnisse gebracht. Fallof hatte ihm nichts über seine Auftraggeber erzählt, und der Immobilienmillionär hatte behauptet, mit niemandem über die Geschichte seines Angestellten geredet zu haben. Toms Instinkt sagte ihm, dass er mit seiner Vermutung auf der richtigen Fährte war. Manche Dinge sind ganz einfach, hatte Marco gesagt, und dazu gehörte für seinen Bruder ganz sicher, dass der Mörder von Sonny und Nora den Tod verdient hatte.

Das dichte Gedränge, die laute Geräuschkulisse und die treibenden Bässe des Electro-House empfand Tom als anstrengend. Das Warten ließ ihn die Müdigkeit spüren, welche mittlerweile fast sein Normalzustand war. Dazu gesellte sich eine Schwermut, für die er keinen Grund erkennen konnte. Da war es also: das Loch. Er hätte jetzt selbst ein wenig von dem weißen Pulver gebrauchen können, um wieder auf Touren zu kommen. Cola allein reichte da nicht. Auf einmal erkannte er ganz hinten auf der anderen Seite der Bar Oscars blasses Gesicht mit seiner krummen Nase. Tom hatte sich also nicht getäuscht. Oscar unterhielt sich mit zwei Frauen, die beide einen Kopf größer waren als er. Tom schob sich mühsam durch die Menge, erkämpfte sich einen Platz am Tresen und bestellte einen Gin Tonic. Er beobachtete, wie Oscar charmant mit den beiden Frauen plauderte. Er war kein sonderlich attraktiver Kerl, aber er hatte Charisma, und seine zurückhaltende Art kam beim weiblichen Geschlecht gut an. Oscar musste jetzt auch schon Mitte vierzig sein, schätzte Tom und fragte sich, wie er wohl heute lebte, ob er Kinder hatte, eine Frau vielleicht, die ihm den Rücken freihielt für seine Nachtschichten, in denen er das Geld für die Familie verdiente. Da entdeckte Oscar ihn, riss erstaunt die Augen auf und sah zu ihm herüber. Tom nickte ihm lächelnd zu. Oscar freute sich offenkundig, ihn zu sehen.

»Tom!«, rief er über die Bar hinweg und winkte ihn zu sich.

Tom freute sich, und das Gefühl war echt. Er nahm sich seinen Drink und drängelte sich durch die Menge. Dabei stieß er gegen eine Frau und verschüttete ein wenig Gin Tonic auf ihrem Arm. »Oh Entschuldigung«, sagte er und blickte in das überraschte Gesicht von Marie.

»Tom!«

Er lächelte schüchtern. »Marie!« Sie wirkte verwirrt. Er deutete auf den Ärmel ihres schwarzen Kleids mit dem zarten bunten Blümchenmuster. »Das tut mir leid.«

»Ach, nicht so schlimm«, sagte sie und strahlte ihn aus ihren grünblauen Mandelaugen an. Einen Moment standen sie unverrichteter Dinge voreinander. Da bemerkte Tom den Mann an ihrer Seite. Ein sportlicher Typ in kakifarbener Chino und hellem Langarm-Shirt.

»Das ist Daniel.« Marie sprach den Namen englisch aus.

»Hi!«, sagte Tom.

»This is Tom«, erklärte sie Daniel. »A friend of mine.«

»Hi, nice to meet you, Tom!« Sein Englisch war, wie auch sein offenherziges Lächeln, sehr amerikanisch.

Marie sah Tom mit einem eindringlichen Blick an. »A very special friend.«

Tom lächelte unsicher.

»Das war dein Bruder in der Nacht, im Hafen. Und du bist Kommissar. Bei der Mordkommission.«

Aus ihrem Blick wurde er nicht schlau, der konnte vieles bedeuten.

»Tja, ich will euch nicht weiter stören. Ich war gerade dabei, einen alten Freund zu begrüßen.« Er deutete mit einer Kopfbewegung zu der anderen Seite. »Mach's gut, Marie!«, sagte er und blickte Daniel kurz an. »Have a nice evening!«

»You too, man!«

»Au revoir, Tom!«, sagte sie in einem warmen, liebevollen Tonfall. Es klang wie in einem alten französischen Film. Tom wandte sich ab und bahnte sich seinen Weg durch die Menge. Wie hübsch Marie war! Er hatte seine Chance gehabt, war aber einmal mehr an seiner Unfähigkeit, sich einer Frau zu öffnen, gescheitert. Er musste endlich Marco aus dem Kopf kriegen, aber wie sollte das gehen?

»Hey, Tom!«, begrüßte Oscar ihn euphorisch und breitete die Arme aus. Sie umarmten sich herzlich und drückten einander fest.

26

Der laue Fahrtwind blies ihnen ins Gesicht. Aus der High-End-Musikanlage tönte in brillantem, fettem Sound Electropop von Röyksopp. In Oscars gelbem Fiat Spider Cabriolet schwebten sie den Hafen entlang, an der Speicherstadt vorbei, über die Schnellstraßenbrücke hinunter in die Bürohäuserschlucht von Hammerbrook.

»Du warst gestern im Wonder«, sagte Oscar.

»Ja, auf den Spuren der Vergangenheit. Vielleicht werde ich langsam alt und brauche was von dem Gefühl von damals.« Sie mussten laut sprechen, um den Fahrtwind und die Musik zu übertönen.

Oscar lachte. »Hast du noch keine Frau und Kinder?«

Tom lachte. »Ne, du?«

»Drei Nervbeutel, eine Frau in Jogginghose, mit der ich Netflix gucke, Häuschen im Grünen und 'nen Volvo-Kombi. Der hier ist nur mein Spielzeug.«

Tom war erstaunt. »Echt jetzt?«

Oscar sah ihn ernst an. »Warum denn nicht?«

»Na ja, hätte ich bei dir nicht gedacht. Bist du jetzt ein Dealer mit Steuernummer?«

»Oh, das ist aber kein schönes Wort, Tom. Ich bin im Eventmanagement. Weißt du doch, hatte ich früher schon mit angefangen, die Boxveranstaltungen und so.«

»Klar.«

»Heute mache ich Konzerte, Partys, Hochzeiten, Betriebsfeiern. Aber nur die großen Nummern, da, wo die Kohle sitzt, mein Lieber.«

»Klingt gut. Und keine Drogen mehr?«

»Tom, du Arschloch, was soll das? Was willst du wissen, mein Bulle?«

Tom schwieg. Dann lachte er bitter. »Nichts, Oscar, nichts.«

Schweigend glitten sie durch die verlassene Welt der Bürohäuser. Bis Oscar den Spider auf einen Parkplatz lenkte, der zwischen drei großen Gebäuden lag. Er fand eine kleine Lücke zwischen zwei SUVs.

»Diese Riesenbabys. Wie hässlich die sind.« Oscar sagte das voller Verachtung, stellte den Motor ab und schaltete die Anlage aus. Im obersten Stockwerk des alten Fabrikgebäudes vor ihnen flackerte buntes Licht, und ein dumpfer Beat drang zu ihnen herunter. »Mann, das war eine Nummer, von Marco am Hafen. Dass er da überhaupt heil rausgekommen ist.« Ungläubig schüttelte er den Kopf. »Dein Bruder ist ein bisschen verrückt, taucht auf einmal hier auf. In der Höhle des Löwen.« Er sah Tom an. »Er ist doch bestimmt deinetwegen gekommen.«

Tom schwieg.

»Na, hast du ihn getroffen?« Tom reagierte nicht.

»Ich habe keine Kinder, Tom. Auch keine Frau in Jogginghose, Gott sei Dank! Kein Haus im Grünen, keinen Kombi.« Er lachte. »Ich lebe noch.«

Das Hammer Loft befand sich in der letzten Etage. Es gab zwei Bars, verschiedene Sitzecken und eine große Tanzfläche. Das Besondere aber war die Dachterrasse mit vielen Pflanzen in großen Holzkästen zwischen den Sitzgruppen. Tom lag in einem Liegestuhl und genoss den fantastischen Blick auf die Skyline der Stadt. Oscar kam mit zwei Gin Tonics und setzte sich zu ihm.

»Cool hier, oder? Wir sind hier ein bisschen die Sugardaddys, aber so what?«

»Siehst du noch manchmal einen von den alten Jungs?«

»Na ja, ich gehe gern ins Wonder und quatsche mit Freddy.«

»Was ist mit Jacky?«

»Die treffe ich ab und zu, sie ist jetzt Mama. Weißt du das schon?«

»Ja, hab sie gestern getroffen.«

Oscar sah ihn nachdenklich an. »Dass du heute gleich wieder losgezogen bist. Hast wohl Nachholbedarf. Oder gibt es einen anderen Grund, Herr Kommissar?«

»Den Gag hatten wir schon. Was ist mit Flo, siehst du den noch?«

»Tja, Flo hängt wieder an der Nadel, habe ich gehört. Ich hab ihn schon ewig nicht mehr gesehen.« Oscars Miene verfinsterte sich. »Scheiße ist das. Mit dem Zeug habe ich nie was zu tun gehabt. Das weißt du.«

Tom nickte. »Flo hat dir damals 'ne Menge Kunden besorgt.«

Sein Gegenüber sah ihn fragend an.

»Na, die Schauspieler, die er gefahren hat«, erklärte Tom.

Oscar lächelte. »Weißt du noch, als Flo mit Tom Schilling im Wonder auflief? Da startete der gerade durch. Jacky war hin und weg. Die ist ihm nicht mehr von der Seite gewichen. Angeblich hatte er ihr noch seine Nummer gegeben und sie ihn irgendwann in Berlin besucht.«

»Ich hab gestern 'ne Line mit Jacky im Zero gezogen.«

»Du verarschst mich!«

»Nein! Und es hat mir gefallen. War ein bisschen wie früher. Ich hätte sogar wieder Bock auf diesen netten Flow.«

Oscar sah ihn skeptisch an. »Du bist ein Bulle, Tom.«

»Na und? Das war ich damals auch schon.«

Tom beugte sich über das kleine, silberne Kästchen in Oscars Hand, steckte das Metallröhrchen in seine Nase und schniefte eine der beiden Lines von dem blanken Boden. Er zog noch einige Male hoch, damit das Koks sich gut auf den Schleimhäuten verteilen würde. Dann reichte er Oscar das Röhrchen, der sich die andere Line reinzog. Die übrig gebliebenen Krümel schmierte er sich mit dem Finger auf das Zahnfleisch.

»Jetzt habe ich dich in der Hand«, sagte Oscar grinsend.

»Ich dich doch auch.«

»Aber du hast mehr zu verlieren.« Oscar legte das Röhrchen in das Kästchen, klappte es zu, und sie verließen die Toilette. Tom ging zur Bar und bestellte neue Drinks. Auf der Tanzfläche entdeckte er die beiden Frauen, die mit Oscar zusammen in der Bar Royale gewesen waren. Er zahlte die Gin Tonics und ging mit den Gläsern zu Oscar, der an einer Säule lehnte. Neben ihm stand ein junger Mann.

»Tom, das ist Stevie.«

Sie begrüßten sich mit einem kurzen Blick. Tom reichte Oscar den Gin Tonic.

»Stevie, kannst du noch fahren?«

»Ich hab nichts getrunken.«

»Sehr gut! Dann musst du nachher den Spider fahren.«

»Kein Problem.«

»Na dann!« Oscar stieß mit Tom an. Die beiden Ladys lächelten zu ihnen herüber. »Das sind Emma und Lilou. Arbeiten in der Werbung. Ich habe sie gestern bei einer Vernissage kennengelernt. Lilou ist Französin.«

»Sie sind hübsch.«

»Ja, sehr. Aber auch ziemlich cool.«

Tom spürte die Wirkung des Kokains, fühlte sich beschwingt. »Wo besorgt sich Flo wohl seinen Stoff?«, fragte er Oscar. Der sah ihn überrascht an. »Doch hoffentlich nicht auf der Straße«, fügte Tom hinzu.

Oscar zögerte. »Irgendwie werde ich das Gefühl nicht los, dass du mich ausfragst, mein Lieber!«

»Tja, scheiße, wenn der Kumpel bei der Kripo ist.« Tom grinste.

»Sind wir Kumpel?«, fragte Oscar.

»Ich denke, wir waren es mal.«

»Vielleicht hast du recht.«

»Irgendwie soll Flo zu Geld gekommen sein. Da holt der sich doch sicher gutes Zeug. Hat er dich nicht mal gefragt?«

Oscar sah ihn mit einem warnenden Blick an. »Tom, was willst du?«

»Ich will Flo wiedersehen.«

»Warum denn auf einmal? Nach all den Jahren.«

»Ich weiß nicht, ich kann das schwer erklären.« Er zögerte, überlegte, sah auf die tanzenden Menschen. »Vielleicht will ich etwas nachholen, vielleicht will ich etwas Verlorenes wiederfinden.« Er sah Oscar an. »Ich würde einfach gern mit ihm reden. Und wenn Flo wirklich nach Kolumbien geht ... vielleicht besuche ich ihn dann mal.«

»Alles klar, es geht dir um Marco.«

SONNTAG

Auf dem Billardtisch in Freddys Büro stapelten sich die leeren Take-Away-Schachteln. In den Gläsern perlte der Champagner, und überall standen kleine Teller mit Sushi. Aus den Boxen klang die Musik vom Dancefloor nebenan und die Bässe wummerten durch die Straßen.

»Ich war auf der Schauspielschule in Paris«, sagte Lilou, die auf der Lehne des Sessels saß, in dem sich Stevie ausgestreckt hatte, mit schwerer Zunge. Dabei sah sie erwartungsvoll in die Runde. Emma, die vor dem Billardtisch vor sich hin tanzte, lachte, worauf ihre Freundin sie empört ansah.

Oscar reichte Freddy ein kleines Tablett, auf dem mehrere strahlend weiße Lines appetitlich nebeneinander angerichtet waren. »Tom ist auf der Suche nach Florian.«

Der Besitzer des Wonder stutzte kurz, dann nahm er das kleine Silberröhrchen und zog sich eine Line rein. »Flo? Warum das denn?« Freddy reichte das Tablett weiter an Tom, der im Sessel neben ihm saß. Der antwortete nicht, weil er Freddy aus der Reserve locken wollte. Aber es kam nichts weiter von ihm.

»Ich hatte Unterricht bei Juliette Binoche. Gott, das ist eine Frau!« Lilou seufzte.

»Und ein großartiger Mensch!«, sagte Emma und imitierte Lilous französischen Akzent. Leise kicherte sie in sich hinein. Lilou warf ihr einen bösen Blick zu. Tom fühlte sich wohl, genoss die Freiheit, die er sich nach all den Jahren ausnahmsweise gönnte, und pfiff sich auch eine Line rein. Er lehnte sich zurück und betrachtete die tanzende Emma. Sie bewegte sich gut, lässig und aufregend. Er driftete durch seinen Rausch und bekam Lust auf mehr von allem.

Die wogende Masse auf dem Dancefloor nahm sie auf wie ein warmes Meer. Emma wiegte ihren Körper elegant und verführerisch vor Tom. Manchmal kamen sie sich für einen Moment so nah, dass er ihren Atem spüren konnte, dann driftete Emma wieder weg, um kurz darauf wieder vor ihm aufzutauchen. Alles um ihn herum erschien Tom ungeheuer intensiv, die Lichter drangen durch die Augen direkt in sein Gehirn und tanzten dort weiter. Plötzlich entstand eine Unruhe in dem schmalen Gang zur Bar. Tom fragte sich, was dort los sei. Zwischen den dicht an dicht stehenden Gästen erkannte er den Türsteher vom Wonder und Freddy, die zwei Männer zurückdrängten und auf sie einredeten. Neugierig verließ Tom die Tanzfläche, ging ein paar Schritte näher. Auf einmal fiel ihm wieder ein, warum er eigentlich hier war.

Wie aus dem Nichts schob sich Oscar vor ihn. »Mann, Tom, du bist ja immer noch ein kleiner Travolta.«

Über seine Schulter hinweg konnte Tom beobachten, wie Freddy und der Türsteher mit den beiden Männern hinausgingen. »Oscar, wer sind die beiden Typen da?« Es fiel ihm schwer, sich zu konzentrieren, zu viel Alkohol, zu viel Koks.

Oscar klopfte ihm auf die Schulter. »Hast nichts verlernt.«

»Hey!« Von hinten kam Emma und zog ihn mit sich zurück in das Meer der Tanzenden. Tom verlor das Gleichgewicht, wäre beinahe gestürzt. Oscar lachte, dann verschwand er in Richtung Bar. Emma tanzte eng an Tom heran, er spürte ihren Körper. »Stimmt es, dass du ein Bulle bist?«

Irritiert sah Tom sie an.

»Bei der Mordkommission?«

Am Rand der Tanzfläche nahm er zwei Männer wahr, mit leicht gebräunten Gesichtern und kurzen, schwarzen Haaren, die ihn zu beobachten schienen. Der Größere von beiden hatte ein Schlangen-Tattoo am Hals.

»Aufregend«, sagte Emma, legte ihre Hand auf seinen Oberschenkel und ließ sie langsam nach oben gleiten.

27

Das Taxi hielt direkt vorm Chapter Six, der Kneipe, die im Morgengrauen das Auffangbecken für die Gestrandeten war, für die Obdachlosen, die sich hier noch ein paar wärmende Schnäpse abholten, die ihnen der Wirt spendierte, bevor sie sich ein Lager unter einer Brücke oder auf irgendeiner Bank suchten, und für Junkies, denen er einen kleinen Raum eingerichtet hatte, in dem frische Nadeln bereitlagen, damit sie sich ihren Schuss hygienisch und würdevoll setzen konnten. Als Flo noch ein obdachloser Junkie gewesen war, hatte er sich hier oft aufgehalten. Das hatte Tom von Jacky erfahren.

Als er aus dem Taxi stieg, spürte er, dass er seinen Körper nicht mehr vollständig unter Kontrolle hatte. Durch die mit Graffiti übersäte alte Holztür betrat er das Reich der Untoten, wie Jacky diesen Ort zu nennen pflegte. Aus einer alten Musikbox tönte »I can't get no satisfaction« von den Stones, und Tom ließ seinen Blick über die Nachtgesichter schweifen. Enttäuscht musste er zur Kenntnis nehmen, dass Flo sich nicht unter ihnen befand. Der Wirt kam mit einem Teller heißer Würste aus der Küche. Seine dünnen, grauen Haare trug er über den Schädel gekämmt, und eine schmucklose Brille balancierte auf der knubbeligen Nase. Den Teller reichte er einer abgemagerten Frau, die auf der Bank am Fenster vor sich hindämmerte.

»Hey Jessie, nimm dir 'ne Wurst und gib den Teller weiter, okay?« Sie sah ihn mit leerem Blick an. »Komm, Kleine, iss eine, bitte!« Die Frau hob ihren dünnen Arm, nahm sich eine Wurst und hielt den Teller ihrem Nachbarn hin. »Was kann ich für dich tun?«, wandte er sich an Tom und ging hinter den Tresen.

»Hast du einen Kaffee für mich?« Tom merkte, dass er mit schwerer Zunge sprach. »Einen starken, wenn's geht.«

Der Wirt nahm die gläserne Kanne aus der Kaffeemaschine, auf der ein Totenkopfaufkleber signalisierte, welchem Fußballverein seine Sympathie galt, und schenkte den Filterkaffee in einen Becher mit einer Sechs darauf. »Ich hoffe, der ist stark genug. Anderen habe ich nicht.« Der Becher landete vor Tom.

»Danke!«

»Milch, Zucker?«

»Nee.«

Tom ahnte, dass dieser Mann nicht besonders gesprächig war.

»Ich bin Tom, und ich suche einen alten Kumpel von mir, der früher oft hier war.« Schweigend kramte der Wirt hinter seinem Tresen herum. »Flo.« Der Mann reagierte nicht. »Hast du Flo in letzter Zeit mal gesehen?«

Der Wirt drehte sich zu Tom. »Ich kenn dich nicht.« Er wandte sich ab und verschwand in der Küche.

Tom wurde klar, dass er nur eine Chance hatte. Er trank ein paar Schlucke vom Kaffee und wartete, bis der Wirt wieder erschien. »Ich bin Bulle«, begann er leise und zeigte seinen Dienstausweis. »Aber Kommissar bei der Mordkommission.

Drogen sind nicht mein Thema. Und vor allem bin ich privat hier.«

Misstrauisch sah der Mann ihn an. »Warum erzählst du mir das dann?«

»Damit du mir vertraust. Flo ist wirklich ein alter Kumpel, den ich aus den Augen verloren habe, und ich würde mich tierisch freuen, ihn wiederzusehen. Und ich bin mir sicher, er sich auch. Außerdem könnte er etwas wissen, was mir helfen würde, etwas zu verstehen. Etwas Persönliches. Rein Persönliches!« Mit festem Blick sah er dem Wirt in die Augen, in denen sich immer noch Skepsis zeigte, aber wenigstens etwas regte. »Ich weiß, dass er wieder drückt«, fügte Tom hinzu. »Dabei war er schon clean.«

Der Wirt zuckte die Schultern. »Das waren schon viele.« Schweigend sahen sie einander an. Der Wirt schien zu überlegen, ob er dem Kommissar vertrauen konnte. Schließlich deutete er zu der Bank am Fenster, wo die magere Frau saß und sich immer noch an dem Würstchen abarbeitete. »Frag mal Jessie!«

Tom war überrascht. »Danke!«, erwiderte er. »Für das Vertrauen.« Der Wirt sah ihn ernst an, als wenn er ihn ermahnen wollte, es nicht zu missbrauchen. Tom nahm seinen Becher und ging zu der Frau. Das abgenagte Würstchen in der Hand, sah sie ihn müde an.

»Flo schläft manchmal bei mir und manchmal irgendwo.« Sie lachte. Es war ein warmes, liebevolles Lachen. Offenbar nahm sie mehr von ihrer Umgebung wahr, als ihr vernebelter Blick vermuten ließ.

»Dann seid ihr Freunde?« Tom nahm sich einen Stuhl und setzte sich ihr gegenüber.

Jessie legte den Kopf etwas schief, ihr Blick fiel ins Leere. »Freunde«, wiederholte sie leise, und es war, als schaute sie dem Wort nach wie einer schillernden Seifenblase, die davonschwebte.

Tom wartete geduldig. »Hast du vielleicht seine Handynummer?«

»Oh nein, die rückt er nicht so leicht raus. Aber ich brauch sie auch nicht. Wir finden uns einfach irgendwie.«

»Schläft er heute bei dir?« Sie zuckte die Achseln. »Wo schläfst du denn? Hast du eine Wohnung oder ein Zimmer?«

»Nein.« Sie lachte. »Ich schlafe unterm Himmel, und der Engel passt auf mich auf.«

»Das klingt schön. Wo ist das?«

»Die zerstörte Kirche, weißt du?«

»Klar!« Natürlich kannte Tom die im Zweiten Weltkrieg zerbombte Nikolaikirche an der Willy-Brandt-Straße, deren Ruine als Mahnmal erhalten worden war. Und er hatte sogar den Engel vor Augen. Die Bronzeskulptur einer Frau, deren Oberkörper sich aus einem langen, schlanken Stamm formte, auf den sich rundherum zahllose Hände legten, während sie einen Arm in die Höhe reckte und ihr Haupt neigte. »Schläfst du da immer?«

»Immer?« Unter ihren schweren Augenlidern sah sie ihn an. »Immer ist ein komisches Wort.«

»Stimmt. Wirst du heute da schlafen?«

Sie nickte.

»Flo auch?«

Sie lächelte. »Das wäre schön, ja. Vielleicht.«

In der Musikbox rockte jetzt Jan Delay. »Auf St. Pauli brennt noch Licht«, sang er mit seiner markanten, quäkigen Stimme. »Da ist noch lange noch nicht Schicht, denn im Großen und im Ganzen haben wir alle Grund zum Tanzen.« Aber im Chapter Six tanzte keiner. Tom überlegte, was er jetzt machen konnte. Sollte er bei Jessie bleiben oder einfach an der Kirche warten, in der Hoffnung, dass Flo dort irgendwann auftauchen würde?

Die Morgensonne fand ihren Weg durch die Fenster und tauchte die Bastion der Gestrandeten in ihr goldenes Licht.

Jessie richtete sich auf und beugte sich zu Tom vor. »Kannst du mir was schenken?«

Fragend sah er sie an.

»Na, ein bisschen Patte.«

Tom überlegte, ob das klug war, aber er holte seine kleine Brieftasche aus der Hosentasche und hielt ihr einen Zwanziger hin. Sie lächelte ihn an und griff in aller Ruhe mit den Fingerspitzen einen Fünfziger und zog ihn heraus. Tom ließ es geschehen. Sie steckte ihn ein, streichelte ihm dankbar über die Wange und erhob sich.

»Komm mit!«

Verunsichert überlegte er, was das jetzt werden sollte. Sicherlich hatte Jessie ihre Dankbarkeit schon oft mit einem kleinen erotischen Gefallen gezeigt. »Jessie, ich will nicht …«

»Ich gehe zu einem Freund, und vielleicht ist Flo auch da.«

Als sie hinaus in den hellen Morgen traten, empfingen sie Vogelgezwitscher und Technomusik, die auf einem Spielplatz aus einer Soundstation powerte, neben der drei junge Menschen saßen. Ein rothaariger Typ tanzte mit nacktem Oberkörper auf der Spitze eines Klettergerüsts. An einem Stromkasten auf der gegenüberliegenden Straßenseite lehnte ein Mann, rauchte und telefonierte. Er ähnelte einem der beiden Männer von der Tanzfläche im Wonder. Schwarze kurze Haare, dunkles Hemd. Jessie nahm Toms Hand und zog ihn mit sich in die kleine Seitenstraße.

»Woher kennst du Flo eigentlich?«, wollte Jessie wissen, deren Schritte immer schneller wurden. Tom bemerkte eine nervöse Unruhe an ihr, die sie im Chapter Six noch nicht gehabt hatte.

»Von früher, das ist schon sehr lange her.«

Sie nickte, aber er hatte den Eindruck, dass sie ihm gar nicht wirklich zugehört hatte. Im hellen Tageslicht konnte er die Einstichstellen an ihrem zarten Hals erkennen. Sein Gewissen meldete sich. Auch sein Fünfziger würde der Frau einen Schuss finanzieren. Sie führte Tom in die nächste Querstraße. »Gleich sind wir da.«

Altbauten bestimmten das Bild neben einigen gesichtslosen Nachkriegsbauten und schicken, teuren Neubauten. Jessie blieb vor einem Rotklinkerbau stehen, drückte auf einen Klingelknopf und wartete.

»Ja?«, tönte es unwirsch aus der Gegensprechanlage.

»Ich bin's, die Jessie«, sagte sie mit zuckersüßer Stimme. »Ich hab noch einen Freund dabei.«

»Ey Jessie, das ist scheiße. Du weißt das doch.«

»Ja, sorry, aber der ist okay. Wirklich.« Sie sah zu Tom und lächelte. Der Summer brummte, und Jessie drückte die Tür auf. Im Parterre stand eine Tür offen. Jessie ging hinein, und Tom folgte ihr. Sie traten in einen länglichen Flur, die Filmmusik von *Blade Runner* klang aus irgendeinem Raum. Ein junger Mann mit einem schmalen Schnauzbart erschien im Bademantel und sah sie an. »Das ist Tom!«, sagte sie.

»Hallo Tom, kannst du einen Moment warten? Setz dich in die Küche, nimm dir ein Bier!«

»Okay.«

Es klingelte. Der Schnauzbart ging zur Tür und sprach in die Gegensprechanlage. »Ja?«

Eine Männerstimme antwortete: »Tom und Jerry.«

»Was wollt ihr denn jetzt hier?«

»Mach auf!« Die Stimme klang nicht freundlich. Der Schnauzbart zuckte die Schultern, drückte den Summer und öffnete die Tür. Er sah zu Tom und deutete zum Ende des Flurs. »Da ist die Küche.«

Ein bunter Glasperlenvorhang hing in einem Türrahmen, dahinter brannte Licht. Als Tom näher ging, konnte er schemenhaft einen Mann dort sitzen sehen. Hinter sich hörte er, wie Tom und Jerry eintraten und mit dem Schnauzbart redeten. Er warf einen Blick über die Schulter und erkannte den

Mann vom Stromkasten. Der andere konnte der Typ mit dem Schlangentattoo am Hals sein. Die beiden, die ihm im Wonder aufgefallen waren. Tom beschlich ein ungutes Gefühl. Die Männer kamen auf ihn zu, während der Schnauzbart Jessie in ein Zimmer zog. Da hörte er das Rascheln des Vorhangs und sah zur Küche. Der Mann war aufgestanden und trat jetzt zwischen den Perlenfäden hervor. Es war Flo. Überrascht sah er Tom an.

»Marco!«, sagte er mit einer zutiefst entspannten Stimme. An seinem trüben Blick erkannte Tom sofort, dass er high war. »Das ist ja cool!« Tom drehte sich gleich wieder zu Tom und Jerry, die ihn jetzt erreichten.

»Hallo!«, sagte der Typ vom Stromkasten.

»Hallo!«, erwiderte Tom angespannt.

»Wir wollen in die Küche.«

Tom trat etwas zurück. Instinktiv schob er dabei seine Hand unter seine Jacke und griff die Pistole im Schulterholster. Aber er war zu langsam, spürte schon den Lauf einer Pistole, der ihm in die Seite gedrückt wurde.

»Runter mit der Hand!«, herrschte ihn der andere Typ an.

Jetzt sah Tom die Schlange auf dessen Hals. Er überlegte, was er tun konnte. Der Mann drückte den Lauf noch schmerzhafter gegen seinen Körper. Tom ließ seine Hand sinken, er hatte keine Wahl. Alles ging jetzt blitzschnell. Der Mann vom Stromkasten griff Tom unter die Jacke, zog die Walther aus dem Holster, der andere rammte Tom die Faust in die Magengrube, und als er sich krümmte, verpasste er ihm noch eine brutale Rechte gegen sein Kinn. Ein Schmerz explodierte in seinem Kopf, der nach hinten flog, und er sackte zusammen.

»Hey, nein! Was soll das?«, hörte er noch einen jämmerlichen Protest von Flo.

Der Typ mit dem Schlangentattoo packte Tom und hielt ihn in einem eisernen Griff. Tom spürte, wie ihm in den

Bauch gestochen und etwas injiziert wurde. Verzweifelt versuchte er, sich zu wehren, hatte jedoch keine Chance. Kurz darauf schwanden seine Kräfte, ihm wurde schwindelig, alles um ihn herum verschwamm, und ihm wurde schwarz vor Augen.

28

Die Ruderblätter tauchten sanft in das spiegelglatte Wasser der Alster, ohne einen einzigen Spritzer zu verursachen. Sie zog die Skulls zu sich heran, während sie in ihrem Sitz auf dem Schlitten nach vorn glitt, drückte die Ruderblätter aus dem Wasser, hielt sie knapp über der Oberfläche, rutschte nach hinten, tauchte die Ruder wieder ein und zog die Skulls wieder an ihren Körper heran. Der nächste Schlag, perfekt im Einklang mit ihrer Partnerin, die vor ihr saß. Schlag um Schlag. Eins, zwei, eins, zwei. Technik und Rhythmus. Mit Ella ruderte sie schon seit sechs Jahren zusammen. Schnell und elegant glitten sie in ihrem Boot über den noch unberührten See. Daniela Berkeesen liebte diese frühen Morgenstunden, wenn die Alster ihnen allein zu gehören schien. Die Luft roch frisch, die Sonne fand ihren Weg durch den Dunst und gab ein Versprechen für den Tag, der noch unschuldig vor ihr lag. Eins, zwei, eins, zwei.

Als sie vorm Vereinsheim anlegten, tauchte ihr Bruder Philip vor ihnen auf. Überrascht sah Daniela ihn an.

»Was machst du denn hier, Bruderherz? Das ist doch gar nicht deine Zeit.«

Philip schmunzelte. »Ich komme ja auch nur, um einen Kaffee zu trinken, den Blick auf die Alster zu genießen und dich zu sehen, Verehrteste!«

»Oh, Verehrteste«, sagte Ella, während sie ihr Ruder aus der Halterung nahm und auf dem Boden ablegte. »Das klingt schön, wie in einem Sissy-Film.«

Daniela legte ihr Ruder daneben. »Ist was passiert?«, fragte sie trocken.

»Warum immer so negativ, Kleine?«

»Och, jetzt auf einmal Kleine? Verehrteste klang viel schöner«, merkte Ella an. Die beiden hoben den Zweier aus dem Wasser und trugen ihn an Philip vorbei über den Steg.

»Ich nehm einen Milchkaffee, und du, Ella?«

»Oh, das tut mir leid, aber ich würde dich gern ganz für mich haben. Sorry, Ella, ist das okay?«

»Aber klar, Philip, ich nehme trotzdem einen Cappuccino und setze mich extra weit weg.«

»Ach prima, Ella! Du warst mir immer schon die liebste von Danielas Freundinnen.«

»Und wen interessiert das?«, schob sie trocken hinterher, während sie mit der schmunzelnden Daniela im Bootshaus verschwand.

»Du siehst immer mehr aus wie Paps«, sagte Daniela und setzte sich zu ihrem Bruder an den Tisch auf der Terrasse vor dem Clubrestaurant.

Philip grinste. »Das muss an der Sonnenbrille liegen.« Die Ray Ban mit dem schwarzen Rahmen verlieh ihm etwas Strenges, Konservatives. Daniela hob mit ihrem Finger ein wenig Schaum vom Milchkaffee und schleckte ihn ab.

»Es ist der ganze Style, das weiße Hemd, die schicke Hose und die kleine Goldkette mit dem Kreuz.«

»Die er mir geschenkt hat.«

Sie trank von ihrem Kaffee. Philip Berkeesen schaute auf den See.

»Sag mal, war dieser Kommissar auch bei dir?« Jetzt war klar, warum Philip hier war.

»Ja, dieser Tom Simon.«

»Du hast dir sogar seinen Namen gemerkt.«

»Ja, war nicht so schwer.«

»Hat er dir Fragen zu meiner Geburtstagsparty damals gestellt?«

»Ja, das hat er.« Sie wurde misstrauisch, spürte, dass ihr Bruder etwas im Schilde führte, und sie wollte sich nicht für irgendetwas instrumentalisieren lassen.

»Was wollte er denn wissen?«

»Ob Neil dort gewesen wäre, ob ich ihn gesehen hätte.«

»Alles klar! Das hat er mich auch gefragt und Paps auch. Aber Neil war ja nicht da. Ich verstehe nicht, wie dieser Kommissar darauf kommt. Das muss irgendwie mit dem Mord an Neil zusammenhängen.« Daniela zuckte die Achseln. Sie wunderte sich, dass diese Frage ihren Bruder so beschäftigte. »Er war sogar bei Mamas Freunden, die an dem Abend bei ihr zum Essen waren. Er hat sie auch nach Neil gefragt.«

»Ich finde, es sieht so aus, als wenn sie den Verdacht hätten, dass Neil etwas mit der Vergewaltigung und dem Mord zu tun gehabt hätte.« Es überraschte sie, wie selbstverständlich sie diese ungeheuerliche Vermutung aussprach.

»Ja, aber das ist doch absurd. Erstens war er nicht auf meiner Party, und dann ist diese arme Frau, als sie gegangen war, zufällig irgend so einem Schwein in die Arme gelaufen. Was zur Hölle sollte Neil damit zu tun gehabt haben?«

»Was regst du dich denn so auf? Das hat doch nichts mit dir zu tun.«

»Mir kommt das Ganze komisch vor. Ausgerechnet jetzt, wo ich als Abgeordneter für die Bürgerschaft kandidiere. Allein so ein Verdacht, solche Ermittlungen! Wenn davon etwas an die Öffentlichkeit gelangt, dann schadet das meinem Ruf. Und zwar erheblich. Selbst wenn alles haltlos ist und irgendwann widerrufen wird, etwas bleibt immer hängen. Es reicht schon, dass diese Frau auf meiner Feier gewesen war, kurz bevor … ihr das widerfuhr. Was hast du denn überhaupt geantwortet?«

»Na ja, dass ich ihn nicht gesehen habe, natürlich.«

Philip wirkte fast erleichtert, hatte sie den Eindruck. »Und sonst? Wollte dieser Simon noch etwas wissen?«

Daniela schüttelte den Kopf.

»Erinnerst du dich überhaupt noch an die Party? Da warst du doch gerade erst neun Jahre alt.«

»Ich erinnere mich nur an weniges, aber an das ganz deutlich. Zum Beispiel die Band, die gespielt hat. Die habe ich noch genau vor Augen.« Sie überlegte. »Das waren süße Jungs, und die Sängerin fand ich obercool in ihrem Minirock und den langen Stiefeln.« Daniela lachte. »Und im Flur hat dein Freund Micky mit einem Mädchen geknutscht und ihr an den Busen gefasst. Das fand ich sehr spannend.«

Nachdenklich hörte ihr Bruder ihr zu. Dann lachte er ebenfalls. »Oh ja, das war damals alles noch so aufregend.«

Ungeduldig blickte Katja Wichas auf ihr Handy, aber es kam keine Nachricht von Tom. Vor einer halben Stunde hätte er hier sein sollen, um mit ihr nach Berlin zu fahren und dort Fallof zu befragen, der in der Nacht bei Mensken aufgetaucht war. Sie erhob sich von ihrem Platz, streckte sich, verschränkte die Hände hinter dem Kopf und drehte ihren Körper langsam in beide Richtungen. Die eine oder andere Prellung spürte sie noch ein wenig, ansonsten hatte sich ihr Körper von Daridas Schlägen gut erholt. Ob sich der General wirklich melden und sie zum nächsten Kampfabend einladen würde? Oder hatte sich das Thema erledigt, nachdem die beiden Biker ihnen gefolgt waren und möglicherweise herausgefunden hatten, dass Tom ein Bulle war?

Felsen erschien in der Tür ihres Büros. »Und?«

Sie schüttelte den Kopf.

»Dann fährst du jetzt mit Taller.«

Katja warf ihm einen Blick zu, alles andere als zufrieden.

Felsen hielt den Kopf ein wenig schräg und grinste verschmitzt. »Oder lieber mit Balbeck?«

Katja schmunzelte. »Ach, Taller ist prima!«

Felsens Handy klingelte, er zog es aus der Hosentasche. »Das ist Schlautner vom Verfassungsschutz.« Er nahm das Gespräch an. »Felsen hier, guten Morgen, Herr Schlautner, haben Sie etwas für uns? Warten Sie, ich stelle laut. Meine Kollegin Katja Wichas kann gleich mithören.« Eine helle, jung klingende Männerstimme kam aus Felsens Telefon.

»Also, über Benno Fallof wissen wir nicht mehr als Sie. Wir hatten Kenntnis von dem Angriff auf Neil Krambach damals, aber leider nicht, von welchem Kader der Auftrag kam. Wir kennen natürlich viele Kader und werden in der Richtung Nachforschungen einleiten. Sobald wir einen Namen für Sie haben, werde ich mich melden.«

»Okay, gut, aber das wird wahrscheinlich dauern«, erwiderte Felsen.

»Damit müssen Sie rechnen.«

Felsen und Katja tauschten unzufriedene Blicke.

»Dann zu dem Anschlag auf die Lesung von Neil Krambach«, fuhr Schlautner fort. »Da haben wir herausgefunden, dass er von einer militanten, linksradikalen Gruppe namens *Aktion Revolution* ausgeführt wurde. Die sind ziemlich neu und seit fast zwei Jahren aktiv. Einige der Mitglieder sind vorbestraft. Bei ihnen herrscht eine hohe Gewaltbereitschaft. Es sollen sich auch Waffen in ihrem Besitz befinden. In ihrem Selbstverständnis führen sie einen Krieg gegen Faschisten. Mit dem Mord scheinen sie allerdings nichts zu tun zu haben. Aber es könnte natürlich sein, dass ein fanatisches Mitglied aus ihrer Mitte oder dem Umfeld als Einzeltäter Krambach liquidiert hat. Der Mann war bei ihnen verhasst und wurde innerhalb der Gruppe nur Goebbels genannt. Wir halten das aber trotzdem für eher unwahrscheinlich.«

»Okay, dann brauchen wir dieser Möglichkeit erst mal nicht nachzugehen.«

»Sind Sie denn weitergekommen, Herr Felsen?«

»Mühsam ernährt sich das Eichhörnchen. Erst mal danke für die Infos. Einen schönen Sonntag noch!«

»Danke und Ihnen viel Erfolg!«

Katja sah ihn an. »Ich glaube, der Mord hat keinen politischen Hintergrund. Es geht eher um Machtkämpfe oder schmutzige Geschäfte im rechten Milieu.«

»Mag sein. Vielleicht erfahrt ihr ja was von Fallof! Dann fahrt jetzt los!« Felsen verließ ihr Büro. Noch einmal sah sie auf das Display ihres Handys, wieder vergeblich. Toms Abwesenheit hatte Felsen vorhin nur kurz und ironisch kommentiert. Ihr Partner hatte eben schon einen gewissen Ruf. Vor zwei Tagen hatte er sie auch schon allein gelassen. Sie musste an den Grauhaarigen denken, mit dem sich Tom offensichtlich beschäftigt hatte. Etwas Privates, hatte er zu ihr gesagt. Vielleicht war das auch heute der Grund für sein Fernbleiben. Was aber, wenn es mit ihrem Fall zu tun hätte? Wie würde sie dann damit umgehen? Sie mochte ihren neuen Partner, aber so konnte man einfach nicht zusammenarbeiten.

Taller stand in der Tür. »Felsen sagt, wir machen einen Ausflug in die Hauptstadt?«

29

Er wusste nicht, wie lange er sich schon in diesem fensterlosen Loch befand. Das Mittel, das seine Entführer ihm gespritzt hatten, hatte ihn ausgeknockt. Er erinnerte sich noch daran, wie sich alles um ihn herum zu drehen begonnen und es sich angefühlt hatte, als wäre er rücklings in eine schwarze Tiefe gefallen.

Als er aufgewacht war, hatte er auf dieser muffigen Matratze gelegen, auf der er jetzt, an die Wand gelehnt, saß. Seine Hände steckten in Handschellen. Neben ihm auf dem Boden standen eine Wasserflasche und ein Eimer mit einer Rolle Klopapier. Eine kleine Lampe an der Decke sorgte für ein spärliches, kaltes Licht, und ein intensiver Kaffeegeruch lag in der Luft, der von einem großen Stapel Kartons herrührte. Sein Kopf schmerzte, was sicherlich die Folge des Betäubungsmittels, aber auch der harten Rechten war. Vielleicht auch der vielen Gin Tonics. Die Wirkung des Kokains war jedenfalls verflogen. Er betrachtete das Puzzle seiner Erinnerung. Diese Jessie hatte ihn in die Wohnung zu dem Schnauzbart gebracht. Der Typ war sicher ein Dealer. Hatte das Junkiemädchen ihn in eine Falle gelockt? Aber niemand hatte wissen können, dass er im Chapter Six auftauchen würde, es war ein spontaner Entschluss gewesen. Nein, die beiden Männer müssen ihm gefolgt sein. Der Dealer hatte sie gekannt. Tom hatte sein Gesicht vor Augen, die kleine Wohnung, den engen Flur, den bunten Glasperlenvorhang. Flo war dort gewesen. Auf einmal hatte er vor ihm gestanden und ihn mit Marco verwechselt. Interessant war, dass er ihn ganz selbstverständlich begrüßt hatte, ohne überrascht zu sein, so als wenn er Marco in den letzten Tagen schon öfter gesehen hätte. Das passte doch zu Toms Theorie. Scheiße, dachte er, jetzt war er kurz davor gewesen, Flo sprechen zu können, da hatten ihm die Typen einen Strich durch die Rechnung gemacht. Wie hatte ihm das bloß passieren können? Er hatte sich gehen lassen. Zu viel Koks, zu viele Gin Tonics. Er hatte nicht bemerkt, dass die ihm gefolgt waren, obwohl sie ihm im Wonder schon aufgefallen waren.

Er erhob sich von der Matratze, brauchte Bewegung. Langsam ging er auf dem Steinboden auf und ab. Er betrachtete die Kartons, aber konnte nichts Besonderes entdecken. Kein Label, keinerlei Beschriftung gab Aufschluss über eine Herkunft. Wo er sich wohl befand? Sicher nicht mehr in dem Haus mit der Wohnung des Dealers. Manchmal konnte er leise spärlichen Verkehr hören. Es war Sonntag, da war es ruhig in den Straßen. Hinter der rötlichen Eisentür hatte er ab und zu dumpfe Schritte und Männerstimmen vernommen. Waren das die beiden, die ihn überwältigt hatten? Hatten Oscar und Freddy ihre Finger im Spiel? Und am Ende Marco? War es nun so weit? War Tom nur noch der Bulle für seinen Bruder? Der zu viele Fragen stellte, der Wahrheit zu nahe kam? Was hatten sie jetzt mit ihm vor? Er ließ sich wieder auf der Matratze nieder und starrte vor sich hin. Warten, hoffen und die Ungewissheit aushalten, mehr konnte er nicht tun. Eine Fliege flog um die Lampe herum. Ihr monotones Brummen schien immer lauter zu werden. Es war, als würde es in Toms schmerzendem Schädel widerhallen, die Fliege durch die Windungen seines Hirns irren.

Als sie ins Zentrum der Stadt fuhren, durch die Straßen, in denen sie sich so viele Jahre zu Hause gefühlt hatte, empfand Katja nichts. Keine sentimentalen, nostalgischen Gefühle bemächtigten sich ihrer, und das erstaunte sie. Aber es bestätigte, dass ihre Entscheidung, Berlin zu verlassen, die richtige gewesen war. Ihre Liebe zu dieser Stadt war aufgebraucht. Zu viele ernüchternde Enttäuschungen und leere Versprechen.

Zu viele Probleme mit den Kollegen. Zu viele Arschlöcher und Seilschaften. Zu viel Chauvinismus und verkrustete Strukturen.

Neben ihr saß Taller und beschäftigte sich mit seinem Handy. Viel hatten sie nicht geredet auf der Fahrt, was sie als angenehm empfunden hatte. Der Wikinger war ein sympathischer Kollege, auch wenn sie mit seinem Humor manchmal wenig anfangen konnte. Von Tom hatte sie immer noch keine Nachricht. Zielsicher lenkte sie ihren Dienstwagen durch die Straßenschluchten. Hier und da warb ein ausdrucksloses Politikergesicht mit einem einfallslosen Slogan auf einem Wahlplakat um ihre Stimme. Das Navi brauchte sie nicht, um zur Bänschstraße am Samariterplatz zu gelangen. Dort wartete Ole Mensken mit Fallof auf sie. Eine private Adresse, eine konspirative Wohnung, überraschenderweise in einem angesagten Szeneviertel. Eine Stunde hatten sie Zeit, um den ehemaligen Neonazi und Kader der Kameradschaft Deutschlandtreue, die in Dortmund beheimatet war, zu befragen. Aber das war kein Problem für sie, sie hatten nur wenige Fragen, brauchten nur einen entscheidenden Hinweis auf den Auftraggeber für den gewaltsamen Versuch, Krambach einzuschüchtern. Die Musik von *Star Trek* erklang. Katja holte ihr Handy hervor, »Unbekannt« stand auf dem Display. Sie nahm das Gespräch an und schaltete auf Lautsprecher.

»Hallo«, sagte sie.

»Der General hier«, meldete sich die Stimme der Frau vom Bare-Knuckle-Kampfabend.

Katja freute sich. »Hey, es geht also weiter?«

»Ja, aber es findet diesmal etwas weiter entfernt statt. In Duisburg. Es gibt auch mehr Geld. Eintausend Antrittsprämie und tausendfünfhundert für den Sieg. Ist das okay?«

»Absolut. Wann?«

»Mittwochabend.«

»Ich werde da sein.«

»Gut, ich schicke dir die Daten kurz vorher. Kommst du allein, oder bringst du wieder deinen Freund mit?«

Katja zögerte. »Weiß noch nicht. Spielt das eine Rolle?«

»Nein, ist mir egal. Dann sehen wir uns dort.« Der General beendete das Gespräch. Taller sah Katja neugierig an.

»Ja, ich habe da Bock drauf«, sagte sie und grinste ihn an. »Krass, was?«

Fallof war ein kleiner, aber kräftiger Mann mit weichen Gesichtszügen. Angespannt saß er ihnen auf dem braunen Cordsofa gegenüber. Den kleinen MP3-Rekorder hatten sie auf dem runden Holztischchen platziert, um die Befragung aufzuzeichnen. Katja saß vorgebeugt in ihrem Sessel, während Taller mit übergeschlagenen Beinen sich in seinem entspannt zurückgelehnt hatte. Ole Mensken stand am Fenster und hielt sich im Hintergrund. Die Altbauwohnung im dritten Stock war hell und bot einen schönen Blick über den Samariterplatz.

»Das war 'ne miese Geschichte«, sagte Fallof und schüttelte den Kopf. »Also hinterher habe ich mich gefragt, warum wir das überhaupt hatten machen sollen. Also, warum wirklich. Der Mann war ja auf unserer Seite. Er hatte ja die Ideen, für die wir kämpften, populär gemacht. Nur weil er auch ein paar liberale Ideen hatte und nichts gegen Schwule hatte, also überhaupt Homosexualität, das konnte doch kein Grund dafür sein, ihn nicht in der Partei haben zu wollen. Ich kenne Schwule, die genauso rechts sind. Das eine hat doch mit dem anderen nichts zu tun.«

Katja stellte sich dieses Babyface vor, wie es auf Demonstrationen marschiert war, Parolen skandiert und mit seiner Gruppe Andersdenkende und Linke zusammengeschlagen hatte.

»Herr Fallof, erinnern Sie sich daran, wie Sie damals diesen

Auftrag erhalten haben?« Der Mann schien zu überlegen, sah zu Taller und wieder zu Katja und zögerte. »Herr Fallof, Ihre Aussage ist nur eine Information für uns, sie hilft uns bei der Ermittlung, aber sie wird nie eine Rolle vor Gericht spielen.«

Fallof schwieg.

»Wir wollen nur herausfinden, ob hinter der Geschichte von damals und dem Mord heute die gleichen Köpfe stecken. Wenn das so ist, werden die nie erfahren, wie wir auf Sie gekommen sind. Das versichere ich Ihnen. Wir müssen denen dann den Mord nachweisen und nicht diese alte Geschichte.«

Fallof sah ihr in die Augen, lange, als versuchte er herauszufinden, ob er ihr vertrauen konnte. Er schaute zu Mensken, der ihm zunickte.

»Haufka!«, sagte er trocken, als wäre damit alles gesagt.

»Haufka«, wiederholte sie. »Wer ist das?«

»Gerd Haufka war Kader der Eisernen Kiel. Wir waren befreundet, also so, wie man manchmal unter Kameraden befreundet war. Wir hatten uns bei einem Festival kennengelernt. Er hatte mich beeindruckt, konnte gut reden, war total überzeugend. Er war ein kleiner Star in der Szene.« Fallof wurde nachdenklich. »Damals habe ich ihn bewundert, wollte so sein wie er.« Er schüttelte den Kopf, als wundere er sich darüber. »Haufka kam zu mir nach Dortmund und hat mich gebeten, diesen Auftrag für ihn zu erledigen, weil Krambach ein paar Tage später eine Lesung in Herne hatte. Er hat mir erzählt, wie wichtig diese Aktion wäre, dass Krambach eine Mogelpackung sei, ein Schwuchtelsympathisant, und für die FKD eine Schwächung bedeuten würde. Und ich Idiot glaubte ihm und war stolz, die Aktion durchführen zu dürfen.«

»War Haufka allein, als er zu Ihnen kam?«, wollte Katja wissen.

»Ja.«

»War das Ganze Haufkas Idee, oder hatte er den Auftrag selbst von anderer Stelle erhalten?«

»Einmal hatte er von einem Anwalt gesprochen. Das war ihm so rausgerutscht.«

»Sind Sie sich sicher?«

Er konzentrierte sich. »Ja, ich weiß noch, dass er dann zögerte, weil es ihm unangenehm war, dass er etwas preisgegeben hatte.«

»Hat er noch irgendwas über den gesagt?«

Fallof schüttelte den Kopf.

»Ist der vielleicht in der FKD?«

»Das hat er nicht gesagt.«

»Okay, sehr gut, das kann uns schon helfen. Ist Haufka denn Mitglied der FKD?«

»War«, korrigierte Taller. »Ich hab den Mann gegoogelt. Er ist vor vier Monaten bei einem Autounfall ums Leben gekommen.«

»Das ist nicht wahr!«, sagte Katja enttäuscht.

»Leider doch«, erwiderte ihr Kollege.

»Das wusste ich nicht«, sagte Fallof ein wenig verstört. »In der FKD war er, glaube ich, nicht.«

Wie gewonnen so zerronnen, dachte Katja und haderte mit ihrem Pech. Sie spürte Menskens Blick und hatte den Eindruck, dass er jetzt einen guten Zeitpunkt sah, das Gespräch zu beenden. Ihr fielen die Fotos ein.

»Herr Fallof, wir haben einige Fotos von Personen dabei, die wir Ihnen gern zeigen würden. Vielleicht sagt Ihnen das eine oder andere Gesicht etwas.«

Aus einer Mappe holte Taller einen Packen Ausdrucke und legte das erste Blatt vor Fallof auf den Tisch. Es war ein Foto von Koltau. Fallof schüttelte den Kopf. Taller legte das nächste darauf, dieses zeigte Grosper. Katja beobachtete Fallofs Gesicht genau und meinte eine Regung wahrzunehmen.

Fallof überlegte. »Den habe ich schon mal gesehen.« Er

konzentrierte sich. »Mit Haufka zusammen. Ja, das stimmt, das war bei einem Kameradschaftstreffen an der Ostsee, in der Nähe von Rostock. Die haben zusammen auf der Bühne gestanden und Reden gehalten. Und der Typ hatte Pistolen dabei, mit denen konnten alle ein bisschen rumballern. Ich glaube, der hat eine Sicherheitsfirma.«

Interessant, dachte Katja.

»Erinnern Sie sich daran, welche Pistolen das waren?«, wollte Taller wissen.

»Nein. Ich habe nicht geschossen.«

»Nils Grosper ist in der FKD. Er ist einer von den extrem Rechten«, sagte Katja.

Fallof zuckte die Achseln. »Wie gesagt: Haufka hatte keinen Namen genannt.«

Taller legte das nächste Foto hin. Es zeigte den älteren Grauhaarigen vom Bare-Knuckle-Kampfabend, der Tom zunächst bekannt vorgekommen war. Gespannt sah Katja Fallof an. Der schüttelte den Kopf.

»Kenn ich nicht. Der ist aber auch schwer zu erkennen durch die Windschutzscheibe des Wagens.« Es war das Foto, was Tom von ihm gemacht hatte, als sie auf das Gelände der illegalen Boxveranstaltung gefahren waren. Das nächste Foto zeigte den anderen Anzugträger Dirk von Lessloh, der den Wagen gefahren hatte. »Nein, den kenne ich auch nicht.« Taller schob Fallof ein Foto von Sören Hussbrodt hin, einem der beiden Biker, die Tom und Katja gefolgt waren. »Auch nicht.« Es folgte das Foto von dem anderen Biker, Holger Wichzeck. Fallof zögerte und überlegte. »Ja, der war auch bei dem Kameradschaftstreffen. Der hatte die Kiste mit den Pistolen dabei, der gehörte zu diesem Grosper.«

Es war warm und stickig, der Sauerstoff schien aufgebraucht zu sein. Es fühlte sich an, als wenn er sich in einem Vakuum befände. Sein Kopf schmerzte immer noch. Die Wasserflasche hatte er schon zur Hälfte geleert, und langsam spürte er, dass er bald würde pinkeln müssen. Noch gelang es ihm jedoch, den Reiz zu unterdrücken, denn er wollte es möglichst vermeiden, in den Eimer zu pinkeln und fortan den Uringeruch ertragen zu müssen. Er saß auf der Matratze und starrte vor sich hin. Dieser Raum befand sich vermutlich in einem Keller, überlegte er. Vielleicht war irgendwo da oben ein Café oder Restaurant und hier lagerte der Kaffee. Oder wurde er benutzt, um Drogen darin zu transportieren? War er vielleicht dem Bilario-Kartell zu nahe gekommen, für das Marco vermutlich immer noch tätig war? Nun in deren Heimat, wo er vielleicht für die Hamburg Connection zuständig war? Möglicherweise versorgte er auch Oscar mit Stoff. Und Tom war ihnen zu nahe gekommen. Vielleicht war es sogar sein Bruder, der darüber entscheiden würde, wie sie mit ihm verfahren sollten. Tom stellte sich vor, wie Marco sich den Kopf darüber zerbrach, wie sie ihn dazu bringen konnten, seine Schnüffeleien einzustellen, ohne ihn liquidieren zu müssen. Sicher erwartete das Kartell von Marco, dass er deren Interessen über die seiner eigenen Familie stellte und knallhart gegen seinen Bruder vorging.

Toms Bauch verkrampfte sich. Er sprang auf, tigerte auf und ab. Ihm wurde übel, und er bekam nur schwer Luft. Heiser krächzend sog er sie ein und kämpfte japsend sogleich um den nächsten Atemzug. Es fühlte sich an, als wenn sein Brustkorb zusammengepresst wurde. Das Herz schlug ihm bis zum Hals. In immer kürzeren Abständen rang er um Atem. Von Todesangst getrieben, lief er hektisch auf und ab. Ihm wurde klar, dass er eine Panikattacke hatte. Er blieb stehen, schloss die Augen, konzentrierte sich darauf, langsam einzuatmen und sich mit einer geringen Menge Luft zufriedenzugeben. Dann ruhig auszuatmen und erst nach einem Moment wieder einzuatmen und nicht gierig zu werden, sondern darauf zu vertrauen, dass kleine Mengen Sauerstoff schon ausreichten, um ihn am Leben zu erhalten. Mit jedem Atemzug ging es dann etwas besser, bekam er mehr Luft. Schließlich war der Anfall überstanden. Erleichtert und erschöpft ließ er sich auf der Matratze nieder und wischte sich mit zitternden Händen den kalten Schweiß von der Stirn. Konnte es sein, dass sein Leben an diesem Ort zu Ende ging?

30

Die Ähnlichkeit der beiden jungen Männer war in der Tat frappierend. Sie konnte nicht erkennen, welcher von ihnen ihr neuer Partner war. Die Simon-Brüder strahlten stolz, ihre trainierten Oberkörper strotzten vor Kraft. Die Welt gehörte ihnen, keine Frage. Katja konnte sich diesen Moment des absoluten Glücks nach einem gewonnenen Kampf gut vorstellen. Das Interpol-Fahndungsfoto von Toms Bruder, das daneben hing, erzählte eine andere Geschichte. Zwei Bilder zeigten die Pole, zwischen denen sich das Leben ihres Partners abspielte. Sie war ein Einzelkind, wusste nicht, wie es sich anfühlte, eine Schwester oder einen Bruder an ihrer Seite zu haben. Sie hatte es sich immer schön vorgestellt. Gefehlt hatte es ihr jedoch nicht. Eineiige Zwillinge waren allerdings noch eine andere Nummer. Es gab wohl keine emotionale Bindung, die so stark war. Die unglaublichsten Geschichten hatte sie darüber gelesen.

Katja setzte sich an ihren Schreibtisch und sah auf ihr Handy. Keine Nachricht von Tom. Es war ein paar Minuten nach sechzehn Uhr. Ein mulmiges Gefühl breitete sich in ihr aus. Etwas stimmte nicht. Durch die offene Tür hörte sie Schritte, die sich auf dem Korridor zügig näherten. Felsen und Taller kamen herein.

»Das hört sich interessant an, was Olli mir da berichtet hat. Ein Anwalt wollte unbedingt verhindern, dass Krambach in den Bundesvorstand der FKD kommt.«

Katja sah ihren Chef an. »Ja, wir müssen herausfinden, welche FKD-Mitglieder vom rechten Flügel Anwälte sind. Und wir müssen uns Nils Grosper näher ansehen.«

»Das sollten wir tun«, erwiderte Felsen. »Aber ich muss das mit dem Verfassungsschutz abstimmen. Wir ermitteln immer tiefer im rechtsradikalen Milieu.«

»Tom meldet sich nicht«, sagte Katja. »Ich mache mir Sorgen. Ich kenne ihn ja kaum, aber dass er sich gar nicht meldet …?« Fragend sah sie von Felsen zu Taller.

»Tja, von seinen Alleingängen hast du sicher schon gehört«, sagte der. Nachdenklich stapfte ihr Chef durch das kleine Büro. Auf einmal hielt er inne. »Seid ihr vielleicht jemandem auf die Füße getreten? Habt ihr mir was verschwiegen?«

Katja fielen die Biker ein. Felsens Blick ruhte auf ihr, und sie bekam ein schlechtes Gewissen. Sie zögerte kurz, aber ihr war klar, dass jetzt nur Offenheit helfen konnte. »Auf dem Weg von dem illegalen Boxabend nach Hause«, begann sie kleinlaut zu erzählen, »sind uns zwei Motorradfahrer gefolgt. Das haben wir irgendwann gemerkt. Die sind uns bis in die Stadt hinein gefolgt, dann waren sie aber auf einmal verschwunden. Doch nachdem ich Tom vor seinem Haus abgesetzt hatte, waren sie dort wieder aufgetaucht. Tom rief mich an, um mich zu warnen. Aber mir waren sie nicht gefolgt.«

»Na prima! Warum habe ich davon nicht erfahren?« Felsens Blick bohrte sich in Katjas Augen, und sie konnte spüren, wie es in ihm brodelte. Erst jetzt wurde ihr klar, wie unprofessionell sie sich verhalten hatten und wie riskant das gewesen war.

»Ich hatte Schiss, dass du mich nicht zum nächsten Kampfabend gelassen hättest.«

»Zu Recht.«

»Wir sollten Toms Handy orten lassen«, schlug Taller vor.

»Richtig! Das wirst du jetzt sofort tun«, knurrte Felsen. Taller verschwand durch die Verbindungstür in das Büro von Balbeck und ihm. Felsen öffnete das Fenster und steckte sich eine Zigarette an.

»Einer der Biker arbeitet bei Grosper«, erzählte Katja kleinlaut. »Holger Wichzeck. Fallof hat ihn als Neonazi identifiziert.«

»Was? Das wird ja immer besser.« Felsen blieb ruhig, aber es war offensichtlich, dass er kurz davor war, zu explodieren. »Offenbar seid ihr auf dem Boxabend aufgefallen. Irgendjemand wollte wissen, wer ihr seid.« Missmutig schüttelte ihr Chef den Kopf. »Das Ganze gefällt mir nicht.« Tief sog er das Nikotin seiner Zigarette ein. »Gibt es noch etwas, das ich wissen sollte?«

Katja dachte an den Grauhaarigen und den halben Freitag, den Tom mit eigenen Aktivitäten verbracht hatte. »Nein«, sagte sie entschlossen.

Taller kehrte zurück.

»Sein Handy ist aus. Kein Signal!«

»Scheiße!«, sagte Katja. Felsen nahm noch zwei nervöse Züge, drückte die Zigarette an der Hauswand aus und warf die Kippe in den Papierkorb.

»Wird Tom vielleicht noch überwacht?«, fragte Taller. »Es ist ja noch nicht so lange her, dass sein Bruder aufgetaucht …«

»Das werde ich jetzt herausfinden«, blaffte Felsen.

Der Geruch seines Urins vermischte sich unangenehm mit dem Kaffeegeruch und hing schwer in der stickigen Luft. Das Brummen der Fliege, das immer wieder aussetzte, um kurz darauf von Neuem zu beginnen, zerrte an seinen Nerven. Tom öffnete die Augen und starrte an die Decke, wo die Fliege unermüdlich ihre sinnlosen Runden um die Lampe drehte. So wie seine Gedanken unaufhörlich um seinen Bruder kreisten.

Er stellte sich Marco vor, wie er in einer schicken Wohnung vor zwielichtigen Gestalten auf und ab ging und mit düsterer Miene die Argumente auf dem Weg zu einer bitteren Entscheidung abwog. Auf einmal hörte er ein Geräusch hinter der Eisentür. Ein Schlüssel wurde ins Schloss gesteckt und herumgedreht. Tom hielt den Atem an. Die Tür wurde ein kleines Stück geöffnet, und zwei Hände stellten einen Pappteller auf den Boden. Ein paar Würstchen lagen darauf neben einigen Scheiben Toastbrot und einer Tafel Schokolade. Dazu wurde eine neue Wasserflasche gestellt. Die Tür wurde wieder zugezogen und abgeschlossen.

»Hallo!«, rief Tom, und noch einmal wesentlich lauter: »Hallo!« Keine Reaktion. Ein paar dumpfe Geräusche hörte er noch, dann setzte wieder die furchtbare Stille ein. Sie gaben ihm etwas zu essen. Hieß das, dass er sich auf einen längeren Aufenthalt einstellen musste? Frustriert starrte Tom auf das Tablett an der Tür. Wut stieg in ihm auf und Verzweiflung. Wie lange mochte dieser Albtraum noch dauern? Er sprang auf, ging zu dem Tablett und war kurz davor, alles umzutreten. Stattdessen riss er sich zusammen, trug es zu der Matratze und stellte es auf dem Boden ab. Dann begann er eine seiner unzähligen Wanderungen durch sein Gefängnis. Dabei bewegte er den Kopf hin und her, schlug Haken mit seinen aneinander geketteten Fäusten, tänzelte auf der Stelle. Er musste fit bleiben, durfte sich nicht einfach seinem Schicksal ergeben. Es musste doch einen Weg geben, irgendwie aus diesem Schlamassel herauszukommen. Er fragte sich, was seine Kollegen wohl dachten. Um neun Uhr hätte er im Präsidium sein sollen. Wann war das gewesen? Heute oder schon gestern? Wahrscheinlich hatte sein unentschuldigtes Fernbleiben keinen besonders gewundert nach seinen letzten Eskapaden. Aber irgendwann hatten sie sich vielleicht doch Sorgen gemacht. Möglicherweise suchten sie nach ihm. Aber was für Anhaltspunkte konnten sie haben? Ihm fielen keine ein. Allerdings war er selbst oft genug überrascht gewesen, was die Kollegen und nicht zuletzt ihre eigene Truppe manchmal aus spärlichen Hinweisen noch zu folgern imstande waren. Trotzdem, seine Lage war denkbar beschissen. Vor der Wand blieb er stehen, schlug mit den Fäusten hart gegen das Mauerwerk und drückte seine Stirn auf den rauen Putz. Er zwang sich, nicht in den Abgrund zu schauen, denn dann würde er fallen.

Im Büro des Leiters der Soko Krambach herrschte eine angespannte Atmosphäre. Balbeck, Taller, Katja, Bea Lannsen und Staatsanwalt Masslau drängten sich in dem kleinen Raum. Felsen stand hinter seinem Schreibtisch und verlagerte nervös sein Gewicht von einem Fuß auf den anderen.

»Wir haben Anhaltspunkte, dass in der Wohnung gedealt wird«, klang die Stimme von Staatsanwältin Franziska Agersen kühl aus dem Telefon. »Und dass es eine Verbindung zum Bilario-Kartell gibt. Außerdem vermuten wir, dass sich Marco Simon noch in Deutschland aufhält. Die Frage ist doch, warum Tom Simon um Viertel nach fünf am Sonntagmorgen mit einer jungen Frau zusammen in diese Wohnung geht.«

»Falsch, Franziska!«, donnerte Felsen. »Die Frage ist, warum er nicht mehr herauskommt. Ich bin fassungslos, dass ihr da nicht eingreift. Ihr seht, wie kurz nach Tom und der Frau zwei Männer in die Wohnung gehen, die Frau eine Stunde später allein herauskommt, und observiert fröhlich weiter. Jetzt ist es 16.42 Uhr, und unser Kollege ist immer noch nicht herausgekommen. Und diese beiden Männer auch nicht. Ihr müsst doch merken, dass da etwas faul ist.«

»Ach was! Genau das, was da faul ist, werden wir auch herausfinden, aber nur, wenn wir geduldig sind und nicht gleich aus der Deckung stolpern. Das dürfte dir doch wohl bekannt sein, Hendrik. Wir suchen einen Polizistenmörder, schon vergessen? Und dein feiner Tom könnte uns bekanntlich zu ihm führen.«

Wütend schlug Felsen mit der flachen Hand auf den Tisch, dass der Knall das ganze Büro zu erschüttern schien.

»Ich habe keine Ahnung, was er dort wollte, aber nichts rechtfertigt einen so fahrlässigen Umgang mit der Gesundheit und dem Leben unseres Kollegen. Tom ist einer von uns! Wir fahren da jetzt hin und gehen rein. Und gnade dir Gott, Franziska, wenn wir Tom mit den Füßen zuerst heraustragen müssen. Verdammt noch mal!« Felsen beendete das Gespräch. Kurz hielt er inne, dann sah er zu Katja. »Mit euren Bikern scheint es dann ja nichts zu tun zu haben.«

Katja fühlte sich ein wenig erleichtert.

»Du machst jetzt den Besitzer vom Chapter Six ausfindig«, sagte Felsen zu Bea, »und befragst ihn zu dieser Frau! Ist das okay, Bea?«

»Klar, Chef«, antwortete die Leiterin der Mordbereitschaft 1 und lächelte verschmitzt. Felsen wandte sich an Masslau. »Und wir fahren jetzt los!«

»Das SEK ist schon auf dem Weg«, sagte der. Felsen sah ihn dankbar an.

Ein feiner Nieselregen sorgte für eine trübe Sonntagnachmittagsstimmung. In der Parterrewohnung in der Annenstraße auf St. Pauli schien sich nichts zu rühren. Katja und Taller gingen den Fußweg entlang und bogen auf den schmalen Weg ein, der am Rasen und den Müllcontainern vorbei zum Hauseingang führte. Sie spürte das Gewicht der Beschuss hemmenden Weste, die sie unter der Jacke trug und die ein wenig auf ihre Brust drückte.

»Andere sitzen jetzt gemütlich auf dem Sofa und gucken *Frühstück bei Tiffany,* bei Kaffee und Kuchen«, sagte Taller.

»Oder Miss Marple, bei Earl Grey und Scones«, erwiderte Katja.

»Oh ja, dann noch einen kleinen Whiskey dazu.« Taller schürzte die Lippen und schmatzte genüsslich.

Sie hatten die Tür erreicht. Katja drückte auf die Klingel einer anderen Wohnung. Während sie warteten, sahen sie sich um. Kein Mensch weit und breit. Das Observierungsteam war abgezogen worden. Die Kollegen vom SEK warteten versteckt im Laderaum des blauen Transporters, der in der Einfahrt zum Nachbarhaus stand.

»Oder ein Edgar Wallace mit dem wahnsinnigen Kinski, bei Schwarzwälder Kirsch und Likörchen«, sagte Taller. Katja verzog angewidert den Mund.

Eine kräftige Männerstimme meldete sich. »Bitte?«

»Kripo Hamburg, würden Sie bitte die Tür öffnen? Wir wollen nicht zu Ihnen, nur ins Treppenhaus.« Zögern. Katja konnte die Unschlüssigkeit des Mannes förmlich hören. »Bitte öffnen Sie sofort, wir sind im Einsatz!« Der Summer ertönte, und sie drückten die Tür auf. Taller befestigte sie in dem Stopper am Boden. An der Wohnungstür horchten die Ermittler, dahinter war es still.

»Oder vielleicht was nicht ganz so Altes? ›The Crown‹, bei Shortbread und Assam«, sagte Katja.

»Und Sherry. Bin dabei«, erwiderte Taller. »Zugriff!«, sprach er in das kleine Mikro am Kragen seiner Jacke. Hinter den beiden Ermittlern liefen die SEK-Beamten hintereinander schnell und leise ins Treppenhaus. Zwei Beamte schwangen gemeinsam eine Türramme gegen das Schloss der Wohnungstür. Nach drei Schwüngen platzte das Schloss heraus, und die Tür flog auf. Die SEK-Kollegen stürmten mit ihren Maschinenpistolen im Anschlag in die Wohnung.

»Polizei!«, brüllte der erste Beamte. »Keiner rührt sich. Hände hinter die Köpfe und hinknien!« Blitzschnell suchten sie alle Räume ab, brüllten wiederholt ihre Kommandos. Ein SEK-Beamter führte eine nackte Frau mit nassem Körper aus dem Badezimmer.

»Sonst befindet sich keine Person in der Wohnung«, sagte der Leiter der Truppe.

Katja und Taller betraten nun auch die gesicherte Wohnung. Katja zog die geschockte Frau mit sich in einen der Räume und reichte ihr eine Wolldecke, die sie von einem Sessel zog. »Hier, bitte sehr!«

Die Frau war jung, zitterte am ganzen Körper und starrte die Kommissarin mit angstgeweiteten Augen an. Katja legte ihr die Decke um. Felsen kam dazu. Taller ebenfalls.

»Er ist nicht hier«, sagte er.

Felsen wandte sich an die Frau: »Sie brauchen keine Angst zu haben, wir sind vom Landeskriminalamt und suchen eine vermisste Person. Waren Sie allein hier, oder war jemand bei Ihnen?« Verstört schüttelte sie den Kopf, aber brachte keinen Ton heraus.

»Beruhigen Sie sich, es wird Ihnen nichts geschehen. Bitte beantworten Sie nur unsere Fragen.«

»Es ist dringend, die vermisste Person könnte in Gefahr sein«, erklärte Katja, während sie sah, wie im Flur ein SEK-Beamter Balbeck etwas mitteilte, woraufhin beide in einem der hinteren Räume verschwanden.

»Ich verstehe das nicht. Wo ist Michi?«, sagte die Frau kaum hörbar.

»Ist Michi Ihr Freund?«, fragte Felsen. Katja ging in den Flur und folgte Balbeck in den Raum. Es war das Schlafzimmer. Das Bett war riesig und zerwühlt, ein kleines Silbertablett lag darauf mit weißen Krümeln in der Mitte, wahrscheinlich Kokainreste. An der Wand hing ein großer Flatscreen, auf dem ein Science-Fiction-Film mit Jennifer Lawrence lief. Durch die offene Tür zum Garten sah sie Balbeck und den SEK-Beamten im Nieselregen auf der Terrasse stehen. Katja ging zu ihnen.

»Die Tür war nur angelehnt«, erklärte Balbeck. »Und dort sind Fußspuren, die den Rasen aufgerissen haben. Sieht aus, als wenn uns jemand durch die Lappen gegangen ist.«

Aus den Büschen am Ende des Gartens traten zwei SEK-Beamte und kamen zu ihnen. »Dahinten ist eine kleine Tür in der Mauer. Die führt auf einen Hinterhof mit einer Kfz-Werkstatt und einer offenen Einfahrt auf die Straße und Zugängen zu zwei weiteren Höfen.«

»Scheiße!«, sagte Katja. Balbeck gab einen zustimmenden Laut von sich.

Einige Autos, darunter zwei alte amerikanische Schlitten, und mehrere Harley-Davidson-Motorräder parkten vor der Kfz-Werkstatt. Daneben befand sich eine Tischlerei. Hinter einem schäbigen Lattenzaun ragte ein großer Stapel Bretter empor, der von einer Plane gegen Regen geschützt wurde. Balbeck und Katja sahen sich um. Es gab keinen Anhaltspunkt, wohin die Person gelaufen sein könnte. Zwischen zwei Wohngebäuden führte eine Durchfahrt auf die Straße. Und an beiden Seiten des rechteckigen Hofes kam man ungehindert in die Nachbarhöfe.

»Zu viele Möglichkeiten«, sagte Katja resigniert.

Die Regentropfen liefen Balbeck über die Glatze, sein Gesicht und den Hals und durchnässten den Kragen seines grauen Hemds. Es schien ihn nicht zu stören. In aller Ruhe fischte er ein Zigarillo aus einer kleinen Schachtel. »Der Typ, der uns gerade entwischt ist, ist unwichtig, den können wir vergessen.

Das wird nur irgendein Dealer gewesen sein.« Er zündete das Zigarillo an, nahm einen tiefen Zug und blies den Rauch in den feinen Regen. Katja wartete gespannt darauf, was in ihrem Kollegen vor sich ging. »Tom wurde bestimmt schon viel früher weggeschafft. Wenn das hier mit dem Bilario-Kartell und seinem Bruder zu tun hat, dann wussten die, dass Tom überwacht wurde. Das haben sie ja bei der Geschichte am Hafen mitbekommen. Also haben sie unseren verehrten Partner hinten rausgebracht. Hoffentlich lebend.«

»Warum sollten die ihn umbringen wollen?«

»Tom war in der Bar Royal, dann im Hammer Loft, dann im Wonder, dem Laden, der seinem Bruder gehört hatte, und im Chapter Six, eine Art Asyl für die Übriggebliebenen und Junkies. Von dort geht er mit einer Frau in die Wohnung des Dealers. Wonach sieht das aus?«

Katja verstand nicht, worauf Balbeck hinauswollte.

»Entweder hat Tom ordentlich abgefeiert und wollte sich am Ende noch mit Drogen eindecken, oder er wollte etwas herausfinden, war vielleicht auf der Suche nach jemandem. Vielleicht seinem Bruder? Es kann nämlich sehr gut sein, dass der noch kackfrech mitten in Hamburg unter unseren Augen herumturnt. Und Tom ahnt das natürlich. Oder weiß es sogar. Hey, das sind eineiige Zwillinge, noch Fragen?«

»Und dabei könnte er jemandem auf die Füße getreten sein.«

»Das Bilario-Kartell ist mächtig und brutal, die machen keine Kompromisse. Das ist ihr Erfolgsmodell.«

Katja ging unruhig, fast ein wenig verzweifelt im Hof hin und her. »Also, sie haben ihn hier in den Hof gebracht. Von hier aus können sie ihn in einem Wagen weggebracht haben.«

Balbeck nickte.

»Wir können nichts machen.«

Balbeck nickte erneut.

Wütend kickte sie ein Stück Holz quer über den Asphalt. »Scheiße, verdammte Scheiße!«

Am Ende des Nachbarhofs trat eine Frau in einem roten Bademantel auf einen kleinen Balkon im ersten Stock, schüttelte ihr langes schwarzes Haar und zündete sich eine Zigarette an. Balbeck beobachtete sie aufmerksam. Typisch, dachte Katja und wunderte sich nur, wie unverhohlen er sein Interesse zeigte. Langsam ging er in den Hof hinein und auf das Gebäude zu. Die Frau sah ihn und warf sich in eine sexy Pose. Offenbar machte sie sich lustig über den armseligen Spanner da unten. Sie spitzte ihre Lippen zu einem Kussmund und zeigte ihm eine Brust. Katja musste sich zusammenreißen, um nicht loszulachen. Balbeck sah sich die Vorstellung in aller Ruhe an. Katja fiel auf, dass vor jedem Fenster rote Vorhänge hingen und kleine Lampen mit roten Schirmen auf den Fensterbänken standen. Das Haus war ein Bordell und die Lady eine Prostituierte, die offenbar gerade eine Pause machte. Balbeck drehte sich zu seiner Kollegin.

»Hübsch, oder?« Katja wandte sich zum Gehen. Balbeck holte sie ein. »Das ist das Red Magic. Der Puff gehört dem schnellen Sacha.«

»Na prima! Und was interessiert mich das?«

»Sacha ist ein Problemlöser, der besonders effektiv und schnell ist. Deshalb wird er der schnelle Sacha genannt.«

Katja blieb stehen, genervt sah sie Balbeck an. »Kannst du mal auf den Punkt kommen und aufhören, dich hier so zu inszenieren, Mister Selbstgefällig? Das nervt und bringt uns nicht weiter.«

Balbeck tat, als schreckte er zurück. »Okay, okay, ich wollte dir nicht auf den Schlips treten.«

»Mensch, Balbeck, was ist dein Problem?«

»Hab keins.«

Er wischte sich ein paar Regentropfen von der Stirn und den Augenbrauen. »Der schnelle Sacha ist ein Freund von Marco Simon, jedenfalls war er es damals, und er hat wahrscheinlich auch das eine oder andere Problem für ihn und das Bilario-Kartell gelöst. Das hatte unser V-Mann herausgefunden, bevor sie ihn zum Schweigen brachten.« Jetzt verstand Katja, was ihrem Kollegen durch den Kopf ging. »Sacha ist Russe, ziemlich kompromisslos und geschickt. Bis jetzt hat er noch jedes Mal den Kopf aus der Schlinge gezogen. Auf dem Kiez haben sie Respekt vor ihm.«

»Du meinst, die haben Tom vielleicht zu ihm in den Puff geschafft?«

Balbeck zuckte die Achseln und zog an seinem Zigarillo.

31

Aus einem kleinen Digitalradio tönte leise Rockmusik, und eine Frauenstimme hallte aus der Tiefe des dunkelroten Flurs.

»Holger, bringst du uns noch 'ne Witwe?«

»Aber mit Vergnügen, Lulu!«, rief der ältere Mann an der Bar. Aus dem großen Kühlschrank holte er eine Flasche Veuve Clicquot. »Ey Leute, ohne Durchsuchungsbeschluss lasse ich euch nicht rein!«, wandte er sich dabei an Katja und Balbeck, die in ihren nassen Klamotten vor dem Tresen standen. Auf den ersten Blick wirkte Holger ein wenig schwächlich. Aber seine tätowierten Arme waren drahtig und muskulös, wie der ganze kleine, schlanke Körper, der in einer Chino und einem engen T-Shirt steckte.

»Wir wollen ja gar nichts von euch oder den Ladys. Wir suchen nur jemanden und wollen sehen, ob er nicht vielleicht hier steckt«, erklärte Balbeck.

»Leute, was soll das denn heißen? Vergesst es! Bitte verlasst jetzt das Hotel!«

»Gefahr im Verzug«, sagte Katja kurz entschlossen und ging an Holger vorbei in den Flur.

»Hey, stopp! Spinnst du?«

Gleich die erste Tür öffnete sie und sah in das Zimmer.

»Hey, was soll das?«, rief eine Frau, die in Reizwäsche vor einem Mann mit erigiertem Glied kniete. Katja schloss die Tür wieder und ging unbeirrt zur nächsten. Holger lief ihr hinterher. Sie riss auch die Tür auf, das Zimmer war leer. Holger erreichte sie und packte sie mit eisernem Griff am Arm.

»So, hier ist Schluss, Kleine!«

Katja fand es lustig, dass er Kleine zu ihr sagte, obwohl sie dem rüstigen Frührentner auf seine gegelten Haare gucken konnte. Sie schubste ihn weg, aber er hielt sie fest und zog sie mit sich. Mit einem Faustschlag in die Magengrube streckte sie ihn nieder und lief weiter.

»Katja, hey, das kannst du nicht machen!«, rief Balbeck ihr nach.

»Doch!« Sie war nicht zu bremsen, drückte die nächste Klinke herunter. Der Fernseher lief, und zwei Frauen saßen auf einem Bett und teilten sich eine Pizza. Überrascht sahen sie die Kommissarin an. Sie schloss die Tür und ging weiter. Balbeck folgte ihr.

»Scheiße, Katja, das wird höllischen Ärger geben!«

»Tom!«, rief sie laut. Im nächsten Zimmer war es dunkel, und auf dem Bett ging es zur Sache. Als Katja die Treppe hoch in den zweiten Stock stürmen wollte, da kam ihr ein durchtrainierter, breitschultriger Muskelprotz entgegen. Bevor er sie packen konnte, verpasste sie ihm eine schnelle Folge gezielter Tritte und Schläge, und der Mann landete auf dem leicht schmuddeligen Teppichboden und krümmte sich vor Schmerzen. Balbeck sah seine Kollegin staunend an. Katja wollte wieder hochlaufen.

»In den Keller!«, sagte er. »Lass uns im Keller nachsehen!«

»Stimmt!«, erwiderte Katja und freute sich, dass ihr Kollege jetzt mit im Boot war. Sie liefen die Treppe hinunter. Vor der ersten Tür blieben sie stehen. Katja zog ihre Pistole, entsicherte sie, und Balbeck tat es ihr gleich. Katja öffnete die Tür, und sie blickten in einen Vorratsraum voller Lebensmittel, Wasserflaschen und Alkohol. Balbeck öffnete die nächste Tür. Die führte zu einem Abstellraum, in dem sich Matratzen, Bettgestelle, Schränke, Sessel und viele der kleinen roten Lampen befanden. Sie gingen weiter in den Gang hinein.

»Tom!«, rief Katja.

Das schwarze Tuch über seinen Augen wurde festgezogen, sehr fest, der Stoff drückte auf Stirn, Nase und die Lider. Tom konnte absolut nichts mehr sehen. Offenbar hatten seine Entführer vor, ihn an einen anderen Ort zu bringen. Hatte draußen gerade jemand seinen Namen gerufen? Der Mann drückte ihm ein Stoffknäuel in den Mund und klebte breites Klebeband stramm darüber. Vielleicht wollten sie ihn deshalb wegbringen. Er meinte, eine Frauenstimme gehört zu haben, sehr leise, dumpf, wohl weit entfernt. Konnte das Katja gewesen sein? Er wurde unruhig. Sollten seine Kollegen ihn gefunden haben? Der Mann schloss die Handschellen auf und nahm sie ab. Für einen Moment überlegte Tom, ob er die unerwartete Bewegungsfreiheit nutzen konnte, um seinen Bewacher zu überwältigen. Aber sicher war der bewaffnet, und er selbst musste sich erst mal die Binde von den Augen reißen. Außerdem fühlte er sich schwach. Sollte er es trotzdem versuchen? Vielleicht war das jetzt seine letzte Chance, vielleicht würde er ihr später nachtrauern.

Der Mann packte einen seiner Arme mit eisernem Griff, riss diesen nach hinten, zog ihn auf den Rücken und legte eine Handschelle um seine Hand und drückte sie zu. Das Gleiche tat er mit dem anderen Arm und der Hand.

Der Kellergang führte um eine Ecke, dahinter war es schummrig, fast dunkel. Es roch nach Chlor und Tannennadeln.

»Hier muss irgendwo eine Sauna sein«, sagte Katja.

»Wahrscheinlich der Wellnessbereich«, sagte Balbeck. »Mit einem leckeren Whirlpool …«

»Kein Kopfkino, bitte!« Katja drückte auf den Lichtschalter, aber nichts tat sich. Die Deckenlampe funktionierte nicht. Am Ende des Ganges fiel etwas Licht von einem Treppenaufgang in das Halbdunkel. Mit den Pistolen im Anschlag gingen sie weiter und trafen auf eine rotbraune Eisentür, vor der sie stehen blieben. Katja zögerte. Sie sah zu Balbeck, der zuckte die Achseln. Katja legte ihre Hand auf die Türklinke.

»Was wird das hier, wenn ich fragen darf?«, fragte eine Stimme mit russischem Akzent. Ein kräftiger Mann mit schwarzen Haaren und einem Vollbart kam die Treppe herunter.

»Darf ich vorstellen?«, fragte Balbeck. »Das ist Sacha. Der schnelle Sacha.«

Die Stimmen vor der Eisentür versetzten Tom in helle Aufregung. Die eine gehörte Balbeck, die konnte er eindeutig erkennen. Die Kollegen hatten ihn also tatsächlich gefunden. Oder, besser gesagt, waren auf der richtigen Fährte.

»Schön, dass du mich kennst, aber wer seid ihr? Und was soll das Ganze?«, sagte die andere Stimme, die offenbar dem schnellen Sacha gehörte.

Wem hatte Balbeck das gesagt? War er mit Taller hier? Von dem schnellen Sacha, dem Russen, hatte Tom schon gehört, er war eine Kiezgröße, und ihm wurde klar, in welcher Gefahr er schwebte, denn Sacha war ein Problemlöser der kompromisslosen Art. Und er wurde früher öfter mit dem Bilario-Kartell in Verbindung gebracht. Das bestätigte Toms Verdacht, dass die hinter seiner Entführung steckten.

»Oh, wir sind vom Gesundheitsamt und checken, ob dein Laden sauber ist.« Das war Katjas Stimme.

»Ah, du bist ein Komiker«, sagte Sacha.

»Komikerin!«, verbesserte Katja den Russen. Fast musste Tom schmunzeln.

»Das ist Hausfriedensbruch. Ihr seid Scheißeinbrecher. Die Polizei wird gleich hier sein.«

»Wir sind die Polizei«, erwiderte Katja.

In dem Moment drückte sein Aufpasser Tom gegen die Wand. Er hörte ein metallisches Klack und spürte die scharfe Spitze eines Messers an der Kehle. Eine düstere Angst bemächtigte sich seiner, obwohl er eigentlich immer mit Optimismus auf schwierige Situationen zu reagieren pflegte. Er musste an den V-Mann denken, dem die Kehle von einem aus dem Bilario-Kartell durchgeschnitten worden war. Möglicherweise von Marco. Ihm wurde übel, und er hatte das Gefühl, kaum mehr Luft zu bekommen.

Balbeck hielt seinen Ausweis hoch. »Mordkommission.« Sacha sah ihn erstaunt an.

»Wir suchen einen verschwundenen Kollegen«, erklärte Katja und drückte die Klinke der rötlichen Eisentür herunter. Sie war abgeschlossen.

»Tja, und jetzt?«, fragte Sacha. Katja zögerte nicht, richtete ihre Pistole auf den Russen.

»Katja!«, sagte Balbeck energisch. »Nimm die Pistole runter! Das kannst du nicht machen!« Balbeck hatte recht, aber das war ihr im Moment egal. Sie war sich sicher, dass hinter dieser Tür Tom gefangen gehalten wurde.

Was tat seine neue Partnerin da? Würde sie gleich ein gefährliches Chaos anrichten, das in einem Blutbad endete? Sollte es das jetzt gewesen sein? Panik befiel ihn. Er hatte noch nichts erreicht in seinem Leben, nichts bewegt, keine Spur hinterlassen. Er war noch nicht so weit. Das hier musste gestoppt werden. Tom rang mit seiner Übelkeit. Er durfte es nicht dazu kommen lassen, sich zu erbrechen. Mit dem Knebel im Mund würde er an dem Erbrochenen ersticken. Er wurde immer panischer, versuchte, sich zu zwingen, ruhig zu bleiben. Verzweifelt kämpfte er gegen die erneute Angstattacke.

»Aufschließen!«, forderte Katja Sacha auf. Der grinste nur und blickte zu Balbeck. »Die hört nicht auf dich, Chef.« Hochmütig sah Sacha sie an. »Du bist ein wenig durcheinander, Mädchen!«

Sie wurde immer wütender. »Aufschließen!«, wiederholte sie. Ein Martinshorn erklang in der Ferne. Ein zweites kam dazu, und beide näherten sich, wurden stetig lauter.

Sacha hob den Zeigefinger. »Da kommen die guten Bullen.«

Ein drittes Martinshorn gesellte sich hinzu und näherte sich ebenfalls rasant.

Der Klang der Martinshörner machte Tom nur noch mehr Angst, statt ihm ein Gefühl von Zuversicht und Sicherheit zu verschaffen.

»Aufschließen!«, brüllte Katjas Stimme erneut. Stille, keine Reaktion. Sein Bewacher drückte ihn fester gegen die Wand, die Messerspitze schnitt in seine Haut. Alles schien unausweichlich auf eine Katastrophe hinauszulaufen.

Wütend starrte Katja Sacha an. Der grinste nur. Widerwillig ließ sie den Arm mit der Pistole sinken. Balbeck war sichtlich erleichtert.

»Oh, ich fürchte, das gibt Ärger«, sagte Sacha. »Ihr seid hier eingedrungen und habt mich mit einer Waffe bedroht.« Er schüttelte den Kopf. »Mädchen, Mädchen!«

In Katja brodelte es.

»Du hast Toni und Paul zusammengeschlagen«, sagte er mit gespielter Anerkennung. »Du bist eine Waffe, Kleine.« Katja versuchte, sich nicht provozieren zu lassen, aber Sacha war genau der Typus Mann, den sie verachtete und ohne den die Welt, ihrer Meinung nach, ein besserer Ort wäre. »Bist du auch so scharf im Bett?«

Tom konnte sich lebhaft vorstellen, was in seiner neuen Partnerin jetzt vor sich ging. Bleib cool, Katja! Bitte, bleib verdammt noch mal cool! Stille. Die Spannung war mit Händen zu greifen.

Langsam ging Katja auf Sacha zu.

»Oh, oh«, sagte Sacha. »Habe ich einen wunden Punkt getroffen?«

Katja reagierte nicht. Dicht vor ihm blieb sie stehen und hielt ihre Pistole auf seine Brust.

»Kleine, was machst du da?«

»Katja, mach keinen Scheiß!«, sagte Balbeck, der sich offenbar unsicher war, wie weit seine neue Kollegin gehen könnte. Langsam fuhr Katja mit der Waffe über Sachas Bauch, herunter zu seinem Unterleib, und stieß ihm den Lauf in den Schritt. Sacha zuckte zusammen, schluckte den Schmerz hinunter.

»Oh, hab ich einen wunden Punkt getroffen?«

Sacha sah sie mit einem düsteren Blick an. Katja strich mit der Pistole über seine Weichteile.

»Mensch, Sacha, der ist ja klein.« Sie lachte. »Der ist ja richtig klein.«

Sacha erstarrte.

Hatte Tom richtig gehört? Katja konnte nur Sachas Schwanz gemeint haben. Was hatte sie getan? Hatte sie ihm etwa in den Schritt gegriffen? Ihn gedemütigt? War sie verrückt geworden? Von Sacha war nichts zu vernehmen. Wahrscheinlich hatte sie ihre Pistole noch auf ihn gerichtet. Die Stille war beklemmend und vielleicht die Ruhe vor dem Sturm.

Katja hörte die Schritte der heraneilenden Kollegen. Sie kamen die Treppe herunter.

»Hier sind sie«, rief Sacha. »Kommen Sie, bitte!« Katja steckte ihre Walther in ihr Taschenholster. Eine Polizistin und drei Kollegen kamen um die Ecke, die Pistolen im Anschlag. Balbeck und Katja hoben ihre Hände, Sacha ebenfalls. »Gut, dass Sie da sind. Die beiden sind hier eingedrungen und haben mich bedroht. Sie hatte gerade eben noch ihre Pistole auf mich gerichtet.«

»Wir sind vom LKA«, sagte Balbeck. »Mordbereitschaft.« Misstrauisch beäugten die Kollegen sie. »Dann zeigt mal eure

Ausweise. Und schön langsam!« Balbeck und Katja hielten ihnen ihre Dienstausweise hin.

»Okay«, sagte einer der Polizisten. »Und was macht ihr hier?« Sie nahmen ihre Pistolen herunter, sicherten sie und steckten sie in die Holster.

»Wir ermitteln in einer Mordsache und suchen einen vermissten Kollegen. Um die Ecke hatten wir gerade eine Wohnungsdurchsuchung und sind auf Hinweise gestoßen, die hierhergeführt haben.«

»Aber ihr habt keinen Durchsuchungsbescheid?« Sie schüttelten die Köpfe. »Aber hier ist Gefahr im Verzug.« Die Kollegen wurden unsicher.

»Was für eine Gefahr soll das denn bitte sein?«, wandte Sacha ein.

Balbecks Handy klingelte. »Felsen«, sagte er an Katja gewandt. Es war klar, dass sie jetzt zurückgepfiffen werden würden. »Unser Boss«, erklärte Balbeck den Kollegen. »Ja?«, sagte er. »Wir sind hier um die Ecke im Hotel Red Magic. Der Schuppen liegt direkt an einem der Höfe, hinter der Wohnung des …« Balbeck brach ab und entfernte sich, um keine Mithörer zu haben.

Das Red Magic, dachte Tom. Mitten auf dem Kiez. Den Puff hatte Sacha vor Jahren von Albaner-Paul übernommen, von dessen Leuten damals ebenfalls einer mit aufgeschnittener Kehle gefunden worden war. Den Fall hatten die Kollegen von der Mordbereitschaft 3 gehabt. Der Täter war ein junger Russe gewesen, der fürs Bilario-Kartell tätig gewesen war. Verhaften hatten sie ihn nicht können, weil es ihm gelungen war, abzutauchen und bis heute spurlos verschwunden zu bleiben. Ähnlich wie Marco.

Katja wandte sich an die Kollegen. »Es sieht leider so aus, als wenn unser Kollege entführt wurde, und wir vermuten, dass er hier gefangen gehalten wird. Vielleicht genau hier, in diesem Raum.« Sie zeigte auf die Eisentür.

»Das ist Bullshit«, wandte Sacha sich an die Polizisten. »Wir sind ein Bordell, und zwar ein besonders gutes. Es läuft alles korrekt, wir machen keinen Scheiß!« Sacha regte sich auf und wurde laut. »Wieso darf diese Bullenschlampe einfach hier reinkommen und …«

»Hey, hey, keine Beleidigungen!«, sagte einer der Beamten.

»Sie stört unsere Kunden und macht ihnen Angst. Das ist geschäftsschädigend. Und vor mir fuchtelt sie mit ihrer Pistole herum.«

»Ruhig bleiben! Wir klären das ja jetzt«, sagte einer der Polizisten, dem die Situation erkennbar unangenehm war.

Balbeck kam zu Katja. »Wir sollen reinkommen. Masslau sagt, unser Verdacht reicht nicht für Gefahr im Verzug.«

Katja konnte es nicht fassen. Sacha wirkte zufrieden.

»Ihr werdet von meinem Anwalt hören.« Er fixierte Katja mit einem Blick und murmelte etwas auf Russisch.

»Allein dieses Arschloch reicht für Gefahr im Verzug«, sagte Katja. »Da bin ich mir sicher.«

Der Mann griff Toms Arm und führte ihn durch die Tür hinaus. Es war anstrengend, nichts sehen und nur durch die Nase atmen zu können. Schritte kamen ihnen entgegen. Er schätzte, dass sie von zwei Personen stammten. Mit denen zusammen gingen sie weiter. Keiner sagte etwas. Als sie um eine Ecke gingen, roch es nach Chlor, und die Luft fühlte sich feucht an. Ein Schwimmbad oder eine Sauna, dachte Tom.

»Achtung, Treppe!«, sagte einer der Männer, und schon stieß Tom gegen die unterste Stufe. Er hob den Fuß und stieg vorsichtig die Stufen empor. Oben wurde es hell, das meinte Tom durch den Stoff hindurch wahrnehmen zu können. Er wurde weitergeführt, über einen Holzfußboden, auf dem ein dicker Teppich lag.

Durch eine Tür ging es nach draußen. Tom trat auf Asphalt.

Seine Entführer schoben ihn weiter. Vermutlich befanden sie sich in einem Hinterhof. Nah bei ihnen wurde ein Motorrad gestartet. Eine Harley, meinte Tom zu erkennen.

»Stopp!« Tom blieb stehen. Eine Autotür wurde vor ihm aufgeschoben. Es klang nach einer schweren Tür. Von einem Van oder Transporter. Scheiße, seine Tortur war noch nicht zu Ende. Er wurde vorwärtsgestoßen, seine Schienbeine schlugen schmerzhaft gegen den Schweller, und er stürzte auf den Boden des Wagens. Mit einem schweren Rums fiel die Tür hinter ihm zu.

Während der Fahrt schien die Harley sie zu begleiten, jedenfalls hörte Tom die schwere Maschine ständig hinter oder neben ihnen. Zusammengekrümmt lag er auf dem Boden unter einer Wolldecke, die sie über ihn gelegt hatten. Er schwitzte und bekam kaum Luft unter der schweren Decke. Er spürte die Füße von zwei Personen an seinem Rücken. In jeder Kurve rutschte er ein wenig hin und her, jedes Bremsen und Anfahren schlug ihm auf den Magen. Seine Übelkeit wurde stärker, aber es gelang ihm erstaunlich gut, einigermaßen ruhig zu bleiben. Vielleicht nahte das erlösende Ende seiner Gefangenschaft, und er würde gleich irgendwo freigelassen. Oder … An die andere Möglichkeit wollte er lieber nicht denken. Aber warum sollten sie ihn umbringen wollen? Er hatte doch noch gar nichts herausgefunden, noch nichts gesehen, was er nicht hätte sehen dürfen. So mir nichts, dir nichts ließen selbst die abgebrühten Drogenbosse keinen Menschen umbringen. Das erregte schließlich Aufsehen und ein ermordeter Bulle ganz besonders.

Ein Handy klingelte. »Ja«, hörte er eine Männerstimme sagen. »Ja.« Schweigen. »Okay, alles klar.« Schweigen. »Machen wir.«

Das Gespräch war zu Ende. Was hieß m*achen wir?*

32

Gereizt stapfte Katja Wichas in Felsens Büro auf und ab. Ihr Chef saß an seinem Schreibtisch und starrte übellaunig vor sich hin.

»Du hast jetzt sicher keine Lust, von mir zu hören, dass der Schutz der Privatsphäre ein besonders hohes Gut in unserem Rechtsstaat ist.«

Sie blieb stehen. »Und was, wenn Tom hinter der Eisentür festgehalten wurde? Was, wenn ihm etwas zustößt und wir das hätten verhindern können?«

»Wir haben keinerlei Anhaltspunkte, dass Tom sich in dem Puff befindet. Das sind nur Mutmaßungen. Hätte, wäre, wenn reicht nun mal nicht für Gefahr im Verzug. Und schon gar nicht für einen Durchsuchungsbescheid.« Felsen erhob sich. »Wir haben jetzt sechs Beamte dort, die die Anwohner befragen, ob sie in der Nacht etwas im Hinterhof beobachtet haben. Und drei Zivilfahnder, die die Ausgänge des Puffs überwachen. Wenn Tom da wirklich drinnen ist und sie ihn wegbringen, dann sind wir an denen dran.«

»Na, hoffentlich lebt er dann noch.«

»Mein Gott, Katja!«, wurde Felsen laut. »Glaubst du, ich bin zufrieden damit?« Erstaunt sah sie ihren Chef an. »Was ist das überhaupt für eine beschissene Geschichte? Was hat Tom da wieder getrieben? In was für eine Scheiße hat er sich da hineingeritten?« Er griff sich seine Zigaretten, ging zum Fenster und öffnete es.

»Du rauchst zu viel«, sagte Katja trocken. Verdutzt und ein wenig verunsichert sah er sie an. Dann zog er eine Kippe aus der Schachtel und zündete sie sich an. Balbeck und Taller traten durch die offene Tür.

»Ich habe Bea erreicht«, sagte Taller. »Der Besitzer vom

Chapter Six weiß nichts, außer dass die junge Frau eine Drogenabhängige ist. Jessika heißt sie, wird Jessie genannt und ist obdachlos. Er konnte Bea ein Foto geben, weil er einige seiner Stammgäste mal fotografiert hat. Alle Streifen von St. Pauli, Altona, Altstadt und St. Georg haben jetzt das Bild und halten Ausschau nach der Dame.«

»Das dauert alles zu lange«, sagte Katja.

Balbeck nickte. Ausgerechnet er dachte wie sie. Außerdem hatte er sie gedeckt, als Felsen sie zu ihrem Eindringen in das Red Magic befragt hatte. Er hatte stoisch behauptet, dass Katja zu keinem Zeitpunkt ihre Pistole auf den schnellen Sacha gerichtet hatte. Das rechnete sie ihm hoch an.

Der Van verließ die Straße. Sie fuhren jetzt langsam über einen holprigen Weg. Tom wurde kräftig hin und her geschüttelt. Offenbar waren sie am Ziel angekommen. Der schlechte Weg abseits der Straße verhieß nichts Gutes. Das Motorrad hörte er immer noch hinter ihnen. Sie hielten an. Fahrer und Beifahrer stiegen aus. Einer zog die hintere Tür auf. Die Wolldecke wurde von ihm heruntergenommen.

»Aufstehen!«, sagte der Mann hinter ihm, griff ihm unter den Arm und zog ihn hoch. Gebeugt stand Tom in dem Van und wurde an den Rand geschoben. »Rausspringen!«

Es war ein unangenehmes Gefühl, ins schwarze Nichts zu springen. Hart kam er auf und hatte das Gefühl, seine Wirbelsäule wurde trotz der geringen Höhe kräftig zusammengestaucht.

»Vorwärts!« Tom stolperte über den unebenen matschigen Weg. Einer seiner Entführer führte ihn. »Stufe!«, hieß es, und Tom hob unsicher einen Fuß. Er trat auf rauen Stein, sie gingen über einen Betonboden. »Treppe!«, sagte einer. Tom tastete mit seinem Fuß nach vorn und fand die Betonstufen, die nach oben führten. Alles schien roh, sie mussten auf einer Baustelle sein. Brachten sie ihn hierher, um ihn zu liquidieren? Eigenartigerweise blieb er ruhig. Fatalistisch fügte er sich in sein Schicksal. Was sollte er sonst auch tun? In Handschellen, geknebelt und mit verbundenen Augen, gegen vier Männer. Er fragte sich, ob sie ihm die Kehle durchschneiden, ihn erschießen oder vom Dach dieses Rohbaus stürzen würden. Er hoffte auf die zweite Variante.

Die Treppe war zu Ende, und er wurde geradeaus geführt, sie mussten sich im ersten Stock befinden. Schließlich blieben sie stehen.

»Hinknien!«

Tom tat, wie ihm geheißen. Der harte, raue Betonboden drückte auf seine Knie. Tom beugte seinen Kopf, eine Schutzhaltung aus Unsicherheit und Angst, dass jeden Moment etwas aus dem Nichts ihn treffen könnte. Stille. Der Wind pfiff um die Ecken. Warum hatten sie ihn nicht in dem Keller schon umgebracht? Wozu dieser Aufwand? Einer trat dicht an ihn heran. Tom spürte etwas Hartes, Kühles, das ihm an die Schläfe gedrückt wurde. Es war der Lauf einer Pistole. Er hielt den Atem an. Warum? Das ergab keinen Sinn. Das konnte jetzt nichts mit Marco zu tun haben. Niemals würde er seinen Tod befehlen. Tom sah seinen Bruder vor sich, seine Mutter, seinen Vater. Er wollte *Nein* schreien, aber es kam nur ein dumpfes, jammerndes Etwas aus seinem geknebelten Mund. Er sah die grünblauen Mandelaugen von Marie in der Bar Royal und ihr Lächeln. Es machte Klick. Ein trockenes, metallisches Klick. Ein kurzer Ruck an seiner Schläfe. Dann wurde die Pistole von seinem Kopf genommen, und die Männer lachten. Er hatte das Gefühl, ohnmächtig zu werden, fiel vornüber auf den harten Boden, schüttelte sich, strampelte, schrie in den Knebel hinein, aus voller Kraft. Das höhnische Lachen um ihn herum schwoll an zu einem Orkan in seinen Ohren. Er lag da und rührte sich nicht mehr. Sie hörten auf zu lachen. Es blieb der pfeifende Wind. Das Nichts, die Verlorenheit, das Leben. Er spürte, dass etwas in ihm zerbrochen war, etwas Wesentliches, das ihn ausmachte, das ihn glauben ließ, an was auch immer. Einer der Männer nahm ihm die Handschellen ab.

»Hör auf, herumzuschnüffeln!«, sagte ein anderer. »Das nächste Mal ist sie geladen.« Die Männer entfernten sich. Er hörte, wie sie die Treppe hinunter und unten über den matschigen Boden gingen. Er riss sich das Klebeband vom Mund, spuckte den Knebel aus und inhalierte gierig die frische Luft. Dann zog er sich die Augenbinde herunter, was schwierig war, da der Knoten sehr fest gezogen war. Das Tageslicht blendete ihn, und seine Augen brauchten eine Weile, bis sie sich an die Helligkeit gewöhnt hatten. Er sprang auf und lief zum Rand des Stockwerks. Am Ende der Baustelle sah er gerade noch, wie die Männer in den dunkelblauen Van stiegen. Er konnte keinen erkennen. Der Motorradfahrer trug einen Helm. Er fuhr los, und der Van folgte ihm. Das Nummernschild war dreckverschmiert, das Kennzeichen nicht zu lesen. Natürlich hatten sie auch daran gedacht.

Tom blickte über die Baustelle in die einsetzende Abenddämmerung. Am Horizont leuchtete die tief stehende Sonne, um sie herum färbte sich der Himmel rötlich, und darüber zogen dunkle Wolken hinweg. Seine Augen füllten sich mit Tränen, und er begann zu zittern. Es schüttelte ihn, zog ihm die Mundwinkel auseinander, er konnte es nicht unterdrücken. Dann brach es aus ihm heraus, und er weinte. Er wusste nicht, ob er verzweifelt, traurig oder glücklich war. Es dauerte eine Weile, bis er sich beruhigte. Er war nicht tot, es ging weiter. Schon jetzt. Er musste sich bewegen. Diesen Ort verlassen. Nach Hause gehen.

An der Treppe erwartete ihn eine Überraschung. Auf dem Boden lagen seine Walther im Schulterholster, seine Brieftasche mit dem Dienstausweis und sein Handy. Ja, es ging weiter, das hatten auch seine Entführer gewusst. Er ging die Treppe hinunter und verließ die Baustelle. Er stellte fest, dass er sich irgendwo in Bahrenfeld befand, und machte sich auf den Weg nach Hause.

Mittlerweile hatten sich die düsteren Wolken vor den letzten Rest der Sonne geschoben. Der Abend legte sich über die Stadt. Die Autos fuhren mit Licht, und die Fenster der Häuser waren ebenfalls erleuchtet. Menschen waren nur wenige unterwegs. In einem kleinen 24-Stunden-Markt kaufte er sich einen Apfel. Einen knackigen, grünroten Elstar aus dem Alten Land. Er hatte keinen Hunger, aber sehnte sich nach etwas Frischem, Lebendigem. Er genoss jeden einzelnen Bissen der saftigen Frucht, den vollen, süßsäuerlichen Geschmack, während er in aller Ruhe weiterspazierte. Es war der schmackhafteste Apfel, den er je gegessen hatte.

Die heißen, kräftigen Wasserstrahlen trafen seine Stirn und taten gut. Er drehte sich und ließ das Wasser auf seinen Nacken prasseln. Lange blieb er so unter der Dusche stehen und dachte an nichts. Irgendwann hatte er genug und trat heraus, auf das flauschige Handtuch, das er auf die Fliesen gelegt hatte. Es fühlte sich weich an unter seinen Füßen. Der Spiegel war beschlagen, die warme, feuchte Luft stand in seinem Badezimmer, wie in einer Sauna, und duftete angenehm nach seinem Duschgel. Er putzte sich die Zähne, um auch das letzte bisschen von dem Geschmack des Stoffknäuels, das in seinem Mund gesteckt hatte, zu verlieren. Er ging in den Flur, sein Weg führte ihn vorbei am *Raum*. Vor der geschlossenen Tür blieb er stehen, und die Gedanken kamen. Er ging weiter, und sie kamen mit, er konnte sie nicht fernhalten. Er hatte Florian gesehen, durch den bunten Perlenvorhang war er zu ihm getreten und hatte ihn für Marco gehalten. Sein Bruder war noch in Hamburg, war Tom sich jetzt sicher. Und er hatte Krambach getötet. Und Tom war der Wahrheit zu nahe gekommen. Marco und das Bilario-Kartell hatten ihm einen Warnschuss verpasst. Einen furchtbaren Warnschuss. Hatte sein Bruder etwa die Scheinhinrichtung angeordnet? Weil er wusste, wie hartnäckig Tom sein konnte?

Im Wohnzimmer war es dunkel, die Nacht war angebrochen. Tom nahm sein Handy, das am Ladekabel hing, und checkte seine Nachrichten. Drei von Katja und eine von Felsen. Alle vom Morgen. Sollte er seine Kollegen anrufen und ihnen die Sorgen nehmen? Ihre Fragen beantworten? Sollte er ihnen erzählen, dass er sie vor der Tür seines Verlieses gehört und Katja sich nicht getäuscht hatte? Sie würden gegen Sacha vorgehen, ihn anzeigen. War das klug? Tom konnte es nicht mehr beurteilen. Er öffnete die Fenster weit, um das Leben da draußen zu spüren, legte sich auf seinen Futon und knipste die Kinderlampe an. Das gelbe Zebra leuchtete vor dem nachtblauen Himmel, und gleich, wenn die Glühbirne genügend Wärme verbreitet hatte, würde es lostraben.

Die Pizza war nicht schlecht, obwohl sie von einem Bringservice stammte. Trotzdem mochte Katja nicht mehr. Sie hatte sowieso keinen rechten Appetit gehabt, schloss den Pappkarton über der verbliebenen Hälfte und steckte ihn in den Papierkorb. Felsen, der ihr gegenüber an Toms Schreibtisch saß, klappte ebenfalls den Deckel seines Kartons zu.

»Zu wenig Kapern, aber sonst ganz okay! Hast du einen Rotwein in der Schublade?«

Katja versuchte ein Schmunzeln.

»Also, wir haben jetzt die Hälfte der Anwohner, die Blick auf die Höfe haben, befragt«, sagte ihr Chef. »Keiner hat in der Nacht etwas Verdächtiges bemerkt.«

»Was nichts heißt.«

»Das ist richtig. Hoffentlich finden wir diese Junkiefrau bald.« Felsen erhob sich. »So, wir fahren jetzt nach Hause und versuchen, ein bisschen auszuruhen, vielleicht sogar zu schlafen.« Katja sah ihn ungläubig an. »Na ja, versuchen habe ich gesagt. Wir können jetzt nichts machen, außer uns einigermaßen fit zu halten für alles, was auf uns zukommen wird. Zum Beispiel müssen wir uns wieder um unseren Fall kümmern, auch wenn es schwerfällt.« Gedanken an ihren Fall waren Katja gerade völlig fremd. Felsens Blick ruhte auf seiner neuen Ermittlerin. »Du hast deine Walther auf ihn gerichtet, stimmt's?«

Sie zögerte. »Ich muss mich nicht selbst belasten«, sagte sie schmunzelnd.

Felsen nickte. »Du bist da einfach reinmarschiert und hast alle Türen aufgerissen. Du hast einen Knochenbrecher auf die Bretter geschickt. Und dich mit dem schnellen Sacha angelegt.« Katja sah ihn trotzig an. »Und Donnerstag der illegale Boxkampf. In deiner Akte stand kein Wort davon, dass so ein Rambo in dir steckt.«

Jetzt fehlte nur noch, dachte Katja, dass er sagen würde, dass man das bei einer zierlichen Frau wie ihr nicht erwarten würde. Sie ließ sich extra Zeit mit ihrer Antwort, aber es kam nichts dergleichen. Dafür schätzte sie ihren neuen Chef. »Manchmal konnten die Berliner Kollegen auch nett sein«, erwiderte sie.

Tom lag auf dem Futon und starrte auf die bunten Lichtreflexionen, die durch den Raum wanderten. War Marco wirklich so verrückt, sich mitten in Hamburg aufzuhalten? Wenn, dann sicher nur kurz, das Pflaster hier war zu heiß. Er könnte sich viel besser auf dem Land verkriechen. Vielleicht war er doch bei Anette, wie Tom schon vor einiger Zeit vermutet hatte. Anette würde ihn in ihrem Haus an der Schlei jederzeit aufnehmen, da war Tom sich sicher. Ihre beider große Jugendliebe, mit der Tom einige Wochen und Marco immerhin etwas mehr als drei Jahre zusammen gewesen war, liebte seinen Bruder auf eine Art noch immer. Und auf eine andere Art auch ihn. Auf jeden Fall hatte die wilde Zeit in den Zweitausenderjahren das Trio Infernale, das stets auf der Suche nach

Vergnügen und Abenteuer im Hamburger Nachtleben gewesen war, für immer zusammengeschweißt.

Als Marco bei ihm gewesen war, hatte er Tom nach den Eltern gefragt, nach Jimmy, nach den Freunden, aber nicht nach Anette. Das fiel ihm erst jetzt auf. Und das war merkwürdig und konnte nur bedeuten, dass er gewusst hatte, wie es in ihrem Leben aussah, wie es ihr ging. Weil er mit ihr gesprochen, sie getroffen hatte. Weil er bei ihr untergeschlüpft war. Tom setzte sich auf. Hatte Marco von Anettes Haus an der Schlei seine Handlanger in Hamburg angewiesen, ihm klarzumachen, dass er seine Schnüffeleien einstellen sollte? Hatte Anette von alldem vielleicht sogar gewusst?

Ein mit großen Tüten bepackter Flaschensammler durchsuchte einen Mülleimer, und drei Jugendliche cruisten Bier trinkend auf ihren Rollern durch die schmale Straße um die Ecke. Tom steckte den Schlüssel in das Türschloss seines Wagens. Es klemmte. Vorsichtig rüttelte er hin und her, zog den Schlüssel heraus und steckte ihn wieder hinein. Er schloss die Augen und atmete einmal tief durch. Dann unternahm er einen neuen Versuch, und das Schloss schnappte auf. Erleichtert stieg er ein, startete den Motor, manövrierte den Mercedes aus der engen Parklücke und fuhr los. Die Zeiger der Uhr im Armaturenbrett standen auf ein paar Minuten vor elf. Um halb eins würde er dort sein. Marco konnte sich doch denken, dass Tom auf sein Versteck kommen würde. Tom bog auf die sechsspurige Hauptstraße, auf der vor allem Lastwagen unterwegs waren. An einer roten Ampel hielt ein silberner Lancia neben ihm, am Steuer eine Frau, deren Kopf er nicht sehen konnte, die eine Zigarette in der linken Hand elegant aus dem offenen Fenster hielt. Tom betrachtete die graziöse Haltung der schlanken Hand, deren feine Falten und vereinzelte kleine Flecken verrieten, dass sie schon älter war. Etwas Verführerisches und zugleich Melancholisches lag in diesem Anblick.

Einsam durch die Nacht zu fahren, schien gerade genau das Richtige für ihn zu sein. Die Ampel sprang auf Grün, und die Hand fuhr davon. Er lebte, war noch im Spiel, das genügte fürs Erste.

33

MONTAG

Die Lichtkegel seiner Scheinwerfer streiften die Bäume zu beiden Seiten des holprigen Weges. Tom hatte den Eindruck, die Schlaglöcher waren zahlreicher und tiefer als bei seinem letzten Besuch. Er wurde kräftig durchgerüttelt und hoffte, dass die Federung seines alten Daimlers der Belastung standhielt. Am Ende der kleinen Allee sah er das Haus. Zwei Fenster unten waren erleuchtet und das große Dachfenster ihres Ateliers. Anette schlief noch nicht. Es hätte ihn auch gewundert, da sie oft nachts erst richtig wach wurde und dann noch arbeitete, an Skizzen, Skulpturen oder Aufzeichnungen, für die sie das Tageslicht nicht benötigte. Er fuhr zwischen zwei abstrakten Holzskulpturen hindurch, die eine Art Tor bildeten. Neben ihrem grünen Passat Kombi hielt er und stellte den Motor ab. Er sah zur Haustür, aber dort tat sich nichts, wahrscheinlich hatte sie seine Ankunft nicht bemerkt. Er stieg aus, ging zur Tür und läutete. Ein Hund bellte. Beckmann, dachte Tom. Anettes Mitbringsel aus einem Mallorca-Urlaub hatte er ganz vergessen. Sonst rührte sich nichts. Er horchte auf Geräusche, die von einer hektischen Flucht seines Bruders oder dem schnellen Aufsuchen eines Verstecks herrühren konnten, aber er vernahm nichts dergleichen. Beckmann bellte erneut, dann hörte er Anettes Gehstock auf den Holzdielen. Die Tür wurde geöffnet, und sie stand vor ihm. Ein

Tuch um die zotteligen hellblonden Haare gebunden, starrte sie ihn ungläubig an. Neben ihr tanzte kläffend ein kleiner Hund mit kurzem, struppigem Fell vor und zurück.

»Tom!«

Er lächelte, aber es fiel ihm nicht leicht. »Überraschung!«

»Das kann man wohl sagen«, sagte Anette mit ihrer ewig heiseren Stimme. »Und eine schöne!« Jetzt strahlte sie ihn erfreut an. Beckmann beruhigte sich und schnupperte an Toms Beinen.

»Beckmann, darf ich vorstellen? Das ist mein lieber Freund Tom.«

»Hallo Beckmann!« Tom beugte sich zu dem kleinen Köter herunter, und der ließ sich kurz von ihm streicheln, bevor er schwanzwedelnd wieder ins Haus zurücklief. Etwas unverrichteter Dinge sahen sie einander an.

»Was ist, willst du mich nicht umarmen? Kriege ich keinen Kuss?«

Tom spürte zaghaft ein wenig Wiedersehensfreude, blieb aber skeptisch, wollte sich nichts vormachen lassen und keine Zeit verlieren. Er umarmte sie schnell, gab ihr einen oberflächlichen Kuss und ging an ihr vorbei ins Haus.

»Das war aber schon mal liebevoller.« Die Verwunderung in ihrer Stimme war nicht zu überhören. Aber Tom musste jetzt schnell sein und begann, sich umzusehen. »Komm ruhig herein«, sagte Anette spitz, schloss die Tür und folgte ihm. »Fühl dich wie zu Hause!«, fügte sie ironisch hinzu und verfolgte sein Treiben irritiert.

Tom war auf der Suche, sein Instinkt trieb ihn voran. An ihrer aus verschiedenen bunten Holzstücken zusammengeschraubten Garderobe hingen nur ihre Jacken und ein dicker Wollpullover. Die Schuhe darunter gehörten ebenfalls ihr. Aus der Küche kam Kaffeegeruch. Kaffee? Anette mochte keinen Kaffee, sie trank nur Tee. Earl Grey, Assam und Darjeeling, sie hatte sich das Teetrinken während ihres Studiums in

England angewöhnt, und daran hatte sich seines Wissens bis heute nichts geändert. Als sie vor zwei Wochen bei ihm über Nacht geblieben war, hatte sie am Morgen Tee getrunken.

»Hast du Besuch?«

»Nein, wieso?« Tom ging in die Küche. Auf dem Holztisch stand ein Becher halb voll mit Milchkaffee und auf dem Herd eine Espressokanne von Bialetti. Tom fasste an den Becher, er war noch warm. Anette folgte ihm und blieb im Türrahmen stehen. »Ach du meinst wegen des Kaffees?«

Tom reagierte nicht, konzentrierte sich ganz auf seine Beobachtungen.

»Tja, jetzt habe ich doch noch den Reiz der Kaffeebohne entdeckt, vor allem der so wunderbar anregenden Wirkung des Koffeins. Zurzeit meine Lieblingsdroge!«

In der Küche konnte er auf den ersten Blick nichts weiter Verdächtiges entdecken. An Anette vorbei ging er zurück in die Eingangshalle und weiter in den Wohnraum, der eine Mischung aus Wohnzimmer, Galerie und Atelier war. Auf dem Sofa lag eine zerwühlte Wolldecke, und ein Tablet lag daneben, auf dem Boden davor stand auf einem Bücherstapel ein Teller mit einem angebissenen Käsebrot.

Anette kam hinterher. »Was ist los mit dir? Es sieht beinahe so aus, als wenn du jemanden suchst, Herr Kommissar.«

Der Kelim auf den alten Holzdielen vor der Terrassentür war verrutscht, die Tür nur angelehnt. Tom trat auf die steinerne Terrasse und schaute hinaus in die Dunkelheit. In dem Sand, am Ende der Treppe, bevor der Rasen begann, konnte er Fußspuren erkennen. Sie machten einen frischen Eindruck und stammten von nackten Füßen, die größer waren als Anettes, meinte Tom zu erkennen, außerdem fehlten die Abdrücke ihres Gehstocks. Er hatte sich nicht getäuscht, Marco war hier gewesen, und als Tom geklingelt hatte, war er durch den Garten geflohen.

Anette erschien in der Tür. »Was schnüffelst du hier herum?«

Tom musste jetzt handeln, er musste hinterher, hinaus in die nächtliche Pampa. »Hey, kannst du bitte mal mit mir reden?«

»Später!«

Er lief die Treppe hinunter in den Garten. Kurz drehte er sich noch einmal um. »Ich glaube, du weißt ganz genau, was ich hier mache.« Dann lief er zu den Büschen und Bäumen am Ende des Grundstücks, schlüpfte hindurch und stand vor einem Rapsfeld. Die gelben Blüten leuchteten sogar bei Nacht. Tom versuchte zu erkennen, wo umgeknickte Pflanzen darauf hinwiesen, dass Marco in das Feld gelaufen war. Seine Augen gewöhnten sich langsam an die Dunkelheit, und er ließ seinen Blick in Ruhe über den Feldrand schweifen. Er konnte keine Spuren erkennen. Mit der Lampe seines Handys leuchtete er auf den schlammigen Boden zu seiner Linken. Dort fand er weitere Fußspuren und folgte ihnen. An der Ecke von Anettes Grundstück begann eine Wiese. Vor der endeten die Abdrücke. Tom lief in das hohe Gras, leuchtete vor sich und zu beiden Seiten. Er konnte nichts erkennen, was darauf hindeutete, dass hier jemand durchgerannt war. Er lief trotzdem weiter und kam am Ende der Wiese auf einen Weg mit zwei schmalen Spuren aus Betonplatten für Landwirtschaftsfahrzeuge. Der Weg führte zwischen zwei weiteren Rapsfeldern hindurch. Er untersuchte die Platten auf Dreckspuren, aber konnte keine erkennen. In welche Richtung würde sein Bruder gelaufen sein? Tom starrte in die Nacht, lauschte in die Stille. Wenn Marco hier entlanggekommen war, konnte er noch nicht sehr weit sein.

In einiger Entfernung hörte er wildes Vogelgekreische und Flügelschlagen. Ein Schwarm Wildgänse war aufgescheucht worden. Vielleicht war Marco der Grund dafür. Tom lief los und musste aufpassen, dass er auf den unebenen Betonplatten nicht stolperte. Der Weg stieg an, und er spürte die Anstrengung in seinen Beinen. Langsam verließen ihn die Kräfte, er konnte nichts dagegen tun. Der Weg schien nicht aufzuhören, die Felder waren riesig. Er vernahm ein Rascheln und ein Galoppieren neben sich. Plötzlich sprang ein großer Schatten aus dem Rapsfeld. Tom erschrak. Zwei dunkle Körper schossen hintereinander direkt vor ihm über den Weg und verschwanden in dem anderen Rapsfeld. Rehe, dachte er und blieb stehen. Erschöpft stützte er sich auf seine Knie und bemerkte, dass er zitterte.

Anette saß an ihrem Küchentisch und sah ihn an. »Das ist alles ziemlich traurig, was du mir da erzählst. Aber dass du mir jetzt auch nicht mehr vertraust, enttäuscht mich, Tom. Bei allem Verständnis für deine Situation.«

Mit gesenktem Blick saß er ihr gegenüber, war hin- und hergerissen. Einerseits wusste er, dass Anette eine wirkliche Freundin war, auf die er sich immer verlassen konnte, andererseits war er sich sicher, dass sie für seinen Bruder so ziemlich alles tun würde, um ihm aus der Patsche zu helfen, selbst wenn sie Tom dafür belügen müsste. Dieses Gefühl begleitete ihn, seit sie ihn in ihrer Jugend für seinen Bruder verlassen hatte. Er wusste, dass er die Wahrheit nie erfahren würde, weder von ihr noch von Marco.

»Du hast dich aufgeführt wie ein Bulle, Tom. In meinem Haus. Und du tust es immer noch.«

»Anette, ich habe dir alles erklärt, mehr kann ich nicht sagen.«

»Und wenn Marco nun hier gewesen wäre, was hättest du dann getan? Ihn verhaftet?«

Tom schüttelte den Kopf. »Du verstehst mich nicht.«

»Nein, Tom, das tue ich wirklich nicht. Was ist denn, wenn das alles gar nicht so wäre, wie du vermutest? Vielleicht verrennst du dich da in irgendwas.«

Tom fragte sich, was Marco jetzt wohl tun würde. Sich in der Nähe verstecken, abwarten, bis der Rote nicht mehr vorm Haus stand, und dann wieder zurückkehren?

Anette strich ihm zärtlich über die Wange. »Wo ist mein Freund Tom geblieben, der mir in die Augen sieht, und alles ist klar und gut zwischen ihm und mir?« Sie sagte das versöhnlich mit einem liebevollen Blick. Ein zynisches Lächeln huschte über seine Lippen. Anette nickte traurig. »Okay, wenn das so ist, möchte ich, dass du jetzt gehst.«

Klar, dachte er, auch Anette vermutete, dass Marco irgendwo in der Nähe versteckt abwartete, bis die Luft wieder rein sein würde.

»Aber nein, du wirst erschöpft sein«, sagte sie. »Du solltest dich jetzt nicht ans Steuer setzen. Du kannst dich natürlich im Wohnzimmer auf das Sofa legen und schlafen. Aber danach fährst du!« Sie erhob sich, nahm ihren Stock und ging hinaus. Im Türrahmen drehte sie sich noch einmal um. »Du siehst Gespenster, Tom. Lass den grünen Affen nicht gewinnen!«

Im Radio sprach der Moderator von einer erneuten Hitzewelle, die auf Deutschland zukam. Im Norden würde sie nicht ganz so stark werden, aber bis zu 30 Grad könnte sie durchaus erreichen, und das im Mai. Die nächtliche Autobahn war fast leer, nur einige Lkw verloren sich auf der rechten Fahrspur. Tom genoss den Fahrtwind, der ihm durch das zur Hälfte heruntergekurbelte Fenster ins Gesicht blies. Gegen vier Uhr würde er zu Hause sein. Vielleicht würde er dann endlich ein wenig schlafen können.

Lass den grünen Affen nicht gewinnen! Zum ersten Mal hatte Anette etwas zu dem Bild gesagt, das sie Tom und Marco zum fünfundzwanzigsten Geburtstag geschenkt hatte und das bei ihm in der Wohnung hing. Dieses rätselhafte Gemälde, das zwei junge Männer mit einer Frau zeigte und offenbar sie drei darstellte, über denen ein grüner Affe kopfüber ins Bild hing. Tom hatte den Affen nie gemocht, hatte in ihm eine Bedrohung für ihre Freundschaft gesehen. Offenbar hatte er mit seiner Interpretation richtiggelegen. Plötzlich machte es Klick in seinem Kopf, und er zuckte zusammen. Es war das trockene, metallische Klick an seinem Ohr, es war der Druck des Pistolenlaufs auf seiner Schläfe, es war der nicht gefallene Schuss, es war sein ausgebliebener Tod. Schweiß bildete sich auf seiner Stirn, sein Atem ging schwer, er spürte einen beklemmenden Druck auf der Brust. Sein Körper verkrampfte. Alles geriet ins Wanken. Er hielt das Lenkrad fest umklammert. Ranfahren, dachte er, ich muss auf den Standstreifen fahren und anhalten. Er steuerte den Roten zur Seite. Die dröhnende Hupe des Lastwagens hörte er nicht.

34

Die Tür zu Felsens Büro stand halb offen, und sie konnte Balbeck und Taller schon von Weitem sehen. Mit hängenden Köpfen saßen sie schweigend auf ihren Stühlen. Ihr Chef stand am Fenster und starrte vor sich hin. Katja ahnte nichts Gutes, als sie den kleinen Raum betrat. Balbeck sah auf zu ihr, aber sagte nichts. In seinen Augen erkannte sie eine Traurigkeit, die sie bei ihm nicht vermutet hätte. Die Stille war bedrückend. Eine dunkle Angst überkam Katja. Felsen sah sie an.

»Tom«, sagte er und schien die Worte kaum hervorbringen zu können. »Er ist …«

Sie schreckte hoch,, starrte in die dunkle Leere um sie herum und ordnete ihre Gedanken. Sie hatte nur geträumt. Aber ihre Erleichterung wich sogleich der Sorge, dass es sich um eine unheilvolle Vorahnung gehandelt haben könnte. Ein wenig wunderte sie sich, dass sie derart intensiv empfand für ihren neuen Kollegen, den sie doch erst seit zwei Wochen kannte. Ein Strom von Gedanken geisterte durch ihren Kopf, den sie nicht mehr stoppen konnte, und raubte ihr die Aussicht auf weiteren Schlaf. Katja erhob sich und ging zum Fenster. Mit Daumen und Zeigefinger schob sie zwei Lamellen der Jalousie auseinander und blickte auf die nächtliche Straße, die im gelben Licht der Laternen lag. Kein Auto, kein Mensch waren weit und breit zu sehen. Bald würde der Morgen grauen, das Leben wieder einsetzen, und sie hatte Angst, dass Tom etwas zugestoßen war.

Daniela Berkeesen drehte sich zur Seite und drückte auf ihr Handy, das auf den Holzdielen lag. Die Ziffern leuchteten in der Dunkelheit. Es war vier Uhr zweiunddreißig. Warum konnte sie nicht schlafen? Woher kam diese Unruhe? Sie hatte nie Probleme damit gehabt, in den Schlaf zu finden. Selbst wenn am nächsten Tag eine Prüfung oder ein wichtiges Vorspielen angestanden hatte. Sie drehte sich zurück und betrachtete Jannik. Ihr Freund schlief tief, atmete regelmäßig, und ab und zu murmelte er unverständliche Worte im Traum, manchmal lachte er sogar, dann freute sie sich mit ihm. Sie hatte heute Nacht nicht mit Jannik schlafen können. Er hatte entspannt reagiert, Verständnis gezeigt. Lange hatten sie einfach so dagelegen und einander gestreichelt. Sie hatten über Mozart und Pop geredet und sich gefragt, warum Gustav Mahler keine Klaviermusik geschrieben hat. Sie hatten Marzipan gegessen, Rotwein getrunken und Miles Davis gehört. Manchmal hatte sich Jannik ihren erogenen Zonen genähert, dann hatte sie sich dezent weggedreht. Es hatte sie selbst überrascht, aber obwohl alles schön und Jannik sehr zärtlich gewesen war, war sie angespannt und verschlossen gewesen. Komisch war sie sich vorgekommen, aber hatte einfach nicht anders gekonnt. Sie hatte es ihm nicht erklären können.

Jetzt fiel ihr merkwürdigerweise das Gespräch mit diesem Kommissar ein. Seit er sie befragt hatte, spürte sie eine eigenartige Distanz zu allem. Selbst zu Jannik, seine Nähe war ihr zu viel gewesen. Sie hatte nicht gewollt, dass er auf ihr lag, in ihr war. Aber warum nicht? Sie hatte einen absurden Gedanken: Sie könnte den Kommissar fragen. Beinahe rutschte ihr ein Lachen heraus. Der Kommissar war sympathisch und überhaupt nicht so, wie man diese Typen aus den deutschen Fernsehkrimis kannte. Sie musste an ihren Bruder denken, der hingegen ganz ausgezeichnet in so einen Film passen würde. Er war das perfekte Klischee eines glatten Karrieristen, den es in die Politik zog und der seinen Aufstieg durch das Auftauchen dieses Kommissars, der Fragen stellte zu einer lange zurückliegenden, furchtbaren Geschichte, auf einmal gefährdet sah. Überhaupt war ihre Familie eigentlich ein einziges Klischee, wenn sie es recht bedachte. Der Vater war der reiche Patriarch, der die meiste Zeit mit seiner Arbeit verbrachte und sein schlechtes Gewissen durch Großzügigkeit und geduldiges Verständnis den Kindern gegenüber zu beruhigen versuchte. Die Mutter war die Ehegattin, die selbst erfolgreich war in ihrem Beruf, aber auch das Familienleben organisierte und wie eine Löwin über das Heil und Wohl der Familie wachte.

Früher hatte Daniela immer gedacht, ihr Vater wäre ein strenger Mensch und harter Hund, bis sie den Wildunfall gehabt hatten. Sie erinnerte sich noch genau, wie furchtbar die Situation gewesen war. Ein Rehkitz war ihnen vor den Wagen gelaufen, am frühen Abend, es war schon dunkel gewesen und sie auf dem Weg von ihrem Haus an der Ostsee nach Hause. Nie wird sie den furchtbaren Anblick vergessen, als das verängstigte Tier zitternd und schnaufend im Graben gelegen und sie mit aufgerissenen Augen angestarrt hatte. Ihr Vater hatte gesagt, sie müssten die Polizei rufen und auf den Förster warten, aber ihre Mutter hatte das nicht gewollt, weil sie einen wichtigen Termin gehabt hatte und den unbedingt wahrnehmen wollte. Außerdem wäre es für das Tier besser, wenn es sofort erlöst werden würde, hatte sie erklärt. Ihr Vater war dann mit Philip und ihr ein Stück vorausgefahren. Dort hatten sie auf ihre Mutter gewartet. Als sie kam, wussten sie, dass sie das Kitz getötet hatte. Geredet hatten sie nicht darüber. Daniela hatte sich immer vorgestellt, dass sie es mit einem Stein erschlagen hatte. Eine Waffe hatten sie ja nicht gehabt. Wie furchtbar! Dreizehn Jahre alt war sie damals gewesen, und ihr war klar geworden, dass ihre Mutter, die um ihre Person nie viel Aufhebens machte, die Harte in der Familie war.

Leise schlüpfte Daniela aus dem Bett und schlich die Treppe hinunter. In der Küche füllte sie sich ein Glas mit Wasser und schlenderte durch den Raum, in den das fahle Mondlicht fiel. Sie setzte sich an den Flügel und erinnerte sich daran, wie sie als kleines Mädchen einmal mitten in der Nacht aufgewacht, in die Bibliothek ihrer Eltern gegangen war und auf dem Flügel eine Nocturne von Chopin gespielt hatte. Acht Jahre alt war sie gewesen und hatte überhaupt nicht bedacht gehabt, dass sie alle im Haus aufwecken würde. Sie hatte noch vor Augen, wie das Licht im Flur das bunte Mosaikfenster in der großen, schweren Tür erleuchtet hatte, in der kurz darauf ihre Mutter mit zerzaustem Haar in ihrem kurzen Seidennachthemd erschienen war. Sie hatte nicht geschimpft, sondern sich wortlos in einen der Ledersessel gesetzt und ihr zugehört. Daniela war glücklich gewesen, hatte in die Augen ihrer Mutter gesehen und ihre Rührung erkannt. Entsprach sie selbst nicht auch einem Klischee? Die Tochter der reichen Familie, die aus dem konservativen Rahmen fiel, eine sensible Künstlernatur, der die rechten Ansichten ihrer Eltern und ihres Bruders ein Dorn im Auge waren? Daniela sah zum Fenster hinaus in den leeren Hof, der zur Hälfte im blauen Mondlicht lag, und lauschte in die Stille. Eine Nocturne, dachte sie, ein Nachtstück, wie passend. Das war ihr damals gar nicht bewusst gewesen. Chopins Nocturne Opus 15, Nummer 3 in g-Moll. Sie konnte es immer noch auswendig. Daniela Berkeesen stellte ihr Glas auf den Boden, klappte schmunzelnd den Tastaturdeckel hoch und begann zu spielen.

»Sie haben enormes Glück gehabt.« Die Ärztin sah ihn mit müden Augen an. Blass war sie, dachte Tom. Sicher hatte sie schon viele anstrengende Stunden in der Notaufnahme des Klinikums hinter sich. In ihrem weißen Kittel saß sie auf einem Stuhl neben der Liege des Behandlungszimmers, auf der er lag, und hielt einige Unterlagen auf ihrem Schoß. Das Neonlicht fiel von der Zimmerdecke und tauchte alles in ein kühles, fahles Licht.

»Sie müssen einen überaus fähigen Schutzengel haben«, sagte sie ohne den geringsten Ansatz eines Lächelns. »Außer einigen leichten, oberflächlichen Blessuren haben Sie keine weiteren Verletzungen erlitten. Aber Sie sollten sich unbedingt in den nächsten Tagen schonen. Wenn Kopfschmerzen, Schwindel, Übelkeit, starke Nackenverspannungen auftreten, sollten Sie Ihren Arzt konsultieren. Eine Gehirnerschütterung zeigt sich manchmal erst sechs bis zwölf Stunden später, genauso ein Schleudertrauma, das sogar unter Umständen erst nach ein, zwei oder drei Tagen. Und die Platzwunde sollten Sie in fünf bis sechs Tagen Ihrem Arzt vorführen. Ich habe mein Bestes gegeben, es sollte keine Narbe geben.« Sie hielt inne, überlegte. »Das sind alles nur Kleinigkeiten, viel drängender ist die Frage, warum Sie diesen Blackout hatten und ob er wieder auftreten könnte.« Besorgt sah sie ihn an. »Sie sind bei der Kripo. Das ist natürlich ein anstrengender Job, und sicher kriegt man manchmal nur wenig Schlaf, könnte ich mir denken.«

»Klar, das ist mal so, mal so.«

»Und manchmal erlebt man vielleicht auch verstörende Sachen.« Sie deutete auf seinen Hals. »Das ist von einem Streifschuss, nicht wahr?«

Tom schwieg.

»Ich war drei Jahre für Ärzte ohne Grenzen unterwegs. Auch in Kriegsgebieten. Ich kenne diese Wunden. Ist noch nicht lange her, oder?« Ihr Blick ruhte geduldig auf ihm. Er wollte aber nicht über dieses Thema reden. »Na ja, was weiß ich denn schon. Herr Simon, Sie sollten das nicht auf die leichte Schulter nehmen. Jetzt ist es gerade noch einmal gut gegangen, das nächste Mal …« Sie zuckte die Achseln.

Ist die Pistole geladen, dachte er.

»Wollen Sie nicht doch wenigstens für ein, zwei Tage bleiben? Ich hätte ein besseres Gefühl, ganz ehrlich, Herr Simon. Wir haben eine ausgezeichnete Neurologie, die Kollegen würden Sie morgen untersuchen. Und Sie könnten ein Gespräch mit einem unserer Psychologen führen. Manchmal muss man die Gelegenheit beim Schopf packen.«

Tom schüttelte den Kopf und spürte, dass dieser noch nicht wieder bereit war für Bewegungen dieser Art. »Danke, aber ich fahre nach Hause.«

»Gut, dann müssen Sie diese Erklärung unterschreiben, dass Sie auf eigene Verantwortung gehen.« Sie hielt ihm den Zettel auf einem Klemmbrett hin und reichte ihm einen Kugelschreiber. Er setzte sich auf und unterschrieb.

»Ich habe den Eindruck«, sagte die Ärztin, »dass Sie genau wissen, was mit Ihnen los ist.« Sie erhob sich. »Kümmern Sie sich darum!«

Tom stieg aus dem Taxi. Der Fahrer wendete und fuhr davon. Drei oder vier Sätze hatten sie miteinander gesprochen, auf der gesamten Fahrt nach Hamburg. Angenehmerweise hatte er ihn in Ruhe gelassen. Der Rote musste in einer Werkstatt in Neumünster bleiben. Ob er noch zu retten war?

Tom blickte auf den Hafen, der im morgendlichen Sonnenlicht vor ihm lag.

Er überlegte, ob er sich auf den Poller am Kai setzen sollte, aber die schmerzhafte Erinnerung an die Nacht, in der er hier gesessen und Marco auf dem kleinen Boot hatte ankommen sehen, die SEK-Kollegen aus dem Transporter gestürmt waren und die Jagd auf seinen Bruder eröffnet hatten, hielt ihn davon ab. Die Tür des Dock One war noch verschlossen, aber es konnte nicht mehr lange dauern, bis Jimmy erscheinen und sein Gym öffnen würde. Tom setzte sich in den Schatten auf den Asphalt, lehnte sich an die Mauer neben dem Eingang und wartete.

»Was machst du denn hier?« Jimmys Stimme weckte ihn, und Tom mühte sich hoch. Er spürte die Prellungen und einen leichten Schmerz im Nacken.

»Hey Coach!«

Tom machte sich gerade und bewegte den Kopf hin und her, um die Nackenmuskeln zu lockern. »Ich will ein bisschen trainieren.«

Jimmy musterte ihn skeptisch. »Ohne deine Sportsachen?«

»War 'ne spontane Idee. Ich dachte, du hast schon irgendwas für mich.«

»Hast du durchgemacht?«

»Das kann man so sagen.«

»Was ist mit deinem Gesicht? Hast du dich geprügelt?«

Tom zuckte die Achseln. Jimmy schloss die Tür auf, der frische, würzige Duft von seinem Aftershave wehte Tom an, als sie hineingingen.

Toms Fäuste flogen in den fremden Boxhandschuhen gegen den Sandsack. Barfuß tänzelte er um ihn herum, erhöhte das Tempo und die Wucht seiner Schläge. Es musste alles raus, was ihn zu erdrücken drohte, was mit Ohnmacht, Angst und Tod zu tun hatte. Er rief sich das metallische Klick in Erinnerung, hielt inne, und seine Rechte knallte mit einer Wucht gegen das Kunstleder, dass der Sack hin und her flog. Tom atmete durch. Er war allein in der Halle. Jimmy hatte ihm eine alte

Trainingshose und ein Paar Handschuhe gegeben und sich dann in seine Butze verzogen. Tom schüttelte sich und boxte weiter, schlug immer schneller und härter, bis kein Raum mehr war für Erinnerungen oder Gedanken. Auf einmal ging alles leicht, seine Arme flogen wie von selbst, die Fäuste trommelten auf den Sack, und er fühlte sich, als schwebte sein Körper inmitten einer rasenden Zeitlupe um den Sandsack herum. Bis er ins Taumeln geriet, sich mühsam auf den Beinen hielt, vorbeugte und erschöpft auf seine Schenkel stützte. Der Schweiß rann an ihm hinunter und tropfte auf den Steinboden. Hinten an der Wand lehnte Jimmy mit seinem Kaffeebecher in der Hand und beobachtete ihn.

35

Er spürte die Blicke der Kollegen, die Erleichterung, aber auch Verwunderung und Skepsis ausdrückten. Der Korridor kam ihm länger vor, als er war. Er fühlte sich eigenartig, ein wenig wie in Trance. Alles erschien ihm langsam, sein Gang, die Bewegungen der Kollegen. Konnten Blicke ein Tempo haben?

»Hey Tom! Gott sei Dank, da bist du ja!«, hörte er. »Mann, wie gut, dich zu sehen.« Er versuchte zu lächeln. Sein Kopf war schwer, natürlich sollte er jetzt nicht hier sein, sollte im Bett liegen und Ruhe haben.

Als er die Tür zu ihrem Büro erreichte, war er froh. Katja sah von ihrem Bildschirm auf und starrte ihn an, als wenn er ein Wesen von einem anderen Stern wäre. Er freute sich, seine Partnerin zu sehen.

»Hey Katja!«, sagte er, schloss die Tür und ging zu seinem Tisch. Es dauerte einen Moment, bis sie ihre Sprache wiederfand. »Du lebst!« Die Erleichterung stand ihr ins Gesicht geschrieben. Ihr Blick fiel auf das Pflaster auf seiner Stirn, die Kratzer und den Bluterguss auf Wange und Kinn. »Was ist passiert?« Besorgt sah sie ihn an. »Mann, Tom! Wo warst du? Was haben die mit dir gemacht?«

Die Verbindungstür ging auf, und Taller kam herein.

»Er ist wieder da«, sagte der Wikinger erleichtert.

Balbeck folgte ihm. »Mann, Mann, was hast du schon wieder für eine Scheiße verzapft?«, grummelte er.

Tom blickte in die Runde. »Ist ein gutes Gefühl, vermisst zu werden.«

»Wir wissen, wo du Samstagnacht gewesen bist, Tom.« Hendrik Felsen saß hinter seinem Schreibtisch und sah seinen Ermittler, der ihm gegenübersaß, mit ernstem Blick an.

»Ich werde also noch überwacht.«

»Franziska hat dich immer noch auf dem Kieker. Vielleicht ist dein Bruder nämlich noch in Hamburg.«

»Aber dann … hätten sie doch …«

»Ja, hätten sie, das denke ich auch, Tom. Aber was ist überhaupt passiert? Was zur Hölle hattest du in der Wohnung von dem Dealer verloren?«

»Das war eine Privatsache. Ich habe aber keine Drogen gekauft, ist mir viel zu teuer.« Der kleine Witz geriet zu einem müden Versuch, ein wenig Lockerheit ins Spiel zu bringen.

»Tom, was wolltest du dort? Du bist mit einer obdachlosen Heroinsüchtigen in die Wohnung gegangen und nicht wieder herausgekommen. Wir sind am Sonntagnachmittag mit dem SEK reingegangen, aber du warst weg.«

Die Unterstützung der Kollegen rührte Tom. Er konnte sich vorstellen, wie sie sich Sorgen um ihn gemacht hatten. Gleichzeitig war es ihm unangenehm, dass er für diesen Einsatz gesorgt hatte. Aber er schwieg. Es war ihm zwar klar, dass er damit nicht durchkommen würde, aber er konnte nicht anders.

»Du siehst nicht gut aus, mein Lieber. Blass, eingefallen, übernächtigt. Schürfwunden im Gesicht. Und unter dem Pflaster dürfte wohl eine Platzwunde sein.« Felsen zögerte, beugte sich vor und sah Tom tief in die Augen. »Und sicher gibt es noch die eine oder andere Wunde, die man nicht sehen kann.« Felsens Blick ruhte auf ihm. »Mensch, Tom, mach es mir und vor allem dir selbst doch nicht so schwer!«, sagte der Hüne leise.

Tom überlegte, was er bereit war preiszugeben. »Ich war auf der Suche nach Marco. Die Frau kannte jemanden, der mir vielleicht hätte weiterhelfen können. Und es hätte sein können, dass der bei diesem Dealer gewesen wäre.«

»Und war er?«

»Nein.«

Felsen wartete geduldig.

»Aber ich bin wohl jemandem zu nahe gekommen. Jedenfalls haben mich zwei Typen in die Mangel genommen und mir eine Betäubungsspritze verpasst.« Felsen schüttelte einigermaßen fassungslos den Kopf, aber enthielt sich eines Kommentars. »Als ich aufgewacht bin, war ich in einem Kellerloch ohne Fenster gefangen. Das war übel, ich hatte irgendwann echt Schiss, dass die mich aus dem Verkehr ziehen würden. Aber dann haben die mich mit verbundenen Augen durch die Stadt gefahren und auf einer Baustelle in Bahrenfeld freigelassen und gesagt, ich solle aufhören, herumzuschnüffeln.«

Erneutes Kopfschütteln. Dann stutzte sein Chef.

»Kellerloch? Hast du vielleicht mal Leute vor der Tür sprechen gehört? Katja und Peter waren nämlich im Keller vom Red Magic auf dem Kiez, hatten dich dort vermutet.«

Tom zögerte. »Nein. Ich habe keine Ahnung, wer das war.«

Felsen sah Tom nachdenklich an. »Mit unserem Fall hatte es nicht zu tun?«

»Nein, warum?«

»Katja hat mir von den Bikern erzählt, die euch verfolgt

haben. Einen haben wir identifiziert, einen Neonazi, der nicht ohne ist.«

Tom überlegte. Daran hatte er noch gar nicht gedacht.

»Aber dass sie mich so lange gefangen gehalten haben, passt nicht zu diesen rechten Schlägern. Nein, das glaube ich nicht.«

Felsen faltete seine riesigen Hände und legte sie auf den Tisch.

»Weißt du, was verrückt ist? Gar nicht mal, was du mir hier erzählst, Tom, sondern die Art, wie du es erzählst. Als wäre es normal, von irgendwelchen Gangstern betäubt und verschleppt zu werden. Das ist es aber nicht. Solche Situationen gehören nicht zum Alltag unseres Berufs.«

Kleinlaut senkte Tom seinen Blick. Sein Chef erhob sich, ging zum Fenster und sah hinaus.

»Und wir reißen uns dann den Arsch auf, um dich aus der Scheiße zu ziehen, dazu die Kollegen vom SEK, sechs Zivilfahnder und sämtliche Streifenbeamte von vier Bezirken, die nach der obdachlosen Heroinsüchtigen gesucht haben.« Er drehte sich zu seinem Ermittler. »Das, mein lieber Tom, solltest du dir noch mal bewusst machen! Ich verstehe ja, was dein Bruder dir bedeutet und was seine Geschichte mit dir macht. Aber langsam musst du einen Weg finden, dich endlich wieder auf dein Leben, und dazu gehört auch deine Arbeit, zu konzentrieren. Unabhängig von ihm. Schließlich ist er seinen Weg auch ohne Rücksicht auf dich gegangen.«

Tom war kurz davor zu nicken, aber brachte es nicht fertig.

»Was soll ich der Agersen denn jetzt sagen?«, fragte Felsen.

»Die Wahrheit«, erwiderte Tom.

Der Hüne hielt inne, dann ging er zurück hinter seinen Tisch.

»Welche denn? Deine oder meine?«

Tom verstand nicht.

»Du warst nicht beim psychologischen Dienst.«

Tom sackte innerlich zusammen, fühlte sich wie ein ertapptes Kind. Er hatte keine Idee, wie er das erklären sollte, trotzdem setzte er zu einem Versuch an, aber Felsen unterband diesen sogleich. Er stützte sich auf den Tisch und schob seinen mächtigen Körper vor.

»Ich will jetzt keine halbherzigen Erklärungen von dir hören. Ich will auch nicht hören, was du in der Zeit stattdessen getrieben hast. Ich will überhaupt nichts mehr hören, außer, dass das jetzt aufhört. Ich will nicht belogen werden. Mann, Tom, wie soll ich dir noch vertrauen können? Hast du dich das schon mal gefragt?«

Die Sonne schien durch die breite Fensterfront und tauchte den Besprechungsraum 3, in welchem sich die Ermittler der Soko Krambach um den langen Tisch versammelt hatten, in ihr warmes Licht. Tom saß am hinteren Ende zurückgelehnt in seinem Stuhl. Während er Felsens Ausführungen über die Aussagen des Ex-Nazis Fallof zu einem früheren Anschlag auf Krambach und eine mögliche Verbindung zu den rechten FKD-Mitgliedern Nils Grosper und Christian Koltau zuhörte, ließ er seinen Blick über die Kollegen schweifen. Er blickte in konzentrierte Gesichter von sehr unterschiedlichen Menschen, die alle ihre Fähigkeiten einbrachten, stets ihr Bestes gaben, um hartnäckig und geduldig die Fälle aufzuklären, damit für Gerechtigkeit gesorgt und die Gesellschaft vor den Tätern geschützt werden konnte. Ihm wurde klar, wie viel es ihm bedeutete, Teil dieses Teams zu sein. Tom sah zu Katja, die neben Balbeck saß. Wenn sie wüsste, wie richtig sie mit ihrem Instinkt gelegen hatte. Katja war eine besondere Ermittlerin, aber auch eine tickende Zeitbombe, schien ständig auf einem schmalen Grat zu wandern.

»Unser Informant sagt, dass dieser Haufka seinerseits von einem Anwalt beauftragt worden ist. Vermutlich einer vom rechten Flügel der FKD. Dazu kann Katja etwas sagen.«

»Zwei Anwälte habe ich schon ausfindig machen können. Philip Berkeesen und Michael Solburg. Berkeesen gilt als starke Kraft des rechten Flügels. Er kandidiert dieses Jahr für die Hamburger Bürgerschaft. Solburg scheint eher im Hintergrund zu agieren. Bekannt ist, dass er häufig Neonazis verteidigt hat. Mehr weiß ich noch nicht.«

»Berkeesen«, wiederholte Felsen nachdenklich. »Der Name sagt mir irgendwas.«

Balbeck sah Tom an. »Das ist doch…«

»Das ist der Sohn des Reeders Berkeesen«, sagte Tom. »Auf der Party zu seinem fünfundzwanzigsten Geburtstag vor neun Jahren wurde die Freundin meines Bruders zum letzten Mal lebend gesehen.«

Einige nickten, erinnerten sich an die tragische Geschichte. Ein leicht betretenes Schweigen machte sich breit. Irritiert sah Katja zu Tom.

»Tom kann es dir nachher erklären, Katja«, sagte Felsen.

Jetzt war der Weg zu dem Grauhaarigen nicht mehr weit für Katja, dachte Tom. Sie würde ihm Fragen stellen.

»Tja, da hat sich der Junior doch gut entwickelt«, sprach ihr Chef weiter. »Und jetzt will er auch noch in die Politik. Ein ehrgeiziges Ziel. Vielleicht hat ihn Krambach ja auf irgendeine Weise gestört.« Felsen wandte sich an Katja. »Hol bitte Peter und Oliver ins Boot! Ich möchte, dass die das weiterverfolgen. Dein Partner ist mir da ein wenig zu vorbelastet.«

Katja sah wieder zu Tom, dem diese Entwicklung ganz und gar nicht behagte.

»Vom Verfassungsschutz wissen wir mittlerweile«, fuhr Felsen fort, »dass Koltau, als er noch beim SEK war, überwacht wurde. Er bewegte sich in einem rechtsradikalen Umfeld und wurde in Verbindung gebracht mit verschwundenen Dienstwaffen und Munition. Bea und Steff kümmern sich heute um Koltau und Grosper, sehen sich die Securityfirma mal an.«

Es klopfte.

»Bitte!«, rief Felsen Richtung Tür. Jonas Starmer trat ein.

»Starmer! Hast du wieder was Interessantes für uns?«

»Das kann mal wohl sagen.« Der Leiter der Mordbereitschaft 4 trat zu Felsen, legte seinen Laptop auf den Tisch und klappte es auf. »Es passt bestens, dass ihr gerade alle zusammensitzt.«

»Dann schieß mal los!«, sagte Felsen und trat ein paar Schritte zurück.

»Gut«, begann Starmer. »Claudia Hilser, vor deren Wohnung Jens Gerksen und sein Hund erschossen wurden, hat einen Sohn gehabt, Felix Hilser. Und der ist 2001 ermordet worden. Einundzwanzig Jahre war er alt. Ich habe mir die Akte von den Kollegen in Duisburg schicken lassen, und heute habe ich sie als Datei erhalten. Hat leider ein wenig gedauert.« Er blickte auf den Bildschirm seines Laptops. »Der Junge wurde zusammengeschlagen und ist an inneren Blutungen gestorben. Die Leiche wurde in einer ehemaligen Zeche in Duisburg gefunden. Die Kollegen dort hatten vermutet, dass es mehrere Täter gewesen waren, die aus dem Milieu illegaler Boxkämpfe stammten, denn das Gelände des stillgelegten Schachts war ein beliebter Ort für solche Kämpfe, und Felix war selbst ein erfolgreicher Bare-Knuckle-Boxer gewesen. Der Fall wurde nie geklärt.«

»Illegale Boxkämpfe«, wiederholte Felsen.

»Zu Tode geprügelt«, sagte Bea. »Fast wie Krambach.«

»Was aber noch viel interessanter ist«, fuhr Starmer fort. »Der Junge war auf das Franz-Ludwig-Zahn-Gymnasium gegangen, wo euer Krambach Lehrer gewesen war. Und von der achten bis zur zehnten Klasse war er sein Lehrer in Sport und Geschichte gewesen.«

»Deshalb das Ticket für die Lesung«, sagte Katja.

Starmer wandte sich an Felsen. »Sorry, Hendrik, dass ich so übergriffig war, aber ich dachte, ich checke das mal und nehme euch ein wenig Arbeit ab.«

»Du hast doch nur deine Neugier nicht zügeln können«, erwiderte Felsen schmunzelnd. »Danke, Jonas, das war eine gute Idee.« Nachdenklich ging der Koloss ein paar Schritte auf und ab. Im Raum herrschte Stille, die Ermittler hielten sich zurück, obwohl zu spüren war, wie schwer es ihnen fiel. »Das könnten natürlich merkwürdige Zufälle sein«, sagte Felsen. »Aber wir wissen alle, dass die nicht so häufig vorkommen in Mordermittlungen.«

Tom wurde ebenfalls unruhig. Plötzlich deutete sich eine handfeste Spur an, die in eine ganz andere Richtung führte. Vielleicht lag er mit seiner Marco-Theorie doch falsch. Möglicherweise hatte er tatsächlich Gespenster gesehen. Er spürte eine zaghafte Erleichterung.

»Wenn Krambach damals schon ein Anhänger von Bare-Knuckle-Fights gewesen war«, sagte Katja, »dann hatte er als Sportlehrer vielleicht auch den ein oder anderen Jungen für den harten Männersport begeistert. Vielleicht auch Hilsers Sohn. Erst mal fürs Boxen und später dann für Bare-Knuckle.«

»Und die Mutter hat Krambach die Schuld am Tod ihres Sohnes gegeben, weil er ihn zu diesen illegalen Kämpfen gebracht hatte«, spekulierte Steff.

»Sie ist nach Hamburg gezogen mit dem Plan, sich an Krambach zu rächen.«

»Aber warum erst sechzehn Jahre später?«, fragte Balbeck und steckte sich eine von seinen scharfen Fisherman's-Friend-Pastillen in den Mund.

»Wie alt ist Claudia Hilser?«, fragte Taller.

»Achtundfünfzig«, antwortete Starmer. »Hätte sie über diese Mauer klettern können und Krambach diese Schläge verpassen können?«

»Wenn sie trainiert ist«, erwiderte der Leiter der Mordbereitschaft 4. »Wir haben ein Springseil, Hanteln und Laufschuhe in ihrer Wohnung gefunden.«

»Na bitte!«, sagte Katja.

»Eigenartig bleibt die Geschichte mit dem erschossenen Rentner vor ihrer Wohnung«, sprach Starmer weiter. Das Ergebnis der DNA-Analyse hat keine Übereinstimmung ergeben. Das Blut am Gebiss des Hundes stammte nicht von Claudia Hilser. Wahrscheinlich hat sie den Mann nicht erschossen. Aber es könnte natürlich auch jemand bei ihr gewesen sein, den der Hund gebissen hat. Der Abgleich mit der europäischen DNA-Datenbank hat keinen Treffer ergeben.«

»Was wisst ihr über den Mann?«, fragte Felsen.

»Jens Gerksen war ein Freund von Hilsers Chef. Er hatte sie beim Bowling der Mitarbeiter kennengelernt. Übrigens hatte sie ihren Job ohne ersichtlichen Grund gekündigt. Zwei Tage bevor Gerksen vor ihrer Tür erschossen wurde, hatte sie ihren letzten Arbeitstag gehabt.«

»Und einen Tag vor Krambachs Lesung«, merkte Katja an.

»Ihre Wohnung hatte sie auch gekündigt«, fügte Starmer hinzu.

»Sie war's, sie hat Krambach getötet«, sagte sie überzeugt. »Und anschließend ist sie irgendwohin, um selbst aus dem Leben zu scheiden. Wahrscheinlich liegt sie längst tot im Wald.«

»Aber wer hat dann Jens Gerksen erschossen und warum?«, fragte Felsen.

»Die ganze Geschichte ist ein Rätsel«, sagte Starmer.

»Oliver und Peter, fahrt in die Buchhandlung und zeigt denen Hilsers Foto!«

Taller und Balbeck erhoben sich und verließen die Besprechung.

»Welche Schuhgröße hat Hilser?«, wollte Tom wissen.

Starmer sah auf seinen Bildschirm. »Größe 41.«

»Unser Täter hatte 42«, sagte Tom.

»Ach, das heißt doch nichts«, erwiderte Felsen. »Manchmal passen jemandem mit 41 auch Sneakers in 42.« Tom nickte zwar, hatte jedoch Schwierigkeiten mit der Vorstellung, dass eine unbescholtene achtundfünfzigjährige Frau, selbst wenn sie trainiert ist, an einem Seil mit Enterhaken über die hohe Mauer der Krambachvilla geklettert ist, dem Mann die vielen Faustschläge verpasst und ihn schließlich eiskalt in den Kopf geschossen hat. Sich das Ganze mit Marco vorzustellen, fiel ihm hingegen nicht schwer.

36

Sie tauchte den Wischmopp in den Eimer mit der Seifenlauge und wischte über den Linoleumbelag der Treppenstufen. Jetzt noch die Böden des ersten Stockwerks und des Erdgeschosses. In einer Viertelstunde würde sie fertig sein. Sie zog den Mopp in Form einer Acht über den Boden, so hatte der Hausmeister es ihr beim ersten Mal gezeigt. Sofie Wibold hatte keine Erfahrung in der Gebäudereinigung gehabt, und das hätte ihrer Meinung nach gern so bleiben können. Aber sie brauchte den zusätzlichen Job, um sich und Leon ein bisschen mehr finanziellen Spielraum zu verschaffen. Der Junge war jetzt in einem Alter, in dem seine Ansprüche und die Ausgaben wuchsen. Außerdem lief es im Café seit einiger Zeit nicht mehr gut, die Gäste blieben aus, und sie hatte drei Schichten abgeben müssen. Es konnten natürlich jederzeit wieder mehr werden, das war ihr aber zu unsicher. Lieber putzte sie einmal in der Woche zwei Treppenhäuser in der Haroldstraße.

Im Parterre musste sie zwei Kinderwagen und einen Roller beiseiteräumen, dann war der Boden schnell gewischt. Es war einer dieser Tage, an denen ihr alles leicht von der Hand ging. In dem kleinen Abstellraum im Keller kippte sie die dreckige Lauge in das Waschbecken, spülte den Wischmopp aus und stellte ihn in die Ecke zu Schrubber und Besen. Sie hörte Schritte, jemand kam die Treppe herunter. Sie zog die Gummihandschuhe aus, legte sie ins Regal und schloss die Tür. Ein Mann betrat den engen Gang. Er kam auf sie zu und sah sie an. Sofie Wibold spürte ein unangenehmes Gefühl. Der Mann war in ihrem Alter, schätzte sie, so Ende dreißig.

»Tach!«, nuschelte er kurz. Sie hatte ihn im Haus noch nie gesehen, aber sie kannte auch noch nicht alle Mieter.

»Tach!«, antwortete sie und merkte, dass es ihr schwerfiel, ihrem Gegenüber in die Augen zu sehen. Er schien zu zögern, ging aber weiter und an ihr vorbei, blieb stehen und drehte sich um.

»Du machst das gut«, sagte er und lächelte. Unsicher sah sie ihn an. »Besser als die beiden Pfuscher vor dir. Da war immer noch Dreck an den Rändern und in den Ecken.« Sofie lächelte. »Kann man ja mal sagen«, sagte der Mann und machte ein paar Schritte auf sie zu. Ihr wurde mulmig.

»Danke!«, erwiderte sie leise. »Dann noch einen schönen Tag!« Mit zügigen Schritten ging sie zur Treppe.

»Ebenso!«, rief der Mann ihr nach.

Sie drehte sich nicht mehr um. Mit federnden Schritten lief sie die Stufen zum Parterre hoch. Mit Schwung öffnete sie die Tür und trat hinaus ins Freie. Sie holte ihr Fahrrad aus dem Hinterhof und schob es auf dem Fußweg neben sich her. Blass sehe ich aus, dachte Sofie Wibold, als sie sich ein paar Häuser weiter im Spiegel des Schaufensters eines Friseursalons betrachtete. Sie strich sich ein paar Haare aus der Stirn. Das gestreifte Langarmshirt war schon am Ärmel etwas ausgefranst, aber vielleicht fiel das nur ihr auf. Eigentlich bräuchte sie mal wieder zwei, drei neue Oberteile, um ihre Garderobe etwas aufzufrischen. Im Café konnte sie nicht immer in den gleichen Klamotten auflaufen. Auf die Sachen aus den Billigshops im Internet hatte sie aber keine Lust. Ein bisschen Klasse wollte sie schon ab und zu am Körper tragen. Sie stieg auf ihr

Fahrrad und machte sich auf den Weg nach Hause. Der Himmel war grau und hing schwer über der Stadt. Sie hatte sich schon oft gefragt, ob der Himmel über Duisburg grauer wäre als der über anderen Städten. Früher hatte sie gedacht, das käme von den rauchenden Schloten der Zechen, aber die rauchten nun schon seit über zehn Jahren nicht mehr.

Sie überlegte, ob sie die Siebzigerjahre-Lampe, die an ihrem Sofa stand, bei Ebay einstellen sollte. Sie war ein Original und würde sicherlich einen guten Preis erzielen. Dann konnte sie sie durch ein preiswertes Modell von Ikea ersetzen. Neulich hatte sie zwei Lampen dort gesehen, die ihr gefallen hatten. Sie fand das eine prima Idee und beschloss, einen kleinen Umweg durchs Dellviertel zu machen und ihren Lieblingsklamottenladen aufzusuchen. Gut gelaunt radelte sie durch die Unterführung am Hauptbahnhof, bog ab, fuhr durch die breite Fußgängerzone der Königstraße vorbei an den Geschäften, Kaufhäusern und am Lifesaver, der großen, bunten Brunnenskulptur von dieser Künstlerin mit dem französischen Namen, den sie sich nie merken konnte, bog ab in eine Seitenstraße und stand schließlich vor dem kleinen Modegeschäft.

Um diese Zeit war noch nicht viel los in dem Laden. Eine Tunika eines skandinavischen Labels gefiel ihr auf Anhieb, sie mochte die bunten Farben, das feine Muster. Eine Hippiebluse, dachte sie und verschwand mit ihr in der Umkleidekabine. Sie schlüpfte hinein und spürte gleich, dass sie perfekt saß. Dazu stand sie ihr prima. Der einzige Haken war der Preis. Vierundsechzig Euro sollte das Vergnügen kosten. Zu viel für ihr Monatsbudget. Und nun? Ohne die Bluse gehen und den ganzen Tag traurig sein? Oder mit der Bluse und den ganzen Tag ein schlechtes Gewissen haben? Sie hatte Leon vor Augen, in zwei Wochen stand die Londonreise seiner Klasse an. Das Geld hatte sie der Schule zwar schon überwiesen, aber er benötigte natürlich auch ein anständiges Taschengeld, und er brauchte noch ein neues Paar Sneaker. Zwei, wenn es nach ihm ging. Warum konnte dieses schöne Teil nicht zwei Zehner günstiger sein? Schweren Herzens entschied sie sich, vernünftig zu bleiben, und zog die Tunika wieder aus. Ein wenig lustlos stöberte sie noch in den Angeboten herum, dann verließ sie den Laden.

»Lass mich einfach in Ruhe!«, sagte er und verschwand in seinem Zimmer. Sofie hörte, wie er den Schlüssel im Schloss herumdrehte. Das machte Leon seit einiger Zeit. Sich einzuschließen war die trockene Ansage, dass ihm ihre Gedanken und Gefühle egal waren. Als sie nach Hause gekommen war, war die Wäsche noch in der Waschmaschine gewesen, dabei hatte sie ihn gebeten, die Sachen zum Trocknen aufzuhängen, bevor er zur Schule fuhr. Eine Kleinigkeit, nichts Schlimmes, aber übel stieß ihr auf, dass ihr Sohn immer weniger bereit dazu war, im Haushalt mit anzupacken. Und vor allem, dass sie ihn nicht darauf ansprechen durfte. Dann brauste er auf, beschimpfte sie, bevor er sich verschloss und alle ihre Versuche, mit ihm zu reden, an seiner Arroganz abprallen ließ. Sie ging in die Küche und füllte den Wasserkocher. Aus dem Hängeschrank holte sie ihren Lieblingsbecher mit den aquarellierten Rosen hervor und hängte einen Darjeeling-Teebeutel hinein. Sie sah aus dem Fenster auf die grauen, einförmigen Häuser gegenüber und die ehemalige Tankstelle, in der nun ein Getränkemarkt seinen Sprit verkaufte und dessen Besitzer mit seinen Buddies bei ein paar Bierchen vor seinem Laden abhing. In der Wohnung gegenüber wurde das Fenster geöffnet, Herr Schlokowski ließ seinen Blick über die Straße schweifen, dann ging er zurück ins Halbdunkel des Wohnzimmers, bestieg sein Ergometer und strampelte los. Das machte der rüstige Rentner jeden Tag um diese Zeit. Auf einmal hörte sie, wie die Wohnungstür ins Schloss fiel. Leon war gegangen, vermutlich zum Boxen.

Die Welt aus Licht und Schatten war von beeindruckender Schönheit, die Luft frisch und angenehm kühl. Der Beamte von der schleswig-holsteinischen Polizei führte Jonas Starmer und Maike Schreiter zwischen dicht belaubten Bäumen über den weichen Waldboden. Tom und Katja folgten ihren Kollegen. Rot-weißes Absperrband markierte den Weg, der tief in den Wald hineinführte. Hier und da leuchteten kleine Inseln, wo die Sonnenstrahlen zwischen Bäumen, Ästen und Blättern hindurch auf den Boden trafen. Wie helle Farbtupfer in impressionistischen Gemälden, dachte Tom. Anette fiel ihm ein, die sicher etwas über die Darstellung von Wald in der Kunst hätte erzählen können. Ob er mit seiner Aktion ihre Freundschaft beschädigt hatte? Wie ein Getriebener hatte er sich verhalten. Ihre Empörung hatte echt gewirkt. Vielleicht war Marco wirklich nicht bei ihr gewesen.

»Kann es sein …«, hörte er Katjas Stimme leise neben sich, »dass der Mord an seiner Freundin und seinem ungeborenen Kind deinen Bruder in die Drogenkriminalität getrieben hat?«

Es fühlte sich eigenartig an, dass Katja jetzt auch die furchtbare Geschichte kannte.

»Das kann gut sein«, murmelte er. »Ich weiß es nicht.« Er sah zur Seite in ihre graublauen Augen, der Bluterguss war kaum mehr zu erkennen. »Das ist mein Problem. Ich weiß zu wenig, ich habe das damals alles überhaupt nicht mitbekommen. Und ich verstehe nicht, wie mir das passieren konnte. Marco und ich waren so eng, wir haben uns blind vertraut, über alles geredet. Aber es stimmt: Nach dem Mord hatte er sich verändert. Ich kam nicht mehr an ihn heran, nicht wirklich. Tagsüber ging er kaum aus dem Haus, lebte nur noch nachts und pfiff sich sonst was rein. Aber irgendwann hatte er sich gefangen, nur der Alte ist er nie mehr geworden.«

»Ich habe mir versucht vorzustellen, wie das ist, einen Menschen an der Seite zu haben, der genauso ist wie man selbst.«

Tom lachte. »Das kann sich keiner vorstellen.«

Die Kollegen blieben stehen. Das rot-weiße Absperrband grenzte nun ein Areal ab, in dem die weißen Figuren der Spurensicherung stumm ihrer Arbeit nachgingen. Raschelnd stiegen Tom und seine Kollegen ebenfalls in ihre papierenen Schutzanzüge.

»Ah, die Hamburger!«, wurden sie von einem der Ermittler begrüßt und zu der Leiche geführt. »Der Hund des Försters hat sie gefunden. Er hat angeschlagen und gegraben. Als ein Arm zum Vorschein kam, hat der Förster uns benachrichtigt. Papiere haben wir nicht gefunden. Überhaupt waren die Taschen leer. Wir haben sie nur anhand eures Fahndungsfotos identifiziert.«

Tom erkannte Claudia Hilser nicht auf den ersten Blick. Der Verwesungsprozess hatte schon Spuren hinterlassen. Außerdem trug sie einen Businessanzug, was in seiner Vorstellung nicht zu der Frau passte. Auf der Stirn zeugte ein dunkelviolettes Einschussloch von einem gewaltsamen Tod. Ihr Körper lag in einem kaum tiefen Erdloch. Die Rechtsmedizinerin, die neben der Leiche kniete, sah zu Tom und seinen Kollegen auf.

»Hallo, ich bin Jonas Starmer vom LKA Hamburg. Das sind meine Kollegen Katja Wichas, Tom Simon und Maike Schreiter.«

Sie erhob sich. »Stefanie Wühling, Institut für Rechtsmedizin Lübeck. Ich kann noch nicht viel sagen. Ein Kopfschuss und einer in die Herzgegend. Vermutlich direkt ins Herz.«

»Aufgesetzt?«

»Nein.«

»Kopf und Herz, wie bei Gerksen«, sagte Starmer.

Tom bemerkte, wie der Blick der Rechtsmedizinerin auf ihm ruhte, sie sein leicht ramponiertes Gesicht und vor allem den fast verheilten Streifschuss an seinem Hals betrachtete.

»Todeszeitpunkt?«, fragte Starmer.

Stefanie Wühling überlegte. »Der Körper liegt hier schon

ein paar Tage. Also, ich schätze, der Todeszeitpunkt war vor fünf, sechs Tagen, und ich vermute, dass sie kurz darauf hier vergraben wurde.«

»Dann ist dies nicht der Tatort?«

»Sieht nicht so aus.«

»Wir haben schwache Spuren gefunden, die Schleifspuren sein könnten«, sagte ein weiterer Kapuzenmann, der zu ihnen kam. »Es hat ja leider dieses starke Unwetter Donnerstagnacht gegeben. Das hat es uns natürlich schwer gemacht. An den Büschen dort haben wir einige abgebrochene Zweige entdeckt. Wahrscheinlich wurde die Leiche zwischen ihnen durchgezogen. An einem Dorn hingen ein paar Haare.«

»Reifenspuren?«, fragte Starmer.

Der Mann schüttelte den Kopf. »Wenn es welche gegeben hat, dann wurden sie vom Regen weggespült.«

»Die Haare sind natürlich super«, sagte Maike.

Der Mann nickte. »Wenn sie nicht vom Opfer stammen.«

»Klar!«, erwiderte Starmer.

Tom beugte sich zu der Leiche herunter. Kleine Würmer und Insekten krochen auf der grauen Haut des Gesichts und Halses herum, eine Ader schimmerte grün hindurch. Er betrachtete das Gesicht genau, und langsam trat die Ähnlichkeit mit der Frau auf den Fotografien, die sie von Claudia Hilser hatten, zutage. Die aktuellste Aufnahme war die, welche ihr Supermarktchef an dem Bowlingabend mit seinem Handy von ihr zusammen mit zwei Kolleginnen gemacht hatte. Auf dem Bild lächelte sie schüchtern, wirkte fast mädchenhaft.

»Warum trug sie einen Businessanzug?«, fragte Katja. »Die Frau hat im Supermarkt an der Kasse gesessen, in einfachen Verhältnissen gelebt. Dieser Anzug und die Schuhe passen nicht zu ihr.«

»Ja, das ist merkwürdig«, sagte Starmer.

»Aber sie hatte den Job ja gerade gekündigt«, merkte Tom an. »Wer weiß, was sie vorhatte?«

»Frau Wühling, der Todeszeitpunkt ist hier von großer Bedeutung«, sagte Starmer. »Die Tote könnte im Zusammenhang mit zwei Morden stehen.«

»Ich melde mich so früh wie möglich.«

Die Musik von Peter Gunn ertönte. Tom zog sein Handy aus der Hosentasche und trat zur Seite. Die Nummer auf dem Display kannte er nicht.

»Hallo?«, fragte er. Am anderen Ende meldete sich eine freundliche, norddeutsch gefärbte Männerstimme. »Hallo, Herr Simon, hier ist die Kfz-Werkstatt Heilmann in Neumünster. Wir haben Ihren Mercedes hier stehen und müssen wissen, was wir mit dem Wagen machen sollen.«

Den Roten hatte er ganz vergessen. Wie konnte mir das passieren?, fragte er sich. »Wie sieht er denn aus?«, fragte er ängstlich. »Na ja, die Frage ist, was Ihnen das gute Stück wert ist.«

»Verstehe.«

»Das muss ja ein ziemlich heftiger Crash gewesen sein. Gut, dass Ihnen nichts Schlimmes passiert ist.«

»Ja«, erwiderte Tom zögerlich. Er hatte schon vergessen, dass er gerade haarscharf an einer Katastrophe vorbeigeschrammt war.

»Also, wir kriegen den schon wieder hin, aber es wird einige Tage dauern, bis ich die Teile alle zusammenhabe. Und dann …«

»Wie viel?« Tom wollte keine Details hören, die ihm das Ausmaß der Zerstörung vor Augen führten.

»Ich kann da keinen genauen Preis nennen. Sechs- bis siebentausend! Unter dem wird das nichts.« Tom musste schlucken. »Hören Sie, ich kann Ihnen den Wagen auch abnehmen. Ich würde Ihnen noch achthundert geben.«

Tom erschrak. Die Vorstellung versetzte ihm einen Stich, den er tief in seinem Herzen spürte. »Nein! Auf keinen Fall. Reparieren Sie ihn!«

37

Schweigend ging Hendrik Felsen in seinem Büro auf und ab. Einen Gedanken für den Weg zum Fenster und einen für den Weg zurück bis zur Tür, schätzte Tom, der an der Wand neben seiner Partnerin lehnte und eine bleierne Müdigkeit verspürte. Vielleicht würde er heute Nacht endlich einmal schlafen können. Taller saß an dem kleinen Tisch zusammen mit Balbeck, der seinen Raucherhusten herausbellte und sich gleich wieder eine Fisherman's-Friend-Pastille in den Mund schob.

»Ich war bei der Lateinamerikanischen Handelsgesellschaft«, flüsterte Katja Tom zu. »Und habe jetzt die Namen der beiden Latinos vom Bare-Knuckle-Abend.«

»Sehr gut.« Er war beeindruckt. »Respekt, Partnerin!«

»Es sind Kolumbianer.«

»Ist das vielleicht auch für uns interessant, Katja?«, fragte Felsen.

»Nein, Chef, noch nicht.«

Felsen nickte leicht gereizt.

»Ein Baumwollproduzent«, flüsterte sie. »Und ein Anwalt.«

»Dass die die Namen rausgerückt haben«, erwiderte Tom.

»Das liegt an meinem unwiderstehlichen Charme. Ich werde die beiden jedenfalls mal checken.«

»Gut.«

Starmer kam herein, in jeder Hand einen Kaffeebecher. Einen reichte er Felsen und stellte sich mit dem anderen ans offene Fenster. Unterdessen wanderte ihr Chef weiter hin und her. Der grübelnde Koloss erinnerte Tom an Sisyphos, der immer wieder den Felsblock den Berg hinaufwälzte, von dem er stets wieder hinabrollte. Wir müssen uns Sisyphos als glücklichen Menschen vorstellen, hatte Albert Camus gesagt.

Tom fragte sich, ob Felsen glücklich war. Und Katja? Taller, Balbeck, Starmer? *Und ich?*

»Also Hilser hat die Karte für Krambachs Lesung in dem Buchladen gekauft«, sagte Felsen. »Und das schon vor langer Zeit. Dabei hat sie sich im Laden sehr genau umgesehen, sodass es der Verkäuferin aufgefallen war. Vielleicht hat es nichts zu bedeuten, vielleicht aber doch.« Das Telefon klingelte. Ihr Chef stellte auf Lautsprecher. »Felsen!«

»Hallo, Herr Felsen, Stefanie Wühling hier, Rechtsmedizin Uniklinik Lübeck.«

»Gut, dass Sie anrufen, wir sind schon ziemlich gespannt. Unser Team hört mit.«

»Also, das Wichtigste scheint ja der Todeszeitpunkt zu sein. Den kann ich aber nur auf drei Stunden eingrenzen. Am Dienstag, letzter Woche, zwischen zehn und dreizehn Uhr.«

»Alles klar, damit scheidet Claudia Hilser aus dem Kreis der Verdächtigen unserer beiden Fälle aus.« Tom musste sofort an Marco denken.

»Todesursache war der zweite Schuss. Das Projektil, eine Neunmillimeter Makarow, hat das Herz durchschlagen und ist zwischen zwei Rippenbögen stecken geblieben. Der Kopfschuss ist am Hinterkopf ausgetreten, der Schusskanal stammt eindeutig vom gleichen Kaliber. Beide Schüsse sind aus gleicher Entfernung wahrscheinlich kurz hintereinander abgegeben worden.«

»Unsere Rechtsmedizin wird sich mit Ihnen in Verbindung setzen«, sagte Felsen. »Für einen genauen Abgleich mit einem Projektil unseres Falls.«

»Gut. Tja, und dann die Schuhe. Die könnten vielleicht interessant sein. Die waren wohl neu. Jedenfalls waren sie kaum getragen, es gibt nur wenige Abnutzungsspuren, und die Fersen beider Füße weisen leichte Hauterhebungen auf, die mit etwas Plasma gefüllt waren. Das frühe Stadium einer Blasenbildung, wie man sie häufig beim Einlaufen neuer Schuhe bekommt. So, das war es dann auch, mehr habe ich nicht zu bieten. Ach so, ich kann noch sagen, dass die Frau recht fit gewesen war. Bein- und Armmuskulatur waren ziemlich gut ausgebildet.«

»Okay, Frau Wühling, vielen Dank.«

»Ich wünsche Ihnen viel Erfolg!«

»Danke sehr. Tschüss nach Lübeck!«

»Tschüss, Herr Felsen.«

Der Leiter der Soko sah von einem zum anderen.

»Hilser hat also weder Krambach noch diesen Gerksen erschossen. Im Gegenteil! Sie wurde vorher selbst erschossen. So wie es aussieht, vom selben Täter, der auch Gerksen und seinen Hund erschossen hat.«

»Oder Täterin!«, merkte Katja an.

»Klar!«, erwiderte Felsen. Die Ratlosigkeit aller im Raum war mit Händen zu greifen.

»Vielleicht hat der Täter alle drei umgebracht«, spekulierte Balbeck.

»Aber Krambach wurde mit einer Neunmillimeter Luger von einer Glock erschossen«, wandte Felsen ein.

Balbeck zuckte die Schultern. »Vielleicht hat der Täter aus irgendeinem Grund für Krambach die Pistole gewechselt.«

»Warum trug Hilser diesen Businessanzug?«, fragte Katja. »Der passte überhaupt nicht zu dieser Frau, und offenbar hatte sie sich neue Schuhe gekauft. Vielleicht ja zusammen mit dem Anzug. Sie hatte den Job gekündigt, ihre Wohnung auch. Sie hatte etwas vor, und dafür musste sie sich schick anziehen. Am Dienstag ist sie dann losgegangen …«

»Und hat ihren Mörder oder ihre Mörderin aufgesucht«, sagte Tom.

»Aber am Abend wollte sie zu Krambachs Lesung«, sprach Katja weiter. »Sie hatte sich den Ort genau angesehen. Da ist die alte Geschichte von ihrem Sohn. Vielleicht wollte sie sich auf irgendeine Art und Weise rächen. Vielleicht wollte sie ihn auf der Lesung zur Rede stellen. Ihn vielleicht vor seinem Publikum bloßstellen.«

»Aber warum der Businessanzug und die neuen Schuhe? Für die Lesung konnten die nicht gewesen sein, sonst hätte sie die am Vormittag nicht schon getragen«, merkte Tom an.

»So, hier ist Schluss! Wir fischen im Trüben.« Er nahm seine Wanderung wieder auf. »Tom und Katja, ihr fahrt nach Moers und hört euch dort um!« Der Koloss kam in Schwung.

»Am besten jetzt noch, dann könnt ihr morgen früh gleich zu dem Gymnasium fahren.«

Katja nickte, Tom ebenfalls.

»Sprecht mit den alten Kollegen von Krambach. Macht euch ein Bild von seinem Leben damals. Und befragt Bekannte und Kollegen von Hilser! Sie hat dort doch auch in einem Supermarkt gearbeitet, oder?«

»Ja«, erwiderte Starmer. »Und in einem Blumengeschäft. Ein Café hat sie auch mal betrieben. Ich gebe euch alle Daten«, sagte Starmer.

»Und sprecht mit den Duisburger Kollegen, die in dem Fall damals ermittelt haben. Rollt diese alte Geschichte auf!« Felsen wandte sich an Starmer. »Ich denke, den Fall Claudia Hilser müssen wir den Kollegen in Lübeck abnehmen. Ich werde mich gleich darum kümmern, und dann sollten wir zusammen daran arbeiten.«

»Ist sinnvoll«, stimmte Starmer zu.

»Am Ende haben die beiden Fälle gar nichts miteinander zu tun«, sagte Taller.

»Hey, was ist das denn für ’ne Party hier?«, erklang die Stimme von Bea Lannsen, die mit ihrer Kollegin Steff in der Tür erschien.

»Hallo Bea, unsere Party ist eigentlich zu Ende, aber kommt doch rein. Habt ihr denn auch was mitgebracht?«, fragte Felsen.

»Aber natürlich! Hey, Tom ist wieder da!« Sie strahlte Tom an, dann bemerkte sie die Spuren des Unfalls in seinem Gesicht. »Scheiße, was ist passiert?«

»Ach, nichts«, antwortete Tom und winkte ab.

»Nach nichts sieht das aber nicht aus«, bemerkte Steff.

»Toms Story ist schon Schnee von gestern«, sagte Felsen. »Erzählt, was habt ihr für uns?«

Bea suchte sich einen Platz zwischen Katja und Starmer, der am Fenster lehnte. »Nils Grosper gibt den freundlichen Saubermann und bemüht sich, seine rechten Aktivitäten herunterzuspielen. Er hat sogar kooperiert, wir haben ein ziemlich rundes Bild von Grosper Security bekommen.«

Steff stellte sich neben Tom. »Tja, und das Interessanteste gleich vorweg«, sagte sie. »Zwölf Walther PPK sind auf die Firma registriert und Angestellten mit Waffenscheinen zugeordnet.«

Auf einmal kam Sven Börne mit zügigen Schritten den Flur entlanggelaufen. In der Tür blieb ihr Dienststellenleiter stehen. Felsen warf ihm einen fragenden Blick zu, aber Börne verzog keine Miene und verfolgte die Ausführungen der Hauptkommissarin.

»Es scheint alles in Ordnung zu sein. Eine ist auch auf ihn persönlich registriert und ebenfalls eine auf Koltau. Holger Wichzeck hat keine. Sein Körper ist ’ne Waffe, hat er gesagt. Und ich muss zugeben, dass das zu stimmen scheint.« Sie schaute zu Steff. »Oder?«

Steff grinste. »Ein sehr trainierter Typ!«

»Na dann, aber das bringt uns nicht weiter«, merkte Felsen an.

»Ganz genau!«, pflichtete ihm Börne bei. »Das sehe ich auch so und frage mich, ob Sie Grund genug hatten für Ihr Vorgehen, Frau Lannsen.«

Bea sah Börne verwundert an.

»Welches Vorgehen meinst du denn, Sven?«, fragte Felsen.

»Na ja, das hat sie doch gerade geschildert.«

»Ja, aber da warst du noch gar nicht da.«

Börne wirkte auf einmal unsicher. »Es hat 'ne Beschwerde gegeben.«

»Was, so schnell?«, fragte Bea Lannsen.

Börne zuckte mit den Schultern. »Ja.«

»Von wem?«, wollte Felsen wissen und sah ihren Dienststellenleiter mit kritischem Blick an. »Auf welchem Weg?«

»Das ist unwichtig.« Börne fuhr sich über die kurzen schwarzen Haare. »Das war eine Anmaßung, Frau Lannsen. Rechtlich äußerst grenzwertig.«

Bea Lannsen sah ihn mit großen Augen an.

»In einem Regal lag da eine Glock ganz offen herum. Grosper konnte uns nicht erklären, wem die gehört oder woher sie stammt. Ich finde, das ist grenzwertig. Wir haben sie mitgenommen und in die Spurensicherung gegeben. Die werden sie dann den Ballistikern weiterreichen.«

Börne zuckte die Achseln. »Das haben Sie natürlich richtig gemacht, Frau Lannsen.«

»Ich wette«, sagte Bea, »dass wir bei Grosper noch weitere unregistrierte Pistolen hätten finden können. Oder bei denen zu Hause. Aber jetzt werden sie die natürlich verschwinden lassen.«

»Hätte«, wiederholte Börne etwas verächtlich. »Was ist das denn für eine Einschätzung?«

»Ach Sven, illegaler Waffenbesitz im Umfeld von Security-Firmen ist nun wirklich nicht unsere Erfindung«, sagte Felsen.

»Koltau und Wichzeck haben übrigens kein Alibi für Dienstagnacht«, sagte Bea. »Und Grosper war zu Hause mit seiner Ehefrau.« Sie zog eine Augenbraue hoch.

»Grosper und Koltau gehören zum rechten Flügel der FKD«, erklärte Felsen seinem Dienststellenleiter. »Und wir haben Hinweise, dass Krambach von der Gruppe nicht gewollt war, die haben ihm sogar schon mal 'nen Schlägertrupp auf den Hals geschickt, der ihn bedroht und zusammengeschlagen hat.«

»Rechter Flügel«, sagte Börne. »Das ist doch wieder viel zu schwammig. Das ist alles nicht konkret, liebe Leute! Habt ihr euch jetzt auf die FKD eingeschossen?«

»Wir schießen uns auf gar nichts ein, die Fakten sprechen ihre eigene Sprache«, erwiderte Felsen.

»Also, der Typ mit dem supertrainierten Körper hätte doch gut über die Mauer geklettert sein können«, sagte Balbeck.

»Und noch ein hätte!«, wandte Börne ein.

»Wichzeck hat Schuhgröße 42«, sagte Bea trocken.

»Na bitte!«, warf Balbeck ein.

»Koltau und Grosper allerdings 43«, fügte Bea hinzu.

Börne schüttelte missmutig den Kopf.

»Wir machen unsere Arbeit so wie immer«, sagte Felsen. »Und keiner wertet hier. Ich hoffe, du tust es auch nicht.« Felsen sah Börne mit festem Blick an.

Das hatte gesessen. Börne rang erkennbar mit seiner Wut, aber zog es offenbar vor, ruhig zu bleiben.

»Tom und Katja fahren morgen nach Moers und verfolgen eine ganz andere Spur. Aber das Neonazi-Milieu gehört momentan noch zu den Favoriten.«

»Neonazi-Milieu«, wiederholte Börne ironisch. »Seit der NSU-Morde, seit es hieß, dass die Polizei auf dem rechten Auge blind sei, ist genau das Gegenteil der Fall. Für meinen Geschmack geht es jetzt immer viel zu schnell in Richtung rechtes Milieu. Neonazis findet keiner gut, aber sie sind nicht gleich alle kriminell.«

»Nazis sind auch nur Menschen«, knurrte Balbeck ironisch.

»Das liegt in der Natur der Sache«, erwiderte Börne gereizt. »Hendrik, ich verlasse mich auf dich. Fakten! Keine Vorurteile! Und schon gar keine unverhältnismäßigen, voreiligen

Maßnahmen!« Börne verschwand in den Korridor, wo er sich mit zackigen Schritten entfernte.

Ihr Dienststellenleiter könnte auch einer von Krambachs Lesern sein, dachte Tom.

Ihr zartes Gesicht wirkte unverändert friedlich und entspannt zwischen den Schläuchen, Kabeln und Maschinen. Wie es wohl eines Tages für sie sein würde, wenn sie nach langer Zeit wieder erwachte und feststellen müsste, dass sie einen Teil ihres Lebens verschlafen hatte? Tom wurde bewusst, dass die Gefahr bestand, dass Mira einige Fähigkeiten wieder neu erlernen musste. Möglicherweise würde sie nicht mehr als Ermittlerin arbeiten können. Diese Gedanken hatte er bis jetzt verdrängt. Er nahm Miras Hand und hielt sie.

»Reden Sie mit ihr!« Eine Krankenschwester betrat den Raum. »Erzählen Sie ihr etwas, von sich, vom Leben da draußen!«

Sie kontrollierte die Daten, welche die Geräte neben Miras Bett anzeigten, überprüfte den Tropf und beugte sich über die zierliche Patientin.

»Sie haben Besuch, Frau Holbing, von einem gut aussehenden Mann …« Sie sah zu Tom. »Der sich wohl geprügelt hat und ein bisschen schüchtern wirkt. Er hat bestimmt eine schöne Stimme. Ich finde, er sieht so aus.« Sie richtete sich auf, grinste ihn an und verließ den Raum.

»Die hat gut reden«, sagte Tom und überlegte, was er Mira erzählen könnte. Aber er war wie blockiert, es fiel ihm nichts ein. Dabei könnte er viel von sich erzählen, seinen turbulenten Abenteuern, dem Chaos seiner Gefühle, seinen Ängsten, seinen Fragen. Er hätte gar nicht gewusst, wo er anfangen sollte. Was war bloß los mit seinem Leben? Mehrmals war er dem Tod nahe gewesen. Und auch hier war er zugegen, hatte sich zu Mira gesellt. Wie würde sie sich entscheiden? Er bekam einen Kloß im Hals und rang mit seiner Traurigkeit. »Ich werde ein paar Tage nicht kommen können, Mira. Wir fahren in den Ruhrpott, um da zu ermitteln. Dieser Fall ist wirklich kompliziert. Ich wünschte, du könntest uns helfen.« Er drückte ihre Hand vorsichtig. »Ich denke jeden Tag an dich, obwohl mein Leben ein einziges Chaos ist und ich nicht zur Ruhe komme. Ich bin so müde, Mira, so unendlich müde. Vielleicht beneide ich dich sogar ein wenig um deinen Tiefschlaf. Du siehst so zufrieden aus.« In ihrem Gesicht rührte sich nichts. »Aber trotzdem: Du musst jetzt endlich aufhören mit dem Quatsch hier und zurückkommen zu uns!« Pfifft, Schihsch, machte das Beatmungsgerät. Pfifft, Schihsch.

38

Sofie Wibold stieg auf ihr Fahrrad und machte sich auf den Weg zu ihrer Abendschicht im Café. Während sie durch die schmalen Straßen mit den zwei- oder dreistöckigen, grauen oder braunen, gesichtslosen Mietshäusern fuhr, kreisten ihre Gedanken um Leon. Der Junge entglitt ihr. Früher hatte ihm ihre Liebe und Zuwendung genügt. Aber jetzt wurde Leon ein Mann und nahm sie nicht mehr ernst, hatte keinen Respekt mehr vor ihr. Dass es sich dabei nur um eine Phase handeln könnte, konnte sie sich hundertmal sagen, ihr Bauchgefühl ließ sich nichts vormachen. Leon war ihr fremd geworden. Schwermütig radelte sie an den Menschen vorbei, die ihren Feierabend auf einer Bank, einem Stuhl oder im Stehen, allein oder zu mehreren bei einer Zigarette, einer Flasche Bier oder einem Becher Kaffee vor ihren Häusern genossen.

Vor dem Café Olga, das nach einer alleinstehenden Dame benannt war, die in den Sechzigerjahren mit ihrem Pudel

Eddy hier Stammgast gewesen war und angeblich ihr Familienerbe unter die armen Leute gebracht und den Rest in diesem Café gelassen hatte, schloss sie ihr Fahrrad an.

Es waren nur wenige Tische besetzt, und an dem kleinen, geschwungenen Tresen saß Rita, ihre Chefin und zugleich beste Freundin, was manchmal eine anstrengende Kombination sein konnte, und verzehrte ein Gemüseomelett. An einem Tisch waren zwei Frauen in ein Gespräch vertieft. Ein junger Mann las in einem Buch und wirkte ein wenig verloren an dem langen Eichentisch. Es waren wieder zu wenig Gäste da, aber der Abend war noch jung, sagte sich Sofie und gab die Hoffnung nicht auf, dass die Leute auch mal wieder Lust auf etwas anderes bekämen als auf die Cafés im trendigen Dellviertel.

»Hi Sofie«, begrüßte Rita sie. »Du bist früh dran. Willst du auch noch etwas essen? Paul hat mir ein hervorragendes Omelett gemacht.«

»Danke, aber ich habe keinen Hunger.«

Rita sah sie lange an, bevor sie weiteraß. Sie wirkte bedrückt, dachte Sofie, während sie auf die nummerierten Zettel, auf denen der Verzehr an den Tischen notiert war, schaute.

»Übersichtlich!«, bemerkte Rita trocken.

Sofie wandte sich zur Kaffeemaschine, um sich einen Milchkaffee zuzubereiten.

»Sofie!«

Schon am Tonfall erkannte sie, dass Rita ihr mal wieder etwas Unangenehmes mitzuteilen hatte.

»Ich kann dir leider diesen Monat nur die Hälfte bezahlen«, sagte ihre Chefin mit gedämpfter Stimme. Sofie schloss kurz die Augen. Es fühlte sich an, als wenn ihr der Boden unter den Füßen weggezogen wurde. »Ich weiß, was das für dich bedeutet, und es tut mir so leid, aber es ist gerade auch bei mir verdammt eng. Ich kriege es sonst einfach nicht hin.«

Die Hälfte, dachte Sofie. So wenig war es noch nie gewesen.

Es war in letzter Zeit öfter vorgekommen, dass Rita ihr nicht ihren vollen Lohn hatte zahlen können. Die ersten Male hatte sie das fehlende Geld im nächsten Monat erhalten, aber das war letztes Mal nicht geschehen. Die Hälfte, wie sollte sie das ausgleichen? Ihre Eltern, die selber zusehen mussten, wie sie über die Runden kamen, hatten ihr gerade zweihundert Euro geschenkt. Damit hatte sie ihre Schulden bei ihrer Nachbarin und bei Ali, dem Gemüsehändler um die Ecke ihrer Wohnung, der ihr schon oft den Arsch gerettet hatte, beglichen und zwei Hoodies für Leon gekauft.

»Ich weiß sowieso nicht, wie lange das noch gehen kann. Vielleicht ist es besser, du suchst dir einen anderen Job.« Rita klang resigniert.

Während die Kaffeemaschine schnaufte, drehte sich Sofie zu ihrer Freundin. »Rita, ich will keinen anderen Job. Wir schaffen das, wir stehen das durch.« Es fiel ihr nicht leicht, kämpferischen Optimismus zu verbreiten, zu lange hielt die schlechte Situation nun schon an. »Du darfst nicht aufgeben! Das Olga ist doch unser Zuhause.«

Rita versuchte ein Lächeln, erhob sich und trug ihren Teller in die Küche. Sofie nahm sich ihren Milchkaffee und einen Keks dazu, betrachtete ihr Zuhause, die alte Holztäfelung an der einen Wand, an der das Foto der Namensgeberin mit ihrem Pudel hing. Dann fiel ihr Blick auf den jungen Mann, der in sein Buch versunken war. Was er wohl las? Sie schätzte ihn auf Mitte zwanzig. Vielleicht war er Student. Sie erinnerte sich an die Sofie, die sie einmal gewesen war, die in Hörsälen die Vorlesungen der Professoren aufgesogen und mit unbeschwerter Leidenschaft und Neugier studiert hatte. Verwirrt nippte sie an ihrem Kaffee. Auf einmal fragte sie sich, ob das hier schon alles gewesen sein sollte. Die Gedanken arbeiteten in ihr und griffen ineinander wie gut geölte Zahnräder. Leon würde bald seine eigenen Wege gehen, was er zum großen Teil sowieso schon längst tat, und sie würde allein zurückbleiben.

Sie könnte vielleicht das damals Begonnene zu Ende führen. Achtunddreißig war sie, lange nicht zu alt, um ein neues Kapitel in ihrem Leben aufzuschlagen, das bisher von ihrer jungen Mutterschaft beherrscht gewesen war und der dunklen Last, die auf ihrer Seele lag und nur langsam an Gewicht verlor.

»Da vorn ist es.« Katja steuerte ihren Wagen direkt auf den Moerser Hof zu. »Na ja, liegt ja schön an der Hauptstraße, hoffentlich haben wir Zimmer nach hinten.«

Tom sah auf die Uhr. »Kurz nach zehn, da können wir uns doch noch in eine Kneipe setzen und ein Köpi trinken.«

»Warum gerade ein Köpi?«

»Das trinkt man hier, wird hier gebraut, also in Duisburg, aber das ist ja direkt nebenan.«

»Ich dachte, du warst noch nie im Pott und kennst dich nicht aus.«

»Das ist auch schon so ziemlich das Einzige, was ich weiß. Und dass sie hier viele Arbeitslose haben seit den Zechenschließungen.«

Katja bog in die Einfahrt zum Hinterhof des Hotels ein. Viele Parkplätze waren belegt. Sie stellte sich zwischen einen BMW-Kombi und die Müllcontainer.

Aus dem Kofferraum holten sie ihre Taschen und gingen zum Hintereingang des Hotels.

»Gut, dann gehen wir noch was trinken«, sagte seine Partnerin. »Aber du müsstest eigentlich hundemüde sein. Du siehst auch so aus, ehrlich gesagt.«

»Ich habe doch ein Nickerchen gemacht.«

»Von Bramsche bis Osnabrück. Wie lange war das? ’ne halbe Stunde?«

»Das ist doch was. Wir müssen uns jedenfalls erst mal akklimatisieren, und das geht im Hotelzimmer nicht.«

»Das stimmt natürlich. Es ist wärmer als in Hamburg.«

»Hier fehlt der Wind.«

Montagabend um halb elf war nicht mehr viel los in den Straßen von Moers. Katja und Tom stießen aber bald auf eine klassische Eckkneipe. Susis Bude stand in verblichener roter Schrift auf dem Schild über der Tür, und durch das Fenster, in dem eine König-Pilsener-Leuchtreklame hing, konnten sie immerhin einige Gäste sehen.

»Jetzt oder nie!« Katja öffnete die Tür, und sie gingen hinein. Der Laden war rustikal und einfach eingerichtet. Die Wände waren vergilbt vom Nikotin vieler Jahre, hier und da hingen alte Werbeschilder aus Blech und eins von einer Zeche. Über dem Durchgang zu den Toiletten stand auf einem Schild in altdeutscher Schrift: *Arbeitsgrube vor Betreten gründlich entlüften!* Ruhrpott-Humor, dachte Tom. Die Wirtin war jung, und auch an einem Tisch saßen zwei junge Männer und eine junge Frau.

»Susi, machst du uns noch zwei Tee?«, rief ein Mann, der mit einem anderen an einem kleinen Ecktisch Backgammon spielte.

»Aber gern, Yusuf.« Susi wandte sich an Tom und Katja. »Tach! Nehmt Platz!«

»Tag!«, erwiderten sie.

»Bierchen?«, fragte Susi.

»Köpi?«, fragte Katja zurück.

»Wat denn sonst?« Susi lächelte.

»Gut, dann zwei, bitte!« Tom und Katja setzten sich an einen Tisch am Fenster.

»Ein bisschen stickig ist es hier«, sagte Tom. Er griff sich einen der Bierdeckel aus dem Plastikhalter und fächelte sich ein wenig Luft zu. »So, jetzt mal Butter bei die Fische: Warum hattest du genug von Berlin?«

Katja sah ihn amüsiert an. »Ich sag's dir, wenn du mir erzählst, was es mit dem Grauhaarigen auf sich hat.«

Tom lehnte sich auf seinem Stuhl zurück und schwieg.

»Keine Antwort ist auch eine Antwort. Bestimmt hat es mit deinem Bruder zu tun.« Ihre Biere landeten vor ihnen.

»Sehr zum Wohl!«, wünschte Susi und stellte ein Schälchen gesalzene Erdnüsse dazu.

»Danke!«, sagte Katja. Sie prostete Tom zu. Er hob sein Glas ebenfalls, und sie tranken. Katja wischte sich den Schaum von den Lippen. »Weißt du, was lustig ist?«

»Ne, aber du sagst es mir bestimmt.«

»Der nächste Bare-Knuckle-Kampfabend findet hier statt. Übermorgen.«

Erstaunt sah Tom sie an. »Quatsch!«

»Also nicht in Moers, in Duisburg.«

»Das ist ja verrückt!«

»Sag ich doch.«

»Der General hat dich also angerufen.«

Katja nickte.

»Und du willst da hin?«

Erneutes Nicken. »Das könnte doch interessant werden. Irgendwie hat unser Fall ja auch damit zu tun. Krambach, Felix Hilser, der Grauhaarige.« Sie sah ihn provozierend an, aber Tom ließ sich nicht locken. »Es gibt bestimmt genug zu tun«, sagte sie. »Vor Donnerstag kommen wir hier sowieso nicht weg.«

Die Tür ging auf, zwei junge Männer mit Sporttaschen kamen herein.

»Tach, Susi!«

»Tach, Jungs! Wie immer?«

»Ja!« Sie setzten sich an den Tresen.

»An was für einem Ort findet es denn diesmal statt?«, wollte Tom wissen.

»Weiß ich noch nicht. Ich habe auch noch kein Codewort. Der General wird mich noch informieren.«

Tom hatte den Eindruck, dass er auf seine Partnerin achtgeben müsste. »Kann es sein, dass du ein bisschen durchgeknallt bist?«

Katja lachte. »Sagt wer?«

Tom musste schmunzeln. »Ich war hinter der roten Eisentür. Du hattest richtiggelegen mit deinem Verdacht.«

Katja riss die Augen auf. »Ich hab's gewusst.« Sie schlug mit der Faust auf den Tisch. »Mann, ich hab's gewusst. Scheiße, Tom, was haben die mit dir gemacht?«

»Gefangen gehalten. Als ihr vor der Tür gestanden habt, hatte ich einen Knebel im Mund und ein Messer an der Kehle. Ich habe es niemandem erzählt. Es wäre cool, wenn du es für dich behalten könntest.«

»Okay! Was wollten die von dir?«

»Ich denke, das war ein Denkzettel. Der hatte mit meinem Bruder zu tun. Ich hatte Hinweise, dass er noch in Hamburg war, hab ihn gesucht und ein bisschen im Nachtleben ermittelt. Dabei bin ich offenbar jemandem auf die Füße getreten. Wahrscheinlich der Drogenmafia.«

Nachdenklich sah Katja ihn an. »Hat Felsen wirklich gesagt, ich soll auf dich aufpassen?«

Tom schob die Gardine beiseite und sah in den dunklen Hinterhof. In keiner Wohnung brannte Licht. Es war zwanzig vor zwölf, und die Bürger dieser Stadt schienen zu schlafen. Tom öffnete das Fenster und setzte sich auf den Stuhl vor den kleinen Tisch, auf dem sein Laptop lag. Er klappte es auf, zögerte und klappte es wieder zu. Er wollte keine Neuigkeiten. Keine Nachrichten über das Geschehen in der Welt und auch nicht den aktuellen Stand ihrer Ermittlungsakte. Er saß im Dunkeln und starrte zum Fenster hinaus. Da war das trockene Klick gewesen, das in seinem Kopf nachgehallt und ihn gelähmt hatte. Da war das furchtbare Scheppern und Knirschen im Roten gewesen, als er sich überschlagen, alles um ihn herum sich rasend schnell gedreht hatte, ineinandergestürzt war und er kopfüber in dem Gurt gehangen hatte. Da war das entsetzte Gesicht des Lastwagenfahrers gewesen, die Augen unten, der Mund oben, bevor alles schwarz geworden war.

»Ich kenne diese Wunden«, hatte die Ärztin gesagt. Und: »Kümmern Sie sich darum!«

Hatte sein Bruder Neil Krambach erschossen? Weil der den Tod verdient hatte? Oder würden sie hier eine andere Wahrheit herausfinden? Er hörte Schritte im Hof. Neugierig ging er ans Fenster und sah hinaus. Eine zierliche Frau im Running-Outfit schnürte ihren Schuh. Als sie sich erhob, erkannte er seine Partnerin, die in mäßigem Tempo lostrabte.

39

DIENSTAG

Die Einrichtung des Büros von Schuldirektor Riesenau beschränkte sich auf das Wesentliche. Ein Bücherregal, ein abschließbarer Schrank, eine große Schwarz-Weiß-Fotografie der Schule aus den Zwanzigerjahren in einem Glasrahmen an der Wand, ein erstaunlich kleiner Schreibtisch, hinter dem der Leiter des Franz-Ludwig-Zahn-Gymnasiums auf den Bildschirm seines Computers schaute, und ein quadratischer Tisch, an dem Tom und Katja saßen. Christian Riesenau war überraschend jung und wirkte wach und dynamisch. Er hatte alles gleich verstanden und keinen Moment gezögert, die beiden Ermittler in ihrem Anliegen zu unterstützen.

»So«, sagte er, »hier habe ich es. Zwei Lehrer von damals sind noch an der Schule. Brigitte Schwanlieb, Englisch und Geschichte, und Thomas Peischel, Mathematik, Physik.« Riesenau sah hinter seinem Monitor hervor. »Beide sind heute hier. Frau Schwanlieb ist wahrscheinlich gerade im Lehrerzimmer, da habe ich sie vorhin gesehen. Und Herr Peischel ist im Unterricht, aber in der Pause könnten Sie ihn ansprechen und etwas verabreden.«

»Gut!«, sagte Tom. »Und die Liste mit den pensionierten Lehrkräften …«

»Schicke ich Ihnen per Mail.«

»Und die Liste der Schülerinnen und Schüler aus Felix Hilsers Klasse«, fügte Katja hinzu. »Die ist besonders wichtig.«

»Klar, das habe ich verstanden. Sie können sich auf mich verlassen.«

»Dann erst einmal vielen Dank!«, sagte Katja. Die beiden Kommissare erhoben sich. Riesenau ebenfalls.

»Ich wünsche Ihnen viel Erfolg! Es scheint ja ein schwieriger Fall zu sein, wenn Sie so tief in der Vergangenheit graben müssen.«

»Das ist manchmal so«, erwiderte Katja.

Riesenau trat hinter seinem Schreibtisch hervor. »Ich weiß nicht viel über Neil Krambach. Er soll ein beliebter Lehrer gewesen sein, also bei den Schülern. Seine politische Haltung ist nicht die meine und steht auch nicht im Einklang mit den Werten unserer Schule. Dass er fast zwanzig Jahre zum Kollegium gehört hat, erfüllt uns nicht gerade mit Stolz.«

»Das kann ich nachvollziehen«, sagte Tom.

»Er war ein irischer Dandy.« Brigitte Schwanlieb hielt inne, überlegte. »Ja, das beschreibt ihn ganz gut. Und ich muss zugeben, dass mir das damals sympathisch war, als ich ans Franz-Ludwig-Zahn-Gymnasium kam.« Die Lehrerin schmunzelte und setzte ihren Gang mit Tom und Katja über den leeren Schulhof fort. In einigen Klassenräumen im Erdgeschoss des alten Gebäudes konnte man durch die Fenster einige Lehrkräfte und Schüler beim Unterricht sehen.

»Ich hatte ja zwei Semester in Dublin studiert und war sehr empfänglich für den irischen Charme. Raubeinig, spröde, aber herzlich und mit einer guten Portion Ironie.« Sie sagte das fast schwärmerisch. »Aber mit der Zeit hatte sich immer mehr der Patriarch in ihm gezeigt. Und das fand ich dann schwierig. Und einige Kolleginnen ebenfalls.«

»Wie hat sich das geäußert?«, wollte Katja wissen.

»Na ja, seine Haltung gegenüber Frauen wurde immer deutlicher: Wir waren das schwache Geschlecht.«

»Alles klar.«

»Verstehen Sie mich nicht falsch! Er war trotzdem nett, stets zuvorkommend und charmant. Bei seinen Schülern war er beliebt, natürlich besonders bei den Jungs. Er war auch sehr engagiert in seinem Sportunterricht.«

»War er schon rechts?«

»Oh, das ist schwer zu sagen. Er war schon sehr konservativ, aber er hat sich keine Blöße gegeben. Am ehesten war vielleicht sein Sportunterricht aufgefallen, der sehr auf die Jungs ausgerichtet war. Er hatte sogar Boxen im Repertoire, obwohl das natürlich nicht im Lehrplan stand.« Brigitte Schwanlieb blieb stehen und überlegte. »Also je mehr ich jetzt darüber nachdenke, glaube ich doch, dass er in den letzten Jahren ziemlich rechte Ansichten vertreten hat. Ach, und da war auch diese Geschichte mit dem Luftgewehrschießen. Da hatte er die Klasse im Sportunterricht zu einem Schießstand gebracht, und sie hatten dort mit Luftgewehren geschossen. Das gab dann mächtig Ärger, weil sich viele Eltern beschwerten. Aber einige fanden das übrigens völlig in Ordnung.« Sie schüttelte den Kopf.

»Hatte er unter den Kollegen einen Freund oder eine Freundin?«, wollte Tom wissen. »Jemanden, der ihm nahestand, der ihn gut kannte?«

»Nein, nicht dass ich wüsste. Er war schon eher ein Einzelgänger.«

»Tja, Neil Krambach, der große Autor.« Die Ironie, mit der Thomas Peischel seine Worte betonte, war nicht zu überhören. »Ich hab damals schon geahnt, dass ein rechter Hund in ihm steckte. Aber er konnte es gut verbergen. Man konnte ihn nie so richtig greifen«, grummelte der Mann in seinen grauen Vollbart, während er den letzten Teil einer Formel an die Tafel schrieb. Er trat ein wenig zurück und betrachtete in aller Ruhe sein Werk aus Zahlen, Buchstaben und Zeichen, das auf Tom wie eine unmöglich zu entschlüsselnde Geheimsprache wirkte. »So war er ja auch später immer in den Talkshows.« Der Mathelehrer wandte sich Katja und Tom zu, die nebeneinander am Fenster standen und seinen Ausführungen aufmerksam folgten. »Ein ausgezeichneter Rhetoriker und gefährlicher Demagoge!« Peischel legte die Kreide ab, wischte sich die Hände mit einem Tuch. Die Kreideflecken an seinen Hemdsärmeln schien er nicht zu bemerken. »Sein Sportunterricht war ziemlich stramm, mein lieber Koschinsky! Und rein auf die Jungs ausgerichtet. Wie im antiken Griechenland, da war die Welt der Wettkämpfe ganz den Männern vorbehalten. Er war ja Historiker, wahrscheinlich gefiel ihm dieses alte Ideal.«

»Ist Ihnen sonst etwas an ihm aufgefallen?«, fragte Katja. »Irgendwas Ungewöhnliches?«

»Wissen Sie, ob er Feinde hatte?«, fügte Tom hinzu. »Oder mal in irgendwelchen Schwierigkeiten steckte?«

»Kennen Sie die Geschichte mit den beiden türkischen Jungs?«

»Nein«, antworteten Katja und Tom.

Peischel nickte genüsslich. »Krambach hatte an einem Abend im Schlosspark beobachtet, wie zwei sechzehnjährige türkische Jungs ein Mädchen belästigten, und war eingeschritten. Dabei hatte er die beiden rassistisch beschimpft, laut ihrer Aussage jedenfalls, und die waren wütend und handgreiflich geworden. Da hat er beiden mit der Faust mehrmals ins Gesicht geschlagen, sie brutal niedergestreckt. Der eine Junge kam mit einer gebrochenen Nase ins Krankenhaus.«

»Krass!«, entfuhr es Katja.

Peischel stimmte ihr zu. »Die Familien der Jungs haben ihn angezeigt, aber es konnte nicht geklärt werden. Seine Aussage stand gegen die der beiden. Und das Mädchen hatte sich tatsächlich belästigt gefühlt und bestätigt, dass die Jungs Krambach angegriffen hätten. Seine rassistischen Beschimpfungen hatte sie angeblich nicht gehört. Die beiden Jungs wurden dann zu Sozialstunden verdonnert.«

»Interessant!«

»Tja, das weiß keiner seiner vielen Leser, aber die hätte das wahrscheinlich gar nicht gestört. Im Gegenteil …«

Markus Resotzki stand vor der Fensterfront des Büros, durch die man auf das renovierte Zechengebäude blickte, das das Herzstück des Technologieparks bildete und an das ehemalige Bergwerk erinnerte. Eine weitere Fensterfront trennte das Büro des Geschäftsführers des Start-ups Digital Minds von dem großen Raum, in dem die jungen Angestellten an ihren Arbeitsplätzen saßen. Der schlanke, aber kräftige Körper des Enddreißigers steckte in einem modischen grauen Anzug. Seine wachen braunen Augen sahen Tom und Katja, die in zwei schmalen Designersesseln saßen, freundlich an.

»Mens sana in corpore sano. Ein gesunder Geist in einem gesunden Körper. Das hatte Krambach immer gepredigt. Wir hatten uns oft über ihn lustig gemacht und ihn nachgeäfft.« Er schmunzelte, und sein braun gebranntes Gesicht erhielt etwas Jungenhaftes. »Aber der Sportunterricht hat einfach Spaß gemacht. Er gab uns ein Gefühl für unsere Körper, brachte uns bei, was man aus ihnen herausholen konnte. Mir hat das gut gefallen. Vielleicht hat es mich auch ein bisschen geprägt. Ich treibe immer noch viel Sport. Handball, Schwimmen, Krafttraining. Das hilft mir, fit in der Birne zu sein. Es gibt nichts Besseres. Wissen Sie, ich habe Krambachs erste beiden Bücher gelesen, und ich finde, dass er mit vielem recht hatte. Nicht mit allem, ganz sicher nicht, aber wenn man ihn nur als Rechten abstempelt, macht man es sich zu leicht.«

»Darüber wollen wir aber gar nicht mit Ihnen reden, Herr Resotzki«, wandte Katja ein. »Erinnern Sie sich an Ihren Mitschüler Felix Hilser?«

»Aber klar! Wir waren Freunde.«

»Das ist interessant. Was war Felix denn so für ein Typ? Hat er sich auch für Sport begeistert?«

»Jau, ihm hat der Sportunterricht auch immer Spaß gemacht. Er war so ein bisschen Krambachs Liebling.«

»Woran haben Sie das gemerkt?«

»Na ja, so was merkt man eben. Krambach ließ Felix oft Übungen vormachen, und vielleicht hat er ihm sogar bessere Noten gegeben, ich weiß es nicht mehr genau. Es war mir auch egal.«

»Haben Sie gewusst, dass Felix boxte?«

»Klar, ich ja auch. Krambach hat Felix und mich zum Boxen gebracht.«

»Ach, wie das denn?«

»Also, erst hatten wir im Unterricht ein bisschen geboxt. Er hatte uns da die Grundzüge beigebracht. Später hat er dann Felix und mir angeboten, uns mit zu seinem Verein zu nehmen, wo wir richtig boxen lernen könnten. Und wir hatten voll Lust darauf, haben da richtig losgelegt.« Er lachte. »Wir sind gleich Mitglieder geworden und haben dann auch regelmäßig trainiert. Aber mir war das irgendwann zu viel und auf die Dauer auch zu schmerzhaft.« Er grinste. »Aber Felix blieb dabei, das war voll sein Sport. Der machte fast nichts anderes mehr.«

»Wie hieß denn der Boxclub?«

»Team Gerber. Der Besitzer hieß Gerber, Frank Gerber. Der war auch unser Coach.«

»Hier in Moers?«

»Jau.«

»Gibt es den Club noch?«

»Oh, das weiß ich nicht.«

»Kennen Sie illegale Boxkämpfe?«, fragte Tom. »Bare-Knuckle-Kämpfe?«

»Ja, diese ›Mixed Martial Arts‹-Geschichten und so. Aber nur aus der Presse oder Filmen. Käfigkämpfe mit bloßen Fäusten. Das ist überhaupt nicht mein Ding.«

»Aber es war Felix' Ding«, sagte Tom.

Resotzki schien ein wenig verunsichert. »Das stimmt, ja. Irgendwann hatte er damit angefangen. Einige in dem Club haben das gemacht. Felix war ganz begeistert, aber ich hatte ein komisches Gefühl. Mir war das irgendwie unheimlich. Zu der Zeit waren wir aber auch nicht mehr so dicke miteinander. Als ich dann zum Studieren nach Freiburg ging, hatten wir uns endgültig aus den Augen verloren. Tja, und irgendwann hörte ich dann, dass Felix totgeprügelt worden war. Furchtbar.«

»Haben Sie irgendwas über die Umstände erfahren?«

Resotzki schüttelte den Kopf. »Ich weiß nur, dass die Täter nie gefunden wurden.« Nachdenklich sah Resotzki die beiden Ermittler an. »Aber das ist es, was ich mit unheimlich meine.«

40

Der Boxclub Team Gerber befand sich im Erdgeschoss und ersten Stock eines alten, ein wenig heruntergekommenen Gewerbehauses in einem Hinterhof, den er sich mit einem Yogastudio und einer Tangoschule teilte. Das Parterre war ein einziger großer Raum, in dem trainiert wurde. Einige Fenster standen offen, und Tom und Katja hörten schon von Weitem die typische Geräuschkulisse einer Boxhalle, einen Klang, den Tom nur allzu gut kannte. Im Treppenhaus hingen Plakate von legendären Boxkämpfen, eins von dem Kampf Henry Maske gegen Graciano Rocchigiani 1995 in der Dortmunder Westfalenhalle. Diesen Kampf hatte Tom zusammen mit Marco und ihrem Vater im Fernsehen verfolgt. Er erinnerte sich noch gut daran, wie Rocky Maske zweimal am Rand des K.o. gehabt hatte, am Ende aber die Punktrichter den Gentleman-Boxer vorn gesehen hatten. Es war ein umstrittenes Urteil gewesen, die Zuschauer hatten getobt, auch Marco und er waren überzeugt davon gewesen, dass Rocky den Sieg verdient gehabt hätte.

»Kennst du den?«, fragte Tom und deutete auf Rocky.

»Aber klar«, antwortete Katja. »Ein Berliner Straßenköter.«

»Irrtum!«, sagte ein Mann im Trainingsanzug, der die Treppe herunterkam. »Der ist hier im Pott geboren, in Duisburg.«

»Aber in Berlin aufgewachsen und groß geworden«, sagte Tom.

»Das stimmt«, erwiderte der Mann. »Aber später hat er in Duisburg sein Gym aufgemacht. Rocky's Gym. Ey, er war immer einer von uns.« Der Mann nickte ehrfurchtsvoll. »Einer, der immer aufs Ganze ging.«

»Und ein paarmal in Vollpension auf Staatskosten«, sagte Katja.

Der Mann grinste. »Stimmt, auch das.« Er holte eine Schachtel Zigaretten aus seiner Hosentasche. »Zu wem wollt ihr denn?« Bevor sie antworten konnten, sprach er schon weiter. »Sicher zum Chef. Ihr seht so aus.«

Der Mann fummelte eine Zigarette aus der zerknitterten Packung.

»Dann geht mal rein, der ist nicht zu übersehen.« Er steckte sich die Kippe zwischen die Lippen und ging hinaus in den Hof.

Tom öffnete die schwere Tür zur Boxhalle, und sie traten ein. Hier herrschte Betrieb. Junge Männer und Frauen trainierten an Sandsäcken und Boxbirnen. Einige machten Seilspringen, Schattenboxen, Pratzentraining, und im Ring standen sich zwei Kämpfer beim Sparring gegenüber. Eine ansteckende Energie lag in der Luft. Ein langer Kerl in einem grauen Trainingsanzug kam auf sie zu.

»Kann ich euch helfen?«, fragte er.

»Wir würden gern mit Frank Gerber sprechen«, erwiderte Katja.

»Na, dann mal los! Worum geht's?« Tief liegende, glasige graue Augen, dicke Tränensäcke und die tiefe Stimme ließen den Besitzer des Boxclubs verlebt und älter wirken, als er wahrscheinlich war. Das volle, dunkelblonde Haar und der trainierte muskulöse Körper, den man unter dem Outfit ahnen konnte, sorgten dafür, dass Tom den Mann schließlich auf Mitte fünfzig schätzte.

»Ich bin Katja Wichas, und das ist Tom Simon. Wir sind von der Kripo Hamburg, Mordkommission. Wir ermitteln im Fall des ermordeten Schriftstellers Neil Krambach.«

Gerber wirkte sofort hellwach und konzentriert. »Eine schlimme Sache. Ich kannte Neil gut. Deswegen sind Sie wahrscheinlich hier.«

»Wie gut und woher kannten Sie ihn denn?«

Gerber deutete zum Hof. »Lassen Sie uns doch draußen reden, da haben wir Ruhe und stören das Training nicht.«

»Gut«, sagte Tom.

Gerber deutete auf Toms Gesicht. »Boxen Sie?«, fragte er.

»Ja, aber *das* hatte eine andere Ursache«, erwiderte Tom.

»Vom Fahrrad gefallen?« Gerber grinste.

»Das kommt der Sache schon näher«, erwiderte Tom.

Im Hof saß der Mann von eben auf einem Campingstuhl und rauchte seine Zigarette. Aus einem Mercedes Sprinter Bus luden zwei junge Männer Sporttaschen und Kisten und stellten sie auf dem rissigen Asphalt ab. Ein warmes Gefühl breitete sich in Tom aus. Er kannte diese Kisten aus der Zeit, als er mit Marco und den anderen vom Dock One zu Wettkämpfen gefahren war. In ihnen hatten sie ihre Ausrüstung verstaut. Ihr Bus war allerdings deutlich kleiner gewesen und nicht so luxuriös wie dieser. Manchmal waren sie mehrere Tage unterwegs gewesen, wenn sie zu mehreren Wettkämpfen in verschiedenen Städten gereist waren. Er erinnerte sich gut an die Unbeschwertheit und die Euphorie, die er auf diesen Reisen empfunden hatte.

»Waren die gerade auf einem Wettkampf?«, fragte er.

»Ja. In Verviers in Belgien. Drei Siege, zwei Niederlagen. Ist ganz gut gelaufen. Die Belgier sind stark.«

»Schicker Bus«, sagte Tom. Gerber lachte. »Ja, ein bisschen Komfort haben wir uns gegönnt.«

»Dann erzählen Sie mal!«, sagte Katja.

»Tja, das ist alles schon so lange her.« Gerber strich sich durch das Haar und kratzte sich am Hinterkopf. »Also, Neil Krambach war hier Mitglied. Bestimmt für einige Jahre. Irgendwann wurde es ihm wohl zu viel, da hat er uns dann verlassen.«

»Wann war das?«

»Oh, da fragen Sie mich was. Da müsste ich nachgucken.«

»Sie sagten, dass Sie ihn gut gekannt haben«, sagte Tom.

Gerber zuckte die Achseln. »Wir haben manchmal ein Bier zusammen getrunken. Wir haben uns gut verstanden.«

»2006 hat Krambach seine Lehrerstelle gekündigt und ist nach Hamburg gezogen und hat sein erstes Buch geschrieben. Hatten Sie zu der Zeit noch Kontakt zu ihm?«, wollte Mira wissen.

Gerber schüttelte den Kopf. »Ne, schon lange nicht mehr. Aber er war da noch einmal vorbeigekommen und hatte sich verabschiedet.«

»Hat er Ihnen erklärt, warum er wegzog?«

»Er hatte Lust auf 'ne Veränderung«, erinnerte sich Gerber. »So ähnlich hat er sich ausgedrückt. Vom Schreiben hatte er nichts gesagt.«

»Er hat den sicheren Beruf als Lehrer mit Pension einfach aufgegeben, ohne wissen zu können, wie das mit der Schriftstellerei laufen würde«, merkte Tom an.

»Stimmt. Eigentlich verrückt«, erwiderte Gerber.

»Hatte er denn Rücklagen? Wissen Sie, ob er mal was geerbt hatte oder irgendwie zu Geld gekommen war?«

»Ne, über Kohle haben wir nie geredet.«

»Was war er denn so für ein Mensch, und wie hat er gelebt?«, fragte Katja.

»Sie können Fragen stellen.« Gerber dachte nach, während die jungen Männer fleißig Kästen und Taschen ins Gebäude schleppten. »Der war ein ganz normaler Typ, eher bescheiden, würde ich sagen. Klug. Ruhig. Und immer allein. Also, da gab's ab und zu mal eine Frau, aber das hat nie lange gehalten. In Hamburg hat sich das dann geändert. Als er berühmt geworden war, stand ja manchmal was über ihn in der Zeitung.« Gerber schmunzelte.

»Hatte er Freunde? Vielleicht hier unter den Boxern?«

»Ne, der war ein Einzelgänger.« Gerber überlegte. »Ich glaube, er war ein guter Lehrer. Streng, aber fair. Er hatte ein paar Jungs zu uns gebracht, die dann auch Mitglieder wurden. Gute Jungs. Und die mochten ihn.«

»Felix Hilser?«, fragte Tom.

Gerber hielt irritiert inne. »Ja, Felix war auch dabei.«

Eine Pause entstand. Tom und Katja warteten ab, ob Gerber von sich aus noch etwas erzählen würde.

»Der war ein toller Junge«, sagte er. »Das war eine verdammt traurige Geschichte. Sie wissen natürlich, dass der Junge totgeprügelt wurde.« Traurig sah er sie an. Tom und Katja nickten. Gerber war anzumerken, dass ihn die Geschichte noch immer mitnahm.

»Felix Hilser nahm an illegalen Boxkämpfen teil«, sagte Tom. »Haben Sie davon gewusst?«

»Klar, einige von unseren Jungs haben das damals gemacht. Bare-Knuckle hat sie besonders gereizt. Und darauf gekommen waren sie durch Neil, den alten irischen Hund. Der hat das bei uns eingeführt. Aber nur für einige wenige, die wirklich Bock darauf hatten.«

»Und Sie fanden das okay?«

»Na ja, ich sag mal so: Geschadet hat es den Jungs nicht. Neil legte auch größten Wert auf Fairness, auf sauberes Kämpfen. Ihm ging es nicht um das Zocken und das ganze Tamtam drum herum. Ihm ging es …« Er überlegte. »Um den reinen, ehrlichen Faustkampf. Wie in der Antike, hat er mal gesagt. Was Boxen mal gewesen war, bevor die Queensberry-Regeln eingeführt wurden.«

»Haben Sie Felix trainiert?«, wollte Tom wissen.

»Nur am Anfang, dann hat meine Schwester übernommen. Wir haben den Laden hier zusammen aufgebaut. Aber heute hat sie ihren eigenen. In Hamburg übrigens. Boxen für Managertypen. Ein bisschen Fitness, ein bisschen Boxen, ein bisschen Erfolgscoaching, wenn Sie wissen, was ich meine. Jedenfalls kein echtes Boxen. Ein schicker Laden, mit dem sie ordentlich Kohle macht.« Gerber wandte sich an die beiden Jungs, die gerade einen langen, schmalen Kasten aus dem Transporter zogen. »Lasst die noch im Bus, Jungs. Helft erst mal Georg im Keller!«

»Alles klar!« Die beiden schoben den Kasten zurück.

»Wann ist sie denn nach Hamburg gezogen?«, fragte Katja.

»Das war vor sieben Jahren ungefähr.«

»Und wie heißt Ihre Schwester?«

»Laura. Laura Gerber, die ist Single geblieben.«

»Und ihr Laden?«

»Top Gym.«

»Hatte sie denn noch Kontakt zu Neil Krambach?«

»Ne. Also ich weiß jedenfalls nichts davon. Die hatten ja auch vorher schon keinen Kontakt mehr.«

In dem flachen Gebäude der Tangoschule wurden die Fenster geöffnet. Tom drehte sich um. Zwei Frauen sahen freundlich zu ihnen herüber.

»Ahoi, Frankie!«, begrüßten sie Gerber fast im Chor. Der Mann winkte ihnen kurz zu.

»Ahoi?« Tom sah Gerber irritiert an.

»Die Mädchen kommen aus Flensburg.«

»Kennen Sie auch Claudia Hilser, Felix' Mutter?«, fragte Katja weiter.

»Klar, aber die habe ich seit Felix' Tod nicht mehr gesehen. Davor hatte sie Felix manchmal beim Training besucht und sich auch mal einen Kampf von ihm angesehen. Also einen normalen Kampf.«

»Hat sie Ihnen keine Vorwürfe gemacht, dass Sie ihren Jungen dazu gebracht hatten, an illegalen Boxkämpfen teilzunehmen?«

Gerber sah Katja trotzig an. »Nein, hat sie nicht.«

»Erstaunlich«, sagte Katja.

Gerber zuckte die Schultern. Hinter ihnen erklang ein Tango. Ein Bandoneon seufzte melancholisch zu Elektro. Eine spannende Kombination, dachte Tom.

»Waren Sie damals dabei, als Felix Hilser auf dem Zechengelände war? Hat er da geboxt?«

»Das weiß ich nicht, von uns war keiner dabei. Was er da getrieben hat?« Er zog die Schultern hoch und hob die Hände. »'ne große, traurige Scheiße war das«, grummelte er in sich hinein.

»Und es wurde nie geklärt«, sagte Katja.

»Ja, irgendwo da draußen laufen diese feigen Schweine frei herum.« Eine Pause entstand.

»Hatte Neil Krambach damals irgendwelche Feinde?«, fragte Tom. »Hatte er mal Ärger, hat ihn vielleicht etwas belastet?«

»Das weiß ich nicht.« Gerber schüttelte den Kopf. »Ich glaube nicht.«

»War er damals schon so rechts?«, fragte Katja.

»Ach Gott, jetzt kommen Sie damit. Was heißt denn das, rechts? Haben Sie mal eins seiner Bücher gelesen?«

Tom und Katja verneinten.

»Ich schon«, sagte Gerber. »Und ich finde, dass er mit dem meisten völlig richtiglag. Er war konservativ, aber das bin ich auch.«

Dieser Mann versteht etwas anderes unter rechts als wir, dachte Tom. »War er damals schon politisch engagiert?«

»Das weiß ich nicht, ich glaube nicht. Er war ein guter Lehrer, hat sich um seine Jungs gekümmert.«

»Ach, um die Mädchen nicht?«, fragte Katja.

Gerber verdrehte die Augen. »Natürlich auch um die Mädchen, das ist mir jetzt so rausgerutscht.« Er lächelte charmant. »Lady, ich bin ein alter Boxtrainer.«

»So alt sehen Sie gar nicht aus«, erwiderte Katja. »Und da drinnen habe ich gerade ein paar Frauen boxen gesehen.«

»Und die können das«, bekräftigte Gerber mit einem Anflug von Stolz. »Haben 'se bei mir gelernt.«

41

Der Parkplatz vor dem Supermarkt war riesig, und nur wenige Autos verloren sich darauf. Katja manövrierte ihren Dienstwagen auf einen Platz vor einer halbhohen Mauer mit einem Maschendrahtzaun, hinter der Mietshäuser mit ihren Gärten lagen. Kinder tobten dort herum, spielten Fußball, und in einem Planschbecken spritzten sich einige Kleinkinder laut kreischend gegenseitig nass. Auf Terrassen saßen Mütter, Väter und ältere Kinder, die ausnahmslos alle über ihre Handys gebeugt waren. Ein merkwürdiges Bild, fand Tom. Katja stellte den Motor ab, und sie stiegen aus. Von der anderen Seite des Parkplatzes schallten fette Hip-Hop-Bässe herüber. Jugendliche flitzten dort auf Skateboards über den Asphalt, vollführten tollkühne Sprünge und legten sich wagemutig in die Kurven. Dahinter saßen einige Gäste vor einem italienischen Eiscafé im fahlen Sonnenlicht, das sich durch die Wolkendecke kämpfte, und verfolgten das muntere Treiben.

»Du musst doch eigentlich hundemüde sein«, sagte Katja und sah ihn von der Seite an. »Was hast du heute Morgen gesagt? Drei Stunden hast du geschlafen?«

Tom schmunzelte. »Zwei Stunden waren es wohl.« Er beobachtete, wie ein Skater stürzte, sich aber geschickt auf dem Asphalt abrollte. »Vielleicht bin ich müde, vielleicht auch nicht.« Er sah seine Partnerin an. »Mein Körper macht irgendwie.«

»Ermordet?« Nachdem Katja und Tom dem Leiter des Supermarktes bestätigt hatten, dass er sich nicht verhört hatte, wich seine Überraschung stillem Entsetzen. Er setzte sich auf den Drehstuhl an seinem kleinen, überquellenden Schreibtisch in dem engen Büro, das voller Kartons, Waren und Krimskrams war, und schüttelte den Kopf. »Aber warum? Wer hat das getan?«

»Das versuchen wir herauszufinden«, erwiderte Tom.

Der Mann schüttelte den Kopf. »Sie hätte nicht nach Hamburg gehen sollen. In diese große, kalte Stadt.«

»Warum nicht?«, fragte Katja.

Er sah sie an. »Weil sie hier zu Hause war. In Moers. Und bei uns. Wir sind hier eine große Familie. Meine Leute sind alle schon lange hier. Alle kennen sich, helfen sich und so. Ehrlich, keiner hat verstanden, warum Claudia auf einmal wegwollte.«

»Sie hat Ihnen keinen Grund genannt?«

»Nein! Das kam auch völlig überraschend. So aus dem Nichts.«

»Wissen Sie, ob sie irgendwelche Probleme oder Sorgen hatte?«

»Nein. Die Geschichte mit ihrem Sohn kennen Sie ja bestimmt.«

»Ja, aber wir wissen noch zu wenig darüber«, sagte Tom. »Der Fall wurde ja leider nie aufgeklärt.«

»Ja. Das muss furchtbar gewesen sein für Claudia. Als sie bei uns anfing, ging es ihr ja schon etwas besser. Aber ich glaube, die Arbeit und die Kollegen haben ihr echt gutgetan.« Fassungslos schüttelte er den Kopf. »Das kann doch nicht sein. Wie ist sie getötet worden?«

»Sie wurde erschossen«, sagte Katja.

Geschockt starrte er die Ermittler an. »Krass!«

»Hat sie mal von dem Mord an ihrem Sohn gesprochen? Hat sie erzählt, was sie darüber dachte?«

»Nein. Jedenfalls nicht mir. Man wusste ja auch nicht viel. Das hatte mit diesen illegalen Boxkämpfen zu tun. Sie müssen mal die Kollegen fragen. Zwei Kolleginnen von Claudia sind heute hier, Simona und Susanne. Die können Sie gern befragen, aber wenn es geht, halten Sie es bitte kurz, damit hier die Abläufe nicht zu sehr behindert werden. Okay?«

Als die beiden Ermittler wieder ins Freie hinaustraten, blendete sie die späte Nachmittagssonne. Schützend hielt Tom seine Hand über die Augen. Katja setzte ihre Sonnenbrille auf, eine runde. Eine Art Hippiebrille, dachte Tom. Seine hatte er vergessen, mit auf die Reise zu nehmen. Der Parkplatz hatte sich mittlerweile gefüllt, und viele Menschen schoben volle Einkaufswagen zu ihren Autos oder leere in den Supermarkt. Die Skater waren nicht mehr da.

Tom spürte einen leichten Kopfschmerz, seine Erschöpfung zwang ihn langsam doch in die Knie. »Ich brauche einen Kaffee und einen Happen zu essen«, sagte er.

»Gute Idee!«

Auf der Straßenseite gegenüber dem Parkplatz befand sich ein Imbiss. »By Ali« stand auf dem Schild über dem Eingang. Tom musste schmunzeln und fragte sich, wie dieser sprachliche Unfall wohl zustande gekommen war. Aber vielleicht war es gar keiner gewesen, denn bei der Herstellung dieses professionell gefertigten Schildes hätte der Fehler doch eigentlich auffallen müssen. Vielleicht war es eher ein launiges Wortspiel, das für Aufmerksamkeit sorgen sollte. »Türkischer Kaffee und ein Döner?«, fragte er.

Katja überlegte. »'ne Currywurst wäre mir eigentlich lieber. Aber meinetwegen.«

Sie deutete auf ein großes Wahlplakat der FKD, das ein paar Meter weiter an einer Hauswand hing. »Europa ohne Islam!«, stand in großen Buchstaben neben dem Foto des Kandidaten. »Was Ali wohl morgens denkt, wenn er seinen Imbiss aufschließt?«, fragte sie.

Der Laden war gut besucht, einige Türken saßen bei Tee und Wasserpfeife vor Brettspielen, Arbeiter in Blaumännern verzehrten Döner und Pizzen, drei türkische Frauen standen um einen Stehtisch herum und zeigten sich gegenseitig Bilder auf ihren Handys, und aus der Anlage kam kitschige Popmusik.

»Hier ist was los, das ist schon mal ein gutes Zeichen«, sagte Tom und betrachtete die Vorspeisen in der Vitrine, die alle sehr appetitlich aussahen.

»Was kann ich für euch tun?«, fragte der Mann hinter dem Tresen. Tom ließ seiner Partnerin den Vortritt.

»Ich nehme eine türkische Pizza.«

»Was auch sonst für eine?«, grinste der Mann. »Möchtest du auch was trinken?«

»Ein Glas Ayran, bitte!«

»Gut. Und du?«, wandte er sich an Tom.

»Ich hätte gern einen Kaffee und Moussaka. Und eine große Flasche Wasser, bitte!«

»Türkischen oder deutschen Kaffee?«

»Türkischen, schön stark!«

»Gut, sucht euch einen Platz!«

Tom ging zu einem der beiden freien Stehtische am Fenster. Katja stellte sich zu ihm.

»Also, alle Kolleginnen waren überrascht, dass sie wegzog«, sagte sie. »Keinem hatte sie was erzählt. Sie hatte sich auf einmal verändert, war verschlossen geworden und das, obwohl es ihr vorher immer besser gegangen war, sie den Tod ihres Jungen einigermaßen verwunden hatte.«

Tom nickte.

»Du weißt, was ich denke?«, fragte Katja.

»Klar«, antwortete er. »Die Rache-Theorie. Hilser hatte sich eine Karte für die Lesung geholt und sich den Laden genau angesehen. Okay. Aber was ist dann passiert? Sie wurde am Vormittag erschossen. Und Krambach in der Nacht nach seiner Lesung. Mit unterschiedlichen Pistolen.«

Nachdenklich starrte Katja ins Leere. Der Mann vom Tresen brachte ihnen die Getränke. Tom schenkte Katja und sich Wasser ein, und sie leerten beide gierig ihre Gläser.

»Mhm, der Kaffee duftet fantastisch«, sagte er. »Traditionell zubereitet. Hast du gesehen?«

»Wir sind hier richtig, Tom, ich rieche das.«

»Hab ich doch gesagt, das ist ein guter Laden hier.« Er grinste, Katja verdrehte die Augen.

»Krambach war ein reaktionäres Arschloch«, sprach sie weiter. »Der ging mit seinen Schülern zum Schießstand, brachte sie zum Boxen, nach dem Motto ›Nur die Harten kommen in den Garten‹, beschimpfte türkische Jugendliche rassistisch und schlug sie auch noch zusammen. Und Frauen nahm er nicht für voll.«

»Wieso durfte der Mann überhaupt Lehrer sein?«, fragte Tom und trank einen Schluck von dem Kaffee. »Oh, der ist gut, schön stark.« Durch das Fenster sah er, wie ein junger Mann in einem T-Shirt mit einem gelb-schwarzen Fußball darauf aus dem Supermarkt kam und über den Parkplatz in ihre Richtung lief. »Ich bin gespannt, was wir morgen von unseren Duisburger Kollegen erfahren werden«, sagte er.

»Die Akte, die sie geschickt haben, kann ja nicht alles sein«, sagte Katja. »Das ist sicher nur 'ne Kurzfassung oder so.«

»Ja, komisch. Aber der Fall liegt auch schon siebzehn Jahre zurück. Hoffentlich sind die Ermittler von damals überhaupt noch da.«

Der Klingelton von Katjas Handy ertönte. »Unbekannt« stand auf dem Display.

»Hallo«, meldete sie sich. »Oh hallo«, wiederholte sie. »Okay, gut … Klar! Ich werde da sein … Kein Problem, ich komme da schon hin.« Ihr Gesprächspartner hatte das Gespräch schon wieder beendet.

»Das war der General. Ich bekomme gleich eine SMS mit der Adresse von morgen. Und das Codewort hat sie mir genannt. Das schreibt sie wohl lieber nicht.«

»Und?«, fragte Tom neugierig.

»Rasenmäher«, sagte sie leise.

»Lustig.«

Der junge Mann mit dem gelb-schwarzen Fußball auf dem T-Shirt betrat den Imbiss und sah sich suchend um.

Ein helles Ping ertönte. »Ah, da ist sie schon«, sagte Katja und sah auf ihr Display. »Ruhrort«, murmelte sie.

»Das ist im Zentrum, beim Hafen«, sagte Tom. Der junge Mann kam zu ihnen.

»Sind Sie die Kommissare aus Hamburg?«

»Das sind wir. Und Sie?«

»Ich arbeite im Markt drüben, ich heiße Oskar Saltoni. Simona hat gesagt, dass Sie hier sind, sie hat gesehen, wie Sie hier reingegangen sind. Und sie hat gesagt, dass ich Ihnen das erzählen soll.«

Tom sah den Jungen amüsiert an. »Dass sie gesehen hat, wie wir hier reingegangen sind?«

Saltoni lachte unsicher. »Oh nein, ich rede Quatsch. Ich bin etwas aufgeregt. Entschuldigung!«

»Das macht gar nichts. Was wollen Sie uns denn erzählen?«, fragte Katja.

»Also, es ist wegen Frau Hilser. Ich habe mal gesehen, wie sie Besuch bekommen hat, von einer Frau, die ich schon öfter auf der Straße gesehen hatte. Die ist ziemlich schräg. Ein bisschen verrückt. Vielleicht auch auf Drogen. Ich weiß es nicht. Ich hab sie auch schon zweimal im Bollwerk gesehen, bei einem Konzert und bei einem Poetry-Slam. Da hat sie sogar mitgemacht, also auf der Bühne. Na ja, jedenfalls habe ich mich gefragt, was die von Frau Hilser wollte. Ich habe beobachtet, wie sie zusammen raus auf den Parkplatz gegangen sind, und da hatte die Frau ihr etwas erzählt. Frau Hilser hat die ganze Zeit nur zugehört. Und als die Frau gegangen war, stand sie noch lange da. Und später bei der Arbeit war sie ganz still, hat kaum was gesagt. Ich habe mit ihr neue Waren sortiert, und sie war ganz verändert, so ernst und auch gar nicht mehr richtig bei der Sache. Und am nächsten Tag hat sie sich krankgemeldet. Als sie wieder zur Arbeit kam, war sie immer noch so ernst und still.« Der junge Mann zuckte die Achseln. »Ja, das war schon alles.«

»Herr Saltoni, das ist gut, dass Sie uns das erzählen«, sagte Katja. »Haben Sie Frau Hilser mal darauf angesprochen?«

»Nein, das wäre mir unangenehm gewesen.«

»Wie gut kannten Sie Frau Hilser?«

»Sie war nett, aber wir haben nicht viel miteinander zu tun gehabt. Wir waren ja nicht gerade ein Alter.«

»Und diese Frau, die zu Frau Hilser kam, haben Sie die in letzter Zeit mal gesehen?«, wollte Tom wissen.

»Ja, ab und zu. Letzte Woche, ich glaube, Dienstag, da saß sie vorm Bahnhof auf einer Bank in der Sonne und hat gelesen.«

»Glauben Sie, dass sie obdachlos ist?«

»Ich weiß es nicht, aber ich könnte es mir vorstellen.«

»Erzählen Sie uns alles, was Sie über sie wissen!«, sagte Katja. »Wie sieht sie aus?«

»Asiatisch.«

Tom zückte sein kleines Notizbuch und notierte die Beschreibungen. »Sie meinen, sie ist eine Asiatin?«

»Vielleicht Halbasiatin.«

»Schwarze Haare?«

»Ja, sie hat so zerzauste Haare. Aber sie ist kein Punk. Helle Augen, blau, würde ich sagen. Und ziemlich blass ist sie mit krass rot geschminkten Lippen.«

»Ist sie vielleicht ein Mangamädchen?«

»Nein, so sieht sie nicht aus.«

»Wie alt schätzen Sie sie?«, fragte Tom.

»Schwer zu sagen. Vielleicht um die dreißig. Oder Anfang vierzig.«

»Und ihre Statur?«

»Klein, zierlich.«

»Wie ist sie gekleidet?«

»Immer schwarz. Hosen und Shirts, Jacken. Alles schwarz.«

»Schmuck? Tattoos?«

»Weiß ich nicht. Ich habe sie ja noch nie aus der Nähe gesehen.«

»Und bei diesem Poetry-Slam«, sagte Katja, »wurde sie da nicht mit ihrem Namen oder einem Künstlernamen vorgestellt?«

»Das habe ich leider nicht mitbekommen.«

»Bollwerk, was ist das für ein Laden?«

»Das ist ein Club hier. In der Nähe vom Bahnhof.«

»Okay, ich schreib mir jetzt Ihre Daten auf und gebe Ihnen

meine Telefonnummer. Wir sind morgen und übermorgen noch in Moers, vielleicht auch länger, aber das wissen wir jetzt noch nicht. Wenn Sie die Frau zufällig sehen, rufen Sie mich bitte an! Egal, zu welcher Uhrzeit. Und auch, wenn Ihnen noch etwas einfällt.«

Oskar Saltoni versprach es.

42

Vorsichtig löste sie das durchgeblutete Pflaster von Leons Stirn und betrachtete die Platzwunde über der Augenbraue, die ebenfalls in Mitleidenschaft gezogen war.

»Ich weiß nicht, ich finde, du solltest zum Arzt gehen.«

»Ach, das sieht schlimmer aus, als es ist«, sagte ihr Sohn ruhig und klang fast gelangweilt.

Sofie Wibolds Blick wanderte zu den Blutergüssen am Unterkiefer, die schon begonnen hatten, sich bläulich zu verfärben. Sie konnte den Jungen einfach nicht verstehen. Was fand er nur daran, sich mit bloßen Fäusten zu schlagen? Es war ihr schon schwergefallen, ihm vor zwei Jahren das Boxen zu erlauben und ihn in einem Verein anzumelden. Aber nun diese illegalen Boxkämpfe. Diese brutalen, blutigen Kämpfe ohne Regeln, die in irgendwelchen Hinterhöfen oder als großer Event an einem heimlichen Ort stattfanden. Die hatten doch nichts mit Sport zu tun. Vorsichtig legte sie das neue Pflaster auf die Wunde und drückte es sanft fest. »Es kann sein, dass da eine Narbe bleibt. Ein Arzt könnte das nähen, und dann würde das gut verheilen. Ohne Narbe.«

»Eine Narbe stört mich nicht, ist doch cool.«

Sie sah ihrem Jungen in die blauen Augen. Gern hätte sie mit ihm geredet, versucht, herauszufinden, was ihm bei diesen Kämpfen den Kick verschaffte, aber sie wusste, dass das nicht möglich war. »Das sagst du jetzt, später denkst du aber vielleicht anders.« Zärtlich strich sie Leon durch das schwarze Haar. »Mein gut aussehender Junge!«

Er wandte sich kühl ab, sie zog ihre Hand zurück. Die Demütigung steckte sie weg, richtete sich auf und nahm die Metalldose mit den Pflastern. Ihr Blick fiel auf das Kinderpflaster mit einem Bild von Wickie darauf, der Zeichentrickfigur, die der kleine Leon viele Jahre lang verehrt hatte. Es war ein Überbleibsel, von dem sie sich nicht trennen mochte, weil es sie an die Zeit erinnerte, als noch alles gut gewesen war. Als ihr kleiner Junge sie lieb gehabt hatte und die Mama für ihn alles gewesen war.

»Hast du Hunger?«

»Ja.«

»Rührei?«

»Gut.«

Aus dem Kühlschrank holte sie vier Eier, schlug sie auf und verrührte sie in einer Schale.

»Machst du Zwiebeln mit rein?«, fragte er.

Sofie Wibold nickte. Kein Bitte kam ihrem Jungen über die Lippen. Sie fragte sich mal wieder, ob sie ihn verzogen hatte. Zu jung, schoss es ihr durch den Kopf. Ich war zu jung gewesen und allein. Eine beschissene Kombination, damals hatte sie solche Gedanken verdrängt. Sie hatte einfach gemacht und war an den Herausforderungen gewachsen. Sie hatte ihr Bestes gegeben, aber offenbar hatte es nicht gereicht. Während sie eine Zwiebel schälte und klein schnitt, beobachtete sie Leon, der sich auf dem Stuhl lümmelte und auf seinem Handy zockte.

»Respekt!«, hörte sie sich sagen. »Leon, ich will Respekt von dir!«

Leon reagierte nicht, sah weiter auf sein Handy. Seine unverfrorene Ignoranz machte sie fassungslos.

»Verdammt, Leon, sieh mich an, wenn ich mit dir rede!«

Leon sah von seinem Handy auf. »Was ist dein Problem?«

»Mein Problem?« Wütend knallte sie das Messer auf die Arbeitsplatte. »Du gehst hier ein und aus wie in einem Hotel. Du lässt dich bekochen, dir die Wäsche waschen, steckst dein Taschengeld ein, und das war's. Wir unterhalten uns nicht, du erzählst mir nichts, antwortest nicht auf meine Fragen. Das ist mein Problem.«

Der Junge steckte das Handy in seine Hosentasche und starrte vor sich auf den Boden. Sofie Wibold wartete auf eine Reaktion, die jedoch nicht kam. Stattdessen erhob er sich und ging an ihr vorbei, um die Küche zu verlassen. Intuitiv griff sie seinen Arm und hielt ihn fest. Sie sah zu ihm auf.

»Leon, warum behandelst du mich so?« Für einen Moment hatte sie den Eindruck, in ihrem Jungen regte sich etwas und ein wenig Bedauern schlich sich in seinen Blick, aber sie wurde eines Besseren belehrt.

»Ich bin eben nicht so, wie du mich gern hättest.« Seine Worte klangen hartherzig und fielen messerscharf.

»Aber das stimmt doch nicht«, erwiderte sie. »Und du weißt das auch.« Sie zog ihn zu sich heran. »Komm mal her!« Sie umarmte ihn und drückte sich an seinen trainierten Körper, spürte die Kraft seiner festen Muskeln. Leon versuchte, sich aus ihrer Umarmung zu lösen, aber sie ließ ihn nicht los.

»Was soll das?«, sagte er und packte ihre Arme.

»Hey!«, protestierte sie, aber er stieß sie von sich. Sie war überrascht von der Wucht, verlor den Halt, stürzte gegen den Schrank und fiel zu Boden. Entsetzt schaute sie auf zu ihm. Ihr Junge sah sie ungerührt an, die Kälte seines Blickes ließ sie schaudern. Leon ging hinaus. Verstört blieb sie zurück.

Die Musiker des Orchesters der Musikhochschule stimmten ihre Instrumente. Die Laeizhalle war gut besucht, das Publikum bunt gemischt. Eine Menge junger Leute, lässig gekleidet, ein paar Paradiesvögel, aber auch viele Paare im mittleren Alter und einige ältere Herrschaften dazwischen. Daniela Berkeesen stand neben Rafael, dem Dirigenten, in der Tür an der Seite der Bühne und ließ ihren Blick über die Sitzreihen schweifen. Sie entdeckte ihre Mutter, die beiden Plätze neben ihr waren leer. Ihre Enttäuschung hielt sich in Grenzen, sie hatte sich daran gewöhnt, dass ihren Vater ihre Leidenschaft und ihr Talent für die Musik nur wenig interessierte, und auch bei Philip hatte das Interesse stark nachgelassen, seit er Papa geworden war und auch noch eine politische Karriere gestartet hatte. Sie betrachtete ihre Mutter und spürte Distanz, aber nicht nur zu ihr, sondern zu allem. Als hätte das Ganze hier nichts mit ihr zu tun. Dabei war sie doch die Pianistin, die Hauptdarstellerin. Wo blieb ihre Aufregung? Sie spürte nichts. Es war, als wäre ihr etwas abhandengekommen. Was war los mit ihr?

Das Einstimmen der Instrumente verstummte. Es war so weit. Rafael wartete noch ein wenig, dann trat er hinaus auf die Bühne. Das Publikum applaudierte. Rafael schüttelte dem Konzertmeister die Hand, stieg auf das kleine Podest am Dirigentenpult und verbeugte sich vor dem Publikum. Er deutete zu Daniela, die nun auf die Bühne trat, unter dem aufbrandenden Applaus nach vorn ging, sich neben den Flügel stellte und ebenfalls verbeugte. Einen Moment konnte sie den Zuspruch des Publikums genießen, so schien es ihr. In der dritten Reihe saß Jannik und strahlte sie an. Daniela nahm am Flügel Platz, schloss die Augen und stellte sich die ersten Noten vor, hörte im Geiste die ersten Klänge des 2. Klavierkonzerts von Sergei Rachmaninow, ihres Lieblingskonzerts. Da spürte sie ihre Hände. Was hatte das zu bedeuten? Sie hatte ihre Hände noch nie gespürt. Es war, als lastete ein Gewicht auf ihnen. Sie sah auf ihre Finger. Sie zitterten. Nur ein wenig, kaum sichtbar, aber das war furchtbar. Das war ihr noch nie passiert und machte ihr Angst. Was sollte sie nur tun? Rafael sah zu ihr und hob seinen Dirigentenstab.

»Ja, über uns ham se gewohnt. Wir ham den Jung aufwachsen sehn.« Beate Kallfries blies den Rauch ihrer Zigarette in den Himmel. »Das war 'ne schlimme Geschichte damals. Ich dachte, die Claudia packt dat nich', die tut sich wat an. Mann, Mann, Mann. Dat is' jetzt bestimmt sechzehn Jahre her. Oder?« Sie sah ihren Mann an, der neben ihr an seinem Rollator auf der Terrasse des kleinen Gartens in der Abenddämmerung stand. »Wenn nicht mehr«, wandte sie sich wieder Tom und Katja zu. »Und jetzt kommen mir gleich wieder die Tränen.« Sie riss die Augen auf und wehrte sich gegen den Anflug von Traurigkeit.

»Der Felix war ein feiner Kerl«, sagte Jürgen Kallfries, »der hat auch mal geholfen, wenn du ihn gebraucht hast.«

»Mal?« Frau Kallfries schüttelte den Kopf. »Der hat den Leuten in der halben Nachbarschaft die Einkäufe gemacht.« Sie zog an ihrer Zigarette. »Und wollte nie wat dafür ham.« Wieder blies sie den Rauch nach oben Richtung Himmel.

Ihr Mann nickte zustimmend. »Ja, haste recht. So war der Felix. Mir hat er …«

»Jaja, jetzt red nich', jetzt geht et mal nich' um dich.«

Der Mann verstummte. Seine Frau zeigte auf den Gartentisch und die Stühle drum herum.

»Aber bitte setzen Se sich doch!«

Katja und Tom bedankten sich und nahmen auf den Plastikstühlen unter der Lichterkette, die an der Hauswand hing und einen schwachen Lichtschein verbreitete, Platz. Die Sonne verschwand hinter den gegenüberliegenden Siedlungshäusern.

»Woll'n Se wirklich kein Käffken? Oder Bierchen? Ist doch schon Feierabend, eigentlich.«

»Danke, nein, Frau Kallfries. Also Felix war sehr hilfsbereit.«

»Ja, enorm. Auch mit seinen Jungs vom Boxclub ham se hier den Leuten geholfen. Die ham echt wat getan für die Mattheck.«

»Mattheck?«, fragte Tom.

»So heißt dat hier«, erklärte ihr Mann. »Unsere Siedlung.«

»Na, jedenfalls«, redete Beate Kallfries weiter, »die ham nich' geredet, die ham angepackt. Hier, dem Werner seine Wohnung ham se doch auch renoviert.« Sie sah ihren Mann an.

»Jau«, sagte er. »Und Karins Klause auch.«

»Und den Spielplatz, da ham se immer irgendwat gemacht. Die Klettergerüste repariert oder die Junkies vertrieben. Das ham die Bullen ja nicht geschafft. Oh, 'tschuldigung!«

»Ach, das ist schon okay«, sagte Tom. »Wir sind ja nicht von hier.«

»Und außerdem von einer anderen Abteilung«, fügte Katja hinzu.

Beate Kallfries drückte ihre Zigarette in dem Aschenbecher auf der Fensterbank aus. »Aber genau, warum sind Se denn überhaupt hier?« Angst schlich sich in ihr Gesicht. »Da is' wat passiert. Ne, Scheiße auch!«

»Leider ist Claudia Hilser tot aufgefunden worden«, erklärte Katja. »Sie wurde erschossen.«

Beate Kallfries wurde blass. Ihr Mann erstarrte.

»Mein Gott!«, sagte er leise. »Sie sind von der Mordkommission.«

»Das ist richtig«, antwortete Tom.

»Die Claudia!«, sagte Frau Kallfries und setzte sich an den Tisch vor die Kommissare. »Die Claudia!«

»Bitte kommt rein!« Gaby Holanka führte Katja und Tom durch den kleinen Flur in ihr Wohnzimmer, das sie ganz offensichtlich mit ihren beiden Katzen teilte. Zwei riesige Kratzbäume dominierten den Raum. Eine grau getigerte Katze lag auf dem Sofa der hellgrünen Polstergarnitur.

Der Fernseher lief, der Moderator einer Quiz-Show witzelte mit einem Kandidaten herum. Die Frau stellte den Ton leise.

»Kann ich euch was anbieten?«

»Nein danke!«, antwortete Tom. Katja schüttelte den Kopf.

»Gut, bitte setzt euch!« Sie deutete auf die beiden Sessel und setzte sich aufs Sofa. »Es stimmt, was die Beate sagt. Ich war Claudias beste Freundin. Jedenfalls bis sie wegzog. Wir haben uns im Blumenladen kennengelernt, also wir haben beide da gearbeitet. Elf Jahre haben wir zusammen in dem Laden gestanden. Dann musste unsere Chefin leider dichtmachen. Claudia hat dann in einem Supermarkt angefangen und ich in einem Kiosk. Und wir sind Freunde geblieben.« Unter der gewaltigen blonden Löwenmähne wirkte Gaby Holankas Gesicht fast ein wenig verloren. Die Mandelaugen verliehen auch ihr etwas Katzenhaftes. »Das hat keiner verstanden, das mit Hamburg. Norddeutschland, das ist doch was anderes als hier, was ganz anderes. Und sie kannte ja keine Menschenseele dort. Aber sie musste auf einmal dahin. Wenn ich sie gefragt habe, warum, dann hatte sie nur gesagt, dass das ihr Geheimnis bleiben müsse. Ich dachte natürlich, dass es um einen Kerl ging. Was für ein Grund sollte sonst so geheimnisvoll gewesen sein?« Die Frau redete ohne Punkt und Komma. Die Worte sprudelten nur so aus ihr heraus. »Und wisst ihr was? Seit dem Tag, an dem sie weggefahren war, hat sie sich nicht mehr bei mir gemeldet. Nie mehr. Ihre Handynummer war auf einmal nicht mehr vergeben, ihre Mailadresse auch nicht, und in keiner Auskunft habe ich sie gefunden. Es war, als hätte sie alles Alte abgeschnitten. Von wegen beste Freundin. Ich habe mich lange gefragt, warum. Ich habe keine Erklärung gefunden. Aber sie war vorher schon irgendwie komisch gewesen. Ich dachte, das hatte wieder mit Felix zu tun. Dass die Traurigkeit wieder zurückkam. Kennt ihr die Geschichte mit dem Jungen?«

»Ja, die kennen wir«, antwortete Tom.

»Hatte sie früher mit Ihnen über den Tod ihres Sohnes gesprochen?«, wollte Katja wissen.

»Oh ja, natürlich. Das war so furchtbar, ich kann das gar nicht …« Holanka hielt inne, musste schlucken. »Das war eine so schwere Zeit. Damals hat sie oft bei mir geschlafen, weil sie nicht in der Wohnung sein konnte, wegen seiner Sachen. Ich war für sie da, habe ihr zugehört, versucht, sie zu trösten. Ich habe mit ihr geweint und getrunken.«

»Wissen Sie, was Claudia Hilser damals über den Mord dachte?«, fragte Katja.

»Sie hat es nicht verstanden. Sie konnte sich überhaupt nicht vorstellen, dass jemand einen Grund gehabt haben könnte, diesen lieben Jungen zu töten. Sie ist fast verrückt geworden. Und es war ja auch nicht zu verstehen.«

»Wissen Sie, ob Claudia Hilser Kontakt zu einer Asiatin hatte?«, fragte Katja.

»Wie meinen Sie das?«

»Hat sie vielleicht mal von einer asiatischen Frau erzählt, die ihr etwas mitgeteilt hatte, was für sie von großer Bedeutung war, was vielleicht mit dem Tod ihres Sohnes zu tun hatte?«

Irritiert überlegte Holanka. »Nein, mir hat sie von so einer Frau nichts erzählt.« Gaby Holanka hielt inne. »Aber könnt ihr mir jetzt nicht mal sagen, warum ihr das alles wissen wollt? Geht es um den Mord an dem Jungen?«

»Nein, Frau Holanka, jedenfalls nicht in erster Linie«, antwortete Katja. »Claudia Hilser ist leider tot. Sie wurde erschossen.«

Geschockt starrte Holanka Katja an. »Nein!« Sie sackte in sich zusammen. In der Stille war der leise Ton des Fernsehers zu hören.

»Welcher dieser Musiker zählte nicht zum Glamrock?«, fragte der Moderator. »A: David Bowie, B: Brian Ferry.« Tom sah zum Bildschirm, wo die Namen der Musiker eingeblendet waren. »C: Eric Clapton, D: Marc Bolan.«

»Clapton«, rutschte ihm die Antwort heraus. Irritiert sah Katja ihn an.

»Erschossen?«, fragte Holanka ungläubig.

Erschöpft saß sie auf einer Technikkiste im leeren Foyer der Laeiszhalle. Durch die offenen Türen wehte eine laue Brise herein. Um sie herum wurde geräumt und verladen. Daniela Berkeesen war die Letzte der Musikerinnen und Musiker, nur die Techniker waren noch mit dem Abbau beschäftigt. Die meisten ihrer Kommilitonen saßen jetzt mit ihren Freunden oder Familien in Restaurants oder Kneipen zusammen, um ein bisschen zu feiern. Ein Konzert in der Laeiszhalle war schließlich etwas Besonderes. Aber sie hatte ihre Mutter und Jannik weggeschickt. Sie war nicht in der Stimmung, um zu feiern. Jannik hatte sie verstanden, sogar, dass sie heute Nacht allein bleiben wollte. Er kannte sie und hatte gelernt, mit ihren Eigenarten umzugehen. Anders als ihre Mutter, die enttäuscht gewesen war. Wieder einmal wunderte sich Daniela darüber, dass ausgerechnet sie, die Diplompsychologin, so wenig Verständnis für ihre Sensibilität aufbrachte. Daniela fühlte sich leer und unsicher, aber auch erleichtert, denn sie hatte gut gespielt, trotz des Zitterns ihrer Hände. Niemand schien es bemerkt zu haben. Aber was hatte das für Kraft gekostet! Kraft, von der sie bis jetzt nicht gewusst hatte, dass sie über sie verfügte. Was war nur mit ihr los? Vor Publikum zu spielen hatte ihr doch noch nie etwas ausgemacht. Außerdem liebte sie Rachmaninows zweites Klavierkonzert, spielte es stets mit Hingabe und großer Freude. Woher kam dann das verdammte Zittern? Sie hob ihre Hände und betrachtete sie. Jetzt zitterten sie nicht mehr. Aber würden sie es wieder tun, wenn sie das nächste Mal auf einer Bühne saß? Musste sie nun auch, wie viele ihrer Kommilitonen und Berufsmusiker, Betablocker schlucken, um ruhig und entspannt auftreten zu können? Sie war immer so froh gewesen, dass sie dieses Problem nicht gehabt hatte. Und sie glaubte auch jetzt, dass es bei ihr etwas anderes war. Nur was?

Sie hatte es zu spät bemerkt. Die Anzeichen waren da gewesen, aber sie hatte es nicht wahrhaben wollen, auch weil sie sich schuldig gefühlt hatte. Eine Mutter konnte doch ihr eigenes Kind nicht unsympathisch finden. Doch so war es nun einmal. Leon entwickelte sich zu einem unangenehmen Charakter. Sie konnte die Augen nicht mehr davor verschließen.

Sofie Wibold saß auf dem Sofa und starrte in die Dunkelheit. Sie hatte schon im Bett gelegen, aber nicht einschlafen können, weil die Gedanken sie nicht zur Ruhe kommen ließen. Schließlich war sie wieder aufgestanden und hatte sich einen warmen Kakao zubereitet. Natürlich trug Leon die Gene seines Vaters in sich, den sie nicht kannte, von dem sie nichts wusste und auch nichts wissen wollte. War es doch ein Fehler gewesen, damals nicht abtreiben zu lassen? Ihr Magen krampfte sich zusammen. Zum ersten Mal, seit sie sich entschlossen hatte, das Baby zu behalten, kamen ihr derart düstere Gedanken. Damals hatte sie lange mit sich gerungen, aber sich schließlich aus vollem Herzen für das Kind entschieden. Gegen alle Bedenken, Ratschläge und trotz des dunklen Schattens, von dem sie nicht wissen konnte, ob er sich nicht auch auf ihr Muttersein legen würde. Sie war das Wagnis eingegangen und hatte es geschafft, den Schatten bei sich und von der Beziehung zu dem Jungen fernzuhalten.

All die Stationen gingen ihr wieder durch den Kopf. Der Abbruch ihres Studiums, die verständnislosen Blicke ihrer Professoren und Kommilitonen, die liebevolle und bedingungslose Unterstützung ihrer Eltern, zu denen sie ins Saarland zurückgezogen war, die Zeit mit dem kleinen Leon, von der sie jede Sekunde genossen hatte, trotz aller Entbehrungen. Die Kita-Jahre, die eine große Erleichterung für sie gewesen waren, obwohl sie sehr gelitten hatte, als sie Leon, wenn auch nur für Stunden, zum ersten Mal in die Hände anderer Menschen gegeben hatte. Die Gesprächstherapie, durch die der Schatten an Macht verloren hatte, wenn er auch geblieben war. In dieser Zeit hatte sie gelernt, aus wenig viel zu machen und sich zu befreien von Erwartungshaltungen und Sehnsüchten. Sie hatte erkannt, was wirklich wichtig gewesen war, und es sich mit Leon schön gemacht. Bis sie in den Pott zurückgekehrt war, nach Duisburg, weil ihre Freundin Rita ihr den Job im Café angeboten hatte. Sie hatte zu arbeiten begonnen, und Leon besuchte die Schule. Je mehr Zeit Leon und sie getrennt voneinander verbracht hatten, je mehr jeder von ihnen seinen eigenen Weg gegangen war, desto mehr hatten sich Züge von Egoismus bei ihrem Jungen entwickelt. Zunächst waren sie ihr harmlos erschienen und für diese Phase auch nicht unüblich. Je älter der Junge geworden war, desto mehr hatte sie arbeiten müssen, um ein Leben finanzieren zu können, für das sich Leon nicht zu schämen brauchte. Sie hatte sich bemüht, ihn frei von Statusdenken zu erziehen, war jedoch damit gescheitert.

Sofie Wibold erhob sich und wanderte durch die kleine Wohnung. Was würde Leon wohl für ein Mensch werden? Einen Teil seiner Gene hatte er von ihr geerbt, die mussten sich doch zeigen. Sie überlegte, was sie ausmachte, was ihre typischen Eigenschaften waren. Keine leicht zu beantwortende Frage für einen selbst, fand sie. Empathisch war sie. Das fiel ihr zuerst ein. Davon hatte Leon leider nichts abbekommen.

Optimistisch. Auch wenn die Lage schwierig war, glaubte sie stets an ein gutes Ende. Für Probleme gab es Lösungen, das war ihre Überzeugung. Davon hatte ihr Junge wohl eine gehörige Portion geerbt, das zeigte sich in seiner Selbstsicherheit, die immer öfter an Überheblichkeit grenzte.

Introvertiert. Sie hatte oft Selbstzweifel, trotz ihres Optimismus. Leon zweifelte nie an sich, traute sich alles zu, er war ein Platzhirsch. Wahrscheinlich war sein Vater genau so ein Mensch. Er hatte sich genommen, was er gewollt hatte, rücksichtslos, mit dem Recht des Stärkeren. Das war das Einzige, was sie von ihm wusste. Leon würde möglicherweise genauso werden.

43

MITTWOCH

Der Rhein unter ihnen glitzerte im milchigen Sonnenlicht, das sich durch den morgendlichen Dunst kämpfte. Langsam glitten Tom und Katja im Berufsverkehr über die Brücke. Auf der anderen Seite blickten sie auf eine Welt aus Industrieanlagen, Logistikzentren, Terminals, die an der Ruhr lagen, und den Duisburger Hafen, der sich scheinbar endlos hinzog. Im Radio lief ein Klavierkonzert von Haydn, dafür hatte Katja gesorgt. Tom saß am Steuer, um sich so schnell wie möglich daran zu gewöhnen, wieder auf einer Autobahn zu fahren und die Angst vor dem Klick in seinem Kopf zu verlieren. Dabei war er sich durchaus der Verantwortung gegenüber seiner Beifahrerin bewusst. Aber es handelte sich ja nur um eine kurze Strecke am helllichten Tag, außerdem fühlte er sich gut, hatte fast vier Stunden geschlafen. Und von Moers nach Duisburg war es nur ein Katzensprung, die beiden Städte gingen direkt ineinander über. Peter Gunn ertönte. Felsens Name leuchtete auf dem Display.

»Guten Morgen, Chef!«

»Moin, Tom!«

»Ich hab auf Lautsprecher gestellt. Wir sind gerade auf dem Weg zu den Kollegen.«

»Moin, Katja! Ich wollte nur mal hören, ob alles okay bei euch ist. Kommt ihr voran?«

»Gestern haben wir Lehrer, ehemalige Schüler und Freunde von Claudia Hilser befragt«, antwortete sie.

»Und?«

»Spektakuläres haben wir nicht erfahren, aber interessant war es schon.«

»Gib uns noch etwas Zeit!«, sagte Tom.

»Klar. Übrigens: Oliver und Peter haben herausgefunden, dass der gute Philip Berkeesen Verbindungen zu einer rechtsradikalen Gruppe hatte. Treue Kameraden hießen die und wurden gegründet von zwei Berufssoldaten. Malte Kuhlinger und Arne Meyer. Die beiden haben 2006 mit Berkeesen in der gleichen Einheit ihren Wehrdienst geleistet. Berkeesen hat dann studiert, und die beiden haben sich beim Heer verpflichtet. Und nebenbei ihre Neonazitruppe zusammengestellt. Mehrere Anschläge gingen wahrscheinlich auf deren Konto, aber nur einer konnte ihnen nachgewiesen werden. Dafür sind die beiden Soldaten und weitere Mitglieder verurteilt worden. Drei Jahre, davon eins auf Bewährung. Mal wieder ein merkwürdig mildes Urteil. Aber das ist ein anderes Thema. Danach hat sich der Haufen einen anderen Namen gegeben. Freijäger. Die wurden vom Verfassungsschutz beobachtet, und so sind auch immer wieder Treffen mit Berkeesen dokumentiert worden. Vor drei Jahren hat sich die Gruppe aufgelöst. Dieser Kuhlinger ist nach Belgien gezogen. Aber vor zwei Monaten hat er sich mit Berkeesen und Nils Grosper in Dortmund am Rand einer FKD-Kundgebung getroffen.«

»Interessant!«, sagte Tom.

»Der braune Sumpf ist überall«, murmelte Katja.

»Und das Ergebnis der Ballistik liegt auch vor«, fuhr Felsen fort. »Die Kugel in Hilsers Herz wurde eindeutig mit derselben Pistole abgefeuert, mit der Jens Gerksen erschossen wurde. Und die beiden Haare, die am Fundort von Hilsers Leiche gesichert wurden, haben dieselbe DNA wie das Blut am Gebiss des Hundes. Es handelt sich um denselben Täter.«

»Okay, erst sie und dann Gerksen«, sagte Tom. »Der Täter wird am nächsten Abend in ihrer Wohnung gewesen sein, um ihren Computer zu holen. Da waren vielleicht Hinweise auf ihn drauf. Dann wurde er von dem Mann überrascht und musste ihn zum Schweigen bringen.«

»Gut möglich, dass es so war.«

»Wie gut, dass der Hund zugebissen hat.«

»Ja.«

»Was ist mit der Glock, die Bea von Grosper mitgenommen hat?«, fragte Katja.

»Ist nicht die Tatwaffe. So, das war es aus dem Hauptquartier. Ich bin gespannt, was ihr herausfindet.«

»Wir melden uns«, antwortete Tom.

Sie erreichten das Autobahnkreuz Duisburg und wechselten auf die A59, die sie durchs Zentrum von Duisburg brachte. Kurz danach hatten sie ihr Ziel erreicht. Das Polizeipräsidium befand sich in einem alten Backsteingebäude. Tom fuhr auf den großen Parkplatz neben dem Gebäude.

Hauptkommissar Maik Dulfer bewegte einen Kugelschreiber zwischen den langen Fingern seiner schlanken Hand hin und her, während er Katja und Tom zuhörte. Immer wieder spielte er mit dem Stift, drehte ihn mit beiden Händen, klopfte mit ihm rhythmisch auf die andere Handfläche. Fasziniert betrachtete Tom sein Gesicht, das unter dem kurzen Bürstenschnitt der grauen Haare ein einziger Faltenwurf war. Ein erfahrener Hund, der vermutlich so ziemlich alles gesehen hatte, was einem Ermittler der Mordkommission im Laufe der Karriere so unterkommen konnte. Als die Hamburger mit ihren Ausführungen fertig waren, wirkte er erstaunt.

»Und dafür kommt ihr extra nach Duisburg? Was soll denn der Mord an dieser Frau mit dem Tod ihres Sohnes vor achtzehn Jahren zu tun haben? Und erst recht der an Krambach?« Skeptisch sah er von einem zum anderen. Dann hob er die Arme. »Aber sorry, natürlich wäret ihr nicht hier, wenn ihr nicht irgendwelche Hinweise hättet.«

Er ließ die Arme fallen und lehnte sich auf seinem Stuhl zurück.

»Also, ich war damals im Team, das in dem Fall ermittelt hat. Da habt ihr schon mal Glück, ihr seid gleich an der richtigen Adresse gelandet. Aber das ist schon 'ne ganze Weile her. Mein Gott«, er lachte, »da hat noch Schröder regiert, die Pappnase. Und Computer gab's erst wenige. Internet? Das war soooooo langsam, und da war ja auch noch kaum was drin. Wahnsinn, wie rasant sich das dann entwickelt hat. Das kann man sich heute gar nicht mehr vorstellen: Ermitteln ohne die digitalen Möglichkeiten.«

»Apropos«, sagte Tom. »Die Akte haben wir von euch auch als Datei zugeschickt bekommen. Eine Art Kurzfassung. Wir würden gern die komplette Akte sehen.«

Dulfer überlegte. »Das lässt sich sicher machen. Ich rufe bei der Staatsanwaltschaft an und bring das auf den Weg. Wie hieß der Junge noch?«

»Hilser, Felix Hilser«, antwortete Katja. »Natürlich wäre es klasse, wenn das schnell gehen könnte, damit wir hier nicht so viel Zeit mit Warten verbummeln müssen.«

»Klar, das muss ja nicht sein. Obwohl unser schönes Duisburg auch einiges zu bieten hat. Das denkt man gar nicht. Aber ich lasse die Akte für euch holen.« Dulfer griff zum Telefon, drückte einige Tasten. Während er wartete, überlegte er. »Der Junge wurde von irgendwelchen Typen aus der illegalen Boxkampfszene totgeprügelt. Also das war unsere Vermutung. Die sind ziemlich brutal zur Sache gegangen. Der arme Kerl muss richtig gelitten haben.« Er zuckte die Schultern. »Die Mutter tat mir so leid, die konnte das kaum aushalten. Zweimal ist sie uns hier zusammengebrochen, musste direkt in die Klinik. Eine sympathische Frau, alleinstehend, ihr Junge war ihr Ein und Alles.« Dulfer hob seinen Finger zum Zeichen, dass er eine Verbindung hatte. »Hallo, Herr Rausch!... Danke, ja, das war 'ne schwierige Geburt ... Ja, ja, aber ich rufe jetzt wegen einer anderen Sache an. Ich brauche die Akte vom Fall Felix Hilser, 2001 war das ... Ja, das kann man wohl sagen. Zwei Kollegen vom LKA in Hamburg sind bei mir, die brauchen Einsicht, weil die Mutter des Jungen jetzt in ihrer schönen Stadt ermordet aufgefunden worden ist. Wir unterstützen die Kollegen bei ihren Ermittlungen … Ginge es auch eher? … Okay, das klingt gut. Ja, ich schicke jemanden und gebe ihm mein Gesuch gleich mit … Gut … Danke, Ihnen auch!« Dulfer beendete das Gespräch und wählte erneut. »Das läuft«, wandte er sich an die Hamburger Ermittler.

»Das ist gut«, erwiderte Tom.

»Hallo Micha, komm bitte mal rüber!«

»Ich muss leider jetzt weg, zu einer Zeugenbefragung«, erklärte Dulfer, während er das Gesuch zur Akteneinsicht ausfüllte. »Michael wird sich um euch kümmern. Wenn ihr Fragen habt oder Wünsche, wendet euch an ihn. Der war aber nicht dabei damals. Ich fürchte, dass ich tatsächlich der Einzige aus dem damaligen Team bin.«

»Klar, kein Problem. Wir können ja vielleicht später noch mal reden, wenn wir die Akte durchgesehen haben«, sagte Katja.

»Natürlich, das müssen wir.« Dulfer erhob sich und ging ein paar Schritte auf und ab in seinem erstaunlich großen Büro. An der Wand hing eine riesige Straßenkarte des Ruhrgebiets. »Das war auf dem Gelände einer stillgelegten Zeche, da fanden damals viele dieser illegalen Kämpfe statt. Die haben da richtige Kampfabende veranstaltet. Das haben wir dann alles herausgefunden. Aber wir haben es leider nicht geschafft, diese Typen zu kriegen.«

»Gibt es das Gelände noch?«, wollte Tom wissen.

»Ja, tatsächlich.« Er deutete auf einen Punkt auf dem Plan.

Tom und Mira kamen zu ihm und betrachteten die Gegend.

»Es ist eins von den wenigen Geländen, die noch keiner neuen Nutzung zugeführt wurden. Ein ›lost place‹. Da gibt's auch ein Video auf YouTube.« Es klopfte. »Da, die Pflicht ruft.«

Die Tür wurde geöffnet, und eine Frau kam herein. »Oh,

Entschuldigung!«, sagte sie in Richtung von Tom und Katja und wandte sich an Dulfer. »Können wir, Maik?«

»Wir müssen!«, antwortete dieser. »Meine Partnerin Sandra Kleip!«, stellte er die Kollegin vor. »Und dies sind Katja Wichas und Tom Simon, Kollegen aus Hamburg. Sie ermitteln in einem Fall, der möglicherweise mit einem alten Fall von uns zu tun hat.«

»Interessant«, sagte Sandra.

»Ist es auch«, erwiderte Katja.

Dulfer griff sich seine Jacke. »Ich bring euch jetzt zu Micha.« Er wandte sich an Tom, deutete auf das Pflaster auf der Stirn. »Kleine Prügelei im Milieu?«

»Bin gegen eine Tür gelaufen.«

»Ach so, klar! Ich glaub, die Tür kenn ich. Na dann.« Sie verließen das Büro und gingen über den langen Flur. »Ist schwierig, in dieser Szene zu ermitteln«, sagte Dulfer. »Die können schweigen. Ich hatte später noch einmal mit denen zu schaffen in einem anderen Fall. Das lief genauso, wir haben auf Granit gebissen. Wir hatten sogar einen Verdeckten drin, aber Pustekuchen. Wir haben den Fall gelöst, aber auf anderen Wegen.«

Felix Hilsers toter Körper war übersät von Hämatomen und Platzwunden. Das Gesicht bis zur Unkenntlichkeit entstellt, die Stirn eingeschlagen. Alles nüchtern dokumentiert in Fotografien. Es war nicht leicht auszuhalten, diese Bilder zu betrachten. Tom und Katja saßen vor dem Ordner mit der Akte an dem kleinen Tisch in einem Büro, das Michael sich mit drei Kollegen teilte. Der junge Ermittler war in die Kantine gegangen, um etwas für ihr leibliches Wohl zu organisieren.

»Warum wurde dem Jungen das angetan?«, fragte Toms Partnerin. Auf die Fotos folgte der Bericht des Rechtsmediziners Norbert Gruhlich. »Komisch«, sagte sie. »Der Name kommt mir bekannt vor.«

Tom überlegte. »Mir sagt er nichts.«

Der Bericht las sich wie die wissenschaftliche Analyse einer Horrorshow, welche das Opfer durchleiden musste, bevor es irgendwann durch das Eintreten der Bewusstlosigkeit erlöst worden war. Todesursache war am Ende ein schweres Schädel-Hirn-Trauma.

»Da hatte er es geschafft«, sagte Katja leise, fast tonlos. Die Tür ging auf, und Michael kam herein mit einem Packen in Folie gewickelter Sandwiches und drei Bechern dampfendem Kaffee auf einem Kantinentablett.

»Was?«, entfuhr es Katja. »Der Leichnam wurde schon am 20. Juli zur Einäscherung freigegeben. Keine drei Wochen nach dem Auffinden. Obwohl der Fall nicht geklärt war.« Katja sah zu Tom. »Keine drei Wochen!«

»Kann nicht sein«, sagte Tom.

»Doch!«, erwiderte Katja. »Es steht hier. Schwarz auf weiß.«

Tom beugte sich über die Akte. »Das ist komisch. Das muss ein Übertragungsfehler sein.«

»Wir müssen mit diesem Gruhlich reden«, wandte sich Katja an Michael.

»Das wird schwierig, der gute Mann ist im Ruhestand.«

»Na und? Vielleicht könntest du seine Adresse herauskriegen?«

»Klar!«

Katja blätterte weiter. Der Bericht der Kriminaltechnik gab nichts her, es konnten keine Spuren gesichert werden.

»Da wird einer so heftig zusammengeschlagen, wahrscheinlich von mehreren, und es gibt keine einzige DNA-Spur? Keine Hautrückstände, keine Haare? Da spritzt doch Speichel, tropft vielleicht Schweiß, da lösen sich Hautfetzen. Fußspuren haben sie auch nicht finden können. In einer ehemaligen Zeche stelle ich mir den Boden erdig, sandig oder staubig vor. Da wären doch sehr wahrscheinlich einige Abdrücke von Schuhprofilen zu finden gewesen. Zumindest teilweise.«

»Vielleicht hatte es geregnet. Wir werden einfach mal nachfragen«, sagte Tom und wandte sich an Michael. »Gibt es den verantwortlichen Spurensicherer noch bei euch? Kennst du den?«

Der Kollege warf einen Blick auf die Akte. »Ja, ich rufe bei denen mal an. Vielleicht könnt ihr gleich mit ihm sprechen.« Michael griff sich das Telefon von seinem Schreibtisch. Tom trank einen Schluck von seinem Kaffee, der mäßig schmeckte.

»Es gibt auch keine Angaben zum Auffinden der Leiche«, fuhr Katja fort. »Nichts! Nicht, ob es einen Notruf gegeben hatte. Streifenbeamte sind gar nicht erwähnt.«

Michael hatte jemanden am Telefon. Während er sprach, zog er sich in eine Ecke des Büros zurück.

»Wer hat die Leiche gefunden, und wer hat die Mordkommission eingesetzt?«, fragte Katja.

»Es kann natürlich vergessen worden sein, das zu dokumentieren«, mutmaßte Tom. »Das kennen wir ja alle. Das ist bei uns tatsächlich auch schon mal vorgekommen.« Er zuckte die Achseln. »Ist natürlich scheiße, können wir jetzt achtzehn Jahre später aber nicht mehr klären.«

Er nahm sich ein Sandwich. »Zeig noch mal die Karte vom Fundort!«

Katja blätterte zu der Seite mit dem Ausschnitt eines Stadtplans, auf welchem das ehemalige Zechengelände zu sehen war. Ein kleiner Kreis markierte, wo die Leiche gelegen hatte. In der Nachbarschaft des Geländes lagen einige Bauernhöfe, zwei davon in unmittelbarer Nähe.

»Das ist ja in Moers«, sagte Tom. »Aber sicher sind die Duisburger auch für Moers zuständig.«

»Das ist auch komisch«, sagte Katja. »Die Bewohner der beiden Höfe hier hätten doch befragt werden müssen. Aber die werden nicht einmal erwähnt.«

Tom stimmte zu.

»Wie sieht es denn heute dort aus?«, fragte Katja und öffnete Google Maps auf ihrem Laptop. Sie sahen sich das aktuelle Satellitenbild an.

»Sieht noch aus wie damals. Sollen wir uns da mal umsehen oder umhören?«

»Erst mal noch nicht«, erwiderte Tom.

Michael kam zu ihnen. »Wir haben Pech. Mark ist krank, liegt mit ’nem Virus flach.«

»Schade, aber vielleicht ist ja jemand aus dem damaligen Team zu sprechen.«

»Das habe ich gefragt, aber leider ist er der Einzige, der damals dabei gewesen war.« Michael seufzte. »Ich sehe schon, das ist alles nicht besonders hilfreich für euch.«

»Och«, erwiderte Katja. »Kommt ganz darauf an, wie man es betrachtet.«

Tom zuckte kurz zusammen. Mit spitzfindigen Bemerkungen dieser Art sollte seine Partnerin sich lieber zurückhalten, dachte er. Schließlich waren sie trotz allem auf die Unterstützung der Kollegen angewiesen.

44

In der Auffahrt zur Garage des weißen Einfamilienhauses mit dem schwarzen Giebeldach stand ein silbergrauer SUV, und eine ältere Frau in einem Kleid mit einer Schürze darüber, das Haupt von einem Sonnenhut bedeckt, kniete in einem Beet am Rand des gepflegten Rasens. Katja parkte gegenüber dem Grundstück. Im Radio lief ein Streichquartett von Schubert. Durch seine neue Partnerin lernte Tom immer mehr die klassische Musik zu schätzen.

»Norbert Gruhlich«, sprach Katja vor sich hin. »Gruhlich«,

wiederholte sie nachdenklich. »Das macht mich wahnsinnig. Woher kenne ich den Namen?«

»Tja, manchmal hakt die Festplatte«, sagte Tom. »Kein Wunder bei der Fülle an Daten, die wir immer speichern. Mir sagt der Name jedenfalls nichts.«

Katja zückte ihr Handy und googelte den Namen des ehemaligen Rechtsmediziners. »Ach klar, Gruhlich ist auch einer von den True-Crime-Fatzkes. *Die Aussagen der Toten* heißt sein Buch. Es ist von 2013 und sein einziges Werk. Dann war's wohl kein Erfolg.«

»Na ja, seine Pension dürfte ein kleiner Trost sein. Dann werden wir dem gescheiterten Autor mal Hallo sagen.«

»Warte!«, sagte Katja. »Schau mal, es sieht so aus, als bewegte sie sich zur Musik.« Tom sah zu der Frau im Garten. Sie ging an dem Beet entlang, ihre Hände steckten in Arbeitshandschuhen. Aus einer Schubkarre holte sie einen Plastikbeutel. Das Tempo des Streichquartetts passte perfekt. Die Frau machte ein paar Schritte zurück und blieb stehen.

»Du hast recht«, sagte Tom. »Lustig!« Fasziniert verfolgten sie das zufällige Zusammenspiel aus Handlung und Musik. Die Frau griff sich an die Stirn, als wenn ihr etwas eingefallen wäre. Mit zügigen Schritten lief sie zur Garage und holte einen anderen Plastikbeutel heraus und kehrte zurück. Die Haustür wurde geöffnet, und ein älterer Mann trat heraus.

»Das dürfte er sein«, sagte Katja.

Gruhlich sagte etwas, die Frau drehte sich zu ihm. Er kam zu ihr. Eine Hand in der Hosentasche, redete er mit ihr. Er wirkte ernsthaft, ein bisschen von oben herab. Es schien, als wiese er sie zurecht. Die Musik wurde düsterer und baute Spannung auf.

»Das ist ja ein herrliches Schauspiel«, sagte Tom. »Wie eine Filmszene.«

»In einem tragischen Film«, erwiderte Katja.

»Tragisch komisch«, sagte er.

Katja schüttelte den Kopf. »Tragisch!«

Der Mann riss der Frau den Beutel aus der Hand und hielt ihr einen Vortrag. Das Stakkato der Streicher wurde dramatisch. Die Frau wich ein Stück zurück. Tom musste an das Paar in der Nacht von St. Peter-Ording denken und hoffte, dass es der Frau und ihrem kleinen Kind gut ginge.

»Jahrzehntelange Ehehölle«, sagte Katja.

Der Mann ließ den Beutel zu Boden fallen und stapfte wütend ins Haus zurück. Sein Weg führte ihn an der Schubkarre vorbei.

»Jetzt tritt er sie um«, entfuhr es Tom leise. Mit großer Wucht trat der Mann gegen die Schubkarre, und sie kippte um. Beeindruckt sah Katja Tom an. Tom schmunzelte. Auf das Stakkato der Streicher folgte ein melancholisches Adagio.

Unter ihrem cremefarbenen Sonnenhut sah die Frau skeptisch zu ihnen, als Tom und Katja auf dem gepflasterten Weg in der Mitte des Rasens auf sie zugingen.

»Guten Tag!«, sagte Katja sehr freundlich.

»Guten Tag!«, erwiderte die Frau distanziert.

»Ich bin Katja Wichas, und das ist mein Kollege Tom Simon. Wir sind vom Landeskriminalamt Hamburg. Sind Sie Frau Gruhlich?«

»Ja, die bin ich. Judith Gruhlich.«

»Wir würden gern mit Ihrem Mann sprechen, wir haben ein paar Fragen zu einem alten Fall.«

»Verstehe. Ja, dann gehen wir doch ins Haus.« Judith Gruhlich ging vorweg, und die beiden Ermittler folgten ihr. Tom stellte sich auf eine bedrückende Atmosphäre ein.

Das Wohnzimmer war eingerahmt von Bücherregalen. Durch das große Fenster sah man in den Garten, der sich bis zum Ufer eines der sechs kleinen Seen, die hier unmittelbar nebeneinander eine Seenplatte bildeten, erstreckte. Das Haus war nichts Besonderes, schon gar nicht luxuriös, aber die

Lage war großartig. Der Mann, dem ihr Interesse galt, saß im Liegestuhl auf der Terrasse und las eine Zeitung.

Oldschool, dachte Tom und fragte sich, wie lange es her war, dass er selbst in einer Zeitung geblättert hatte. Judith Gruhlich ging durch die offene Terrassentür zu ihrem Mann. Tom und Katja folgten ihr. Die Frau stellte die beiden Ermittler vor, dann verschwand sie im Haus. Schwerfällig erhob Norbert Gruhlich sich.

»Da denkt man, dass man wenigstens in Pension seine Ruhe hat, aber Pustekuchen!«

»Tja«, sagte Katja. »Das Leben ist voller Überraschungen.«

»Und der Tod erst mal«, erwiderte Gruhlich schlagfertig und gefiel sich in der Rolle der anerkannten Koryphäe der Rechtsmedizin. Er wies zum Wohnzimmer. »Dann lassen Sie uns doch hineingehen.«

Im Wohnzimmer bot ihnen Gruhlich an, in der Polstersitzgruppe Platz zu nehmen. Katja setzte sich in einen der hellblauen Sessel. Gruhlich setzte sich in den Sessel gegenüber und sah zu Tom, der sich an der Bücherwand herumdrückte. »Wollen Sie nicht auch Platz nehmen?«

»Ach, wissen Sie, ich stehe auch mal gern. Ich habe heute im Präsidium schon so lange gesessen.«

»Aha! Na dann, wie kann ich behilflich sein?«

»Erinnern Sie sich an den Fall Felix Hilser?«, fragte Katja.

Gruhlich überlegte. Katja wartete geduldig. Tom betrachtete die CDs, die neben der Hi-Fi-Anlage standen. Neben Hörbüchern, meist Klassiker der Literatur, fanden sich Klassik-Compilations, Frank Sinatra, Dean Martin und Co.

»Tja«, sagte Gruhlich. »Da haben Sie mich erwischt. Mir wurde immer ein phänomenales Gedächtnis unterstellt, was ich selbst ein wenig übertrieben gefunden habe. Nun bestätigt sich meine Ansicht.«

Tom betrachtete die Bücher. Neben Unmengen an Fachliteratur, wissenschaftlichen Abhandlungen fanden sich Werke über Politik und Geschichte. Und die deutschen Klassiker. Gesamtausgaben von Goethe, Schiller, Lessing, Hölderlin, Nietzsche.

»Leider sagt mir der Name nichts«, sagte Gruhlich. »Der Fall muss sehr lange zurückliegen.«

»Achtzehn Jahre.«

»Oh, also ungefähr tausendzweihundertsechzig Leichen.« Er zuckte mit der Schulter. »Bitte klären Sie mich auf. Welcher Fall war das?«

Als Tom sich gerade von der Büchersammlung löste, entdeckte er Buchrücken, die er mittlerweile gut kannte. Vier von Krambachs Werken.

»Felix Hilser war ein einundzwanzigjähriger Mann, der totgeprügelt worden ist«, erklärte seine Partnerin. »Wohl von mehreren Tätern aus dem Milieu der illegalen Boxkämpfe.«

»Alles klar!«, erwiderte Gruhlich. »Der arme Junge. Er wurde auf der stillgelegten Zeche hingerichtet.«

»Hingerichtet?«

»Ja, so würde ich es nennen. Der hatte doch keine Chance. Die müssen über ihn hergefallen sein wie die Tiere. Die haben ihr Werk mit einer gnadenlosen Konsequenz verrichtet. Ich bin mir sicher, dass von Anfang an eine klare Tötungsabsicht bestanden hatte.«

Tom fragte sich, ob möglicherweise eine Verbindung zwischen Krambach und Gruhlich bestand.

»Warum glauben Sie, dass es mehrere Täter waren?«

»Ach, wissen Sie, Frau Wichas, jeder Leichnam eines gewaltsam getöteten Menschen ist auch ein Bild, das sich mir offenbart.«

Tom hatte den Eindruck, dass der Moment günstig war. Gruhlich gefiel sich gerade darin, weise Ausführungen zum Besten zu geben, und beachtete ihn nicht. Er zog eins der Bücher hervor. *Deutschland schläft.* Ein lustiger Titel, dachte

Tom und schlug es auf. Auf der ersten Seite stand eine handschriftliche Widmung.

Die Weisheit der Wissenschaft und die Kraft der Erkenntnis für eine neue Zeit.

Danke, mein lieber Norbert!

Die Widmung war mit April 2008 datiert. Tom schlug ein weiteres Werk auf, es war mit keiner Widmung versehen. Ein drittes ebenfalls nicht. Er stellte die Bücher zurück.

»Und wenn die objektiv belegbaren Fakten manchmal nicht ausreichen, um die Wahrheit zu erkennen«, erklärte Gruhlich, »tut es aber oft der intuitive Blick. Sicher konnten alle diese Wunden, Verletzungen, äußere und innere, von einem einzigen Täter beigebracht worden sein, aber die kleinen, feinen Merkmale der Blessuren ließen auf eine unterschiedliche Wucht der Schläge schließen. Hervorgerufen vielleicht durch die unterschiedliche Kraft der Personen, möglicherweise hatte es auch Täter gegeben, die nur halbherzig zugeschlagen oder getreten hatten.«

Tom setzte sich in einen Sessel zu den beiden. Gruhlich sah zu ihm, wirkte, als erwartete er eine Reaktion des Kommissars. Schließlich sprach er weiter..

»Außerdem: Wäre es nur ein Täter gewesen oder zwei, dann hätte der Junge eine Chance gehabt. Er hätte sich gewehrt, zurückgeschlagen, und dann hätten die Knöchel seiner Finger Spuren davon aufgewiesen. Aber dem war nicht so. Bedauerlicherweise ist der Fall ja nie geklärt worden. So bleibt meine Annahme, die sich aber mit der Vermutung der Ermittler deckte, schnöde Theorie. Aber warum interessieren Sie sich heute für den alten Fall?«

»Ich habe noch eine Frage, Herr Gruhlich. Warum haben Sie den Leichnam des Opfers schon nach zweieinhalb Wochen zur Einäscherung freigegeben? Das ist in einem ungeklärten Mordfall nicht üblich.«

Gruhlich sah sie ruhig und ein wenig überheblich an. »Frau

Wichas, haben Sie eine Vorstellung davon, was die Angehörigen eines Mordopfers durchmachen?«

»Ja, allerdings!«, unterbrach Katja den dozierenden Mann. »Behandeln Sie mich gefälligst nicht wie eine Anfängerin!«

Tom gefiel Katjas Haltung.

Gruhlich hob beschwichtigend die Hände. »Entschuldigung, das war nicht meine Absicht. Vielleicht habe ich während meines Rentnerdaseins den Umgang mit Ermittlern schon verlernt.« Er schmunzelte. »Ich wollte nur erklären, dass diese arme, alleinerziehende Mutter, die ihr einziges Kind auf so furchtbare Weise verloren hatte, verzweifelt gewesen war, in einem Maße, das nur schwer zu ertragen war. Es war sicher eine große Hilfe, eine enorme Erleichterung, als sie ihren Jungen bestatten, Abschied nehmen und trauern konnte. Es gab nichts, was gegen meine Entscheidung gesprochen hätte. Alle Untersuchungen waren getan und dokumentiert, die Ergebnisse eindeutig. Es bestand keine Notwendigkeit, den Körper aufzubewahren für den Fall irgendwelcher neuer Erkenntnisse, weil es keine medizinischen Unklarheiten gab.« Gruhlich beugte sich vor. »So, können Sie mir jetzt endlich sagen, worum es überhaupt geht?« Er klang ungehalten.

»Und die Staatsanwaltschaft hatte keine Einwände?«, fragte Katja.

»Nein. Sie befragen mich hier wie einen Verdächtigen.«

»Claudia Hilser wurde vor ein paar Tagen in Hamburg ermordet«, erklärte Tom.

Gruhlich war überrascht, einen Moment schwieg er. »Wie ist sie getötet worden?«

»Erschossen. Zwei Schüsse. In die Stirn und ins Herz«, sagte Katja.

»Wie tragisch. Was für ein Schicksal. Und Sie glauben, dass die Tat etwas mit dem Mord an ihrem Sohn zu tun haben könnte?« Skeptisch sah er die Ermittler an.

»Möglicherweise«, erwiderte Katja.

Tom bemerkte Frau Gruhlich, die über den Rasen spazierte, redete und mit schwungvollen Bewegungen ihres Arms ihre Worte zu unterstreichen schien. Offenbar telefonierte sie.

»Aber wie sollten diese Fälle zusammenhängen?«, fragte Gruhlich. »Achtzehn Jahre liegen dazwischen.«

»Das können wir Ihnen leider nicht sagen. Sie kennen das sicher, ermittlungstaktische Gründe und so«, sagte Katja.

Gruhlich nickte, und es war deutlich zu spüren, dass er eine solche Behandlung nicht gewohnt war.

Tom konnte kein Handy an der Rechtsmedizinergattin entdecken, und als sie näher kam, meinte er zu erkennen, dass sie auch keine Ohrhörer trug. Es machte den Eindruck, als führe sie Selbstgespräche. Hatte sie vergessen, dass die Gäste ihres Mannes sie vom Wohnzimmer aus sehen konnten? Vielleicht war es ihr auch einfach egal.

»Herr Gruhlich, kannten Sie Neil Krambach?«, fragte Tom. »Also ich meine, persönlich.«

Erstaunt sah der Mann ihn an. »Das ist eine merkwürdige Frage, vor allem in diesem Zusammenhang. Denken Sie dabei an den Mord an ihm? Haben Ihre Ermittlungen auch mit dem Fall zu tun?«

»Nein«, log Tom.

Gruhlich sah ihn misstrauisch an. »Wie kommen Sie dann auf diese Frage?«

»Ich habe seine Bücher in Ihrem Regal gesehen, und er war ja lange Lehrer an einem Gymnasium in Moers.«

»Sie sind ja gut informiert. Aber nur, weil hier alle Orte so nah beieinanderliegen, heißt das noch lange nicht, dass wir uns im Ruhrpott alle kennen.«

»Ach«, sagte Tom ironisch. »Ist das so?«

»In Moers war ich das letzte Mal …«, Gruhlich überlegte, »vor vier Jahren, glaube ich.«

»Verstehe. Und kannten Sie ihn nun?«

»Eigentlich geht Sie das nichts an, Herr Simon, aber ich beantworte Ihre Frage trotzdem. Ja, ich kannte ihn. Aber nicht besonders gut. Wir haben vor langer Zeit zusammen an einer Tagung teilgenommen.«

»Darf ich fragen, was das für eine Tagung war?«

Gruhlich schmunzelte. »Langsam wird es komisch. Aber bitte! Es war eine Tagung der FKD Dortmund. Aber drücken Sie mir jetzt gefälligst nicht den rechten Stempel auf.« Er winkte ab. »Wobei, das kann mir auch herzlich egal sein.« Er lachte. Im Garten stand seine Frau am Ufer. Sie gestikulierte nicht mehr, schaute nur auf den See.

Der Geruch von frisch gekochtem Essen hing in der Luft, als Sofie Wibold die Stufen im Treppenhaus emporstieg. Aus irgendeiner Wohnung strömte ein verführerischer Duft von gebratenem Fleisch und Knoblauch. Er weckte ihren Appetit auf ein deftiges Mittagsmahl, und sie überlegte, was sie noch im Kühlschrank hatte. Sie steckte den Schlüssel in das Schloss ihrer Wohnungstür. Es war abgeschlossen. Leon war noch nicht zu Hause oder schon wieder weg. Sie öffnete die Tür, ging hinein und trug die schweren Tüten mit dem Einkauf in die Küche. Erstaunt blieb sie stehen. Auf dem Tisch stand ein wunderschöner, bunter Blumenstrauß in einer Vase. Daneben lag eine Schachtel Macarons von der feinen Konditorei aus dem Dellviertel, ihre Lieblingskekse, die sie sich nur zu besonderen Anlässen leistete. Eine Karte lehnte an der Vase. Sie stellte die Tüten ab und nahm sich die Karte.

Entschuldige, Dein Leon stand auf ihr mit Kugelschreiber geschrieben. Gerührt sah sie auf die Worte ihres Sohnes und betrachtete den Blumenstrauß. Sie ließ sich auf dem Stuhl nieder und spürte ihr schlechtes Gewissen. Wie konnte sie nur so negativ von ihrem Sohn denken! Sie hatte sich gestern Nacht in eine düstere Stimmung hineingesteigert, wohl auch, weil sie wieder mal zu wenig Geld in der Tasche hatte, mit der Aussicht auf noch weniger im nächsten Monat.

Immerhin hatte sie heute Morgen im Café einigermaßen Trinkgeld erhalten. Am Ende ihrer Schicht hatte sie fast siebzehn Euro Tip in der Tasche. Fünf davon hatten den Besuch des Supermarktes überlebt, diese holte sie hervor und steckte sie in ihre kleine Schachtel mit Pettersson und Findus auf dem Deckel, in welcher Leon früher seine Schätze, kleine Steine, Muscheln und ausländische Münzen aufbewahrt hatte und in der sie nun ihr Trinkgeld sammelte. Es häufte sich jedoch nie besonders viel an, weil sie stets auf diese Reserve zurückgreifen musste, um kleine Löcher zu stopfen. Dabei kam es ihr manchmal so vor, als wenn der alte, kauzige Pettersson und sein süßer Kater sie mitleidig ansehen würden.

Die Lampe fiel ihr ein. Sie würde sie gleich fotografieren und bei Ebay einstellen. Achtzig, vielleicht sogar neunzig Euro sollten für sie drin sein, damit käme sie gut über den Rest des Monats.

Entschuldige, Dein Leon. Sie betrachtete wieder den Satz auf der schlichten Karte. Vielleicht würden sie heute Abend mal wieder gemeinsam verbringen, einen Film im Fernsehen schauen, auf Netflix, dem kleinen Luxus, den sie sich leistete, auch gerade für ihn. Mit einem deutschen Fernsehkrimi konnte sie den Jungen nicht vor die Glotze locken. Eine leichte Vorfreude kam in ihr auf, aber gleichzeitig befürchtete sie, dass sie sich etwas vormachte.

45

»Ihr meint es ja wirklich ernst«, sagte Maik Dulfer und balancierte sein Tablett mit dem Teller Spaghetti in Tomatensoße durch die Tischreihen der Kantine. Tom folgte ihm mit einem gemischten Salat auf seinem Tablett.

»Sucht sogar einen armen Ruheständler auf. Wie war es denn bei dem alten Leichenfledderer? Ist er mit euch auf den See gefahren?« Der Kommissar setzte sich an einen Tisch am Fenster, und Tom nahm gegenüber Platz.

»Nein, ich glaube, er fand uns nicht wirklich sympathisch.«

Dulfer lachte, es klang wie ein kräftiges Scheppern. Katja kam dazu und setzte sich mit einer Currywurst und Fritten auf dem Teller neben ihren Partner.

»Also, das mit der Mutter stimmt. Frau Hilser war am Ende. Die Entscheidung, den Leichnam des Jungen zur Einäscherung freizugeben, haben wir mit der Staatsanwaltschaft gemeinsam getroffen. Es war ja auch alles eindeutig, die Verletzungen und die Todesursache. Es hätte keine überraschenden, neuen rechtsmedizinischen Erkenntnisse mehr geben können.«

»Trotzdem, ein riskantes Vorgehen«, sagte Katja.

»Wie man's nimmt, verehrte Kollegin.« Er deutete auf ihren Teller. »Eine gute Wahl, hätte ich vielleicht auch nehmen sollen.« Er überlegte. »Dass die Aussagen der Bewohner der Bauernhöfe fehlen, ist mir allerdings ein Rätsel. Ich selbst hatte die befragt.« Der Duisburger Kommissar schüttelte den Kopf. »Aber wie gesagt, die hatten alle nichts gesehen oder gehört. Auf die Entfernung hätte man Schreie aber sowieso kaum hören können. Die meisten hatten auch schon geschlafen. Landwirte gehen früh zu Bett. Ich glaube, einer hatte noch ferngesehen.« Er nickte vor sich hin. »Ja, die Erinnerungen kehren langsam zurück.« Dulfer schmunzelte. »Ich war damals gerade zum dritten Mal Vater geworden. Mann, das war 'ne anstrengende Zeit. Der Junge wollte einfach nicht schlafen. Unsere anderen beiden hatten nie solche Probleme gemacht. Ausgerechnet der Julian war dann so ein Quälgeist.« Er drehte ein paar Spaghetti mit seiner Gabel auf und schob sie sich in den Mund. »Hm, doch ganz gut!«, sagte er mit vollem Mund. »Habt ihr Kinder?«, fragte er, als er heruntergeschluckt hatte.

Tom wusste nicht, was er von Maik Dulfer halten sollte. Mit der jovialen Art von Kollege zu Kollege hatte er noch nie etwas anfangen können, und Dulfers Umgang mit dem alten Fall war ihm eine Spur zu lässig.

»Nein«, antwortete Katja trocken.

»Ich auch nicht«, sagte Tom.

Dulfer legte seine Gabel ab und lehnte sich zurück.

»Es tut mir leid, dass diese Aussagen fehlen. Jetzt denkt ihr, dass wir hier herumschlampen.«

Tom zuckte die Achseln. Katja schob sich ein paar Fritten in den Mund.

»Wir waren ein kleines Team damals. Es ging nicht anders, weil die Hütte mal wieder brannte. Das ist bei uns im Pott manchmal so. Hier ist alles nah beieinander, die Besiedlungsdichte enorm, hier ist es bunt und lustig, sag ich euch. Wir waren damals chronisch unterbesetzt und hatten schon Verstärkung aus Düsseldorf. Wir haben unser Bestes gegeben. Das tun wir hier immer. So wie ihr in Hamburg sicher auch. Aber vielleicht läuft ja bei euch auch nicht immer alles glatt.«

»Natürlich nicht«, erwiderte Tom. Er wollte nicht als Besserwisser erscheinen und hatte Respekt vor den Problemen der Kollegen.

Dulfer schlug einen versöhnlichen Ton an. »Aber ich bin ja da, und mein Gedächtnis scheint noch ganz gut zu funktionieren. Ich werde mir Mühe geben, alle eure Fragen zu beantworten. Ich habe meinen Skatabend heute abgesagt. Man hat ja nicht alle Tage Besuch von Kollegen aus der vornehmen Hansestadt.«

Katja musste lachen. »Skatabend? Im Ernst?«

Dulfer reagierte gereizt.

»Entschuldige!«, sagte sie. »Du kannst ruhig zu deinem Skatabend gehen. Wir haben nämlich schon eine Verabredung.«

Erstaunt sah Dulfer sie an.

»Wie wäre es stattdessen mit jetzt?«, fragte Tom.

Dulfer überlegte. »Ist schwierig, wir haben gleich 'ne Besprechung. Aber wisst ihr was? Da muss ich vielleicht nicht unbedingt dabei sein. Sandra kann mir alles später erzählen. Gut, so machen wir es. Ich gehe mit euch die Akte durch.«

Der Weg führte zwischen zwei Kuhwiesen hindurch. Die Sonne stand tief und tauchte alles in ein rötliches Licht. Am Horizont qualmte es aus zahlreichen Industrieschloten, und der Rauch verdichtete sich zu dunklen Wolken, die über ein Gewirr aus zahllosen Strommasten hinwegzogen.

»Ist das jetzt Ruhrpottromantik?«, fragte Katja. »Das ist nicht schön, eigentlich sogar hässlich, aber es sieht irre aus.«

»Fehlt nur noch der passende Soundtrack«, sagte Tom. Vor ihnen lag die stillgelegte Zeche, auf deren Grundstück Felix Hilser sein Leben hatte lassen müssen. Die Spitze des Förderturms verschwand fast im orangefarbigen Dunst, die Gebäude daneben versanken in einem Dickicht aus wild wuchernden Pflanzen und üppig belaubten Bäumen.

»Ich kann die Freaks schon verstehen, die solche lost places erkunden«, sagte Katja. »Verwunschene Orte, unheimlich, morbide.«

»Und ab und zu findet man 'ne Leiche«, fügte Tom hinzu.

»Tja … und dieser Freak rief dann die Polizei, und die

schickte einen Streifenwagen. Zufällig den Bruder von Faltenfresse.«

Tom musste grinsen. »Du magst ihn nicht.«

Katja blieb ernst. »Warum steht das nicht in der Akte? Nur weil der Typ anonym angerufen hat? Dann hätte aber wenigstens festgehalten werden müssen, dass Tim Dulfer der erste Beamte vor Ort war.« Skeptisch schüttelte sie den Kopf. »Und dann war er zufällig auch noch allein.«

»Ich verstehe ja, was du meinst. Aber ehrlich – wir wissen doch, wie es manchmal läuft, jedenfalls nicht immer nach Vorschrift. Dann würde manches viel zu lange dauern.«

»Na ja, kein Wunder, dass du so denkst.«

Tom hatte keine Lust, darauf einzugehen. Er sah zu dem Bauernhof hinter der Kuhweide. »Der Hof ist gar nicht so weit entfernt von dem Zechengelände.«

»Der andere auch nicht.« Sie sahen zu dem Hof hinter der gegenüberliegenden Wiese. »Ach, guck mal!«, sagte Katja und deutete zum Anfang des Wegs. Ein silbergrauer Kombi stand neben ihrem Dienstwagen, und jemand saß drinnen, der zu ihnen zu sehen schien. »Was macht der da? Das ist doch merkwürdig. Steht einfach da, mitten in der Pampa.«

»Du meinst, wir werden beschattet?« Tom seufzte. »Faltenfresse?«

Katja zuckte die Achseln. »Sicher nicht er selbst.«

»Dann lass uns doch mal zu dem Bauernhof gehen.«

»Gute Idee!«

»Ja, ich erinnere mich, aber mein Gott, ist das lange her.« Die große Frau wirkte erschöpft und fahrig. Unter ihren braunen Augen zeugten tiefe Schatten von zu wenig Schlaf und zu viel harter Arbeit, die Falten auf der Stirn von zu vielen Sorgen. Der überraschende Besuch der beiden Kommissare schien ihr nicht zu passen, aber dann hellte sich ihre Miene auf, und Tom hatte den Eindruck, dass die unverhoffte Abwechslung ihr sogar gefiel. Sie führte Katja und ihn auf die Terrasse hinter dem Haus.

»Die Täter sind nie gefasst worden, stimmt's?«

»Das ist leider so, ja«, antwortete Tom.

»Eine furchtbare Geschichte.« Sie bot ihnen an, auf den weißen Kunststoffstühlen an dem schrammeligen Holztisch Platz zu nehmen. Der Hof war alt und wirkte baufällig. Unter einem abgewetzten Trampolin auf einem kleinen, vertrockneten Stück Rasen lagen zwei Kinderfahrräder und ein erschlaffter Fußball. »Kann ich Ihnen etwas zu trinken anbieten? Wasser, selbst gemachte Zitronenlimonade oder vielleicht ein Bierchen?«

Die beiden Ermittler lehnten dankend ab. Aus dem Stall klang ein Rumoren und Grunzen.

»Mein Mann füttert gerade die Schweine.« Die Frau sah sie nachdenklich an. »Ja, ein Kommissar hat uns damals schon befragt. Er wollte natürlich alles ganz genau wissen, aber wir konnten ihm leider nicht helfen. Mein Mann und ich hatten in dieser Nacht fest geschlafen und nichts gehört. Nur der Schwiegervater meinte, zwei Schüsse gehört zu haben.«

»Schüsse?«, fragten Tom und Katja erstaunt, fast wie aus einem Mund.

»Ja. Wir fanden das auch komisch, weil der junge Mann ja gar nicht erschossen worden ist. Aber er war sich ganz sicher, zweimal hätte es laut geknallt.«

»Aha. War er denn noch wach gewesen?«

»Ja, er hatte im Wohnzimmer gesessen. Er konnte zu der Zeit nicht schlafen, seine Frau lag im Krankenhaus. Mit Krebs.«

»Verstehe. Zwei Schüsse, hatte er gesagt?«

»Ja, kurz hintereinander. Aber der Kommissar hat das doch alles notiert. Warum fragen Sie denn wieder danach? Nach so langer Zeit.«

»Das hat mit einem anderen Fall zu tun, in dem wir ermitteln«, antwortete Tom.

»Und wir machen uns gern unser eigenes Bild von den Dingen«, fügte Katja hinzu.

»Na ja, das dürfte jetzt ja nicht mehr so einfach sein.«

»Das ist natürlich richtig. Können wir Ihren Schwiegervater denn sprechen?«

»Das mein ich ja: Der ist vor zwei Jahren gestorben.«

»Oh, verstehe«, erwiderte Tom enttäuscht.

»Wissen Sie, ob die Leute vom Hof gegenüber auch befragt worden sind?«, wollte Katja wissen.

»Natürlich. Und Dirk hat die Schüsse auch gehört. Er war da gerade auf seiner Abendrunde mit dem Hund.«

»Das hat er Ihnen erzählt?«

»Ja.«

»Und er war sich auch sicher?«

»Genauso wie mein Schwiegervater.«

»Hat er vielleicht auch etwas gesehen? Personen, Autos oder irgendetwas?«

»Ich glaube nicht. Er hat nur gesagt, dass die Schüsse von der Zeche kamen.«

»Dann gehen wir doch gleich noch zu deren Hof rüber«, sagte Katja.

»Da haben Sie leider auch Pech. Die Frohmanns haben den Hof nicht mehr, sind vor sechs Jahren nach Spanien gezogen. Die hatten die Schnauze voll von der Landwirtschaft.« Nachdenklich blickte sie zu der Zeche. »Tja, diese alte Ruine. Schon eigenartig, dass immer noch nichts Neues daraus gemacht wurde. Vielleicht liegt ja ein Fluch drauf, seit der junge Mann dort umgebracht worden ist.«

Der trockene Sand knirschte unter Toms und Katjas Schritten auf dem Weg zurück zu ihrem Wagen. Die Grillen zirpten, und in der Ferne bellten Hunde. Der Abend dämmerte und tauchte die Wiesen um sie herum in ein bläuliches Licht.

»Es wird immer merkwürdiger«, sagte Katja. »Warum hat uns Dulfer nicht von den Schüssen erzählt? Die kann er doch nicht vergessen haben.«

»Felix Hilser hatte keine Schusswunden«, erwiderte Tom.

»Ja, aber trotzdem. Das ist doch etwas Auffälliges im Zusammenhang mit einem ungeklärten Mordfall. Würde ich mal sagen.«

»Vielleicht hat jemand in die Luft geschossen. Vielleicht kam jemand dazu und wollte dem Jungen helfen, das Ganze stoppen.«

»Dann leider zu spät.«

Schweigend stapften sie nebeneinanderher. Am Himmel schimmerte schon der Mond. Von Weitem sahen sie ihren Wagen, der silbergraue Kombi war nicht mehr da.

»Wir können den alten Fall nicht klären«, sagte Tom. »Wir müssen herausfinden …«

»Wir müssen diese asiatische Frau finden«, unterbrach ihn Katja. »Wir müssen wissen, was sie Hilser erzählt hat. Ich glaube, das ist der Schlüssel. Das hat sie dazu gebracht, ihren Job zu kündigen und nach Hamburg zu ziehen.«

»Um sich an Krambach zu rächen, weil er schuld an dem Tod ihres Sohnes war.«

Katja nickte.

»Weil er ihn zum illegalen Boxen verführt hatte.«

Erneutes Nicken.

»Zu wenig.«

»Vielleicht nicht für eine Mutter«, erwiderte Katja, »deren Sohn das einzige Glück in ihrem Leben war. Aber wahrscheinlich war da noch etwas anderes. Eben das, was ihr diese Asiatin mitgeteilt hatte.«

Katja blieb stehen. »Sie bricht den Kontakt zu ihren Freunden ab. In Hamburg bleibt sie auch eine Einzelgängerin. Bereitet sich auf den Tag X vor. Trainiert, um fit zu sein, kauft sich eine Karte für Krambachs Lesung. Kündigt ihren Job, die

Wohnung. Beendet quasi ihr Leben. Aber bevor sie ihren Plan umsetzen kann, wird sie selbst erschossen.«

»Mit zwei Schüssen, in Kopf und Herz, genau wie am nächsten Tag der Rentner vor ihrer Tür.«

»Zwei Schüsse!« Gespannt sah sie Tom an, der nicht verstand, worauf seine Partnerin hinauswollte. »Wie sie hier von den Leuten auf den Bauernhöfen auch gehört worden sind.«

Tom blieb skeptisch. »Da liegen siebzehn Jahre zwischen. Außerdem wurde Felix Hilser nicht erschossen.«

Katja schwieg, ihr Blick sagte alles.

Die Nacht senkte sich über Duisburg. Im schwarzen Wasser der Ruhr spiegelten sich die Lichter der Binnenschiffe, Hafenanlagen und Straßenlaternen. Tom und Katja fuhren über eine Brücke in den Hafen. Hier verloren sich um diese Stunde nur noch wenige Autos und Menschen. Die Alte Ruhrorter Straße führte vorbei am Zollamt, Speditionen und einer Motorenfabrik zu einem Industriegelände mit Containerterminals, Lagerhallen, Bahngleisen und einem Tanklager mit hohen, runden, weißen Tanks. Auf einem Platz vor einer großen Lagerhalle neben Bahngleisen und einer Brache standen viele Wagen und Motorräder ins spärliche Licht zweier Laternen getaucht.

»Das ist es«, sagte Katja und hielt. »Sieht doch nett aus.«

»Sehr einladend«, erwiderte Tom, legte seine Walther in das Handschuhfach und Katja ihre dazu. Seine Partnerin griff sich ihre Sporttasche, und sie stiegen aus. Tom sah sich um. »Ziemlich finster.«

Katja lachte. Erstaunt schaute Tom sie an. Sie erwiderte seinen Blick und musste gleich wieder loslachen.

»Was ist so lustig?« Tom wurde unsicher. »Habe ich was im Gesicht? Hängt mir'n Popel aus der Nase?« Katja winkte ab, aber konnte sich kaum halten vor Lachen.

»Gehen wir gleich wirklich …« Sie brachte die Worte nur

mühsam hervor. »Zu irgendeinem tätowierten Stiernacken, der gefährlich dreinschaut, und sagen …« Sie brach erneut in Lachen aus. Amüsiert betrachtete Tom seine Partnerin, die Tränen in den Augen hatte. Dann schaffte sie es, sich kurz zusammenzureißen. »Und sagen … Rasenmäher?«

Tom schmunzelte. »Stimmt, das ist lustig.«

»Rasenmäher!«, wiederholte sie glucksend. Tom schaute sich um, ob jemand sie sehen oder hören konnte. Katja holte ein paarmal tief Luft und konnte sich schließlich beruhigen.

»Laubfrosch war nicht viel besser«, sagte er.

»Stimmt. Ich weiß auch nicht, warum, aber Rasenmäher …« Katja musste gleich wieder loslachen. »Klingt so komisch, vor so einem Typen.«

Hinter der Lagerhalle trafen sie auf einen jungen Mann mit breitem, kräftigem Oberkörper in Jeans und schwarzem Hoodie.

»Rasenmäher!«, sagte Tom und sah, wie Katja mit ihrem Lachreiz rang. Der Typ verzog keine Miene, deutete in Richtung gestapelter Container.

»Dahinter, die nächste Halle!«

Sie gingen an den Containern entlang, kamen auf einen Platz an einem Hafenbecken und standen vor der Halle.

»Rasenmäher«, sagte Katja zu dem jungen Kerl, der im grauen Trainingsanzug breitbeinig an der Tür stand.

»Zwei Fünfziger«, erwiderte dieser trocken.

»Ich kämpfe. Ich bin Betty aus Berlin-Neukölln.«

Der Typ scrollte einen Moment auf dem Display seines Handys, dann sah er auf. »Okay. Aber er muss zahlen.« Tom griff in seine Hosentasche.

»Bist mein Gast«, sagte sie, fischte einen Schein aus ihrem kleinen, roten Portemonnaie und reichte ihn dem Typen. Sie betraten die Halle. Ein gleichmäßiges kaltes Licht sorgte für eine düstere und nüchterne Atmosphäre. Riesige Regalreihen voller Kartons in unterschiedlichen Größen reichten bis zur

Decke. Ein automatisches Beförderungssystem stand still, Arbeiter waren keine zu sehen. Dieses Logistikzentrum befand sich im Ruhezustand, offenbar extra für die illegale Boxveranstaltung. Am Ende der Regalschluchten sahen sie auf einer freien Fläche den großen Käfig, um den sich schon viele Zuschauer versammelt hatten.

»Du hättest mich nicht einzuladen brauchen.«

»Ich weiß, aber es ist mir eine Freude.«

»Na dann …«

Sie gingen zu dem Käfig, an dessen oberen Rändern LED-Röhren den Ring in ein helles Licht tauchten. Tom sah sich um. Einige Tapeziertische dienten als Bar. Am Rand der Halle gab es Räume mit Fenstern nach innen. Offenbar Büros, die als Umkleiden genutzt wurden. Das Publikum war eine bunte Mischung aus Normalos, zwielichtigen Gestalten, Bomberjacken, weniger bürgerlich als beim letzten Mal. Ab und zu fiel ihm das gelb-schwarze Logo der Identitären ins Auge. Die Atmosphäre hier war rau und düster. Er fragte sich, was sie hier verloren hatten. Das Ganze hatte doch nichts mehr mit ihrem Fall zu tun. Merkwürdig, dass Katja so scharf darauf war, noch mal in den Käfig zu steigen. Was fand sie nur an diesen brutalen Kämpfen?

»Hey, Betty aus Neukölln!« Das war die Stimme des Generals. Die Frau mit den kurzen blonden Haaren und dem strengen Ausdruck trat aus der Tür eines der Büros und kam auf sie zu. Hinter ihr im Büro erkannte Tom Frank Gerber, der sich mit jemandem unterhielt, der vom Türrahmen verdeckt wurde. »Gut, dass du da bist«, begrüßte der General seine Kämpferin. Ganz in Schwarz gekleidet, in hochgeschlossener Bluse über einer engen Hose stand die Frau vor ihnen und beachtete Tom wieder nicht, wie schon nach Katjas letztem Kampf. Der General sah seine Kämpferin an. »Deine Blessuren sind gut verheilt.«

Katja nickte. Tom sah wieder zu Gerber. Dessen Gegenüber konnte er immer noch nicht sehen. Gerber bekam einen Umschlag gereicht. Einen dicken Umschlag, den er öffnete und hineinsah. Da trat sein Gegenüber vor. Es war Herfried Berkeesen. Geistesgegenwärtig zückte Tom sein Handy, ging ein wenig näher. Während er so tat, als lese er etwas auf dem Display, machte er schnell ein paar Fotos von dem Reeder und dem Boxtrainer mit dem Umschlag in seinen Händen.

»Wann bin ich dran?«, fragte Katja.

»Dein Kampf ist der dritte. Deine Gegnerin heißt Lady Tomoe. Über die kann ich dir nichts sagen, außer, dass sie eine Asiatin ist, die heute ihren ersten Kampf macht. Angeblich.«

46

Die Asiatin tänzelte leichtfüßig durch den Ring, ihr silbernes Outfit glänzte im grellen Licht des Käfigs, die kurzen schwarzen, struppigen Haare schimmerten bläulich. Katja stand regungslos an der Seite und starrte ihre Gegnerin an. Auf einmal kam ihr in den Sinn, dass Lady Tomoe die Frau sein könnte, von der der Supermarktangestellte erzählt hatte. Lady Tomoe war klein und zierlich, so wie er sie beschrieben hatte. Allerdings war sie deutlich jünger als Anfang vierzig, wie er sie geschätzt hatte. Katja vermutete, dass sie Anfang dreißig war. Sie suchte Tom im Publikum, aber konnte ihn nicht entdecken. Der Gong ertönte, und der Kampf war freigegeben. Wie bei der letzten Veranstaltung gab es auch hier keinen Ringrichter. Was sollte sie jetzt machen?

Lady Tomoe tänzelte auf sie zu. Katja überlegte, ob sie ihre Gegnerin mit wenigen Worten schnell fragen sollte, ob sie mal beim Poetry-Slam aufgetreten wäre. Quatsch, dachte sie, das konnte nicht funktionieren. Sie musste es nach dem Kampf versuchen.

Lady Tomoe fixierte sie und wirkte sehr cool. Hin- und hergerissen, begann Katja ebenfalls zu tänzeln. Sie musste jetzt wach sein, sich konzentrieren. Kämpfen. Ihre Gegnerin tänzelte auf sie zu. Vielleicht war Lady Tomoe auch gar nicht die Frau, die sie suchten. Da flog schon eine harte Linke blitzartig zu ihr rüber und schlug in ihrem Gesicht ein. Ein greller Schmerz schoss Katja durch den Schädel. Sie verlor den Halt und taumelte, fing sich und richtete sich auf. Sie war nicht bereit gewesen. Ihre Kontrahentin tänzelte abwartend um sie herum, schien ihr eine Chance geben zu wollen. Katja zog ihre Deckung hoch und hielt ihre Arme eng am Körper. Sie konnte sich keine zweite Nachlässigkeit leisten, das war klar, sie musste jetzt ganz Betty aus Berlin-Neukölln sein.

Asiatin mit kurzen, struppigen Haaren und einer zierlichen Figur – Katja kriegte die Ähnlichkeit nicht aus ihrem Kopf. Diese Frau wirkte so schräg und schillernd, wie sie sich die einsame Asiatin, die sich in den Straßen von Moers herumtrieb, vorgestellt hatte. Mehrere Jabs landeten auf Katjas Deckung, mit erstaunlicher Härte. Katja zwang sich zur Konzentration. Lady Tomoe schlug auf den Körper und blitzschnell wieder auf den Kopf. Mit irrer Geschwindigkeit prasselte ein Feuerwerk von Geraden und Haken auf Katja ein, die blockte, sich schützte und auf eine Chance zum Gegenschlag wartete. Ihre Gegnerin ließ aber nicht nach, schien ungeheure Kraft zu haben, die Wucht der Schläge war enorm, und jetzt traf sie sie erneut am Kopf. Kurz verlor Katja die Kontrolle, und der nächste Treffer erwischte sie auf dem Solarplexus, sie bekam keine Luft mehr. Sie machte ein paar Schritte zurück, versuchte, ruhig zu bleiben, rang um Atem. Lady Tomoe setzte nach und schlug die nächste Gerade, die Katja jedoch abfangen konnte. Ihr Zwerchfell entspannte sich langsam wieder, und sie konnte besser atmen. Flink wich sie Lady Tomoes Schlägen aus, dann drehte sie sich blitzschnell ein, schlug den Unterarm gegen die Deckung der Asiatin, blockte sie mit Macht und verpasste ihr mehrere kurze Körperhaken. Lady Tomoe wich zurück, tänzelte auf der Stelle und atmete ihrerseits durch. Betty aus Berlin-Neukölln hatte sich ein wenig Respekt verschafft.

Das Publikum hatte sich schnell in zwei Lager geteilt, wobei das größere Lady Tomoe favorisierte. Tom stand weiter hinten und zuckte bei jedem Schlag, den seine Partnerin einstecken musste, innerlich zusammen. Dabei behielt er auch den Rand der Halle mit den Büros stets im Blick, denn dort stand Berkeesen mit dem General zusammen, und Tom wollte unbedingt vermeiden, dass der Reeder ihn entdeckte und enttarnte. Gerber hatte er schon länger nicht gesehen, der schien gegangen zu sein, was Toms Situation deutlich entspannter machte.

Lady Tomoe war um einiges stärker als Darida, die bosnische Hexe aus Bispingen, obwohl sie zierlicher war. Auf einmal musste er an die asiatische Frau denken, die Oskar Saltoni ihnen beschrieben hatte. Katjas Gegnerin passte auf die Beschreibung. Tom schob sich durch die Menge näher an den Ring heran, immer auch Berkeesen im Blick behaltend. Sie könnte es sein, dachte er, allerdings schätzte er sie deutlich jünger als Anfang vierzig. Doch Altersschätzungen waren immer so eine Sache. Was für ein verrückter Zufall das wäre. Er beschloss, nach dem Kampf vor den Umkleideräumen auf sie zu warten und sie anzusprechen, falls das seine Partnerin dann nicht schon getan haben würde.

Lady Tomoe deckte Katja erneut mit einer schnellen Folge von Geraden und Haken ein, und wieder fanden zu viele ihren Weg durch ihre Deckung. Ein Schlag erwischte sie an der Schläfe. Tom zuckte zusammen. Betty aus Berlin-Neukölln taumelte und stürzte. Kämpferisch richtete sie sich gleich wieder auf und schüttelte sich. Ihre Widersacherin zeigte sich fair, wartete ab, anstatt nachzusetzen und ihrer Gegnerin den Rest zu geben, was jetzt fast das gesamte Publikum lautstark forderte. Drei junge Männer in dunklen Hoodies taten sich besonders unangenehm hervor, skandierten *Kill! Kill! Kill!*. An einem Hals konnte er eine Reichsadler-Tätowierung erkennen, an einem anderen ein Eisernes Kreuz. Hatte er diesen Kerl nicht gestern in Gerbers Boxgym gesehen? Er betrachtete ihn genau, war sich aber nicht sicher. Da entdeckte er ein asiatisches Gesicht hinter den Männern, das sich mit einem angewiderten Ausdruck entfernte. Es war blass, fast weiß, die Lippen knallrot geschminkt. Es gehörte einer Frau mit schwarzen, kurzen, struppigen Haaren, die ganz in Schwarz gekleidet war. Er schätzte sie auf Ende dreißig, Anfang vierzig. Tom wurde aufgeregt. Das konnte sie sein. Während das Publikum die Asiatin im Ring feierte, klebte Toms Blick an der Asiatin im Publikum. Vielleicht war sie eine Freundin von Lady Tomoe. Sie holte ihr Handy hervor, sah auf das Display und tippte etwas. Offenbar hatte sie eine Nachricht erhalten. Dann steckte sie das Handy wieder in die Hosentasche, schlängelte sich durch die Menge und verschwand. Schnell folgte Tom ihr, durfte sie auf keinen Fall aus den Augen verlieren. Er nahm noch wahr, dass Katja den Kampf verloren hatte, und hoffte, dass es ihr einigermaßen gut ging und sie keine üblen Verletzungen davongetragen hatte.

Hinter der Menge ging die Asiatin zwischen den Regalreihen Richtung Ausgang. Tom verschärfte sein Tempo und holte etwas auf. Er sah, wie sie durch die Tür nach draußen verschwand. Als er ins Freie trat, sah er sie nicht mehr. Wo konnte sie abgeblieben sein? Er ging ein paar Schritte auf den Platz und schaute sich um. Hinter einem Container entdeckte er sie. Dort stand sie mit einer Frau zusammen. Tom wandte sich ab, um nicht aufzufallen. Er holte sein Handy hervor und tat, als telefonierte er. Langsam entfernte er sich etwas, behielt die beiden aber unauffällig im Auge. Trotzdem schien die andere Frau auf ihn zu deuten. Scheiße, dachte er. Sie umarmte die Asiatin kurz und verschwand irgendwo zwischen den Containern. Die Asiatin ging zur Halle. Tom machte ein paar Schritte auf sie zu, überlegte, wie er sie ansprechen sollte. Die Frau wurde schneller, offenbar wollte sie ihm ausweichen.

»Hallo, entschuldigen Sie!«, sagte Tom freundlich.

Sie reagierte nicht, lief schnell zu einem Stapel Kisten, der neben dem Eingang stand, zog zwischen ihnen ein Skateboard hervor.

»Bitte, Sie brauchen keine Angst zu haben!«

Sie klemmte sich das Board unter den Arm und rannte davon.

»Ich habe nur eine Frage«, rief er ihr nach. Sie setzte ihr Skateboard auf den Asphalt, sprang darauf und rollte davon. Tom lief hinterher, aber sie stieß sich kräftig vom Asphalt ab und wurde immer schneller. In der Entfernung sah er, wie sie das Gelände des Containerterminals verließ und vor den Bahngleisen stoppte, ihr Skateboard unter den Arm nahm und zwischen den Gleisen weiterlief. Wie ein scheues Reh, das aufgeschreckt floh, dachte Tom. Wahrscheinlich hielt sie ihn für einen Zivilbullen, einen Drogenfahnder. Vielleicht hatte sie gerade irgendeinen Stoff gekauft. Er musste alles geben, um an ihr dranzubleiben. Sie sprang zur Seite zwischen die mit Containern beladenen Waggons und verschwand aus seinem Sichtfeld. Er erreichte die Gleise und rannte über die holprige Erde zwischen den Schienen, stolperte, fing sich und rannte und rannte.

Er sah sie nicht mehr, hörte aber weit entfernt das Geräusch der harten Gummiräder, die über Asphalt donnerten. Zwischen zwei Waggons krabbelte er unter der Kupplung hindurch und blickte in die Flucht zwischen den Containerzügen. Ganz hinten rollte sie über eine Straße. Er holte sämtliche Reserven aus seinem Körper heraus, seine Füße flogen über die festgetretene Erde zwischen den Gleisen, und er bildete sich ein, etwas aufzuholen. Dann bog die Asiatin um eine Kurve und verschwand. Scheiße, dachte er. Als er die Biegung erreichte, war sie nicht mehr zu sehen. Die Straße führte zwischen Lagerhallen und alten Backsteingebäuden hindurch und gabelte sich. Er blieb stehen und horchte in die Stille, außer dem Kreischen einer Möwe hörte er nichts. Er hatte sie verloren. Erschöpft atmete er durch und machte sich frustriert auf den Rückweg. Sicher wunderte Katja sich schon, wo er abgeblieben war. Er holte sein Handy hervor und wählte ihre Nummer. Sie ging nicht ran.

Ein eigenartiger Geruch lag in der Luft. Nach brackigem Hafenwasser und irgendetwas Schwefelhaltigem. Katja sah sich auf dem Platz vor der Halle um, konnte Tom aber nicht entdecken. Merkwürdig, dachte sie, schon im Publikum hatte sie ihn nicht finden können. War er wieder allein losgezogen? Irgendeiner Spur gefolgt? Egal, sicher würde er gleich auftauchen. Sie fand es angenehm, einen Moment allein zu sein, nach Reden stand ihr gerade nicht der Sinn. Lady Tomoe hatte ihr ziemlich zugesetzt. Eine Platzwunde unter ihrem Auge, die ein Pflaster zierte, hatte sie davongetragen, viele Blutergüsse und einige schmerzende Rippen. Ihre Beine fühlten sich schwer an, offenbar war sie während des Kampfes dauerhaft verkrampft gewesen, und ein dumpfer Schmerz pochte in ihrem Schädel.

Nach dem Kampf, im Umkleideraum, hatte sie die Asiatin auf den Poetry-Slam angesprochen, aber sie hatte nichts davon gewusst, auch Claudia Hilser und der Supermarkt hatten ihr nichts gesagt. Katja hatte ihr geglaubt. Aber die Fragen hatten Lady Tomoe offenbar irritiert und misstrauisch gemacht, denn als der General zu Katja gekommen war, hatte sie sich auffällig schnell verabschiedet. Eine merkwürdige Begegnung war das gewesen. Der General hatte Betty aus Berlin-Neukölln gefragt, was mit ihr los gewesen sei. Sicher wäre die Asiatin gut gewesen, aber sie hätte es ihr auch zu leicht gemacht. Sie solle sich gut überlegen, ob sie noch einmal für sie kämpfen wollte. Dann würde sie allerdings einen anderen Auftritt von ihr erwarten. Demnächst würde sie sie anrufen und nach ihrer Entscheidung fragen. Katja hatte noch keine Idee, was sie ihr antworten würde. Das alles hier kam ihr düster und unwirklich vor, und sie fragte sich, worum es ihr eigentlich ging. Manchmal war sie sich selbst ein Rätsel.

Sie ging zum Kai, an dem zwei Containerbinnenschiffe vor Anker lagen, und schlenderte an ihnen entlang. Die Visage von Maik Dulfer tauchte vor ihrem geistigen Auge auf, das Faltengesicht, dem sie misstraute, ohne erklären zu können, warum. Tom schien den Mann objektiver und zurückhaltender zu beurteilen. Es war schließlich auch nichts eindeutig, für alle Lücken und Versäumnisse gab es irgendeine Erklärung. Und mit voreiligen Urteilen war man bekanntlich schnell bei der Hand. Trotzdem blieb ein Gefühl von Skepsis, auch wenn sie noch keine belastbaren Hinweise darauf hatten, wie die Dinge miteinander zusammenhingen. Der selbstgerechte, pensionierte Rechtsmediziner, der zufälligerweise auch Kontakt zu Krambach gehabt hatte. Das rechte Milieu, in dem sich der Autor bewegt hatte. Die Welt der illegalen Boxkämpfe. Die beiden Schüsse, die von zwei Zeugen gehört worden waren. Die Asiatin, die Claudia Hilser etwas mitgeteilt hatte, was sie offenbar verändert hatte und dazu bewog, ihr Leben hinter sich zu lassen und an den Ort zu ziehen, an dem Krambach lebte. Alles war da und wartete darauf, von ihnen miteinander verbunden zu werden.

Hinter sich vernahm sie Schritte. Drei Männer in dunklen Hoodies, die Kapuzen über den Köpfen, kamen den Kai entlang. Ihr wurde mulmig zumute, auch wenn der Weg der drei wahrscheinlich nur zufällig hier entlangführte. Sie überlegte, welche Fluchtwege sich ihr im Ernstfall böten. Eigentlich konnte sie sich auf ihre Krav-Maga-Künste verlassen, aber sie war total erschöpft und die Typen zu dritt. Die Schritte kamen näher. Ihr Partner fiel ihr ein, sie musste Tom anrufen. Er musste hier irgendwo in der Nähe sein. Sie zog ihr Handy aus der Hosentasche. Plötzlich traten vor ihr zwei Männer hinter einem Containerstapel hervor. Die Köpfe unter den Kapuzen ihrer schwarzen Hoodies verborgen, gingen sie auf sie zu.

Erschöpft und frustriert stapfte Tom über den Weg zwischen den Gleisen. Es ärgerte ihn, dass die Chance vertan war, und er bezweifelte, dass sie bald eine neue bekämen. Oskar Saltoni arbeitete tagsüber und konnte der Frau nur in der Pause oder abends irgendwo in Moers begegnen. Allerdings, fiel ihm ein, wenn sie sich vorhin mit Drogen eingedeckt hatte, dann gab es noch die Möglichkeit, dass sie vielleicht schon mal bei der Drogenfahndung aktenkundig geworden war. Er nahm sich vor, gleich morgen mit den Kollegen zu sprechen. An ihre auffällige Erscheinung würden die sich bestimmt schnell erinnern. Und sonst? Was konnten sie hier noch tun? Maik Dulfer auf die Schüsse ansprechen? Tom konnte sich seine Antwort denken. Seine Partnerin hatte recht, etwas schien hier faul zu sein.

Er beschleunigte seinen Schritt. Es war nicht gut, Katja so lange allein zu lassen. Klick machte es. Er zuckte zusammen. Es hallte in seinem Kopf wider. Schockstarr stand er da, spürte, wie seine Knie weich wurden und er zitterte. Ein Schwindel befiel ihn, kalter Schweiß brach ihm aus. Ruhig atmen, sagte er sich, tief in den Bauch atmen. Es wird gleich vorbeigehen.

Wild und verzweifelt schlug sie mit letzter Kraft um sich, aber sie traf kaum einen von ihnen. Die Kapuzenmänner tanzten um sie herum, verhöhnten sie, schlugen und traten immer wieder auf sie ein. Hinterhältig waren sie im Schatten der gestapelten Container über sie hergefallen. Sie verstand nicht, was ihr hier widerfuhr. Ein Fausthieb landete auf ihrem Hinterkopf, sie fiel und sprang gleich wieder auf die Füße. Sie drehte sich, versuchte zu erkennen, aus welcher Richtung der nächste Angriff erfolgen würde. Einen Tritt konnte sie abwehren, dafür trafen sie gleich zwei Schläge aus der anderen Richtung. Zwischen die Schulterblätter und in die Seite. Sie krümmte sich vor Schmerz, und die Luft blieb ihr weg. Mühsam hielt sie sich auf den Beinen, schrie ohnmächtig in die Nacht, drehte sich, schlug und trat um sich. Endlich konnte sie einen Treffer landen, aber ihrem Schlag fehlte die Wucht. Dafür geriet sie aus dem Gleichgewicht und wurde umgestoßen. Wieder kämpfte sie sich hoch, versuchte, sich zu konzentrieren. Was konnte sie bloß tun? Konnte sie irgendwie flüchten? Zum Platz, wo vielleicht Menschen wären. Sie musste es versuchen. Sie sammelte ihre letzte Kraft, schrie, so laut sie konnte, und lief los. Zwischen zweien von ihnen hindurch, die sie, offenbar verblüfft, passieren ließen. Sie witterte ihre Chance, rannte um ihr Leben. Nicht stürzen, dachte sie. Konzentrier dich. Aber dann hörte sie schon Gejohle und Schritte hinter sich, die schnell näher kamen. Sie spürte einen harten Tritt im Rücken und stürzte kopfüber zu Boden. Ihr Gesicht schlug hart auf, der raue Beton schürfte über ihre Wange. Ihr Körper bestand nur noch aus Schmerzen. Mühsam quälte sie sich hoch. Nur nicht liegen bleiben, dachte sie verzweifelt und voller Angst. Tränen schossen ihr in die Augen. Dann schlagen sie mich tot. Ein Schlag gegen ihre Schläfe, einer in den Nacken, ein Tritt in den Rücken, einer in die Kniekehle, sie brach zusammen. Wieder schlug sie mit dem Kopf auf und spürte gleich, dass sie dieses Mal nicht mehr hochkommen würde. Sie blutete, auch in ihrem Mund sammelte sich die warme, metallisch schmeckende Flüssigkeit. Es war zu Ende, sie hatte keine Kraft mehr, ihr letztes bisschen Widerstand war gebrochen, sie gab auf. Sie war ein schwer verletztes Reh, das vor den

Wölfen zusammenbrach und hilflos dem Tod in die Augen sah.

»Drecksfotze!«, hörte sie dumpf, wie durch Watte hindurch. »Verpiss dich!« Und wieder landete ein Tritt in ihrem Bauch, sie krümmte sich und schluchzte leise in sich hinein, für mehr reichte ihre Kraft nicht. Sie hoffte nur auf ein Ende. Irgendein Ende.

Als Tom den Kai erreichte, sah er in der Entfernung eine Gruppe Personen, die im Kreis standen. In der Dunkelheit konnte er nicht viel erkennen. Alle trugen dunkle Hoodies mit den Kapuzen über den Köpfen. Es war ein düsteres Bild. Ruhig ging er weiter und behielt die Szenerie im Blick. Eine Figur machte einen Schritt vor. Jetzt sah Tom, dass in der Mitte auf dem Asphalt ein gekrümmter Körper lag. Die Figur trat wuchtig dagegen. In der Gruppe wurde gelacht. Die hatten jemanden fertiggemacht und das offenbar gründlich. Hinlaufen, dem Opfer helfen, war sein erster Gedanke. Doch er hatte seine Pistole nicht dabei. Was konnte er gegen die fünf ausrichten? Aber ihm war klar, er musste das stoppen, wie auch immer. Er beschleunigte seinen Schritt, und als er sich näherte, bemerkte er die schwarzen Locken der Person am Boden. Ein entsetzlicher Schreck durchfuhr ihn. Dort lag Katja. Gerade holte ein anderer aus der Gruppe zu einem Tritt gegen ihren Kopf aus.

»Stopp!«, schrie er, so laut er konnte. Der Typ brach ab. Alle drehten sich zu Tom. Er stürzte los, rannte auf die Gruppe zu. »Polizei! Stehen bleiben!« Die fünf Figuren sahen einander an. »Stehen bleiben, oder ich schieße!«, wiederholte Tom energisch. Wenn sein Bluff nicht funktionierte, hätte er ein Problem, dachte er noch. Einer der Typen sagte etwas. Dann liefen alle los. Zwei flüchteten nach hinten zum Platz an der Lagerhalle, und drei verschwanden zwischen den Containern. Erleichtert rannte Tom zu Katja. Ihm bot sich ein furchtbarer

Anblick. Mit blutverschmiertem Gesicht lag sie zitternd auf dem Asphalt, der Blick starr, der Körper unnatürlich verrenkt.

»Katja!«, sprach er sie leise an.

Keine Reaktion. Aus Nase und Mund rann Blut. Ihr Gesicht war kalkweiß. Er fühlte den Puls an ihrer Halsschlagader. Er war flach, aber immens schnell. Seine Partnerin hatte einen Schock. Tom holte sein Handy hervor, rief einen Rettungswagen. Er überlegte, ob er Katjas Beine hochlagern sollte, verwarf den Gedanken aber, weil sie innere Verletzungen im Brust- oder Bauchbereich haben konnte.

»Katja, kannst du mich hören?«

Ein leises Stöhnen.

»Ich habe einen RTW gerufen, die werden gleich hier sein und dir helfen.«

Er nahm ihre Hand. »Bleib ganz ruhig.« Wieder fühlte er ihren Puls. Er wurde langsamer. War das ein gutes Zeichen? Vorsichtig strich er über ihre Wange. Ihre Pupille bewegte sich, sie sah zu ihm hoch. Er lächelte ihr zu, war ein wenig erleichtert, dass sie ihn wahrnahm. »Ich bin bei dir, und gleich kommt der Arzt.«

Sie stöhnte, versuchte, den Kopf zu heben, aber er sank gleich wieder zurück. Keuchen, Husten, immer noch rann Blut aus ihrem Mund. Es sah nicht gut aus, er wusste, dass das hier auf des Messers Schneide stand. Ihr Puls ging jetzt noch langsamer.

Verdammt, dachte Tom. Katjas Augenlider sanken langsam herunter, ihr Blick wurde wieder starr. »Hey, Katja! Bleib wach!« Er strich ihr über die Wange. Kniff in ihre Haut. Keine Reaktion. Immer langsamer und flacher wurde der Puls. Jetzt kniff er mit beiden Händen fest in ihre Wangen und klatschte ihr abwechselnd ins Gesicht. »Nicht einschlafen!«, rief er. »Nicht einschlafen, Katja!« Er legte seine Hand auf ihren Brustkorb, der hob sich nicht mehr. Er brachte sein Auge dicht über ihren Mund, aber spürte keinen Luftstrom. Sie atmete nicht mehr. Sie stirbt, dachte Tom verzweifelt. »Katja!«, schrie er sie an. Herzdruckmassage, schoss es ihm durch den Kopf. Er hatte die noch nie machen müssen, außer in den Erste-Hilfe-Lehrgängen. Er drehte seine Partnerin auf den Rücken, legte seine Hände übereinander auf ihren Brustkorb und drückte ihn kräftig herunter. Immer wieder, kurz hintereinander im Rhythmus von »Staying Alive« der Bee Gees, das hatte er sich gut merken können. »Komm, Katja, nicht aufgeben!« In seinem Kopf hörte er *Ah, ha, ha, ha, stayin' alive! Stayin' alive!* Er stemmte sich auf seine Hände, presste und ließ los. Presste wieder, ließ los. John Travolta tanzte über die bunt leuchtenden Platten des Dancefloors. *Ah, ha, ha, ha, stayin' alive! Stayin' alive!* Dreißigmal drücken, das hatte er sich gemerkt, dann beatmen. Tom nahm seine Hände von ihrem Brustkorb, überstreckte Katjas Kinn, legte seine Lippen über ihren Mund und blies seinen Atem in seine Partnerin hinein. Zweimal. Ihr Brustkorb bewegte sich kein Stück. Travolta tanzte weiter, und Tom drückte, ließ los, drückte, ließ los und spürte, wie ihm die Tränen in die Augen stiegen. »Bitte bleib, Katja! Bitte bleib!«

47

DONNERSTAG

Sie wehrte sich mit letzter Kraft, war jedoch zu schwach. Sie bäumte sich auf, aber kam nicht dagegen an, die Wucht war ungeheuer, die Gewalt erdrückend, der Schmerz furchtbar, aber schlimmer war die Angst, diese wahnsinnige Angst. Sofie Wibold bekam keine Luft mehr, schreckte hoch, panisch schlug sie um sich und rang um Atem, japste, röchelte, sog gierig die Luft ein, griff sich an den Hals. Keuchend hielt sie inne. Ihr wurde klar, dass sie allein war und in ihrem Bett. Zu Hause, in Sicherheit. Erschöpft starrte sie in die Dunkelheit, atmete tief ein und aus. Langsam beruhigte sie sich. Es war nur ein Traum gewesen. Einer dieser furchtbaren Albträume, die sie schon lange nicht mehr gehabt hatte. Von denen sie gehofft hatte, sie endgültig hinter sich gelassen zu haben. Jetzt waren sie also zurück. Ihr Nachthemd war durchgeschwitzt, sie tastete über die Haut ihres Gesichts, die ebenfalls schweißbedeckt war. Sie stand auf und schleppte sich durch den kleinen Flur ins Badezimmer, schloss die Tür und knipste das Licht an. Im Spiegel betrachtete sie sich. Blass war sie, hatte tiefe Schatten unter den Augen, die sich jetzt mit Tränen füllten. Es schüttelte sie, und sie begann zu weinen, hemmungslos und verzweifelt. Sie bekam Angst, dass sie Leon wecken könnte, und unterdrückte ihr Schluchzen. Mühsam beruhigte sie sich. Woher kam der Traum? Warum war er wieder da? Mit zitternden Händen schüttete sie sich kaltes Wasser ins Gesicht. Sie blickte in den Spiegel, schaute sich an, und auf einmal sah sie Leon vor sich. Diesen kalten, verletzenden Blick, mit dem er sie angesehen hatte, nachdem er sie zu Boden gestoßen hatte.

Das Zittern war kaum zu sehen, aber deutlich zu spüren. Behutsam legte sie die Finger auf die Tasten und begann zu spielen. Die Sonate Nr. 15, »Pastorale«, von Beethoven. Sie spielte die Sonate besonders langsam, dehnte die Zeit, als wollte sie ihren Händen vermitteln, dass sie sich entspannen, alles abschütteln und ganz in der Musik versinken konnten. Sanft glitten ihre Finger über die Tasten, aber das Zittern hörte nicht auf. Heute in der Hochschule war es nicht da gewesen, den ganzen Tag über nicht. Glücklich war sie gewesen und hatte am Abend schon nicht mehr daran gedacht. Nun war es wieder da. Warum? Sie war doch ganz allein, spielte nur für sich. Ohne Publikum, ohne Professor, ohne Kommilitonen.

Es war immer ihr Liebstes, hier in ihrem kleinen Reich für sich allein zu spielen. Dann fühlte sie sich frei, war eins mit sich und der Musik. Aber nun beanspruchte das Zittern ihre Aufmerksamkeit. Sie nahm die Finger von den Tasten und verstand die Welt nicht mehr.

Sie erhob sich und ging durch den Raum. Sie sollte besser gleich zu einem Psychologen gehen, hatte Jannik gesagt. Sich professionelle Hilfe holen und keine Zeit verschwenden. Und bloß nicht mit ihrer Mutter darüber reden. Er war klug und kannte sie gut. Was ihre Mutter betraf, hatte er recht. Sie war immer so selbstgerecht, analysierte ihre Tochter rauf und runter. Das war so anstrengend. Der Gedanke an ihre Mutter regte sie auf, mit ihrem Vater erging es ihr nicht anders, wenn auch aus anderen Gründen, und mit ihrem Bruder ebenfalls. Sie fühlte sich ihrer eigenen Familie fremd. Traurig, aber wahr. Wann hatte das begonnen? Wann war die heile Welt ihrer Kindheit verschwunden?

Ihr Blick fiel auf den Sandsack, den Neil ihr geschenkt hatte, zusammen mit den Boxhandschuhen, die am Haken an der Wand hingen, neben dem Foto von Glenn Goulds Händen in abgeschnittenen Strickhandschuhen vor der Klaviatur seines Flügels.

»Der ist ein bisschen wie ein Coach«, hatte Neil gesagt und den Sandsack gemeint, den er ihr geschenkt hatte. »Er hört dir zu, du kannst alles an ihm herauslassen. Er bleibt ruhig, aber fordert dich, und wenn du es richtig machst, lernst du sogar etwas über dich.«

Sie wusste noch, dass sie sich über die weisen Worte lustig gemacht hatte. Trotzdem hatten sie sich ihr eingeprägt. Sie stellte sich vor den Sack, schloss die Augen, sammelte sich, öffnete sie wieder und schlug zu. Einmal, zweimal. Langsam. Einen Schlag nach dem anderen. Dann erhöhte sie die Frequenz und die Wucht. Sie spürte ihre Knöchel, die Reibung auf der zarten Haut. Immer schneller, immer kräftiger boxte sie gegen das Kunstleder. Vielleicht musste sie etwas herauslassen, was sich in ihr aufgestaut hatte, ohne dass sie es bemerkt hatte. Die Finger schmerzten, ihre Arme wurden müde, das Zittern spürte sie nicht mehr.

Schockraum, ein passenderes Wort konnte es nicht geben, dachte Tom, während er auf einer harten Bank in dem Korridor vor jenem Raum, in dem die Ärzte mit Katja verschwunden waren, saß und wartete. Ärztinnen, Pfleger, Sanitäter eilten an ihm vorüber. In der Notaufnahme herrschte Betrieb. Stimmen am Ende des Flurs, Türenschlagen, hastige Schritte, Signalpiepen und gespenstische Ruhe wechselten einander ab. Die Tür gegenüber blieb geschlossen. Hinter ihr herrschte Stille, in Tom ohnmächtige Angst und verzweifelte Hoffnung. Mit Blaulicht und Martinshorn war der Rettungswagen durch die nächtlichen Straßen gejagt. Polytrauma, Verdacht auf Schädel-Hirn-Trauma, bewusstlos, nicht komatös. Mit diesen Worten hatte der Notarzt seine Patientin in der Klinik angekündigt. Die Ärzte hatten dann schon gewartet. Alles ging schnell. Konzentrierte Gesichter, schnelle Kommandos, ein eingespieltes Team. Ganzkörper-CT. Die Tür wurde geschlossen. Wie lange war das her? Er hatte nicht auf die Uhr gesehen. Erst jetzt bemerkte er die Digitaluhr, die über dem Gang hing. Rot leuchteten die großen Ziffern. 23:42.

Er erhob sich, hatte das Bedürfnis, sich zu bewegen. Zu viel Krankenhaus, dachte er, es gab gerade zu viel Krankenhaus in seinem Leben. Er ging über den Flur, seine Sneakers quietschten leise auf dem Linoleumboden, um eine Ecke standen aufgeregte Menschen zusammen und redeten in einer fremden Sprache durcheinander. Etwas weiter hielt eine Frau eine andere Frau im Arm und strich mit der Hand beruhigend über ihren Kopf. Tom machte kehrt, und vor seinem inneren Auge tauchte das Bild der Kapuzentypen, die um seine hilflose Partnerin herumgestanden und auf sie eingetreten hatten, auf.

Wer waren die gewesen? Warum waren die über sie hergefallen? Wussten die, dass Katja Polizistin war? Dachten die, dass sie undercover in der illegalen Boxszene ermittelt hatte? Hatten die den Auftrag gehabt, Katja einen Denkzettel zu verpassen? Oder hatte es am Ende mit ihrem Fall zu tun gehabt? War die Aktion eine schnelle Antwort auf ihre Nachforschungen gewesen? Unruhig ging er durch den Flur. Er hatte noch mehr Fragen. Was hatte Berkeesen mit Gerber zu schaffen? Ging es nur ums illegale Boxen, oder steckte mehr dahinter? Am Ende des Korridors tauchte die schlaksige Figur Maik Dulfers auf.

Das ging schnell, dachte er.

»Mensch, Tom!«

Tom nickte nur.

»Weißt du schon was?«, fragte Dulfer.

»Nein. Sie ist da drin.«

Tom sah Dulfer in die Augen. »Woher weißt du überhaupt davon?«

»Na ja, unser Präsidium ist ein wenig kleiner als eures in Hamburg, die Wege sind kurz.«

»Und da hat man dich gleich angerufen?«

»So war's. So läuft das bei uns. Und das ist ganz gut so, finde ich.« Er beugte sich ein wenig vor. »Ich bin gern gekommen.«

Tom wusste nichts zu entgegnen.

»Was ist da für eine Scheiße passiert, Tom?«

»Ich weiß es nicht.« Er zögerte, überlegte, was er preisgeben konnte. »Ich habe schon alles den Kollegen von der Streife erzählt.«

»Ich weiß. Die Fahndung läuft, der ganze Hafen und das Viertel werden gerade durchkämmt. Duisburg-Ruhrort wird auf den Kopf gestellt.«

»Die hatten alle Kapuzen auf. Ich habe keinen von denen gesehen.«

»Vielleicht aber Katja. Aber was wolltet ihr überhaupt beim illegalen Boxen? Habt ihr eine Spur?«

Wieder zögerte Tom. »Nicht wirklich.«

»Das heißt?«

Tom betrachtete das Gesicht des Duisburger Kommissars genau, versuchte zu erkennen, was sich zwischen den Falten tat.

»Okay, Tom. Das Ding ist, ich kann dir nur helfen, wenn du mit mir sprichst. Aber das weißt du natürlich, bist ja vom Fach.«

Die Tür des Schockraums wurde geöffnet, und der Arzt trat heraus.

Es sah alles so friedlich aus da unten. Auf dem großen Parkplatz warteten einige wenige Autos auf ihre Besitzer, die vielleicht gerade auf ihrer Nachtschicht Patienten versorgten. Dahinter lag ein Park, dessen Wege vom Licht der Laternen hell erleuchtet waren. Auf der Wiese saß eine Gruppe junger Leute, die in der Dunkelheit nur schemenhaft zu erkennen waren. Es wurde getrunken, geraucht und getanzt. Hinter den Bäumen ragten Mietshäuser empor, erstreckte sich die Stadt. Die Nacht war klar, und der Mond schien hell. Tom konnte weit sehen, das Zimmer befand sich im fünften Stock. Die Asiatin kam ihm in den Sinn. Um ein Haar hätte er sie gehabt, mit ihr reden und vielleicht erfahren können, was sie damals Claudia Hilser erzählt hatte. Später würde er die Kollegen von der Duisburger Drogenfahndung anrufen. Oder besser nicht? Dulfer war mit allen Wassern gewaschen und sicher bestens vernetzt. Wenn Faltenfresse und weitere Kollegen etwas zu verbergen hatten, durften sie auf keinen Fall den Stand ihrer Ermittlungen erfahren. Sie konnten nur geduldig hoffen, dass die Asiatin Oskar Saltoni bald über den Weg laufen würde.

Tom drehte sich zu Katja, die im Bett lag und an die Decke starrte. Ihre Augen waren glasig, ihr Blick matt und leer. Aus einem Tropf lief eine Nährstofflösung in ihren geschwächten Körper. Sie trug einen dieser grünen Umhänge. Ihre Klamotten hatte er auf den Stuhl gelegt, die hatten sie ihm in die Hände gedrückt. Keine inneren Verletzungen, hatte der Arzt gesagt. Ungeheures Glück hätte sie gehabt. Der Satz war Tom bekannt vorgekommen, seine Erleichterung groß gewesen. Eine Schädelprellung, Platzwunden, zwei gebrochene Rippen und zahllose Hämatome und Prellungen am ganzen Körper hätte sie davongetragen. Vor allem der Schock wäre schwer und hielte noch an. Es sähe leider so aus, als hätte sie ein psychisches Trauma erlitten. Sie hatten ihr ein Beruhigungsmittel gegeben, eigentlich sollte sie jetzt schlafen.

Kein einziges Wort hatte sie gesprochen, seit sie aus dem Schockraum in dieses Zimmer gebracht worden war. Tom hatte sie in Ruhe gelassen, wollte sie nicht mit Fragen anstrengen. Er trat an das Bett, nahm ihre Hand und hielt sie. Sie war schlank und zart, aber an manchen Stellen, besonders um die Knöchel herum, aufgeraut, geschwollen und wund vom Boxen. Erstaunlich, dass sie mit diesen Händen so kräftig zuschlagen konnte. Ihre Pupillen reagierten, es schien, als schaute sie ihn an. Gleichzeitig hatte er den Eindruck, als sähe sie durch ihn hindurch. Er hatte mit ihr gesprochen, immer wieder sanft versucht, sie zu einer Reaktion zu bewegen. Vergeblich. Er zog sich den Stuhl heran, ohne ihre Hand aus der seinen zu lassen, und setzte sich. Vor zwei Tagen hatte er noch Miras Hand gehalten.

Er spürte seine Erschöpfung, lehnte sich zurück, und die Augen fielen ihm zu. Aber er wehrte sich gegen den Lockruf des Schlafs, riss die Augen auf und bemühte sich, wach zu bleiben. Er lauschte in die Stille, spürte die Hand in seiner und hörte das regelmäßige Geräusch des Beatmungsgeräts.

Der transparente Schlauch ragte aus Jackys Mund. Sie grinste, als wäre sie high. Hinter ihr schwebte Mira im Schneidersitz und meditierte. Marie kam in den Raum, der auf einmal in gleißend helles Licht getaucht war. »Hey, Tom!« Sie ging zum Tropf und spritzte eine Ampulle rote Flüssigkeit hinein. Der Schlauch des Tropfes färbte sich rot. »Das ist ein fantastisches Zeug«, sagte sie zu Tom. »Willst du auch?« Er schüttelte den Kopf, verstand nicht, was hier los war, wollte protestieren. »Ich habe den Grauhaarigen gefunden, Tom.« Das war Katjas Stimme. Sie war schwach, er hörte sie kaum. Er drehte sich um und sah Herfried Beerkeesen, der mit Katja einen langsamen Walzer tanzte. Katja lächelte ihm zu.

»Tom!«, sagte sie, aber ihr Mund bewegte sich nicht. »Tom!«

Er schreckte hoch, war sogleich hellwach. Er fühlte, wie seine Partnerin seine Hand drückte.

»Hey«, sagte er erleichtert.

Sie sah ihn an. »Ich will hier raus.«

Er wunderte sich über Katjas Kraft, als sie neben ihm über den Hotelflur ging. Aufrecht, als wollte sie ihrem Schicksal trotzen. Natürlich halfen ihr die Schmerzmittel, aber vor allem war es ihr unbändiger Wille, der sie antrieb.

Vor ihrem Zimmer blieben sie stehen. Katja zögerte, sah ihn unsicher an. Tom erkannte die Angst und die Gebrochenheit in ihrem Blick.

»Willst du bei mir schlafen?«, fragte er.

Sie nickte dankbar, und er schloss die Tür zu seinem Zimmer auf.

»Kein Licht!«, sagte sie, ging hinein zu dem Stuhl vor dem kleinen Tisch und begann, sich langsam mit vorsichtigen Bewegungen auszuziehen. Die Dämmerung kroch grau und fahl in den Raum. Im Halbdunkel sah Tom die zahllosen Hämatome und großflächigen Pflaster auf ihrem geschundenen Körper.

»Meinen Hintern kennst du ja schon.«

»Ja.« Er freute sich, dass sie ihren Humor nicht verloren hatte. Im Slip und einem dünnen Unterhemd legte sie sich ins Bett und schlüpfte unter die Decke. Tom wusste noch nicht so recht, wohin mit sich, wanderte durch den Raum, öffnete das Fenster und zog die Vorhänge vor.

»Legst du dich zu mir?«

Unsicher zögerte er, aber verstand genau, was in Katja vor sich ging. Er stieg aus seiner Hose und legte sich neben seine Partnerin. Eng beieinander lagen sie in dem schmalen Bett und starrten schweigend an die Decke.

48

Der Morgen war trist und verregnet, der Verkehr floss nur zäh auf der nass glänzenden A2. Die Scheibenwischer kämpften gegen den prasselnden Regen. Gelsenkirchen zog an ihnen vorüber. Stadtteil folgte auf Stadtteil, oder war es ein neuer Ort? Das Ruhrgebiet kam Tom endlos vor. Katja saß auf dem Beifahrersitz und sah zum Fenster hinaus. Er hatte die Stunden, die von der Nacht geblieben waren, neben ihr gelegen, sie atmen gehört und sich dem Fluss seiner Gedanken hingegeben, bis er irgendwann noch eingeschlafen war. Erstaunlich, dachte er, trotz seiner Schlafprobleme, der unbequemen, beengten Lage und der ungewöhnlichen Situation. Der wenige Schlaf hatte ihm gutgetan. Unter der Dusche hatte er beschlossen, dass sie nach Hause fahren sollten. Ja, hatte sie gesagt, mehr nicht. Beim Frühstück hatte sie eine halbe Banane gegessen und kein weiteres Wort gesprochen. Er hatte viel Kaffee und noch mehr Wasser getrunken und sich zwei Brötchen mit Schinken, Käse und Marmelade einverleibt. Peter Gunn erklang. Tom stellte sein Handy auf Lautsprecher, und Dulfers Stimme meldete sich.

»Guten Morgen, Tom! Wie geht es Katja?«

»Na ja, den Umständen entsprechend.« Er sah zu seiner Partnerin, die sich nicht regte.

»Du bist im Auto.«

»Richtig.«

»Was machst du?«

»Wir fahren nach Hamburg zurück.«

»Oh, okay. Ihr habt also die Schnauze voll.«

Tom schwieg.

»Ich hätte eigentlich gern noch mit Katja gesprochen. Vielleicht kann sie den einen oder anderen der Typen beschreiben.«

»Das geht im Moment noch nicht.«

»Verstehe. Aber bitte, sie soll sich melden, wenn sie wieder dazu in der Lage ist.«

»Ja, natürlich.«

»Die Fahndung war leider erfolglos. Und die illegale Boxszene ist verschwiegen, das kennen wir ja schon. Keiner wollte irgendwas gesehen haben. Hat Katja dir denn irgendwas erzählt? Wie sie in diese Situation geraten war?«

»Nein.«

»Seid ihr vielleicht irgendwem auf den Schlips getreten?«

»Gute Frage. Vielleicht.«

»Wem denn?«

Wieder schwieg Tom.

»Schade, dass du nicht mit mir sprichst. Es tut mir leid, dass ihr mir oder uns nicht vertraut. Aber offenbar kann ich nichts dagegen tun.«

Tom wusste nichts zu erwidern.

»Okay, dann macht es gut, ihr beiden. Ich hoffe, dass Katja sich schnell erholt.«

»Danke!«

»Hey, Tom, wir reden bestimmt irgendwann noch mal. Ihr werdet sehen, dass euer Misstrauen unbegründet ist.«

»Gut!«, sagte Tom und beendete das Gespräch. Gespenster, dachte er und hatte wieder Anettes Stimme im Ohr. Er fühlte sich, als ginge er über brüchiges Eis. Katja sah weiterhin zum Fenster hinaus. Jedenfalls waren es keine Gespenster, die ihr das angetan hatten. Er sah die düstere Figur im Hoodie vor sich, die zum Tritt ausgeholt hatte. Nur wenig hatte gefehlt und … Er mochte den Gedanken nicht zu Ende denken. So ähnlich muss es auch bei Felix Hilser abgelaufen sein. Sie hatten den Jungen geschlagen und getreten, bis sein Herz aufgehört hatte zu schlagen. Vielleicht hatten sie ihm eine Lektion erteilen wollen, und es war aus dem Ruder gelaufen. Oder war sein Tod gewollt gewesen? Wurde er erschossen? Haben die Duisburger Kollegen das vertuscht? Vielleicht sollte der Junge zum Schweigen gebracht werden. Vielleicht hatte er etwas gewusst, das ihn zu einem Risiko gemacht hatte. Tom wählte die Telefonnummer der Staatsanwaltschaft Duisburg. Windböen peitschten heftige Regenschleier über die Autobahn, der Himmel färbte sich langsam schwarz. Die Rücklichter der Wagen wurden zu verschwommenen, roten Klecksen.

Als er mit dem zuständigen Staatsanwalt verbunden war, bat er ihn um eine Liste aller schwerer Straftaten im Ruhrgebiet im Zeitraum von vier Wochen vor Felix Hilsers Tod. Nachdem er das Aktenzeichen und seine Dienstnummer angegeben hatte, erhielt er die Zusage, die gewünschten Daten per Mail zugesandt zu bekommen. Vielleicht hatte sein Bruder Krambach gar nicht umgebracht, vielleicht war es wirklich nur Zufall, dass Herfried Berkeesen mit Krambach befreundet und Sonny auf der Party dessen Sohnes in seiner Villa gewesen war, kurz bevor sie vergewaltigt und getötet worden war. In Moers aber war etwas faul, sie wussten nur noch nicht, wie alles miteinander zusammenhing.

»Ich habe den Kampf verloren.« Katja sprach ruhig, ohne den Blick vom Fenster zu nehmen. Kurz war Tom irritiert, dann wurde ihm klar, dass sie ihren Bare-Knuckle-Kampf meinte.

»Die Asiatin war gut und wahnsinnig schnell. Ich musste die ganze Zeit daran denken, dass sie unsere Frau sein könnte.«

Tom freute sich, dass Katja sprach, dass sie sich erinnerte, dass sie nachdachte. Er hatte sich schon damit abgefunden, dass sie die ganze Fahrt über schweigen würde.

»Ich hatte das Gleiche gedacht, Katja.« Er zögerte, fragte sich, ob seine Partnerin schon in der Lage war, sich auf ein Gespräch zu konzentrieren. »Und dann habe ich im Publikum noch eine Asiatin entdeckt, und die sah genauso aus, wie sie Oskar Saltoni beschrieben hatte. Vielleicht war sie eine Freundin deiner Gegnerin. Auf einmal ist sie aber rausgegangen. Und ich bin ihr gefolgt. Ich wollte sie ansprechen.« Er sah zu Katja, versuchte zu erkennen, ob sie ihm folgen konnte.

Unverändert blickte sie aus dem Fenster.

»Sie ist sofort abgehauen, und ich bin hinterher, wollte mir die Chance nicht entgehen lassen. Aber ich habe es nicht geschafft. Sie hatte ein Skateboard und war darauf verdammt schnell. Irgendwann habe ich sie verloren und bin zurückgegangen.«

Tom erinnerte sich an das Klick in seinem Kopf, wie es ihn von einem Moment auf den anderen aus der Bahn geworfen und gelähmt hatte. Ihm war klar, dass es jederzeit wieder auftreten konnte, auch jetzt auf der Autobahn, so wie neulich Nacht. Aber was konnte er in ihrer Situation tun? Außerdem, sagte er sich, musste das so schnell wie möglich aufhören. Er würde stärker sein, die Kontrolle behalten, wie schwer es auch sein mochte. Er würde nicht zulassen, dass ihnen etwas passierte.

»Und als ich zurückkam, da waren diese Typen dabei, dich fertigzumachen.« Er schüttelte den Kopf. »Ich hätte dich nicht allein lassen dürfen. Das war ein Fehler, ein schwerer Fehler. Es tut mir so leid, Katja!«

»Ich hätte es genauso gemacht«, erwiderte seine Partnerin ruhig. Sie drehte sich zu ihm und sah ihn an. Er schüttelte wieder den Kopf.

»Das war reines Glück, Katja. Es war so knapp, so scheißknapp. Die hätten dich kaltgemacht.«

»Das wissen wir nicht.«

Tom hatte wieder vor Augen, wie Katja bewusstlos unter ihm gelegen und er um ihr Leben gekämpft hatte. Er fragte sich, ob ihr klar war, wie knapp es gewesen war.

Sie setzte sich ein wenig aufrechter hin, dabei stöhnte sie auf vor Schmerz und griff sich an die Rippen.

»Hier liegen die Tabletten.« Tom zeigte auf die Ablage unter dem Armaturenbrett. »Vielleicht solltest du welche schlucken.«

Katja griff sich die Schachtel. »Können wir Musik hören?«

Er schaltete das Radio ein. Es lief ein Streichquartett.

»Schubert«, sagte Katja, schluckte zwei Pillen und richtete ihren Blick wieder zum Fenster hinaus. »Das ist schön.«

Endlich hatten sie den Pott hinter sich gelassen, fuhren durch einen kleinen Wald, hinter dem die Landschaft weit wurde, sich Felder zu beiden Seiten entlang der Autobahn erstreckten. Der Regen hörte auf, die düstere Wolkendecke riss auf, und goldene Sonnenschauer fielen hindurch.

Felsen saß hinter seinem Schreibtisch und sah Katja an. Die Sorge um seine neue Ermittlerin stand ihm ins Gesicht geschrieben. Sie saß in dem Stuhl an dem kleinen runden Tisch und starrte mit leerem Blick vor sich auf den Boden. Tom lehnte an der Wand neben dem Regal, er konnte seinem Chef ansehen, wie sehr ihn seine Schilderung mitgenommen hatte, die Gedanken in ihm arbeiteten und er sich zusammenreißen musste, nicht loszupoltern. Alle Kollegen wussten, wie sehr er es hasste, wenn einer seiner Ermittler den Partner in einer unübersichtlichen Situation allein ließ.

»Ich hätte wie Tom gehandelt«, sagte Katja, ohne aufzusehen.

»Das überrascht mich nicht.« Felsen seufzte nachdenklich.

»Katja, du fährst jetzt nach Hause! Die nächsten Tage will ich dich hier nicht sehen. Du gehst zum Arzt und tust bitte das, was der dir sagt.«

Katja reagierte nicht.

»Du kannst dir auch einen Termin bei unserem psychologischen Dienst holen. Und dann auch wirklich hingehen.« Felsen warf Tom einen vielsagenden Blick zu. »Es ist wichtig, dass du über das, was dir passiert ist, sprichst.«

Katja schwieg. Felsen griff zum Telefon.

»Taller, wie weit bist du mit Frau Wilmke …? Gut. Hast du vielleicht 'ne halbe Stunde? Dann fahr jetzt bitte Katja nach Hause!«

Er legte auf und wandte sich an Tom. »Ina Wilmke ist die Buchhändlerin, die im Urlaub war. Sie hat gerade ihre Aussage gemacht. Aber wie es aussieht, hat sie auch nichts Entscheidendes beobachtet.« Felsen seufzte unzufrieden.

»Aber ich kann doch Katja nach Hause fahren.«

»Mit dir würde ich gern alles noch mal in Ruhe durchgehen. Was ihr herausgefunden habt, ist interessant, aber es macht die Sache nicht gerade übersichtlicher.« Er erhob sich. »Irgendwas hatte Hilser also vorgehabt, und vielleicht hatte das mit Krambach zu tun.« Er ging ein paar Schritte auf und ab. »Also, wir wissen mittlerweile, dass Philip Berkeesen der führende Kopf der Krambach-Gegner war und damals die rechten Schläger beauftragt hatte. Er hatte im Kreis des rechten Flügels der FKD öfter darauf hingewiesen, dass Krambach nicht nur zu liberal sei, sondern vor allem ein Risiko für die Partei, weil er Abgründe hätte, und wenn diese an die Öffentlichkeit gelangten, würden sie dem Image der Partei irreparabel schaden. Leider hat er nie etwas zu diesen Abgründen gesagt.«

»Das passt doch zu den Duisburger Kollegen, die etwas vertuscht haben«, warf Tom ein.

»Vorsichtig, Tom! Das ist ein schwerwiegender Verdacht.«

»Dulfer ist ein korruptes Schwein«, meldete sich Katja auf einmal.

»Hey, hey! Bitte mäßigt euch!«

In Tom formte sich ein Gedanke. »Vielleicht musste Claudia Hilser sterben, weil sie für die gefährlich geworden war.« Er sah seinen Chef an. »Vielleicht gibt es da eine alte, schmutzige Geschichte, in die Krambach und die Duisburger verwickelt waren. Vielleicht musste ihr Sohn schon aus dem gleichen Grund sterben.«

»Aber das ist nur eine Vermutung. Oder habt ihr irgendwas Konkretes?«

Tom schüttelte den Kopf. Es klopfte, und Taller trat ein. Hinter ihm wartete eine große Frau mit hochgesteckten blonden Haaren.

»Okay, Katja«, sagte Taller. »Hier ist dein Chauffeur.« Er lächelte charmant.

Die Frau hinter ihm kam näher und sah zu Tom, der sich ein wenig über ihren neugierigen Blick wunderte. Katja erhob sich. Felsen trat an seine Ermittlerin heran. »Erhol dich, Katja. Wir brauchen dich hier. Aber erst, wenn du wieder fit bist. Wenn du diese üble Geschichte halbwegs hinter dir gelassen hast.«

»Das ist ja verrückt«, sagte die Buchhändlerin und deutete auf Tom. »Sie waren doch auf der Lesung.«

Überrascht sahen alle erst die Frau und dann Tom an.

»Sie sind der Mann, der in der Pause gegangen war.«

Tom wusste nicht, was er sagen sollte. Es konnte nur Marco gewesen sein, den die Buchhändlerin gesehen hatte. Jetzt war also klar, dass seine Theorie doch stimmte. Marco hatte Neil Krambach getötet. Er hatte seinen Plan eiskalt ausgeführt und sich noch in Ruhe den Mann angesehen, der sich das Recht genommen hatte, Sonny zu vergewaltigen, sie und die kleine Nora in ihrem Bauch zu töten, bevor er sich auf den Weg zu dessen Villa machte, um ihn dort zu erwarten. Tom saß auf dem Stuhl vor Hendrik Felsens Schreibtisch und wusste nicht, wohin mit sich und seinen Gedanken. Sein Chef stand am Fenster in der Sonne. Angespannt sog er in kurzer Folge an der Zigarette, inhalierte in tiefen Zügen das Nikotin.

»Ich vermute mal, dass du nicht auf der Lesung gewesen bist?«

»Das ist richtig.«

»Dann also dein Bruder.«

Tom schwieg.

»Hast du das gewusst?«

»Nein.« Tom zuckte die Achseln. »Vielleicht gibt es jemanden, der uns ähnlich sieht.«

»Die Frau war sich ihrer Sache aber ziemlich sicher.«

»Wir wissen doch, wie das mit Zeugenaussagen ist.«

»Jedenfalls hattest du gewusst, dass dein Bruder noch in der Stadt war. Du hast ihn ja gesucht, warst seinetwegen bei diesem Dealer. Bist dann spurlos verschwunden. Du sagst, dass du überwältigt worden bist und gefangen gehalten wurdest, vom Bilario-Kartell.«

»Vielleicht«, sagte Tom. »Ich vermute es.«

»Vielleicht«, wiederholte Felsen sarkastisch. »Vielleicht stimmt das aber auch alles nicht.« Mit einem bitteren Ausdruck im Blick sah er Tom an. »Vielleicht hast du mich einfach belogen. Du warst auch nicht beim psychologischen Dienst. Wo warst du stattdessen? Hast du deinen Bruder getroffen, vielleicht?«

»Hendrik!«

»Was, Tom?« Felsen sah ihn provozierend an. Tom blieb stumm. Felsen nahm einen letzten tiefen Zug, dann drückte er die Kippe am Fensterrahmen aus und warf den Stummel in seinen Papierkorb. »Überlege dir in Ruhe, ob du mir die Wahrheit sagen willst.« Er setzte sich auf seinen Stuhl, lehnte sich zurück und sah seinen Ermittler an.

Tom fühlte sich elend, unfähig, einen klaren Gedanken zu fassen.

»Warum war dein Bruder bei Krambachs Lesung? Hat er sich für ihn interessiert? Ist dein Bruder etwa rechts? Aber warum ist er dann in der Pause gegangen?«

Tom konnte nichts erwidern, aber wahrscheinlich erwartete sein Chef das auch gar nicht. Felsens Blick ruhte auf ihm mit der Gnadenlosigkeit, die er sonst in Verhören an den Tag legte.

»Hat er ihn umgebracht?« Er beugte sich vor über den Tisch. »Aber was hatte er für einen Grund?«

Tom schwieg, ließ alles nur noch über sich ergehen in der Hoffnung auf ein baldiges Ende.

»Scheiße, Tom! Du sitzt hier und schweigst, und nicht einmal das kann ich dir glauben.« Er erhob sich, ging zum Fenster und sah hinaus. »Ich ziehe dich natürlich von dem Fall ab. Bis auf Weiteres bist du beurlaubt.«

Nichts anderes hatte Tom erwartet. Er überlegte, ob er noch etwas sagen sollte, aber ihm fiel nichts ein.

»Okay«, murmelte er, erhob sich und ging zur Tür.

»Du hättest von St. Peter zur Lesung fahren können.«

Tom blieb stehen.

»Krambach umbringen und anschließend zurückfahren können.«

Er drehte sich um. Sie sahen einander an.

»Aber warum hättest du das tun sollen?«

Tom wandte sich ab und verließ das Büro.

49

Er schloss die Tür auf und warf den Schlüssel auf die Alukiste. Der vertraute Geruch seiner Wohnung tat ihm gut. Er schlüpfte aus den Klamotten, nahm eine Dusche, legte die Parcels auf und schlenderte durch die sonnendurchflutete Wohnung. Er hatte noch keine Idee, wie er mit der neuen Situation umgehen sollte. Er spürte nur die große Sehnsucht nach Klarheit. Das Gewirr, in dem er sich verfangen fühlte, musste aufgelöst werden. Der Fall, sein Leben, seine Vergangenheit und Marco, alles schien darin unheilvoll miteinander verknüpft zu sein. Aber was konnte er jetzt tun? Er war aus dem Spiel. Katja ebenfalls. Und er musste aufpassen. Der Grat, auf dem er wanderte, war verdammt schmal geworden. Felsen misstraute ihm. Dabei war er bis heute immer auf Toms Seite gewesen, hatte stets Verständnis gehabt und seine Hand schützend über ihn gehalten. Das schien nun vorbei.

Er bereitete sich eine Kanne Darjeeling zu und fragte sich, was jetzt wohl passieren würde. Philip Berkeesen hatte von Krambachs Abgründen gesprochen. Sicher werden Toms Kollegen ihn dazu vernehmen. Sie werden erfahren, dass Krambach ein Freund der Familie gewesen war. Sie werden wahrscheinlich die gleichen Schlüsse ziehen wie Tom. Schon jetzt fühlte es sich miserabel an, dass er nichts von den weiteren Ermittlungen erfahren wird. Marco hatte es getan, daran gab es für ihn keinen Zweifel mehr. Nun war sein Bruder also tatsächlich ein Mörder. Und in diesem Fall konnte Tom ihn verstehen.

Aber warum musste Claudia Hilser sterben? Was hatte Berkeesen mit Gerber zu schaffen? Waren es Gerbers Jungs gewesen, die Katja beinahe totgeprügelt hatten? Das Peter-Gunn-

Thema holte ihn aus seinen Gedanken. Saltoni, stand auf dem Display seines Handys. Sofort war Tom hellwach.

»Hallo, Herr Saltoni!«

»Herr Simon?«

»Ja.«

»Ich bin am Platz vorm Bahnhof, und die Asiatin ist da. Mit einer Freundin, auch eine Asiatin.«

Die Boxerin, dachte Tom. »Okay, gut, dass Sie anrufen. Leider sind meine Kollegin und ich schon wieder in Hamburg.«

»Oh!«

»Ja, das ist jetzt blöd, aber hören Sie! Wenn das für Sie okay ist, dann versuchen Sie doch, mit ihr ins Gespräch zu kommen.«

»Na ja …«

»Ich weiß, das sagt sich so leicht, aber Sie könnten sie auf den Poetry-Slam ansprechen. Genau, fragen Sie sie, ob sie das gewesen wäre und ob sie auch auf andere Poetry-Slams gehen würde. Und dann könnten Sie vielleicht schon ins Gespräch mit ihr kommen.«

»Ich weiß nicht …«

»Hey, versuchen Sie es einfach. Sie darf sich bloß nicht bedrängt fühlen. Vielleicht fragt sie Sie irgendwann, was Sie machen, und wenn sie hört, dass Sie in dem Supermarkt arbeiten, erzählt sie vielleicht davon, dass sie Claudia Hilser gekannt hat. Sie könnten ihr dann sagen, dass Sie erfahren haben, dass sie nach Hamburg gezogen war und dort ermordet worden ist.«

Saltoni schwieg.

»Hey, das wäre ein ganz normales Gespräch. Und wenn wir Glück haben, erzählt sie Ihnen vielleicht, was sie damals Ihrer Kollegin mitgeteilt hatte.«

Schweigen.

»Oskar? Sind Sie noch da?«

»Okay, das ist ein bisschen viel«, meldete sich Saltoni. »Aber ich kann es ja versuchen. Also, vielleicht.«

»Super! Nur keinen Stress, versuchen Sie einfach, die Lady kennenzulernen. Seien Sie geduldig und behutsam!«

»Haben Sie sonst noch Wünsche?«

»Sorry, Sie haben recht. Machen Sie einfach so, wie Sie meinen!«

»Hey, Kommissar?«

»Ja?«

»Ist das überhaupt erlaubt?«

»Gute Frage! Ich glaube, ja, aber ich denke noch mal darüber nach.«

»Gefährlich kann das aber nicht werden, oder?«

»Noch eine gute Frage! Nein, höchstwahrscheinlich nicht.«

»Höchstwahrscheinlich?«

»Na ja, ihre Freundin ist eine ziemlich starke Boxerin.«

»Witzig!«

»Ist so!«

»Woher wissen Sie das denn?«

»Egal, ich glaube, Sie sollten sich jetzt nicht mit mir verquatschen, sondern zur Tat schreiten.«

»Das ist echt 'ne schräge Nummer.«

»Das kann man so sehen, ja.«

»Okay, ich melde mich dann wieder bei Ihnen.«

»Das wäre schön. Vielleicht sogar gleich anschließend?«

Unruhig tigerte Tom auf und ab. Wie großartig wäre es, wenn das klappen würde! Hoffentlich stellt sich der junge Mann klug an, dachte Tom. Humor hat er ja.

Er setzte sich in den alten Ledersessel, trank seinen Tee und fragte sich, wie all die Menschen und Ereignisse miteinander verbunden sein könnten.. Die Peter-Gunn-Melodie erklang. So schnell?, wunderte sich Tom und sah auf sein Display. Zu seiner Überraschung leuchtete dort Katjas Name.

»Hey, schön, dass du dich meldest. Wie geht es dir?«

»Schlecht.« Katjas Stimme klang düster. »Ich habe Angst. Und ich kann nichts machen, bin wie gelähmt.«

»Scheiße!« Tom war klar, dass es nichts Kluges, Hilfreiches gab, das er am Telefon hätte sagen können.

Schweigen. Er hörte Katjas Atem.

»Bist du im Präsidium?«

»Nein, zu Hause.«

Erneutes Schweigen.

»Kannst du kommen?«

Das Einzimmerapartment befand sich in einem weißen Mehrfamilienhaus über einem Geschäft für Acrylmöbel in Alsterdorf unweit des Präsidiums. Tom drückte auf die einzige Klingel ohne Beschriftung. Der Summer ertönte, und er stieg die Steintreppe empor in das erste von zwei Stockwerken. Die Tür war angelehnt, er trat ein.

»Katja!«, rief er in den schmalen Gang hinein.

Keine Antwort. Auf dem Laminatboden ging er vorbei an einem hässlichen Spiegel, Garderobenhaken, an denen zwei Jacken hingen, und dem Badezimmer. Am Ende kam er in den hellen Wohnraum mit einer offenen Küchenzeile. Die weißen Wände waren nackt, die Luft stickig. Katja saß auf dem Boden, an die Wand gelehnt und sah ihn an. Neben ihr lag eine Matratze mit Bettdecke und zerwühltem Kissen. Auf einem kleinen Karton stand eine Lampe, lagen ein Buch und ein Laptop. Eine Bluetooth-Box, zwei Flaschen Wasser und eine halb volle Flasche Rotwein mit einem Glas standen auf dem Boden. Tom war überrascht von der Kargheit, auch wenn er wusste, dass seine Partnerin noch keine Zeit gehabt hatte, um sich einzurichten. Er setzte sich zu Katja, neigte den Kopf zur Seite und konnte den Titel des Buches lesen.

»Der Mann im Strom«, sagte er. »Siegfried Lenz. Ein gutes Buch. Traurig, aber der schönste Hamburg-Roman, den ich kenne.«

»Mein Vater hat es mir gegeben, als ich ihm gesagt habe, dass ich nach Hamburg gehe. Ist aus seinem Bücherschrank.« Sie starrte ins Leere. »Er hat für alles ein Buch.«

»Sonst hast du ja nicht viel mitgenommen.«

»Ich bin einfach erst mal los. Es ging alles ganz schnell.« Eine Weile saßen sie schweigend da, dann sah sie ihn an. »Ich wusste nicht, was ich machen sollte. Du bist der einzige Mensch, den ich in Hamburg kenne. Und mein Partner.« Er rückte an sie heran und nahm Katja in den Arm. Behutsam drückte er sie an sich. Sie legte ihren Kopf auf seine Schulter.

»Felsen hat mich beurlaubt«, sagte er.

Katja sah ihn an. »Mist! So richtig mit Dienstwaffe und Ausweis abgeben?«

»Stimmt«, erwiderte Tom verwundert. »Davon hat er nichts gesagt. Das ist mir noch gar nicht aufgefallen.«

»Vielleicht macht er's nicht offiziell. Vielleicht will er dir erst mal nur einen Denkzettel verpassen. Ich glaube, er schätzt dich sehr.« Tom wusste nichts dazu zu sagen. Wortlos starrten sie vor sich hin. »Es war dein Bruder, oder?«, sagte Katja wie aus dem Nichts.

Er zuckte innerlich zusammen, dann wurde ihm klar, dass sie natürlich nur den Besuch der Lesung meinte.

»Du warst an der Nordsee, mit deiner Krise.«

Sie sah ihn an. »Dein Bruder hatte versucht, dich zu treffen, und wäre dabei beinahe geschnappt worden. Das war ziemlich riskant von ihm. Seine Sehnsucht war stärker als seine Vernunft. Und ein paar Tage darauf war er auf Krambachs Lesung. In der Öffentlichkeit, auf einer Veranstaltung mit Polizeischutz. Das war doch noch viel riskanter.«

Tom wusste nichts zu erwidern, das Gespräch nahm eine unangenehme Wendung.

»Was hatte er da gewollt?«

Tom stand auf. »Kann ich ein Fenster öffnen? Hier muss mal frische Luft rein.«

»Krass, Tom! Ich glaube, du hast recht«, sagte Katja, nachdem Tom seinen Verdacht geschildert und erklärt hatte, wer der Grauhaarige war. »Das meinte Philip Berkeesen mit den Abgründen. Er hatte es gewusst, aber nicht ausgesagt. Er hatte Krambach geschützt. Vielleicht wegen seines Vaters, dessen Freundschaft zu Krambach.« Das Leben war zurück in den Gesichtszügen seiner Partnerin. Die Beschäftigung mit dem Fall tat ihr offensichtlich gut. »Aber wie hat dein Bruder das herausgefunden?«

»Ich glaube, das waren seine alten Freunde. Einer von ihnen, Florian, der gerade vom Heroin losgekommen war und als Hinz&Kunzt-Verkäufer gearbeitet hatte, der ist jetzt plötzlich zu Geld gekommen. Einfach so, aus dem Nichts. Keiner weiß, wie. Jetzt will er nach Kolumbien ziehen, ins Drogenparadies. Wo wahrscheinlich auch Marco untergetaucht ist und sein neues Leben lebt. Flo hatte ich gesucht, als ich bei dem Dealer in der Wohnung gelandet bin.«

»Und?«, fragte sie gespannt.

»Tatsächlich war er dort gewesen. Ich hatte ihn noch gerade gesehen, bevor ich betäubt worden bin. Er hat mich mit meinem Bruder verwechselt. *Hey Marco!*, hat er zu mir gesagt, ganz selbstverständlich. Das heißt, er wusste, dass Marco in Hamburg war. Also hat er sehr wahrscheinlich Kontakt zu ihm gehabt.«

»Du denkst, dass die Kohle von deinem Bruder kam. Eine Belohnung für die Info, dass Krambach der Mörder seiner Freundin war.«

»Richtig.«

»Glaubst du, dass Marco hinter deiner Entführung steckt?«

Tom zuckte die Schultern. »Sacha erledigt manchmal Jobs fürs Bilario-Kartell, den Arbeitgeber meines Bruders.

Das war 'ne Warnung«, erklärte er und hatte das trockene Klick wieder im Ohr. Er spürte, wie er erstarrte, die Fänge seines Traumas nach ihm griffen. Er reagierte sofort, konzentrierte sich ganz auf den Moment hier und jetzt, das Gespräch mit Katja.

»Haben die dir was gesagt?«, fragte sie.

Er stand auf, ging im Raum hin und her.

»Tom?«

Er begann zu tänzeln, hob seine Hände und schlug Haken und Gerade in die Luft.

»Was soll das?«, fragte sie.

Seine Arme flogen immer schneller durch die Luft, und er spürte, wie die Fänge von ihm ließen. Erleichtert, aber mit weichen Knien stand er vor seiner Partnerin.

»Was ist mit dir?«

»Nichts, ich musste nur einen bösen Geist vertreiben.«

»Okay …« Irritiert sah sie ihn an. »Was haben die mit dir gemacht, Tom?«

Er versuchte ein optimistisches Lächeln. »Ich hab's ja überstanden.« Nachdenklich nickte sie.

»Das ergibt alles Sinn, aber es sind nur Vermutungen. Wobei: Dein Bruder bei der Lesung ist schon ein fettes Indiz. Das wird Felsen und den Kollegen keine Ruhe lassen. Aber was willst du eigentlich, Tom? Du willst doch nicht deinen Bruder in den Knast bringen?«

»Natürlich nicht.«

Schweigend sahen sie einander an. Was er eigentlich wollte, war eine gute Frage, auf die er keine Antwort hatte.

»Vergewaltigung«, sagte sie. »Das passt zu Krambach.« Verachtung lag in ihrer Stimme. »Frauen nimmt man sich. Und je mehr sie sich wehren, desto geiler ist es.«

Tom hatte Sonny vor Augen, die nie mit ihrer Meinung hinter dem Berg gehalten hatte.

»Vielleicht hat dein Bruder das Richtige getan, Tom. Ich könnte ihn jedenfalls verstehen.«

»Selbstjustiz?

Wir sind Polizisten.«

»Ich weiß.«

Tom fragte sich, ob Katjas Haltung mit dem, was ihr letzte Nacht widerfahren war, zusammenhing.

Als wenn sie seine Gedanken hätte lesen können, sagte sie: »Ich habe einem dieser Schweine die Kapuze vom Kopf gerissen. Am Nacken hatte er zwei Tattoos. Das eine war so ähnlich wie ein Hakenkreuz, hatte aber nur drei Arme. Und das andere war die Faust im Kreis. Genau wie das von Krambach.«

»Ach nee! Gerbers Boxverein«, spekulierte Tom. »Vielleicht sind wir denen zu nah gekommen. Sein Gesicht hast du aber nicht gesehen?« Sie schüttelte den Kopf, dann sah sie ihren Partner entschlossen an.

»Tom, ich will wissen, wer das war. Und ich wette mit dir, dass die Duisburger *bedauerlicherweise* nichts herausfinden können und das Ganze schnell zu den Akten legen.«

»Ich würde nicht dagegen wetten.«

»Und ich will wissen, was das alles mit Claudia Hilser zu tun hat. Warum ihr Sohn und die Frau sterben mussten.«

»Die Faust trägt keinen Boxhandschuh. Vielleicht hatten sich die Bare-Knuckle-Kämpfer in Gerbers Club damals dieses Tattoo stechen lassen. Thaden hatte doch gesagt, dass es locker zwanzig, dreißig Jahre alt sein konnte. Würde doch zu Krambach passen, so ein Männerbündnis. Übrigens war Berkeesen gestern auch bei dem Kampfabend. Ich habe ihn mit Frank Gerber gesehen, und da drückte er dem einen dicken Umschlag in die Hand. Ich hab es fotografiert.«

»Interessant.«

»Gerbers Schwester!«, fiel Tom ein. »Die hatte doch die Jungs trainiert und zum Bare-Knuckle-Kampf gebracht. Laura Gerber mit dem Edel-Gym in der Hafencity.«

»Stimmt, vielleicht sollten wir der mal einen Besuch abstatten.«

»Aber …«

»Rein privat natürlich. Ich will mir sowieso ein paar Gyms

in Hamburg ansehen, und jetzt habe ich doch Zeit dafür. Und du auch.«

»Aber Katja, du solltest dich ausruhen. Du darfst das nicht unterschätzen! Ich fahre da besser allein hin.«

Katja schüttelte den Kopf. »Ich komm mit. Felsen hat gesagt, ich soll auf dich aufpassen.«

»Was mir ja umgekehrt nicht so gut gelungen ist«, erwiderte Tom kleinlaut.

»Hey, Tom, ich kann mich nur wiederholen: Ich hätte es genauso gemacht wie du. Können wir das Thema jetzt zu den Akten legen?«

Tom freute sich, dass der Kampfgeist seiner Partnerin wieder geweckt war.

»Ich mach mich ein wenig frisch, dann fahren wir dahin.«

»Okay!«

»Bist du mit dem Mercedes hier?«

»Ne, der ist in der Werkstatt.«

»Na gut, dann müssen wir wohl meinen nehmen.«

50

Der gelb-schwarze Chevrolet Camaro stand neben dem Transporter des Acrylmöbelgeschäfts im Hinterhof.

»Der?«, fragte Tom und sah Katja ungläubig an. »Und ich hätte gewettet, dass dir Autos nichts bedeuten.«

»Das ist auch nicht ganz falsch, aber der hier …« Sie zögerte. »Der hat eine Geschichte.« Sie klang nicht so, als wenn sie Lust gehabt hätte, diese jetzt zu erzählen.

Wie der Rote, dachte Tom und nahm sich vor, demnächst in der Werkstatt nachzufragen. »Der dürfte ziemlich schnell sein«, sagte er.

»Vierhundertfünf PS, acht Zylinder, zweihundertfünfzig Stundenkilometer.«

Katja schloss auf und startete den Motor. Mit einem dunklem und satten Sound blubberte dieser vor sich hin. »Fahr du!«, sagte sie und stieg auf der Beifahrerseite ein.

Tom setzte sich auf den tief liegenden Fahrersitz. Es fühlte sich an, wie in einem Rennwagen zu sitzen. Er stellte die Automatik auf D und gab ein wenig Gas. Der Motor röhrte auf, und er lenkte das amerikanische Geschoss aus dem Hof.

»Ich bin kein Autofreak«, erklärte Katja. »Die PS bedeuten mir nichts. Und natürlich ist die Schleuder nicht gerade umweltfreundlich. Ich fahre so wenig wie möglich damit.«

Tom fuhr auf die Hauptstraße Richtung Zentrum. Die Sonne stand tief und blendete ihn. Seine Sonnenbrille hatte er mal wieder nicht dabei.

»Außerdem habe ich keinen Bock auf den Auftritt. Die süße, kleine Maus mit dem krassen Camaro, was für eine schöne Männerfantasie.«

Tom fand süße, kleine Maus nach allem, was er mit seiner neuen Partnerin bisher erlebt hatte, äußerst unpassend. Er sah zu ihr rüber. Sie trug diese Retro-Sonnenbrille auf der blassen Stupsnase, die sie schon bei ihrer ersten Begegnung getragen hatte. Drum herum zeigten sich die Blutergüsse in den schillerndsten Farben und verliehen ihrer Ausstrahlung etwas Verwegenes. Fehlte nur noch die Kippe zwischen den Zähnen, dachte er. »Wie in einem Tarantino-Film. Du könntest eine eiskalte Profikillerin sein.«

»Soll das ein Kompliment sein?«

Peter Gunn erklang. Saltoni stand auf dem Display. »Oh, jetzt wird's interessant.« Er nahm sein Handy. »Herr Saltoni, jetzt bin ich gespannt.«

»Es tut mir leid, dass ich erst so spät anrufe, aber …«

»Moment, ich stelle auf laut, dann kann meine Partnerin mithören.«

»Okay, also gerade, als ich mich tatsächlich durchgerungen hatte, sie anzusprechen, machte sie sich vom Acker.« Selbst durch ihre Sonnenbrille konnte Tom den überraschten Blick seiner Partnerin erkennen. »Sie ist in einen Bus gestiegen, ich bin hinterher und auch in den Bus. Während der Fahrt hätte ich sie natürlich auch ansprechen können, aber da habe ich mich dann irgendwie nicht mehr getraut. Ich dachte auch, das wäre jetzt ein bisschen komisch, irgendwie auffällig. Es tut mir leid.«

»Hey, kein Problem! Und dann?«

»Sie ist aus Moers rausgefahren und Am Wiedebusch ausgestiegen. So heißt die Haltestelle. Das ist gar nicht so weit, aber da ist es schon voll ländlich. Da sind nur Felder und ein paar Bauernhöfe und ein Reiterhof. Na ja, ich bin also auch raus und ihr noch weiter gefolgt, aber sie war auf ihrem Skateboard natürlich viel schneller. Ich habe sie leider verloren.«

»Okay, schade, aber das war super von Ihnen, Herr Saltoni! Ganz großer Einsatz! Klasse!«

»Sie heißt übrigens Johnny. Jedenfalls hat ihre Freundin sie so genannt.«

»Herr Saltoni«, meldete sich Katja zu Wort. »Am Wiedebusch, ist da nicht die alte Zeche in der Nähe?«

»Das stimmt. Sie kennen sich ja schon gut aus.«

Der längliche Trainingsraum bot einen atemberaubenden Blick über den Hafen. Die tief stehende Sonne tauchte die gut gebauten weiblichen und männlichen Körper in ihr rötliches Licht. Auf Laufbändern wedelten Pferdeschwänze über nass geschwitzten Trikots. Glänzende Oberkörper tänzelten an Sandsäcken, Fäuste in Boxhandschuhen schlugen rhythmisch gegen das schwarze Kunstleder. Gewichte wurden gestemmt und an verschiedenen Hightech-Geräten die Muskeln trainiert. Tom und Katja betrachteten das Boxtraining Light, das eher einem Luxus-Work-out glich.

»Das FBI hat geantwortet«, sagte Katja und blickte auf ihr Handy.

Tom sah sie überrascht an. »FBI?«

»Die beiden Latinos.«

»Ach ja.«

»Also der Baumwollproduzent scheint nicht interessant zu sein. Aber der andere, der Anwalt Juan Borutello. Er gehört zum Umfeld des El-Turuna-Clans, rechte Paramilitärs, die mit dem mexikanischen Lasporenta-Kartell, einem Drogen-Syndikat, verbunden sind.«

»Okay! Und der kommt nach Hamburg zu einem illegalen Boxabend und unterhält sich ausgiebig mit einem Reeder.«

»Tja«, sagte Katja.

»Das muss nichts heißen, kann aber«, meinte Tom nachdenklich. »Aber das wäre eine andere Baustelle. Das hat nichts mit unseren Fällen zu tun.«

»Sie möchten mich sprechen?«

Die Stimme kam Tom bekannt vor. Er drehte sich um und war genauso überrascht wie seine Partnerin, als sie dem General gegenüberstanden.

»Was, ihr seid das?«, sagte diese. »Ihr seid Bullen?«

Etwas irritiert hielt Katja der Frau ihren Dienstausweis hin. »Katja Wichas! Das ist mein Kollege Tom Simon.« Tom musste gleich daran denken, dass der General an dem Abend ebenfalls lange mit Berkeesen und den Kolumbianern zusammengestanden hatte.

»Sie sind Laura Gerber?«, fragte Tom.

»Ja, das bin ich.« Skeptisch sah sie von einem zum anderen. »Bullen«, wiederholte sie nachdenklich. Sie sah Katja an, offensichtlich enttäuscht. »Lernt man das bei euch? So zu kämpfen?«

Katja schwieg. Gerber deutete auf die Blutergüsse.

»Die Asiatin war gut.« Sie betrachtete Katja etwas genauer. »Das sieht jetzt aber viel schlimmer aus als gestern Abend.«

Tom spürte, dass seine Partnerin sich zusammenreißen musste. Er konnte sich denken, was in ihr vorging. »Erinnern Sie sich an Felix Hilser?«, fragte er.

Gerber sah ihn misstrauisch an und schien zu überlegen.

»Felix … ja, der hatte bei uns geboxt. Also im Club meines Bruders in Moers. Das ist aber lange her.« Tom und Katjas Blicke ruhten geduldig auf Gerber. »Lassen Sie uns bitte dort rüber gehen«, sagte sie und führte die Ermittler in eine Ecke des Raums, die ein wenig Diskretion bot. »Der arme Junge war von irgendwelchen Arschlöchern totgeprügelt worden. Das war ein Schock. So etwas war in der Szene noch nie vorgekommen.«

»Warum glauben Sie, dass seine Mörder aus der illegalen Boxkampfszene stammten?«

»Das Gelände der alten Zeche war damals der Treffpunkt der Szene. Felix wurde zusammengeschlagen, es waren keine Waffen im Spiel. Vielleicht wollten die ihn gar nicht umbringen. Aber dann ist es aus dem Ruder gelaufen. Irgendwie. Was weiß ich denn?«

»Kannten Sie damals Leute aus dieser Szene?«

»Den ein oder anderen.«

»Damals waren Sie noch nicht der General?«

»Richtig!«

Tom wartete und sah ihr tief in die Augen. Die Frau sollte merken, dass sie ein wenig mehr von ihr erwarteten.

»Wir haben bei einigen Bare-Knuckle-Kämpfen mitgemacht«, erklärte sie schließlich. »Das war interessant und aufregend. Natürlich kannte ich die Organisatoren, aber nicht die Kämpfer und schon gar nicht die Typen, die da leider auch oft mit dabei waren, Halbkriminelle und so. Das war alles ziemlich undurchschaubar. Wir haben nur unser Ding gemacht, sind zu den Kämpfen hin und anschließend wieder weg. Das ist alles so lange her. Warum kommt ihr heute damit zu mir?« »Kannten Sie auch Claudia Hilser, die Mutter?«

Gerber schüttelte den Kopf.

»Und Neil Krambach?«

»Klar, der hatte ja bei uns geboxt. Verstehe, ihr seid wegen dem hier.«

»Er war der Lehrer von Felix Hilser.«

Sie nickte. »Er hatte Felix zu uns gebracht. Und noch ein paar andere Jungs.« Gerber wurde ein wenig gesprächiger. »Neil war ein großer Bare-Knuckle-Fan. Er hat mir mal erzählt, wie sein Vater ihn schon als kleinen Jungen in Dublin mit zu den Kämpfen genommen hat. Sein Vater hatte selbst geboxt.« Gerber wurde nachdenklich. »Bare-Knuckle ist was Besonderes. Es ist hart, aber ehrlich. Es wirkt nur so brutal, weil mehr Blut fließt. Früher wurde nur so geboxt bis zur Einführung der Queensberry-Regeln 1892.« Gerber sah Katja an. »So wie du gekämpft hast, muss es dir auch Spaß gemacht haben.«

»Stimmt, es ist etwas Besonderes«, erwiderte Katja.

»Ich zeig euch was.« Gerber öffnete eine Tür. Tom und Katja blickten in einen großen Raum mit zwei Boxringen, in denen Männer in mittleren Jahren mit Helmen und Mundschutz gegeneinander kämpften. Jeweils ein Coach stand am Ring und gab Anweisungen.

»Sparring«, sagte Tom.

»Kennst du dich aus?«, fragte Gerber.

»Ein wenig.«

»Dann sieh dir das mal an. Das ist Hampelmann-Training. Das sind Führungskräfte, Spitzenverdiener. Die kommen zu uns, damit wir ihnen beibringen, Widerstände zu überwinden und im richtigen Moment zuzuschlagen. Damit sie das dann auch im Business tun können.« Sie sah Katja an und grinste zynisch. »Oder damit sie sich stark und männlich fühlen und bei ihren jungen Geliebten einen hochkriegen. Mit Boxen hat das jedenfalls nicht wirklich was zu tun.« Sie schloss die Tür wieder. »Ich verdiene viel Geld damit, ich kann mich nicht beschweren, aber glücklich macht mich das nicht. Bei den Bare-Knuckle-Kämpfen, da fühle ich mich zu Hause, da geht es um etwas …« Sie überlegte. »Wahrhaftiges. Früher habe ich selbst gekämpft, heute bleibe ich lieber außerhalb des Rings. Aber ich brauche das, das ist mein Ausgleich.«

»Kennen Sie Herfried Berkeesen?«

Gerber stutzte, hielt inne. »Ja.«

»Woher?«

Erneut hielt sie inne, überlegte. »Ich weiß gar nicht, ob ich das alles beantworten muss. Ich habe langsam das Gefühl, es geht hier um mich.«

»Oh, das täuscht. Aber wenn es Ihnen angenehmer wäre, könnten wir Sie auch zu uns ins Präsidium bitten, also vorladen, meine ich.«

Gerber hob abwehrend die Hände. »Herrn Berkeesen habe ich durch Neil kennengelernt. Er ist auch ein leidenschaftlicher Bare-Knuckle-Fan.«

»Also hatten Sie noch Kontakt zu Neil Krambach.«

»Ja. Er war es ja auch, der mir vorgeschlagen hatte, dieses Boxgym zu eröffnen.«

»Woher hatten Sie das Geld für diesen Laden hier? Hafencity, riesige Räume mit Luxusausstattung, das dürfte 'ne Kleinigkeit gekostet haben.«

Gerber sah ihn mit festem Blick trotzig an. »Ich weiß zwar nicht, was das mit euren Ermittlungen zu tun haben könnte, aber ich hatte Glück mit ein paar kleinen Immobilienkäufen und einen verdammt guten Businessplan, den ich meiner Bank vorgelegt habe.«

»Welcher Bank?«

Sie lachte zynisch. »Hersch & Mentner.«

»Bei der war auch Krambach.«

»Kein Wunder, er hatte sie mir ja empfohlen.«

Durch die Windschutzscheibe des Camaro blickten Tom und Katja auf die eleganten Neubauten, die architektonisch ambitioniert, aber letztlich einander ähnlich, die Elbe und den Hafen säumten. Zum zweiten Mal hatte Tom die Liste, die ihm die Duisburger Staatsanwaltschaft gemailt hatte, vorgelesen. Es fanden sich darauf nicht so viele schwere Straftaten, wie er erwartet hätte.

»Die Bedienung auf dem Fest vom Schützenverein«, sagte seine Partnerin. »Vergewaltigung und Schützenverein, da muss ich doch gleich an Krambach denken.«

»Stimmt«, sagte Tom. »Er hatte seine Klasse ja auch zum Schießstand mitgenommen.«

»Wo ist der Schützenverein?«

»In Moers«, antwortete Tom und schaute noch einmal auf die Kurzinfos zu dem Fall. »Keine Spermaspuren. Leider ging sie erst am nächsten Tag zur Polizei. Und den Täter konnte sie nur unzureichend beschreiben.«

»Beides nicht weiter verwunderlich. Und wann wurde Felix Hilsers Leiche gefunden?«

»Zwei Tage später«, antwortete Tom, griff zum Handy und drückte die Nummer des Zentralen Melderegisters, gab seine Dienstnummer durch und den Namen des Vergewaltigungsopfers und bat um die aktuelle Adresse. Er notierte diese und bedankte sich. »Sie wohnt in Duisburg.« Er überlegte, sah seine Partnerin an. »Komm, lass uns hinfahren und mit der Frau reden.«

Katja wandte sich zu ihm. »Dein Ernst?«

»Und wir sollten uns auch noch mal Gerbers Club ansehen«, bekräftigte Tom. »Ich habe das Gefühl, dass ich dort irgendwas übersehen habe. Außerdem können wir Gerber fragen, was er mit Berkeesen zu schaffen hat.«

Mit der flachen Hand schlug er auf das Armaturenbrett. »Fahren wir jetzt nach Moers? Vielleicht laufen wir ja sogar Johnny über den Weg.«

Tom spürte, wie hin- und hergerissen Katja war. »Meinst du, du würdest das schaffen?«, fragte er.

»Als wenn das die einzige Frage wäre.«

»Für mich schon.«

Katja seufzte. »Scheiße, Tom, das wird uns eine Menge Ärger einbringen.«

51

Sie schaute noch einmal zurück zu dem Wohnhaus, das aussah wie alle anderen in der Mattheck. Die Frau stand am Fenster neben dem Vorhang und blickte ihr hinterher. Sie war sehr nett gewesen, und dreißig Euro für die gut erhaltene Stehlampe im Siebziger-Retro-Look waren ein fairer Preis. Als sie ihre eigene Lampe bei Ebay eingestellt hatte, war ihr die andere gleich ins Auge gefallen, und sie hatte Glück gehabt: Keiner der Mitbietenden war bereit gewesen, über ihr letztes Gebot zu gehen. Einhundertfünf Euro hatte sie für ihre Lampe erhalten und war froh, ihre Kasse so ein wenig auffüllen zu können.

Zufrieden trug Sofie Wibold ihre Beute über die Straße und machte sich auf den Weg zur Bushaltestelle. Erst jetzt kam ihr der Gedanke, dass es lange her war, dass sie in Moers gewesen war. Es war immer noch so, dass sie nur ungern in diese Stadt kam, auch wenn sie unmittelbar an Duisburg grenzte und zwei alte Freundinnen hier lebten. Sie bog in die breite, geschwungene Straße ein, passierte die Kita und sah schon den kleinen Platz, hinter dem die Bushaltestelle lag. Dort machte sich eine Gruppe junger Männer an den Holzbänken zu schaffen. Sie schliffen sie ab und strichen sie neu. Einer von ihnen war Leon. Erstaunt beobachtete sie die Gruppe. Der Bus von

Gerbers Team parkte daneben, und aus der offenen Tür erklang deutscher Hip-Hop. Interessant, dachte sie, das ist also eine von den sozialen Aktivitäten für die Gemeinde, in der Gerber aufgewachsen war und von denen ihr Sohn schon öfter berichtet hatte. Es gefiel ihr, dass Gerber seinen Jungs noch ein paar Werte jenseits des Boxens vermittelte.

Als zwei junge Schwarze den Platz überquerten und zum Supermarkt gegenüber gingen, unterbrachen Gerbers Jungs die Arbeit, und vier von ihnen, darunter auch Leon, folgten den beiden Männern und hinderten sie am Betreten des Geschäfts. Entsetzt verfolgte Sofie das Geschehen. Die schwarzen Männer wehrten sich und versuchten, in den Supermarkt zu gelangen. Leon und seine Kumpane packten die beiden. Es kam zu einer Rangelei. Einer der Jungs gab einem der Schwarzen eine Kopfnuss, hielt sich dann selbst theatralisch die Stirn und schrie, der Scheißkerl hätte ihm eine Kopfnuss gegeben. Einige Passanten empörten sich. Die vier Jungs stürzten sich auf die beiden Männer und prügelten auf sie ein. Ihre Fäuste flogen und landeten viele Treffer. Die bedauernswerten Schwarzen hatten keine Chance und rannten völlig verängstigt davon. Gerbers Jungs jagten unter lautem Gejohle hinterher. Die Passanten gingen kopfschüttelnd weiter. Manche lachten sogar. Geschockt stand Sofie Wibold da, unfähig, sich zu rühren. Gerbers Jungs waren Rassisten, die Jagd auf Schwarze machten. Und ihr Sohn war dabei.

Daniela Berkeesen lachte und konnte gar nicht mehr aufhören. Ella ahmte Tino aus ihrem Ruderclub so überzeugend nach, dass sie immer wieder in schallendes Gelächter ausbrach.

»Und dann hatte er immer *so, so* gesagt. Und dabei gekeucht. Also nicht gestöhnt, sondern gekeucht.« Daniela hatte Tränen in den Augen, rang nach Luft, war ausgelassen und glücklich. Sie spürte, wie gut es ihr tat, so völlig losgelöst, einfach außer sich zu sein. Ohne an das Händezittern zu denken. Ohne das ständige Grübeln. Sie genoss es, mit Ella auf deren großem Sofa bei Gebäck und Tee abzuhängen.

»*So, so, so!* Er war so ernsthaft, mein Gott! Ich ließ ihn machen und fragte mich, warum ich mich auf den überhaupt eingelassen hatte.«

»So, so, so!«, wiederholte Daniela. »Das hat ja was Rhythmisches. Und dann?«

»Er ist gekommen. Und wie, Daniela! Und wie!« Sie setzte sich auf. »Auf einmal wurde er ganz ruhig. Nix mehr mit *so, so, so.* Erst wurde er ganz ernst und konzentriert. Und dann hat er einen Urschrei ausgestoßen, dass ich dachte, der krepiert hier in mir.« Ella riss die Augen auf. »Ehrlich, das hat mir Angst gemacht.« Ella stieß einen lauten, lang gezogenen Schrei aus, und Daniela konnte sich nicht halten vor Lachen.

»Weißt du, was lustig ist?«, fragte Daniela, als sie sich beruhigte. »Im Bus oder der U-Bahn stelle ich mir manchmal die Männer, die mir gegenübersitzen, beim Sex vor und dann auch, wie sie kommen.«

»Oh, das ist eine gute Idee, das werde ich das nächste Mal auch machen. Musstest du schon mal loslachen?«

»Einmal tatsächlich. Und grinsen musste ich schon oft.«

»Das kann ich mir vorstellen.« Ella erhob sich schwungvoll und ging in die kleine Küchenecke vor dem Fenster. »Ich brauche einen Kaffee. Du auch?« Sie drehte sich zu Daniela, dabei stieß sie mit ihrem Ellenbogen eine Glaskaraffe vom Tisch, die klirrend auf dem Fliesenboden aufschlug und zersplitterte. Daniela erstarrte. »Oh Mist!«, sagte Ella und bückte sich, um die Scherben aufzusammeln. »Bleib bloß sitzen, ich mache das schnell!«

Daniela war schockstarr und wusste nicht, was mit ihr geschah. Sie zitterte am ganzen Körper, dabei hatte sie sich nicht einmal erschreckt. Sie hatte die Karaffe fallen sehen, das laute Klirren war nicht überraschend gekommen.

Ella warf die großen Scherben in den Mülleimer und kehrte dann mit einem Handfeger die feinen Splitter zusammen. »So das haben wir gleich.«

Daniela spürte, wie ihr der Schweiß auf die Stirn trat, das Zittern stärker wurde, und einen Druck auf der Brust, der ihr das Atmen schwer machte. Sie bekam Angst. Was war nur mit ihr los?

Der Camaro röhrte auf, als Tom beschleunigte und an den Trucks vorbeiflog. Seine Soul-Playlist passte bestens dazu. Es war eine gute Entscheidung gewesen, gleich loszufahren. Die Autobahn gehörte ihnen allein und dem Güterverkehr. Er musste zugeben, dass ihm dieser Rennwagen-Sound gefiel und es ihm Spaß machte, mal mit zweihundertdreißig Sachen über die Autobahn zu kacheln. Sein schlechtes Gewissen der Umwelt gegenüber verdrängte er ausnahmsweise, nahm sich aber vor, in Zukunft achtsamer zu sein und den Roten öfter stehen zu lassen. Mit dem Fahrrad brauchte er nur fünfzehn Minuten länger für den Weg zum Präsidium, und er tat etwas für seine Fitness. Katja lag ausgestreckt im Sitz und hing ihren Gedanken nach. Tom hatte den Eindruck, dass sie sich gefangen hatte, jedenfalls ging es ihr deutlich besser. Entspannt miteinander zu schweigen war etwas Angenehmes, dachte er. Er konnte das nur mit wenigen Menschen. Eigentlich nur mit Marco und Anette. Und mit Mira. In gewisser Weise waren Katja und er sich ähnlich, dass war ihm schon nach dieser kurzen Zeit der Zusammenarbeit klar. Aber sie war krasser als er, suchte die Herausforderung. Rücksichtslos gegen sich selbst.

»Hier!«, sagte Katja und hielt Tom ihr Handy hin. Auf dem Display war eine Internetseite mit einer grafischen Darstellung eines Zeichens zu sehen. Ein dreiarmiges Kreuz. »Das hatte der Typ neben der Faust tätowiert.«

»Sieht wirklich wie ein Hakenkreuz aus.«

»Triskele heißt das Zeichen. Ist ein keltisches, nordisches Symbol. Wird bei Blood & Honour verwendet und beim Ku-Klux-Klan. Auch beliebt bei Neonazis.«

»Na prima! Vielleicht ist Gerbers Club ein Neonazinest.«

Katja nickte. »Hey, wir müssen noch Zimmer buchen«, sagte sie. »Also, wir gehen wieder in den Moerser Hof, oder?«

»Spricht nichts dagegen.«

Sie rief die Seite vom Hotel auf. »Ich würde gern ein Doppelzimmer nehmen.« Erstaunt sah er sie an. Sie drehte sich zu ihm. »Ich glaube, ich will noch nicht allein schlafen.«

»Okay.« Er musste schmunzeln. »Bist du eigentlich solo?«

»Sehr witzig.« Sie sah ihn an und wurde ernst. »Ich hab mich noch nicht bei dir bedankt.« Er machte eine abwehrende Geste. »Wie du die ganze Zeit an meiner Seite gewesen bist, war großartig, Tom. Das hat mir sehr geholfen. Du warst einfach da. Und du hast die Klappe gehalten. Das können nicht viele. Danke dafür!«

Tom machte eine abwehrende Geste. »Aber bist du nun solo oder nicht?«

»Du willst mich doch nicht etwa angraben?«

»Nie mit dem Partner!«

»Eben.«

»Oder gerade!«

»Du spinnst. Und nervst. Können wir das mit dem Klappehalten wieder machen? Das war cool.«

»Katja?« Tom stellte die Musik lauter. Isaac Hayes sang: »The look of love is in your eyes.«

Katja verdrehte die Augen. »Und wieder Beethoven hören?«

Ungehalten stapfte Leon durch das Wohnzimmer. Der Raum schien zu klein geworden zu sein für den großen, kräftigen jungen Mann, der ihr Sohn nun war, dachte Sofie Wibold. Die ganze Wohnung war mittlerweile zu klein für diesen Kerl, der vor Energie und Kraft nur so zu strotzen schien. Sie saß auf dem Sofa, und während sie auf eine Antwort auf ihre Frage wartete, erinnerte sie sich an die Zeit, in der ihre kleine Welt aus drei Zimmern ein behütetes, gemütliches Reich für sie beide gewesen war.

»Du hast ja keine Ahnung«, sagte er und blieb vor ihr stehen. »Der Chef des Supermarkts hat ständig Ärger mit den Schwarzen. Die klauen wie die Raben. Die sind supergeschickt, voll die Profis. Und er kann nichts machen. Er war immer nett zu denen, und die zocken ihn ab.«

»Aber deshalb könnt ihr doch nicht so über die herfallen und die Männer durchs Viertel jagen. Ich habe sogar von Weitem gesehen, was die für eine Angst vor euch hatten.«

»Aber wenn wir nichts machen, macht keiner was. Die Polizei schon gar nicht.«

»So? Und dann macht ihr das einfach? Den Job der Polizei? Wie so eine Bürgerwehr?«

Leon schüttelte den Kopf, ging zum Fenster und sah hinaus in die Nacht. »Die Leute in der Mattheck kennen uns und wissen, dass wir gute Jungs sind, die was tun und nicht nur reden. Frank ist da aufgewachsen und kümmert sich eben. Sie haben Respekt vor ihm und seinen Jungs. Sie sind dankbar für die Unterstützung. Frank hat 'ne ganze Sammlung von Briefen und Karten, in denen sie sich bei ihm bedanken. Sogar von Abgeordneten. Und Leuten von der Gemeinde.«

»Leon, es sah aus, als wenn euch das Spaß gemacht hätte. Nach dem Motto: Lass mal ein paar Schwarze klatschen! Seid ihr beschissene Rassisten?«

Wütend drehte er sich zu ihr. »Ey, wir haben nichts gegen Schwarze oder Flüchtlinge«, brüllte er. »Aber sie müssen sich schon an deutsche Gesetze und Regeln halten.«

Erschrocken starrte sie ihren Sohn an. »Bist du jetzt ein Neonazi?«

Leon lachte zynisch. »Das ist natürlich klar, dass du so

denkst. Das ist ja auch so schön bequem.« Seine blauen Augen blickten kühl und voller Härte auf seine Mutter herab. »Immer schön naiv an das Gute glauben. Guck dir doch mal an, wer am Bahnhof die Drogen vertickt. Da findest du keine Deutschen. Weißt du was? Später sind zwei Frauen zu uns gekommen, die haben gesagt, dass wir das Richtige getan hätten. Und das waren junge Frauen, keine Nazi-Rentnerinnen.«

Sofie Wibolds Fassungslosigkeit wich Resignation. Das alles war eine neue, schmerzhafte Erkenntnis. Der Abgrund, der sich vor ihr auftat, machte ihr Angst. Das war keine Kleinigkeit. Das konnte man nicht mal eben durch ein paar Gespräche reparieren. Und sie schon gar nicht. Sie sah Leon an, in dessen Gesicht sich nichts regte, und ahnte, dass sie ihren Sohn längst verloren hatte.

52

FREITAG

»Was? Wegen der alten Geschichte seid ihr extra aus Hamburg gekommen?« Die Fistelstimme passte nicht zu dem kräftigen Mann mit dem groben Gesicht und den schmalen Augen, die die beiden Kommissare argwöhnisch ansahen. Hinter ihm bot ein breites Fenster freie Sicht auf den Schießstand, wo einige ältere Männer mit Gewehren zusammenstanden und sich unterhielten.

»Ja, wie Sie sehen«, erwiderte Tom. »Und wir würden gern einen Blick auf Ihre Mitgliederliste werfen.«

»Unsere Mitgliederliste«, wiederholte der Mann und sah zu einem anderen Mann, der an einem Tisch vor einem zerlegten Gewehr saß und die Teile reinigte. »Ich weiß gar nicht, ob ich Ihnen die zeigen muss.«

Tom lächelte. »Ich auch nicht, aber Sie könnten es doch netterweise einfach tun.«

»Mann, Mann, das ist doch damals schon alles untersucht worden. Das ist doch bestimmt schon zwanzig Jahre her.«

Tom musste sich ein wenig zusammenreißen, nicht zu schmunzeln, denn die Fistelstimme klang schon ziemlich lustig.

»Achtzehn Jahre, um genau zu sein«, sagte Katja und schlenderte zu dem Käfig mit den beiden Papageien, deren Federkostüme in dem Streifen Sonnenlicht, der auf ihre karge Behausung fiel, zu leuchten schienen.

»Aber das war keiner von hier, also aus unserem Verein.«

»Den Täter hat man nie ermittelt«, sagte sie und beugte sich zu den bunten Vögeln vor.

»Hey, Bulle!«, krächzte einer der Papageien.

Katja drehte sich ungläubig zu den anderen. »Hat der gerade ›Hey, Bulle‹ gesagt?«

Der Mann, der das Gewehr reinigte, lachte.

»Das haben ihm unsere Bullen beigebracht. Wir haben einige Polizisten im Verein.«

»Hey, Bulle!«, krächzte der Papagei erneut.

Der Mann erhob sich. »Wissen Sie, in ihrem eigenen Verein können sie nicht so viel üben, wie sie wollen oder, besser gesagt, wie sie es bräuchten. Da wird leider am falschen Ende gespart.« Er ging zu Tom, wobei er sein linkes Bein nachzog, und sah ihn an. »Aber das kennen Sie ja wahrscheinlich. Und dann wundert man sich in der Führung, wenn manche Polizisten, besonders junge, unsicher in Situationen sind, in denen sie die Waffe ziehen und manchmal sogar abdrücken müssen. Was ja Gott sei Dank selten der Fall ist. Aber das kann dann gefährlich werden – für den Polizisten, aber auch für den Verdächtigen. Jemand, der sich unsicher fühlt, drückt schon mal zu früh und zu unkontrolliert ab. Oder?« Er sah Tom ernst an.

»Das ist ein schwieriges Thema.«

»Sehen Sie? Also holen sich hier ein paar Kollegen zusätzliche Praxis an ihrer Dienstwaffe.«

Er ging zu dem Biertresen auf der anderen Seite des Raums. Das Regal dahinter war gefüllt mit Pokalen und Trophäen. »Ich bin Jochen Borsalt. Zweiter Vorsitzender der Schützengilde. Und Kommissar im Ruhestand.«

»Ach!«, erwiderte Tom.

Borsalt schenkte sich einen Kaffee aus der Kanne, die unter der Maschine stand, ein. »Möchten Sie auch einen?«

»Danke, nein!«

»Ihre Partnerin vielleicht?«

Katja drehte sich zu ihm. »Danke, ich auch nicht.«

»Mit der organisierten Kriminalität habe ich mich rumgeschlagen, mein halbes Leben lang. Viel mit der Mafia, aber der Pott gehört denen schon lange nicht mehr allein. Die Clans haben sich hier breitgemacht. Ab und zu muss man da mal die Pistole zücken.« Er zeigte auf sein linkes Bein. »Das ist ein Souvenir der Belotto-Familie. Neunmillimeter! Hat mir das Knie zerschmettert.«

»Scheiße!«, sagte Tom.

»Hat mir die letzten vier Jahre meiner Dienstzeit erspart. Drauf geschissen!« Er lachte zynisch. Ein gedämpfter Knall ertönte. Auf dem Schießstand wurde jetzt geschossen. Man konnte die Männer von hinten an ihren Plätzen stehen und die Gewehre anlegen sehen. Der nächste Knall erklang. Trocken und dumpf. Es folgten einige Schüsse kurz hintereinander. »Sie können unsere Mitgliederliste gern haben.« Borsalt wandte sich an Fistelstimme. »Druck sie einmal aus!«

Der Mann nickte und verschwand durch die Tür in einen Nebenraum. Die Tür zur Küche ging auf, eine Frau kam mit zwei Tellern Rührei heraus und brachte sie zu einem Tisch in der Ecke, an dem eine Frau und ein Mann saßen. Als sie zurück in die Küche ging, konnte Tom für einen Moment, bevor die Tür zufiel, hineinsehen und staunte überrascht. An einem Tisch vor einem Teller Rührei und einem Becher Kaffee saß die Asiatin. Kurz überlegte er, war sich aber sicher, dass er sich nicht getäuscht hatte. Was hatte die Frau hier verloren? Und, vor allem, was sollte er jetzt machen? In dem Moment kehrte Fistelstimme zurück und legte ihm eine vierseitige Liste mit Namen, Geburtsdaten, Berufen, Adressen und Eintrittsdaten der 281 Mitglieder hin.

»Ah, sehr gut, danke!«, sagte Tom.

Katja trat zu ihm und warf neugierig einen Blick auf die alphabetisch geordnete Liste.

»Viele Kollegen«, sagte Tom.

»Ach, sieh mal an, Faltenfresse!« Katja zeigte auf den Namen Maik Dulfer, Hauptkommissar KK 11 Duisburg, Eintritt 1.5.1993.

»Und Bruderherz natürlich auch.«

»Ist da jemand von besonderem Interesse für Sie?«, fragte Borsalt.

»Nein«, antwortete Tom. Katja legte ihren Finger auf Neil Krambach, Studienrat, Eintritt 1.3.1987.

»Politiker schießen also auch gern mal«, sagte Tom. »Zwei Stadträte sind dabei.«

»Ja, vielleicht werden Sie überrascht sein, wer alles unseren Sport betreibt. Da finden Sie Politiker, Professoren, Musiker, Handwerker, Landwirte …«

»Aber keine Frauen«, merkte Katja an.

»Werte Kollegin, das ist bei allen Schützenvereinen so. Das hat was mit der Tradition zu tun. Aber das ändert sich tatsächlich gerade. Immer mehr Schützenvereine nehmen jetzt auch Frauen auf, und wir werden unsere Satzung ebenfalls bald ändern.«

»Und Sie waren damals schon dabei, wie ich sehe«, sagte Toms Partnerin. »Waren Sie auch auf dem Fest, als die junge Frau vergewaltigt worden war?«

»Ja, ich war hier.«

»Können Sie sich daran erinnern, ob Neil Krambach auf dem Fest war?«

»Oh, das weiß ich nicht mehr. Aber damals wurden natürlich alle, die hier waren, von den Duisburger Kollegen vernommen. Da wird es eine Liste geben, die werden Sie in der Akte finden.«

»Ja, sicher«, sagte Katja ironisch.

»Haben Sie etwas von der Vergewaltigung mitbekommen?«, fragte Tom.

Borsalt schüttelte den Kopf. »Nichts, gar nichts.«

»Hat denn keiner etwas bemerkt?«

»Leider nein.«

»Wenn das überhaupt 'ne Vergewaltigung war!« Die Stimme kam aus der Ecke und gehörte dem Mann, der mit der Frau zusammensaß.

»So, wie meinen Sie das?«, fragte Tom.

»Ich war auch auf dem Fest, und die Kleine war nicht ohne. Das weiß ich noch genau.«

»Inwiefern?«

»Na ja, kurzer Rock, die Dinger hochgeschnürt, und dann hatte sie schön geflirtet. So hat die sich ordentlich Trinkgeld abgeholt.«

Katja ging zu dem Mann. »So, sie war also nicht ohne?«

Verunsichert sah der Mann Toms Partnerin an. »Ja, genau.«

»Na ja, die jungen Dinger machen ja auch gern auf sexy«, sagte die Frau. »Und dann wundern sie sich …«

»Wenn sie gegen ihren Willen gefickt werden?«, vollendete Katja. Die Frau zuckte zusammen. Der Mann sah die Kommissarin empört an. Katja sah von ihr zu ihm. »Das ist dann nun mal eine Vergewaltigung. Eine schwere Straftat, für die es zwei bis zehn Jahre Knast gibt.«

»Hey, hey!« Borsalt hob beschwichtigend die Hände. »Das ist doch keine Frage, liebe Kollegin. Aber leider gab es damals keine Zeugen, die eine Vergewaltigung hätten bestätigen können.«

»Eben!«, sagte der Mann am Tisch. »Und an uns ist es kleben geblieben. Einer von den Gildeschützen, hatte es dann geheißen.«

»Ja, das war nicht schön«, sagte Borsalt.

Katja wandte sich ab und ging wieder zu ihrem Partner.

»Das war 'ne kleine Schlampe, verdammt«, murmelte der Mann giftig, dann schob er sich eine Gabel Rührei in den Mund.

Katja stoppte. Borsalt sah sie beschwichtigend an.

»Er meint es nicht so.«

Katja drehte sich um und ging zurück zu ihm. In aller Ruhe beugte sie sich über den Mann und griff ihm blitzschnell zwischen die Beine.

»Hey!«, rief er überrascht.

Toms Partnerin packte seine Hoden und drückte zu. Er schrie auf vor Schmerz, die Gabel fiel ihm aus der Hand und knallte auf den Teller. Er versuchte, die Kommissarin wegzuschubsen. Katja sah ihm tief in die Augen und drückte noch einmal zu. Er zuckte zusammen, krümmte sich und wurde blass. Dann zog sie ihre Hand zurück.

»Spinnst du?«, rief der Mann keuchend.

Entsetzt starrte die Frau sie an. »Was erlauben Sie sich?« Katja reagierte nicht.

»Hey, verehrte Kollegin, das war nicht okay«, sagte Borsalt.

»Sie sind im Ruhestand, wir sind keine Kollegen«, lautete kurz und knapp ihre Antwort. »Gehen wir?«, wandte sie sich an Tom, der erneut von seiner Partnerin beeindruckt war und ein wenig stolz.

»Gleich«, erwiderte er und wandte sich an Borsalt. »Sagen Sie, ich habe eben in der Küche eine asiatische Frau gesehen. Arbeitet die hier?« Erstaunt sah Katja ihn an.

Ebenso Borsalt. »Warum interessiert Sie das denn?«

»Nur so. Diese Frau ist uns schon ein paarmal begegnet und irgendwie aufgefallen.«

»Das wundert mich nicht. Johnny ist bekannt wie ein bunter Hund. Sie ist ziemlich eigenwillig, ein bisschen schräg. Es heißt, dass sie mal auf einem Trip hängen geblieben sei. Manchmal wirkt sie in der Tat so. Ja, sie verdient sich ab und zu bei uns ein paar Euros und bekommt hier immer was zu essen, wenn sie Hunger hat.«

»Schon lange?«

»Ach, schon eine halbe Ewigkeit.« Borsalt sah Tom argwöhnisch an. »Da steckt doch mehr hinter diesen Fragen.«

»Wo wohnt sie?« »Das weiß keiner. Ich glaube, dass sie obdachlos ist, aber sie ist immer sauber, achtet auf Hygiene. Sie liebt ihre Freiheit, hat sie mal gesagt. Sie ist ein lieber Kerl.«

»Ob meine Partnerin mal mit ihr reden kann?«

»Warum nicht? Wenn sie zu ihr netter ist als zu ihm.« Er deutete mit dem Kopf in Richtung des Mannes, der noch immer leise vor sich hin fluchte. »Ich hole sie.« Borsalt ging zur Tür, öffnete sie und sah sich in der Küche um. »Sag mal, wo ist Johnny?«, fragte er die Frau.

»Die ist schon wieder los, ihr ging es nicht so gut. Ich komme aber auch allein klar, Jochen.«

Borsalt drehte sich zu Tom. »Ja, das ist jetzt Pech.«

»Wann kommt sie denn wieder?«

»Morgen ist Samstag, und am Wochenende kommt sie nie. Meistens kommt sie montags und fragt, ob es was zu tun gibt für sie.«

Der Innenhof zwischen den beiden langen Gebäuden, in denen sich die Schießstände befanden, war mit Waschbetonplatten gepflastert und führte an einem Grillplatz vorbei nach hinten zu einer Doppelgarage. Tom und Katja folgten Borsalt, der, sein Bein nachziehend, vorwegging. Über einen schmalen Weg neben der Garage gelangten sie zu einem kleinen Platz dahinter, wo sich ein Holzschuppen befand.

»Hier soll es passiert sein.« Borsalt sah die beiden Ermittler an. »In dem Schuppen.«

»Machen Sie doch mal auf!«, sagte Katja.

»Aber das sieht da drinnen doch nicht mehr so aus wie vor achtzehn Jahren.«

»Trotzdem.«

Zögernd sah er von Katja zu Tom. »Wir wissen alle, dass ich das nicht muss. Aber beharre ich auf meinem Recht, dann denken Sie sich sonst was.«

Tom zuckte die Schultern. »Tja, werter Kollege, was würden Sie an unserer Stelle tun?«

Borsalt ging zur Tür, schloss auf und öffnete sie. Im einfallenden Tageslicht konnte man eine Werkbank erkennen. Darüber hingen Regale mit Werkzeug und Materialien. Auf der anderen Seite des fensterlosen Raums fand sich eine Menge Gerümpel, Stapel von Gartenstühlen, viele lange Stangen mit herabhängenden Fahnen der Schützengilde und zwei große Kästen, die Tom an die in Gerbers Boxclub erinnerten. Der Rest versank in Dunkelheit.

»Wo wurde sie vergewaltigt?« Katja trat in den Schuppen und nahm ihre Sonnenbrille ab.

»Wie gesagt, niemand hatte etwas gesehen. Ich glaube, das Mädchen hat ausgesagt, dass sie gegen die Werkbank gedrückt worden war.«

Katja ließ ihren Blick durch den Raum schweifen. »Machen Sie mal Licht!«

Borsalt griff neben den Türrahmen und drückte auf den Lichtschalter. Die Deckenlampe wurde hell und tauchte den Raum in ein kühles Licht. Katja ging bis zur Rückwand und schaute hinter den Berg aus Gerümpel.

»Ein Waffenschrank«, sagte sie. »Hier?«

»Der ist alt, der sollte schon längst entsorgt werden«, erklärte Borsalt.

Katja sah ihn an. »Und die Personenzielscheiben? Die sind ziemlich durchlöchert.«

»Ja, die sind auch alt. Ich wusste gar nicht, dass die noch hier sind.«

»Sind ja auch verboten.«

»Eben.«

Der pensionierte Bulle versuchte, souverän zu wirken, dachte Tom, während er in dem Gewirr aus Stangen und Fahnen eine zusammengewickelte schwarz-weiß-rote Reichsflagge entdeckte.

»Wir sollten mal gehen«, sagte Katja. Als sie sich an Borsalt vorbeidrängte, stieß sie gegen seinen Körper, und er musste einen kleinen Ausfallschritt machen, um nicht zu stürzen. »Hier stinkt's.«

»Rattennest«, sagte Katja verächtlich, als sie in den Camaro stiegen.

»Hast du die Reichsflagge gesehen?«, fragte Tom. »Wahrscheinlich hat die auch noch den Adler drauf.« Er startete den Motor, der leise und bedrohlich vor sich hin röhrte. »Wir sollten den Verein dem Staatsschutz melden, die müssen den Laden mal unter die Lupe nehmen.«

»Ach, bei den vielen Bullen, die hier Mitglieder sind«, sagte Katja, »wird bestimmt alles schön vertuscht.«

Tom lenkte den Wagen vom vereinseigenen Parkplatz, und sie fuhren auf die breite Hauptstraße. An der Ampel mussten sie halten, direkt neben einer etwas heruntergekommenen Trinkhalle, vor der zwei ältere, hübsch zurechtgemachte Ladys mit ihren Kaffeebechern auf einer schiefen, weißen Plastikbank saßen und den Camaro bestaunten. Die eine nickte ihnen anerkennend zu, die andere hielt den Daumen hoch.

»Scheiße!«, sagte Tom verärgert. »Johnny hat direkt vor

meiner Nase gesessen. Sie hat mich erkannt und ist vorsichtshalber gleich mal abgehauen.«

»Tja, das ist schräg, dass sie sich in dem Laden durchfüttern lässt. Aber im Moment interessiert mich viel mehr, dass Krambach Mitglied in dem rechten Bums war.«

»Ich sag dir, er wird damals auf dem Fest gewesen sein. Und er wird die Bedienung vergewaltigt haben«, sagte Katja.

53

Die Küche war klein, ein schmaler Raum, aber hell mit einer freundlichen Atmosphäre. Sofie Wibold blickte unsicher, fast ein wenig ängstlich, drein.

»Es tut uns leid, dass wir Sie nach so langer Zeit noch einmal mit der furchtbaren Geschichte konfrontieren müssen«, sagte Katja und sah die Frau mit einem verständnisvollen Blick an. »Wir können uns vorstellen, was das für Sie bedeutet.«

Sofie Wibold sah irritiert von Katja zu Tom. Nervös strich sie mit einer Hand über ihren Arm.

»Wie geht es Ihnen denn heute damit? Haben Sie die Tat verarbeiten und hinter sich lassen können?«

Eine schwierige Frage, dachte Tom, aber Katja tat genau das Richtige. Sie gab der Frau Zeit, sich auf die Situation und die Auseinandersetzung mit der alten Geschichte einzustellen.

Sofie Wibold griff sich ihre Schale Milchkaffee. »Sie möchten wirklich nichts?«

»Ach, vielleicht doch ein Glas Wasser, bitte!«, sagte Tom.

»Nehmen Sie doch Platz!« Wibold zeigte auf die Stühle an dem kleinen runden Tisch, für den sich so gerade eben genügend Raum in der engen Küche fand. Die beiden Ermittler setzten sich. Wibold stellte Tom ein blaues Glas mit Wasser gefüllt hin und setzte sich dazu. Sie schlug die Beine übereinander und hielt die Schale Milchkaffee in ihren Händen, während sie nachdenklich zum Fenster hinaussah. »Wissen Sie, es ist ziemlich verrückt, dass Sie nach den vielen Jahren heute auf einmal auftauchen und mir einen Mann zeigen wollen, der es vielleicht gewesen war.« Kurz sah sie die beiden Kommissare an, dann richtete sie ihren Blick unsicher nach unten auf ihren Kaffee. »Gerade vor zwei Tagen hatte ich nämlich einen dieser Albträume, die mich damals lange Zeit verfolgten, die ich aber schon ewig nicht mehr gehabt hatte. Ich war so glücklich darüber, irgendwann hatte ich sogar vergessen, dass es sie gab. Und jetzt, zack, war so einer auf einmal wieder da.«

Katja nickte mitfühlend. Sofie Wibold sah sie an.

»Aber ja, eigentlich habe ich es ganz gut verarbeitet, glaube ich. Ich habe einen Sohn, bin alleinerziehend, habe einen Job und komme klar … einigermaßen.« Ein trauriges Schmunzeln huschte über ihre Lippen.

»Hat es Ihnen etwas ausgemacht, dass der Täter nie gefunden wurde?«

Sie überlegte. »In den ersten Jahren ja, natürlich. Aber irgendwann war es mir nicht mehr wichtig. Ich hatte mein Leben, meinen Sohn, Freunde, ich wollte keine schlechten Gefühle mehr haben, keinen Hass, kein Verlangen nach Rache.«

»Das klingt gut, Frau Wibold. Beeindruckend.«

Wibold lachte kurz. »Ja, und gleich kann sich das vielleicht ändern.«

»Haben Sie damals den Täter gesehen?«

Verwundert sah die Frau sie an.

»Entschuldigen Sie die Frage, Frau Wibold, aber wir kennen die Akte leider nicht, weil wir aus Hamburg kommen und im Zuge einer anderen Ermittlung auf den Verdächtigen gestoßen sind.«

»Aber haben Sie sich nicht …«

»Wissen Sie«, unterbrach Tom die skeptisch klingende Frau. »Manchmal dauert so eine Datenübermittlung zwischen den Behörden erstaunlich lange. Und bei uns musste es jetzt schnell gehen. Deshalb haben wir uns lieber gleich an Sie gewandt.«

»Ja, ich habe den Mann gesehen, ziemlich gut sogar. Und ich habe ihn den Polizisten auch genau beschrieben.«

Tom und Katja sahen einander kurz an. Unzureichende Täterbeschreibung, hatte es in den Kurzinfos zu dem Fall geheißen.

»Okay«, sagte Katja, »dann würden wir Ihnen jetzt gern unsere Fotos zeigen.«

Wibold hielt inne und atmete tief durch. »Dann mal los!«

Katja holte ihren Laptop aus der Tasche und klappte ihn auf. Drei Fotos von Krambach erschienen nebeneinander. Eine Porträtaufnahme, ein Bild im Anzug und ein älteres Bild in Jeans und T-Shirt im Garten seiner Hamburger Villa. Katja drehte den Laptop zu Wibold.

»Was, der?«, entfuhr es ihr. »Das ist doch dieser rechte Autor.« Tom und Katja schwiegen, sie wollten den ersten Eindruck durch nichts beeinflussen. »Der gerade ermordet worden ist«, fügte sie hinzu.

Wibold schüttelte den Kopf. »Nein, der war das nicht. Wie kommen Sie denn auf den?«

»Sind Sie sich sicher?«, fragte Katja, fast ein wenig ungläubig.

Wibold überlegte und betrachtete die Fotos noch einmal ganz genau. »Also, die Größe, die Statur käme schon hin, aber der Mann hatte schwarze Haare und einen Schnauzbart.« Sie verzog das Gesicht. »Einen widerlichen Schnauzbart!«

»Haben Sie die Augenfarbe erkennen können?«, wollte Tom wissen.

»Nein.«

»Hatten Sie sonst irgendwas an ihm bemerkt, eine Narbe, ein Muttermal, eine Warze vielleicht? Oder eine Tätowierung?«, fragte Katja.

»Nein.«

»Und wie alt haben Sie ihn geschätzt?«

»So um die vierzig.« Sofie Wibold wirkte jetzt angestrengt.

Enttäuscht sah Katja zu Tom, der nicht wusste, was er davon halten sollte, dass ihre Theorie sich als falsch erwiesen hatte. War Krambach also doch kein Vergewaltiger? Hatte er am Ende auch Sonny nicht vergewaltigt? Tom spürte, wie Müdigkeit und Frustration sich in ihm breitmachten.

»Neil Krambach lebte damals in Moers, war Lehrer am Franz-Ludwig-Zahn-Gymnasium und Mitglied in diesem Schützenverein«, erklärte Katja. »Sie waren auf dem Fest als Bedienung?«

»Ja, das lief über eine Jobvermittlung für Studenten.«

»Können Sie uns schildern, wie es zu der Vergewaltigung kam?«

Wibold richtete den Blick wieder zum Fenster hinaus.

»Wenn Sie das nicht können oder nicht möchten, ist das kein Problem, wir verstehen das. Es könnte uns aber bei unserer Ermittlung helfen. Möglicherweise entscheidend.«

Sofie Wibold brauchte eine Weile, schien sich zu sammeln, dann begann sie zu erzählen. »Ich sollte Grillanzünder aus einem Schuppen holen, und als ich drinnen war, kam er auf einmal durch die Tür und blieb vor mir stehen. Ich hatte sofort ein mulmiges Gefühl. Er fragte, ob ich nicht auch Lust auf ein bisschen Spaß hätte. Er war angetrunken. Ich habe ihm deutlich gesagt, was ich von ihm hielt. Ich habe extra laut gesprochen, damit jemand das vor dem Schuppen vielleicht hören konnte. Ich habe ihn sogar angeschrien, dass er mich in Ruhe lassen und sich verpissen sollte.« Ein zynisches Lachen rutschte ihr heraus. »Zwei Typen kamen dann, aber die haben nur gelacht. Die haben mit angesehen, wie er mich gepackt und gegen ein

Regal gedrückt hat. ›Guten Rutsch‹ haben die Schweine gesagt. Das muss man sich mal vorstellen! Dann sind sie abgehauen.« Sie musste schlucken. »Ich hatte keine Chance.«

Katja sah sie mitfühlend an. »War es dunkel in dem Schuppen?«

»Ja, nur durch die Tür fiel etwas Tageslicht, und es war auch schon dämmrig.«

»Und als es vorbei war, was passierte dann?«

»Er sagte, dass ich es bereuen würde, wenn ich zur Polizei ginge oder irgendjemandem davon erzählen würde. Er sei mächtig, er würde mich fertigmachen. Dann hat er mich plötzlich am Hals gepackt und gewürgt. Ich bekam panische Angst, dass er mich jetzt töten würde.« Sie stockte, ihr Atem ging schwer. Katja legte ihr die Hand auf den Arm. »Und da kam plötzlich der junge Mann und riss ihn von mir weg.« Sie sah Katja an. »Das war ein Wunder. Er hat mich gerettet.« Sie konnte sich nicht mehr zusammenreißen und brach in Tränen aus.

Erneut waren Katja und Tom überrascht. »Was für ein junger Mann?«, fragte Katja.

Es dauerte einen Augenblick, bis Sofie Wibold sich beruhigte. »Ich weiß es nicht, aber er hat mich gerettet.«

»Haben Sie ihn gesehen?«

»Nur kurz, es ging alles so schnell. Ich erinnere mich nur daran, dass das Schwein mich losgelassen und den jungen Mann angestarrt hat. Ich glaube, er kannte den. Und der hat auch irgendwas gesagt, aber das habe ich nicht mehr wahrgenommen, bin gleich an denen vorbei, raus aus dem Schuppen, und weggerannt. Durch die feiernde Menge hindurch, einige haben noch gejohlt und mich betatscht, es war furchtbar.« Angewidert schüttelte sie sich. »Ich bin nur noch gerannt und gerannt.«

Felix Hilser, dachte Tom und sah an Katjas Blick, dass sie das Gleiche dachte. Das hätte gepasst. Er wäre ein Zeuge gewesen – vielleicht entsetzt und nicht bereit, die Klappe zu halten –, der zum Schweigen gebracht werden musste. Aber es war nun mal nicht Krambach gewesen. Eine verflixte Geschichte. Tom schwirrte der Kopf. Er erhob sich, brauchte Bewegung. Er betrachtete die Fotos an der Pinnwand. Auf den meisten Bildern war Sofie Wibolds Sohn zu sehen. Mal allein, mal mit seiner Mutter. Am sommerlichen Strand, am Rhein, im Zoo. Mit der großen Tüte bei der Einschulung und auf der weiterführenden Schule.

»Wie alt ist Ihr Sohn?«, fragte er.

»Siebzehn.«

»Aber dann …«, sagte Katja zögerlich.

»Ja«, unterbrach Wibold sie. »Er ist damals in dem Schuppen gezeugt worden.«

»Oh, das ist …« Einen Moment war Katja sprachlos. Tom ebenfalls.

»Ich habe lange mit mir gerungen, aber irgendwann war mir klar, dass ich das Kind behalten wollte.«

Katja nickte beeindruckt. »Ganz schön mutig. Respekt!«

Sofie Wibolds Augen füllten sich mit Tränen. »Ich muss Sie bitten, zu gehen, denn Leon kommt wahrscheinlich gleich nach Hause. Und ich kann ihm ja schlecht erklären, wer Sie sind.«

»Natürlich«, sagte Tom. Katja nahm den Laptop, packte ihn in ihre Tasche und erhob sich. »Danke, dass Sie uns alles so offen erzählt haben. Ich hoffe, Sie können jetzt den Deckel wieder draufpacken und zur Ruhe kommen.«

Sofie Wibold sah Katja an. »Ich habe schon lange nicht mehr an das alles gedacht. Ich will auch gar nicht mehr wissen, wer er war. Und sein Sohn braucht diesen Vater nicht. Leon glaubt, dass er das Ergebnis eines leidenschaftlichen One-Night-Stands mit einem aufregenden Unbekannten ist, den ich nie wiedergesehen habe. Eine romantische Fantasie, verrückt, oder?«

Katja lächelte. Als sie in den Flur gingen, um sich zu verabschieden, bemerkte Tom durch die offen stehende Tür zu Leons Zimmer Boxhandschuhe, die an der Wand neben einem Plakat eines Bushido-Konzerts hingen. »Boxt Ihr Sohn?«

»Ja.«

Tom musste unwillkürlich an Gerbers Boxclub denken, aber das wäre ein ziemlich großer Zufall gewesen. »Ein guter Sport«, sagte er.

»Finden Sie?«

»Ja, wenn man ihn richtig betreibt. Boxt er im Verein?«

»Ja, in Moers ausgerechnet.«

»Ach!«

»Ja, irgendwie kannte er da ein paar Jungs und wollte unbedingt in deren Verein. Obwohl er fast fünfundvierzig Minuten dahin braucht und zweimal umsteigen muss. Aber das war ihm egal.«

»Gerbers Team?«

»Genau.« Verwundert sah sie Tom an. »Sie kennen den Verein?«

»Das ist eine längere Geschichte, und wir sollten jetzt lieber gehen, sonst müssen Sie Ihrem Sohn vielleicht doch noch erklären, wer Ihr überraschender Besuch ist.«

Katja drückte Sofie Wibold eine Visitenkarte in die Hand. »Melden Sie sich, wenn Ihnen noch irgendetwas einfallen sollte. Egal was. Trauen Sie sich! Wir haben jederzeit ein Ohr für Sie.« Sie sah Wibold tief in die Augen. »Wirklich!«

»So, jetzt aber los!«, sagte Tom und öffnete die Wohnungstür.

»Machen Sie es gut, Frau Wibold!«, sagte Katja.

»Danke«, erwiderte Sofie Wibold und wirkte ein wenig verloren. Erst hatten sie die Frau überrumpelt und mal so eben mit ihrer heftigen, weit zurückliegenden Vergangenheit konfrontiert, und nun stürmten sie schnell wieder hinaus.

Im Treppenhaus hörten sie, wie unten die Haustür geöffnet wurde.

»Oh, Mist!«, flüsterte Wibold und schloss leise die Tür.

Tom und Katja stiegen die Stufen hinab. Im ersten Stock kam ihnen ein großer Junge in Jeans und T-Shirt entgegen. Es war Leon. Neugierig schaute er zu ihnen hoch. Ihre Blicke begegneten sich kurz, dann gingen sie an ihm vorbei, öffneten die Tür und traten hinaus ins Freie.

54

Sofie Wibold kippte den erkalteten Milchkaffee in die Spüle und füllte die kleine Espressokanne erneut, als die Wohnungstür aufgeschlossen wurde. Ein knappes »Hallo« hörte sie ihren Sohn sagen, dann verschwand er in seinem Reich. Sie schaltete den Herd an. Das war gerade noch gut gegangen, dachte sie und wunderte sich wieder darüber, dass die Kommissare diesen Krambach im Verdacht hatten. Die Vorstellung, dass in der alten Geschichte wieder herumgewühlt wurde, behagte ihr nicht. Die Beschäftigung mit ihren Erinnerungen an den Schützenverein, das Fest, die Vergewaltigung, verunsicherte sie zutiefst. Sie fühlte sich klein, ängstlich und schwach.

Es brodelte und zischte, und ein verlockender Kaffeeduft breitete sich aus. Sie nahm die Kanne vom Herd, erwärmte etwas Milch in dem kleinen roten Topf und setzte sich mit dem frischen Milchkaffee an den Tisch. Wie aus dem Nichts erschien Leon in der Küche, und sie erschrak ein wenig. Wortlos öffnete er den Kühlschrank und blickte hinein. Ihr fiel die dicke Uhr an seinem Handgelenk auf. Die kannte sie noch nicht. Leon schloss die Tür wieder.

»Hast du was zu essen gemacht?«

Über den Rand ihrer Schale Milchkaffee hinweg sah sie ihn ruhig an. »Nein.«

Er wandte sich ab und wollte die Küche verlassen.

»Die Uhr, ist die neu?«

»Ja.«

»Sieht teuer aus. Wo hast du die her?«

Genervt sah er sie an. »Hab ich bei Ebay ersteigert. Hab Glück gehabt, war gar nicht teuer.«

»Ist das 'ne Rolex?«

Er nickte, konnte seinen Stolz kaum verbergen.

»Leon, die kostet ein paar Tausend Euro.«

Ihr Junge zuckte die Schultern.

»Woher hast du so viel Geld?«

»Ich sag doch, ich hab Glück gehabt.« Leon ging in den Flur. »Ich geh 'nen Döner essen«, sagte er und verschwand auch schon durch die Wohnungstür.

Sofie Wibold fragte sich, ob ihr Sohn dabei war, auf die schiefe Bahn zu geraten. Wie kam er sonst zu so viel Geld? Wenn er zusammen mit seinen Boxkameraden Ausländer jagte, dann waren sie wahrscheinlich auch noch zu anderen Taten fähig.

Sie erhob sich, verließ die Küche und ging in Leons Zimmer. Sie hatte nie so eine Mutter sein wollen, aber nun stand sie hier, bereit, in seinen Sachen herumzuschnüffeln. Sie brauchte Antworten. Langsam ließ sie ihren Blick schweifen. Über das Bushido-Plakat, die Boxhandschuhe, das Regal mit den Comics und einigen Büchern, den Schreibtisch mit dem Computer und dem großen Bildschirm, das Bett, den Kleiderschrank, den beiden Sitzsäcken, in denen er gern mit seinen Kumpels beim Zocken versank. Sie öffnete den Kleiderschrank und durchwühlte vorsichtig die Klamottenstapel, tastete dahinter, aber fand nichts. Sie griff in die Taschen seiner Jacken und Hoodies, öffnete zwei Schuhkartons, die auf dem Boden neben seiner Sneaker-Sammlung standen. In einem befand sich ein Haufen ineinander verschlungener Kabel, im anderen seine alten Quartetts. Ein wenig war sie gerührt, dass Leon diese Kartenspiele aus seiner Kindheit, die seine große Leidenschaft gewesen waren, aufbewahrt hatte. Sie konnte ihrer nostalgischen Versuchung nicht widerstehen und zog eines heraus. Rennboote in einer zerkratzten Plastikschachtel. Sie zog ein weiteres heraus, das recht neu erschien. Panzer. Dahinter tauchte eins mit einer Frau im Dirndl auf. Verwundert nahm sie sich auch dieses. Ein Dirndl-Quartett vom Oktoberfest. Üppige Brüste in neckischen Dekolletés. Sie musste schmunzeln, aber dann dachte sie, was für eine miese Kombination das war. Schnell steckte sie die Spiele wieder an ihren Platz und schloss die Deckel der Schuhkartons.

In den Schreibtischschubladen fand sich auch nichts Verdächtiges. Sie ging zum Regal und betrachtete die Bücher. Ein paar Science-Fiction-Romane, zwei Fantasy-Abenteuer und Comics. Ein Batman-Taschenbuch war etwas dicker, etwas schien zwischen den Seiten zu stecken. Sie nahm den Comic heraus und hatte sich nicht getäuscht. Ein Briefumschlag lag zwischen den Seiten. Sie zog ihn hervor und sah hinein.

Lauter Einhundert- und Zweihunderteuroscheine steckten darin. Knapp dreitausend Euro. Ihr Verdacht hatte sich bestätigt. Schnell steckte sie das Geld wieder in den Umschlag. Mit zitternden Fingern legte sie ihn zurück zwischen die Seiten und hoffte, dass Leon ihre Schnüffelei nicht bemerken würde.

Ein Flaschensammler, behängt mit prall gefüllten Plastikbeuteln, ging mit zügigen Schritten über den belebten Bahnhofsplatz vorbei an Plakaten der Parteien zur Europawahl zu einem Mülleimer, in dem er nach weiterer Beute stöberte.

»Was für eine Entscheidung, das Kind von seinem Vergewaltiger zu bekommen«, sagte Tom, während er beobachtete, wie der ordentlich gekleidete Mann zwei Bierdosen aus dem Mülleimer fischte. »Es zu lieben und großzuziehen.«

»Ja, beeindruckend«, erwiderte Katja, die neben ihrem Partner auf der Bank saß und eine Limonade trank. »Was für eine starke Überzeugung sie gehabt haben muss«, sprach sie weiter. »Einundzwanzig Jahre alt, ein Studium begonnen, das Leben gerade erst so richtig losgegangen, da kam ein Mann und nahm sich das Recht, ihr das anzutun. Einfach so.«

Tom spürte, wie sehr Katja die Geschichte berührte.

»Immer wenn sie ihr Kind angesehen hat, wird sie es daran erinnert haben«, sagte sie. »Es muss sie ungeheure Kraft gekostet haben, damit klarzukommen.«

Auf dem Platz baute ein junger Mann einen Verstärker und ein Mikrofon auf. Eine junge Frau in einem langen, bunten Kleid und einem Sonnenhut mit breiter Krempe holte eine Gitarre aus dem Koffer und reichte sie ihm. Er schenkte ihr ein verliebtes Lächeln, und sie gab ihm einen zärtlichen Kuss.

»Aber Krambach war's nicht«, sagte Katja resigniert. »Ich kann es kaum glauben.«

»Es hätte genau gepasst«, erwiderte Tom. »Felix Hilser hatte seinen Mentor bei der Vergewaltigung erwischt und wurde von ihm zum Schweigen gebracht.«

»Es kann trotzdem so gewesen sein, nur mit einem anderen Täter aus dem Club der rechten Arschlöcher.«

»Aber warum zog Hilser dann nach Hamburg? Kündigte nach etwas mehr als einem Jahr schon wieder die Wohnung und den Job, kurz bevor sie zu Krambachs Lesung wollte?«

»Tja, das ergibt keinen Sinn.«

Der junge Mann begann, auf seiner Gitarre zu spielen. Schon bei den ersten Takten erkannte Tom den Song »Happy« von Pharell Williams. Die Frau sang: »It might seem crazy, what I am 'bout to say.«

Die Sängerin hatte eine weiche, volle Stimme und klang großartig.

»Wir müssen diese Johnny irgendwie auftreiben«, sagte Katja.

»Wenn sie hier nicht auftaucht, dann vielleicht auf dem Platz vor dem Supermarkt«, sagte Tom. »Da hat Saltoni sie gestern gesehen.« Er sah Katja an. »Wir sollten uns trennen. Ich setze mich vor den Supermarkt.«

»Stimmt, lass uns das machen!«

»Ich hoffe, sie taucht hier auf. Dich kennt sie noch nicht, vor dir läuft sie sicher nicht gleich weg.«

»Clap along if you know what happiness is to you«, sang die Frau.

Tom erhob sich. »Genieß das schöne Konzert!«, sagte er, ging zu dem Duo, warf eine Zweieuromünze in den aufgeklappten Gitarrenkoffer und verließ den Platz.

Die Skateboarder versuchten sich an akrobatischen Sprüngen und Tricks, scheiterten, stürzten, blieben hartnäckig und applaudierten sich anerkennend für gelungene Kunststücke. Tom beobachtete ihr Treiben aus großer Entfernung, saß unauffällig in einer schattigen Ecke im hinteren Teil des Platzes. Von hier hatte er einen guten Überblick, würde sofort sehen, wenn Johnny auftauchte, sie ihn hingegen nicht. Hinten an der Straße gingen ein paar junge Männer vorüber. Sportliche Typen mit kurzen Haaren, in Jeans oder Cargohosen und schwarzen T-Shirts, von denen zwei das Logo der Identitären zierte. Er beobachtete, wie die Männer in der angrenzenden Straße verschwanden. Eine schwarze Frau wechselte die Straßenseite, offenbar um denen aus dem Weg zu gehen. Er musste an die Kollegen in Hamburg denken, fragte sich, ob es vielleicht noch weitere Hinweise auf das rechtsextreme Milieu gegeben hatte. Auf den rechten Flügel der FKD mit dem forschen Reedersohn an der Spitze. Was hatten sie wohl von Philip Berkeesen erfahren? Auf jeden Fall, dass Tom ihn schon befragt hatte. Vielleicht waren sie mittlerweile bei demselben

Verdacht gelandet wie Tom und Katja. Aber vielleicht hatte er sich auch verrannt und dabei seine Partnerin mitgerissen. Vielleicht war Marco gar nicht bei Krambachs Lesung gewesen, vielleicht hatte die Buchhändlerin tatsächlich jemanden gesehen, der große Ähnlichkeit mit ihnen hatte. Und vielleicht war Krambach am Ende doch von Rechtsextremisten hingerichtet worden und der Fall Claudia Hilser hatte gar nichts damit zu tun.

Er wusste nicht mehr, was er denken sollte, die Nadel seines inneren Kompasses tanzte wild hin und her und kam nicht zur Ruhe. Johnny war jetzt vielleicht die letzte Möglichkeit, Klarheit zu erlangen.

Ein rotes Kleid, das in der Sonne leuchtete, kurze, schwarze, glänzende Haare und eine Sonnenbrille mit runden, verspiegelten Gläsern rissen Tom aus seinen Gedanken. Lady Tomoe lief mit federnden Schritten über den Platz. Tom erkannte sie sofort. Gespannt beobachtete er, wie sie zum Eiscafé ging und sich zu einem jungen Mann an den Tisch setzte. Sie küssten sich lange und leidenschaftlich. Schließlich ließen sie voneinander ab und bestellten bei der Kellnerin. Tom könnte zu ihnen gehen und Lady Tomoe nach Johnny fragen. Vielleicht war Johnny tatsächlich ihretwegen bei dem illegalen Kampfabend gewesen. Vielleicht waren sie befreundet. Irgendwie waren beide spezielle Typen, schien es Tom, das könnte passen. Er würde ihr einfach erzählen, worum es ging, erklären, wie wichtig Johnnys Aussage wäre und dass sie keine Bullen von der Drogenfahndung waren und sie absolut nichts zu befürchten hätte.

Lady Tomoe sah Tom durch ihre Sonnenbrille an und überlegte. Im Gesicht der Asiatin zeigte sich keine Regung, aber es war auch so deutlich zu spüren, dass sie skeptisch war. Tom befürchtete, abgewiesen zu werden.

»Bitte, setzen Sie sich!«, sagte sie jedoch, und er nahm Platz.

»Danke!«

»Sie ermitteln in so einer alten Sache?«

»Mord verjährt nicht. Manchmal werden Fälle erst nach vielen Jahren aufgeklärt.« Lady Tomoe sah ihn ernst an. Tom sah sein Spiegelbild klein und verzerrt in ihren Brillengläsern. »Dann müssen Sie sehr geduldig und beharrlich sein.«

»Oft ja.«

»Und Sie denken, weil wir beide Asiatinnen sind, müssen wir uns kennen?«

»Das hat eine Rolle gespielt, aber war nicht der einzige Grund.«

Sie schmunzelte.

Tom wurde unsicher. »Es war irgendwie so ein Gefühl.«

»Aber Sie haben ja recht«, unterbrach sie ihn. »Die Japaner bilden gern Gemeinschaften im Ausland. Ich glaube, das ist bei uns ausgeprägter als bei anderen Nationen. Fast alle Freunde meiner Eltern sind Japaner, die hier leben.« Der Kellner erschien und stellte Lady Tomoe und ihrem Freund zwei bunte Eisbecher mit Früchten auf den Tisch. Der Blick der jungen Frau ruhte nachdenklich auf Tom. »Wissen Sie, Johnny ist ein Geist. Sie ist überall und nirgends und schwebt so durch das Leben.«

»Sind Sie gute Freundinnen?«

Lady Tomoe lachte. »Kann man mit einem Geist befreundet sein?«

»Ist Johnny obdachlos?«

»Oh, sie würde es anders formulieren. Sie schläft mal hier, mal da. Manchmal irgendwo draußen, manchmal bei Bekannten, auch bei mir, manchmal in einem Boxclub, in dem sie ab und zu putzt.«

»Wissen Sie zufällig, wie der Boxclub heißt?«

Sie zögerte.

»Gerbers Team?«

Lady Tomoe nickte. »Sie kennen den Club schon?«

»Ja. Wo boxen Sie denn?«

»Mein Club ist in Duisburg-Rheinhausen, da wohne ich auch. Ich bin aber oft hier, weil mein Freund hier lebt.« Sie warf ihrem Begleiter einen kurzen Blick zu.

»Wie heißen Sie eigentlich?«, fragte Tom die Asiatin.

»Kichi.« Sie schmunzelte. »Kichi Rausch. Ein schöner Name, oder?«

»Sehr.«

»Kichi bedeutet glücklich.«

Mit dem langen Löffel fischte sie ein wenig Eis mit einer Himbeere und Sahne aus der Schale. »Wissen Sie, Johnny schlägt sich durch und kommt immer klar. Sie braucht nicht viel.« Sie schob sich den Löffel in den Mund und genoss die kühle Süßigkeit. »Das Einzige, was sie braucht, sind ihr Skateboard und ihre Farben. Sie ist eine Künstlerin. Sie malt und dichtet. Sie tritt auf Poetry-Slams auf und ist wirklich gut.«

»Das hört sich nicht nach einem Geist an.«

»Sie malt aber Geister. Ein Bild hängt bei mir zu Hause, das hat sie mir geschenkt. Ein leerer Raum, der eigenartig ist, nicht drinnen und nicht draußen. Und darin gibt es eine Erscheinung. Die kann man aber nicht sehen. Das klingt komisch, aber ich kann es nicht anders erklären. Ich liebe dieses Bild.«

»Wo malt sie denn? Sie braucht doch einen Raum dafür.«

»Tja, das weiß ich auch nicht. Das ist ihr Geheimnis.«

»Wissen Sie, wie sie heißt? Kennen Sie den Familiennamen?« Sie schüttelte den Kopf.

»Haben Sie ihre Handynummer?«

»Ja.«

»Geben Sie sie mir?« Sie zögerte, und wieder schlich sich Skepsis in ihren Blick.

»Wissen Sie, wenn wir einen Mordfall aufklären können, dann sorgen wir für ein wenig mehr Gerechtigkeit. Dafür sind wir immer wieder auf die Unterstützung von Menschen angewiesen, die ihr Wissen mit uns teilen. Ohne die würden wir es nicht schaffen.«

55

Er zappte durch die Kanäle des Flatscreens, der auf der Kommode stand, aber fand nichts, was sein Interesse weckte.

»Ihre Handynummer bringt uns gar nichts«, sagte er. »Sie geht wahrscheinlich nur ran, wenn sie die Nummer kennt. Wenn ich es jetzt noch mal probiere, wird ihr das nur verdächtig vorkommen.«

Katja saß auf einem der beiden Stühle an dem kleinen Tisch am Fenster und schaute hinaus in die Nacht. Im Laufe des Abends war sie immer schweigsamer geworden. Beim Italiener hatte sie kaum mehr gesprochen. Er vermutete, dass die Erinnerung an die furchtbare Nacht im Duisburger Hafen sie eingeholt hatte.

Tom stellte den Fernseher aus und legte die Fernbedienung beiseite. »Ich sehe uns schon Montagmorgen in der Schützengilde sitzen«, sagte er. »Hoffentlich taucht sie dann auch auf«, fügte er hinzu. »Der Geist.«

»Was sollen wir sonst machen?«, fragte Katja leise, ohne den Blick vom Fenster zu nehmen.

»Zu Gerber gehen«, erwiderte Tom. »Gleich morgen. Das ist doch interessant, dass sie dort sauber macht und dafür ab und zu da übernachten darf. Im Schützenverein jobbt sie auch. Und wir sollten Frank Gerber nach dem Tattoo und Berkeesen fragen.« Er sah zur Seite zu Katja, die kaum wahrzunehmen schien, was er sagte. »Wir werden schön nett sein, ein wenig auf naiv machen, damit wir da ein bisschen Zeit verbringen können.« Tom fragte sich, ob Katja ihm überhaupt noch zuhörte. »Bist du müde? Sollen wir zu Bett gehen?«

Seine Partnerin reagierte nicht.

Tom ahnte, was in ihr vorging. »Du denkst daran, wie die Typen über dich hergefallen sind.«

Katja schwieg. Vielleicht war es doch zu viel für sie gewesen, hier wieder herzukommen, dachte Tom.

»Erzähl's mir, Katja! Woran erinnerst du dich? Was hast du empfunden? Du musst ungeheure Angst gehabt haben. Hattest du gedacht, es wäre aus gewesen? Ich glaube, es wäre gut, wenn du darüber sprechen würdest.«

Katja starrte in die Nacht, wie in weite Ferne.

»Ich bin vergewaltigt worden.«

Es war, als stünde der Satz mitten im Raum, wie ein dunkler, mächtiger Monolith.

»Von einem meiner Ausbilder auf der Hochschule.«

Tom war sprachlos. Aber er wusste, dass es diese Vorfälle immer wieder gab. Vor allem früher war die Ausbildung für Anwärterinnen häufig furchtbar gewesen.

»Auf seiner Abschiedsparty.« Katja sprach leise, ihre Stimme klang sachlich. »Er war Hauptkommissar und ging für zwei Jahre nach Amerika zum FBI. Ich tanzte ein paarmal mit ihm. Ich mochte ihn sogar etwas, er war eigentlich ganz smart und sah gut aus. Irgendwann merkte ich, dass es schon sehr spät war und die Bude sich geleert hatte. Ich war ziemlich angetrunken und wollte auch aufbrechen, da bedrängten mich ein paar Kollegen von ihm. Machten sich lustig über die kleine, sexy Anfängerin und betatschten mich. Der Hauptkommissar ging dazwischen und zog mich in sein Schlafzimmer. Erst war ich erleichtert und dankbar. Da machte er sich aber selbst an mich ran. Ich wollte das nicht, blieb aber nett. Er war ja mein Ausbilder, ich war natürlich unsicher. Ich witzelte rum und versuchte, ihm klarzumachen, dass ich gehen möchte. Er nahm mich nicht ernst, respektierte mich einfach nicht.

Er bedrängte mich, packte mich.« Katja hielt inne, zögerte. »Und vergewaltigte mich. Ziemlich brutal.«

Sie schluckte. Tom wusste nicht, was er sagen sollte, empfand eine ungeheure Wut.

»Die Typen im Hafen, die mich zusammengeschlagen haben …« Katja schüttelte den Kopf, rang mit sich, schlug auf einmal mit der Faust auf den Tisch. »Das hätte nicht passieren dürfen. Ich wollte so etwas nie wieder erleben.« Sie presste die Lippen zusammen. Ihre Augen füllten sich mit Tränen. »Nie wieder!« Sie versuchte, sich zu beruhigen, atmete tief ein und aus. »Deswegen habe ich Krav Maga gelernt. Aber ich war einfach zu erschöpft von dem Kampf, und die waren zu viele. Zu viele feige Schweine.«

Tom stellte sich hinter sie und legte seine Hände auf ihre Schultern.

»Ich hab ihn und seine Kollegen nie angezeigt, weil ich Angst hatte. Angst, dass er mir eine schlechte Note geben würde, und ich wollte doch unbedingt zur Mordkommission, das war doch mein großes Ziel. Ich hatte Angst, dass die mir drohen würden, mich fertigzumachen. Angst, dass man mir nicht glauben würde. Die hätten natürlich alles anders dargestellt. Und du hast ja gehört, was der Widerling im Schützenclub gesagt hat. Wenn du einen kurzen Rock anziehst, musst du dich nicht wundern …« Ihre Stimme war voller Bitterkeit. »Tja, und dann kam die Unsicherheit, Angst, Therapie und Krav Maga. Und die Straßen von Neukölln. Dort habe ich gelernt, keine Hemmungen zu haben, schnell und kompromisslos zu sein. Keiner der Scheißgangster und Clanwichser konnte mich einschüchtern. In der Zeit habe ich mich freigeschwommen und bin erwachsen geworden, Tom. Und dann hab ich es noch zur Mord geschafft.«

»Ich bin beeindruckt, Katja. Und nicht überrascht.«

»Ich habe keine Angst mehr gehabt. Nie mehr. Bis diese beschissenen Typen in ihren Hoodies mich fertigmachen wollten.« Sie sah Tom an. »Was ihnen beinahe gelungen wäre. Wenn mein Retter nicht gewesen wäre.«

»Bist du diesem Hauptkommissar noch mal über den Weg gelaufen?«

Katja nickte. »Tatsächlich. Bei einer Fortbildung, das war vierzehn Jahre später. Er hat mir von Weitem zugenickt und mich angelächelt. Ich kann dir nicht sagen, was ich in dem Moment empfunden habe, aber ich bin ruhig geblieben. Ganz ruhig. Ich habe ihn einfach angesehen, diesen miesen, armseligen Wurm. Er hatte schön Karriere gemacht, fünf Sterne auf der Schulterklappe, und sich ganz schön verändert. Einen ordentlichen Bauch schob er vor sich her, die Haare waren ihm ausgegangen, und er wirkte farblos und bieder. Ich habe erfahren, dass er verheiratet war und zwei Kinder hatte.«

»Dass diese Klischees immer stimmen«, sagte Tom.

Katja sah hoch zu ihm. »Genau, das ist es!«

»Was?«, fragte er.

»Dass wir darauf nicht gekommen sind.« Sie stand auf.

»Was denn?«

»Die Fotos von Krambach, die wir Sofie Wibold gezeigt haben. Die sind nicht älter als sechs Jahre.« Tom verstand sofort, was sie meinte. »Wir brauchen natürlich Fotos von damals«, sagte Katja. »Von vor achtzehn Jahren. Vielleicht sah Krambach da ganz anders aus.«

»Als er nach Hamburg zog, hat er einen radikalen Schnitt gemacht«, sagte Tom. »Wollte seine Vergangenheit ausblenden. Vielleicht hat er sich auch einen neuen Look verpasst. Vielleicht hatte er nicht schon immer eine Glatze.«

In Katjas Augen kehrte das Leben zurück. Auf einmal war sie hellwach. »Wie kommen wir an ein altes Foto ran?«

»Marthe Krambach brauchen wir nicht zu fragen.«

»Gerber vielleicht. Oder die Schützengilde. Die haben doch sicher Fotos von Festen, Wettkämpfen und so weiter.«

Tom war skeptisch. »Schwierig. Vor allem werden die uns nicht gerade unterstützen wollen.«

»Die Schule, das Gymnasium. Die haben doch immer Jahrgangsfotos vom Kollegium, oder?«

»Gute Idee! Mist, morgen ist Samstag.«

»Aber in manchen Bundesländern wird auch samstags unterrichtet. Und wenn nicht, finden oft irgendwelche Kurse statt. Wir müssen es versuchen.«

Sie legte die Füße hoch, kuschelte sich in die Ecke des schmalen, hellblauen Sofas, dem Mädchensofa, wie Leon es nannte. Die orangefarbene Wolldecke zog sie über ihre Beine. Die Füße schmerzten noch ein wenig, die Schicht im Café war anstrengend gewesen, sie hatten viel mehr Gäste gehabt als in letzter Zeit üblich. Darüber hatte sie sich gefreut, und deshalb hatte es ihr auch nichts ausgemacht, ständig zwischen den Tischen, dem Tresen und der Küche hin und her eilen zu müssen. Für eine Weile hatte sie sogar vergessen, was sie bei Leon im Zimmer gefunden hatte. Und den eigenartigen Besuch der beiden Kommissare aus Hamburg ebenso. Zu Hause war sie erschöpft ins Bett gefallen, aber kaum hatte sie das Licht ausgeschaltet, kamen die Gedanken und ließen ihr keine Ruhe. Hellwach hatte sie dagelegen, in die Dunkelheit gestarrt, ohne in den Schlaf finden zu können. Schließlich war sie wieder aufgestanden und hatte beschlossen, ihren Sohn, sobald er nach Hause kommen würde, auf das Geld anzusprechen. Sie trank einen Schluck von ihrem warmen Kakao und sah zu der kleinen Digitaluhr im Regal. Weiß leuchteten die Ziffern auf dem Display. Es war drei Uhr vierzehn. Am Wochenende durfte er so lange ausgehen, wie er wollte, das hatten sie abgemacht, als er siebzehn geworden war, auch wenn sie sich nicht ganz wohl dabei gefühlt hatte. Sie hörte, wie die Wohnungstür aufgeschlossen wurde.

»Leon«, rief sie leise.

Ihr Junge trat in den Raum. »Ja«, sagte er und sah sie kurz an, dann wandte er den Blick ab.

»Komm, setz dich zu mir!«

»Ich bin müde«, antwortete er unwillig.

Sofie Wibold wartete geduldig, ihr Sohn schleppte sich mit einem gequälten Gesichtsausdruck zu dem kleinen Sessel vorm Sofa und ließ sich hineinfallen. Sie betrachtete ihn einen Moment und ertappte sich bei dem Gedanken, doch nichts zu sagen und nur ein wenig mit ihm hier zu sitzen und über dieses und jenes zu quatschen, entspannt und liebevoll miteinander zu sein, aber das war natürlich Quatsch und würde auch nicht funktionieren.

»Du wirst jetzt mächtig sauer sein, Leon, aber das muss ich in Kauf nehmen. Ich bin deine Mutter und für dich verantwortlich. Außerdem liebe ich dich und mache mir Sorgen, dass du vielleicht dabei bist, dich und deine Zukunft in Gefahr zu bringen.«

Leon verdrehte die Augen.

»Woher hast du die fast dreitausend Euro, die in dem Briefumschlag in deinem Comic stecken?«

Erschrocken sah er sie an, für einen Moment wirkte er unsicher, dann wurde er wütend. »Du hast in meinen Sachen herumgeschnüffelt?« Entsetzt sah er sie an. »Warum tust du so was? Wie soll ich dir denn noch vertrauen?«

»Ach, Leon, nun tu mal nicht so. Du willst mir doch gar nicht vertrauen, das ist dir doch alles scheißegal. Sag mir bitte, woher das Geld ist!«

Er lehnte sich zurück und sah seine Mutter voller Verachtung an. »Das habe ich mir beim Boxen verdient.«

»Verdient?«

»Ja, wir bekommen kleine Prämien und zocken ja auch ein bisschen. Und da habe ich eben Glück gehabt.«

Sofie wartete, ob er noch mehr zu sagen hatte, aber Leon schwieg.

»Das ist doch nicht alles, erzähl mir doch nichts! Du hast dir ja auch noch 'ne teure Rolex gekauft.«

»Na ja, und dann bekommen wir hier und da etwas Geld von den Leuten aus der Mattheck. Wenn wir ihnen helfen.«

Sie nickte. »Du meinst, wenn ihr die Schwarzen vertreibt.« Leon warf ihr einen bösen Blick zu, aber erwiderte nichts. Seine Mutter beugte sich vor, sah ihm tief in die Augen. »Leon, du bist ein kluger Mensch, überleg dir bitte gut, worauf du dich einlässt. Du stehst am Anfang deines Lebens, alles ist möglich, die Zukunft liegt vor dir. Das ist etwas Wunderbares, das wird dir noch klar werden. Versau dir deinen Start nicht! Bau keine Scheiße, die dich vielleicht noch in den Knast bringt! Pass auf dich auf!«

»Was redest du? Du spinnst ja!«

Sofie Wibold schwieg, hoffte auf eine ehrliche Reaktion, die jedoch nicht kam. »Du kannst immer mit allem zu mir kommen, mein Junge. Egal, was es ist. Wenn du Sorgen hast, wenn du Mist gebaut hast.«

Ungläubig sah er sie an und lachte zynisch. »Gut, gut! Du übrigens auch, wenn du mal wieder den Strom nicht bezahlen kannst oder deine Handyrechnung. Ich hab ja jetzt schon mehr Geld als du, und ich schätze, das wird wohl auch so bleiben.« Fassungslos sah sie ihn an, unfähig, etwas zu erwidern. Es schmerzte, und zwar verdammt stark. Viel zu stark.

»Raus!«, sagte sie leise.

Ihr Sohn erhob sich, sah zu ihr herab. Es schien, als wollte er noch etwas sagen, ging dann aber wortlos aus dem Zimmer.

56

SAMSTAG

Das Licht der Morgensonne fiel seitlich durch die Fenster des Korridors und brachte die bunten Farben der von Schülerinnen und Schülern gefertigten Bilder, die an der weißen Wand hingen, zum Leuchten. Direktor Riesenau tänzelte leichtfüßig durch den Sonnenschein über den grauen Linoleumboden auf sie zu. Merkwürdig sah das aus, dachte Tom. Katja blickte ihn von der Seite an, ebenfalls ein wenig verwundert. Der junge Schulleiter kippte den Kopf zur einen und zur anderen Seite, schwang die Hüfte kurz hin und her. Es wirkte, als höre er eine imaginäre Musik, zu der er sich rhythmisch bewegte. Gut gelaunt blieb er schließlich vor ihnen stehen.

»Guten Morgen, Frau und Herr Kommissar! Ich hätte nicht gedacht, dass wir uns jemals wiedersehen. Haben Sie die ganzen Tage bei uns im schönen Ruhrgebiet verbracht?«

»So ungefähr«, antwortete Tom ein wenig irritiert.

»Und kommen Sie voran mit Ihren Ermittlungen?«

»Schon, aber mühsam ernährt sich das Eichhörnchen.«

»Na, dann frage ich doch gleich mal, womit ich jetzt behilflich sein kann.«

»Haben Sie ein Foto von Neil Krambach aus der Zeit, als er hier Lehrer war?«

Riesenau überlegte. »Es gibt die Jahrgangsfotos, da müsste er dabei sein.« Lächelnd sah er von Tom zu Katja. »Ja, dann lassen Sie uns in mein Büro gehen, da können wir gemeinsam nachschauen.«

Er ging vor, und die beiden Ermittler folgten. Tom betrachtete fasziniert seine schwungvollen, federnden Schritte. Der Direktor wandte sich zu ihnen um.

»Da haben Sie aber Glück, das Sie mich heute überhaupt antreffen. Samstags bin ich für gewöhnlich nie in der Schule.«

Die Tür zu seinem kleinen Büro neben dem Sekretariat stand offen, und eine junge Frau kam heraus. »Ich habe alles auf Ihren Tisch gelegt, Herr Riesenau!« Die Frau ging an ihnen vorbei, und ein leichter, blumiger Duft wehte sie an.

»Ja, danke, wir können das sicher gleich fortführen, ich schätze, wir brauchen nicht lange.«

»Ich bin im Sekretariat«, erwiderte die Frau. Sie traten in das schmucklose, kleine Büro. Riesenau setzte sich an seinen Schreibtisch und aktivierte seinen Computer. Tom und Katja nahmen wieder an dem quadratischen Tisch Platz.

»Und Sie haben noch einmal Glück«, sagte Riesenau. »Gerade Anfang des Jahres haben wir nämlich unser Archiv digitalisiert. Alle Fotos, alle Unterlagen. Ein mühsames, aber lohnendes Unterfangen.« Er sah die beiden Ermittler stolz an. »Wie man jetzt sieht.« Er tippte auf der Tastatur, schob die Maus hin und her. »Ich glaube, wir sind die einzige Schule in Moers und wahrscheinlich auch Duisburg, die so weit mit der Digitalisierung ist. Wie ist das eigentlich bei Ihnen? Also der Polizei?«

Tom zog die Augenbrauen hoch und machte eine skeptische Miene.

»Okay, verstehe. Das hätte ich allerdings nicht gedacht. Gerade bei der Polizei müsste doch der Datenaustausch so schnell wie möglich funktionieren.«

»Eigentlich ja, aber Geschwindigkeit ist auch nicht alles.« Tom schmunzelte. Riesenau stimmte ihm zu.

Katja schwieg. Den ganzen Morgen schon war sie still und in sich gekehrt .

»So, hier haben wir es«, sagte Riesenau. »Das funktioniert ja wunderbar. Wollen Sie mal sehen?«

Tom erhob sich, ging zu Riesenau hinter den Schreibtisch. Auf dem Bildschirm war das Gruppenfoto einer Klasse zu sehen. Am Rand stand ein Mann mit vollem schwarzen Haar und einem Schnauzbart, so wie Wibold ihn beschrieben hatte. »Das ist er?«

»Ja, ja, so hat der damals offensichtlich ausgesehen. Ich kenne ihn ja auch nur von Fotos und aus dem Fernsehen.« Er lachte. »Da hatte er noch keine schicke Glatze, dafür einen fiesen Schnauzer.«

Tom sah zu Katja, die seinen Blick erwiderte.

»Schnauzer«, wiederholte sie leise.

»Ja«, sagte Tom. Der Duft des Parfüms der jungen Frau, die gerade das Büro verlassen hatte, stieg ihm in die Nase. Er haftete an Riesenau. »Wann war das?«, fragte er.

»Zweitausend. Das war die Oberstufe, ein Jahr vorm Abitur.«

Tom sah zu Katja. »Ein ganz anderer Typ. Ich hätte den nicht wiedererkannt.« Sie nickte nur.

Unten in der Straße wurden türkische Volkslieder auf traditionellen Instrumenten gespielt. Durch das gekippte Fenster drang die Musik, zusammen mit aufgeregten und lachenden Männerstimmen, in Sofie Wibolds Küche. Es war eine türkische Hochzeit, und der Bräutigam holte seine Braut von ihrer Familie ab.

Katja schloss das Fenster. Die Musik war nur noch leise und dumpf zu hören. Tom sah Sofie Wibold in die Augen und behielt sie genau im Blick, als er den Laptop aufklappte und das Foto von Krambach mit seiner Schulklasse erschien.

Wibolds Blick wurde starr, sie neigte den Kopf ein wenig nach vorn, dann schloss sie die Augen. Gleich darauf öffnete sie sie wieder, starrte den Mann mit dem Schnauzbart an und nickte. Tom klappte den Laptop zu. Wibold rührte sich nicht. Katja drehte sich zu Tom, und sie tauschten einen Blick. Neil Krambach war ein Vergewaltiger gewesen. Sie hatten sich nicht getäuscht, jetzt hatten sie Gewissheit.

»Das ist Neil Krambach?«, fragte Sofie Wibold mit leiser, brüchiger Stimme.

»Ja«, erwiderte Tom.

Sie schluckte. »Er war's.«

Draußen startete ein Hupkonzert. Der Hochzeitskonvoi setzte sich in Bewegung.

Die dunklen Augen blickten freundlich und zugleich stechend aus dem leicht gebräunten Gesicht. Die feinen Falten auf der Stirn verliehen ihm einen Ausdruck von Ernsthaftigkeit, die markanten Züge von Männlichkeit und Dynamik, ein weicher Zug um den recht breiten Mund herum von Freundlichkeit. Keine Frage, der Mann mit der Glatze hatte Charisma, und man konnte ihn sympathisch finden. Ihr selbst war es so ergangen, als sie ihn in einer Talkshow gesehen hatte, obwohl sie inhaltlich ganz und gar nicht seiner Meinung gewesen war. Ihr wurde übel bei der Vorstellung, dass sie da ihrem Vergewaltiger zugesehen und zugehört hatte, ohne die geringste Ahnung davon, dass dieser Mann ihr das angetan hatte. Fassungslos starrte sie auf das Foto, mit dem der rechtspopulistische Autor sich auf seiner Homepage so smart präsentierte.

Brutal hatte er sich das Recht genommen, über sie herzufallen, in sie einzudringen, in ihr zu ejakulieren, sie zu demütigen, ihr zu drohen, seine Hände um ihren Hals zu legen und zuzudrücken, ihr die Luft abzuschnüren, ihr Todesangst zu machen. Dieser Mann war Leons Vater. Ein Reaktionär. Ein widerlicher Selbstdarsteller. Ein Wolf im Schafspelz.

Sie musste daran denken, wie Leon mit seinen Boxkumpels die Schwarzen vorm Supermarkt vertrieben hatte. Ein Rassist steckte in dem Jungen, zumindest aber ein mieser Mitläufer in einer Gruppe von Rassisten. Waren die Gene seines Vaters dafür verantwortlich? Die Übelkeit wurde stärker. Die Zweifel, die sie damals gehabt hatte, bevor sie sich endgültig entschieden hatte, das Kind zu behalten, die sie auch später immer mal wieder befallen hatten im Laufe von Leons Kindheit und Jugend, standen ihr vor Augen und schienen sie nun zu verhöhnen. Es war furchtbar, der schmerzhaften Wahrheit ins Gesicht zu sehen. Sie hatte versagt, sie hatte um das Risiko gewusst und trotzdem an den entscheidenden Stellen nicht aufgepasst. Nun war es zu spät. Sie konnte ihre Übelkeit nicht mehr unterdrücken, flitzte ins Badezimmer und übergab sich in die Toilette. Anschließend schlich sie erschöpft durch die Wohnung. Leon kam aus seinem Zimmer mit seiner Sporttasche über der Schulter.

»Morgen«, sagte er kurz angebunden. »Ich geh in den Club, wir fahren heute nach Hamburg zu einem Wettkampf. Ich komme morgen Abend wieder.«

Sofie Wibold nickte, brachte kaum einen Ton heraus.

»Okay!«, sagte sie und sah ihn traurig an.

»Bist du krank?«, fragte er.

»Ach, nein, das ist nur …« Sie zögerte, wusste nicht, wie sie den begonnenen Satz vollenden sollte. »Weil ich mir so viele Sorgen um dich mache.« Sie versuchte, es ironisch klingen zu lassen und zu lächeln, was ihr beides misslang.

Leon wandte sich ab. »Ich muss jetzt los. Du brauchst dir keine Sorgen um mich zu machen. Ich pass schon auf mich auf.«

Sie nickte und rang mit den Tränen. Es war alles zu viel für sie.

Leon öffnete die Tür. »Bis morgen!«

»Ja, bis morgen!« Er ging hinaus.

»Viel Erfolg!«, rief sie noch hinterher. Dann brach sie in Tränen aus. Sie stand in dem kleinen Flur vor der Garderobe und dem Spiegel mit dem gelben Holzrahmen, an dem einige Fotos von ihr klemmten. Weinend betrachtete sie die Bilder, die sie mit den Kolleginnen aus dem Café zeigten, als Studentin in einem Hörsaal, mit ihren Eltern und mit dem kleinen Leon. Wenigstens war er tot, dachte sie. Sie musste sich keine

Gedanken machen über irgendetwas in Bezug auf diesen Menschen. Leon brauchte nichts von ihm zu erfahren, denn das konnte bei der Berühmtheit dieser Galionsfigur der Neuen Rechten verheerende Folgen haben, ahnte sie. Nein, der Junge durfte von seinem Vater und der Vergewaltigung nie erfahren. Alles musste so bleiben, wie es war. Und sie durfte ihren Jungen noch nicht aufgeben. Ich muss um Leon kämpfen, dachte sie. Ich bin doch die Einzige, die das tun kann. Ich bin doch seine Mutter. Auch wenn er mich verachtet und es furchtbar schmerzhaft werden wird. Ich darf ihn nicht den Rassisten von Gerbers Boxclub überlassen. Und deren kriminellen Machenschaften. Sie hielt inne, spürte eine Wut aufkommen, die ihr eine trotzige Kraft verlieh.

57

Viele Zweiradfahrer mit und ohne Motor waren unterwegs. Passanten trugen ihre Einkäufe nach Hause. Eine Horde blauweiß gestreifter MSV-Duisburg-Fans zog über den Fußweg. Tom und Katja fuhren durch die belebte, lang gezogene Straße Richtung Rhein.

»Vielleicht hat Krambach noch mehr Frauen vergewaltigt«, sagte Katja. »Oder es versucht. Wir müssen das checken.«

»Stimmt! Vielleicht war das der Grund, warum er mit seinem alten Leben nichts mehr zu tun haben wollte, warum er nach Hamburg gegangen war und sich komplett neu erfunden hatte.«

»Kein Wunder, dass er seiner Frau erzählt hat, dass ihn die Vergangenheit nicht mehr interessiere, sondern nur noch ihre gemeinsame Zukunft. Wie romantisch!« Ein zynischer Ausdruck zeigte sich in Katjas Gesicht.

»Und dann hat er die Freundin meines Bruders vergewaltigt. Und eiskalt zum Schweigen gebracht. Sonny hatte nicht das Glück gehabt wie Sofie Wibold.«

Tom erinnerte sich an Sonnys Strahlen, als sie mit Marco vor ihm gestanden und sein Bruder ihm mitgeteilt hatte, dass sie ein Kind erwarteten. Er sah wieder das Glück in ihren Augen, spürte die Freude, die er damals für die beiden empfunden hatte, erinnerte sich sogar an das schöne Gefühl, sich vorzustellen, vielleicht selber eines Tages einmal Vater zu werden. Die alte Traurigkeit meldete sich und der tief sitzende Schmerz, aber er riss sich zusammen, musste sich jetzt ganz auf ihre Ermittlung konzentrieren.

»Es sieht so aus, ja«, sagte Katja. »Du warst auf der richtigen Spur. Von Anfang an. Aber wir werden das nicht beweisen können.« Sie sah ihn an. »Würdest du das überhaupt wollen?«

»Gute Frage. Ich glaube, das ist nicht mehr entscheidend. Felsen und die Kollegen werden der Sache auf die Spur kommen. Sie werden die Indizien zusammentragen.«

Er atmete tief durch. »Dann gäbe es den zweiten Mordverdacht gegen Marco.« Schweigen. Katja sah ihn mitfühlend an.

»Hätten die Bullen in Duisburg damals ihren Job gemacht«, sagte sie, »dann wäre Sonny noch am Leben.«

»Da darf ich nicht drüber nachdenken.«

»Sofie Wibold hatte ihn offenbar genau beschrieben. Und er war Mitglied in der Schützengilde. Die Kollegen hätten auf ihn kommen müssen. Der Klüngel hat ihn geschützt, Tom, ist doch klar. Die vielen Lücken in der Akte …«

Tom nickte, während er an einer roten Ampel hielt. »Und den Einzigen, der ihm hätte gefährlich werden können«, sagte er, »haben sie zum Schweigen gebracht. Felix Hilser.«

»Vielleicht ist der gar nicht zu Tode geprügelt worden. Vielleicht hatte das nur so aussehen sollen.«

»Der Rechtsmediziner! Deshalb hat er die Leiche so schnell zur Einäscherung freigegeben.«

»Und für die Fotos haben sie die Einschusslöcher kaschiert, verschlossen und überschminkt.«

Er sah Katja an. »Und wer hat den Jungen erschossen? Krambach selbst?«

Katja schüttelte den Kopf. »Zwei Schüsse. Wie bei Jens Gerksen und Claudia Hilser.«

»Wir brauchen Johnny!«, erwiderte Tom. »Was hat sie Claudia Hilser gesagt? Was wusste sie?«

Eine Hupe ertönte, und Tom schrak zusammen. Die Ampel war schon lange grün und der Fahrer hinter ihm ungeduldig. Tom starrte auf die Kreuzung. Er musste daran denken, dass er in der Nacht auf der Autobahn die Hupe des Lkw überhört hatte. Das Klick in seinem Kopf war schuld gewesen, und es konnte jederzeit wiederkommen. Er fasste das Lenkrad fester und fuhr los.

»Und was ist mit Gerbers Boxteam?«, fragte Katja. »Die Typen haben versucht, mich allezumachen. Zumindest einer von denen war dabei.«

»Wir haben die nervös gemacht«, sagte Tom. »Wir sind denen zu nah gekommen. Und Frank Gerber und Berkeesen haben irgendwas miteinander zu tun. Wir müssen noch tiefer graben, Katja! Irgendwas fehlt uns noch, wir müssen die weiter nerven. Wir müssen da Bewegung reinbringen.«

»Das ist nicht ganz ohne, Partner.«

»Ich weiß.«

Sie fuhren auf eine große Brücke, die den Rhein in Richtung Moers überquerte. Katja schaute aus dem Fenster. Tom blickte auf die Rheinwiesen am anderen Ufer. Auf einmal nahm er im Augenwinkel etwas Großes, Dunkles wahr. Er sah zur Seite. Ein schwarzer Schwan flog entlang der Brücke neben ihnen her. Irritiert betrachtete er den großen Vogel, der sich klar vor dem blauen Himmel abzeichnete. Seine wuchtigen Flügelschläge, den langen Hals, den Kopf mit dem feuerroten Schnabel, den er elegant in den Wind streckte. Er war allein, kein anderer Schwan oder Vogel war zu sehen. Tom wandte sich zu Katja, die immer noch in Gedanken versunken zur anderen Seite aus dem Fenster schaute. Wieder sah er zu dem seltenen Tier. Majestätisch flog es neben ihm her. Sein Auge war auf die Entfernung nur ein kleiner Punkt, aber der leuchtete feuerrot. Unheimlich, dachte Tom.

Frank Gerber legte den Kopf ein wenig in den Nacken, dann ließ er ihn nach vorn sinken und sah sie freundlich lächelnd an. Ein wenig überheblich, dachte sie.

»Aber Frau Wibold, oder darf ich Sofie sagen?«

»Lassen Sie uns ruhig beim Sie bleiben«, erwiderte sie selbstbewusst. Gerber nickte und drehte sich in seinem Stuhl hin und her. Sofie Wibold saß vor seinem Schreibtisch, der voller Papiere und Prospekte lag, und sah ihn mit festem Blick an.

»Okay, verstehe. Na gut. Ja, also, das mit dem Geld kann ich ganz einfach aufklären. Aber hat Leon Ihnen das nicht schon selbst erklärt?«

»Vielleicht. Ich würde es aber gern mal von Ihnen hören.«

»Hey, hey, warum so schlecht gelaunt, gute Frau?« Gerber breitete die kräftigen Arme aus. Sofie Wibold hatte keine Lust, auf diese gönnerhafte Art einzugehen, sah Gerber stattdessen nur abwartend an. Die Wand hinter ihm hing voller Fotos von Boxern. Vielleicht war Leon auch darunter, aber sie hatte jetzt keinen Blick dafür. »Also, die Jungs sind prima Jungs, die tun was für die Stadt Moers, für die Gemeinde der Mattheck. Das machen die, weil ich sie darum gebeten habe, weil das was Gutes ist, wenn man was für die Gemeinschaft tut. Das ist wichtig, dass die Jungs in dem Alter das kapieren. Beim Boxen und im Leben geht es doch um Werte.« Gerber beugte sich vor. »Und da kriegen sie ab und zu ein bisschen Taschengeld zugesteckt von Kioskbesitzern, Supermarktpächtern, Hausbesitzern und Mietern. Das ist nicht viel, aber irgendwann läppert es sich.«

»Weil sie die Schwarzen fernhalten?«

Gerber stutzte. »Wie kommen Sie denn darauf?«

»Habe ich neulich zufällig gesehen.«

»Und jetzt denken Sie, wir sind Rassisten.«

»Tja, wie soll man das sonst verstehen?«

Gerber schüttelte verständnislos den Kopf. Sofie spürte, dass er genervt war von ihrer direkten Art, davon, dass es ihm nicht gelang, sie einzulullen. Er lehnte sich wieder zurück und schien zu überlegen.

»Es gibt Probleme in der Mattheck, und wir helfen den Bewohnern. Das ist alles.« Er sah sie ernst und ein wenig beleidigt an. »Na, und dann gibt es hier und da Prämien bei Wettkämpfen zu holen, und meine Jungs sind eben gut. Das sind Gewinner. Na ja, und dann boxen sie auch ab und zu Bare-Knuckle, da gibt es ein bisschen mehr, und da zocken sie dann auch. Und ja, das ist illegal, aber das ist auch das einzige Illegale, was sie tun. Aber sie schaden da niemandem, alle machen freiwillig mit, weil sie Lust darauf haben. Und den Spaß lasse ich ihnen. Mein Gott, die paar Kröten.«

»Oh, dreitausend Euro sind schon eine Menge Geld für einen Siebzehnjährigen.«

Gerber schmunzelte. »Natürlich, da haben Sie recht. Aber das hat er sich dann sicher zusammengespart. Freuen Sie sich doch, dass er es nicht gleich auf den Kopf gehauen hat. Wie gesagt, das sind prima Jungs, die wissen, wo es langgeht im Leben.« »So? Wo geht es denn lang? Nach rechts?«

Gerber sah sie jetzt ausgesprochen kühl an und ließ sich Zeit mit seiner Antwort. »Ich werde hier keine politische Diskussion mit der Mutter eines meiner Schützlinge führen. Das müssen Sie dann schon mit Ihrem Sohn klären.«

Sie spürte ihre Wut auf Typen wie Gerber, Krambach und

Co. »Noch bin ich für Leon verantwortlich, und ich werde alles tun, um zu verhindern, dass er auf die schiefe Bahn gerät.

Am liebsten würde ich ihn hier rausholen«, murmelte sie mehr zu sich als zu Gerber.

»Oh, er ist hier, Sie können ihn gleich mitnehmen. Er würde sicher sehr enttäuscht sein. Die Jungs freuen sich alle auf den Wettkampf in Hamburg. Aber sei's drum. Soll ich ihn holen?«

»Sie wollen mich nicht verstehen, aber das ist okay. Ich sage nur, dass ich aufpassen werde, mehr, als ich es bisher getan habe. Das war etwas naiv von mir. Lassen Sie die Finger von meinem Sohn, ziehen Sie ihn nicht in Ihren rechten Schmutz hinein!«

»Soll das eine Drohung sein?«

Sofie Wibold wandte sich ab, erhob sich und verließ wortlos Gerbers Büro.

»Hey, lassen Sie uns doch nicht so auseinandergehen, Frau Wibold.«

Sofie Wibold schloss die Tür hinter sich, ging die Treppe hinunter und an der offenen Tür zur Boxhalle vorbei in den Hof, in dem der Bus mit einem angekoppelten Anhänger stand, offenbar bereit für die Reise in den Norden. Mit energischen Schritten durchquerte sie den Hof. Dabei hörte sie ein paar Jungenstimmen, ihr Blick fiel auf die Kellerfenster des zweistöckigen seitlichen Gebäudes, von denen eines auf Kipp stand. Durch den offenen Spalt drangen die Stimmen in den Hof. Neugierig ging sie näher und erkannte Leons Stimme. Jalousien vor den Fenstern verhinderten, dass man hineinsehen konnte. Seitlich trat sie heran, beugte sich herunter und sah vorsichtig durch den Spalt in den Kellerraum. Ein Junge in Leons Alter saß auf einem Stuhl und hielt eine Pistole in der Hand. Sofie Wibold traute ihren Augen nicht. Bekam sie hier die Antwort auf ihre Frage? Die Pistole sah echt aus, auch wenn sie noch nie eine gesehen hatte, erschien sie ihr so. Sie versuchte, etwas mehr vom Raum zu erfassen. Der Winkel reichte aber nur für ein sitzendes Bein in einer Trainingshose und den muskulösen Arm dazu. Der andere Junge reichte diesem die Pistole und erhielt selber eine weitere größere. Sie hatte sich also nicht getäuscht, und ihr Verdacht erwies sich nun als noch viel schlimmer, wenn sogar Waffen im Spiel waren. Entsetzt beobachtete sie, wie der Junge die Handhabung der Pistole probierte. Sie fragte sich, was sie jetzt machen sollte. Erst mal musste sie hier weg und dann zur Polizei. Keine Frage, sie musste das hier anzeigen. Leon durfte auf keinen Fall mit denen nach Hamburg fahren. Der Junge musste hier raus und das sofort. Als sie sich aufrichtete, schrak sie zusammen. Hinter ihr stand Frank Gerber.

»Das ist aber nicht die feine Art, bei fremden Leuten rumzuschnüffeln.«

Entsetzt starrte sie ihn an. Ihr war klar, dass sie jetzt in großer Gefahr war.

»Was ist da los?«, fragte eine Jungenstimme im Keller.

Gerber nickte süffisant. Lebensgefahr, schoss es Sofie Wibold durchs Hirn, ich bin in Lebensgefahr.

»Das ist jetzt dumm gelaufen«, sagte Gerber.

Ein junger Mann öffnete das Kellerfenster. »Ich glaube, das ist deine Mutter.«

»Was?« Leons Gesicht erschien neben ihm. »Scheiße!«

»Die hat die Pistolen gesehen«, sagte der junge Mann.

Sofie Wibold starrte ihren Sohn an. Sie wandte sich zu Gerber.

Der Boxcoach sah sie skeptisch an. Sie wusste, dass sie nur eine Chance hatte, wenn sie sofort handelte. Blitzschnell trat sie dem Mann mit voller Wucht zwischen die Beine. Gerber schrie auf, krümmte sich und sackte laut fluchend zusammen. Sie lief los, zur Ausfahrt.

Gerber brüllte: »Hinterher, schnappt sie euch!«

Sofie Wibold hörte, wie die jungen Männer in den Hof gelaufen kamen. Sie erreichte die Ausfahrt, rannte auf die Straße, überlegte, wohin sie laufen sollte. Es waren kaum Passanten unterwegs. Samstagnachmittag war in diesem abgelegenen Viertel nicht viel los. Sie hörte die jungen Männer hinter sich. Panisch lief sie den Fußweg entlang. Irgendwo da vorn hatte sie auf dem Hinweg eine Kneipe gesehen. Dorthin konnte sie vielleicht flüchten.

Sie lief, so schnell sie konnte, und hörte die Schritte der Jungs näher kommen. Ob Leon unter ihnen war? Sie durfte sich nicht umsehen, konnte aus dem Gleichgewicht geraten und stürzen. Das war alles ein einziger, furchtbarer Albtraum. Sie rannte und rannte, verzweifelt, wie damals nach der Vergewaltigung, als sie aus dem Schützenverein floh, voller Todesangst, die sie jetzt wieder hatte. Der Bürgersteig war uneben, einige Platten verschoben, an vielen Stellen war Unkraut durch die Ritzen gewachsen. Bloß nicht stolpern, dachte sie und stieß mit einem Fuß gegen eine überstehende Steinplatte. Sie verlor den Halt, stürzte nach vorn, schlug auf dem Boden auf. Gerade eben konnte sie sich noch mit den Händen abstützen und den Kopf abfangen. Ihr Blick fiel auf einen alten Mann, der mit einem kleinen Hund an der Leine vor einer Haustür stand und sie verwundert ansah. Zu alt, er würde ihr nicht helfen können, ging ihr durch den Kopf. Die Jungs kamen näher, waren jetzt dicht hinter ihr. Sie musste sofort weiter, riss ihre Tasche mit sich, die von ihrer Schulter gerutscht war, und rannte wieder los. Alles schmerzte, Hände, Knie, die Zehen. Da sah sie vorn hinter der Kreuzung die Kneipe. Die Schritte der Meute wurden lauter, sie konnte die jungen Männer atmen hören. Sie holte alles aus ihrem Körper heraus, spürte aber, wie ihre Kräfte zu schwinden begannen. Die Kneipe, sagte sie sich, nur noch die Kneipe erreichen. Gleich würden sie sie eingeholt haben. Sie schaffte es nicht. Eine Hand griff nach ihr, streifte sie, aber rutschte ab.

»Nein!«, schrie sie panisch. »Hilfe! Hilfe!«

Wieder spürte sie die Hand auf ihrem Rücken, verzweifelt gab sie noch einmal alles. Da sah sie den Polizeiwagen, warf die Hände in die Höhe und sprang, um Hilfe schreiend, auf die Straße. Der Peterwagen bremste und kam kurz vor ihr zum Stehen. Ein Beamter sprang heraus und ging zu ihr.

»Hey, was ist los mit Ihnen?«

Sofie Wibold sackte völlig entkräftet zusammen. Der Mann fing sie auf und stützte sie. Beruhigend redete er auf sie ein. Sie hatte es geschafft. Sie konnte es kaum glauben. Es würde ihr nichts passieren. Sie brach in Tränen aus und weinte erleichtert und geschockt zugleich. Todesangst hatte sie gehabt. Leon fiel ihr ein. Ihr eigener Junge war womöglich dabei gewesen, hätte daran mitgewirkt, ihr etwas anzutun. Ein weiterer heftiger Weinkrampf schüttelte sie. Dann versuchte sie, sich zu beruhigen, und sah zurück zum Fußweg. Die Jungs waren verschwunden. Sie zeigte dorthin.

»Die jungen Männer vom Boxclub, die haben mich verfolgt, die wollten mich …« Sie zögerte. »Die wollten mich umbringen. Vielleicht.«

»Sie klingen etwas verwirrt. Sie haben möglicherweise einen Schock.« Sie zitterte am ganzen Körper. »Kommen Sie!« Der Beamte hakte Sofie Wibold unter, führte sie zu dem Einsatzwagen und setzte sie hinten rein. Er setzte sich ans Steuer und startete den Motor. »Ich bringe Sie auf die Wache. Versuchen Sie, mir doch mal ganz ruhig zu erzählen, was passiert ist!«

Sie sah seine freundlichen Augen im Rückspiegel und war so dankbar, in Sicherheit zu sein.

58

Tom parkte den Camaro ein gutes Stück entfernt von der Einfahrt zum Hof, in dem sich Gerbers Boxclub befand. Die beiden Ermittler stiegen aus.

»Das ist doch Gerber da vorn«, sagte Katja. Frank Gerber stand in seinem Trainingsanzug auf dem Fußweg und sah die Straße hinunter, dabei hielt er die Arme über seinen Kopf und streckte sich.

»Stimmt. Was macht er da? Gymnastik?«

»Merkwürdig«, sagte Katja. Gerber streckte sich noch einmal und schien besonders tief einzuatmen.

»Straßengymnastik?«, sprach Tom den Mann von hinten an. Der fuhr herum und blickte irritiert auf die beiden Ermittler. »Ist es in der Halle zu voll?« Tom schmunzelte.

Gerber ließ sich Zeit mit der Antwort. »Ne, ich habe nur gerade jemanden hinausbegleitet.« Er sah von Katja zu Tom. »Sie wollen wieder zu uns?«

»Ja, wir haben noch ein paar Fragen«, antwortete Tom.

Gerber nickte ein wenig genervt. »Eigentlich passt es gerade nicht. Ich habe anderes zu tun, als schon wieder wegen der alten Geschichten mit Ihnen zu plaudern«, sagte er und sah noch einmal die Straße hinunter. Er machte einen angespannten Eindruck auf Tom. »Außerdem fahren wir gleich zu einem Wettkampf nach Hamburg. Was machen Sie, wenn ich Sie bitte, ein anderes Mal wiederzukommen?«

»Wir brauchen sicher nicht lange, Herr Gerber«, sagte Katja. »Und dann sind Sie uns auch los.«

Gerber sah zu Tom, der bestätigend nickte. »Sonst müssten wir vielleicht noch öfter kommen«, sagte er.

»Mann, Mann, Mann, was soll denn das ganze Theater? Ich hab nix zu verbergen.«

»Ihre Schützlinge, die bei den Bare-Knuckle-Kämpfen mitmachen, tragen die Tätowierungen?«

Gerber reagierte verwundert auf Toms Frage. »Ja, einige.«

»Eine Faust in einem Kreis?«, fragte Tom.

Gerber sah ihn nachdenklich an. »Ja, woher wissen Sie das?«

»Ist das ein Tattoo, das extra für Ihren Club gemacht worden ist? Das nur Ihren Mitgliedern gestochen wird?« Gerber sah wieder die Straße hinunter, und Tom fragte sich, ob er jemanden erwartete.

»Okay, wenn wir jetzt schon reden, dann lassen Sie uns doch reingehen, in mein Büro. Und nur kurz, das hatten Sie gesagt.«

»An uns soll es nicht liegen«, erwiderte Tom.

Gerber vergrub seine Hände in seinem Hoodie und ging voraus in den Hof. Die beiden Kommissare folgten ihm.

»Wieso sind die Tattoos denn interessant für Sie?«

»Sie haben meine Frage noch nicht beantwortet«, erwiderte Tom.

»Ja, die Faust hat ein Tätowierer für uns entworfen. Ganz einfach, klein, klar und geradeaus. So wie wir.«

Im Hof stand der Bus von Gerbers Team mit einem Anhänger. Ein schwarzer Porsche mit Hamburger Kennzeichen parkte vor dem Gebäude gegenüber, dahinter ein Peugeot mit belgischem Nummernschild. Die Tangoschule war geschlossen. Eine Katze lag vor der Tür und rekelte sich in der Sonne.

»Krambach hatte so ein Tattoo«, sagte Tom.

»Richtig«, erwiderte Gerber. »Ja, das haben wir damals angefangen. Es war sogar seine Idee gewesen. Unsere Bare-Knuckle-Kämpfer haben sich das stechen lassen. Sie waren stolz darauf, unsere Faust zu tragen.« Gerber nickte versonnen. »Ganz schön lange her ist das.« Er sah Tom und Katja an. »Aber das ist heute noch so. Sie kriegen das Tattoo aber erst nach ein, zwei Jahren. Wenn sie sich selbst sicher sind und sich im Club bewährt haben. Die normalen Wettkämpfe machen sie natürlich auch mit.« Gerber stutzte, hielt inne. »Seid ihr am Ende doch wegen der illegalen Kämpfe hier, seid ihr gar nicht von der Mordkommission?«

»Keine Sorge, die Kämpfe interessieren uns nicht«, antwortete Katja. »Wir sind von der Mordkommission.«

Schritte und Stimmen waren zu hören. Vier junge Männer in Trainingsklamotten kamen durch die Einfahrt in den Hof. Leon Wibold befand sich unter ihnen.

»Einen Moment, bitte!«, sagte Gerber und ging auf die Gruppe zu.

Tom und Katja verfolgten, wie der Coach mit den Jungs sprach. Verstehen konnten sie nichts, dafür waren sie zu weit entfernt. Zwei der jungen Männer schienen dem Coach etwas zu erklären. Dann kam Gerber zurück und die Jungs mit ihm.

»Ihr packt jetzt den Rest in den Bus, und dann müssen wir auch bald los«, sagte Gerber zu ihnen. Er deutete auf Tom und Katja. »Die Herrschaften sind von der Polizei. Hamburger Mordkommission. Sie ermitteln in einer alten Angelegenheit.«

Tom und Katja sahen den jungen Männern in die Augen. Die blieben alle entspannt, nur einer wirkte etwas schüchtern, und Leon Wibold gab sich betont cool.

»Es geht um einen jungen Mann«, sagte Katja, »der vor neunzehn Jahren auch hier geboxt hatte und ermordet wurde. Felix Hilser. Vielleicht sagt euch der Name oder die Geschichte etwas?« Allgemeines Kopfschütteln.

Gerber sah Katja sichtlich genervt an. »Das ist lange her«, erklärte er seinen Jungs. »Und hat nichts mit uns zu tun.«

»Felix Hilser hatte an Bare-Knuckle-Kämpfen teilgenommen«, fügte sie hinzu. »Wir wissen, dass ihr auch solche Kämpfe macht. Das ist kein Problem für uns, darum geht es uns nicht.« Tom beobachtete ihre Reaktionen genau, aber in den Gesichtern tat sich nichts, auch nicht bei dem Schüchternen. »Der Mord an dem jungen Mann wurde nie geklärt, und jetzt gibt es neue Hinweise, denen wir nachgehen.«

»So, ist ja gut«, unterbrach Gerber. »Sie wollten doch mit mir sprechen.« Er wandte sich an seine Jungs. »Dann legt mal einen Zahn zu. Sagt Hennes Bescheid, wenn ihr so weit seid. Und wenn ich mit den freundlichen Polizisten geredet habe, dann geht's gleich los in die schöne Hansestadt!«

Die Jungs warfen den beiden Kommissaren misstrauische Blicke zu und verschwanden in ihrem Club.

»Ich muss mal kurz telefonieren«, sagte Gerber, zückte sein Handy und entfernte sich Richtung Einfahrt. »Bin gleich wieder da!«

Als sich Tom und Katja im Hof umsahen, trat ein Mann aus dem Gebäude. Er telefonierte ebenfalls, in einer fremden Sprache. Er trug ein schwarz-graues Camouflage-Langarmshirt über seiner schwarzen Jeans. Als er sie bemerkte, senkte er die Stimme, wandte sich ab und verzog sich in die hintere Ecke des Hofes.

»Der spricht niederländisch, das spricht man auch in Belgien, der gehört bestimmt zu dem Peugeot«, sagte Tom.

»Da oben am Fenster. Ist das nicht Laura Gerber?«

Tom sah hoch zum ersten Stock. Am Fenster trat eine Frau zurück ins Dunkle und war nicht mehr zu sehen. »Könnte sein«, sagte er.

Die Jungs kamen wieder heraus und packten ihre Sporttaschen in den Bus. Gerber war fertig mit seinem Telefonat und kam zu Tom und Katja, dabei sah er kurz zu dem Typ im Camouflage-Shirt. »Lasst uns in mein Büro gehen. Langsam bin ich doch neugierig, was euch so beschäftigt.«

»Okay«, sagte Tom. Sie folgten Gerber ins Gebäude, stiegen die Treppe hoch in den ersten Stock. Dort führte er sie in die Halle, in die nachträglich Wände eingezogen worden waren. Gleich die erste Tür öffnete er und führte sie hinein. Katja bot er den Stuhl vor dem Schreibtisch an und Tom einen zweiten an der Wand.

»Danke, ich stehe gern.« Tom stellte sich ans Fenster und blickte in den Hof. Dort schoben zwei Jungs einen langen Kasten in das Fach unter dem Boden des Busses, das eine Spezialanfertigung sein musste. Ein zusätzlicher Stauraum. Tom fragte sich, wofür der lange Kasten wohl wäre. Er konnte sich nicht daran erinnern, dass sie im Dock One jemals solche Kästen auf ihren Reisen dabeigehabt hatten.

»Nach Hamburg geht's also für die Jungs. Ein wichtiger Wettkampf?«, fragte Tom. Gerber saß hinter seinem Schreibtisch und sah sie entspannt an. An der Wand hinter ihm hingen viele Fotos von Kämpfen und Porträts von Boxern.

»Jeder ist wichtig«, antwortete Gerber. »Es ist immer dasselbe. Es geht um ein Prinzip. Widerstände zu überwinden, ehrlich und klug zu kämpfen, alles zu geben.« Er sagte das im Brustton der Überzeugung, und man merkte, dass er sich sicher auf seinem Terrain fühlte. »Und am Ende erhobenen Hauptes aus dem Ring zu steigen. Am besten natürlich als Sieger.«

Tom beobachtete, wie zwei andere Jungs einen weiteren langen Kasten zum Bus trugen und ihn neben den anderen schoben. Er wunderte sich auch über den Anhänger, denn so viel Ausrüstung war eigentlich nicht nötig für einen Wettkampf an einem anderen Ort.

»Sagt Ihnen der Name Herfried Berkeesen etwas?«, fragte Katja ganz unvermittelt. Tom sah zu Gerber und betrachtete sein Gesicht genau. Über den Tränensäcken meinte er ein leichtes Zucken zu erkennen.

Der Coach beugte sich zu einer Schublade herunter, zog sie auf und holte eine Packung italienischer Mandelkekse hervor. Er legte sie auf den Tisch. »Bitte, bedienen Sie sich!«, sagte er.

Eine klassische Übersprungshandlung, dachte Tom. Die Frage hat ihn aus dem Konzept gebracht.

»Ja«, sagte Gerber. »Der Hamburger Reeder. Ich kenne ihn, weil er ein großer Bare-Knuckle-Fan ist. Er sponsert viele Wettkämpfe. Scheiße, das hätte ich nicht sagen dürfen. Aber es geht Ihnen ja nicht um die illegalen Boxkämpfe. Hey, das ist doch wirklich so?«

»Ja, das ist so«, erwiderte Katja. »Wie haben Sie Berkeesen kennengelernt?«

Gerber zögerte. »Ich verstehe nicht, worauf Sie hinauswollen. Was soll das denn mit dem Tod des armen Felix zu tun haben?«

»Vielleicht nichts. Wir stellen eben unsere Fragen und sammeln die Antworten. Manches ist relevant und manches nicht. Das tun wir ganz geduldig. Manchmal über Jahre hinweg«, sagte Tom, während er beobachtete, wie im Hof der Typ im Camouflage-Shirt sich mit einem Mitarbeiter von Gerber, vielleicht auch einem Coach, unterhielt. »Und irgendwann haben wir genug, um die entscheidenden Schlüsse ziehen zu können.« Tom wandte sich wieder an Gerber. »Dann finden wir die Wahrheit. Und zwar fast immer. Nur selten scheitern wir. Sehr selten.«

Gerber nickte. »Toll!«, sagte er ironisch. »Ich habe den über Neil kennengelernt.«

Sie bedankte sich bei dem Polizisten, der ihr alles Gute wünschte und sie in die Obhut eines Kollegen übergab. Dieser führte sie über den Korridor vorbei an einigen Beamten, die sich unterhielten, zu einem Büro, in dem eine Kollegin an ihrem Platz saß und telefonierte.

»Ach, ich suche uns einen anderen Raum, in dem wir unsere Ruhe haben«, sagte er und führte sie weiter. Am Ende des Flurs fand er schließlich einen kleinen Raum, in dem es nur einen Tisch und vier Stühle gab. »Perfekt«, sagte er, bat sie, Platz zu nehmen, und bot ihr an, einen Kaffee für sie zu holen oder ein Glas Wasser.

Sofie Wibold wollte nichts trinken. Ungeduldig versuchte sie, dem Beamten klarzumachen, wie dringend die Polizei zu Gerbers Boxclub fahren müsste, weil die Jungs sich demnächst auf den Weg nach Hamburg machen würden und sie doch die Pistolen gesehen hatte. Es müsste jetzt schnell verhindert werden, dass etwas passierte.

»Okay«, sagte er. »Ich bin gleich wieder da, dann legen wir los.«

Der Mann ließ sie allein. Sie wunderte sich über seine Ruhe, aber übte sich in Geduld. Was blieb ihr auch anderes übrig. Sie sah zum vergitterten Fenster hinaus, auf Zweige und Blätter von Büschen und üppigem Gestrüpp. Es war still, und der karge Raum hatte eine friedliche Ausstrahlung. Sie merkte, dass sie begann, sich zu entspannen. Damals hatte sie auch schon auf dieser Wache gesessen, fiel ihr ein. Um ihre Vergewaltigung anzuzeigen. Die Beamten waren sehr nett und verständnisvoll gewesen. Sie erinnerte noch, dass ihr das gutgetan hatte. Einen hatte es jedoch gegeben, der ihr unangenehme Fragen gestellt hatte, der skeptisch gewesen war. Sie hatte sich in die Ecke gedrängt gefühlt. Irgendwann war sie mit den Nerven am Ende gewesen und hatte nur noch geweint. Erst da hatte er aufgehört. Sie spürte wieder das Gemisch aus Schmerz, Hilflosigkeit, ohnmächtiger Wut und Resignation.

Der Beamte kehrte zurück, stellte ihr ein großes Glas Wasser hin und legte ihr Desinfektionsmittel und eine Schachtel Pflaster dazu. »Falls Sie Ihre Wunden versorgen möchten.«

»Danke, ich glaube, es ist schon okay.«

»So etwas sollte man nicht unterschätzen.« Er setzte sich ihr gegenüber. »Auf jeden Fall sollten Sie trinken. Sie wirken sehr erschöpft.«

Der Mann sah sie mit einem fürsorglichen Ausdruck an. »Dann erzählen Sie mal!«

Nachdem sie dem Beamten alles kurz und bündig geschildert und er sich ein paar handschriftliche Notizen auf einem Block gemacht hatte, sah er sie nachdenklich an. »Woher wollen Sie wissen, dass es sich um echte Pistolen gehandelt hat? Es könnten zum Beispiel auch Paintball- oder Softair-Pistolen gewesen sein. Die sind bei Jugendlichen sehr beliebt.«

Was sollte diese Frage, glaubte er ihr etwa nicht?

»Wenn es keine echten Waffen gewesen wären, wären die sicher nicht hinter mir hergestürmt. Gerber hat gerufen: ›Schnappt sie euch, sie hat die Pistolen gesehen.‹«

Das Handy des Beamten machte Ping. Er sah auf das Display. »Entschuldigung!« Er las die Nachricht. Dann sah er wieder zu ihr. »Würden Sie die jungen Männer wiedererkennen?«

»Zwei«, antwortete sie. »Zwei auf jeden Fall.«

»Und Ihr Sohn war auch dabei.«

»Ja, aber den meine ich natürlich nicht.«

»Natürlich.« Er sah ihr in die Augen, schien zu zögern. »Okay, dann kommen Sie bitte mit. Vielleicht habe ich eine gute Nachricht für Sie.«

Jetzt saß sie schon wieder im Fonds eines Einsatzwagens, diesmal auf dem Weg zu einer Gegenüberstellung. Eine Streife hatte offenbar irgendwo einige Jungs aufgetrieben, auf die ihre Beschreibung passte.

»Und zwei Kollegen sind auf dem Weg zu Gerbers Boxgym«, sagte der sympathische Beamte, der sie befragt hatte und nun am Steuer saß. »Die sehen sich da mal um.«

Sofie Wibold fühlte sich leer und konnte kaum mehr einen klaren Gedanken fassen. Sie betrachtete den leicht gebräunten, kräftigen Nacken des Beamten. Der blonde Flaum leuchtete golden im Sonnenlicht, das immer wieder in den Wagen fiel. Ein sportlicher Mann, dachte sie. Mit einer klugen und warmherzigen Ausstrahlung. Die Gegend, durch die sie fuhren, kam ihr bekannt vor. Die kleinen, einfachen Einfamilienhäuser, die Trinkhalle an der Ecke. Sie bogen in eine Seitenstraße, die von Reihenhäusern gesäumt war. Hier war doch die Schützengilde. Seit damals war sie hier nie wieder gewesen. Augenblicklich wurde ihr mulmig zumute.

»Was machen wir denn hier?«, fragte sie.

»Ich muss nur kurz eine Kollegin aufsammeln. Das geht schnell.« Irritiert verfolgte sie, wie der Beamte vor dem Vereinsheim der Schützengilde parkte. »Ich bin gleich zurück. Nicht weglaufen!«, sagte er schmunzelnd, stieg aus und verriegelte mit der Fernbedienung die Türen.

Sie schreckte auf. Eine leichte Panik befiel sie. Was passierte hier? Ängstlich starrte sie auf das Gebäude, in dem der Beamte verschwand.

Über das sportliche Lenkrad des Camaro hinweg beobachteten Tom und Katja die Einfahrt zum Hof.

»Wenn wir denen jetzt folgen, war's das natürlich erst mal mit unserer Suche nach Johnny.«

»Wir könnten uns aufteilen«, sagte Katja.

Tom schüttelte den Kopf. »Nein, nein, das lassen wir schön bleiben. Notfalls kommen wir eben wieder und setzen uns Montag vor die Schützengilde.«

»Mein Camaro gefällt dir offenbar.« Seine Partnerin schmunzelte.

»Meinst du wirklich, dass das Laura Gerber am Fenster war?«

Katja zuckte die Schultern. »Ich bin mir nicht sicher. Aber der Porsche aus Hamburg könnte doch zu ihr passen.«

»Klar, aber sie war ja erst vor drei Tagen hier.«

»Tja, vielleicht gab es einen wichtigen Grund, schon wieder herzukommen.«

»Zum Beispiel der Typ aus Belgien«, mutmaßte Tom. In diesem Moment kam der Peugeot aus der Einfahrt gefahren. »Wenn man vom Teufel spricht.«

»Sollen wir das Kennzeichen checken?«

»Habe ich schon angefordert«, erwiderte Tom. »Dauert ein bisschen, wegen Belgien. Immerhin ist es EU. Könnte also heute noch klappen.« Er grinste.

»Felsen wird kochen vor Wut«, sagte Katja, »wenn er erfährt, was wir hier treiben. Wenn uns was passiert, sind wir dann eigentlich versichert?« Tom zuckte die Achseln. »Ist das immer so mit dir?«, fragte sie.

»Du meinst, das ist mein Karma?«

»Vielleicht hat das irgendwas mit deinem Bruder zu tun. Eineiige Zwillinge sind doch was Besonderes. Und jetzt, wo du verlassen wurdest, bist du einsam, ruhelos. Wie getrieben stürzt du dich in den Kampf gegen das Verbrechen.«

Seine Partnerin konnte das unmöglich ernst meinen, aber er war sich da nicht ganz so sicher. »Katja, kannst du bitte aufhören, so einen Stuss zu reden?«

»Touché! Da habe ich wohl einen wunden Punkt getroffen.« Sie lächelte Tom liebevoll an. Es machte Plopp in seiner Jackentasche. Er hatte eine Nachricht erhalten und holte sein Handy heraus.

»Okay, ging doch schneller. Also, der Peugeot ist auf einen Malte Kuhlinger zugelassen. Der Mann ist Deutscher.«

»Das ist der Typ, mit dem Philip Berkeesen beim Bund war.«

»Stimmt. Ist auch als rechtsextrem eingestuft. Und steht unter Beobachtung der CGSU. Ich glaube, das ist die belgische Antiterroreinheit.«

»Na, interessant. Das wird immer brisanter, habe ich das Gefühl. Hoffentlich wächst uns das nicht über den Kopf«, sagte Katja und unterbrach sich. »Da!«, sagte sie. Der Bus vom Team Gerber mit dem Anhänger fuhr vom Hof. Frank Gerber saß auf dem Beifahrersitz, und ein anderer Coach fuhr. Vermutlich dieser Hennes.

»Okay, dann geht's los«, sagte Tom. »Ich warte noch ein wenig, der Camaro ist ja nicht gerade das beste Fahrzeug für eine Beschattung.«

»Oder gerade«, erwiderte Katja. Sie beobachteten, wie der Bus die Straße hochfuhr und hinten an der Ampel hielt. Tom startete den Motor. In dem Moment kam der schwarze Porsche aus der Einfahrt und bog in die andere Richtung ab, kam ihnen entgegen.

»Laura Gerber!«, sagte Katja. Durch die Windschutzscheibe war die Frau deutlich zu erkennen, die Sonne schien ihr ins Gesicht, und sie setzte sich eine Sonnenbrille auf.

»Tatsächlich«, sagte Tom. »Was macht die hier? Hat das was mit dem Belgier zu tun?« Der Porsche fuhr an ihnen vorüber. Am oberen Ende der Straße an der Ampel wartete immer noch der Bus. »Scheiße, Katja! Ich bleib hier. Du folgst dem Bus und ich dem General.«

»Und wie?«

»Das schaffe ich schon.« Er öffnete die Tür, stieg aus.

»Du spinnst!«, sagte Katja.

Tom lief los, auf dem Fußweg hinter Laura Gerber her. Er blickte sich noch kurz um und sah, wie der Camaro losfuhr.

59

Die Tür vom Vereinsheim der Schützengilde ging auf, und der Beamte trat zusammen mit einer Frau in Uniform heraus. Erleichtert atmete Sofie Wibold durch. Die letzten Minuten waren zur Hölle für sie geworden. Eingeschlossen in dem Polizeiwagen, war ihr Kopfkino auf Hochtouren gelaufen. Alle möglichen Fantasien hatte sie entwickelt. Dass sie in eine Falle getappt war und man die Zeugin zum Schweigen bringen wollte. Der Beamte drückte auf die Fernbedienung. Klack, klack machte es, was sie noch einmal zusätzlich erleichterte. Er öffnete die Tür und stieg ein, seine Kollegin setzte sich auf den Beifahrersitz.

»Hallo!«, sagte sie zu Sofie Wibold. »Ich bin Julia Hauskamp.«

»Sofie Wibold.« Der Beamte startete den Motor und fuhr los.

»Wieso haben Sie mich eigentlich eingeschlossen?« Julia Hauskamp sah ihren Kollegen verwundert an. Der lachte.

»Oh, das tut mir leid, das habe ich einfach automatisch gemacht. War wohl in Gedanken.« Über den Rückspiegel sah er Sofie Wibold an. »Sorry!«

Seine Kollegin verdrehte die Augen. »

Mann, Mann, Tim hatte mal wieder eine Laune heute, hat uns alle mit seinem wehleidigen Gemecker genervt. Bin ganz froh, da raus zu sein. Aber ich war in Form heute. Hab fast alles getroffen.«

Sofie Wibold lehnte sich entspannt zurück und sah zum Fenster hinaus auf die vorbeiziehenden Häuser. Ab und zu traf sie ein Sonnenstrahl, der zwischen den Gebäuden und Bäumen für einen kurzen Moment aufflackerte. Würde sie gleich vor den Jungs stehen? Würde Leon dabei sein? Was sollte sie dann tun? Eine furchtbare Situation wäre das, das wurde ihr jetzt klar. Sie müsste ihn verraten, um ihn zu retten. Das wäre eine Chance für ihn, aus dem Ganzen herauszukommen. Aber er würde sie hassen, er würde das nicht begreifen. Was hatten die bloß mit den Pistolen vor? Ging es um eine rechte Geschichte? Einen Anschlag? Ihr wurde ganz anders. Oder hatten sie irgendein anderes Verbrechen geplant? Ihr Junge war noch nicht volljährig, er würde nach dem Jugendstrafrecht verurteilt werden. Wenn überhaupt. Schließlich war er bis jetzt noch nicht straffällig geworden.

Tom konnte selbst kaum glauben, dass es ihm bis jetzt gelungen war, den schwarzen Porsche nicht aus den Augen zu verlieren. Er hatte immer noch kein Taxi auftreiben können. Das einzige, was ihm begegnet war, war besetzt gewesen. Moers war eben keine Großstadt und seine Vorstellung, schnell ein Taxi zu finden, etwas naiv gewesen. So musste er alles aus seinem gerade nicht besonders fitten Körper herausholen. Teilweise war der Abstand schon sehr groß geworden, aber er hatte immer wieder aufholen können. Einmal hätte er den Kontakt fast verloren, aber eine türkische Hochzeit war ihm zu Hilfe gekommen. Dankbar hatte er sich gefragt, ob es sich um dieselbe Hochzeit gehandelt hatte, der sie schon am Vormittag begegnet waren. Laura Gerber hatte halten und warten müssen, weil der Konvoi für kurze Zeit die Straße blockiert hatte. Tom hatte aufholen und sogar ein wenig verschnaufen können. Langsam jedoch wurden seine Beine schwer, und die Lungen begannen zu brennen. Tapfer kämpfte er darum, den Anschluss zu halten, aber lange konnte das nicht mehr gut gehen, und dann wäre alles umsonst gewesen, dann würde er hier stehen, allein in Moers, ohne seine Partnerin, einen Wagen und eine Idee, wie es weitergehen sollte.

Der schwarze Porsche bog auf eine Hauptstraße ab. Zur Kreuzung waren es für ihn noch ungefähr hundert Meter. Es wurde wieder kritisch. Auf der Hauptstraße würde sie schneller vorankommen. Endlich erreichte er die Kreuzung und sah sie erst in weiter Entfernung. Das war es jetzt, war sich Tom sicher, nun würde er sie nicht mehr einholen können. Er lief trotzdem noch in die Richtung, sah sich dabei immer wieder nach einem Taxi um und entdeckte eins auf einer Tankstelle, leider auf der anderen Straßenseite. Aber immerhin. Er passte eine Lücke im Verkehr ab und rannte einfach quer über die vierspurige Fahrbahn. Einige Wagen mussten bremsen, es gab böses Gehupe und Gefluche, und Tom riskierte seine Gesundheit für eine letzte Chance. Das Taxi setzte sich in Bewegung, verließ die Tankstelle und fuhr direkt auf ihn zu. Endlich schien er Glück zu haben. Die Fahrerin hatte keine Fahrgäste. Er winkte ihr, aber die ältere Frau schüttelte ihren Kopf und hob bedauernd die Hände. Das konnte jetzt nicht sein, dachte er. Frustriert sah er zu, wie sie an ihm vorbeifuhr. Tom haderte mit seinem Pech. Den Porsche konnte er längst nicht mehr sehen. An der nächsten Ampel hatte das Taxi Rot und musste warten. Tom wusste nicht, warum, aber er rannte dorthin, hoffte, dass es lang genug rot bleiben würde. Er holte die letzten Reserven aus sich heraus und erreichte den Wagen. Atemlos beugte er sich zu dem Beifahrerfenster herunter. Die Fahrerin sah ihn verwundert an. Mit zitternder Hand hielt Tom seinen Dienstausweis gegen die Scheibe und sah sie flehend an. Sie ließ die Scheibe herunter.

»Was ist denn los?«, fragte sie mit tiefer, rauer Stimme.

»Bitte, Sie müssen mich fahren!« Kurzatmig bemühte er sich, die Worte einigermaßen deutlich hervorzubringen. »Ist eine Polizeiaktion!«

Fast ein wenig besorgt sah sie ihn an. Hinter ihr ertönten zwei Hupen. Sie nickte nachdenklich. »Okay, dann mal rein in die gute Stube!« Erleichtert stieg Tom ein und ließ sich in das Polster des Beifahrersitzes sinken. »Und worum geht es?«, blickte ihn die Frau unternehmungslustig an. »Müssen wir jemanden verfolgen?«

Felsens Schweigen war die Ruhe vor dem Sturm, da war sich Katja sicher.

»Habe ich das alles gerade richtig verstanden?«, fragte er. »Ihr seid nach Moers gefahren und habt auf eigene Faust weiterermittelt? Obwohl ihr beurlaubt seid?«

Katja wusste nicht, was sie sagen sollte. Sie nickte, was keinen Sinn machte am Telefon. »Ja«, antwortete sie und wappnete sich für den Sturm, der jedoch ausblieb. Die Stille am anderen Ende hatte aber etwas Bedrohliches.

»Okay«, sagte Felsen schließlich. Sie konnte hören, wie er tief einatmete, und sich vorstellen, wie er um Fassung rang.

»Vielleicht ist es ja zu irgendetwas gut. Du verfolgst also jetzt den Bus dieses Boxclubs.« Katja hörte ein leises Tuten. Jemand rief sie an. Toms Name leuchtete auf dem Display. »Und der ist auf dem Weg nach Hamburg …«

»Ja, Chef«, unterbrach sie Felsen. »Tom ruft mich gerade an. Warte kurz!« Sie nahm Toms Anruf an.

»Hey, Tom, wie sieht es aus?«

»Ich sitze in einem Taxi, und wir folgen dem Porsche. Du musst Felsen anrufen und ihm …«

»Habe ich gerade gemacht. Er ist noch in der Leitung.«

»Und? Ist er explodiert?«

»Bis jetzt noch nicht.«

»Hast du ihm alles erzählt, auch von dem Belgier?«

»Klar. Ich glaube, er findet unsere Erkenntnisse ziemlich interessant.«

»Okay. Und du bist auf der Autobahn?«

»Genau. Der Bus ist ein gutes Stück vor mir, fährt gleichmäßig hundertzwanzig Stundenkilometer. Ich hab 'nen entspannten Job.«

»Gut. Ich melde mich, wenn ich hier was herausgefunden habe.«

»Alles klar!« Katja zögerte. »Tom, passt du auf dich auf? Ist schon scheiße, dass du da jetzt allein bist.«

»Ist schon okay. Was soll sein?«

»Auf die Duisburger kannst du dich im Zweifel nicht verlassen. Behalt das bitte im Kopf.«

»Hey, du machst dir ja richtig Sorgen.«

»So, ich muss jetzt mit Felsen weiterreden.«

»Okay. Bis später!«

»Viel Glück!«

»Dir auch!«

Katja nahm wieder das Gespräch mit Felsen auf. »Hallo Chef?«

»Alles klar bei Tom?«

»Ja, der folgt Laura Gerber. Sitzt in einem Taxi.«

»Scheiße, Katja! Das gefällt mir gar nicht. Vielleicht sollte ich die Duisburger Kollegen informieren, dass sie ihm zur Seite stehen.«

»Lieber nicht«, sagte Katja, und sofort breitete sich ein mulmiges Gefühl in ihr aus.

Die ganze Fahrt über hatten sie geschwiegen, das war ihr erst jetzt aufgefallen, da sie so sehr in ihre Gedanken versunken gewesen war. Eigenartig, dachte sie, war aber auch ganz dankbar dafür. Die Umgebung wurde ländlich. Sie fuhren an Feldern und Wiesen vorbei, vereinzelt fanden sich Bauernhöfe dazwischen. In diesem Teil von Moers war sie sonst nie, aber sie wusste, dass weiter hinten eine große Siedlung begann. Eine ehemalige Kollegin aus dem Café hatte dort gewohnt und Sofie einmal zu einem Essen bei sich eingeladen. Sie erinnerte sich noch gut daran, dass sie den ganzen Weg mit dem Fahrrad gefahren war, weil sie zum ersten Mal seit der Vergewaltigung keine Angst davor gehabt hatte, am späten Abend in der Dunkelheit die Strecke allein zurückzuradeln. Hinterher war sie geradezu euphorisch gewesen und hatte zu Hause lange nicht einschlafen können, so aufgewühlt war sie gewesen. Jetzt wunderte sie sich aber doch, dass die Polizisten sie in diese abgelegene Gegend brachten.

»So, jetzt sind wir gleich da«, sagte die Frau, als wenn sie Sofie Wibolds Gedanken gelesen hätte.

»Okay«, erwiderte Wibold und stellte fest, dass sie entlang der ehemaligen Zeche fuhren. Der Zaun war überwuchert von wildem Efeu. Büsche und Bäume waren kreuz und quer gewachsen. Die Natur hat sich das alte Industriegelände zurückerobert. Über dem wilden Dschungel thronte aber noch immer der große Förderturm.

»Aber was machen wir denn hier?«, fragte sie irritiert.

»Nur Geduld«, erwiderte die Polizistin. Sie bogen von der

Straße auf einen Feldweg, der zu einem Tor in dem Zaun führte. Was sollte das?, fragte sich Wibold, und ihr wurde klar, dass sie sich möglicherweise doch in einer Falle befand. Machten die Polizisten etwa gemeinsame Sache mit Gerber? Was hatten die jetzt mit ihr vor? Sie war denen ausgeliefert, hatte keine Chance zu entkommen. Sie hielten, und der Mann stellte den Motor aus.

»So, wir sind da«, sagte er.

Sofie Wibold war nicht in der Lage, auch nur einen Ton hervorzubringen.

Die Polizistin stieg aus, öffnete die Tür auf Wibolds Seite. »Steigen Sie bitte aus!«

Sofie Wibold rührte sich nicht, war wie gelähmt.

»Bitte! Kommen Sie!«

Der Mann stieg ebenfalls aus. Seine Kollegin zog ihre Pistole und richtete sie auf Wibold. »Aussteigen!«, befahl sie.

Tränen schossen Sofie Wibold in die Augen. Sie wusste, dass es nur darum gehen konnte, sie zum Schweigen zu bringen. Deswegen hatten die Polizisten sie in diese gottverlassene Gegend gebracht. Sie würde gleich sterben. Einfach so. Gleich würde alles vorbei sein. Der Mann öffnete ihre Tür und riss sie mit brutaler Kraft vom Sitz nach draußen. Er trug auf einmal Handschuhe. Sie schrie auf, nicht vor Schmerz, sondern vor Todesangst. Sie stürzte auf die Erde, landete mit dem Gesicht im Dreck. Wieder richtete die Polizistin ihre Pistole auf sie.

»Aufstehen!«

Weinkrämpfe schüttelten sie. Zitternd mühte sie sich hoch. »Bitte!«, flehte sie. »Bitte, tun Sie mir nichts. Ich habe einen Sohn, bin alleinerziehend.«

»Wie kommen Sie denn darauf, dass wir Ihnen etwas tun?«, fragte die Polizistin.

»Vorwärts, gehen Sie!«, herrschte ihr Kollege sie an und zeigte in Richtung des Zauns. Mühsam versuchte Sofie Wibold, einen Fuß vor den anderen zu setzen, stolperte und konnte gerade eben das Gleichgewicht halten. Langsam wankte sie zu dem Zaun. Der Mann ging zu einem Busch, beugte sich herunter, und sie erkannte ein Loch, das in den kräftigen Draht geschnitten war. Er stieg hindurch und wartete auf der anderen Seite zwischen Büschen und Gestrüpp.

»Jetzt du!«, herrschte die Polizistin sie an. Es war ein unerträglicher Albtraum, dessen Ende festzustehen schien. Sie konnte sich nicht vorstellen, dass es noch irgendeine Möglichkeit der Rettung für sie geben konnte. Ihr wurde übel. Die Polizistin gab ihr einen Stoß, und sie fiel fast vorwärts, stolperte zu dem Loch und quetschte sich hindurch, die Pistole der Polizistin immer auf sich gerichtet. Drüben konnte sie ihre Übelkeit nicht mehr unterdrücken und erbrach sich in das Dickicht. Sie bemerkte, wie der Mann angewidert wegsah. Die Frau kletterte auch durch das Loch.

»Weiter!«, sagte sie und deutete mit der Pistole auf einen schmalen Trampelpfad.

Sofie Wibold riss sich zusammen und schleppte ihren schwachen Körper durch den wild wuchernden Urwald, bis sie ins Freie gelangte, auf ein Gelände mit Wegen, Straßen und den verwahrlosten Gebäuden der Zeche. Die Polizisten führten sie zu einem alten Backsteingebäude, einer länglichen Halle mit großen Fenstern, deren Scheiben teilweise zerbrochen waren. Durch einen Seiteneingang schoben sie sie hinein und folgten ihr. Sie standen in einem riesigen Waschraum mit meterlangen Waschbecken und unendlich vielen Drahtkörben, die über die gesamte Halle verteilt von der hohen Decke herunterhingen. Sie hatte so etwas schon im Fernsehen in Reportagen über den Bergbau gesehen. Die Arbeiter zogen sich hier um, packten ihre Kleidung in die Körbe und zogen diese hoch unter die Decke. Nach der Schicht wuschen sie sich den Dreck vom Körper, zogen die Körbe herunter und stiegen wieder in ihre sauberen Klamotten. Dieser Ort hatte etwas Unwirkliches und Morbides. Der Putz bröckelte von den Wänden, die Bodenfliesen waren durchzogen von Rissen, und über alles hatte sich eine schmierige Schicht Dreck gelegt. Das Gekrächze von Krähen verlieh der Szenerie etwas Unheimliches.

»Was soll das denn?«, fragte Wibold verängstigt unter Tränen. »Warum führen Sie mich hierher?«

Ehe sie sichs versah, packte die Frau ihre rechte Hand und kettete sie mit Handschellen an das Eisengeländer einer Treppe, die in den Keller führte. Wibold schöpfte ein wenig Hoffnung. Die beiden hätten sie eigentlich doch gleich erschießen können, dachte sie. Es musste einen Grund dafür geben, dass sie sie hier angekettet hatten. Zugleich fiel ihr auf, wie absurd ihre Hoffnung war. Den Schlüssel legte die Polizistin auf die Ecke des ersten Waschbeckens. Dann gingen die beiden wortlos hinaus und ließen sie zurück. Sie hörte noch, wie sich draußen ihre Schritte entfernten. Was hatten die mit ihr vor? Würde gleich jemand kommen und sich um sie kümmern? Panische Angst schnürte ihr die Kehle zu, ein Schwindel befiel sie, ihre Knie wurden weich, und sie ließ sich auf den Boden sinken. Hatte sie noch eine Chance, hier lebend herauszukommen? Sie konnte es sich nicht vorstellen. Sie sah sich an diesem verlorenen Ort um. In einer Ecke entdeckte sie eine Ratte, die dort herumschnüffelte und dann flink an der Wand entlang über die Fliesen wieselte. Die Stille war bedrückend. Ab und zu erklang ein metallisches Klirren der vom leichten Wind bewegten Ketten mit den Drahtkörben, die gegeneinanderstießen. Draußen krächzten die Krähen. Nichts geschah, die Zeit schien stillzustehen. Ihre Zeit.

Die Taxifahrerin saß zurückgelehnt in ihrem Sitz, das Lenkrad lässig zwischen Daumen und Fingerspitzen. »Na, wie hab ich dat jemacht?« Zwei strahlend blaue Augen blickten Tom stolz aus einem gebräunten Gesicht, in dem eine Menge Lebenserfahrung verewigt war, an.

»Großartig, wirklich großartig. Da habe ich wohl genau die Richtige getroffen.«

»Mein Oller war Stuntman beim Film. Der konnte wat fahren, mein lieber Scholli. Na, dem kann ich heute Abend wat erzählen.« Sie lachte ein wenig derb. »Ich hoffe, dat kann nich' gefährlich werden.«

Tom spürte, dass ihre Bedenken durchaus ernster Natur waren. »Machen Sie sich keine Sorgen. Ich möchte nur sehen, wo der Porsche hinfährt. Das ist alles. Sie können ruhig etwas näher ranfahren, nicht, dass wir sie an einer Ampel wieder verlieren.«

»Na, dat wundert mich jetzt aber. Die darf dat doch nicht merken, dat wir hinter ihr her sind. Lassen Se mich ma machen, Herr Kommissar Simon!« Tom musste schmunzeln und behielt den schwarzen Porsche im Auge, der fünf Wagen vor ihnen im dichten Verkehr fuhr. »Ich bin die Evelyn.« Sie sah ihn kurz an. »Wahrscheinlich verraten Sie mir nich', worum es geht.«

»Das ist leider richtig. Das darf ich nicht.«

»Na ja, ich kann es dann ja vielleicht in der Zeitung lesen«, sagte sie unvermittelt. Tom hoffte, dass Evelyn nicht der Typ Taxifahrerin war, der seine Gäste vollquatscht.

»Eigentlich habe ich Feierabend. Wollte gerade zu meinem Ex, der heiratet heute. Zum vierten Mal.«

»Evelyn, ich hab gerade keinen Kopf für solche Geschichten.«

»Klar, kann ich mir vorstellen. Ich halte meine Klappe.«

Tom lächelte sie an. Sie erwiderte sein Lächeln. Charmant, dachte er.

Die Hauptstraße führte hinaus in eine ländliche Umgebung. Tom kam die Gegend bekannt vor. Als der Porsche abbog, wurde Evelyn langsamer und ließ den Abstand größer werden. Nach einer Weile fuhr der Porsche auf eine schmale Straße, die durch Felder führte. Dahinter tauchte der große Förderturm der stillgelegten Zeche auf.

»Die alte Zeche«, sagte die Taxifahrerin. Tom nickte. »Kennen Sie sich hier aus?«, fragte sie ihn.

»Nein, aber vor ein paar Tagen war ich schon mal hier. Fahren Sie bitte weiter!«, sagte Tom, als sie zu der Abbiegung kamen. »Wir dürfen nicht riskieren, dass wir ihr auffallen.« Sie fuhren weiter geradeaus. Tom drehte sich um und beobachtete durch das hintere Seitenfenster, wie der schwarze Porsche auf das Zechengelände zufuhr.

»Tja«, sagte sie. »Das ist ganz schön abgelegen. Was sollte die Frau hier wollen?«

»Genau das will ich herausfinden.« Er fragte sich, ob auf dem alten Zechengelände wieder ein illegaler Box-Event stattfinden sollte.

»Jetzt können wir umdrehen, langsam zurückfahren und ihr folgen«, sagte Tom. Evelyn wendete. Tom ließ seinen Blick über die Umgebung schweifen. Sie waren hier allein, nur auf der entfernten Hauptstraße floss der Verkehr.

»Hier ist mal ein Mord passiert«, erzählte Evelyn. »Vor vielen Jahren.«

Tom beobachtete, wie der Porsche hinter einer Baumgruppe auf einen Weg einbog, den er nicht einsehen konnte. »Ich weiß«, erwiderte er. »So, jetzt schnell hinterher, bis zu dem Weg. Sonst verlieren wir sie.«

»Aye-Aye, Sir!« Evelyn gab Gas und lenkte den Wagen trotz der hohen Geschwindigkeit geschickt um die Kurve auf die schmale Straße. Sie trat aufs Gaspedal, und sie rasten über die alte, unebene Asphaltdecke, wobei sie mächtig durchgeschüttelt wurden. Evelyn lachte. »Wenn dat mein Oller wüsste!« Schließlich trafen sie hinter den Bäumen auf den Feldweg. Weit entfernt fuhr der Porsche inmitten einer Staubwolke.

»Langsam hinterher!«, sagte Tom.

»Hey, Herr Kommissar, dat wird hier aber doch 'ne heiße Nummer. Ich hänge an meinem bisschen Leben, wollte ich nur anmerken. Letzte Woche bin ich Omma geworden, und ich hab mir 'ne schöne Laube geholt.« Sie sah Tom tief in die Augen. »In der will ich mit meinem Enkel noch ganz viel Zeit verbringen.«

»Evelyn, das wird an mir nicht scheitern. Ich werde rechtzeitig aussteigen und Sie höchstens bitten, irgendwo in sicherer Entfernung auf mich zu warten, damit ich hier auch wieder wegkomme.«

Evelyn nickte. »Na gut! Dann ab dafür!«

Sie fuhr auf den Feldweg und folgte in sicherem Abstand der Staubwolke. Diese stoppte vor dem großen Zaun, der das Zechengelände umschloss, und löste sich langsam auf. Übrig blieb der schwarze Porsche. Nichts rührte sich. Nun musste er höllisch aufpassen.

»Halten Sie an! Ich steige hier aus und gehe zu Fuß weiter. Wäre es okay für Sie, hinten an der Baumgruppe auf mich zu warten? Vielleicht können wir Handynummern austauschen, dann könnte ich Sie erreichen. Wenn Sie nichts von mir hören, wäre es cool, wenn Sie eine Stunde warten könnten. Ich zahle jetzt im Voraus, okay?« Er holte seine Brieftasche hervor und hielt ihr seine EC-Karte hin.

»Ey, sie steigt aus«, sagte Evelyn. Laura Gerber ging Richtung Zaun. Evelyn steckte die Karte in ihr Lesegerät. »Okay. Und Sie wollen da jetzt wirklich allein hinterher?«

Verwundert sah er sie an. »Ja. Oder wollen Sie mit?«

Sie grinste, zog die Karte aus dem Gerät und reichte sie ihm zusammen mit dem Beleg und einer Visitenkarte. »Meine Handynummer.«

»Danke!« Tom drückte ihr einen Zwanziger in die Hand. »Für was Schönes für den Enkel!«, sagte er und stieg aus.

»Danke, Herr Kommissar, ich warte dann bei den Bäumen. Passen Se auf sich auf, ich will nicht vergebens warten.«

Vorsichtig näherte sich Tom dem Zaun. Weit und breit war niemand zu sehen. Die Luft flirrte über den Feldern, die hochstehende Sonne tauchte alles in ein gleißendes Licht, und es wurde immer heißer. Er betrachtete den Zaun und überlegte, in welche Richtung Gerber gegangen sein konnte. Intuitiv entschied er sich für die linke Seite und schlich den Zaun entlang. Er stieß auf ein Loch, das in den Zaun geschnitten worden war. Die rostigen Schnittkanten deuteten darauf hin, dass dies vor langer Zeit geschehen war. Laura Gerber wird hier durchgeschlüpft sein, vermutete Tom. Plötzlich erschrak er, ein lauter Flügelschlag ertönte neben ihm, und eine riesige Krähe schnellte aus dem hohen Gras empor und flog davon. Er musste an den schwarzen Schwan denken, der neben ihm geflogen war. Unheimlich kam ihm das alles vor.

Die Haut war schon wund gerieben und schmerzte, aber sie versuchte weiter beharrlich und mit aller Kraft, ihre Hände aus den Handschellen zu ziehen. Sie hatte schlanke Hände, und wenn sie ihre Finger zusammenlegte, bildete sie sich ein, könnte es ihr vielleicht irgendwann gelingen. Immer wieder zog sie ihre Hände gegen den Metallring und hatte den Eindruck, dass sie tatsächlich ein wenig vorankam. Die wunden Stellen schienen breiter zu werden und brannten immer stärker, was sie als Zeichen eines Fortschritts deutete. Sie biss die Zähne zusammen und machte unermüdlich weiter, schließlich war es ihre einzige Chance, sich zu befreien. Die Zeit, die sie hier zugebracht hatte, kam ihr schon wie eine kleine Ewigkeit vor, und sie fragte sich, ob die sie hier einfach jämmerlich verrecken lassen wollten. Da hörte sie leise Geräusche irgendwo hinter sich. Sie drehte sich um, soweit die Handschellen dies zuließen, aber konnte nichts entdecken. Das Einzige, was ihr auffiel, war eine geschlossene Tür. Vielleicht kamen die Geräusche von dort, aus einem Raum dahinter. Es hörte sich an wie Schritte, ein Klacken ab und zu und ein Geräusch, als wenn etwas über den Boden geschleift wurde. Was hatte das zu bedeuten? Hier musste jemand sein. Einer von denen? Wurde vielleicht etwas vorbereitet für sie? Um sie zu töten und verschwinden zu lassen?

Eine Tür wurde geöffnet, und sie hörte Schritte, die näher kamen. Sie hatte den Reflex, sich wieder umzusehen, traute sich aber nicht. Panische Angst befiel sie, dass sich nun ihr Mörder nähern würde. Die Schritte stoppten, gingen weiter. Ihr Herz raste und schlug ihr bis zum Hals. Ihr ganzer Körper verkrampfte sich. Die Schritte waren jetzt dicht hinter ihr. Sie drückte ihren Körper gegen das Geländer, duckte sich, als wenn sie sich so hätte schützen können. Die Schritte kamen neben sie, und ein weißer Körper schob sich langsam vor. Obwohl sie ihn kommen gehört hatte, schrak sie zusammen, unterdrückte einen verzweifelten Schrei, schluchzte in sich hinein und zitterte wie verrückt, sodass die Handschellen gegen das Geländer schlugen und ein eigenartiges metallisches Stakkato erzeugten. Der weiße Körper beugte sich zu ihr herunter, und ein Geruch von Terpentin und Farben stieg ihr in die Nase. Ängstlich sah sie auf und erkannte einen mit Farbflecken übersäten weißen Overall, in dem eine Frau steckte. Eine Asiatin.

»Wer sind Sie?«, fragte diese irritiert, aber freundlich. »Sie sind gefesselt. Was ist passiert?«

Wibold schluchzte auf. »Bitte! Bitte!«, sagte sie und merkte, dass sie kaum einen zusammenhängenden Satz hervorbringen konnte. Sie musste sich zusammenreißen. »Der, der Schlüssel«, stotterte sie. »Auf, auf, dem, auf dem Wasch… Waschbecken.« Verzweifelt starrte sie die Asiatin an.

»Okay!« Die Frau in dem Overall ging suchend am langen Waschbecken entlang. »Da!«, sagte sie, drehte sich um und hielt den Schlüssel hoch. Wibold starrte auf den Schlüssel und spürte eine zaghafte Erleichterung. Die Frau im Overall kam zu ihr.

»Halt! Stehen bleiben!«, rief eine andere Frauenstimme. Wibold fuhr zusammen, drehte sich zur Seite. Eine Frau mit kurzen blonden Haaren in schwarzer Hose und Bluse stand vor ihnen und richtete eine Pistole auf die Frau im Overall. »Leg den Schlüssel zurück!«, befahl sie in scharfem Ton. Wibold sah zu der Asiatin. Die starrte die Frau mit der Pistole an. »Leg den Schlüssel zurück!«, wiederholte diese, jetzt mit drohender Stimme. Die Asiatin tat schließlich, wie ihr geheißen. »Was machst du hier?«, fragte die Frau mit den kurzen blonden Haaren. Die Asiatin machte ein paar Schritte auf sie zu.

»Sie wirst du nicht umbringen!« Wibold zuckte zusammen und schluchzte auf.

»Stehen bleiben!«, sagte die Blonde.

60

Als Tom sich der großen Backsteinhalle näherte, nahm er Frauenstimmen wahr. Eine davon gehörte Laura Gerber, meinte er zu erkennen. Er schlich zum Seiteneingang, die Stahltür war nur angelehnt. Er zog seine Pistole aus dem Holster und entsicherte sie. Leise schob er das schwere Metall ein wenig in den Raum, schlüpfte vorsichtig durch den Spalt und befand sich in einem kleinen Vorraum.

»Ich habe damals gesehen«, sagte die andere Stimme, »wie du den Jungen erschossen hast.« Ein jämmerliches Aufschluchzen war zu vernehmen. Es musste noch eine dritte Person dabei sein. Auf jeden Fall traute Tom seinen Ohren kaum. Der Junge, das musste Felix Hilser gewesen sein. Laura Gerber hatte ihn also erschossen. Es war so gewesen, wie Katja und er schon vermutet hatten. Norbert Gruhlich hatte einen gefälschten Obduktionsbericht vorgelegt, und Faltenfresse und seine Kollegen hatten den Mord vertuscht.

»Eiskalt bist du gewesen«, sprach die Stimme weiter. »Du hast kein Herz. Du bist schon tot, du weißt es nur nicht.« Wer war die andere Stimme? Mit lautlosen Schritten schlich er langsam näher, behielt den Boden immer im Blick, um nicht auf irgendetwas zu treten und sich durch ein Knacken oder Knirschen zu verraten.

»Das sagt die Richtige«, hörte er Gerbers Stimme, nun klar und deutlich. Kein Zweifel, sie war es. Tom kam an das Ende des Vorraums. Die Pistole im Anschlag, schob er seinen Kopf ein wenig durch den Türrahmen, bis er in die Halle sehen konnte. Dort stand Laura Gerber vor einer Frau in einem weißen Overall und richtete eine Pistole auf sie.

»Ich sag dir was«, sagte sie kühl. Die Frau kam ihm bekannt vor, die kurzen, schwarzen Haare. Es war Johnny. Und auf dem Boden, mit Handschellen an ein Geländer gekettet, saß Sofie Wibold. Wie kam sie hierher? Ihr Anblick erschütterte Tom, sie wirkte verängstigt und gebrochen. Was war hier geschehen? »Ich schick dich jetzt auf deinen letzten Trip. Den ganz großen.«

Wibold schluchzte erneut auf und schüttelte wild den Kopf. »Nein!«, schrie sie voller Verzweiflung.

»Halt!«, rief Tom und sprang mit der Pistole auf Gerber gerichtet vor. In dem Moment drückte diese ab. Zweimal kurz hintereinander. Zwei ohrenbetäubende Schüsse. Johnny brach zusammen. Ein entsetzlicher, wahnsinniger Schrei entfuhr Sofie Wibold. Fassungslos starrte Tom Gerber an, die sich zu ihm drehte und ihre Pistole auf ihn richtete. Tom hatte sie im Visier. Johnny krümmte sich am Boden.

»Nein!«, schluchzte Wibold verzweifelt. »Nein!«

»Los!«, sagte Tom zu Gerber. »Gib mir einen Grund! Gib mir einen beschissenen Grund!« Laura Gerber sah ihm in die Augen. Ruhig, kontrolliert, kalt. Tom war kurz davor, die Nerven zu verlieren, wusste nicht, wohin mit seiner ohnmächtigen Wut, seiner Verachtung, seinem Hass. Sie schien zu spüren, dass er gerade zu allem fähig war, und ließ den Arm sinken. Sie ging in die Knie und legte die Pistole auf den Boden. Tom ging auf sie zu.

»Zurück!«, befahl er. »Fünf Schritte zurück!« Gerber ging rückwärts. »Auf die Knie und Hände über den Kopf!« Sie tat, wie ihr geheißen. Er hob die Pistole auf, sicherte sie und steckte sie in sein Holster. Er zog sein Handy aus der Hosentasche, wählte den Notruf und ging zu Gerber. Er tastete sie mit einer Hand ab, aber sie hatte keine weitere Waffe bei sich. »Schicken Sie zwei Rettungswagen!«, sagte er, als sich die Zentrale meldete. »Es hat eine Schießerei gegeben. Eine Frau ist lebensgefährlich verletzt, und eine andere hat einen schweren Schock. Bitte, es muss schnell gehen!« Tom ging zu Johnny.

»Wo sind Sie?«

»Auf dem Gelände der alten Zeche in Moers.«

»Lassen Sie Ihr Handy an, dann können wir Sie orten! Wie heißen Sie?«

Er kniete sich neben die Asiatin, die ihn aus aufgerissenen Augen ansah. Eine merkwürdige Verwunderung lag in ihrem Blick. »Tom Simon, LKA Hamburg.«

»Ihre Dienstnummer, bitte!«

Beide Schüsse hatten sie in die linke Brust getroffen, es stand schlecht um sie. Johnny hob ihren Arm, ein ängstliches Flehen in den Augen. Tom umfasste ihre Hand und hielt sie.

»Ihre Dienstnummer, bitte!«, wiederholte die Stimme in der Zentrale.

Mechanisch nannte er die Reihe aus Zahlen und Buchstaben, die ihm zu einer zweiten Identität geworden war. »Bitte, der Fahrer muss schnell machen!«, fügte er hinzu. Er sah zu Gerber, die unverändert auf den Knien hockte, die Hände auf dem Kopf verschränkt. Ungerührter Blick, konzentriert, lauernd. Tom war klar, dass er sie im Auge behalten musste.

Sofie Wibold zitterte am ganzen Körper und schluchzte jämmerlich in sich hinein. »Der Schlüssel«, brachte sie kaum verständlich hervor. »Bitte! Er liegt da auf dem Waschbecken. Bitte!«

Tom überlegte, ob er Johnnys Hand kurz loslassen konnte, um Wibold von den Handschellen zu befreien. Ein leises Stöhnen entfuhr der schwer verletzten Frau. Sein Instinkt sagte Tom, dass er bei ihr bleiben, sie festhalten musste, damit der Tod sie nicht holen konnte.

»Gleich, Frau Wibold, noch etwas Geduld!«

»Mein Sohn …«, sagte Wibold. »Gerbers Jungs, die haben Pistolen, ich habe es gesehen. Und dann haben die mich gejagt, und ich bin zu einem Polizeiwagen gelaufen, aber die Polizisten haben mich hierhergebracht.« Sie schluchzte auf. »Die wollten mich … wollten mich töten.« Sie wurde von Weinkrämpfen geschüttelt.

Die Duisburger, schoss es Tom durch den Kopf, und Gerber und der Schützenverein. Ein rechter Sumpf.

»Leon«, sagte Wibold. »Der Junge ist bei denen … die fahren nach Hamburg … Ich habe Angst.«

»Bleiben Sie ruhig, Frau Wibold. Meine Kollegin verfolgt gerade Gerbers Bus. Wir haben das im Griff. Ihrem Jungen wird nichts passieren.« Verwundert sah sie ihn an.

Johnny versuchte, etwas zu sagen. Mühsam brachte sie die Worte hervor. »Sie … sie ist …« Johnny verschluckte sich und spuckte Blut.

»Ganz ruhig«, sagte Tom, löste seine Hand von ihrer, schob sie unter ihren Kopf und hielt ihn ein wenig hoch. Ein Rinnsal Blut floss aus ihrem Mundwinkel. Mit der anderen Hand hielt er seine Pistole auf Gerber gerichtet.

»Sie ist eine Mörderin.« Das Sprechen fiel ihr jetzt ein wenig leichter. Sie sah Tom an. »Du warst im Hafen.«

»Ja«, erwiderte er.

Sie versuchte zu lächeln. »Ich war schneller.« Er nickte,

legte die Pistole ab, holte sein Handy hervor, startete die Sprachaufnahme und legte es vorsichtig auf Johnnys Brust. Er griff sich wieder seine Pistole und richtete sie erneut auf den General.

»Johnny, kennst du Laura Gerber?« »Ja.« »Woher?« »Sie ist … die Schwester von Frank … der Boxclub … ich … ich mach da sauber, krieg etwas Geld … und kann duschen …«

»Und woher weißt du, dass sie eine Mörderin ist?«

»Ich habe es gesehen.« Sie musste husten und spuckte weiteres Blut. »Sie … sie hat … den Jungen erschossen.«

»Welchen Jungen?«

»Felix.« Johnny riss die Augen auf und sah Tom mit einem bohrenden Blick an. »Einfach so … eiskalt. Das war auch hier … draußen … auf dem Platz.«

»Wieso konntest du das sehen?«

»Ich war hier … hab … gemalt …« Tom musste an Kichi Rausch denken. Geister hätte Johnny gemalt, hatte sie gesagt, und sie wäre selbst einer. »Das haben sie … nicht gewusst. Keiner weiß das. Zweimal … hat sie geschossen … einfach so … Und dieser Krambach war dabei … und hat zugesehen. Der rechte Autor, da … war … er noch Lehrer.«

»Bist du dir sicher?«

»Er … war im … Boxclub und in der … Schützengilde.«

»Bist du nicht zur Polizei gegangen?«

Ein bitteres Lachen stieß sie röchelnd hervor. »Die hätten … so einer wie mir … doch nie geglaubt …«

Einem Geist, dachte Tom.

»Und … die halten doch alle zusammen … so viele Polizisten im Schützenverein.« Sie hustete. »Ich war … feige, viel zu feige …« Sie schüttelte den Kopf, schluchzte und verzog den Mund. »Ich bin immer zum Duschen gegangen, immer … zu den Arschlöchern …« Ihre Stimme versagte. Die Augen wurden glasig, und es fiel ihr schwer, sie offen zu halten.

»Hey Johnny, bleib wach! Bitte bleib wach!« Tom versuchte,

seine Verzweiflung zu verbergen. »Bist du später zu Felix' Mutter in den Supermarkt gegangen und hast ihr erzählt, wie ihr Junge wirklich gestorben war?«

Johnny sah ihn an, wie aus weiter Ferne. Es war, als legte sich ein Nebel über ihre Augen. »Ja«, sagte sie kaum hörbar. »Ja … sie sollte die Wahrheit wissen … Das … war das Einzige, was ich noch … noch tun konnte …« Ihr Blick wurde starr. Sie hob wieder ihren Arm. Er legte die Pistole neben sich auf den Boden und nahm ihre Hand. Ihre Finger legten sich um seine und drückten mit schwacher Kraft zu. Toms Augen füllten sich mit Tränen.

»Hey Johnny, nicht aufgeben! Du kannst das schaffen!«

Ihre Lippen bewegten sich, aber ihre Stimme war zu schwach. Tom beugte sich zu ihr herunter. Er hörte ein leises Rascheln und sah zu Laura Gerber, die sich von den Knien auf den Hintern gesetzt hatte. Ein Test, dachte er. Sie dürfte gemerkt haben, dass er noch vollauf konzentriert war. Er beugte sich erneut zu Johnny herunter und brachte sein Ohr ganz nah an ihren Mund.

»Sein Geist …«, sagte sie leise. »Er … ist noch hier.« Tom nickte, bereit, dieser Frau zu glauben. »Ich bin …«, hauchte sie, »auch … ein …« Stille. Sie hatte kein weiteres Wort mehr geschafft.

Tom starrte sie an. Er nahm sein Handy und stoppte die Aufnahme. »Verdammt!«, sagte er. »Verdammt!«, schrie er. »Kämpf, Johnny, kämpf!« Er schüttelte sie vorsichtig. Sie reagierte nicht. Er musste jetzt handeln, sofort. Er griff seine Pistole und sprang auf. Er richtete sie auf Laura Gerber. Sie zuckte zusammen. Für einen Moment war Tom außer sich, spürte einen abgrundtiefen Hass. *Manche Dinge …*, hörte er die Stimme seines Bruders in seinem Kopf. Gerber starrte ihn an. Tom eilte zu dem Waschbecken, suchte den Schlüssel, entdeckte ihn und ging zu Sofie Wibold. Blitzschnell befreite er sie von den Handschellen, drückte ihr die Pistole in die Hand.

»Halten Sie sie in Schach!«

Wibold starrte ihn ungläubig an und richtete mit zitternder Hand die Pistole auf Gerber. »Wenn sie was unternimmt, drücken Sie ab!«

»Das kann ich nicht«, jammerte sie mit zittriger Stimme.

Tom beugte sich über Johnnys leblosen Körper, legte seine Hände übereinander auf ihren Brustkorb. »Doch, das können Sie. Weil Sie müssen. Sonst bringt sie uns um.«

Er begann mit der Herzdruckmassage und konzentrierte sich ganz auf den Rhythmus von »Staying Alive«, in dem er Johnnys Brustkorb abwechselnd herunterpresste und losließ. Immer wieder. Nach dreißig Mal blies er zweimal seinen Atem in ihren Mund. Dann presste er weiter. Immer weiter. Schon wieder, dachte er ungläubig. Katja hatte er am Leben halten können, aber in ihren Körper waren keine Projektile eingedrungen. In der Ferne hörte er Martinshörner. Mehrere. Sie kamen näher. Gleich würden die Rettungskräfte hier sein.

»Hey Johnny, bleib bei uns! Bitte verschwinde nicht!«

Die Ketten hingen von der Decke, und in den Körben zeigten sich schemenhafte, kaum zu erkennende Gesichter. Unendlich viele Körbe verloren sich in der Tiefe der Halle, zahllose verwischte Gesichter schwebten nebeneinander, übereinander, verdeckten einander. Geister, dachte Tom. Johnny hatte die Geister dieser Halle eingefangen. Vielleicht waren es die Geister der Bergmänner. Die gedeckten Farben waren mit feinem Pinselstrich aufgetragen, in vielen transparenten Schichten. Es war das größte der Bilder, die auf Spannplatten oder Leinwände gemalt an den Wänden hingen oder an sie gelehnt standen. Auf einem langen Metalltisch lagen Aquarelle, die in vielen sich überlagernden Schichten ein verschwommenes Licht oder eine Leere, eine Ahnung von Landschaft oder Raum darstellten. Erdtöne, Grün und Grau herrschten vor, licht und düster zugleich. Tom trat an ein kleines, unscheinbares Bild heran, das neben einem rostigen Metallspind hing. Darauf war ein dunkler Körper zu erahnen, der unten in einer erdigen Fläche versunken war. Seine Konturen waren nach oben verwischt, und eine kleine, zarte, helle Fläche dehnte sich von dort aus. Ein schwebendes Nichts vor düsteren Bäumen. Hatte sie hier Felix Hilsers Tod gemalt? Er hatte Johnnys Stimme im Ohr: *Sein Geist … er ist noch hier.*

Tom trat an das Fenster und sah hinaus. Einer der beiden Rettungswagen fuhr ab. Der Notarzt hatte nur stumm den Kopf geschüttelt, und Tom hatte nicht gewusst, wohin mit seiner Verzweiflung. Wäre er bloß einen Moment eher in die Halle gekommen. Hätte er die Situation doch nur ein wenig schneller erfasst. Es fühlte sich an, als stieße er gegen eine unsichtbare Wand. Das war schwer zu begreifen und noch schwerer zu akzeptieren. Aber er musste jetzt einen kühlen Kopf bewahren, es war noch nicht vorbei. Vor allem durfte er Laura Gerber nicht den Duisburgern überlassen und Sofie Wibold schon gar nicht. Da kamen die Kollegen auch schon vorgefahren. Ziemlich spät, dachte er. Vielleicht, weil nur bestimmte Polizisten sich hierum kümmern sollten. Zwei Männer und eine Frau stiegen aus ihrem Einsatzwagen. Tom sah auf sein Handy. Die Stunde, die Evelyn warten wollte, war gleich vergangen. Er grub in seiner Hosentasche nach ihrer Visitenkarte, wurde fündig und wählte ihre Nummer.

»Sind Sie es, Herr Kommissar?«

»Ja, ich bin es.«

»Da bin ich aber froh. Ich habe zwei Schüsse gehört, und ich wusste nicht, was ich machen sollte. Und als dann die Rettungswagen …«

»Evelyn!«, unterbrach Tom sie. »Ich habe eine große Bitte.«

Der zweite Rettungswagen verließ das Gelände. Nachdem die Sanitäter Sofie Wibold stabilisiert hatten, hatten sie sie zur

Weiterbehandlung in ein Krankenhaus bringen wollen, aber das hatte sie abgelehnt und darauf bestanden, bei dem Kommissar aus Hamburg zu bleiben.

Hinter der Staubwolke, die der rote Wagen aufgewirbelt hatte, erkannte Tom Evelyn, die draußen an ihrem Taxi stand und wartete. Der Mann vom Sicherheitsdienst, der nur beeindruckende zwei Minuten nach dem ersten Rettungswagen eingetroffen war, wollte das Tor schließen.

»Halt!«, rief Tom. Er führte Laura Gerber, deren Hände in den Handschellen hinterm Rücken gefesselt waren, vor sich her. Dicht an seiner Seite die ängstliche Sofie Wibold. »Lassen Sie uns noch raus.« Der Mann schob das große Gittertor wieder auf.

»Hey!«, rief eine Männerstimme hinter ihnen. »Das können Sie nicht machen!«

Tom reagierte nicht. Sofie Wibold drückte sich an ihn, und Laura Gerber wurde langsamer. Er stieß sie an. »Weiter!«

»Halt, Simon!«, rief die Männerstimme. »Das ist unser Fall, wir sind hier zuständig.« Tom reagierte nicht. Er wusste, wem die Stimme gehörte, hatte es auf dem Namensschild gelesen. Sicher war es kein Zufall, dass Maik Dulfers Bruder mit seinen Kollegen hier erschienen war. Auch damals war er als Erster am Fundort von Felix Hilsers Leiche aufgetaucht. Tim Dulfer überholte sie und stellte sich ihnen in den Weg.

»Was soll das, Kollege? Sie wissen genau, dass ich nicht zulassen kann, dass Sie mit einer Mordverdächtigen und einer Zeugin einfach den Tatort verlassen.«

»Ich habe Ihnen meinen Dienstausweis gezeigt. Sprechen Sie mit meinem Vorgesetzten in Hamburg. Dies hier ist unser Fall, und wir werden die Frauen in Hamburg vernehmen.« Tom hatte den Eindruck, als tauschten Dulfer und Gerber einen Blick. Tom schob die Frau vorwärts.

Der Polizist schüttelte den Kopf. »Das geht nicht. Ich kann Sie nicht gehen lassen.«

Tom ging weiter. Dulfer trat ihm energisch entgegen. Tom zog seine Pistole und richtete sie auf ihn.

»Hey, hey!«, sagte Dulfer und hob beschwichtigend die Hände. »Das ist jetzt ein Fehler. Sie machen gerade einen schweren Fehler.«

»Oder Sie«, erwiderte Tom. »Zur Seite!«, sagte er scharf. Dulfer reagierte nicht. »Aus dem Weg!«, sagte Tom immer noch ruhig. Der Mann vom Sicherheitsdienst brachte sich aus der Schussrichtung. Evelyn entfernte sich ebenfalls.

»Das kostet dich den Job, was du hier gerade abziehst.« Auf einmal nahm der Bruder von Faltenfresse eine versöhnliche Haltung ein. »Komm, lass gut sein! Steck die Pistole weg, und wir reden nicht drüber.«

»Ich kann mich nicht erinnern, dass ich Ihnen das Du angeboten habe«, erwiderte Tom trocken.

Dulfer nickte, gab sich nachdenklich. »Wir stehen alle mal unter gewaltigem Stress. Hey, es ist nichts passiert, Simon. Noch ist alles okay. Das hier muss keiner erfahren. Wir sind doch unter Kollegen. Und wir wollen alle das Gleiche.«

»So? Da bin ich mir nicht so sicher.«

Die beiden anderen Polizisten und ihre Kollegin kamen aus der Halle und traten hinzu. Dulfer hob beruhigend seinen Arm.

»Alles okay! Der Kollege wird gerade vernünftig. Glaube ich.«

Tom sah zu den Polizisten, die ihre Hände an ihren Pistolen hatten, welche aber noch in den Holstern steckten. Dann machte er einen Schritt auf den Duisburger Bullen zu. »Meine Partnerin ist gerade auf dem Weg nach Hamburg. Sie weiß, was hier vorgefallen ist. Und noch einiges mehr.« Sein Blick bohrte sich in Dulfers Augen, dessen Zögern seine Verunsicherung verriet. Tom ließ den Mann stehen und ging mit den Frauen weiter. Dulfers Kollegen griffen nicht ein. Er führte Laura Gerber durch das Tor. Wibold hielt sich dicht neben ihm. Evelyn kehrte zu ihrem Wagen zurück. Skeptisch sah sie ihren Fahrgast an, der mit gezogener Pistole gegen den Willen der hiesigen Polizisten eine Frau in Handschellen zu entführen schien.

»Ich bin der Gute, Evelyn, vertrauen Sie mir!«

Die Frau überlegte, war offenkundig hin- und hergerissen.

»Er hat recht«, sagte Wibold mit brüchiger Stimme. »Die anderen sind korrupt und gefährlich. Die wollten mich umbringen.«

Evelyn sah Tom in die Augen. Dann nickte sie kurz, öffnete die hintere Tür ihres Taxis und hielt sie auf.

»Danke!«, sagte Tom, als er Laura Gerber auf die Sitzbank schob und sich danebensetzte. Wibold nahm auf dem Beifahrersitz Platz. Als sie diesen düsteren Ort verließen, kam ihnen auf der schmalen, holprigen Straße ein Kombi entgegen. Am Steuer Maik Dulfer. Kurz trafen sich ihre Blicke. Irritiert sah der Duisburger Hauptkommissar Tom an.

In die äußerste Ecke gedrückt, blickte Laura Gerber zum Fenster hinaus. Der General wirkte ruhig, beinahe gelassen. Eine Art Fatalismus, dachte Tom. Oder Eiseskälte. Sofie Wibold saß vor ihm und schluchzte ab und zu leise in sich hinein. Es hatte sie beruhigt, dass sich Toms Kollegen in Hamburg um Gerbers Bus kümmern und dafür Sorge tragen würden, dass den Jungs nichts geschah. Auch Evelyn schwieg. Offenbar war ihr klar, dass ihre Fahrgäste Furchtbares erlebt hatten.

Drei Anrufe, alle von Katja, zeigte das Display seines Handys. Tom drückte auf ihre Nummer und wartete.

»Oh Tom«, meldete sich ihre Stimme. »Du bist es! Wie gut!«

Die Sorge seiner Partnerin rührte ihn. »Katja, mein Akku geht bald in die Knie. Also …«

»Deiner oder der deines Handys?«

»Beide, würde ich sagen.«

»Verstehe!«

»Also nur kurz: Du musst Felsen informieren! Ich sitze im Taxi auf dem Weg nach Hamburg. Ich schicke dir gleich die Handynummer der Fahrerin für den Fall, dass du mich erreichen willst. Ich habe Laura Gerber bei mir. In Handschellen. Ich habe sie verhaftet, wegen Mordes. Sie hat Johnny erschossen. Auf dem Gelände der alten Zeche. Vor meinen Augen. Ich war ein paar Sekunden zu spät.« Wieder haderte er mit der Tragik der Geschichte. »Ein paar beschissene Sekunden!«

»Johnny?«, fragte Katja irritiert.

»Ich erklär's dir später. Sofie Wibold habe ich auch bei mir, die konnte ich retten.«

»Sofie Wibold?« Seine Partnerin klang noch überraschter. »Was ist da abgelaufen?«

»Sie war im Boxclub und hat zufällig gesehen, wie Gerbers Jungs mit Pistolen hantiert haben. Deswegen sollte sie zum Schweigen gebracht werden.«

»Okay, alles klar. Dann haben die also vielleicht noch was vor. In Hamburg oder wo immer die Reise hingeht. Vielleicht irgend 'ne rechte Scheiße.«

»Ja, wer weiß. Du musst vorsichtig sein.«

»Noch fahren sie brav auf der Autobahn. Bis Hamburg sind es noch fast drei Stunden. Wenn sie vorher woanders hinfahren, wird's allerdings schwierig. Aber Felsen weiß Bescheid. Die sind bereit, zu mir zu stoßen. Ich werde denen jetzt mal die Sache mit den Pistolen stecken.«

»Gut, Katja, melde dich, wenn's nicht nach Hamburg gehen sollte.«

»Okay.«

»Wir geben jetzt Gas.«

Über den Rückspiegel sah Evelyn Tom an und beschleunigte noch einmal.

61

Mit schnellen Bewegungen, welche jedoch etwas fahrig waren, schob Nele Berkeesen das geschnittene Gemüse vom Holzbrett in die große, heiße Pfanne. Es zischte, Dampf stieg empor, der von der modernen Abzugshaube leise aufgesogen wurde. Zügig widmete sie sich dem Knoblauch, legte Schalotten und eine Chilischote bereit. Daniela betrachtete das Gesicht ihrer Mutter mit den strahlend blauen Augen, seinen feinen Zügen, die sich jedoch kaum zu bewegen schienen.

»Los, los, meine Kleine, ich brauche gleich das Fleisch.«

Okay, dachte Daniela, ihre Mutter also auch. Die kluge Psychologin hatte sich offensichtlich mit einigen Spritzen den Anschein, jünger zu sein, erkauft. Sie war überrascht, hätte das nicht von ihrer Mutter erwartet. Es stimmte sie ein wenig melancholisch. Sie stellte sich vor, wie es in ihrer Mutter aussah. Eine schwierige Lebensphase hatte begonnen, das Alter klopfte an die Tür. Hatte ihre Mutter Angst, nicht mehr attraktiv genug zu sein? Für ihren Mann? Ihre Freunde? Sich selbst? Ausgerechnet sie, die selbstbewusste Frau, die die Psyche der Menschen studiert hatte und Patienten therapierte, die sich dem Leben, zumindest in Teilen, nicht mehr gewachsen fühlten? Gut gelaunt begann Nele Berkeesen, den Knoblauch von seiner Schale zu befreien.

»Ich freue mich so sehr, dass unsere dänischen Freunde gekommen sind und dass Philip und du dabei seid. Das hatten wir schon lange nicht mehr. Alle zusammen an einem Tisch.«

Während Daniela das zarte Putenfleisch in kurze, feine Streifen schnitt und aufpassen musste, sich mit dem scharfen Messer nicht in die Finger zu schneiden, spürte sie überraschenderweise eine große Nähe zu ihrer Mutter, hatte das Bedürfnis, ihre gemeinsame Zeit irgendwie festzuhalten, bevor sie verloren ging.

Die Abendsonne war schon hinter den Bäumen verschwunden und schickte ein paar letzte rötliche Strahlen über das dunkle Wasser der Elbe. Daniela hatte fast vergessen, wie schön dieser Ausblick war, der für sie, die hier aufgewachsen war, immer selbstverständlich gewesen war. Alle saßen auf der großen Terrasse um den langen Glastisch herum und genossen den Kaffee nach dem Essen. Die vielen Windlichter verbreiteten ein warmes Licht. Ein paar Möwen kreischten, und aus einem der Gärten unter ihnen schwebten Grillduft, Soulmusik und Stimmen junger Leute zu ihnen herauf.

»So, liebe Daniela, wie ist das Leben?«, fragte Anna Bondsgaard mit ihrem dänischen Akzent ganz unvermittelt. Es war die typische, direkte und scheinbar unbefangene Art der sympathischen Frau, in der sie die wirklich interessanten Fragen zu stellen pflegte. Sie sprach ein fast fehlerfreies Deutsch, das aus der Zeit stammte, als sie viele Jahre lang in Hamburg den deutschen Vertrieb für einen dänischen Naturkosmetik-Hersteller geleitet hatte. Daniela überlegte und ließ sich Zeit.

»Oh, das scheint keine leicht zu beantwortende Frage zu sein«, frotzelte ihr Vater und reichte seinem Freund Victor Bondsgaard die Zigarrenkiste.

»Ist es ja auch nicht«, sprang ihr die Dänin zur Seite. »Wie ist denn dein Leben so, lieber Herfried? Erzähl doch einmal!«

Der Reeder lachte. »Oha, das ist nicht fair.«

»So? Wieso denn nicht?«

Herfried Berkeesen war ein wenig verunsichert. Das kam selten vor, dachte Daniela. Auf einmal fragte sie sich, ob ihre Eltern noch glücklich miteinander waren. Ihr Vater schmunzelte und winkte ab.

Anna Bondsgaard lachte. »Ich glaube, das Leben deiner Tochter ist viel aufregender auch.« Sie sah Daniela liebevoll an.

»Ganz sicher«, sagte Nele Berkeesen und zog lächelnd ihre Augenbrauen hoch, was offenbar auch nicht mehr so weit möglich war wie früher. Die Männer zündeten sich ihre Zigarren an und pafften den Rauch in die milde Abendluft.

»Ach, es ist alles ganz okay«, sagte Daniela schließlich. »Ich bin noch mit meinem Freund zusammen, das Studium läuft gut, gerade hatte ich ein Konzert in der Musikhalle. Rachmaninows zweites Klavierkonzert.«

»Wow, wie war es?«

»Wunderbar«, sagte Nele Berkeesen stolz, aber unterbrach sich gleich. »Oh, entschuldige, Daniela!«

»Es war gut, ja, das war es wirklich. Aber ich habe kaum Erinnerungen daran. Das ist ein wenig schade, weil es mein erstes Konzert in dieser schönen Halle war.«

»Der Druck!«, sagte Victor Bondsgaard.

»Oh ja!« Nele Berkeesen nickte. »Ich weiß noch, wie aufgeregt ich bei meinem ersten Plädoyer im Gerichtssaal war«, meldete sich Philip zu Wort. »Und da war vielleicht ein Zehntel der Zuschauer von Danis Konzert.«

»Du warst ja gar nicht da«, erwiderte Daniela etwas schnippisch.

»Touché, Schwesterherz!« Charmant lächelte er in die Runde. »Aber es ging wirklich nicht, wir hatten Bezirksverbandssitzung.«

»Jaja, ist doch okay, Bruderherz.«

»Dein Vater hat mir schon erzählt«, wandte sich Victor Bondsgaard an Philip, »dass du für die Hamburger Bürgerschaft kandidieren wirst. Das finde ich großartig, Philip. Sehr großartig!«

»Arbeit, Druck, Karriere, meinetwegen. Aber das Leben hat noch mehr zu bieten als Stress«, sagte Anna Bondsgaard.

»Wie recht du hast«, bekräftigte Nele Berkeesen, hob ihr Glas und trank ein paar Schlucke.

»Liebe Daniela«, sprach die Dänin weiter. »Ich möchte dich etwas fragen. Du hast zwei Schulklassen übersprungen und studierst erfolgreich, das geht ganz schön schnell alles. Vielleicht ist das ein bisschen zu schnell manchmal auch. Ich finde, junge Menschen sollten in dieser kostbaren Zeit noch mehr vom Leben haben. Willst du nicht einmal für ein halbes Jahr Pause machen und zu uns kommen? Im schönen Kopenhagen wohnen und das Leben genießen? Du könntest bei Babette wohnen, sie würde sich sehr freuen. In ihrem schönen Apartment in Christiansborg. Du könntest bei ihrem Theaterprojekt mitmachen, die brauchen gute Musiker und Komponisten. Und immer, wenn du wolltest, könntest du bei uns kommen und auf dem Flügel spielen. Victor ist nicht viel zu Hause, und ich habe im Sommer auch immer zu tun. Du hättest viel deine Ruhe.«

Daniela war erstaunt. Sie wusste gar nicht, was sie sagen sollte.

»Ich habe mich erkundigt«, sagte ihre Mutter. »Dieses Semester ist fast vorbei. Du hast keine Prüfungen mehr, du könntest ausnahmsweise sofort unterbrechen, das nächste Semester pausieren und im Winter wieder einsteigen. Professor Proschka sagt, dass du dir das leisten könntest. Er hält große Stücke auf dich.«

»Das hört sich doch sehr gut an«, sagte Victor Bondsgaard mit seiner warmen, sonoren Stimme.

»Oh, Schwesterchen!« Philip applaudierte begeistert. Daniela fühlte sich ein wenig überfahren, traute sich aber nicht, es zu zeigen, bei so viel Wohlwollen, das ihr entgegengebracht wurde. »Kopenhagen ist so schön im Mai. Und im Sommer. Du hättest mal Zeit, keine Prüfungen, keine Pflichten. Nur Spaß!«

Daniela musste an das Zittern ihrer Hände denken. Vielleicht würde ihr ein Break wirklich guttun, auch der Vorfall mit der zerbrochenen Karaffe deutete darauf hin, dass sie überreizt war. Von allem weg zu sein, keinen Druck zu haben, würde ihr sicher guttun, vielleicht würde sich das Zittern sogar verlieren. Es war ein verlockendes Angebot. Und die Bondsgaards waren so nett, sie mochte sie wirklich gern, auch wenn Victor genauso ein rechter Patriarch wie ihr Vater war. Zu seiner Familie war der Verleger zweier konservativer Zeitungen jedenfalls immer sehr liebevoll. Und mit ihrer Tochter Babette verstand sie sich sehr gut. Alle sahen Daniela erwartungsvoll an. Sie konnte eigentlich nur zusagen. Aber eins wunderte sie. Warum sollte es sofort losgehen? Vor allem fand sie es merkwürdig, dass ihre Mutter schon mit Proschka gesprochen hatte. Das war ganz schön übergriffig.

»Denk in Ruhe darüber nach, und dann du sagst Ja, am besten!«, sagte Anna Bondsgaard. Alle lachten.

»Das werde ich.« Daniela schmunzelte. »Also, darüber nachdenken.«

»So«, sagte Victor Bondsgaard. »Was ist das für eine furchtbare Geschichte mit Neil Krambach? Gibt es da etwas Neues von der Ermittlung?«

»In der Presse steht nichts mehr«, antwortete Herfried Berkeesen. »Es ist ruhig geworden. Ich glaube, die Polizei tappt im Dunkeln. Diese Gruppe linker Chaoten scheint es doch nicht gewesen zu sein.« Der Reeder blickte nachdenklich in die Ferne. »Je weiter wir kommen, desto brutaler werden unsere Gegner. Vielleicht ist das auch ein gutes Zeichen.«

»Oh, in diesem Fall nicht so gut für deinen Freund. Was denkst du darüber, Philip? Ich habe gehört, dass Krambach beinahe zu eurer Partei gekommen war. Das wäre sicher gut gewesen für den Erfolg. Wird er euch nun sehr fehlen?«

»Oh, was sich alles so herumspricht. Sogar bis nach Kopenhagen.«

»Wir haben viele gute Verbindungen zu der FKD. Wir können nur voneinander profitieren.«

»Natürlich«, erwiderte Philip.

Nachdenklich sah Victor Bondsgaard den Reedersohn an. »Weißt du, dass ich ein Buch geplant hatte mit Krambach und Jesper Kronsen zusammen?«

»Ach, das klingt interessant«, sagte Nele Berkeesen.

»Das wäre es auch geworden, ganz sicher. Es hätte eine dänische und eine deutsche Ausgabe gegeben. Leider geht das nun nicht mehr.«

Philip Berkeesen nickte nachdenklich. »Es gab viele bei uns, die Neil Krambach ins Boot holen wollten, manche sogar gleich in den Bundesvorstand.« Philip wurde ernst und sah seinen Vater an. »Mir ging das zu schnell, wir wussten zu wenig über ihn. Ein guter politischer Autor ist noch lange kein guter Politiker. Und … ganz ehrlich?«

»Bitte!«, sagte Bondsgaard und beugte sich interessiert vor.

»Er passte nicht wirklich in die FKD. Seine Werte deckten sich nicht mit unseren Werten.«

»Mein Junge, wir haben nur eine Chance, wenn wir ein bisschen mehr zu der Mitte rücken«, erklärte der Däne.

»Ich weiß, aber nicht um den Preis der Glaubwürdigkeit. Wir dürfen nicht beliebig werden.« Philip Berkeesen zögerte.

Der Verleger sah ihn gespannt an. »Du willst noch etwas sagen.«

Philip gab sich einen Ruck. »Außerdem schien er Abgründe gehabt zu haben.« Wieder sah er seinen Vater an. »So etwas kann für eine Partei wie die FKD gefährlich werden.«

Victor wirkte erstaunt. »Dann kommt sein Tod dir ganz gelegen, vielleicht?«

»Jedenfalls haben wir dieses Problem nicht mehr.« Philip Berkeesen blickte entschlossen in die Runde.

Victor Bondsgaard wandte sich an den Reeder. »Dein Sohn ist schon durch und durch ein Politiker, Herfried.« Er paffte ein paar Züge von seiner Zigarre und nickte anerkennend. »Wir werden wohl noch von dem Philip Berkeesen hören in der deutschen Politik.«

Es war still in der kleinen Halle des hinteren Teils der Berkeesen-Villa. Hier lagen das Arbeitszimmer ihres Vaters, die Bibliothek, der Yogaraum ihrer Mutter und die Sauna mit dem kleinen Schwimmbad. Daniela ging zu der alten Eichentür der Bibliothek mit dem Mosaikfenster, welches sie so gern mochte. Es stellte zwei tanzende, blaue Figuren dar inmitten bunter Natur mit leuchtenden Blumen, Vögeln und Schmetterlingen. Die Villa war viel älter, aber das Mosaik stammte aus der Zeit des Expressionismus. Sie hatte es schon als Kind bestaunt und als Jugendliche den künstlerischen Ausdruck darin entdeckt. Oft war die schwere Tür für die kleine Daniela verschlossen geblieben, wie auch das Arbeitszimmer ihres Vaters, weil dieser sich entweder mit Geschäftsfreunden zurückgezogen oder gearbeitet hatte. Überhaupt war dieser Trakt des Hauses lange Zeit ein Tabu für sie und ihren Bruder gewesen. Das Leben der Familie hatte immer in dem anderen Teil mit der großen Halle stattgefunden. Als kleines Mädchen war ihr sogar oft unheimlich zumute gewesen, wenn sie die kleine Halle betreten hatte. Auch jetzt spürte sie noch etwas davon. Sie lachte über sich und öffnete die mächtige Tür. Sie schaltete die Deckenlampe an, trat in den Raum und ließ ihren Blick über die hohen Regale mit den unzähligen Büchern und der rollbaren Holzleiter davor schweifen. An der einzigen freien Wand hingen zwei große alte Ölgemälde vom Hamburger Hafen und der Speicherstadt. Sie betrachtete das dunkelblaue Samtsofa mit den Holzlehnen, die schönen Holztischchen, die braunen Art-déco-Ledersessel und die beiden alten geschwungenen Stehlampen, die ein angenehmes Leselicht warfen. Vor dem Erker mit den fünf Fenstern stand der wunderschöne, großartig klingende Steinway-Flügel, auf dem ihre

Mutter früher gespielt hatte, es aber schon seit Jahren nicht mehr tat. Warum, hatte Daniela nie verstanden. Daniela liebte diesen Raum. Hier veränderte sich nie etwas. Hier hatte sie mithilfe ihrer Mutter die Leidenschaft zur Musik und zu diesem wunderbaren Instrument entdeckt.

Sie ging zu dem Flügel und setzte sich auf die Bank. Zärtlich strich sie über das glatte Holz, spürte seine kühle Temperatur und die Kraft, die ihm innewohnte. Sie bekam Lust zu spielen. Skrjabin kam ihr in den Sinn, seine Etüde Nr. 12 in dis-Moll. Sie klappte den Klaviaturdeckel auf, legte ihre Hände auf die Tasten und begann zu spielen. Während ihre Finger geschmeidig über die Tasten liefen, die Töne wie von allein fanden, sah sie zum Mosaik in der Tür. Das Licht in der Halle schien von hinten auf das Glas und brachte die bunten Farben zum Leuchten. Es entfaltete seine ganze Schönheit, wie Skrjabins Komposition. Daniela musste daran denken, dass der russische Komponist spät in seinem kurzen Leben seine Musik mit Farbwahrnehmungen verbunden und von einer multimedialen Sinfonie, die alle Sinne ansprechen sollte, geträumt hatte. Wie modern, dachte sie, aber auch wie kitschig. Sie betrachtete die blauen, tanzenden Figuren, die ihre Arme zum Himmel hin ausgebreitet hielten, ein Bein in die Luft schwangen und eins zu sein schienen mit der bunten Natur um sie herum. Da spürte sie es, sah auf ihre Finger, um sich ihrer eleganten, flüssigen Bewegung zu versichern, doch das Zittern war wieder da.

62

Die Sporthalle Wandsbek in Hamburg war ein unscheinbarer und nicht gerade attraktiver Bau, an der Hauptstraße gelegen und trotzdem leicht zu übersehen. Katja saß in ihrem Camaro in einer Seitenstraße gegenüber dem Hintereingang, vor dem Gerbers Bus mit dem Anhänger parkte. Drinnen lief die Veranstaltung schon seit einiger Zeit. Balbeck und Taller waren in der Halle und behielten Gerber und sein Team im Auge. Felsen hatte sich zu Katja gesellt, holte aber gerade zwei Becher Kaffee für sie. Über Mini-Headsets waren sie alle miteinander verbunden. Auch mit dem MEK, welches um die Ecke hinter einem Wohnhaus bereitstand. Sie hatten keine Ahnung, was sie erwartete, wussten nur, dass wahrscheinlich Waffen im Spiel waren. Wibold hatte von zwei Pistolen berichtet, die sie in den Händen der Jungs gesehen hatte.

Katja versuchte, sich in Wibolds Lage zu versetzen, es musste ein einziger Albtraum für sie gewesen sein. Wäre Tom nicht gewesen, wäre sie jetzt tot. Ihr Partner hatte Irrsinniges geleistet, war Gerbers Porsche zu Fuß gefolgt. Ohne einen konkreten Verdacht. Katja war beeindruckt von Toms Instinkt und seinem unbändigen Willen.

Felsen erschien, öffnete die Tür und stieg ein. Er reichte Katja ihren Becher Milchkaffee und lehnte sich mit seinem entspannt im Sitz zurück.

»Gerber scheint rauszugehen«, hörte Katja Tallers Stimme im Ohrhörer. »Ich bleibe hier und warte. Sonst ist alles unauffällig. Zwei von den Jungs haben schon geboxt und gewonnen.«

»Okay!«, sagte Felsen. »Vielleicht passiert hier gar nichts. Vielleicht ist etwas für später irgendwo anders geplant«, sprach er zum Team. Er wandte sich zu Katja. »Oder auch nicht. Vielleicht sind sie von ihren Freunden unter den Duisburger Kollegen längst gewarnt worden.«

»Aber von denen können sie nur erfahren haben, dass Tom Gerbers Schwester verhaftet und Sofie Wibold gerettet hat. Dann wissen sie, dass wir von den Pistolen wissen, und werden alle Waffen aus dem Boxclub entfernt haben. Aber warum sollten sie ahnen, dass wir ihnen auf ihrer Tour nach Hamburg gefolgt sind?«

Felsen zuckte die Schultern. Er trank einen Schluck von seinem Kaffee und überlegte. »Dass dieser Kuhlinger bei denen war, ist interessant. Es könnte eine Verbindung zu Philip Berkeesen bestehen.«

Katja teilte seine Einschätzung. »Und Herfried Berkeesen kennen sie auch, zumindest weil er Bare-Knuckle-Fan ist und die Kämpfe sponsert.«

Durch die Windschutzscheibe sahen sie, wie Frank Gerber aus der Flügeltür des Hinterausgangs trat. In seinem Trainingsanzug ging der Coach auf dem Parkplatz auf und ab, zündete sich eine Zigarette an und holte sein Handy hervor. Er wählte, rauchte und wartete, dann hatte er offenbar eine Verbindung und redete.

»Wir decken hier vielleicht die kriminellen Machenschaften eines Moerser Boxclubs auf«, sagte Felsen. »Und klären einen lange zurückliegenden Mordfall und einen aktuellen, die wohl im Zusammenhang miteinander stehen. Und lassen einen rechten Sumpf und Korruption bei den Duisburger Kollegen auffliegen. Das ist gut, sehr gut sogar.« Nachdenklich sah er Katja an. »Aber was hat das mit dem Fall Krambach zu tun?«

Katja zögerte, überlegte, wie viel sie preisgeben konnte, ohne das Motiv von Toms Bruder zu verraten. Es würde nicht funktionieren, wurde ihr klar. So oder so nicht.

»Wie seid ihr eigentlich auf diese Sofie Wibold gekommen?«, fragte Felsen. Katja musste die Wahrheit sagen, es nützte nichts.

»Wir haben gedacht, dass Felix Hilser vielleicht sterben

musste, weil er Zeuge eines Verbrechens geworden war. Und das haben wir dann überprüft und so herausgefunden, dass Sofie Wibold vor achtzehn Jahren von Neil Krambach vergewaltigt wurde.«

Felsen sah sie an, ein wenig überrascht. »Ist das sicher?«

Katja nickte.

»Hat sie ihn identifiziert?«

»Ja. Und Felix Hilser hatte das zufällig gesehen, und daraufhin wurde er zum Schweigen gebracht. Mit zwei Schüssen. Von Laura Gerber.«

»Um Krambach zu decken?«, sagte Felsen und überlegte. »Warum hätte sie das tun sollen?«

Katja zuckte die Achseln. »Er hatte damals noch nicht geschrieben, war ein normaler, unbekannter Lehrer.«

»Du meinst, es ging eigentlich um etwas anderes.«

»Ja, etwas Größeres, Wichtigeres. Ich finde, es sieht danach aus.« Katja konnte spüren, wie das Hirn ihres Chefs arbeitete. »Krambach war also ein Vergewaltiger. Marco Simon war auf Krambachs Lesung gewesen, so wie es aussieht, und ist zur Pause gegangen. Nach der Lesung ist Krambach in seiner Villa ermordet worden. Und Marco Simons schwangere Freundin ist damals vergewaltigt und erwürgt worden, nachdem sie auf der Geburtstagsparty von Philip Berkeesen gewesen war. Der wiederum verhindern wollte, dass Krambach in der FKD eine führende Position einnimmt.« Felsen sah Katja an, die nicht wusste, was sie sagen sollte.

Tom beugte sich zwischen den Sitzen vor und deutete auf die Einsatzwagen der Kollegen, die vor einem Bürogebäude auf sie warteten. »Dort drüben stehen sie.« Evelyn fuhr auf den Parkplatz und hielt neben den beiden Peterwagen. Sie stellte den Motor ab. Einen Moment herrschte Stille.

»Okay, das war's. Geschafft«, sagte sie und drehte sich um zu Tom. Der nickte ihr zu.

»War ein rasanter Ritt. Danke! Ich kann Ihnen gar nicht sagen, wie dankbar ich Ihnen bin.«

»Schon gut, Herr Kommissar! Aber die Penunsen brauche ich trotzdem.«

Tom musste grinsen. »Aber klar doch.« Er zog seine EC-Karte aus seiner Brieftasche und reichte sie Evelyn.

»Das ist teuer geworden. Neunhundertsiebenundzwanzig. Haben Sie so viel noch auf'm Konto?«

Tom schmunzelte. »Gerade noch.« Als sie ihm die Quittung reichte, drückte er ihr noch einen Hunderter in die Hand. »Für noch was richtig Schönes für den Enkel.«

»Danke, Herr Kommissar! Es war mir eine Freude, Sie kennengelernt zu haben. Passen Sie auf sich auf! Scheint ja manchmal etwas wild zu werden.« Evelyn wandte sich an Sofie Wibold. »Ich drück die Daumen für Sie und Ihren Jungen.« Wibold sah die Taxifahrerin traurig an, ein Versuch zu lächeln scheiterte.

Die Beamten der Einsatzwagen traten an das Taxi heran, um Laura Gerber und Sofie Wibold in Empfang zu nehmen und sie ins Präsidium zu bringen. Gerber hatte die gesamte Fahrt über geschwiegen, kein einziges Wort war ihr in den dreieinhalb Stunden über die Lippen gekommen. Tom stieg aus und deutete auf die Frau auf der Rückbank.

»Das ist Laura Gerber! Sie hat zwei Menschen eiskalt erschossen. Also Vorsicht!«

Der Beamte nickte. »Wir wissen Bescheid.« Er öffnete die Tür, und Laura Gerber stieg aus. Der General sah Tom an, ruhig, regungslos und ließ sich von den Kollegen abführen.

Sofie Wibold kam zu ihm und sah ihm tief in die Augen. »Bitte, achten Sie auf Leon!« Sie sagte es unaufgeregt, aber mit einem Flehen im Blick. »Versprechen Sie mir, dass ihm nichts passiert«, fügte sie eindringlich hinzu.

»Das kann ich nicht, Frau Wibold. Das wissen Sie. Aber ich werde mein Bestes tun, glauben Sie mir.« Sie nickte. »Vielleicht passiert ja auch gar nichts. Jetzt sind sie gerade in der Halle dort und boxen.«

»Ja, als wenn nichts wäre«, sagte sie. »Das wäre schön, wenn gar nichts wäre.« Traurig sah sie ihn an.

»Wir sehen uns später im Präsidium. Bis dahin sind wir schlauer.«

Zwei Beamtinnen kamen zu ihnen.

»Herr Simon!«, sagte Sofie Wibold.

»Ja?«

»Danke für alles! Wenn Sie nicht gewesen wären …« Ihre Augen füllten sich mit Tränen. »Das ist alles so furchtbar.«

»Ruhen Sie sich im Präsidium aus!« Tom nickte den Kolleginnen zu.

»Kommen Sie, Frau Wibold!« Mit verweinten Augen warf sie ihm noch einen letzten Blick zu, dann wandte sie sich um und ging mit den beiden Polizistinnen.

Der Parkplatz hinter der Halle leerte sich. Die Veranstaltung war schon seit geraumer Zeit zu Ende. Gerbers Bus mit dem Anhänger stand jetzt fast allein da. Schweigend saßen Katja und Tom im Camaro und behielten den Platz im Auge. Jederzeit konnten Frank Gerber und seine Jungs herauskommen. Balbeck und Taller drückten sich noch in dem Gang vor den Umkleidekabinen herum, damit ihnen nichts entging.

»An dem Anhänger waren sie also gar nicht dran«, sagte Tom.

»Und von den langen Kästen haben sie auch keinen herausgeholt«, erwiderte Katja. »Überhaupt haben sie nur wenige Kästen und Taschen mit reingenommen.«

»Klar. Sie brauchen ja auch nicht viel.«

»Sie haben jetzt die Umkleide verlassen«, kam Tallers Stimme über den Ohrhörer. »Und kommen gleich raus.«

Kurz darauf traten Frank Gerber, der jüngere Coach und vier Jungs hinaus auf den Parkplatz. Sie trugen zwei Kästen, einige Taschen und Rucksäcke zum Bus. Während sie einluden, zündete sich Gerber eine Zigarette an, ging ein wenig umher und ließ seinen Blick über die Umgebung schweifen.

»Der scheint schon skeptisch zu sein«, merkte Katja an.

»Vielleicht. Vielleicht ist er aber auch nur aufmerksam. Aber gut, dass wir den Wagen wechseln.« Schließlich ging Gerber zum Bus und stieg ein.

»Achtung!«, sprach Katja in ihr Mikro. »Der Bus fährt gleich los. Erst folgen Felsen, Balbeck und Taller und dann wir. Das MEK hält sich zurück, bleibt nur in Reichweite.« Der Bus fuhr vom Parkplatz, bog auf die Hauptstraße ein und fuhr davon. Katja und Tom konnten sehen, wie sich kurz darauf der schwarze Passat mit Felsen, Balbeck und Taller dranhängte. Katja und Tom verließen den Camaro, gingen die Straße hinunter, stiegen in einen silbernen Skoda und folgten ihnen.

Langsam verschwand die Sonne hinter einer schmalen, dunklen Wolkenwand, die sich bedrohlich am Horizont entlangzog. Die Dämmerung setzte ein und tauchte die Stadt in ein bläuliches Zwielicht. Gute hundertfünfzig Meter vor ihnen fuhr der schwarze Passat mit den Kollegen. Gerbers Bus konnten Katja und Tom nur ab und zu in weiter Ferne erkennen. Irgendwo hinter ihnen fuhr der graue Bus mit dem MEK-Team.

»Alles klar«, meldete sich Taller. »Nach Hause wollen die nicht, sonst wären sie zur A1 gefahren. Stattdessen geht's ins Zentrum.«

»Vielleicht übernachten die auch in unserer schönen Stadt«, sagte Felsen.

In den Straßen dieser schönen Stadt herrschte Betrieb. Viele junge Leute waren unterwegs, zu Fuß oder mit Rollern und Fahrrädern, saßen in den Cafés oder standen auf Plätzen mit Getränken, die sie sich von den Kiosken geholt haben. Die Samstagnacht begann, und die warme Luft roch nach Abenteuer. Johnny wäre jetzt vielleicht auch mit ihrem Skateboard unterwegs gewesen, dachte Tom. In Moers oder Duisburg. Vielleicht mit Kichi Rausch oder anderen Freunden. Ob es eine Liebe in ihrem Leben gegeben hatte? Oder eine Familie? Hatten Geister eine Familie? Marco war auch ein Geist und hatte eine Familie. *Ich bin immer bei dir,* hatte sein Bruder zu ihm gesagt, *nur, dass ich jetzt unsichtbar bin.* Tom spürte den Drang, sich umzudrehen und in den Fond ihres Dienstwagens zu sehen. Er tat es nicht. Wahrscheinlich, weil er sich beweisen wollte, dass er noch immer mit beiden Füßen auf dem Boden der Tatsachen stand.

Der Weg von Gerbers Team führte quer durch die Stadt vom östlichen Wandsbek zum westlichen Stellingen, wo der Bus auf die A7 Richtung Norden fuhr.

»Interessant«, sagte Taller. »Vielleicht ein kleiner Ausflug aufs Land?«

»Da gibt's auch mehr Rechte«, nuschelte Balbeck.

»In der Stadt sind sie nur nicht so leicht zu erkennen«, erwiderte Katja.

Gerbers Bus wechselte auf die A23. Sie verließen die Stadt, kamen durch Pinneberg und befanden sich schließlich auf dem flachen Land. Felder, Kuhweiden, Bauernhöfe und kleine, etwas verwahrloste Ortschaften bestimmten das Bild.

»Wie wär's mit Musik?«

»Immer gern«, antwortete Tom.

Katja wählte eine Playlist auf ihrem Handy, und eine Gitarre erklang, zu der sich ein Cello gesellte.

»Das ist schön.«

»Ja«, erwiderte seine Partnerin. »Schubert.«

Tom sah auf die vorbeiziehende Landschaft, über der die Dunkelheit hereinbrach, und musste sich zusammenreißen, um nicht in melancholischen Gedanken zu versinken.

Die Landstraße führte entlang der Stör, folgte allen Windungen des Flusses, nur den großen Bogen vor Wewelsfleth sparte sie sich und führte auf direktem Weg in den kleinen

Ort. Katja und Tom waren jetzt die Ersten hinter Gerbers Bus. Als sie auf die Landstraße gefahren waren, hatten sie mit den Kollegen getauscht und die Abstände vergrößert, damit Gerbers Team keinen Verdacht schöpfte. Als der Bus in den Ort fuhr und die Straße eine Biegung machte, verloren sie ihn deshalb aus den Augen.

»Scheiße, sind die weitergefahren? Aus dem Ort raus? Oder abgebogen?«, fragte Katja.

»Wir haben sie verloren«, meldete Tom.

»Ihr fahrt weiter auf der Hauptstraße«, sagte Felsen. »Wir biegen hier ab zum Hafen. Es gibt einen kleinen Jachthafen und eine Werft. Vielleicht sind sie da hin. Sie können ja nicht weit sein, einer von uns findet sie sicher gleich.«

»Alles klar!« Katja gab Gas. »Dann schau'n wir mal.«

Sie fuhren aus Wewelsfleth heraus und trafen kurz darauf auf die kreuzende Bundesstraße 431.

»Was nun?«, fragte Katja.

»Richtung Brokdorf!«, sagte Tom und zeigte nach rechts. Das schien ihm am sinnvollsten zu sein. Warum, konnte er nicht sagen.

»Aber links fährt ein Wagen«, entgegnete Katja. Weit entfernt sahen sie die Rücklichter eines Fahrzeugs. Ob es einen Anhänger hatte, konnten sie in der Dunkelheit nicht erkennen. Leichte Nebelschwaden, die vom Fluss herauf über die Felder und die Straße zogen, erschwerten die Sicht.

»Wir haben sie«, meldete sich Tallers Stimme. »Sie sind am Hafen. Wir stehen am östlichen Ende vom Deich. Da geht es zu einer kleinen Bootshalle runter. Noch tut sich nichts. Gerber und der andere Coach sind ausgestiegen und rauchen.«

»Alles klar, sind schon auf dem Weg.« Katja wendete und gab Gas.

63

In ihren Beschuss hemmenden Westen hockten Katja und Tom hinter einem Stapel Bretter, der zwischen der Bootshalle und einem kleinen Schuppen lag. Sie beobachteten Gerber und seinen Partner, die neben ihrem Bus auf dem spärlich beleuchteten Platz am Hafen, über den ebenfalls feine Nebelschwaden zogen, standen und zu warten schienen.

»Ganz schön viele Wagen parken da«, bemerkte Katja.

»Stimmt. Vielleicht ist ein Restaurant in der Nähe.« Irgendwo hinter dem Deich blökte ein Schaf. Kurz darauf kam ein Blöken aus einer anderen Richtung. Dann meldete sich wieder ein Schaf hinter dem Deich, vielleicht dasselbe wie eben, woraufhin es wieder ein Blöken aus der anderen Richtung gab.

»Unterhalten die sich?«, fragte Katja. Tom zuckte die Achseln.

Ein Mann kam zu Gerber und seinem Partner. Sie begrüßten einander, redeten kurz, dann ging der Mann zu einer Motorjacht, die am Anleger lag, und wartete auf dem Boot. Gerbers Partner stieg in den Bus und fuhr vor den Steg, der zum Anleger führte. Während Gerber die Umgebung im Auge behielt, luden die Jungs Kästen von dem Anhänger, die sie über den Steg zum Anleger trugen. Die Schafe blökten um die Wette.

Die Jungs brachten die Kästen auf die Jacht. Alles passierte wortlos und zügig.

»Okay«, sagte Katja, »hier wird also geschmuggelt. Waffen?« Sie sah Tom an.

»Gut möglich.« Von irgendwoher wehte Musik über den Fluss zu ihnen herüber. Tom erkannte »It's raining men«. Ein Albtraum von einem Song, hatte er immer schon gedacht.

»Ganz schön was los hier«, sagte Katja. Die beiden Ermittler sahen sich um. Durch die stärker werdenden Nebelschwaden konnte man in einiger Entfernung ein bunt beleuchtetes Schiff um die Biegung des Flusses kommen sehen. Juchzende und kreischende Stimmen mischten sich in den Dancefloor-Hit.

»Wir machen nichts«, kam die geflüsterte Ansage von Felsen, der sich mit Balbeck auf der anderen Seite des Geländes hinter irgendeinem Gebäude versteckt hatte. »Wenn die Jacht losfahren sollte, lassen wir sie ziehen. Ich habe einen Hubschrauber angefordert. Wir wollen sehen, wohin die Kästen gebracht werden. Wir bleiben und behalten die anderen im Auge.«

»Na, hoffentlich ist der Hubschrauber schnell genug hier!«, sagte Tom.

»Das werden wir sehen.«

Gerbers Jungs trugen zwei der langen Kästen zu der Jacht.

»Ich glaube auch, das sind Waffen«, sagte Taller. »Was soll es sonst sein?«

»Vielleicht für rechte Terroristen. Für einen Anschlag«, spekulierte Katja.

Die Kästen wurden im Innenraum der Jacht verstaut. Schweigend und schnell. Das Party-Schiff kam näher, hatte schon fast den Hafen erreicht. Sie sahen die fröhliche Gesellschaft an Bord, die ausgelassen feierte. Michael Jacksons »Bad« schallte jetzt über das Wasser. Gerber löste die Leine vom Anleger und sprang zu seinen Jungs an Bord. Der Mann startete den Motor und manövrierte die Jacht ins Hafenbecken, wo er gemächlich Richtung Elbe fuhr.

»Das ging schnell«, grummelte Balbeck.

Tom sah der Jacht nach, die langsam zwischen den Nebelschwaden in der Dunkelheit der Nacht verschwand. »Scheiße«, sagte er. »Das klappt doch nicht mit dem Hubschrauber. Der wäre sowieso viel zu auffällig.«

»Hey, Tom, diese Piloten wissen, was sie tun«, erwiderte Felsen.

Tom wurde unruhig. Das lief jetzt gerade gar nicht mehr rund. Wenn die Jacht verschwand, dann war alles umsonst gewesen. Katja sah ihn an, und ihm war klar, dass sie das Gleiche dachte. Die Musik vom Partyschiff wurde lauter, der Kahn hatte den Hafen erreicht und war offenbar kurz davor, anzulegen. »Alles klar«, sagte Tom. »Die vielen Wagen gehören diesen Gästen.« Gerbers Partner setzte sich auf einen Poller und machte sich eine Dose Cola auf.

»Wir könnten sie vielleicht eine Weile am Ufer verfolgen«, sagte Katja. »Je nachdem, wie die Straße verläuft.«

»Ich informiere die Küstenwache«, meldete sich Felsen. »Die sind in Cuxhaven, die würden der Jacht entgegenkommen, wenn sie zur Nordsee fahren. Oder folgen, wenn es Richtung Hamburg ginge.«

»Wir bräuchten ein Boot«, sagte Katja.

Tom sah zu dem Partyschiff und fragte sich, ob das eine Möglichkeit sein konnte. Etwas verrückt, dachte er, aber eine Chance. »Da haben wir eins. Und gleich 'ne super Tarnung.«

»Nicht dein Ernst.«

»Doch, komm!« Mit schnellen Schritten eilte er zum Anleger. Katja folgte ihm.

»Hey, was macht ihr?«, fragte Felsen.

»Schnappt euch Gerbers Partner!«, antwortete Tom. »Damit er sie nicht warnen kann.«

»Spinnst du?« Felsen kochte vor Wut. Unbeirrt gingen Tom und Katja auf den Steg zum Anleger. Gerbers Partner beobachtete die beiden in den Beschuss hemmenden Westen. Sogleich erhob er sich und ging zum Bus.

»Katja!«, rief Felsen. »Was zur Hölle habt ihr vor?«

»Wir tun das Richtige«, erwiderte sie. Tom nickte ihr zu.

»Schnappt euch jetzt den Typen! Bevor er die anderen warnen kann!«

Das Partyschiff war jetzt dicht am Anleger. Tom und Katja

stellten sich an den Rand, warteten. Der Kapitän sah sie neugierig an.

»Hey, ihr seht ja gefährlich aus«, rief er den beiden zu. Viele Gäste sahen gespannt zu ihnen herüber. »Seid ihr von der Polizei?«, fragte eine Frau mit schwerer Zunge.

»Was gibt's?«, rief der Kapitän. Das Schiff war jetzt nur noch einen Schritt entfernt. Tom sah kurz zu Katja. Sie nickte. Dann sprangen sie und landeten auf dem harten Stahlboden der Barkasse. Tom drängte sich durch die Menge zum Kapitän, der ihn skeptisch ansah. Tom hielt ihm seinen Dienstausweis hin. Dabei sah er zum Hafen, um sich zu versichern, dass die Kollegen Gerbers Partner kaltstellten, was sie auch taten. In Handschellen führten sie ihn ab.

»Haben Sie ein Mikrofon?«, fragte Tom den Kapitän. »Kann ich über die Anlage zu allen sprechen?«

Der Mann nickte und reichte Tom ein kleines Mikrofon.

»Dies ist ein Polizeieinsatz«, sagte Tom. »Wir bitten Sie um Ihre Hilfe.« Die Leute hörten Tom aufmerksam zu, nur einige kicherten und rissen leise Witze. »Wir beschatten Verdächtige, die auf ein Boot gewechselt sind und Richtung Elbe fahren. Wenn wir denen mit Ihrem Schiff folgen könnten, würde uns das sehr helfen. Feiern Sie einfach weiter. Es ist völlig ungefährlich. Wir wollen nur sehen, wohin die fahren.«

Die Menge johlte. »Eine Undercover-Aktion!«

»Krass! Voll der Krimi!« Der Kapitän nickte Tom zu. »Na dann!« Er gab Gas, lenkte das Schiff wieder hinaus auf den Fluss in Richtung Sperrwerk.

»Aber bitte verhalten Sie sich unauffällig. Starren Sie nicht auf das Boot, wenn wir in die Nähe kommen sollten!«, fügte Tom noch hinzu.

Die Musik wurde wieder laut. »One more Time« von Daft Punk sorgte gleich wieder für Euphorie auf dem Dance Floor, und die Menge freute sich über die Extra-Runde mit Abenteuer-Feeling. Einige grölten übermütig den Refrain mit. »One more time, we gonna celebrate.«

»Was genau ist bei dir schiefgelaufen, Tom?«, drang Felsens Stimme in sein Ohr. Katja strahlte ihn an. Der Kapitän ebenfalls.

»Na dann, wollen wir doch mal sehen, was wir aus unserer alten Lady noch herausholen können.«

Mit einer für eine Barkasse ungewöhnlich hohen Geschwindigkeit durchpflügte der Bug die Wasseroberfläche. Mutig trieb der Kapitän ihre Aufholjagd voran. Unterdessen mussten Katja und Tom dem ausgelassenen Partyvolk klarmachen, dass sie ihnen keine Informationen über den Fall geben durften. Der Nebel über der Stör wurde immer stärker, und auf einmal leuchteten die Positionslichter des Sperrwerks vor ihnen, das im Dunst versunken war. In der milchigen Suppe erkannten sie schließlich auch die Positionslichter der Motorjacht, die sich gerade unter der Brücke hindurchbewegte. Sie hatten es geschafft und Gerbers Jungs eingeholt. »Pokerface« von Lady Gaga hallte von den Sperrwerkswänden wider, als sie unter der Brücke hindurch auf die Elbe fuhren, wo die Jacht schon Tempo aufgenommen hatte.

»Die fahren Richtung Nordsee«, gab Tom durch.

»Alles klar, ich habe die Küstenwache schon informiert, die werden sich an der Mündung bereithalten. Natürlich außer Sichtweite. Ich schick dir gleich die Handynummer von Oberzollinspektor Fallner, der leitet den Einsatz an Bord der *Amrum*.«

»Gut, danke!«

»Tom, kein Risiko, bitte! Seht zu, dass ihr schnell auf das Schiff der Küstenwache kommt und die Barkasse umdrehen kann. Die offene See ist nichts für so ein Schiff. Es geht um die Sicherheit der Menschen an Bord. Ein zweites Schiff der Küstenwache, die *Föhr,* ist auch unterwegs und pickt das

MEK in Brunsbüttel auf. Die kommen dann auch dazu. Übereilt nichts! Wartet auf das MEK!«

»Klingt gut«, erwiderte Tom.

»Gerbers Partner will natürlich von nichts wissen und schweigt.«

»Klar!«

»Tom?« »Ja, Hendrik?«

»War 'ne gute Idee mit dem Partyschiff. Aber passt bitte auf euch auf! Keine leichtsinnigen Aktionen, verdammt noch mal!«

»Aye-Aye, Sir!«

Die Strömung der Elbe hatte eine wesentlich stärkere Kraft als die der Stör, und ihre Fahrt wurde rauer und holpriger. Einigen Partygästen wurde übel, was natürlich auch mit der Menge an konsumiertem Alkohol zu tun hatte.

Tom und Katja standen beim Kapitän und behielten die Lichter der Jacht im Auge, zu der der Abstand stetig größer wurde, aber der Ehrgeiz des Kapitäns sorgte dafür, dass sie noch in Sichtweite blieben. Nach einiger Zeit erreichten sie die Mündung in die Nordsee, und in der Nähe der Küste vor Cuxhaven lag die *Amrum*. Im diesigen Nebel, der in Ufernähe über dem Wasser hing, war das graue Schiff mit dem blauen Rumpf, auf dem in weißer Schrift *Küstenwache* stand, kaum wahrzunehmen. Tom nahm sein Handy und wählte Fallners Nummer.

»Herr Simon?«

»Genau, Herr Fallner.«

»Wir sehen Sie. Wo ist die Jacht?«

»Drei- bis vierhundert Meter vor uns.«

»Gut, wir kommen hinter Sie und fahren an Ihre Seite, dann können Sie übersetzen zu uns. Informieren Sie Ihren Kapitän! Der soll dann umgehend zurückfahren. Die Barkasse darf auf keinen Fall weiter aufs offene Meer hinausfahren.«

Mit dem stärkeren Wellengang schlug auch die Stimmung

der Menschen an Bord der Barkasse um. Die Leute feierten nicht mehr ausgelassen, wirkten eher erschöpft, manche sogar verängstigt und andere genervt. Daran konnte auch Rihanna nichts mehr ändern, deren »Don't stop the music« aus den Boxen tönte. Tom nahm sich noch einmal das Mikrofon.

»So, jetzt haben wir es gleich geschafft. Meine Partnerin und ich werden auf ein Schiff der Küstenwache übersetzen. Und Sie können nach Hause fahren. Vielen Dank für Ihre Unterstützung, Sie haben uns sehr geholfen.«

Die Reaktionen waren mäßig, die Party offensichtlich zu Ende.

Der Seegang wurde stärker, und die kleine Gangway, welche die Kollegen der Küstenwache von der *Amrum* aus auf die Reling der Barkasse geschoben hatten, rutschte bedenklich hin und her. Darunter schlugen die Wellen gegen die Schiffswände und peitschten das Salzwasser in die Höhe. Vier Männer hielten die Gangway auf der Barkasse fest und versuchten, sie in der Position zu halten. Zu beiden Seiten hatten sich Partygäste versammelt, um das aufregende Schauspiel zu verfolgen. Katja setzte vorsichtig einen Fuß auf die Holzfläche und umfasste mit einer Hand das Geländer. Die Führer der beiden Schiffe durften jetzt nicht das kleinste bisschen von ihrem Kurs abkommen. Ein Beamter der Küstenwache streckte ihr seine Hand entgegen.

»Einfach schnell machen. Nicht überlegen! Ruckzuck los und rüber!«

Katja sah unsicher zu Tom. Der wunderte sich, dass seine Partnerin, die mutig in jeden Ring stieg und keine Konfrontation scheute, auf einmal Angst hatte, diese paar Schritte zu machen. »Scheiße, Tom!«, sagte sie. »Geh du zuerst!« Unter der Gangway knirschte es, die Schiffe schaukelten, und die Gischt spritzte an ihnen hoch. Katja wollte wieder heruntersteigen, da stützte Tom sie von hinten. Er stieg ebenfalls auf die Holzfläche, auf der schmale Querleisten den Füßen ein wenig Halt boten.

»Komm, Katja, du schaffst das!«

»Kommen Sie!« Der Mann von der Küstenwache kam ihr einen Schritt entgegen. Auf einmal rumste es, mit einem Ruck verschob sich die Gangway, und Katja schrie auf, wurde hin und her geworfen und klammerte sich mit beiden Händen an das Geländer. Sie schüttelte den Kopf. Tom hielt sich mit einer Hand am Geländer fest, und mit der anderen stützte er Katja.

»Wir müssen jetzt zu Potte kommen«, sagte Fallner, der zu seinen Kollegen trat und Tom ansah. »Die Jacht ist schon länger außer Sicht. Und sie ist ganz schön schnell. Wir haben sicher ein paar mehr Knoten zu bieten, aber wir sollten jetzt auch los!«

Tom spürte Katjas Verzweiflung. »Sonst musst du hierbleiben, Katja. Das macht doch nichts. Ich mach das schon mit den Kollegen, und du fährst mit der Barkasse zurück.« Er spürte, dass Katja das auf keinen Fall wollte. Vielleicht aus Stolz, vielleicht aber auch, weil sie unbedingt dabei sein wollte, wenn sie Gerbers Männer stellen würden. Tom nickte Fallner beruhigend zu. »Komm, Katja, reiß dich zusammen! Ich will dich an meiner Seite haben, ich brauche meine Partnerin. Wir gehen da einfach rüber. Los!« Er zog sie vom Geländer weg. »Geh jetzt, verdammt!« Die Gischt spritzte an beiden Seiten hoch. Katja schüttelte den Kopf. Fast musste sie lachen vor absurder Verzweiflung. Sie schrie auf und machte vier schnelle Schritte über die Gangway und griff die Hand von dem Kollegen der Küstenwache, der sie aufs Schiff zog. Alle applaudierten. »Klasse, Katja!«, sagte Tom. Kopfschüttelnd sah sie ihn an. Tom folgte ihr, und die Kollegen zogen die Gangway zurück an Bord der *Amrum*.

Es war stockfinster, der Mond hinter einer dichten Wolkendecke verschwunden, und teilweise zogen Nebelschwaden über die See. Katja und Tom standen an der Reling, und der Fahrtwind blies ihnen ins Gesicht.

»Ich liebe diesen Geruch«, sagte Tom. »An der Nordsee fühle ich mich einfach wohl. Das ist wie auftanken, ich werde fit und klar im Kopf.«

»Ich weiß, was du meinst«, erwiderte Katja. »Auch wenn ich kein Fan von St. Peter-Ording und Co. bin. Zu viele verregnete, kühle Sommerurlaube in meiner Kindheit.«

»Klar, das kann hart sein. Ich denke eher an stürmische Herbsttage mit langen Strandspaziergängen.«

»Da kann man gut nachdenken«, sagte Katja.

Tom nickte, ihm war klar, dass sie auf seine Flucht nach St. Peter anspielte. »Bis ein merkwürdiges Wesen auftaucht und einen einfach wegholt.« Ein kokettes Schmunzeln huschte über ihre Lippen.

Fallner klopfte an die Scheibe und winkte sie zu sich. Sie gingen hinein auf die Brücke zu dem Zolloberinspektor und seinem Team. »Die Kollegen haben sich gemeldet«, sagte er. »Sie haben das MEK in Brunsbüttel eingesammelt und sind jetzt auf dem Weg zu uns.«

»Gut«, sagte Tom. Gemeinsam verfolgten sie auf dem Radar die Fahrt der Jacht.

»Tja, wo wird die Reise hingehen?«, murmelte Katja leise.

»Sie werden langsamer«, bemerkte Fallner. »Da«, er deutete auf dem Radarschirm nach oben. »Vor ihnen ist ein Containerschiff. Das fährt auffällig langsam.«

Fallner drosselte ihr Tempo. Der Abstand zur Jacht wurde wieder größer. Auf dem Radar verfolgten sie, dass diese nah an den riesigen Frachter heranfuhr und sich parallel zu ihm bewegte.

Tom wurde aufgeregt. »Die wollen ihre Kästen dort loswerden.«

»Wir warten noch ein bisschen«, sagte Fallner. »Die sollen beim Laden sein, wenn wir auftauchen.«

Tom nahm sich das Nachtsichtfernglas und ging mit Katja hinaus zum Bug des Schiffes. Fallner nahm etwas Fahrt auf. Sie kamen näher an die Positionslichter heran, konnten aber in der Dunkelheit nichts erkennen. Durch das Fernglas jedoch schon. Auf der Schiffswand des Containerriesen stand der Name *Freedom* und in großer Schrift darüber *Berkeesen Line.* Er reichte Katja das Fernglas.

»Sieh mal, wem der Containerriese gehört!«

»Ach ne«, sagte sie. »Klar, das ergibt Sinn. Die ziehen schon einen Kasten an einem Seil hoch in einen Zugang. Über eine Winde.«

Tom nahm sich das Fernglas und schaute durch. »Alles klar! Jetzt hängen sie den nächsten Kasten ran. Das kann jetzt schnell gehen.« Er drückte Katja das Fernglas wieder in die Hand und eilte zu Fallner. »Sie laden um. Geben Sie Gas! Wir schnappen die uns jetzt.«

»Ohne das MEK?«

»Ja, wir müssen jetzt handeln.«

»Holen Sie Ihre Partnerin rein!«

Tom ging zur Tür und rief Katja. Die *Amrum* durchpflügte die See, sprang über Wellen und fuhr auf den Containerriesen zu, dessen mächtigen Körper sie nun mit bloßem Auge in der Dunkelheit erkennen konnten.

»Ziehen Sie die Schwimmwesten über!«

Katja und Tom nahmen sich zwei Westen, die hinter ihnen an der Wand hingen, legten sie sich um und zogen die Gurte fest.

»Wir müssen vorsichtig sein«, wandte sich Katja an die Besatzung. »Die werden bewaffnet sein und schrecken auch vor Mord nicht zurück.«

Die Kollegen nickten. Als sie näher kamen, rissen Gerbers Jungs die Köpfe herum und sahen zu ihnen. Ihre Überraschung und Entsetzen waren auch auf die Entfernung nicht zu übersehen. Fallner drehte bei, und die *Amrum* lag neben der Jacht. Fallner zündete die Scheinwerfer, die die Szenerie in grelles Licht tauchten. Erschrocken und geblendet hielten die Jungs die Hände über ihre Augen. Frank Gerber und der Mann von der Jacht sahen einander ratlos an. Oben in einem Zugang des Frachters standen zwei Arbeiter, die schnell den Kasten vom Seil nahmen und verschwanden.

Fallner sprach in das Mikrofon zwischen den Armaturen. »Hier spricht die Bundespolizei«, hallte seine Stimme über das Wasser. »Stellen Sie den Motor aus! Alle Personen kommen an Deck und legen die Hände über die Köpfe!« Alle taten scheinbar, wie ihnen geheißen. Fallner wies einen Kollegen an, per Funk dem Kapitän der *Freedom* zu befehlen, die Fahrt zu stoppen.

Tom sah, wie Gerber und der Mann sich etwas zuflüsterten. Die jungen Männer wirkten geschockt, standen wie erstarrt. Einige Wellen brachten die Jacht gehörig ins Schaukeln. Die Jungs verloren den Halt, und Gerber stürzte zu Boden. Fallner legte die *Amrum* neben die Jacht. Tom, Katja und drei Kollegen der Küstenwache entsicherten ihre Pistolen und gingen mit den angelegten Waffen zur Reling. Gerber richtete sich auf, und Tom erkannte die Pistole in seiner Hand.

»Waffe weg!«, schrie Tom und richtete seine Pistole auf Gerber.

»Sorry, Jungs!«, sagte dieser zu seinem Team, steckte die Pistole in seinen Mund und drückte ab. Ein lauter Knall, der Kopf flog nach hinten. Einige der jungen Männer schrien entsetzt auf. Der Mann fiel hintenüber. Alle starrten geschockt auf den leblosen Körper. Tom sprang mit einem Beamten der Küstenwache zusammen auf die Jacht. Er nahm die Pistole aus Gerbers Hand, fühlte den Puls an seinem Hals. Er hatte keinen mehr. Tom richtete sich auf und schüttelte den Kopf. Er sah zu seiner Partnerin, ihr Blick war leer. Es blieb ihnen nichts erspart. Alles war blitzschnell gegangen, und jetzt stand die Zeit still, eingefroren in dem gleißenden Licht der Scheinwerfer.

Die Kollegen von der Küstenwache holten Gerbers Jungs und den Besitzer der Jacht nacheinander an Bord, legten ihnen Handschellen an und durchsuchten sie. Tom fiel auf, wie Katja Leon Wibold betrachtete, der natürlich nicht ahnte, dass sie ihn kannten, und sicher auch nicht, was sein toter Boss mit seiner Mutter vorgehabt hatte. Verstört wich der Junge jedem Blick aus, wirkte, als wäre er aus einem Albtraum erwacht und würde feststellen, dass es gar kein Traum gewesen war. Zwei Beamte der Küstenwache öffneten einen der beiden länglichen Kästen.

»Ein Mörser«, rief der Kollege.

Sie öffneten einen anderen Kasten. »Kalaschnikows.«

»Und Handgranaten«, rief der andere wieder, als er den Deckel eines weiteren Kastens abnahm.

SONNTAG

Hendrik Felsen stand am Kai des kleinen Jachthafens von Wewelsfleth und blies den bläulichen Rauch seiner Zigarette in den Nebel, der über den Fluss gekrochen kam. Neben ihm stand Tom, die Hände in den Hosentaschen vergraben.

»Du warst suspendiert, Tom.« Felsen drehte sich zu seinem Ermittler und sah ihn an. »Warum machen wir das hier? Weil es unser Job ist. Und der hat seine Regeln. Die gelten für alle, also auch für dich.«

»Job«, wiederholte Tom und überlegte. »Du meinst Einkommen, Krankenversicherung und so.« Nachdenklich strich er sich über die verheilte Wunde des Streifschusses an seinem Hals.

»Ich weiß, Tom«, erwiderte Felsen, »dass es dir um die Wahrheit geht und dass du keine Ruhe findest, bevor du die nicht herausgefunden hast.«

»Wenn ich die Regeln befolgt hätte und zu Hause geblieben wäre, dann wäre Sofie Wibold jetzt tot. Und der Waffenhandel nicht aufgeflogen.«

»Wenn und hätte«, sagte Felsen genervt. »Wenn du bei deiner eigenmächtigen Ermittlung auf Indizien gestoßen wärst, die den Verdacht gegen deinen Bruder erhärtet hätten, hättest du sie vielleicht manipuliert, um deinen Bruder zu schützen.« Felsen sah ihn mit festem Blick an. »Oder dich selbst.« Ein metallisches Geräusch erklang. Tom sah sich um. Die Bestatter schoben den Zinksarg in ihren Wagen. Ein paar Schritte weiter stand Katja und sah zu ihm herüber. Wahrscheinlich konnte sie sich denken, worüber Felsen mit ihm redete.

»Die Wahrheit oder dein Bruder, Tom? Ich bin mir nicht sicher, wie du dich entscheiden würdest. Ich will dazu auch nichts von dir hören. Ich würde es nicht glauben.«

Tom schwieg. Was sollte er auch dazu sagen? Felsen hatte recht.

»Deine Beurlaubung gilt natürlich noch immer.« Felsen sah Tom tief in die Augen. »Aber ich lasse dich die Verhöre mitmachen, denn das Ganze hier hat vermutlich nichts mit dem Mord an Neil Krambach zu tun. Außerdem habe ich dich so wenigstens im Blick.«

64

Die Kommissarin führte sie den Korridor entlang zu einer Bank und bat sie, Platz zu nehmen und zu warten. Fünf Minuten würde sie mit ihrem Sohn sprechen können, mehr nicht, auch würde eine Kollegin oder ein Kollege dabei bleiben. Sie fühlte sich fast wie eine Beschuldigte, obwohl die Frau sehr nett und verständnisvoll war. Allein die Situation und der Ort schüchterten Sofie Wibold ein, ließen sie sich wie eine schlechte Mutter fühlen, die ihrer Fürsorgepflicht nicht nachgekommen war. Jugendknast, das Wort geisterte durch ihr Hirn. Man hatte ihr nur gesagt, dass er mit den anderen von Gerbers Boxclub verhaftet worden war und gleich verhört werden würde. Dabei dürfte sie zugegen sein, vorausgesetzt, ihr Sohn würde das wollen. Sie starrte auf den grauen Boden und fragte sich, wie Leon wohl reagieren würde, wenn sie sich gleich begegneten. Würde er sich immer noch arrogant, hartherzig und verschlossen zeigen? Oder hatte der Schock der Verhaftung für Risse in seiner Mauer gesorgt? Ihre Müdigkeit schien verflogen. Die Erschöpfung aber war geblieben.

Viele Stunden hatte sie nun schon an diesem Ort verbracht. Nachdem sie befragt und ihre Aussage aufgenommen worden war, hatte sie gewartet, gegrübelt und gebangt. Alle waren sehr nett und aufmerksam zu ihr gewesen, ab und zu hatte man sie sogar über den Stand der Dinge unterrichtet. Die psychologische Betreuung hatte sie abgelehnt. *Kriseninterventionsteam* war ein Begriff, den sie aus dem Fernsehen kannte. Sie fühlte sich erstaunlicherweise aber stark genug, um mit dem Furchtbaren klarzukommen. Ausgerechnet sie mit ihrer Vorgeschichte. Allein hatte sie hier gesessen und immer wieder diese Killerin vor Augen gehabt, die ihre Pistole auf die Asiatin gerichtet und eiskalt abgedrückt hatte. Diese Frau hatte sie ebenfalls erschießen wollen, deshalb hatten die Polizistin und ihr Kollege sie zu der stillgelegten Zeche gebracht. Auf einmal erstarrte sie, meinte wieder die brutale Kraft zu spüren, mit der ihr Vergewaltiger sie damals gepackt, gegen die Kante der Werkbank gedrückt hatte, in sie eingedrungen war und immer wieder zugestoßen hatte. Sie hatte wieder sein Keuchen im Ohr, seinen nach Bier stinkenden Atem in der Nase und den Schmerz zwischen den Beinen.

Schritte näherten sich. Sofie zuckte zusammen. Ein etwas untersetzter Mann im Anzug kam auf sie zu.

»Sie sind Frau Wibold?«, fragte er.

»Ja.«

»Masslau, Staatsanwalt. Wir sind im Kontakt mit den Kollegen in Düsseldorf, die kümmern sich um Ihren Fall.« Der Mann hatte irrwitzig schiefe Zähne, die merkwürdig versetzt zueinander standen. Fasziniert konnte sie den Blick nicht von ihnen abwenden. »Sie müssten morgen bitte zu denen fahren und eine Gegenüberstellung mitmachen, um die Beamtin und den Beamten zu identifizieren, die Sie zu der Zeche gefahren hatten.«

Halbherzig nickte sie, denn die Vorstellung, diese beiden Menschen wiederzusehen, schreckte sie, außerdem scheute sie die Anstrengung, erschöpft, wie sie war.

»Ich kann mir vorstellen, dass das wenig verlockend klingt, nach dem, was Sie durchgemacht haben, aber so können die Kollegen die Schuldigen schnell hoppnehmen.« Der Mann war charmant und irgendwie sehr positiv. Hoppnehmen klang geradezu niedlich. »Wir übernehmen die Kosten für die Bahnfahrt zweiter Klasse und die Taxifahrt ins Präsidium. Von dort können Sie natürlich nach Hause fahren. Die Kollegen sind dann für alles Weitere zuständig.«

Am Ende des Korridors erschienen zwei Frauen mit Leon. Augenblicklich schnellte ihr Puls hoch, schlug ihr das Herz bis zum Hals. Etwas verwirrt sah Sofie Wibold den Staatsanwalt an. »Ja, das mache ich natürlich.«

»Sehr gut!«, erwiderte dieser. »Sie erhalten dann demnächst von uns Ihr Bahnticket. Mit Ausschlafen wird es leider nichts, die Kollegen erwarten Sie gegen Mittag.«

»Egal«, erwiderte Sofie und hatte nur noch Augen für ihren Sohn, der jetzt mit den beiden Frauen vor ihr stehen blieb, die Hände in Handschellen.

»Ja, dann lasse ich Sie mal besser allein«, sagte Masslau, nickte allen kurz zu und zog sich zurück.

Sofie Wibold sah ihrem Sohn tief in die Augen. Hast du

davon gewusst, was dein Boxcoach getrieben hat und was er und seine Schwester mit mir vorhatten? Die Fragen spukten durch ihr Hirn, quälten ihre Seele und lagen ihr auf der Zunge, aber ihr war klar, dass es zu früh für diese Fragen war. Sie musste das jetzt aushalten, die Kraft für sie beide haben. Auf einmal meinte sie etwas in seinem Blick wahrzunehmen, das neu für sie war. Etwas Weiches, Trauriges. Ihr Eindruck war allerdings so schwach, dass sie sich auch täuschen konnte. Aber es war etwas, an dem sie sich festhalten konnte, etwas, das ihr Hoffnung gab. Sie versuchte, ihm ein liebevolles Lächeln zu schenken, aber schaffte es nicht. Stattdessen nahm sie eine seiner Hände und drückte sie. Sie wusste nicht, was sie sagen sollte. Leon ging es offenbar ebenso. Immerhin wich er ihrem Blick nicht aus.

»Du kannst dich kurz mit deiner Mutter hier hinsetzen«, sagte eine der Frauen. Leon zögerte, war offenbar überfordert mit der Situation.

»Leon!«, sagte sie und wusste nicht weiter. Er zog seine Hand aus ihrer und senkte den Blick. Schweigend standen sie voreinander. »Mein Junge!« Sie suchte nach den richtigen Worten. »Ich darf bei dem Verhör dabei sein. Wenn du das möchtest.« Leon schüttelte den Kopf. Sie rang mit ihrer Enttäuschung, aber nickte verständnisvoll. »Sag einfach alles, sei ehrlich! Das ist das Beste, was du machen kannst. Hab keine Angst, du bist noch ein Jugendlicher, es kann nicht so schlimm werden.«

Leon wandte sich zum Gehen. Sie packte die Wut.

»Verdammt, Leon! Ich bin deine Mutter!« Er hielt den Blick auf den Boden gerichtet. »Du kannst das alles hinter dir lassen! Und von vorn anfangen! Ich werde dir dabei helfen. Wenn du das willst. Du kannst das, Leon! Du bist intelligent und eigentlich ein guter Junge! Du kannst viel mehr, als du denkst. Du brauchst keine Ausländer fertigzumachen, um dich stark zu fühlen. Das ist was für Schwächlinge. Das hast du nicht nötig.« Sofie war überrascht von ihrer Entschlossenheit und Klarheit. »Sieh mich an, Leon!« Ihr Sohn hob den Kopf und sah ihr unsicher in die Augen. »Gut, Leon! Sei jetzt stark, sei hier und jetzt stark und sag die Wahrheit! Das ist deine Chance, dann fängst du gleich mit einem Neustart an.«

»So, Rock 'n' Roll!« Felsen schneite herein und hatte Staatsanwalt Masslau, Taller und Balbeck im Schlepptau. »Das war wirklich gute Arbeit, ihr beiden!« Tom und Katja saßen an ihren Schreibtischen und sahen einander überrascht an. »Ja, ja«, sagte Felsen. »Ist nun mal so.«

Masslau nickte ihnen zu. »Das Foto von Berkeesen mit Frank Gerber und dem Umschlag«, erklärte Felsen. »Und der Fakt, dass der Reeder sich ein paar Tage vorher mit diesem Borutello vom El-Turuna-Clan getroffen hat, reichen für eine Festnahme und einen Durchsuchungsbescheid. Die Kollegen holen Berkeesen gerade aus dem Bett.«

Tom war sofort hellwach. »Das ist gut.«

Katja ballte die Faust. »Yes!«, sagte sie.

»Vermutlich waren die Waffen für diesen Clan bestimmt. Das passt alles zusammen«, erklärte Felsen. »Einer der Zielhäfen der *Freedom* war Cartagena, dem Hauptstützpunkt des Clans.«

»Laura Gerber ist jetzt unsere wichtigste Zeugin«, sagte Masslau. »Dass sie so ein Eisklotz ist und offenbar sehr kontrolliert handelt, könnte uns jetzt nützlich werden. Vielleicht lässt sie sich auf die Kronzeugenregelung ein. Das wäre ihre einzige Chance, die Strafe zu reduzieren. Auch wenn es bitter ist bei einer solchen Mörderin, aber wenn sie auspackt, könnten wir den ganzen Laden hochnehmen. Und wer weiß, an wen die sonst noch alles geliefert haben. Vielleicht steckte auch Krambach mit drin. Und vielleicht weiß sie auch etwas über den Mord an ihm.«

Tom dachte an Marco und sah zu Felsen, der erwiderte seinen Blick regungslos.

»Ihr führt das Verhör jetzt«, sagte ihr Chef. »Ihr kennt sie, und Tom hat sie schon einmal in ihre Schranken gewiesen. Die Lady gehört euch.«

Laura Gerber saß seitlich auf dem Stuhl, hatte sich demonstrativ abgewandt und sah zur Wand. Sie wirkte ruhig, geradezu ausgeglichen, schien sich in den letzten Stunden, die sie in einer Zelle im Untersuchungsgefängnis verbracht hatte, erholt und auf das, was jetzt kam, vorbereitet zu haben. Katja und Tom saßen ihr am Tisch des kargen Verhörraums gegenüber.

Toms Partnerin schaltete das Aufnahmegerät ein und sprach ins Mikrofon. »4.6.2019, 2.50 Uhr. Verhör Laura Gerber durch Oberkommissar Tom Simon und Oberkommissarin Katja Wichas.«

Tom lehnte sich zurück und betrachtete die Frau, die sie bei ihrer ersten Begegnung als den General kennengelernt hatten. Unter ihrer engen schwarzen Bluse zeichnete sich ihr sportlicher Körper ab, der gespannt schien, bereit für den Kampf. Den Kopf hielt sie leicht erhöht, eine überhebliche Haltung, mit der sie sich unverwundbar gab. Er empfand Verachtung für diese Person, die Johnny, ohne mit der Wimper zu zucken, erschossen hatte und Sofie Wibold noch hätte, wenn er nicht gewesen wäre. Anschließend wäre sie in ihren Porsche gestiegen und hätte ihr Leben weitergeführt, als wenn nichts gewesen wäre. Töten war ein Mittel zum Zweck und kein Problem für sie.

»Ihr Bruder ist tot, Frau Gerber«, sagte Katja und ließ den Satz wirken.

Laura Gerber verharrte regungslos, aber auch wenn sie nur das Profil der Frau sahen, war unverkennbar, dass diese Mitteilung sie traf. Die Frau hatte also doch Gefühle, dachte Tom. Irgendwo tief in sich, gut versteckt.

»Als er mit seinen Jungs auf der Nordsee Kästen an Bord eines Containerschiffs der Berkeesen Line verlud«, erklärte Toms Partnerin, »haben wir sie verhaftet. Er hat sich der Festnahme entzogen, indem er sich erschossen hat.«

Laura Gerber drehte sich zu ihnen und sah von einem zum anderen. »Ich glaube Ihnen kein Wort. Frank begeht keinen Selbstmord.«

»›Sorry, Jungs‹, hat er gesagt, sich vor seinem Team die Pistole in den Mund gesteckt und, ohne zu zögern, abgedrückt. Er war sofort tot.«

Laura Gerber sah sie trotzig an. Nach und nach schien ihr klar zu werden, dass die traurige Nachricht der Wahrheit entsprach. Ihr Blick glitt ins Leere, ihre Augen füllten sich mit Tränen, und sie wandte sich wieder ab. Tom wollte ihr keine Zeit lassen.

»In der ehemaligen Zeche«, sagte er, »hatten Sie vor, Sofie Wibold zu erschießen. Warum?« Gerber reagierte nicht. »Sie wollten sie zum Schweigen bringen, weil sie gesehen hatte, wie die Jungs im Club Ihres Bruders mit Pistolen hantierten«, erklärte Tom. »Dann kam aber Johnny dazwischen. Sie wussten nicht, dass sie dort ihr verstecktes Atelier hatte. Und das schon sehr lange. So lange, dass sie vor achtzehn Jahren am selben Ort beobachtet hatte, wie Sie Felix Hilser erschossen. Im Beisein von Neil Krambach.«

Der General schwieg.

»Jetzt musste also auch noch Johnny sterben.« Tom hielt inne, rang mit seiner Wut. »Für Sie kein Problem! Sie haben sie erschossen. Aber Johnny hatte noch ein paar Minuten und hat mir alles geschildert, und ich habe es mit meinem Handy aufgezeichnet. Jedes einzelne Wort ist gut zu verstehen. Und Sofie Wibold kann alles bezeugen.« Er beugte sich vor. »Und warum haben Sie damals Felix Hilser erschossen? Weil er Neil Krambach auf einem Fest der Schützengilde dabei überrascht hatte, wie der eine junge Studentin, die dort als Kellnerin gejobbt hatte, in einem Schuppen vergewaltigte. Der Junge musste also zum Schweigen gebracht werden. Damals wie heute ging es darum, dass Ihre Waffengeschäfte nicht gefährdet werden durften. Da steckten Sie, Ihr Bruder, Krambach und Berkeesen drin.« Toms Ton wurde bitter. »Und korrupte Beamte der Duisburger Polizei haben Ihren Mord an Felix Hilser vertuscht. *Und* die Ermittlung im Fall von Sofie Wibolds Vergewaltigung manipuliert. *Und* jetzt haben sie sie noch entführt. Beihilfe zu einem geplanten Mord geleistet.« Tom spürte, wie er immer wütender wurde. »Ach ja, die netten Herren von der Schützengilde gibt's ja auch noch. Ihr Bruder, Krambach und die Duisburger Polizisten waren da auch Mitglieder. Haben Sie denen auch Waffen besorgt? Mit denen dann Neonazis Anschläge verüben konnten?«

Er lehnte sich auf seinem Stuhl zurück und ließ seine Ausführungen wirken. Gerber reagierte nicht.

»Wir setzen das Puzzle Stück für Stück zusammen«, sagte Katja. »Wir haben alle Teile. Es wird ein klares Bild ergeben, Frau Gerber.«

Tom erhob sich, ging um den Tisch herum und stellte sich vor den General.

»Zeigen Sie mir Ihre Unterschenkel!«, sagte er kühl und bestimmt.

Sie rührte sich nicht.

»Das ist keine Bitte!«

Keine Reaktion.

Er beugte sich zu ihren Füßen herunter. »Ich werde jetzt Ihr Hosenbein hochschieben.«

Sie ließ es geschehen. Eine verheilte Bisswunde zeigte sich auf der Seite ihrer Wade.

»Na, sieh mal einer an. Stammt die vielleicht von einem Hund?«

Tom nahm sich den steril verpackten Wattestab, der auf dem Tisch bereitlag, holte ihn aus der Packung. »Öffnen Sie bitte Ihren Mund!« Laura Gerber sah ihn voller Abscheu an, aber tat, was er verlangte. Gut, dachte Tom, sie wehrte sich nicht mehr. Er hielt den Stab in ihre Mundhöhle, rieb ein paar Mal an den Schleimhäuten und verschloss ihn dann in einem Reagenzglas. Damit ging er zum Tisch, steckte es in eine kleine Plastiktüte und beugte sich zu seiner Partnerin hinunter.

»Du bringst sie jetzt zum Reden«, flüsterte er. »Ist besser, wenn du mit ihr allein bist.« Katja nickte verdutzt.

Mit der Speichelprobe verließ Tom den Raum, ohne ein weiteres Wort und ohne den General noch eines Blickes zu würdigen.

Katja beugte sich zum Mikro. »3.05 Uhr, Oberkommissar Simon verlässt den Raum.«

Sie sammelte sich. Sollte sie nun den Good Cop mimen, oder was hatte sich Tom dabei gedacht? »Sie haben den Mann mit seinem Hund erschossen, weil er Sie gesehen hatte, als Sie aus Claudia Hilsers Wohnung kamen. Sie waren dort, um Hinweise auf Ihre Person zu vernichten, weil Sie die Mutter von Felix Hilser auch erschossen haben. Wir haben Blut am Gebiss des Hundes gesichert. Und Haare am Fundort der Leiche Claudia Hilsers. Die DNA-Profile stimmen überein. Jetzt werden wir sie mit Ihrem vergleichen.«

Katja fokussierte Gerber, wartete auf eine Reaktion, wäre sie auch noch so klein. Sie konnte keine feststellen.

»Warum musste Hilser sterben? Weil die sich an Ihnen rächen wollte? Und an Krambach? Für den Tod ihres Jungen. Johnny hatte ihr Jahre später erzählt, wer Felix damals wirklich umgebracht hatte.«

Etwas tat sich in Laura Gerbers Blick. Selbstbewusst und wissend sah sie Katja an. »Es hat dir Spaß gemacht, das Kämpfen. Ich hab es gesehen. In deinen Augen.« Ihr Blick wurde intensiv und durchdringend.

Was hatte sie jetzt vor?, fragte sich Katja.

»Weil es pur ist.« Sie ballte die Faust. »Nur du und dein Gegner, ohne dass etwas zwischen euch ist. Der reine Faustkampf. Eine klare, ehrliche Sache.«

Katja wollte sich auf keinen Fall auf irgendwelche Spielchen einlassen. »Sie gehen ins Gefängnis«, sagte sie. »Mehrfacher Mord aus niedrigen Beweggründen. Da kommen Sie nicht mehr raus. Das war's, General!«

Gerber schien ihre Worte nicht wahrzunehmen. Ihr Blick irritierte Katja, er hatte etwas Unheimliches. »Die Schmerzen sind eine Auszeichnung, ein Privileg. Du spürst dich und das, zu dem du fähig bist. Du gehst an die Grenze und darüber hinaus. Dort ist die Freiheit.« Gerbers Augen begannen zu leuchten. »Ich würde jetzt sehr gern mit dir in den Ring steigen.«

Beinahe hätte Katja gelacht, so absurd kam ihr das Gerede vor. »Das sind wir doch schon. Und Sie verlieren.«

Laura Gerber lächelte kühl.

Katja ließ sich nicht locken. »Während wir hier sitzen, werden Ihre Wohnung und Ihr Gym durchsucht«, erklärte sie trocken. »Berkeesen wird vernommen und sein Haus und seine Büros durchsucht. Der Boxclub Ihres Bruders ebenfalls, die korrupten Polizisten in Duisburg werden verhaftet und und und … Die ganze Maschinerie läuft. Da greift ein Rad ins andere. Das große Puzzle eben. Und bald ist es fertig.«

Gerber zeigte sich unbeeindruckt.

»Sagen Sie aus! Erzählen Sie alles! Die Richter honorieren das. Es gibt die Kronzeugenregelung. Wenn Ihre Aussagen dazu führen, dass alles aufgeklärt werden kann, die anderen Schuldigen angeklagt werden können, dann wird Ihre Strafe gemildert. Das wären dann schon ein paar Jahre. Es ist das Einzige, was Ihnen wenigstens noch ein bisschen helfen könnte. Und es würde Ihnen guttun, Sie erleichtern. Egal, wie cool Sie zu sein meinen.«

Katjas Blick ruhte auf der Mörderin. Sie war schon längst in ihrem eigenen Gefängnis, dachte sie, gefangen in einem verkorksten Leben, in dem sie den falschen Idealen hinterhergejagt war.

65

Der Mann saß zurückgelehnt auf dem Stuhl und hatte die Arme vor der Brust verschränkt. Herfried Berkeesen wirkte erstaunlich frisch und gefasst – dafür, dass er mitten in der Nacht aus dem Bett geholt, festgenommen und ins Präsidium gebracht worden war.

»Sie waren schon bei mir in der Reederei«, sagte er und sah Tom an, der ihm mit Felsen im Verhörraum 1 gegenübersaß. »Sie haben mich zu der alten Geschichte von der armen Frau befragt, die auf der Party meines Sohnes gewesen war und anschließend vergewaltigt und getötet wurde. Das war schon etwas eigenartig, wenn ich das sagen darf.«

Tom nickte. »Das dürfen Sie.«

»Sie wollten wissen, ob Neil Krambach auf dem Fest gewesen wäre. Als ob er etwas mit der furchtbaren Geschichte zu tun gehabt hätte. Und das, kurz nachdem Neil Krambach selbst ermordet worden war und die Ermittlung in dem Fall vielleicht ein wenig vordringlicher gewesen wäre.«

Felsen sah Tom nachdenklich an. Tom wich seinem Blick aus.

»Na ja, und jetzt soll ich Waffen geschmuggelt haben?« Der Reeder schüttelte den Kopf. »Ich kann ja verstehen, dass Sie das denken. Oder denken müssen. Aber was weiß ich denn, was auf meinen Schiffen alles so läuft?«

»Sollten Sie das nicht?«, fragte Felsen.

»Ja, theoretisch ja. Praktisch leider unmöglich. Wenn die

Besatzung etwas schmuggelt, kriegen wir das doch nicht mit. Da sind wir genauso auf den Zoll angewiesen. Selbst die Kapitäne merken manchmal nichts. Vor fünf Jahren ist auch schon ein Drogenschmuggel auf einem meiner Schiffe aufgeflogen. Auch da wurden wir überprüft, aber die Berkeesen Line hatte nichts damit zu tun, und das hatte die Ermittlung auch ergeben. Solche Dinge bleiben leider nicht aus. Glücklicherweise ist es bei uns erst einmal vorgekommen. Aber das wissen Sie sicher schon alles.«

Felsen nickte. »Einer der Zielhäfen der *Freedom* war Cartagena. Unterhalten Sie Geschäftsbeziehungen zu kolumbianischen Unternehmen? Oder dem Staat?«

»Oder den Rebellen? Den Drogenkartellen? Das wollen Sie doch sagen.«

»Beantworten Sie einfach die Frage, Herr Berkeesen!«

Auf einmal sah Berkeesen Tom mit einem intensiven Blick an. »Und Sie waren auch beim Bare-Knuckle-Boxen. Genau, Sie waren mit dieser heftigen Kämpferin da.« Tom reagierte nicht. Berkeesen nickte. »Deswegen sind Sie mir damals so bekannt vorgekommen. Waren Sie da etwa auch schon meinetwegen dort?«

Erneut warf Felsen seinem Ermittler einen vielsagenden Blick zu, dem Tom wieder auswich. »Nein, wir hatten erfahren, dass Neil Krambach vorhatte, zu dem Kampfabend zu gehen. Und da haben wir uns ein wenig umgesehen.«

Felsen legte den Ausdruck des Fotos, das die beiden Kolumbianer in ihrem Mietwagen zeigte, auf den Tisch. »Kennen Sie diese Männer?«

Berkeesen betrachtete das Bild und schüttelte den Kopf.

»Es ist keine perfekte Qualität, aber man kann die beiden schon erkennen.«

»Tja, das tut mir leid. Wer soll das sein?«

»Es sind Kolumbianer. Der Hintere ist ein Baumwollproduzent, der interessiert uns nicht, aber der Vordere umso mehr. Juan Borutello, Anwalt. Er gehört zum El-Turuna-Clan, rechte Paramilitärs, die Waffen immer gut gebrauchen können.«

Berkeesen ließ sich Zeit. »Stimmt, die waren auch auf der Veranstaltung. Wir sind uns sogar vorgestellt worden und haben uns ein wenig unterhalten. Es tut mir leid, ich habe die einfach nicht gleich erkannt. Aber von diesem Clan weiß ich nichts.«

»Herr Berkeesen, wir werden Ihre Reederei unter die Lupe nehmen und Ihre Familie auch. Alle Konten, alle Vermögensanlagen, Beteiligungen, Verträge. Das werden wir ganz geduldig und akribisch tun«, sagte Felsen.

Der Reeder lachte zynisch. »Tun Sie das! Sie werden nichts finden, was gegen Gesetze verstößt. Und ja, ich mache Geschäfte mit Firmen in Kolumbien, wie mit Firmen in Costa Rica, Ecuador, England, Frankreich, Holland und, und, und.«

»Herr Berkeesen, kennen Sie Frank Gerber?«, fragte Tom.

Der Reeder hielt inne. »Ja. Das heißt, eher seine Schwester. Sie veranstaltet die Bare-Knuckle-Kämpfe. Ihr Bruder hat einen Boxclub in Moers.«

»Waren Sie Mittwochabend in Duisburg bei einer illegalen Boxveranstaltung?«

»Ja, das stimmt. Sagen Sie, haben Sie mich die ganze Zeit überwacht?«

»Haben Sie dort Laura Gerber getroffen?«

»Ja.«

»Und ihren Bruder?«

»War der dort?«

»Sie haben ihm einen Briefumschlag übergeben.«

»Oh, das klingt nach Gangsterfilm. Was war in dem Umschlag?«

»Das würden wir gern von Ihnen wissen.«

Berkeesen nickte hochmütig. »Ich weiß es nicht, denn ich

habe ihm keinen Umschlag überreicht. Hören Sie, ich habe eine Schwäche für diese Bare-Knuckle-Kämpfe, die leider illegal sind. Okay, dessen bekenne ich mich schuldig. Aber was soll das bitte mit dem Waffenschmuggel auf der *Freedom* zu tun haben?«

Tom schob Berkeesen einen Ausdruck des Fotos von ihm mit Gerber und dem Umschlag über den Tisch.

»Okay«, sagte Berkeesen kleinlaut. »Ich habe ihm Geld für die Bare-Knuckle-Kampfabende gegeben.«

»Die tragen sich nicht selbst? Bei den saftigen Eintrittspreisen und den Wetteinsätzen? Das ist doch sicher auch ein lukratives Geschäft.«

»Das ist mal so, mal so, glaube ich.«

»Und warum geben Sie das Geld nicht Laura Gerber? Sie veranstaltet doch die Events. Das haben Sie gerade selbst gesagt.«

»Na ja, er ist ja ihr Bruder. Sie hat mir gesagt, ich solle es ihm geben. Fragen Sie die beiden doch!«

»Das werden wir. Also sie. Denn er hat sich bei der Festnahme auf dem Boot erschossen.«

Berkeesen erstarrte. »Er war dabei?« Tom nickte. »Aber was hatte er denn … Hatte er die Waffen etwa geschmuggelt?«

»Zumindest mit seinen Jungs transportiert.«

Berkeesen gab sich verwirrt. »Erschossen«, wiederholte er ungläubig. »Sitze ich deshalb bei der Mordkommission?«

»Oh nein, das tun Sie, weil Laura Gerber heute Nachmittag eine Frau erschossen hat, die bezeugen konnte, dass sie vor achtzehn Jahren Felix Hilser erschossen hat, weil dieser Neil Krambach bei einer Vergewaltigung überrascht hatte.«

Berkeesens Hochmut war verflogen. Ernst sah er Felsen an. »Aber was hat das mit mir zu tun?«

»Die Frage ist, warum Laura Gerber den Jungen zum Schweigen brachte. Wahrscheinlich nicht, um Krambach zu schützen, sondern damit nichts die Waffengeschäfte gefährden konnte. Aber wahrscheinlich sind wir bald schlauer, denn Laura Gerber wird gerade vernommen.«

Berkeesen wurde nachdenklich. »Wissen Sie, ich möchte jetzt doch lieber nur noch in Gegenwart meines Anwalts sprechen. Ich hatte gedacht, dass das nicht nötig wäre, aber da habe ich mich offenbar getäuscht.«

Katja hatte sich in fast meditativer Ruhe geübt und Laura Gerber beim Schweigen zugesehen. Stoisch, mit einer Geduld, von der sie nicht gewusst hatte, dass sie diese besaß. Ihr war klar, dass es nichts bringen würde, den General in die Ecke zu treiben. Die Frau hatte nichts mehr zu verlieren. Die Kronzeugenregelung hatte Laura Gerber nicht locken können. Noch nicht.

Sie musste eine Art Zweisamkeit schaffen, dachte Katja. Sie könnte Gerber möglicherweise knacken, indem sie sie ernst nähme, ihr einen gewissen Respekt entgegenbrächte.

»Passen Waffengeschäfte mit kolumbianischen Verbrechersyndikaten zu dem Ideal vom Bare-Knuckle-Boxen?«

Laura Gerber sah Katja an und schien zu überlegen. Die Frage hatte offenbar etwas ausgelöst in ihr.

»Sie haben recht«, tastete sich Katja weiter vor. »Bare-Knuckle macht mir Spaß. Weil es ehrlich ist und geradeaus. Hart, aber fair, eine klare Sache. Wie zwischen Jugendlichen in Hinterhöfen.«

Etwas regte sich in Gerber. Katja konnte es in ihren Augen sehen. Die Frau fokussierte sie, als wollte sie herausfinden, ob sie es ernst meinte. »So bin ich aufgewachsen«, sagte sie. »In den Hinterhöfen des Potts.« Skeptisch sah sie Katja an, zögerte. Katja hielt ihrem Blick stand und wartete geduldig. »Damals gab es noch die Kumpels«, erklärte Gerber. »Die haben für Deutschland geschuftet. Und waren stolz darauf.«

Katja nickte und hoffte, dass Gerber ins Erzählen kommen würde. Sie fragte sich, was ihre Geschichte war. Gerber schien zu spüren, dass Katjas Interesse echt war.

»Mein Vater war einer von ihnen. Und ich war stolz auf ihn. Und auf meinen großen Bruder.« Sie rang mit ihrer Traurigkeit. »Der Boxer. Mann, das war ein Kerl, der hat nie gejammert. Ich wollte immer so werden wie er. Und als er seinen Boxclub aufgemacht hat, da habe ich dort mitgemacht. Ich hab die Schule geschmissen und war von morgens bis abends da. Ich hab alles gemacht, und er hat mir das Boxen beigebracht.« Ihre Augen begannen zu leuchten. »Alles, was ich vom Leben weiß, habe ich da gelernt.«

»Ich habe mir immer einen älteren Bruder gewünscht«, sagte Katja. »Ich war ein Einzelkind und musste mir alles selber erarbeiten. Meine Eltern hatten wenig Zeit für mich, die hatten mehr mit sich zu tun.«

»Die Kämpferin.« Gerber sah Katja nachdenklich an. »Du bist eine Kämpferin, ich habe einen Blick dafür. Wir haben jungen Männern beigebracht, wie man kämpft und sich durchsetzt. Wie man für seine Ideale einsteht, ein stolzer Deutscher sein kann, der sich nicht alles gefallen lässt. Irgendwann kamen sogar die ersten Frauen dazu. Es war eine gute Zeit. Wir haben etwas aufgebaut. Wir haben etwas getan für unser Viertel, unsere Stadt, für die Bürger, die es nicht leicht hatten und unzufrieden waren. Die Menschen haben uns vertraut und respektiert.«

Katja spürte, wie stolz Laura Gerber auf die Vergangenheit war.

»Das hört sich gut an. Verantwortung, Werte. Aber dafür muss ich kein stolzer Deutscher sein.«

»Vielleicht nicht, aber wenn du es bist, solltest du es nicht verstecken müssen. Oder? Neil hat uns damals die Augen geöffnet. Er hat uns die politischen Zusammenhänge klargemacht. Und wir haben plötzlich verstanden, worauf es ankam, und waren uns einig, dass wir mehr tun mussten. Größer denken mussten.«

»Und das hieß?«

Gerber zögerte. »Wir haben die, die wirklich für unsere Sache gekämpft hatten, unterstützt.«

»Wie?«

»Manchmal reicht es nicht, mit bloßen Fäusten zu kämpfen.«

»Sie haben diese Kämpfer mit Waffen und Munition versorgt.«

Gerber sagte nichts, sah die Kommissarin nur trotzig an.

»Rechte Terroristen.«

»So nennt ihr sie.«

»In Deutschland?«

»Überall, wo Deutsch gesprochen wird.«

»Und wo hatten Sie die Waffen her?«

Gerber zögerte, schien zu überlegen und verfiel in Schweigen. Diese Frage war offenbar eine zu viel. Kurz hatte der General seinen Panzer geöffnet und sich ein Stück herausgewagt. Nun zog er sich wieder zurück und schloss ihn wieder.

»Es ging Ihnen also um politische Ziele. Aber wie passen die zu den kolumbianischen Drogenkartellen?«

Gerber sah sie nur regungslos an.

»Und Ihrem Luxusgym?«

Schweigen. Katja wartete ab. Sie musste daran denken, dass diese Frau vier Menschen eiskalt erschossen hatte, sofort und gnadenlos, weil es notwendig war, um den Waffenhandel nicht zu gefährden. Der General kannte keine Skrupel.

»Was wird jetzt aus dem Boxclub?«, fragte Gerber auf einmal.

Sie wird sich bewusst, dass sie den Rest ihres Lebens im Gefängnis verbringen wird, dachte Katja. »Das hängt wohl davon ab, wer noch alles an dem Waffenschmuggel beteiligt war. Und was der Verfassungsschutz noch so herausfinden wird über die rechtsradikalen Aktivitäten. Wahrscheinlich aber wird der Club dichtgemacht.«

»Wenn nicht, könnte jemand den Club übernehmen und weiterführen?«

»Das wäre dann denkbar.«

Gerber nickte nachdenklich. »Wie war das mit der Kronzeugenregelung?«

Strike!, dachte Katja, und eine leise Hoffnung breitete sich in ihr aus. »Ich hole Staatsanwalt Masslau dazu, der wird das mit Ihnen besprechen.«

Nele Berkeesens Blick war wach und konzentriert. Die hellblonden, kurzen Haare, die leicht gebräunte Haut und die strahlend blauen Augen verliehen ihr eine dynamische Ausstrahlung.

»Ihr Ernst, Herr Kommissar? Waffenschmuggel? Mein Mann? Unsere Reederei?« Sie lachte, es sollte wohl herzlich wirken, konnte aber seine Künstlichkeit nicht zur Gänze verbergen, fand Tom. Vielleicht lag es auch daran, dass sich die Haut um ihre Augen herum und auf der Stirn zu wenig bewegte. Auch diese Frau hatte eine Portion Leben aus ihrem Gesicht verbannt, zugunsten einer jüngeren Erscheinung. Tom musste an Marthe Krambach und ihre anstrengende Mutter denken.

»Wo ist mein Mann? Haben Sie schon mit ihm geredet?«

»Ja, aber wir waren an einen Punkt gelangt, an dem er nur noch in Gegenwart seines Anwalts weiterreden wollte.«

Nele Berkeesen nickte nachdenklich.

»Sie können es natürlich genauso machen.«

»Ach, Herr Kommissar, wir können gern loslegen. Was ich weiß, kann ich alles sagen, wir haben nichts zu verbergen. Mein Mann wird seine Gründe haben, vorsichtig zu sein, und das ist sicher gut so.«

Tom nickte. »Na dann!« Er sammelte und konzentrierte

sich. »Sie haben die wohltätige Heimat-Stiftung im Auftrag der Reederei gegründet.«

»Das ist richtig. Eine gute Sache.«

»Sind Sie auch an der Reederei beteiligt?«

»Nein, aber es gibt eine Tochterfirma, die auf meinen Namen läuft.«

»Interessant.« Sie geht in die Offensive, dachte er. Flucht nach vorn. »Und was für eine Firma ist das?«

»Immobilien. Internationale Immobilien.«

»Aha, in Europa oder Übersee?«

»Südamerika.«

»Kolumbien?«

»Ja. Und Ecuador.«

Tom musste fast schmunzeln. Was für ein Klischee, dachte er. Sie haben sich eine Fassade geschaffen, hinter der sie ihre illegalen Geschäfte abwickeln und Geld waschen konnten. »Das hört sich ungewöhnlich an.«

»Ach, Herr Kommissar, das ist heutzutage doch alles um die Ecke. Ob ich ein Apartmenthaus in Berlin, Paris oder in Panama besitze, macht keinen Unterschied. Man muss Leute vor Ort haben, auf die man sich verlassen kann. Und durch die Geschäfte der Reederei haben sich dort Kontakte ergeben, und irgendwann zeigte sich, dass das eine gute Investition wäre.« Nele Berkeesen antwortete ruhig, saß aufrecht und sah den Kommissar mit festem Blick an. Als Psychologin wusste sie natürlich ihre Körpersprache und Mimik ganz bewusst einzusetzen, um einen Eindruck souveräner Gelassenheit zu erzeugen. »Also, genauer gesagt, nach der Schifffahrtskrise 2008. Die hat uns nämlich auch erwischt. Wir waren gezwungen, uns zusätzliche Einnahmequellen zu erschließen. Um die Reederei zu erhalten. Die ganzen Arbeitsplätze.«

»Das ist offensichtlich gelungen.«

»Glücklicherweise ja. Jedenfalls die meisten.«

Diese Frau machte ihren Job gut, dachte Tom.

»Ihr Mann war mit Neil Krambach befreundet.«

»Das stimmt.«

»Neil Krambach war möglicherweise auch in den Waffenschmuggel verstrickt.«

»Wie kommen Sie darauf?«

»Wir haben Hinweise.«

Die Psychologin nickte. »Wissen Sie was? Das würde mich nicht überraschen. Vielleicht hatte er sogar sein Wissen über unsere Flotte und ihre Routen dafür genutzt. Und mein Mann hatte es nicht bemerkt.«

»Aber sie waren doch Freunde.«

»Ach, das mit der Freundschaft ist so eine Sache.«

»Politisch haben sie sich jedenfalls gut verstanden. Ihr Mann hat ihn oft für Vorträge gebucht und Veranstaltungen mit ihm auf die Beine gestellt.«

»Das stimmt, aber deswegen waren sie keine wirklich engen Freunde.«

»Ihr Sohn Philip hatte offenbar auch keine gute Meinung von Neil Krambach. Er wollte unbedingt verhindern, dass Krambach in den Bundesvorsitz der FKD kommt. Das hatten nämlich Teile der Partei geplant. Er hat einigen Parteifreunden gegenüber von Abgründen gesprochen.«

»Interessant.«

»Haben Sie eine Ahnung, was für Abgründe Ihr Sohn hätte meinen können?«

»Nein, aber er wusste sicher, was er tat. Mehr kann ich dazu nicht sagen. Ich weiß nicht viel über die Interna seiner Partei. Philip hat mir schon erzählt, dass ein Kommissar bei ihm war und ihn gefragt hat, ob Neil Krambach auf dem Fest zu seinem fünfundzwanzigsten Geburtstag gewesen war.«

»Das war ich.«

»Ach, dann waren Sie auch bei meinem Mann und bei Daniela. Sie haben das gefragt wegen der Geschichte mit der Vergewaltigung.«

»Und Mord.«

»Also hatten Sie Neil im Verdacht. Dann muss sich ja etwas Neues ergeben haben, nach all den Jahren.«

Tom nickte. Nele Berkeesen sah ihn abwartend an. Er tat es ihr gleich.

»Sie wollen mir nicht verraten, was.«

»Das ist richtig.«

»Sie waren sogar bei meinen Freunden und haben die befragt. Warum sind Sie nicht zu mir gekommen?«

»Das ist eine gute Frage. Vielleicht, weil ich mir sicher war, dass ich von Ihnen nichts Neues erfahren hätte.«

Nele Berkeesen überlegte, sah ihm konzentriert in die Augen. Tom hatte den Eindruck, als versuchte sie, die Rollen zu tauschen. Schließlich war sie es so gewohnt, als Psychologin.

»Sie glauben, dass Neil auf der Party war und die junge Frau vergewaltigt hat. Und dass Philip das mit den Abgründen gemeint hat.«

»War es so?«

Nele Berkeesen lachte auf. »Nein, Herr Kommissar!« Sie sah ihn mit großen Augen verwundert an. »Neil war nicht bei uns an dem Abend.«

»Sie hatten Ihr Essen mit zwei befreundeten Ehepaaren. Wenn Krambach Ihren Mann besucht hätte, hätten Sie das vielleicht gar nicht mitbekommen.«

»Das mag sein, aber eine Vergewaltigung wohl schon.«

»Sie haben ein großes Haus.«

»Trotzdem«, beharrte sie. »Was hat denn Daniela dazu gesagt? Sie war neun Jahre alt damals, konnte sie sich überhaupt erinnern?«

»Ja, schon.«

Sie wartete, hätte offenbar gern von ihm erfahren, was ihre Tochter erzählt hatte.

»Das Erinnerungsvermögen reicht ja viel weiter zurück«, erklärte Tom. »Bis zum Alter von drei, vier Jahren.«

»Natürlich. Aber Kinder gestalten ihre Erinnerungen«, sagte sie. »Blenden etwas aus, weil es ihnen nicht gefallen hat, vielleicht belastend war. Fügen etwas Aufregendes hinzu, weil sie sich dadurch aufwerten, interessant machen. Vor allem sehr sensible Kinder tun das. Als Psychologin kenne ich diese Mechanismen zur Genüge.«

»Interessant«, erwiderte Tom. »Und Sie glauben, dass Daniela das mit ihren Erinnerungen an das Fest getan haben könnte?«

»Ach nein, ich weiß es doch nicht. Sie dürfen das nicht falsch verstehen. Daniela ist ein kluger Kopf, aber eben hochgradig sensibel, eine zerbrechliche Künstlerseele. Ich sage nur, dass es mit den Erinnerungen eines solchen Mädchens in dem Alter so eine Sache sein kann. Da ist wieder die Psychologin mit mir durchgegangen.« Sie lächelte. »Das wird mir häufiger vorgeworfen.«

»Die Psychologin«, wiederholte Tom nachdenklich.

Nele Berkeesen lächelte, aber wirkte jetzt ein wenig unsicher. Zum ersten Mal in ihrem Gespräch.

Der Korridor war verwaist. Katja stand am Fenster und blickte hinaus in die Nacht. Hinter den als schwarze Schattenrisse erscheinenden Baumkronen färbte sich der sternenklare Himmel langsam blau. Die Morgendämmerung hatte eingesetzt. Katja reckte ihre müden Glieder, fuhr sich mit den Händen durchs Haar und massierte mit ein paar festen Griffen ihre Kopfhaut. Würde Laura Gerber sich jetzt auf den Vorschlag von Masslau einlassen, ihm vertrauen und aussagen? Einen Deal konnte der Staatsanwalt nur in Aussicht stellen, jedoch nicht abschließen, denn die Kronzeugenregelung durften nur die Gerichte anwenden.

Katja betrachtete ihr Spiegelbild in der Scheibe. Das fahle Licht, das von der Decke schien, ließ ihr Gesicht noch blasser wirken. Die roten Lippen stachen hervor, der Lippenstift, den sie gestern Morgen aufgetragen hatte, hielt noch. Es war das letzte Alltägliche gewesen, bevor der Tag seinen wahnsinnigen Verlauf genommen hatte. Unheimlich und düster sah sie aus, wie in einem Film von David Lynch. Ein Gefühl von Einsamkeit und Verlorenheit beschlich sie, und sie fragte sich, ob sie immer allein bleiben würde. Ohne Kinder, ohne Partner. Irritiert löste sie sich von ihrem Spiegelbild, schob die schwierigen Gedanken von sich und machte sich auf den Weg zur Kaffeeküche, um sich eine Dosis Koffein zu holen. Als sie an dem Raum vorbeikam, in dem Leon Wibold von Bea vernommen wurde, blieb sie stehen. Ob sie noch dabei waren? Ob der Junge redete? Sie hoffte es. Weniger für die Klärung des Falls als mehr für ihn, für sein Leben und für das seiner Mutter. Sie waren sich alle einig gewesen unter den Kollegen und hatten sich abgesprochen, dass der Junge die Geschichte ihrer Vergewaltigung nicht erfahren durfte. Nicht von ihnen. Katja wusste nicht wirklich, warum, aber sie öffnete die Tür. Leon Wibold saß am Tisch und starrte vor sich hin. Er sah nicht auf, als sie eintrat.

»Hey, Katja, was gibt's?«, fragte Bea, die dem Jungen gegenübersaß.

»Nichts. Störe ich?«

»Nein, nein. Setz dich dazu, wenn du magst! Der junge Mann taut langsam auf.«

»Ich bleibe lieber stehen, tut mir ganz gut.« Katja konnte sehen, wie die Finger von Leons rechter Hand unter dem Tisch nervös aneinander rieben.

»Erzähl weiter, bitte!«, wandte sich Bea an ihn.

»Na ja, immer, wenn wir in Belgien zu den Wettkämpfen waren«, erklärte er leise, »haben wir neue Waffen abgeholt und mit nach Hause genommen. An der Grenze sind wir nie kontrolliert worden, das lief alles ohne Probleme.«

»Klar, jugendliche Sportler sind unverdächtig«, sagte Bea. »Eine gute Tarnung. Weißt du, wie lange das schon so lief?«

Leon schüttelte den Kopf. »Ich war ja erst seit zwei Jahren dabei. Aber ich habe mitbekommen, dass das schon sehr lange so ging. Das war irgendwie ganz normal.« Bea schmunzelte. »Das klingt komisch, oder? Ganz normal.«

»Habt ihr die Ware immer nach Wewelsfleth gebracht?«

»Meistens ja. Aber ich war nicht immer dabei. Aber viele Waffen waren auch für einen Schützenverein.«

»Die Schützengilde in Moers«, entfuhr es Katja. Leon nickte. »Ein übler Laden«, erklärte Katja. »Voller rechtsnationaler Typen und korrupter Polizisten. Ein pensionierter Hauptkommissar schwingt dort das Zepter. Frank Gerber und Krambach waren auch Mitglieder.«

»Ach, der Verein«, sagte Bea und warf ihrer Kollegin einen vielsagenden Blick zu.

Katja nickte. »Genau der. Ein Nest für Rechtsextreme. Ich geh jede Wette ein, dass sich dort auch Terroristen mit Waffen eingedeckt haben.«

»Weißt du was davon?«, wandte sich Bea an Leon. Der schüttelte den Kopf.

»Sicher?«

»Sicher!«, presste er hervor.

»Und weiter? Wurden noch andere Kunden beliefert?«

»Eine Securityfirma«, murmelte er.

»Wo?«

»In Hamburg.«

»Erinnerst du dich an den Namen?«

»Grosper Security.«

»Na bitte!«, sagte Bea. »Das Bild wird langsam komplett. Weißt du, was für Waffen die erhalten haben?«

»Nein, die Kästen waren verschlossen.«

»Hast du mitbekommen, wofür die Waffen genutzt werden sollten?«

Leon schüttelte den Kopf und verfiel wieder in Schweigen.

»Weiter, Leon, komm, mach es dir nicht unnötig schwer!«

Bea beugte sich zu dem Jungen vor. »Du beginnst gerade ein neues Leben, Leon! Das ist natürlich schwierig und furchtbar schmerzhaft. Aber eben auch eine echte Chance!«

Der Junge rang mit sich. Katja meinte, seine Verzweiflung und innere Zerrissenheit zu spüren. Kein einziges Mal hatte er den Blick gehoben, seit sie im Raum war.

»Einmal ging es in ein Dorf …« Er sprach leise mit einer Mischung aus Verachtung und Resignation in der Stimme. »In der Nähe von … von Dresden.«

»Okay, für wen war die Ware dort?«

Leon schwieg. Es schien, als bereute er, davon gesprochen zu haben. Bea wartete geduldig. Der Junge schüttelte den Kopf, haderte mit sich.

»Leon, hör jetzt nicht auf. Zieh's durch!«

Ein leises, sarkastisches Lachen war alles, was er herausbrachte.

»Für wen war die Ware in der Nähe von Dresden?«

Katja beobachtete, wie Leon seine Hand unter dem Tisch zu einer Faust ballte, die Muskeln im Unterarm zum Bersten gespannt.

»Eine Gruppe Kameraden«, zischte er.

»Was für Kameraden?«

Schweigen.

»Hat die Gruppe einen Namen?«

Leons Anspannung wuchs. Seine Augen füllten sich mit Tränen. »Standarte Sachsen«, brachte er leise hervor. Dann schlug er sich mit der Faust gegen die Stirn. »Verräter!«, schimpfte er. Mit beiden Fäusten schlug er sich immer wieder wuchtig an den Kopf. »Du Scheißverräter! Verräter! Verräter!«

»Hey, Leon, stopp!«, sagte Bea.

Aber Leon schlug sich weiter. Immer schneller, immer heftiger. »Nein! Nein! Nein!«

Er knallte den Kopf auf die Tischplatte. Mehrmals. Blut

spritzte aus der aufgeplatzten Stirn. Katja sprang zu ihm und versuchte, seine Arme zu greifen, mit denen er wild um sich schlug. Bea half ihr. Nur mit größter Mühe gelang es ihnen, den tobenden Jungen in den Griff zu kriegen.

»Es ist richtig, was du machst«, sagte Katja. »Verdammt noch mal! Du musst raus aus dem rechten Sumpf!« Leon bog und wand sich. »Ja, du gehst in den Knast, aber vielleicht nicht mal so lange. Und wenn du rauskommst, bist du frei. Und zwar wirklich frei, auch von dem Druck durch Gerbers Leute, die dich eiskalt beseitigt hätten, wenn du ihr Spiel einmal nicht mehr mitgespielt hättest.«

Unter dem heruntergerutschten Hoodie fiel ihr Blick auf seinen muskulösen Nacken. Zwischen den Schultern prangten zwei Tattoos. Die Faust im Kreis und eine Triskele. Erschrocken starrte sie auf die Tätowierungen. Leon war es gewesen, ihm hatte sie die Kapuze heruntergerissen, als er mit den anderen im Duisburger Hafen auf sie eingeschlagen und eingetreten hatte.

»Kapier es endlich, Leon!«, sagte Bea. »Du bekommst gerade eine zweite Chance. Wehr dich nicht dagegen!«

Katja wurde übel. Sie ließ Leons Arme los. Der Junge beruhigte sich, und auch Bea ließ ihn los. Katja hatte den Eindruck, dass er ihr Entsetzen bemerkt hatte. Sie fragte sich, was in ihm vorging, denn er hatte sie bestimmt wiedererkannt, schon auf dem Schiff. Er hatte es die ganze Zeit über gewusst und wahrscheinlich gehofft, dass sie sich nicht an ihn würde erinnern können. Sie versuchte, ruhig zu bleiben, überlegte, was sie machen sollte.

»Ist alles okay, Katja?«

»Ja.«

»Und bei dir, Leon?«

Der Junge rührte sich nicht.

Katja trat ein paar Schritte zurück und betrachtete Leon, der blutüberströmt auf seinem Stuhl kauerte. Feige waren er und seine Kameraden über sie hergefallen und hätten sie totgeprügelt, wenn Tom nicht gewesen wäre. Ihre Knie wurden weich, und sie zitterte am ganzen Körper. Ihr war so elend zumute, dass sie kurz davor war, loszuheulen. »Ich gehe wieder«, sagte sie und bemerkte die Sorge in Beas Blick.

»Ist wirklich alles okay mit dir?«

Katja nickte.

»Du hast 'ne ganze Menge mitgemacht. Wir müssen auf uns achtgeben. Es gibt Grenzen.«

Katja wandte sich zur Tür.

»Was machst du jetzt?«, fragte Bea.

»Ich mache weiter.«

66

Die aufgehende Sonne schien seitlich in ihren Dienstwagen, den Tom über die fast leere Straße lenkte. Eine lange Gerade, gesäumt vom Grün der Bäume, hinter denen sich ab und zu ein Mietshaus verbarg. Katja hatte sich in ihrer Lederjacke verkrochen und in das Polster des Beifahrersitzes gedrückt. Das Gesicht hinter der Sonnenbrille verborgen, wirkte sie klein und zerbrechlich. Sie schwiegen, weil alles gesagt war, weil sie leer und erschöpft waren.

Laura Gerber hatte ausgesagt, Leon ebenfalls. Alle blieben in Untersuchungshaft. Auch Berkeesen und seine Frau. Laura Gerber hatte den Reeder schwer belastet. Er würde in Zukunft auf sein angenehmes Leben verzichten müssen. Wie weit seine Frau in den Waffenschmuggel verstrickt war, musste noch geklärt werden. Was die Kollegen aus Düsseldorf im Fall von Maik Dulfer und seinen korrupten Duisburger Kollegen ermitteln konnten, würden sie sicher bald erfahren. Dieses Netz aus rechten, schmutzigen Seilschaften würde jetzt hoffentlich zur Gänze auffliegen und zerstört. Die Pointe war, dass ihr ursprünglicher Fall mit dem Ganzen nichts zu tun hatte und sie bei der Ermittlung des Täters oder der Täterin kein Stück weitergekommen waren. Allerdings wussten jetzt alle in ihrem Team, dass wohl nur noch einer als Täter infrage kam. Aber war es Marco nachzuweisen? Natürlich war Tom jetzt endgültig aus dem Spiel, und er sollte sich tunlichst daran halten. Felsens Vertrauen in ihn hatte schon genug Schaden genommen.

Tom musste an Daniela Berkeesen denken. Ihre Mutter hatte sich dafür interessiert, was sie möglicherweise von dem Fest noch in Erinnerung hatte. Um dann sogleich den Wahrheitsgehalt der Erinnerungen eines neunjährigen Kindes infrage zu stellen. Klar, als Psychologin kannte sie sich mit den Mechanismen des Unterbewusstseins natürlich bestens aus. Aber ihre Tochter hatte sich leider an gar nichts Ungewöhnliches oder Entscheidendes erinnert. Die Frage, was Fantasie und Wirklichkeit war, stellte sich gar nicht. Er hatte die junge Studentin vor Augen, wie sie in ihrem kleinen Haus vor ihm gestanden hatte. Offen, ernsthaft und ehrlich hatte sie auf ihn gewirkt. Bald würde sie erfahren, was ihr Vater neben der Reederei noch getrieben hatte. Das musste furchtbar für sie sein, auch wenn sie anders war als der Rest ihrer Familie. Rechts trifft es besser, hatte sie zu Tom gesagt, als er ihren Vater und den Bruder als konservativ bezeichnet hatte. Sie hatte auch erzählt, dass Krambach immer seltener zu ihnen gekommen war. Erfolgreiche Menschen haben nie Zeit, hatte sie gesagt. Und ihre Mutter hatte vorhin behauptet, dass Krambach kein so enger Freund ihres Mannes gewesen wäre. Es schien, als wollte sie auf Distanz zu dem Autor gehen. Tom wurde unruhig. Krambach war irgendwann nicht mehr gern gesehen im Hause Berkeesen. Philip Berkeesen hatte von den Abgründen des Autors gesprochen, die dem Image der FKD so sehr hätten schaden können. Hinter alldem verbarg sich ein Geheimnis, das Nele Berkeesen unbedingt bewahrt wissen wollte. Vielleicht sollte sich ihre Tochter nicht an die Party erinnern. Möglicherweise hatte sie also doch etwas gesehen, aber weiß es gar nicht. Die Erinnerung daran war verschüttet. Tom war jetzt hellwach, spürte ein Kribbeln, als stände er unter Strom. Wenn er gleich Katja nach Hause gebracht hatte, würde er zu Daniela Berkeesen fahren. Egal, wie überrascht sie sein würde, er musste es einfach versuchen. Vielleicht könnte er sie irgendwie dazu bringen, zu der verschütteten Erinnerung vorzudringen.

Es machte Plopp. Er hatte eine Nachricht erhalten und holte sein Handy hervor. Die Nachricht kam von Jacky.

Flo fliegt heute nach Kolumbien. Hab ihn letzte Nacht getroffen. Wehmütiger Abschied. Falls du ihm noch Tschüss sagen willst, sein Flug: 11.20 Uhr KLM über Amsterdam. Melde dich mal! Jacky.

Verrückt, dachte Tom, nun bekam er doch noch eine Möglichkeit, mit Flo zu reden. Dann musste er sich jetzt aber beeilen.

Auf dem Boden lag ein schwarzer Koffer. Darin befanden sich ein paar Klamottenstapel und Schuhe.

»Sie wollen verreisen?«, fragte Tom die immer noch ein wenig verschlafen wirkende Daniela Berkeesen.

»Nach Kopenhagen zu Freunden meiner Eltern.« In ihrem T-Shirt, der Boxer-Shorts und mit den zerzausten Haaren sah sie aus wie ein kleines Mädchen. »Für ein halbes Jahr.«

»Was, so lange?«

»Cool, oder?« Sie ging zu der Küchenzeile, holte eine Flasche Orangensaft aus dem Kühlschrank und schenkte sich ein Glas ein. »Möchten Sie auch?«

»Nein danke. Und das Studium?«

»Meine Mutter hat alles mit meinem Prof besprochen.«

»Ihre Mutter?«

»Ja, es war ihre Idee. Sie findet, dass ich zu viel arbeite und immer unter Erfolgsdruck stehe. Vielleicht hat sie recht. Meine Hände zittern manchmal.«

»Das ist natürlich nicht gut.«

Daniela Berkeesen sah ihn nachdenklich an. »Das ist komisch. Das hat irgendwann nach Ihrem Besuch angefangen.« Sie lachte. »Sie sind schuld.«

Tom nickte. Interessant, dachte er. Vielleicht hatten seine Fragen wirklich etwas in ihr ausgelöst. Vielleicht ist Bewegung in ihr Unterbewusstsein gekommen. »Und wann geht es los?«

»Meine Mutter holt mich nachher ab. Dann fahren wir zusammen mit den Freunden, die sind nämlich gerade zu Besuch bei meinen Eltern.«

»So schnell?«

Daniela trank ein paar Schlucke. »Ja, ganz spontan. Eine Idee meiner Mutter.«

Nachdenklich nickte Tom. Wollte Nele Berkeesen vielleicht verhindern, dass ihre Tochter erneut befragt wurde und sich am Ende erinnern konnte? Das passte alles zusammen. »Ich fürchte, Ihre Mutter kann nicht mitkommen.«

Daniela starrte durchs Fenster auf den Hof. »Waffengeschäfte«, sagte sie leise, fast tonlos. »Das kann doch nicht sein. Ist das sicher? Kein Irrtum möglich?« Tom schüttelte den Kopf.

»Wusste meine Mutter davon?«

»Das wissen wir nicht. Wir stehen erst am Anfang der Aufklärung.«

»Waffen«, wiederholte sie fassungslos. »Für rechte Terroristen.«

»Es sieht so aus, ja. Und für rechte Paramilitärs und Verbrechersyndikate in Südamerika.«

»Ich wusste ja, dass mein Vater rechts ist. Aber das haut mich jetzt um. Und dass Neil auch beteiligt war.« Sie schüttelte den Kopf. Auf einmal fuhr ihr ein Schreck in die Glieder, und sie drehte sich zu ihm. »Und Philip?«

»Er nicht, soweit wir bis jetzt wissen.« Er merkte, dass sie das nur bedingt beruhigte.

Sie machte ein paar Schritte in den Raum, ging auf und ab. »Warum kommen Sie extra zu mir, um mich darüber zu informieren?«

Kurz zögerte Tom, dann begann er. Er hatte sich vorgenommen, ihr offen und ehrlich die Geschichte von Sonny und seinem Bruder zu erzählen, seinen Verdacht zu erklären und was es ihm bedeutete, die Wahrheit zu erfahren, nicht als Bulle, sondern als Bruder. Als er fertig war, sah sie ihn eine Weile schweigend an.

»Was für eine traurige Geschichte. Ich wusste nicht, dass die Frau schwanger war.« Sie setzte sich auf die Bank am Flügel, schien zu überlegen. »Ich erinnere mich an sie. Nur ganz vage, aber trotzdem. Sie war älter als die anderen, wirkte ziemlich cool. Ein tolles Kleid hat sie getragen. Ich weiß, dass mich das beeindruckt hat. So was trugen die Mädchen, die mein Bruder kannte, nicht. Sie ist viel herumgegangen, ich glaube, sie hat sich das Haus angeschaut. Das war mir aufgefallen. Aber an mehr erinnere ich mich nicht.«

»Und sonst, erinnern Sie sich vielleicht an irgendetwas, das ungewöhnlich war, was gar nichts mit Sonny zu tun hatte?«

Daniela schüttelte den Kopf.

»Vielleicht am nächsten Tag?«, fragte Tom.

»Da bin ich mit meiner Mutter zum Reiterhof nach Fehmarn gefahren. Da waren wir oft, und ich habe es geliebt. Ich war eins von diesen blöden Pferdemädchen.« Sie lachte. »Das war auch ganz spontan von ihr gewesen. Das weiß ich noch. Ich lag bei ihr im Bett, da sagte sie auf einmal, dass wir da hinfahren. Ich weiß noch genau, wie ich mich gefreut habe.« Daniela überlegte. »Ich glaube, ich habe sogar bei ihr geschlafen. Ich weiß es nicht genau, aber ich glaube, es war so.«

»Haben Sie öfter bei Ihrer Mutter im Bett geschlafen?«

»Als ich kleiner war, ja, aber da eigentlich nicht mehr.« Daniela Berkeesen wurde nachdenklich.

»Ich bin ganz ehrlich zu Ihnen: Ich glaube, dass etwas auf diesem Fest vorgefallen ist, das Sie damals irgendwie mitbekommen haben, vielleicht gesehen oder nur gehört haben, und Ihre Mutter wollte verhindern, dass Sie sich daran erinnern. Sie ist mit Ihnen zum Reiterhof gefahren, um Sie abzulenken. Sie sollten schöne Dinge erleben, damit Sie das andere schnell vergessen konnten. Vielleicht, um Sie zu schützen, vielleicht aber auch, um ihren Mann oder sich oder irgendjemand anderen zu schützen.« Er sah ihr tief in die Augen. »Es gibt ein Geheimnis um dieses Fest. Und Sie kennen es, aber die Erinnerung liegt irgendwo tief in Ihnen verschüttet, und Sie haben keinen Zugang zu ihr.«

Daniela schwieg nachdenklich, wirkte unglücklich. Tom befürchtete, sie überfordert, vielleicht verschreckt zu haben. Ihre Hände begannen zu zittern. Verstört sah sie ihn an.

»Es hat mit damals zu tun«, sagte er. »Da ist etwas, und Sie müssen daran! Sonst wird das Zittern immer wiederkommen.« Die junge Frau wirkte wie gelähmt. Aber Tom spürte, dass in ihr etwas in Bewegung geraten war.

»Ich erinnere mich aber an nichts. Ich weiß nicht, was das Geheimnis sein soll. Ich war noch zu jung, ein kleines Mädchen.«

Tom überlegte. Daniela Berkeesen war blockiert, sie brauchte etwas, das diese Blockade lösen konnte. Einen Impuls. Musik. Das war es doch, dachte er. »Umwege«, kam ihm über die Lippen. »Erinnern Sie sich an unser Gespräch?«

»Ja, Sie mögen Jazz. Wie ich.«

»Dann spielen Sie!«

Irritiert sah sie ihn an. »Jetzt?«

»Ja, jetzt. Improvisieren Sie, machen Sie Umwege!«

»Sie denken, dass …«

»Nein, nicht mehr denken! Spielen Sie! Egal was, einfach, was Ihnen in den Sinn kommt, was Sie fühlen. Ich höre Ihnen gern zu. Machen Sie einfach!«

»Nicht denken!«, wiederholte sie leise, immer noch irritiert. »Ich verstehe, was Sie meinen.« Daniela Berkeesen drehte sich zum Flügel, klappte den Deckel hoch und legte ihre Hände auf die Tasten. »Sie zittern immer noch.«

»Egal! Legen Sie los!«

Daniela spielte ein paar Töne, zaghaft und sanft, sie tastete sich vor, entwickelte eine Melodie, variierte und zerstörte sie, baute sie wieder auf. Alles sanft und ruhig in Moll. Ein Adagio, traurig schön. »Spielen Sie, was Sie nicht sagen können! Spielen Sie, an was Sie sich nicht erinnern können!«

Daniela spürte das Zittern ihrer Hände, aber langsam versank sie in der Musik. Sie gab sich den Tönen hin, die aus ihrem Unterbewusstsein aufzusteigen schienen, und spürte, dass sie sie irgendwohin brachten, ohne zu ahnen, wohin. Sie dachte an Philips Geburtstagsfest. Sie sah die vielen Freunde vor sich, die tanzende Menge, die Band, ihren glücklichen Bruder. Sie erinnerte sich, wie aufgeregt sie war, weil sie mit den Großen feiern durfte. Und da war auch Sonny, die durch die Räume schlenderte. Sie sah toll aus, wirkte lässig, schon so erwachsen. Daniela entwickelte Tonfolgen, umkreiste ein Thema, wurde immer freier, löste sich von allem, vergaß ihr Zittern, vergaß den Kommissar, der sich in eine Ecke des Raumes zurückgezogen hatte. Sie wurde fast ein wenig euphorisch, so wie sie als kleines Mädchen damals gewesen war. Schließlich hatte sie ihr Thema gefunden und ließ sich von ihm führen, dabei hatte sie das Gefühl, zu etwas vorzudringen, zu einem Kern, der in diesem Thema steckte. Sie umkreiste ihn, variierte die Melodie, kam ihm näher und konnte ihn fast erahnen. Ihre Töne wurden dunkel und mysteriös. Irritiert folgte sie ihnen. Ein Bild stieg in ihr empor. Blaue Figuren tanzten in der Natur, reckten die Arme zum Himmel.

Das Mosaikfenster der Tür zur Bibliothek in der Villa ihrer Eltern. Sie stand davor und sah hinauf zu den bunten kleinen Scheiben, die sie so sehr mochte. In der Ferne dröhnten die Bässe der Partymusik. Aber hier war es still. Sie wollte hinein, zu dem Flügel, wollte spielen, sie fühlte sich so beschwingt. Aber das Thema wurde düster und unheilvoll. Sie sah einen Schatten vor den bunten Scheiben. Er bewegte sich, es war ein Kopf. Das kleine Mädchen war enttäuscht, dass es nicht allein war, und zögerte. Daniela hielt inne, spielte jedoch gleich weiter, weil die Töne sie mitrissen, sie weiterzogen, tiefer hinein in die Vergangenheit. Der Schatten stieß gegen die Tür. Sie zuckte zusammen. Das Glas vibrierte. Daniela spielte schneller. Und schneller. Etwas in ihr trieb sie zu einem rasanten Stakkato.

Tom lauschte fasziniert Daniela Berkeesens Spiel, beobachtete gespannt, was mit ihr vor sich ging. Sie spielte mitreißend, atemberaubend, und er fragte sich, was sie zu diesem dramatischen Ausbruch gebracht hatte. Ob er vielleicht schon Ausdruck ihrer Erinnerung war.

Daniela spürte Angst. War es eine Angst, die sie damals gehabt hatte? Oder war es ihre Angst vor der Erinnerung? Ihr Stakkato wurde düster und brachial. Der Schatten drückte gegen die Mosaikscheibe, und blonde Haare wurden schemenhaft sichtbar. Hin und her bewegte sich der Kopf, die Haare wischten über das Mosaik. Stöhnen und Röcheln waren jetzt zu hören und Stöße gegen die schwere Holztür. Daniela hämmerte auf ihr Klavier ein. Die Töne stürmten nur so aus ihr heraus. Der Kopf schlug gegen die Scheibe, und das Glas zerbrach, die Mosaikteile fielen in sich zusammen. Erschrocken nahm sie die Finger von den Tasten. Es herrschte Stille. Der Kopf drehte zur Seite, unter den blonden Haaren erkannte sie Sonny. Mit aufgerissenen, erstarrten Augen rutschte sie langsam herunter und gab den Blick frei auf eine Frau, die die Hände von ihrem Hals nahm. Daniela hielt den Atem an. Diese Frau war ihre Mutter. Geschockt starrte sie auf das Bild, das all die Jahre in ihr verschüttet gewesen war. Übelkeit überkam sie. Konnte das sein? War es wirklich so gewesen? Das Bild wurde immer deutlicher, der Ton klarer. »Hör jetzt endlich mit deinem Gejammer auf, Neil!«, sagte ihre Mutter wütend. Neil, hatte sie gesagt. Sie hatte mit Neil Krambach geredet, er war also da gewesen. Der Kommissar hatte recht gehabt mit seiner Vermutung. Ihre Mutter redete mit Neil wie mit einem Kind, aber voller Verachtung. Sie drehte sich in die Bibliothek und schrie: »Unter unserem Dach! Du tust so etwas unter unserem Dach! Wie kannst du nur? Wo ist dein Respekt?« Ihre Mutter drehte sich zurück, da sah sie die kleine Daniela. Sie erschrak, und in ihrem Gesicht zeigte sich blankes Entsetzen. Sie versuchte, die Tür zu öffnen, aber das ging nur schwer, hektisch bemühte sie sich, das wegzuschieben, was die Tür blockierte. Es musste Sonnys Körper gewesen sein. Wie furchtbar, wie unendlich furchtbar. Schließlich kam sie herausgelaufen zu ihrer kleinen Tochter und nahm sie in die Arme. »Hey«, sagte sie, »meine kleine Süße!« Mamas Umarmung, ihr Geruch, ihre Wärme taten gut. In der Tür erschien ihr Vater und lächelte ihr zu. »Komm«, sagte ihre Mutter, »ich habe eine tolle Idee. Ich mache uns Pfannkuchen, Nachtpfannkuchen.« Daniela freute sich. Der merkwürdige Spuk war vorbei.

Tom betrachtete das junge Mädchen, das regungslos vor dem Flügel saß. Die Stille war unheimlich, die Ruhe nach dem Sturm. Er fragte sich, was in Daniela Berkeesen vorgegangen war, als sie nach dem abrupten Ende ihres dramatischen Spiels innegehalten hatte. Hatte sie sich erinnert? Wie erstarrt saß sie jetzt da. Die Zeit, die verstrich, kam ihm endlos vor, aber er wollte sie auf keinen Fall drängen. Schließlich drehte sie sich zu ihm, blass und verstört. Er erhob sich, nahm den kleinen Holzhocker und setzte sich zu ihr. Ihr Blick war der eines kleinen Kindes, das die Welt nicht mehr verstand.

»Meine Mutter«, sagte sie leise, fast tonlos. »Meine Mutter«, wiederholte sie. Tom wartete ruhig und geduldig.

»Meine Mutter …« Daniela rang mit sich. »Sie hat …« Sie bekam die Worte nicht heraus. Ihre Augen füllten sich mit Tränen. »Meine Mutter hat die Frau erwürgt.« Sie starrte Tom an, die Tränen liefen ihre Wangen herunter. Tom spürte den Impuls, sie in den Arm zu nehmen, aber hielt sich zurück. Es war ein schmaler Grat, auf dem er sich hier bewegte. Es war besser, Distanz zu wahren und trotzdem für sie da zu sein.

»Und Neil war dort. Meine Mutter hat ihn beschimpft. *Unter unserem Dach, du tust das unter unserem Dach?*« Fassungslos sah sie Tom an. »Er muss es getan haben, er hat sie vergewaltigt.«

Tom nickte.

»Aber warum hat meine Mutter sie getötet?«

»Sie musste verhindern, dass Sonny zur Polizei ging und Neil Krambach anzeigte.«

»Aber meine Eltern hatten damit doch nichts zu tun, sie hätten doch nichts zu befürchten gehabt.«

»Die Waffengeschäfte«, sagte Tom. »Wenn es Ermittlungen wegen der Vergewaltigung gegeben hätte – wer weiß, was dann noch alles aufgeflogen wäre. Wenn man solche Geschäfte macht, dann darf man sich auf keinen Fall die Polizei ins Haus holen. Das wusste Ihre Mutter und hat …« Es fiel ihm nicht leicht, den Satz zu Ende zu bringen. »Sonny zum Schweigen gebracht.« Daniela Berkeesens Blick war leer. Sie wirkte gebrochen und ratlos.

»Er hatte so etwas schon mal getan«, erklärte Tom. »Viele Jahre vorher. Er hatte eine Frau vergewaltigt, und ein junger Mann hatte ihn dabei gestört. Und weil er ein Zeuge gewesen war, wurde er umgebracht. Auch da nicht von Krambach selbst, sondern von einer Komplizin, die an dem Waffenschmuggel ebenfalls beteiligt war.«

Daniela Berkeesen sah den Kommissar an. »Das kann doch nicht sein. Neil liebte doch die Menschen.«

»Das glaube ich nicht.«

67

Bis Tom aus dem Einbahnstraßengewirr des quirligen Ottensen herausfand, dauerte es eine Weile. Es war ihm schwergefallen, Daniela Berkeesen allein zu lassen. Wie furchtbar war diese Situation für die junge Frau, dachte er. Wie wird sie mit ihrer traurigen Erkenntnis zurechtkommen? Von einem Moment auf den andern war ihre heile Welt zerstört. Die schöne Fassade der Reederfamilie in sich zusammengefallen. Was würde sie tun? Würde sie gegen ihre Mutter aussagen? Warum sollte sie? Um der Wahrheit willen? Der Gerechtigkeit? Tom hatte ihr gesagt, dass er sich im Laufe des Tages bei ihr melden würde, einfach um zu hören, wie es ihr ging.

Krambach hatte Sonny also nicht erwürgt. Aber er hatte sie vergewaltigt, offenbar in der Bibliothek der Berkeesen-Villa. Sonny musste irgendwie dort gelandet sein, als sie sich die Räumlichkeiten angesehen hatte. Vielleicht war sie Krambach zufällig begegnet, war mit ihm ins Gespräch gekommen, hatte ihn erkannt und den rechten Hund provoziert, frech kritisiert. Vielleicht hatte ihn das angeturnt. Vielleicht hatte er sich die linke Schlampe vorgenommen und ihr eine Lektion erteilt. Wütend schlug Tom mit der Faust aufs Armaturenbrett.

Auf den Hauptstraßen herrschte dichter Verkehr, immer wieder bildeten sich lange Schlangen vor den Ampeln. Tom sah auf die Uhr. Es war zehn nach zehn. Um elf Uhr zwanzig startete Flos Flug über Amsterdam nach Bogotá. Das Boarding dürfte um zehn Uhr fünfundvierzig beginnen. Das wird knapp, dachte er. Er wechselte die Spuren, um ein bisschen Zeit zu gewinnen, stand dann aber unerwartet in der Verliererspur, ärgerte sich über sich selbst, wurde zunehmend nervös und unterschwellig aggressiv. So würde er es nicht schaffen. Es blieb ihm nur eine Chance. Kurz entschlossen griff er sich das Blaulicht und packte es aufs Dach, schaltete das Martinshorn ein und gab vorsichtig Gas. Vor ihm teilte sich das Meer aus Blechkarossen, und er konnte hindurchfahren. Jetzt hatte er freie Bahn, seine Laune besserte sich ein wenig, und er spürte seinen alten Optimismus. Er sah sich schon am Terminal durch die Sicherheitskontrolle laufen, die kritischen, ungläubigen Blicke der Beamten und der Fluggäste auf sich gerichtet, sein Rennen gegen die Uhr gewinnen und am Gate des KLM-Flugs auf Flo treffen.

Die Peter-Gunn-Musik ertönte, Tom holte sein Handy hervor, die Nummer auf dem Display sagte ihm nichts. Er schaltete die Freisprechanlage ein, und der Typ von der Werkstatt in Neumünster meldete sich.

»Hallo, Herr Simon, Ihrem Prachtstück geht es wieder gut. Er ist fast fertig. Übermorgen können Sie ihn abholen. Na, wie klingt das?«

»Teuer«, erwiderte Tom trocken.

Der Typ lachte. »Ihr Humor gefällt mir. Aber es ist gar nicht so schlimm geworden. Acht Riesen mit Rechnung. Sieben ohne. Was sagen Sie?«

»Vorsicht, ich bin Bulle.« Der Typ lachte wieder.

»Bulle? Na, dann macht es neun Riesen. Äh, echt jetzt? Das Martinshorn … sind Sie im Einsatz?«

»Also ich nehme die sieben Riesen. Ich komme dann übermorgen. Ich muss jetzt Schluss machen. Danke sehr!«

Tom war erleichtert, freute sich auf den Roten, er war immerhin wie ein Teil von Marco. Er kam an eine große Kreuzung. Die Autos blieben stehen und fuhren zur Seite, aber ein schwarzer SUV raste ihm noch vor die Nase. Tom stieg in die

Eisen, lenkte gegen und wich dem hippen Vollbarttypen, der nur stumpf geradeaus schaute, im letzten Moment aus.

Gate 24, Gate 25, Gate 26. Tom joggte an den Wartebereichen vorbei. In vier Minuten begann das Boarding der KLM-Maschine nach Amsterdam an Gate 34. Es wurde verdammt knapp. Er legte einen Zahn zu, rannte durch die Halle vorbei an Gate 27 und 28. Frankfurt und Paris, nahm er absurderweise noch als Destinationen wahr. Gate 29, 30 und 31. Noch zwei Minuten. Er fühlte seine Kräfte schwinden. Die Anstrengungen der letzten Tage steckten ihm in den Knochen. Er biss die Zähne zusammen. Gate 32 war ein Stück weiter entfernt, ein Flughafen konnte ziemlich groß sein. An Gate 33 warteten viele in Gewänder gehüllte Menschen. Mumbai, las Tom auf der Anzeigetafel. Er rannte weiter, seine Beine wurden schwer, und er bekam Seitenstechen. Hinten sah er schließlich Gate 34. Gleich hatte er es geschafft, nur noch knapp hundert Meter. Eine Stewardess und ein Steward standen schon am Eingang der Fluggastbrücke und forderten die Passagiere auf, mit dem Boarding zu beginnen. Tom schleppte sich mit letzter Kraft in den Wartebereich und musste erst mal zu Atem kommen. Er beugte sich nach vorn, stützte sich auf die Knie und holte Luft. Verdammt, er hatte keine Zeit, kam keuchend wieder hoch. Verschwommen sah er die Schlange der Passagiere, die einer nach dem anderen dem Personal ihre Boardtickets reichten und in der Gangway verschwanden. Langsam wurde sein Blick wieder klar, da entdeckte er Flo. Er war vorn in der Reihe, schon der Nächste, und hielt dem Steward sein Ticket hin.

»Nein!«, schrie Tom entsetzt und stürzte los. Alle Blicke richteten sich auf ihn, nur nicht der von Flo. Dieser nahm sein Ticket und betrat den Tunnel, der ihn in ein neues Leben führen sollte. »Flo!«, rief Tom und stürmte vor. Flo blieb stehen und schaute überrascht zu ihm. Die Stewardess sah Tom mit einer Mischung aus Verwunderung und Erschrecken an, und der Steward stellte sich ihm geistesgegenwärtig in den Weg. »Flo!«, rief Tom, während der Steward ihn mit beiden Händen an den Schultern packte und zurückhielt.

»Stopp! Sie können hier nicht weiter! Haben Sie ein Ticket?«

Flo sah ihn überrascht an. »Marco!«

Die Stewardess bat die anderen Fluggäste, noch zu warten.

»Haben Sie eine Bordkarte?«, fragte der Steward erneut. Tom hatte nur Augen für seinen alten Kumpel.

»Hey Flo, komm bitte noch mal zurück, nur kurz!«

Erfreut machte Flo ein paar Schritte auf Tom zu. Er ging lässig, leicht schwingend und wirkte ein wenig abwesend. »Hey, ich dachte, du wärst gestern schon geflogen.« Er sprach sehr langsam und tiefenentspannt. Wahrscheinlich war er drauf, dachte Tom. »Das ist ja …« Auf einmal verstummte Flo, sah Tom irritiert an und schien seine Verwechslung zu bemerken.

»Wie sind Sie ohne Ticket in diesen Bereich gekommen?«, wollte der Steward von Tom wissen, der ihn ignorierte.

»Flo, bitte! Ich will dich nur etwas fragen. Eine einzige Frage, bitte! Bevor du für immer verschwindest.«

Flo starrte ihn an, rührte sich nicht.

»Bitte, Flo, wegen der alten Zeiten!«

»So, das geht nicht mehr«, wandte sich der Steward an seine Kollegin. »Ruf die Polizei! Die soll das klären.«

Es schien, als überlegte Flo, doch dann drehte er sich um und ging wieder zurück in den Tunnel.

Tom sah ihm nach, dem schmalen Hemd, das er immer schon gewesen war, auf den spiddeligen Beinen, mit denen er lässig durch diesen in unwirklich kühles Licht getauchten Schlauch schlenderte und um die Ecke verschwand, ohne noch einmal zurückzusehen. Mit ihm hatte Tom seinen ersten Joint geraucht, Anette war auch dabei gewesen. Marco nicht, erinnerte sich Tom. Vorsichtig hatte er nur wenig inhaliert und einen hübschen Rausch erlebt. Anette hatte mit ihm geknutscht, obwohl sie mit Marco zusammen gewesen war. Es war ihr letztes Jahr auf der Schule gewesen, dann war Anette zum Studieren nach London gezogen. Und Flo, der keine Idee von seinem Leben gehabt hatte, war im glamourösen Hamburger Nachtleben gelandet, aus dem er nie mehr herausgefunden hatte.

Ein Parkplatz direkt vor der Tür. Man konnte auch Glück haben, wenigstens in den kleinen Dingen des Alltags. Tom stellte den Motor aus und blickte auf die beiden jungen Väter, die mit ihren kleinen Töchtern und Söhnen vor seiner Windschutzscheibe vorübergingen. Die Kinder trugen Ritterschwerter und Lichtschwerter, ein Mädchen hatte einen Star-Wars-Helm auf dem Kopf, und ein Junge blickte ihn mit großen Augen durch eine Taucherbrille an.

Flo hatte eine Entscheidung getroffen, dachte Tom. Er hatte nicht mit ihm reden wollen. Kein letztes Mal, bevor er in sein neues Leben entschwunden war. Kein Abschied unter alten Freunden. Warum nicht? Es hatte nie Streit zwischen ihnen gegeben. Er hatte immer den Eindruck gehabt, dass Flo ihn genauso gemocht hatte wie er ihn. Wahrscheinlich sah Flo heute nur noch den Bullen in dem Freund vergangener Tage und misstraute ihm. Nun hatte Tom keine Antwort auf seine Frage erhalten. Tom stieg aus dem Dienstwagen und ging ins Haus. Aus dem Briefkasten holte er einen Flyer eines Asia-Imbisses und einen Prospekt mit Verkaufsangeboten einer Supermarktkette. Im ersten Stock passierte er die Mülltüte, die wie üblich vor Christophers Tür darauf wartete, beim nächsten Gang mit hinuntergenommen zu werden, und ihren leicht fauligen, süßlichen Geruch verbreitete. Er öffnete seine Wohnungstür, warf den Schlüssel auf die Alukiste, legte seinen Schulterholster mit der Walther in die

Schublade der Kommode und ging in die vorderen Räume. Die Luft war stickig, er öffnete die Balkontür und trat hinaus. Gegenüber saß die ältere Lady wieder in Slip und Unterhemd auf dem Balkon und rauchte ihre übliche Zigarette. Diesmal hatte sie noch ein Glas Sekt dabei. Champagner vermutete er nicht in ihrem Glas. Etwas früh am Tag, fand er, aber vielleicht hatte die Frau etwas zu feiern. Einen Moment schloss er die Augen und genoss die warmen Sonnenstrahlen, die seitlich in die Straße fielen. Er spürte seine Erschöpfung, sein Körper war schwer wie Blei, aber müde war er nicht. Zu viele Gedanken tobten durch sein Hirn. Was sollte er jetzt tun? Falsche Frage, dachte er. Was *konnte* er jetzt tun? Auf einmal hatte er Zeit, der Tag gehörte ihm und der morgige ebenfalls und der darauffolgende auch und so weiter. Bis Felsen seine Suspendierung aufheben würde. Es war ein eigenartiger Zustand, mit dem er noch nichts anzufangen wusste. Er dachte an Daniela Berkeesen und fragte sich, wie es ihr wohl ging und was sie jetzt machte.

Er trat wieder in die Wohnung, lief unruhig hin und her, wusste nicht, wohin mit sich. Er hatte noch nicht einmal Lust auf Musik, keinen Hunger, keinen Durst. Sein Blick fiel auf Anettes Bild. *Lass den grünen Affen nicht gewinnen!* Er hatte ihre Stimme wieder im Ohr, während er den grünen Affen betrachtete, der so frech grinste. Es schüttelte ihn, als er sich an die Nacht erinnerte, in der er wie getrieben zu Anette gefahren war und Marco bei ihr gesucht hatte. Er driftete durch seine Wohnung, eine lähmende Leere in sich und eine unbestimmte Traurigkeit. Vor ihm tauchte der *Raum* auf. Die Tür stand offen. Aber er hatte sie doch geschlossen. Er ging hinein, sah sich um, alles war unverändert. Über der Wickelkommode auf der hellblauen Wölkchen-Tapete hatte es gehangen, das Ultraschallbild der klitzekleinen Nora in Sonnys Bauch. Da bemerkte er den Zettel. Er hing genau an der Stelle. Ein kleiner, weißer Zettel. Etwas stand darauf geschrieben.

Tom ging zu der Kommode und erkannte die Handschrift seines Bruders.

Die Zeit heilt viele Wunden, aber nicht alle. Ich liebe dich, mein Bruder! Immer!

Tom starrte auf die Worte, und seine Augen füllten sich mit Tränen.

Seine Rechte landete auf dem Kunstleder des Sandsacks. Ein harter Schlag. Dumpf und trocken war sein Sound, ohne den satten Knall, den er gewohnt war. Es folgte die Linke, noch wuchtiger. Er zögerte, holte aus und schlug die Rechte. Die Linke, die Rechte. Er schlug immer schneller, immer stärker, spürte jeden Zentimeter seiner Hände, die Haut brannte, die Knöchel drückten, und es tat ihm gut. Jimmy hatte nicht verstanden, warum Tom ohne Handschuhe an den Sandsack wollte. Klick! Da war es wieder, das trockene, mechanische Klick. Tom zuckte zusammen, erstarrte, das Klick hallte in seinem Kopf wider. Er stand vor dem Sandsack mit erhobenen Fäusten, wie eingefroren. Der Puls schoss noch höher, als er ohnehin schon war. Er spürte, wie ihm das Herz bis zum Hals schlug. Würde ihm wieder schwarz vor Augen werden? Mit aller Willenskraft stemmte er sich gegen diesen Zustand, konzentrierte sich darauf, tief in den Bauch zu atmen. Er fokussierte das Klick, wurde wütend und schlug zu. Krachend landete seine Faust auf dem Sandsack. Er schlug wieder zu und wieder und wieder. Er deckte den Sack mit einem Trommelfeuer seiner Fäuste ein. Immer wenn er dachte, er könne nicht mehr, schlug er weiter zu, holte das letzte bisschen an Kraft aus sich heraus. Irgendwann ließ er die Fäuste sinken und ging erschöpft auf die Knie. Keuchend starrte er vor sich hin. Der Schweiß lief ihm übers Gesicht und tropfte von seinem Kinn. Die anderen Trainierenden betrachteten ihn neugierig. Jimmy kam aus seiner Butze und sorgte dafür, dass die Schaulustigen sich wieder ihrem eigenen Training widmeten. Er ging zu Tom und hockte sich neben ihn.

»Alles okay?«

Tom nickte und musste auf einmal lachen, er nickte wieder und musste weiter lachen. Jimmy sah ihn irritiert an. Tom schüttelte sich vor Lachen und wusste nicht, warum, aber konnte nicht aufhören.

Miras Augen waren unten und der Mund oben gewesen, dabei hatte sie vollkommen unangestrengt ausgesehen. Mit großer Leichtigkeit hatte sie damals in ihrem Büro diesen perfekten Kopfstand hingelegt. Tom war wie ein Idiot schattenboxend durch den Raum gehüpft, und seine Partnerin hatte trocken mit diesem eleganten Kunststück geantwortet. Jetzt wirkte ihr zartes Gesicht zwischen den Schläuchen und Kabeln so verloren.

Pfifft, Schihsch, Pfifft, Schihsch. Die Beatmungsmaschine arbeitete zuverlässig. Mira war hier und war es doch nicht, dachte Tom. Sie war in einer Zwischenwelt unterwegs. Dieser Zustand hatte etwas Geisterhaftes. Er musste an Johnnys Bilder denken. Und an die Frau selbst, die so frei umhergeschwirrt, mal hier, mal da aufgetaucht und wieder verschwunden war. Wie ein Geist. In seinen Armen hatte sie ihr irdisches Leben ausgehaucht. Aber vielleicht weilte ihr Geist noch unter uns, dachte Tom, obwohl er eigentlich nicht an übersinnliche Phänomene glaubte, jedoch für Johnny gern eine Ausnahme machte.

Pfifft, Schihsch, Pfifft, Schihsch. Peter Gunn ertönte. Tom überlegte, ob er an sein Telefon gehen sollte. Der Klingelton wiederholte sich, wie in einer Endlosschleife, mischte sich in das Geräusch der Beatmungsmaschine. Er holte sein Handy hervor. Katja, stand auf dem Display.

»Hallo Partnerin!«

»Hey, Tom! Du hast doch nicht geschlafen?«

»Ich und schlafen …« Er erhob sich und ging zum Fenster.

»Das habe ich mir gedacht. Und, dass dich das Ergebnis der DNA-Analyse interessieren würde. Das Blut am Gebiss des Hundes stammt von Laura Gerber.«

Tom betrachtete das muntere Treiben auf der Straße und in der Grünanlage. Dieses Krankenhaus war eine eigene kleine Welt.

»Du sagst nichts?«, fragte Katja.

»Ich stelle mir gerade vor, was gewesen wäre, wenn du jetzt gesagt hättest, dass es nicht von ihr stammt.«

»Oh ja, krass! Aber das hätte mich bei diesem Fall auch nicht mehr gewundert. Und was noch interessant ist: Die Tochter von Berkeesens hat angerufen. Sie hatte dich sprechen wollen, aber jetzt kommt sie ins Präsidium, weil sie eine Aussage machen will. Weißt du was darüber?«

»Nein«, antwortete Tom und fühlte sich beklommen. Wie schwer musste diese Entscheidung der jungen Frau gefallen sein! Was für ein Gewicht lastete nun auf ihrer sensiblen Künstlerinnenseele.

»Na, wir werden ja sehen«, sagte Katja.

»Trinken wir die Tage ein Bier zusammen?«

Auf einmal entdeckte Tom auf der anderen Straßenseite seinen Vater. Mit zügigen Schritten ging er zum Haus gegenüber. Irritiert musste Tom an ihre letzte Begegnung in der Tiefgarage des Krankenhauses denken. Was hatte Manni hier schon wieder zu suchen? Musste er sich Sorgen um seinen Vater machen?

»Tom, hallo, bist du noch da?«

»Das machen wir, Katja!«, erwiderte er.

»Ruf mich einfach an, ich habe immer Zeit«, sagte Katja.

»Gut, ich auch.«

Sie beendeten das Gespräch und Tom beobachtete, wie ein Mann im Rollstuhl von einem Pfleger aus dem Haus geschoben und von seinem Vater begrüßt wurde. Tom kannte diesen

Mann. Es war Paolo Lusanto, ein Gastronom mit besten Beziehungen zur Mafia. Eingefallen und schwer krank sah er aus. Die beiden redeten miteinander. Was zur Hölle hatte sein Vater mit dieser zwielichtigen Gestalt zu schaffen? Nachdenklich setzte er sich wieder an Miras Bett und betrachtete ihre entspannten Gesichtszüge, die sie so zufrieden wirken ließen. Da bemerkte er ein Zittern ihrer Augenlider. Es schien, als würde sie träumen. Sie blinzelte und schlug die Augen auf.